D1876101

BASTEI
LÜBBE

Bisher sind im BASTEI-LÜBBE Taschenbuchprogramm von PIERS ANTHONY nachstehende Bände erschienen:

Die Saga vom magischen Land Xanth

20 053 Chamäleon Zauber
20 059 Zauber-Suche
20 061 Zauber-Schloß
20 065 Zentauren-Fahrt

20 024 Hassans Reise
24 046 Omnivor

Aus der Taschenbuchreihe FANTASY sind nachstehende Romane erhältlich. Fragen Sie im Buch- oder Zeitschriftenhandel nach diesen Titeln:

20 043 Michael Moorcock
Die ewige Schlacht
20 044 Michael Moorcock
Der Phönix im Obsidian
20 045 Tanith Lee
Sabella oder: Der letzte Vampir
20 046 Brian Stableford
Der blinde Wurm
20 047 M. John Harrison
Die Pastell-Stadt
20 048 Roger Zelazny
Wechselbalg
20 049 Robert Asprin
Drachenfutter
20 050 Tanith Lee
Das Lied des Exorzisten
20 051 Poul Anderson/ Mildred D. Broxon
Die Schlange von Scattery
20 052 Jessica Salmonson
Neue Amazonen-Geschichten
20 054 Roger Zelazny
Sieben Statuen
20 055 Jörg Weigand (Hg.)
Vergiß nicht den Wind

20 056 Andre Norton
Die Krone der Hexenwelt
20 057 William Morris
Die Zauberin jenseits der Welt
20 058 M. John Harrison
Das Rauschen dunkler Schwingen
20 060 Tanith Lee
Cyrion
20 062 Thomas Ziegler
Sardor
20 063 John Myers Myers
Die Insel Literaria
20 064 Jessica Salmonson
Tomoe, die Samurai

FANTASY

PIERS ANTHONY

ZENTAUREN-FAHRT

Die Saga vom magischen Land Xanth

Band 4

BASTEI LÜBBE

BASTEI-LÜBBE-TASCHENBUCH
Science Fiction Fantasy
Band 20 065

© Copyright 1981 by Piers Anthony
All rights reserved
Deutsche Lizenzausgabe 1984
Bastei-Verlag Gustav H. Lübbe GmbH & Co., Bergisch Gladbach
Originaltitel: Centaur Aisle
Ins Deutsche übertragen von Ralph Tegtmeier
Titelillustration: Agentur Thomas Schlück
Umschlaggestaltung: Quadro-Grafik,Bensberg
Satz: Fotosatz Schell, Bad Iburg
Druck und Verarbeitung:
Elsnerdruck GmbH, Berlin
Printed in Western Germany
ISBN 3-404-20065-9

Der Preis dieses Bandes versteht sich einschließlich
der gesetzlichen Mehrwertsteuer.

PIERS ANTHONY

ZENTAUREN-FAHRT

1 Der Gute Magier, 2 Schloß Roogna, 3 Norddorf, 4 Baum, 5 Insel der Illusionen, 6 Seufzersee, 7 Strudelsee, 8 Magischer Staub, 9 Unbekannt, 10 Zentaureninsel, 11 Isthmus, 12 Drachen, 13 Kobolde, 14 Greife, 15 Vögel, 16 Ogersumpf, 17 Luft, 18 Erde, 19 Feuer, 20 Wasser, 21 Leere

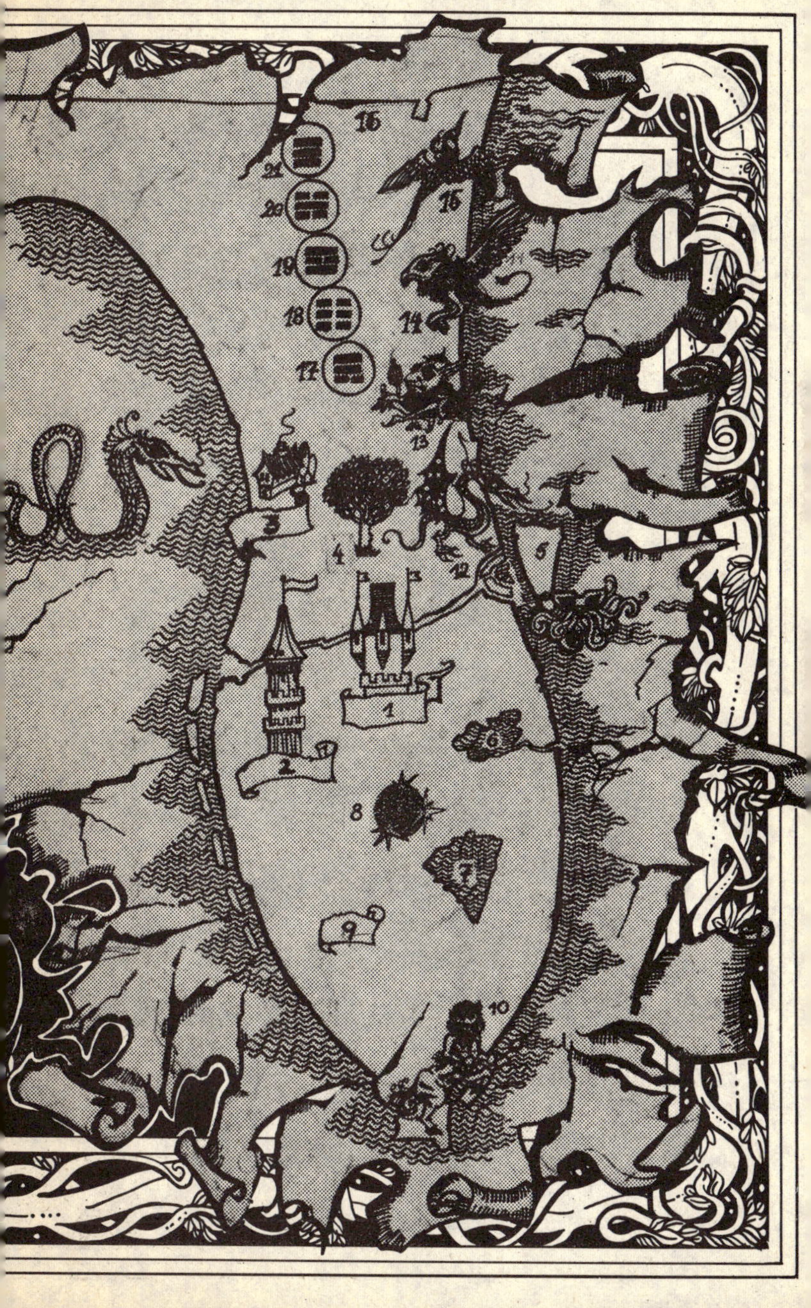
15
21
16
20
19
18
14
17
13
3
4
12
5
1
6
2
8
7
9
10

I

Die Buchstabiene

Dor versuchte einen Aufsatz zu schreiben, denn der König hatte entschieden, daß jeder zukünftige Monarch von Xanth lesen und schreiben können mußte. Es war eine schreckliche Plackerei. Er konnte zwar lesen, aber wenn er einen Aufsatz schreiben mußte, fiel ihm nie etwas ein, und mit der Rechtschreibung stand er sowieso auf Kriegsfuß.

»Das Land Xanth«, brummte er zutiefst angewidert.

»Was?« fragte der Tisch.

»Das ist der Titel meines blöden Aufsatzes«, erklärte Dor niedergeschlagen. »Meine Lehrerin Cherie – möge ein stummer anonymer Fluch sie heimsuchen! – hat mir gesagt, ich solle einen Aufsatz von einhundert Wörtern über Xanth schreiben. Das ist völlig unmöglich. So viel kann man über Xanth gar nicht erzählen. Nach fünfundzwanzig Wörtern muß ich wahrscheinlich alles wiederholen, immer wieder. Wie soll ich das nur auf hundert strekken? Ich bin mir nicht mal sicher, ob es in der Sprache überhaupt so viele Wörter gibt.«

»Wer will schon was über Xanth wissen?« fragte der Tisch. »Der muß ein Brett vorm Kopf haben.«

»Du hast auch ein Brett vorm Kopf. Ich schätze, Cherie –

mögen sich hundert Fluchzecken in ihrem Schweif verfangen! – will was darüber wissen.«

»Die muß aber ziemlich doof sein.«

Dor überlegte. »Nein, die ist geradezu teuflisch schlau. Das sind alle Zentauren. Deshalb sind sie ja auch die Chronisten, Dichter und Lehrer Xanths. Mögen sie alle über ihre so furchtbar beschlagenen Hufe stolpern!«

»Wieso regieren sie dann nicht in Xanth?«

»Na ja, die meisten von ihnen praktizieren keine Magie, und Xanth kann nur von einem Magier regiert werden. Mit Köpfchen hat das nichts zu tun – und mit Aufsätzen auch nicht.« Dor blickte finster auf sein leeres Blatt Papier.

»Nur ein Magier kann überhaupt regieren«, meinte der Tisch wichtigtuerisch. »Aber was ist denn dann mit dir? Du bist doch ein Magier, nicht? Warum bist du dann nicht König?«

»Na ja, eines Tages werde ich ja König«, verteidigte sich Dor. Er war sich nur zu bewußt, daß er sich nur mit dem Tisch unterhielt, um den unvermeidbaren Kampf mit dem Aufsatz noch etwas hinauszuzögern. »Wenn König Trent, äh ... abtritt. Deshalb muß ich auch dafür erzogen werden, meint er.« Er wünschte alle nur erdenklichen Flüche auf Cherie herab, niemals jedoch auf König Trent.

Wieder starrte er finster auf das Papier, auf dem in Blockschrift nun die Worte DAS LANNT KSAND standen. Irgendwie sah das nicht richtig aus, obwohl er sich sicher war, daß er die As richtig plaziert hatte.

Da kicherte etwas. Dor hob den Blick und merkte, daß das an der Wand hängende Bild von Königin Iris grinste. Das war auch so ein Problem, wenn man auf Schloß Roogna arbeitete: Stets war er unter der Aufsicht des unheilvollen Blicks der Königin, deren Hauptbeschäftigung das Herumschnüffeln war. Dor mußte sich anstrengen, um dem Bild nicht die Zunge herauszustrecken.

Als die Königin merkte, daß Dor auf sie aufmerksam geworden war, bewegte sie den Mund des Bildes. Ihr magisches Talent war die Illusion, und sie konnte auch Lautillusionen hervorbringen, wenn sie wollte. »Du magst zwar ein Magier sein, aber ein Gelehrter bist du nicht gerade. Rechtschreibung ist offenbar nicht deine Stärke.«

»Hab' ich auch nie behauptet«, erwiderte Dor. Er mochte die Königin nicht besonders, und dieses Gefühl beruhte durchaus auf Gegenseitigkeit; doch beide standen sie unter dem Befehl des Königs, der ihnen aufgetragen hatte, höflich miteinander umzugehen. »Eine Frau von Euren außergewöhnlichen Talenten hat doch sicherlich interessantere Dinge zu tun, als meinen dummen Aufsatz zu beäugen«, sagte er. Dann fügte er widerwillig hinzu: »Euer Majestät.«

»In der Tat«, stimmte das Gemälde ihm zu, wobei sich sein Hintergrund bewölkte. Natürlich hatte sie die Pause bemerkt, die er gemacht hatte, bevor er die ihr zustehende Anrede aussprach. Formal gesehen war das zwar keine Beleidigung gewesen, aber es war dennoch eindeutig, wie es gemeint war. Die Wolke auf dem Gemälde war zu einem stattlichen Gewitter geworden, das funkelnde Blitzbolzen hervorstießen ließ. Irgendwie würde sie es ihm noch heimzahlen. »Aber wenn man dich nicht beaufsichtigte, würdest du doch nie mit deinen Hausaufgaben fertig.«

Dor schnitt der Tischoberfläche eine Grimasse. Das hatte aber wirklich gesessen!

Da stellte er fest, daß über sein ganzes Papier Tinte geflossen war und es völlig unbrauchbar gemacht hatte. Mit einem wütenden Grunzen hob er das Blatt auf – und die Tinte floß herab, bildete eine Pfütze auf der Tischoberfläche, zog sich zusammen, bekam Beinchen und krabbelte davon. Wie ein fetter Käfer sprang sie vom Tisch und löste sich plötzlich in Dampf auf. Es war eine Illusion gewesen. Die Königin hatte sich bereits revanchiert. Gerade in Kleinigkeiten konnte sie außerordentlich häßlich sein. Dor durfte sich nicht anmerken lassen, daß er wütend war, weil er sich hatte reinlegen lassen – und das wiederum machte ihn wütender denn je.

»Ich verstehe wirklich nicht, warum man ein Mann sein muß, um Xanth regieren zu können«, sagte das Bild. Das war natürlich schon immer ihr wunder Punkt gewesen. Sie war eine Zauberin, deren Talent anderen Magiern in nichts nachstand, aber das Gesetz, beziehungsweise die Sitte Xanths, ließ es nicht zu, daß eine Frau König wurde.

»Ich lebe im Land Xanth«, sagte Dor langsam, während er gleichzeitig die Worte niederschrieb und die Königin mit seiner Höflichkeit, wie er hoffte, beleidigte. »Es unterscheidet sich von Mundania dadurch, daß es in Xanth Magie gibt, in Mundania aber nicht.« Erstaunlich, wie kreativ er werden konnte, wenn es *gegen* irgend etwas ging! Er hatte bereits einundzwanzig Wörter!

Dor spähte unter einer Augenbraue seitlich auf das Bild. Es war wieder zu einem ganz gewöhnlichen Gemälde geworden. Gut! Die Königin hatte sich verzogen. Wenn sie ihn nicht mit krabbelnden Illusionen ärgern konnte, verlor sie schnell das Interesse an ihm.

Doch schon ließ auch sein Einfallsreichtum wieder nach. Er stand vor der unmöglichen Aufgabe, einhundert Wörter zu schreiben, sechsmal soviel, wie er bereits geschrieben hatte. Vielleicht auch nur fünfmal soviel: Höhere Mathematik war auch nicht gerade seine Stärke. Ein beachtlicher Bruchteil vom Ganzen, immerhin – aber doch eben nicht mehr als nur ein Bruchteil. Was für eine gräßliche Arbeit!

Irene kam ins Zimmer spaziert. Sie war die Tochter von König Trent und Königin Iris, die Palastgöre, und oft eine schreckliche Plage – aber manchmal eben auch nicht. Es tat Dor zwar weh, es zugeben zu müssen, aber Irene war ein außerordentlich hübsches Mädchen, und das machte die Sache noch schwieriger; denn so war es unangenehm, mit ihr zanken zu müssen. »Hallo Dor«, sagte sie und hüpfte probehalber einen Satz nach vorn. »Was machst du denn so?«

Dor, den ihr Hüpfen einen Augenblick abgelenkt hatte, vergaß die scharfe Antwort, die er ihr hatte geben wollen. »Tu doch nicht so«, murrte er. »Du weißt doch ganz genau, daß deine Mutter es leid geworden ist, hinter mir herzuschnüffeln, also hat sie dich an ihrer Stelle geschickt.«

Irene stritt es gar nicht ab. »Na ja, irgend jemand *muß* doch hinter dir herschnüffeln, Blödmann! Ich würde auch lieber draußen mit Zilch spielen.«

Zilch war eine junge Seekuh, die man ihr zum fünfzehnten Geburtstag herbeigezaubert hatte. Irene hatte sie im Schloßgraben plaziert und mit ihrer Magie das Wachstum von Mauerblümchen beschleunigt, damit sie eine Pflanzenmauer bildeten, die Zilch beim Äsen vor den anderen Grabenungeheuern abschirmte. Für Dor war Zilch nichts als ein riesiger, unförmiger Klumpen von einem Tier, aber alles, was Irene ablenken konnte, besaß doch einen gewissen Wert. In mancherlei unangenehmer Hinsicht schlug sie nämlich nach ihrer Mutter.

»Dann geh doch und spiel mit der Kuh«, schlug Dor ihr verzweifelt vor. »Ich verrat's auch niemandem.«

»Nein, eine Prinzessin darf ihre Pflichten nicht vernachlässigen.« Irene nahm das Wort »Pflichten« immer nur in den Mund, wenn es darum ging, etwas zu tun, was sie ohnehin wollte. Sie nahm sein Aufsatzblatt in die Hand.

»He, gib mir das wieder!« protestierte Dor und griff danach.

»Du hast ihn doch gehört, Gör!« meinte das Papier. »Gib mich zurück!«

Das machte Irene nur noch störrischer. Sie wich zurück, ohne das Blatt loszulassen, und überflog das Geschriebene. Ihre Brust bebte vor mühsam unterdrücktem Lachen. »He, das ist aber was! Hätte nie gedacht, daß man ›Mundania‹ derart verkehrt schreiben könnte!«

Dor sprang mit glühendem Gesicht auf sie zu, doch sie wich ihm wieder tänzelnd aus und versteckte das Blatt hinter ihrem Rücken. Das stellte sie sich unter Unterhaltung vor: ihn zu ärgern, um ihn auf irgendeine Weise zu einer Reaktion zu zwingen. Er versuchte, um sie herumzulangen – und merkte, daß er sie völlig unbeabsichtigt umarmte.

Irene war schon immer ein gewitztes und altkluges Mädchen gewesen. In den letzten Jahren hatte sich die Natur geradezu überstürzt, sie großzügig auszustatten, und jetzt, auf geringe Entfernung, war das auch nicht zu übersehen. Nun war sie eine grünäugige, üppige Schönheit mit einem natürlichen Grünschimmer im Haar. Schlimmer noch war die Tatsache, daß sie sich dessen durchaus bewußt und ständig bemüht war, es zu ihrem eigenen Vorteil auszunutzen. Heute trug sie eine grüne Bluse und einen ebensolchen Rock, die ihre Figur betonten, während ihre grünen Pantoffeln ihre prächtigen Beine und Füße richtig zur Geltung brachten. Kurzum, sie hatte sich sorgfältig auf diese Begegnung vorbereitet und hatte offenbar keinerlei Absicht, ihn in Frieden seinen Aufsatz schreiben zu lassen.

Sie atmete tief durch, blähte sich gegen ihn auf. »Ich schreie!« flüsterte sie ihm ins Ohr, um ihn zu necken.

Aber Dor wußte ganz gut, wie man mit ihr umgehen mußte. »Und ich kitzle dich!« flüsterte er zurück.

»Das ist unfair!« Denn sie konnte schlecht realistisch schreien, wenn sie gleichzeitig kichern mußte, und sie war überkitzlig, vielleicht weil sie irgendwo einmal gehört hatte, daß Kitzligkeit Mädchen anziehender machte.

Mit flinker Hand versuchte Irene, das Blatt in ihrem Ausschnitt zu verstauen, denn sie wußte, daß er nicht so weit gehen würde, es von dort wieder zurückzuerobern. Doch er hatte auch mit diesem Trick seine Erfahrung und bekam ihr Handgelenk noch rechtzeitig zu packen. Endlich ergriff er das Blatt, und da er stärker war und sie es für undamenhaft hielt, sich allzu heftig zu wehren, ließ sie das Papier fahren. Ihr Image war ihr fast ebenso wichtig wie das Unheil, das sie anrichten konnte. Doch nun versuchte sie es mit einer neuen List. Sie umarmte ihn. »Ich küsse auch.«

Doch selbst darauf war er bereits vorbereitet. Je nach ihrer wechselhaften Laune konnten aus ihren Küssen ohne jede Vorwarnung Bisse werden. Man durfte ihr nicht trauen, obwohl das enge Handgemenge durchaus seinen Appetit auf derartige Abwechslungen geweckt hatte. Sie hatte ihn schon mehr in der Hand, als ihr bewußt war. »Deine Mutter beobachtet uns.«

Sofort ließ Irene ihn los. Sie ärgerte ihn zwar ständig, aber in Gegenwart ihrer Mutter benahm sie sich stets wie ein Unschuldsengel. Dor wußte zwar nicht genau, warum dem so war. Er hatte aber den Verdacht, daß der Wunsch der Königin, Irene einmal selbst als Königin zu sehen, etwas damit zu tun haben mußte. Irene wollte ihrer Mutter ebensowenig einen Gefallen tun wie sonst jemandem, und wenn sie Dor übermäßiges Interesse entgegenbrachte, könnte dies kompromittierend werden. Die Königin lehnte Dor ab, weil er ein vollrangiger Magier war und ihre Tochter nicht, aber sie würde es nicht so weit kommen lassen, daß er irgend jemand anders Tochter zur Königin machte. Ironischerweise wollte Irene auch gerne Königin werden, aber um ihre Mutter zu ärgern, versuchte sie stets den Anschein zu erwecken, als sei Dor hinter ihr her, während sie ihm widerstand. Manchmal wurde dieses zynische Spiel reichlich kompliziert.

Dor wußte selbst nicht so recht, wie er zu all dem stand. Vor vier Jahren, als er zwölf gewesen war, war er auf ein außergewöhnliches Abenteuer in die Vergangenheit Xanths ausgezogen und hatte den Körper eines erwachsenen, muskulösen und äußerst gewandten Barbaren bewohnt. Dabei hatte er einiges über Männer und Frauen gelernt. Da er bereits Gelegenheit gehabt hatte, mit den Waffen der Erwachsenen zu spielen, bevor er selbst erwachsen war, ahnte er, daß Irenes Spielchen vielleicht etwas riskanter waren, als sie selbst wußte. Also hielt er etwas auf Distanz und wehrte ihre Avancen ab, obwohl das nicht immer leicht war. Manchmal hatte er seltsame, böse Träume, in denen er auf den einen oder anderen ihrer Bluffs einging, doch es war gar kein richtiger Bluff, und dann löschte stets ein anonymer Zensor eine Szene von wachsender Faszination aus.

»Blödmann!« rief Irene zornig, während sie auf das unbewegliche Gemälde an der Wand starrte. »Meine Mutter beobachtet uns doch gar nicht!«

»Es hat dich aber hübsch abgelenkt, nicht?« fragte Dor selbstzufrieden. »Du möchtest immer gerne wie Millie das Gespenst sein, aber du hast nicht das Zeug dazu.« Das war gleich eine doppelte Beleidigung, denn Millie – die, schon bevor Dor geboren worden war, aufgehört hatte, ein Gespenst zu sein – war mit magischem Sex-Appeal gesegnet, mit dessen Hilfe sie sich einen der wenigen Magier

Xanths, den Zombiemeister, eingefangen hatte. Dor selbst hatte dabei geholfen, diesen Magier für sie wieder zum Leben zu erwecken, und nun hatten die beiden bereits dreijährige Zwillinge. Also sagte Dor damit nichts anderes, als daß Irene keinen Sex-Appeal und keine Weiblichkeit besäße, eben jene Dinge, nach denen sie so eifrig strebte. Doch es fiel schwer, diesen Vorwurf wirklich aufrechtzuhalten, denn Irene war wirklich nicht weit von ihrem Ziel entfernt. Wenn er jemals vergessen sollte, daß sie die Palastgöre war, würde er in Schwierigkeiten geraten, denn welcher verborgene Zensor würde schon einen wahrgewordenen Traum auslöschen? Irene konnte nämlich schrecklich nett sein, wenn sie sich Mühe gab. Vielleicht war sie es aber auch nur dann, wenn sie aufhörte, sich Mühe zu geben, das konnte er nicht so genau sagen.

»Na ja, jedenfalls solltest du diesen blöden Aufsatz besser bald schreiben, sonst tritt dir Cherie Zentaur auf die Füße«, meinte Irene und legte sich eine neue Stimmung zu. »Wenn du willst, helfe ich dir beim Richtigschreiben der Wörter.«

Doch diesem Vorschlag traute Dor auch nicht. »Ich versuch's lieber allein.«

»Dann baust du nur Mist. Mit deiner Sorte von Unwissen hat Cherie keine Geduld.«

»Ich weiß«, stimmte er ihr düster zu. Cherie war eine richtige Schinderin – und genau aus diesem Grund hatte man ihr diese Aufgabe ja auch übertragen. Wenn ihr Gefährte Chester die Ausbildung übernommen hätte, so hätte Dor zwar sehr viel über das Bogenschießen, den Schwertkampf und über das Boxen ohne Bandagen gelernt, aber seine Rechtschreibung wäre mit Sicherheit in noch erstaunlichere Tiefen hinabgesackt. König Trent hatte schon eine recht sichere Hand beim Erteilen von Befugnissen.

»Ich weiß was!« rief Irene. »Was du brauchst, ist eine Buchstabiene!«

»Eine was?«

»Ich hol eine«, sagte sie eifrig. Jetzt spielte sie ihre Helferinnenrolle, und der konnte er besonders schwer widerstehen, zumal er wirklich Hilfe brauchte. »Sie werden von Buchstabenpflanzen angelockt. Ich hol eine aus meiner Sammlung.« In einer wirbelnden Wolke süßen Dufts war sie auch schon verschwunden. Offenbar hatte sie damit begonnen, Parfüm zu benutzen.

Mit einer geradezu phänomenalen Gewaltanstrengung gelang es Dor, sich noch einen weiteren Satz herauszuquetschen. »Jeder in Xanth besitzt ein einziges magisches Talent; kein Talent wiederholt sich«, las er beim Schreiben laut vor. Zwölf weitere Wörter. Was für eine tödliche Plakkerei!

»Das stimmt nicht«, meinte der Tisch. »Mein Talent ist das Sprechen. Viele andere Dinge können auch sprechen.«

»Du bist auch keine Person, sondern ein Ding«, belehrte Dor ihn in brüskem Ton. »Das Sprechen ist außerdem gar nicht dein Talent, sondern meins. Ich kann nämlich unbelebte Gegenstände zum Sprechen bringen.«

»Oooocccchh ...«, murrte der Tisch mißmutig.

Mit einem Samen aus ihrer Sammlung und einem mit Erde gefüllten Blumentopf kam Irene wieder ins Zimmer gerauscht. »Hier ist es.« Einen Augenblick später hatte sie den Samen auch schon eingepflanzt – er besaß die Gestalt des Buchstaben L – und hatte ihm den magischen Befehl »Wachse!« gegeben. Die Pflanze keimte und wuchs mit einem Tempo, das die Natur niemals zustande gebracht hätte. Denn das war ihr Talent – grüne Finger. Sie konnte innerhalb weniger Minuten aus einem winzigen Samen einen Rieseneichelbaum wachsen lassen, wenn sie sich darauf konzentrierte, oder auch eine bereits ausgewachsene Pflanze monströse Ausmaße annehmen lassen. Doch weil sie aus einer Pflanze kein völlig anderes Wesen machen konnte wie ihr Vater, und auch keine toten Dinge beleben konnte wie Dor und der Zombiemeister es vermochten, erkannte man ihr nicht einmal den Rang einer Zauberin zu, und das ärgerte sie schon ihr ganzes Leben lang. Doch was sie konnte, konnte sie sehr gut, und das war eben, Pflanzen zum Wachsen zu bringen.

Die Pflanze ließ ihren Stengel eine Handbreit wachsen, dann verästelte sie sich und begann zu blühen. Jede Blüte hatte die Form eines Buchstabens, und das ganze Alphabet war, wenn auch in willkürlicher Anordnung, vollständig vorhanden. Die Blüten gaben einen leisen, merkwürdigen Duft von sich, der ein bißchen nach Tinte und ein bißchen nach staubigen alten Büchern roch.

Schon bald kam eine große Biene in einer karierten Pelzjacke herbeigeflogen, um die Pflanze zu bedienen. Sie summte von einem Buchstaben zum anderen und erntete jeden ab, um ihn in einen der kleinen Körbe an ihren sechs Beinen zu legen. Wenige Minuten später hatte sie alle Buchstaben abgepflückt und wollte davonfliegen.

Doch Irene hatte Tür und Fenster zugesperrt. »Das war meine Buchstabenpflanze«, belehrte sie die Biene. »Du mußt die Buchstaben bezahlen.«

»SSSSSSSSSSS«, summte die Biene wütend, aber schließlich gab sie nach. Sie kannte die Regeln und war schon bald damit beschäftigt, für Dor zu buchstabieren. Er brauchte nur ein Wort zu sagen, und die Biene legte die entsprechenden Buchstaben in richtiger Reihenfolge vor ihn hin. Es gab nichts, was eine Buchstabiene nicht buchstabieren konnte.

»So, meine gute Tat für heute hätte ich erledigt«, meinte Irene. »Ich gehe nach draußen und werde etwas mit Zilch schwimmen. Laß die Biene raus, wenn du deinen Aufsatz fertig hast, und sag meiner Mutter bloß nicht, daß ich aufgehört habe, dir auf den Wecker zu gehen. Und melde dich bei mir, wenn du fertig bist.«

»Warum soll ich mich bei dir melden?« wollte er wissen. »Du bist schließlich nicht meine Lehrerin!«

»Weil ich sagen können muß, daß ich dir keine Ruhe gelassen habe, bis du deine dämlichen Hausaufgaben erledigt hast, Blödmann!« sagte sie recht vernünftig. »Wenn du dich bei mir abgemeldet hast, haben wir beide für den Rest des Tages Ruhe. Kapiert, Knotenkopf?«

Im Prinzip machte sie ihm damit ein Angebot: Sie würde ihn in Frieden lassen, wenn er sie dafür nicht verpetzte. Es war nur recht und billig, daß er einwilligte. »Alles klar, Grünnase«, sagte er nickend.

»Und paß bloß auf die Biene auf«, warnte sie ihn, während sie aus der Tür schlüpfte. »Sie muß zwar jedes Wort richtig buchstabieren, aber sie wird dir nicht sagen, wenn du ein falsches Wort benutzt.« Die Biene summte auf die Türöffnung zu, doch da hatte Irene die Tür auch schon hinter sich geschlossen.

»Also gut, Buchstabiene«, sagte Dor. »Das hier macht mir genausowenig Spaß wie dir. Je schneller wir die Sache hinter uns bringen, um so schneller kommen wir beide wieder hier raus.«

Die Biene war zwar alles andere als zufrieden, summte jedoch resigniert. Sie war es gewohnt, Regeln einzuhalten, denn es gab keine verzwickteren und sinnloseren Regeln als die der Rechtschreibung.

Dor las seine ersten beiden Sätze laut vor. Er traute der Biene zwar nicht, wußte aber auch, daß sie unfähig war, ein Wort falsch zu buchstabieren, so gerne sie ihn vielleicht ärgern mochte.

»Manche können Dinge herbeizaubern«, fuhr er langsam fort, »und andere können ein Loch entstehen lassen oder Illusionen hervorbringen oder sogar durch die Luft fliegen. Doch in Mundania betreibt niemand Magie, deshalb ist es dort auch sehr langweilig. Dort gibt es keine Drachen. Statt dessen gibt es Bären, Pferde und viele andere Ungeheuer.«

Er hielt inne, um die Wörter zu zählen. Schon neunundsechzig! Nur noch acht Wörter – nein, mehr; seine Finger waren ja schon alle. Noch einundvierzig. Aber er hatte doch schon alles geschrieben, was es über dieses Thema zu schreiben gab. Was jetzt?

Na ja, vielleicht ein paar Einzelheiten. »Unser Herrscher ist der König Trent, der uns bereits seit siebzehn Jahren regiert. Der König Trent kann alle Leute in andere Wesen und in Tiere verwandeln, wenn er nur will.« Das waren ja dreißig Wörter, das ergab also insgesamt – he, neunundneunzig! Er mußte sich beim ersten Mal verrechnet haben. Noch ein Wort, und er war fertig.

Aber welches? Ihm fiel keins ein. Schließlich strengte er sich noch einmal an und rang sich einen weiteren ganzen Satz ab: »Hier wird niemand gejagt; wir leben alle in Frieden.« Aber das waren ja neun Wörter – acht mehr, als er brauchte. Es tat ihm richtig weh, derart Energie zu verschwenden!

Seufz. Da konnte man nichts machen. Er würde die Wörter schon benutzen müssen, nun, da er sie sich abgequetscht hatte. Er schrieb die Wörter so ab, wie die Biene sie buchstabierte, wobei er sie sorgfältig und deutlich aussprach. Er war sicher, daß die Biene kein Gespür für Satzzusammenhänge besaß; die buchstabierte einfach jedes Wort für sich.

In einem Anfall törichter Großzügigkeit feuerte er noch weitere fünf wertvolle Wörter ab: »Meine Geschichte ist zu Ende.« Jetzt umfaßte der Aufsatz einhundertdreizehn Wörter. Dafür mußte ihm Cherie Zentaur eigentlich eine Supernote geben!

»Gut, Buchstabiene«, sagte er. »Du hast deinen Teil geleistet. Jetzt bist du frei und kannst mit deinen Buchstaben davonfliegen.« Er öffnete das Fenster, und die Biene summte mit einem glücklichen »SSSSSSSS!« davon.

»Jetzt muß ich ihn meiner geliebten Lehrerin abliefern«, sagte er bei sich. »Mögen Flöhe ihr Fell zerpieksen! Wie kann ich das nur tun, ohne daß sie mir gleich noch mehr Hausaufgaben aufbrummt?« Denn wie alle Schüler wußte auch er, daß der Unterricht weniger dazu diente, jungen Menschen gute Dinge beizubringen, als dazu, ihre Zeit auf unangenehme Weise auszufüllen. Erwachsene lebten in der Vorstellung, daß Jugendliche leiden müßten. Erst wenn sie genug gelitten hatten, wenn ihre natürliche Freude und ihre Unschuld zum größten Teil verschwunden waren, waren sie gesetzt genug geworden, um als reif zu gelten. Ein Erwachsener war im Prinzip nichts als ein eingebrochenes Kind.

»Fragst du mich?« wollte der Fußboden wissen.

Unbelebte Gegenstände waren selten besonders schlau,

deshalb hatte er auch keinen von ihnen beim Buchstabieren um Hilfe gebeten. »Nein, ich führe nur Selbstgespräche.«

»Gut. Dann brauche ich dir ja auch nicht zu raten, dir eine Papierwespe zu holen.«

»Die könnte ich sowieso nicht fangen, die würde mich stechen.«

»Du brauchst sie gar nicht zu fangen. Sie sitzt unter mir in der Falle. Diese Blödhummel ist letzte Nacht hier hereingestolpert und findet den Ausgang nicht mehr. Ist ziemlich dunkel da unten.«

Das war aber wirklich eine gute Nachricht. »Sag ihr, daß ich sie rauslasse, wenn sie ein Blatt Papier für mich befördert.«

Murmelnd unterhielt sich der Fußboden mit der Wespe. »Ein fairer Stich, meint sie.«

»Prima. Sag ihr, wo eine Ritze zu finden ist, die groß genug ist, daß sie ins Zimmer fliegen kann.«

Kurz darauf erschien die Wespe. Sie war recht groß, besaß eine schlanke Taille und war von einer hübschen, rötlichbraunen Farbe: ein attraktives Weibchen ihrer Art, das lediglich von Staubflocken auf den Flügeln in seiner Schönheit beeinträchtigt wurde. »WWWWWWWW?« summte sie und ließ den Staub davonstieben, bis sie wieder vollends hübsch war.

Dor reichte ihr das Blatt Papier und öffnete erneut das Fenster. »Bring das hier zu Cherie Zentaur. Danach bist du frei.«

Die Wespe hielt das Papier fest, verharrte aber noch auf dem Fenstersims. »WWWWWWWW?« fragte sie erneut.

Dor verstand keine Wespensprache, und sein Freund Grundy, der Golem, der sie hätte verstehen können, war nicht da. Doch er konnte sich schon denken, woran die Wespe dachte. »Nein, ich würde dir nicht raten, Cherie zu stechen. Sie kann ihren Schweif herumwirbeln wie eine Peitsche, und sie verfehlt niemals eine Fliege.« Oder auch einen Hosenboden, fügte er im Geiste hinzu; wenn nämlich jemand töricht genug war, unverschämte Antworten zu geben, wenn er eigentlich etwas Bestimmtes tun sollte. Das hatte Dor am eigenen Leibe erfahren dürfen.

Mit zufriedenem Summen trug die Wespe das Papier hinaus. Dor wußte, daß sie es an Ort und Stelle abgeben würde. Wie die Buchstabiene mußte auch sie ihrem Wesen treu bleiben. Eine Papierwespe war unfähig, ein Stück Papier falsch zu behandeln oder gar zu mißbrauchen.

Dor ging hinaus, um Irene Meldung zu erstatten. Er fand sie in einem Badeanzug an der Südseite des Schlosses, wo sie mit einer zufriedenen Seekuh herumschwamm und diese mit Seehafer fütterte, den sie auf magische Weise am Ufer sprießen ließ. Als Zilch Dor erblickte, muhte sie, um Irene zu warnen.

»Hallo Dor – komm doch schwimmen!« rief Irene.

»In einem Graben voller Ungeheuer?« erwiderte er.

»Ich habe ein paar Hammereichen wachsen lassen, um die Mauerblümchen abzustützen«, sagte sie. »Die Ungeheuer kommen daran nicht vorbei.«

Dor blickte genauer hin. Tatsächlich: Ein Grabenungeheuer schwamm gerade an der Abtrennung vorbei und hielt sich in sicherer Entfernung von den Hammereichen. Als es ihnen an einem Punkt versehentlich zu nahe kam, bekam es mit einem sorgfältig geschwungenen Hammer eins übergebraten. An diesen Bäumen kam niemand vorbei!

Dennoch hielt es Dor für ratsam, auf Abstand zu halten. Er traute auch Zilch nicht so recht über den Weg. »Ich meinte eigentlich die Ungeheuer auf dieser Seite«, sagte er. »Ich bin nur gekommen, um zu melden, daß der Aufsatz fertig ist und sich bereits auf dem Weg zur Lehrerin befindet.«

»Ungeheuer auf dieser Seite!« wiederholte Irene und blickte an sich selbst herunter. »Piekst ihn, Pflänzchen!«

Ein Greifarm kam aus dem Wasser hervorgeschossen und umschlang seinen Knöchel. Wieder eine von ihren verspielten Pflanzen! »Hör auf damit!« schrie Dor und wirbelte mit den Armen, als die Pflanze an seinem Bein zerrte. Doch es war schon zu spät: er verlor das Gleichgewicht und fiel mit einem großen Plumpser in den Graben.

»Hohoho!« lachte das Wasser. »Das hat dein Feuerchen aber hübsch gelöscht, will ich meinen!« Wütend hämmerte Dor mit den Fäusten auf die Wasseroberfläche ein, doch es hatte keinen Zweck. Ob es ihm gefiel oder nicht, nun befand er sich voll bekleidet im Wasser!

»He, mir ist gerade was eingefallen!« rief Irene. »Hast du der Buchstabiene die Wörter auch genau definiert?«

»Nein, wieso?« rief Dor planschend und versuchte verzweifelt, aus dem Wasser zu krabbeln, doch er verhedderte sich immer mehr in den Greifarmen der Pflanze, die ihn hinuntergezogen hatte. Der Stolz verbot es ihm, Irene um Hilfe zu bitten, obwohl ein Wort genügt hätte, ihn zu befreien.

Immerhin merkte sie, was los war. »Immer mit der Ruhe, Pflänzchen«, sagte sie, und die Pflanze lockerte ihren Griff. Dann kehrte sie zum Thema zurück. »Das könnte Ärger geben. Wenn du nämlich Homonyme verwendet haben solltest ...«

»Hab' ich bestimmt nicht. Weiß ja nicht mal, was das ist.« Die Pflanze griff zwar nicht mehr an, doch sobald Dor sich anschickte, ans Ufer zu schwimmen, stellte sie sich ihm in den Weg. Mit seinem Witz über die Ungeheuer hatte er Irene verärgert, und nun zahlte sie es ihm gnadenlos heim. Da war sie genau wie ihre Mutter. Manchmal hatte Dor das Gefühl, daß die Welt besser dran wäre, wenn das gesamte weibliche Geschlecht ausgerottet worden wäre.

»Verschiedene Wörter, die sich genauso anhören, du Dämlack!« sagte sie mit mädchenhafter Arroganz. »Verschiedene Schreibweisen. Die Buchstabiene ist nicht so schlau; wenn du ihr nicht genau sagst, welches Wort ...«

»Verschiedene Schreibweisen?« Eine furchtbare Ahnung überkam ihn.

»Wie Meer und mehr«, sagte sie und stellte ihren Wortschatz auf jene ärgerliche Weise zur Schau, die Mädchen so oft an sich hatten. »Meer wie Wasser und mehr wie weniger. Oder wie Lehrer und leerer, Lehrer wie Lehrerin und leerer wie voller. Wörter ohne innere Verbindung, die nur genauso klingen. Hast du davon irgendwelche benutzt?«

Dor dachte konzentriert über seinen bereits halb vergessenen Aufsatz nach.

»Diese Biene ist zwar nicht besonders schlau, aber sonderlich glücklich war sie auch nicht darüber, für ihre Buchstaben arbeiten zu müssen!« rief sie lachend. »Oh, Dor, da steckst du aber in der Patsche! Warte nur, bis Cherie Zentaur deinen Aufsatz gelesen hat!«

»Ach, vergiß es!« fauchte er angewidert. Wie viele Homonyme hatte er nur benutzt?

»Das wird ein Späßchen!« rief sie, schwamm herbei und zerrte an seinen Kleidern. Der Stoff, der nicht für Aufenthalte im Wasser gedacht war, riß mühelos auf und gab seinen halben Brustkorb frei.

»Späßchen, Näschen!« erwiderte er wütend, hakte zwei Finger oben in ihren Badeanzug und riß ihn herunter. Auch dieser Stoff riß erstaunlich mühelos auf und zeigte, daß ihr Körper genauso voll entwickelt war, wie die Kurven ihrer Kleider es bisher immer angedeutet hatten. Ihre Mutter, die Königin, machte sich oft mit Hilfe von Illusionen schöner; das hatte Irene nicht nötig.

»Iiiiiihhhh!« schrie sie erfreut. »*Dich* kauf ich mir!« Dann riß sie weitere Fetzen seiner Kleider herunter, wobei sie sich keineswegs nur auf sein Hemd beschränkte. Dor wehrte sich. Seine Wut war von dem bezaubernden Anblick, den er ab und zu erhaschen konnte, recht gedämpft worden. Kurz darauf waren sie beide splitternackt und lachten. Es war beinahe so, als hätten sie im Zorn etwas getan, was sie zwar gerne hatten tun wollen, aber nicht gemeinsam zu beschließen gewagt hatten.

Da kam Cherie Zentaur herbeigaloppiert. Ihr Vorderteil sah aus wie eine bemerkenswert wohlgestaltete, üppige Frau, während ihr Hinterteil aus dem Rumpf eines schönen Pferdes bestand. Es hieß allgemein, daß Mundania das Land der schönen Frauen und schnellen Pferde war, vielleicht auch umgekehrt; Xanth jedenfalls war das Land, wo beide eins waren. Cheries braunes Menschenhaar fiel bis auf ihren braunen Pferderücken hinab, ein Gegenstück zu ihrem wunderschönen Schweif. Sie trug keine Kleider, da die Zentauren nichts von derlei Tand hielten, und sie war, ihrem Aussehen zum Trotz, recht alt, denn sie gehörte zur Generation von Binks Vater. Solche Dinge machten sie erheblich weniger interessant als Irene. »Wegen deines Aufsatzes, Dor ...«, fing Cherie an.

Dor und Irene blieben wie angewurzelt stehen, plötzlich ihres Zustands bewußt. Sie waren nackt, vom Wasser halb bedeckt. Pflanzen spielten träge mit Fetzen ihrer Kleidung. Das war ganz bestimmt kein sittsames Verhalten, und es war ziemlich sicher, daß andere es mißverstehen würden.

Doch Cherie ging es erst einmal nur um den Aufsatz. Sie schüttelte den Kopf, so daß ihr Haar zwischen ihre Brüste fiel – das war immer ein Zeichen dafür, daß es ihr ernst war. »Wenn du die Güte hättest, deine Sexsspielchen einen Augenblick zu unterbrechen«, sagte sie, »dann würde ich gerne mit dir einmal die Rechtschreibung in diesem Aufsatz durchgehen.« Zentauren war es reichlich egal, was Menschen miteinander im Wasser taten, für sie war dergleichen etwas ganz Natürliches. Aber wenn Cherie es der Königin melden sollte ...

»Äh, na gut ...«, sagte Dor und wünschte, er könnte im Wasser versinken.

»Aber bevor ich auf Einzelheiten eingehe, wollen wir noch ein Zusatzgutachten einholen.« Cherie hielt ein Blatt so, daß Irene es lesen konnte.

Irene war die Lage ebenso peinlich wie Dor. Sie atmete aus, um tiefer im Wasser zu versinken, doch einen Augenblick später kam sie prustend wieder an die Oberfläche, zumal das, was an ihr besonders herausragend war, ohnehin dazu neigte, an der Oberfläche zu treiben. Doch als sie das Blatt musterte, verwandelte sich ihre Stimmung. »Oh, nein! Was für eine Katastrophe!« kicherte sie. »Diesmal hast du dich aber wirklich selbst übertroffen, Dor!« kekkerte sie. »Das ist ja schlimmer denn je!« rief sie hämisch.

»Was ist denn hier so komisch?« fragte das Wasser, und

auch die Steine, der Sand und andere unbelebte Dinge in Reichweite von Dors Talent gaben ihrer Neugier Ausdruck.

Cherie lehnte Magie bei Zentauren ab – sie gehörte zu der altmodischen, konservativen Schule, die Magie bei zivilisierten Wesen in Xanth für obszön hielt –, doch bei Menschen erkannte sie ihren Wert. »Ich werde dir den Aufsatz einmal vorlesen und dabei versuchen, die Worte so auszusprechen, wie sie tatsächlich geschrieben sind«, sagte sie. Das tat sie auch – und irgendwie traten die neuen Bedeutungen hervor, auch wenn sich an der eigentlichen Aussprache nicht viel änderte. Dor verzog das Gesicht. Das war ja alles noch schlimmer, als er befürchtet hatte!

Daß Land Xanth

Ich lebe im Land Xanth. Eß unterscheidet sich von Mundania dadurch, daß eß in Xanth Maggi kippt, in Mundania aber nicht. Je der in Xanth besitzt ein einziges magisches Tal-End; kein Tal-End wider holt sich. Manche können Dinge Herr Bey zaubern und andere ein Loch entstehen lassen oh der Illusionen hervorbringen oh der so gar durch die Luft Fliegen. Doch in Mundania betreibt niemand Maggi, deshalb ißt eß dorrt auch Seher langweilig. Dort kippt eß keine Drachen. Stadt dessen kippt es Beeren, Fährte und viele Ungeheuer. Unser Herrscher ißt der König Trend. Der König Trend kann alle läute in andere wesen und in Tiere verwandeln, wenn er nur will. Hier Wirt niemand geh Jagd; vier leben alle in Frieden. Meine geh schichte ißt zu Ende.

Gegen Ende lachte Irene bereits Tränen, die Seekuh röhrte in rindhaftem Vergnügen, das Wasser, das Ufer und die Steine kicherten, die Hammereichen hieben vor Lachen aufeinander ein, und die Grabenungeheuer keuchten. Dor konnte dem Ganzen als einziger keine Freude abgewinnen und fand die Sache auch nicht besonders komisch. Er wünschte, er könnte tief im Inneren der Erde versinken.

Cherie beherrschte sich, um ein angemessenes Stirnrunzeln aufzusetzen. »Und jetzt, glaube ich, meldest du dich wohl besser beim König, Dor.«

Oh, nein! Was konnte ein einziger Nachmittag denn noch alles an Unheil bringen? Er würde von Glück reden können, wenn König Trent ihn nicht in einen Spulwurm verwandelte und ihn wieder in den Graben warf. Als wenn der verpatzte Aufsatz nicht genug wäre, war er zu allem Überfluß auch noch dabei erwischt worden, wie er nackt mit der Königstochter ...

Dor hüllte seinen Körper in seine Kleiderfetzen und krabbelte aus dem Wasser. Er mußte wohl oder übel in den sauren Apfel beißen.

Er ging schnell nach Hause, um seine Kleidung zu wechseln. Er hatte zwar gehofft, daß seine Mutter nicht da wäre, aber sie war beim Reinemachen. Glücklicherweise war sie in ihrem Nymphenstadium und sah aus wie eine wunderschöne Puppe, obwohl sie bereits an die Vierzig war. Wenn sie obenauf war, gab es niemanden, der schöner war als Chamäleon; und niemand war häßlicher als sie, wenn sie ihren Tiefpunkt hatte. Doch ihre Intelligenz verlief diesem Rhythmus genau entgegengesetzt, also war sie im Augenblick ziemlich dumm. Deshalb kam sie auch nicht auf den Gedanken zu fragen, warum er seine Kleider um seine Hüfte geschlungen hatte, triefend naß ins Zimmer kam und alle Gegenstände auf seinem Weg zu kichern begannen. Doch auf Wasser reagierte sie immer noch empfindlich. »Tropf nicht auf den Boden, Liebes«, warnte sie.

»Ich bin gleich wieder trocken«, rief er ihr beruhigend zu. »Ich war mit Irene schwimmen.«

»Schön«, sagte sie.

Kurz darauf lief er mit klopfendem Herzen die Treppe zur Bibliothek hoch, wo der König ihn stets zu empfangen pflegte. Cherie Zentaur mußte König Trent seinen Aufsatz gezeigt haben, bevor sie Dor gesucht hatte. Vielleicht wußte der König aber noch nichts über die Katastrophe im Graben.

König Trent erwartete ihn bereits. Der König war ein stämmiger, ergrauender, attraktiver Mann um die Sechzig.

Wenn er starb, würde Dor wahrscheinlich den Thron von Xanth erben. Irgendwie war er überhaupt nicht scharf auf diesen Posten.

»Hallo Dor«, sagte der König und schüttelte herzlich seine Hand, wie er es immer tat. »Ihr seht aber frisch und sauber aus heute.«

Wegen des Vorfalls im Graben. So konnte man natürlich auch sauber werden! Ob der König ihn aufziehen wollte? Nein, das war nicht Trents Art. »Ja, Majestät«, sagte Dor verlegen.

»Ich habe ernste Nachricht für Euch.«

Dor war nervös und zappelig. »Jawohl, Euer Majestät. Es tut mir leid.«

Trent lächelte. »Oh, es hat nichts mit Eurem Aufsatz zu tun. Wenn ich ehrlich bin: Als ich jung war, war die Rechtschreibung auch nicht meine Stärke. So etwas kommt mit der Zeit.« Seine Miene wurde ernst, und Dor zuckte zusammen, weil ihm klar war, daß es die andere Angelegenheit sein mußte, die den König bekümmerte.

Dor überlegte, ob er eine Erklärung abgeben sollte, aber er erkannte, daß dies zu sehr nach einer Entschuldigung klingen würde. Könige und potentielle Könige, begriff er, entschuldigten sich nicht, das war schlecht für ihr Image. Also verharrte er in furchtbarem Schweigen.

»Dor, nun beruhigt Euch«, sagte der König. »Was ich Euch sagen will, ist sehr wichtig.«

»Es war ein Unfall!« platzte Dor heraus. Sein Schuldgefühl bekam die Oberhand über seine Entschlossenheit. Es war ja so schwer, sich königlich zu benehmen!

»Meint Ihr zufällig diesen Sturz in den Graben?«

Bestätigung war genauso schlimm wie bloßer Verdacht! »Jawohl, Majestät.« Dor erkannte, daß alles, was er jetzt noch hinzufügte, die Schuld auf Irene abwälzen würde, und das wäre kaum ratsam.

»Der komischste Platscher, den ich seit Jahren gesehen habe!« sagte König Trent mit einem würdevollen Lächeln. »Ich habe alles von der Brüstung aus mit angesehen. Natürlich hat sie Euch hinabgezogen und sich dann in Eure Kleider gekrallt. So sind die Frauen eben.«

»Dann seid Ihr gar nicht böse auf mich?«

»Dor, ich vertraue Euch. Bei Kleinigkeiten lauft Ihr gelegentlich ins Unheil, aber in wichtigen Dingen seid Ihr doch recht zuverlässig. Und ich muß zugeben, daß meine Tochter manchmal ein recht provozierendes Gör sein kann. Aber die Hauptsache ist eigentlich, daß Ihr in solche mißlichen Lagen geratet, solange Ihr noch jung genug seid, um etwas daraus zu lernen. Wenn Ihr erst einmal König seid, habt Ihr keine Zeit mehr für derartigen Luxus.«

»Dann habt Ihr mich nicht deswegen rufen lassen?« fragte Dor erleichtert.

»Wenn ich Zeit und Privatleben genug dafür hätte, würde ich auch lieber im Graben herumplanschen.« Dann verschwand das Lächeln des Königs, als er sich wieder seinen Geschäften zuwandte. »Dor, die Königin und ich machen einen Staatsbesuch in Mundania. Er soll eine Woche dauern. Wir müssen ein dunkles Gewässer durchqueren, einen großen Fluß hinauf und zu einem belagerten Königreich in den Bergen, das von feindlichen Armeen umringt ist. Der normale Handel ist zum größten Teil zum Erliegen gekommen. Sie können nicht mehr hinaus – das meldet jedenfalls mein Späher. Als wir ihnen Handelsbeziehungen anboten, haben sie uns eine Willkommensbotschaft übersandt. Doch die Einzelheiten sind noch nicht geklärt, die werde ich wohl persönlich ausarbeiten müssen. Ich bin hier der einzige Mensch mit Autorität, der hinreichend Erfahrung in Mundania hat sammeln können, um der Lage gewachsen zu sein. Es ist ein kleiner, ein vorsichtiger Anfang – aber wenn wir mit einem Teil von Mundania einen begrenzten, durchführbaren und regelmäßigen Handel aufbauen können, wird es die Sache wert sein, und sei es nur um der Erfahrung willen. Also wollen wir jetzt die Zeit investieren, da in Xanth augenblicklich keine Krise herrscht. Während meiner Abwesenheit werdet Ihr König sein und über Xanth herrschen müssen.«

Das traf Dor völlig unvorbereitet. »Ich? König?«

»Heute in einer Woche. Ich hielt es für das beste, Euch vorzuwarnen.«

»Aber ich kann doch gar nicht König sein! Ich weiß doch überhaupt nichts über ...«

»Ich würde sagen, daß dies eine ausgezeichnete Zeit ist, um es zu lernen, Dor. Im Königreich herrscht Frieden, man schätzt Euch allgemein, und außerdem habt Ihr zwei Magier, die Euch beraten können.« Er zwinkerte feierlich. »Die Königin hat mir zwar angeboten, hierzubleiben, um Euch zu unterstützen, aber ich habe darauf bestanden, das Vergnügen ihrer Gesellschaft für mich zu haben. Es ist von größter Wichtigkeit, daß Ihr vorbereitet seid, vor allem für den Fall, daß Ihr das Amt sehr plötzlich übernehmen müßtet.«

Trotz seines Schocks wegen der ihm plötzlich angedrohten Verantwortung sah Dor die Logik des Ganzen ein. Wenn die Königin in Xanth bliebe, würde sie alles an sich reißen, und Dor würde keine Erfahrung sammeln können. Die beiden anderen Magier würden sich nicht einschalten; keiner von ihnen mischte sich freiwillig in die Angelegenheiten Xanths ein. Also würde Dor freie Hand haben – und genau das war es, was König Trent wollte.

Doch was sollte diese andere Anspielung bedeuten – die plötzliche Übernahme von Verantwortung? Sollte das etwa ein Hinweis darauf sein, daß König Trent etwas fehlte? Der Gedanke entsetzte Dor. »Aber es wird doch noch sehr lange dauern, bis – ich meine ...«

»Macht Euch keine unnötigen Sorgen«, sagte König Trent, der Dors nur ungenügend formulierte Befürchtungen recht gut verstanden hatte, wie es stets der Fall war. »Ich bin noch nicht einmal sechzig. Ich schätze, es dürfte noch gute dreißig Jahre dauern, bis dieses Amt Euch zufällt. Ich erfreue mich bester Gesundheit. Aber man muß stets auf das Unerwartete gefaßt bleiben. Nun, kann ich noch irgend etwas für Euch tun, was Euer neues Amt betrifft?«

»Äh...« Dor war noch immer wie betäubt. »Geht das nicht auch heimlich?«

»Die Königswürde ist wohl kaum ein Geheimnis, Dor.«

»Ich meine ... muß denn jeder wissen, daß Ihr fort seid? In Xanth, meine ich? Wenn man dächte, daß Ihr noch in der Nähe seid, daß das Ganze nur eine Übung ist ...«

König Trent furchte die Stirn. »Fühlt Ihr Euch der Sache nicht gewachsen?«

»Um ehrlich zu sein, nein, Majestät.«

Der König seufzte. »Dor, ich bin enttäuscht aber nicht überrascht. Ich glaube, Ihr unterschätzt Euch selbst, aber Ihr seid ja auch noch jung, und es steht nicht in meiner Absicht, Euch unnötige Schwierigkeiten zu machen. Wir werden bekanntgeben, daß die Königin und ich eine Woche Urlaub machen – einen Arbeitsurlaub – und Euch gestatten, Euch auf Euer späteres Amt vorzubereiten. Ich glaube nicht, daß wir damit sonderlich von der Wahrheit abirren. Wir werden arbeiten, und für mich ist ein Besuch in Mundania auch ein Urlaub. Die Königin war noch nie dort, für sie wird es eine völlig neue Erfahrung sein. Aber Ihr werdet – als einziger – wissen, daß wir nicht da sein werden können, um Euch zu helfen, falls es Probleme geben sollte. Nur der Ältestenrat und die anderen Magier werden wissen, wo ich bin.«

Dor fühlte sich recht schwach in den Knien. »Danke, Euer Majestät. Ich werde versuchen, nichts falsch zu machen.«

»Ja, versucht es. Und seht zu, daß Ihr nicht in den Graben fallt«, meinte König Trent lächelnd. »Und laßt Euch nicht von meiner Tochter herumkommandieren. Das geziemt sich nicht für einen König.« Er schüttelte den Kopf. »Aber sie ist wirklich ein ganz schön durchtriebenes Weibchen geworden, wie? Als Ihr ihr den Badeanzug heruntergezogen habt ...«

»Äh ...«, sagte Dor errötend. Er hatte eigentlich gehofft, daß sie dieses Thema bereits sicher hinter sich gebracht hätten.

»Sie hat es aber auch wirklich herausgefordert! Die Königin und ich behandeln sie viel zu nachsichtig. Ich mußte Iris androhen, sie in einen Kaktus zu verwandeln, damit sie nicht eingriff. Und ich habe Recht behalten: Ihr beide habt die Sache ganz gut unter Euch ausgemacht.«

Tatsächlich hatte Cherie Zentaur ja den Kampf unterbrochen, sonst wäre es nicht abzusehen gewesen, wohin die ganze Sache hätte führen können. Es war eines der wenigen Male in seinem Leben – zumindest jetzt, im nachhinein betrachtet –, daß Dor wirklich dankbar für Cheries Eingreifen war. Vielleicht wußte der König das auch.

»Äh, danke ... ich meine ... jawohl, Euer Majestät«, sagte Dor lahm. Das hier war fast zuviel des Verständnisses; die Königin hätte ihn mit Sicherheit wesentlich rüder behandelt. Und doch wußte er, daß der König, was den Kaktus anging, keineswegs gescherzt hatte. So umgänglich er sich auch geben mochte, duldete er dennoch keinerlei Insubordination, und zwar von niemandem – was natürlich eine seiner wichtigsten Fähigkeiten als König war.

Leider war Dors Talent nicht so machtvoll: Er konnte seine Gegner nicht verwandeln. Was würde er tun, wenn er einen Befehl erteilte und der Befehlsempfänger sich weigerte, ihn zu befolgen? Er wußte es nicht.

»Jedenfalls werdet Ihr es schon schaffen«, meinte König Trent. »Ich verlasse mich darauf, daß Ihr durchhaltet, egal welche Gefahren meine Tochter heraufbeschwören mag.«

»Jawohl, Euer Majestät«, willigte Dor ohne sonderliche Begeisterung ein. »Müßt Ihr denn wirklich fortgehen?«

»Wir müssen gehen, Dor. Ich habe das Gefühl, daß dies eine ausgezeichnete Gelegenheit wäre, dauerhafte Handelsbeziehungen aufzubauen. Mundania besitzt gewaltige und so gut wie völlig unausgebeutete Ressourcen, die uns sehr viel nützen würden, während wir magische Fähigkeiten besitzen, die umgekehrt den Mundaniern helfen könnten. Bisher sind unsere Handelsbeziehungen zu Mundania eher sporadischer Art, und zwar wegen der Kommunikationsschwierigkeiten. Wir brauchen eine verläßliche Verbindung auf einer persönlichen Basis. Andererseits müssen wir äußerst umsichtig vorgehen, weil wir keine mundanische Invasion heraufbeschwören wollen. Und aus diesem

Grund verhandeln wir ganz bewußt mit einem kleinen Königreich, von dem nicht zu erwarten ist, daß es einmal einen solchen Angriff starten könnte, selbst wenn es wollte.«

Das konnte Dor gut verstehen. In der Geschichte Xanths hatte es eine große Zahl mundanischer Eroberungswellen gegeben, bis man schließlich geeignete Verteidigungsmaßnahmen ergriffen hatte. Tatsächlich gab es keinen einzigen zuverlässigen Weg, der von Mundania nach Xanth führte. In Mundania schien die Zeit nach anderen Gesetzmäßigkeiten abzulaufen, deshalb waren Kontakte auch eher eine Frage des Zufalls. Im Gegensatz dazu konnte jeder Bürger Xanths einfach dadurch nach Mundania gelangen, daß er über das Gebiet der Magie hinaustrat. Wenn er sich die Strecke genau merkte, konnte er theoretisch auch wieder zurückfinden. Doch das war eher eine akademische Frage, denn niemand wollte Xanth verlassen, da er dabei auch sein magisches Talent hätte zurücklassen müssen.

Nein, das stimmte nicht ganz, dachte Dor. Seine Mutter Chamäleon hatte Xanth einst verlassen wollen, um ihre Wandelphasen zu beenden. Das war bevor sie seinen Vater Bink kennengelernt hatte. Auch die Gorgone hatte einige Jahre in Mundania verbracht, wo ihr Anblick die Menschen nicht sofort versteinern ließ. Vielleicht hatte es auch noch andere gegeben. Doch das waren stets Verzweiflungstaten gewesen. Xanth war so offensichtlich der beste Ort zu leben, daß nur wenige Bürger das Land freiwillig verlassen wollten.

»Äh, was, wenn Ihr verschollen gehen solltet, Euer Majestät?« fragte Dor besorgt.

»Dor, Ihr vergeßt, daß ich bereits einmal in Mundania war. Ich kenne den Weg.«

»Aber Mundania verändert sich doch! Ihr könnt doch nicht dorthin zurückgehen, wo Ihr einst gewesen seid!«

»Das stimmt wohl. Ich würde die Königin gewiß nicht an den Ort meiner ersten Heirat führen.« Der König schwieg einen Augenblick, und Dor wußte, daß er über diesen Aspekt seines Lebens nicht sprechen wollte. Als er in

Mundania gewesen war, hatte König Trent eine Frau und ein Kind gehabt; doch sie waren gestorben, und so war er nach Xanth zurückgekehrt und König geworden. Wäre seine Familie am Leben geblieben, so wäre Trent niemals nach Mundania zurückgekommen. »Aber ich glaube, ich werde mich schon zurechtfinden.«

Dor war jedoch immer noch beunruhigt. »Mundania ist gefährlich, dort gibt es Bären und Pferde und so weiter.«

»Worüber Ihr mich ja auch in Eurem Aufsatz belehrt habt. Dor, ich will nicht so tun als sei diese Reise völlig ohne jedes Risiko, aber ich glaube, daß es die Sache wert ist. Ich bin ein ausgezeichneter Schwertkämpfer und hatte zwanzig Jahre Zeit, um Überlebenstechniken zu vervollkommnen, die nicht auf Magie beruhen. Aber ich muß auch gestehen, daß mir Mundania ein wenig fehlt. Vielleicht ist das auch insgeheim der eigentliche Grund für diese Reise.« Der König dachte erneut nach, dann wechselte er das Thema. »Ein größeres Problem ist der Übergang von hier nach dort. Versteht Ihr, wenn wir nach Mundania hinübergehen, können wir dort an einem beliebigen Punkt seiner Geschichte herauskommen. Bis vor kurzem konnten wir diesen Punkt nicht selbst bestimmen, es hing also vom Zufall ab. Die Königin glaubt, daß sie eine Möglichkeit gefunden hat, wie man dieses Problem lösten könnte. Das ist auch einer der Gründe, weshalb ich persönlich dort verhandeln muß: Ich kann niemandem zumuten, sich dem Risiko des Übergangs auszusetzen. Es könnte sein, daß wir unser Ziel, das Königreich, nicht erreichen, oder es zwar erreichen, aber mit leeren Händen zurückkehren. Dann kann ich nur mir allein die Schuld dafür geben.«

»Aber wenn Ihr doch nicht wißt, wann Ihr in Mundania eintreffen werdet, woher wollt Ihr denn dann wissen, daß jetzt eine gute Gelegenheit dafür ist? Ich meine, Ihr könntet doch ganz woanders herauskommen.«

»Ich sagte ja bereits, daß ich einige Hinweise habe. Ich glaube, daß die Zeit jetzt günstig ist, um ins Mittelalter Mundanias einzutreten, und die Königin hat die Angelegenheit studiert und meint, daß sie unseren Eintritt genauer regulieren kann, so daß wir an demselben Raum-Zeit-Punkt heraustreten, den unser Späher erkundet hat. Dieser Ort sollte reichlich natürliche Ressourcen wie Holz und Stoffe bieten, die wir mittels Magie zu Schnitzereien und Kleidung verarbeiten können, und zwar in einer solchen Qualität, wie sie die Mundanier nicht hervorzubringen vermögen. Vielleicht bietet sich auch etwas anderes an, vielleicht auch überhaupt nichts. Ich schätze, daß eine Woche genügen dürfte, um die Lage zu erkunden. Wir können es uns nicht leisten stehenzubleiben. Wir müssen weiterhin daran arbeiten, unsere Lage zu verbessern. Die Magie allein genügt nicht, um Xanth gedeihen zu lassen!«

»Das ist wohl richtig«, meinte Dor zustimmend. Doch er war sich auch sicher, daß er niemals König Trents Aufgaben würde übernehmen können. Tatsächlich ging es Xanth jetzt recht gut, und seit Trents Thronbesteigung war alles immer besser geworden. Das Königreich war gut diszipliniert, und es herrschte Ordnung. Nicht einmal die Drachen wagten es, dort auf Raubzug zu gehen, wo Menschen ihr Revier abgesteckt hatten. Dor hatte die schreckliche Befürchtung, wenn er, Dor, König würde, würde das goldene Zeitalter bald sein Ende finden. »Ich wünsche Euch alles Gute in Mundania, Euer Majestät.«

»Das weiß ich, Dor«, sagte König Trent liebenswürdig. »Ich bitte Euch, vor allem eins stets im Auge zu behalten – Ehrlichkeit*.«

»Ehrlichkeit?«

»Wenn Ihr Zweifel habt, ist Ehrlichkeit im allgemeinen das Beste. Was immer dann auch geschehen mag, werdet Ihr zumindest keinen Grund zur Scham haben, solange Ihr bei der Ehrlichkeit bleibt.«

»Ich werde es mir merken«, erwiderte Dor. »Ehrlichkeit.«

»Ehrlichkeit«, wiederholte König Trent mit seltsamer Betonung. »Genau das.«

* Im xanthischen Dialekt »HONESTY«, was noch zu mancher Verwirrung Anlaß geben wird. (Anm. d. Übers.)

II
König Dor

Wie im Flug verging die Zeit, und einen Augenblick später – so schien es jedenfalls – war der gefürchtete Tag auch schon da. Dor fand sich plötzlich auf dem Thron wieder und fühlte sich schrecklich einsam. König Trent und Königin Iris hatten ihren Urlaub bekanntgegeben und waren in einer Wolke verschwunden. Als die Wolke sich verflüchtigt hatte, waren sie nicht mehr zu sehen gewesen: Iris' Kunst der Illusion hatte sie unsichtbar gemacht. Sie hatte schon immer eine Vorliebe für theatralische Auftritte und Abgänge gehabt.

Dor biß die Zähne zusammen und machte sich an die Arbeit. Tatsächlich bestand das Regieren zum größten Teil aus Routine. Es gab einen Stab von Mitarbeitern im Palast, die durchaus kompetent waren und die Dor schon immer gekannt hatte. Sie taten alles, was er ihnen auftrug, und beantworteten auch alle seine Fragen. Doch sie fällten keine wichtigen Entscheidungen – und Dor entdeckte, daß *jede* Entscheidung, so belanglos sie auch sein mochte, für die Betreffenden stets von größter Wichtigkeit zu sein schien. Also überließ er die Routine weitgehend sich selbst und konzentrierte sich auf die Bereiche, die nach der Entscheidung des Königs verlangten, wobei er hoffte, daß seine riesige königliche Robe jedes Zittern seiner Knie verbergen würde.

Der erste Fall betraf zwei Bauern, die Meinungsverschiedenheiten wegen einer Glühbirnenplantage hatten. Jeder von ihnen behauptete, ein Anrecht auf die hellsten Birnen der gegenwärtigen Ernte zu haben. Dor befragte ihre hölzernen Gürtelschnallen und erfuhr die ganze Geschichte, wie sie sich wirklich abgespielt hatte, während die beiden Bauern wie gebannt seine Magie bestaunten. Dor tat dies ganz bewußt, damit sie sehen konnten, daß er tatsächlich ein Magier war. Magie von solchem Kaliber respektierten sie durchaus, und so war es wahrscheinlicher, daß sie ihn nun auch stärker beachten würden.

Bauer A hatte den Acker viele Jahre ohne allzu großen Erfolg bestellt; das Land gehörte ihm. Bauer B war angeheuert worden, um in dieser Saison zu helfen – und prompt war das Feld aufgeblüht und trug die beste und hellste Ernte seit Jahen, so daß Dunkelheit für den Acker ein Fremdwort geworden war. Wem stand nun die erste Wahl der Glühbirnen zu?

Dor erkannte, daß er hier diplomatisch vorgehen mußte. Er hätte natürlich willkürlich irgendeine beliebige Entscheidung treffen können, doch dann wäre eine der beiden Parteien unzufrieden gewesen. Daraus könnte dann noch weiterer Ärger erwachsen. Er wollte aber nicht, daß König Trent in späteren Monaten noch mit den Folgen seiner Entscheidungen zu kämpfen hatte. »Bauer B hat offensichtlich geschickte Hände, mit deren Hilfe er seine Glühbirnenernte zum Gedeihen bringen kann«, sagte er. »Deshalb sollte er sich auch die besten Exemplare aussuchen können, und zwar so viele, wie er haben will. Ohne ihn wäre die Ernte schließlich nicht viel wert.« Bauer B sah zufrieden aus. »Doch Bauer A gehört das Land. Er kann nächstes Jahr anheuern, wen er will, um mehr von seiner Ernte einbehalten zu können.« Bauer A nickte grimmig. »Natürlich wird Bauer A«, fuhr Dor freundlich fort, »dann keine besonders gute Ernte bekommen, und Bauer B wird keine Arbeitsstelle haben. Die Glühbirnen wachsen nirgendwo anders, werden aber auch nur so hell, wenn eine bestimmte Person sie behandelt, also werden beide Bauern nur dabei verlieren. Wirklich schade. Es wäre so einfach gewesen, die Birnen gleichmäßig zu verteilen, so daß jeder abwechselnd eine Birne aussucht, der Gewinn der gemeinsamen Arbeit gerecht verteilt wird und später noch bessere Ernten möglich werden ...« Dor zuckte traurig mit den Schultern.

Die beiden Bauern blickten einander ahnungsvoll an. War es nicht wirklich wichtiger, viele zukünftige Ernten miteinander zu teilen, anstatt nur an einer einzigen zu gewinnen? Vielleicht konnten sie sich doch noch einig werden.

Eifrig diskutierend gingen sie fort. Dors Muskeln entspannten sich. Hatte er sich richtig verhalten? Er wußte, daß er nicht alle Menschen in jedem Fall glücklich machen konnte, aber er wollte diesem Ideal doch so nahe wie möglich kommen.

Als er am nächsten Morgen im königlichen Bett erwachte, erblickte er ein Gespenst, das vor ihm stand. Es war Doreen, die Küchenmagd. Im Schloß gab es ein halbes Dutzend Gespenster, jedes mit seiner oder ihrer eigenen traurigen Geschichte, doch die meisten von ihnen schwiegen sich über ihre Vergangenheit aus. Dor hatte Doreen immer gemocht, und zwar wegen der Ähnlichkeit ihrer Namen – Dor/Doreen –, obwohl sie davon abgesehen kaum etwas gemein hatten. Vielleicht war er ja nach ihr benannt worden, denn sie war eine Freundin von Millie dem Gespenst, die während der ersten Jahre sein Kindermädchen gewesen war. Niemand hatte es für nötig gehalten, es ihm zu verraten, und das Mobiliar am Ort wußte es auch nicht. Das Schloß war voll solcher kleiner Geheimnisse, sie waren Teil seiner Atmosphäre. Jedenfalls war Doreen in mittleren Jahren, recht stämmig und oft etwas schnippisch. Mit Lebenden wollte sie nicht allzuviel zu tun haben. Deshalb war es auch überraschend, sie plötzlich hier zu sehen. »Was kann ich für dich tun, Doreen?« fragte er.

»Sire, Euer Majestät König Dor«, sagte sie steif. »Wir dachten uns nur ... ich meine, vielleicht wäre es ja möglich ... da Ihr jetzt der Königliche Monarch seid, vorübergehend, für eine Weile ...«

Dor lächelte. Doreen hatte immer Schwierigkeiten damit, zur Sache zu kommen. »Raus damit, schöner Geist.«

»Nun ja, wir ... Ihr wißt vielleicht, daß wir nicht mehr viel von Millie gesehen haben, seit sie verschieden ist ...«

Für die Gespenster stellte Millies Rückkehr ins Leben ein Ableben dar. Sie hatte jahrhundertelang zu ihnen gehört, und nun war sie wieder sterblich geworden. »Fehlt sie euch?«

»Ja gewiß, Euer Majestät, in gewisser Weise tut sie das. Sie hat uns jeden Tag besucht, nachdem sie, Ihr wißt schon, aber seit sie in den Ehestand eingetreten ist, hat sie ... ist sie nicht mehr ...«

Millie hatte den Zombiemeister geheiratet und war mit ihm in das Schloß gezogen, das jetzt dem Guten Magier Humfrey gehörte. Achthundert Jahre zuvor hatte es dem Zombiemeister gehört, und nun teilten sie es miteinander. »Also wollt ihr sie gerne einmal wiedersehen«, beendete Dor den Satz.

»Jawohl, Sire, Euer Majestät. Ihr wart ihr Freund im Leben, und nun, da Ihr sozusagen der Königliche König seid ...«

»Sie bedarf wohl kaum der königlichen Zustimmung, um ihre alten Gefährten zu besuchen.« Dor lächelte. »Nicht, daß eine solche Zustimmung jemals verweigert würde, aber selbst wenn dies der Fall wäre – wer sollte ein Gespenst daran hindern, irgendwohin zu gehen?«

»Oh, Sire, *wir* können nirgendwohin gehen!« protestierte Doreen. »Wir sind für immer an den Ort unseres grausamen Todes gebunden, bis unsere, um es vorsichtig auszudrücken, Last abgetragen ist.«

»Nun, wenn ihr mir von euer Last erzählen würdet, könnte ich euch vielleicht helfen«, schlug Dor vor.

Es war das erste Mal, daß er ein Gespenst erröten sah. »Oh, nein, nein, n-niemals!« stammelte sie.

Offenbar hatte er einen wunden Punkt getroffen. »Nun, dann kann Millie euch doch besuchen.«

»Aber sie ... nie ist sie ... sie kommt einfach nicht«, klagte Doreen. »Wir haben gehört ... man hat erzählt ... wir glauben, weil sie Mutter geworden ist ...«

»Mutter von Zwillingen«, bestätigte Dor. »Ein Junge und ein Mädchen. Das war ja auch zu erwarten, wenn man ihr Talent bedenkt.«

Prüde überging Doreen diese Bemerkung. »Also ist sie natürlich beschäftigt. Aber wenn der König vorschlagen, ihr nahelegen sollte ... sie um einen Besuch bitten würde ...«

Dor lächelte. »Millie war zwölf Jahre lang mein Kindermädchen. Ich war verliebt in sie. Sie hat niemals Befehle von mir entgegengenommen. Es war genau umgekehrt. Niemand, der mich kennt, nimmt mich ernst.« Noch während er sprach, hatte Dor die Befürchtung, daß er soeben etwas Wichtiges gesagt hatte, was ihm noch leid tun würde; darüber würde er noch nachdenken müssen, sobald er allein war.

»Aber nun, da Ihr doch König seid ...«, hauchte Doreen, ohne seine Aussage zu bestreiten.

Dor lächelte erneut. »Also gut. Ich werde Millie und ihre Familie aufs Schloß einladen, damit ihr ihre Kinder kennenlernen könnt. Ich kann zwar nicht dafür garantieren, daß sie kommen werden, aber einladen werde ich sie.«

»Oh, danke, Euer Majestät, Sire!« Dankbar verflüchtigte sich Doreen.

Dor schüttelte den Kopf. Er hatte gar nicht gewußt, daß Gespenster Kinder mochten. Doch eines der Gespenster war selbst ein Kind, vielleicht war das die Erklärung. Millies Kinder waren erst drei Jahre alt, während Knopf sechs war – aber die Zwillinge würden mit der Zeit natürlich einmal so alt werden wie er, während das Gespenst nicht älter wurde. Knopf war schon sechshundert Jahre lang sechs Jahre alt. Kinder waren eben Kinder. Dor hatte Millies Zwillinge auch noch nicht kennengelernt. Ihr Besuch würde sicherlich interessant werden. Er fragte sich, ob Millie nun, da sie glücklich verheiratet war, wohl ihr Talent des Sex-Appeals bewahrt hatte. Konnte eine Ehefrau überhaupt so etwas behalten? Er fürchtete nur, bis er dies an eigenem Leib herausgefunden hatte, würde es zu spät sein.

Später am Tag kam (vielleicht war es gar kein Zufall) ein Zombie auf Dor zu. Die erbärmlichen Wesen ruhten normalerweise bequem auf ihrem Friedhof in der Nähe des Schlosses, doch bei jeder Bedrohung des Schlosses erhoben sie sich zu seiner grausigen Verteidigung. Dieser Zombie verlor beim Gehen stinkende Erd- und Fleischklumpen, und sein Gesicht war eine unförmige Masse aus Eiter und Fäulnis, doch irgendwie konnte er reden. »Eurrrrr Maaiistät ...«, flehte er schaurig und spuckte einen verfaulten Zahn aus.

Dor hatte die Zombies gut kennengelernt, auch Zombietiere und einen Zombieoger namens Egor, deshalb stießen sie ihn auch nicht mehr so sehr ab, wie es sonst der Fall gewesen wäre. »Ja?« fragte er höflich. Einen Zombie behandelte man stets am besten, indem man ihm gab, was er wollte, denn Zombies konnte man weder töten noch von ihrem Vorhaben abbringen. Theoretisch war es zwar möglich, einen Zombie zu zerteilen und die Einzelteile getrennt voneinander zu vergraben, doch erstens lohnte dies die Mühe kaum, und zweitens bot auch ein solches Vorgehen keine Erfolgsgarantie. Außerdem hatten die Zombies durchaus ihren Wert.

»Unnssrrr Mssstrrr ...«

Dor begriff. »Ihr habt den Zombiemeister eine ganze Weile nicht mehr gesehen. Ich werde ihn bitten, uns zu besuchen, damit ihr euch zusammensetzen und über alte Zeiten reden könnt. Ihr müßt ja schon manchen Friedhof miteinander geteilt haben. Ich kann nicht versprechen, daß er auch kommt, er liebt sein Privatleben sehr, aber ich werde es versuchen.«

»Dnnnnnkkke«, summte der Zombie und verlor einen Teil seiner schimmligen Zunge.

»Äh, und vergeßt bitte nicht – er hat jetzt Familie. Zwei kleine Kinder. Es könnte durchaus sein, daß die den Sand aus den Gräbern schaufeln und mit herumliegenden Knochen spielen ...«

Doch das schien den Zombie nicht zu bekümmern. Die Maden in seinen Augenhöhlen zuckten aufgeschreckt, als er sich zum Gehen wandte. Vielleicht machte es ja Spaß, wenn Kinder mit den eigenen Knochen spielten ...

In der Zwischenzeit gingen die täglichen Geschäfte weiter. Bei einem neuen Fall ging es um ein Seeungeheuer, das in einen Fluß eingefallen war und dort die Fische terrorisierte, was wiederum eine magere Ernte bedeutete. Dor mußte zum Ort des Geschehens reisen und den Boden der Umgebung laut rumpeln lassen, als würde ein Riese dort vorbeikommen. Die unbelebten Gegenstände waren entzückt: Sie genossen es, an einer Verschwörung gegen ein Ungeheuer teilzunehmen. Und das Seeungeheuer, das erstens nicht besonders klug war und es zweitens auch gar nicht wirklich auf Ärger abgesehen hatte, kam zu dem Schluß, daß ihm die Tiefsee wohl doch besser zusagte, wo es in aller Unschuld Schiffbrüchige verschlingen und mundanische Erforscher des Übernatürlichen anblinken konnte. Es gab ein Tuten von sich, das klang wie »Es-wird-euch-noch-mal-leid-tun-kein-C-Ungeheuer-mehr-zu-haben-das-ihr-herumschubsen-könnt«, und verschwand.

Wieder war es Dor trotz allem flau im Magen. Ein solcher Trick hätte bei einem schlauen Ungeheuer nichts ausgerichtet; er hatte ganz einfach Glück gehabt. Er war sich bewußt, wie leicht er in eine Lage geraten konnte, der er nicht mehr gewachsen war, und er hatte das Gefühl, daß es nur noch eine Frage der Zeit sein konnte, bis er wirklich versagte. Er wußte, daß er kein sonderliches Talent zum Regieren hatte.

In der Nacht wurde er von Nachtmähren heimgesucht, doch nicht von den üblichen, bei denen schwarze Stuten mundanischen Typs ihn jagten, sondern von der schlimmeren Sorte, in der er glaubte, wach zu sein und eine katastrophale Entscheidung zu fällen, die dazu führte, daß ganz Xanth in magischen Flammen aufging, von Zappler-Würmern überrannt wurde oder, noch schlimmer, seine gesamte Magie verlor und wie das gefürchtete Mundania wurde. Alles war irgendwie seine Schuld. Er hatte davon reden gehört, daß die Krone eine schwere Last sei. Tatsächlich rieb ihm die Krone nicht nur eine Blase in die Kopfhaut, sondern ihm brummte auch der Kopf bei dem Gedanken an die ganze Verantwortung, die er zu tragen hatte.

Eines Tages geschah in einem nördlichen Dorf ein schwerer Diebstahl. Dor ließ sich dorthin zaubern; natürlich gab es auf Schloß Roogna einen festangestellten Reisezauberer. Das Problemdorf befand sich in Zentralxanth, nahe dem Inkognito-Territorium, das von Menschen noch weitgehend unerforscht war. Dort waren die Drachen noch nicht gezähmt, und das wiederum machte Dor nervös. In Xanth gab es viele schlimme Ungeheuer, doch insgesamt waren die Drachen die allerschlimmsten, weil es sie in so vielen Arten und Größen gab und weil sie so zahlreich waren. Tatsächlich erwies sich das Gebiet jedoch als eine recht angenehme Gegend, in der es auch an den meisten modernen magischen Annehmlichkeiten wie Sodawasserquellen und duftenden Seifensteinen für die Wäsche nicht fehlte. Hier wurden Pelze geerntet, und in diesem Jahr hatte es eine sehr gute Ernte von den immergrünen Pelzbäumen gegeben. Die grünen Pelze waren in der Sonne gereift, im Mondlicht gebeizt und von den Sternen befunkelt worden – bis sie eines Morgens spurlos verschwunden waren.

Dor befragte das Podest, auf dem die Pelze gelegen hatten, und erfuhr, daß ein Trupp aus einem anderen Dorf herbeigeschlichen war und sie gestohlen hatte. Dieses Mal war sein eigenes magisches Talent dem von König Trent überlegen – wenn es nämlich um die Beschaffung von Informationen ging. Dann ließ er die Pelze wieder herbeizaubern. Es wurden keine Maßnahmen gegen das andere Dorf verhängt: Seine Bewohner würden merken, daß ihre Tat ans Tageslicht gekommen war und würden sich nun wahrscheinlich eine ganze Weile lang bedeckt halten.

Irene erwies sich als ständige Plage. Ihr paßte Dors Thronbesteigung nicht, obwohl sie wußte, daß sie nur vorübergehender Natur war, und sie hoffte unentwegt darauf, daß er versagen würde. »Mein Vater hätte das aber besser gemacht«, murrte sie finster, wenn Dor ein Problem gelöst hatte, und war auch kaum beschwichtigt, wenn er ihr darin zustimmte. »Du hättest das Diebesdorf bestrafen müssen.« Und Dor fragte sich, ob er in diesem Punkt nicht vielleicht wirklich den Weg des geringsten Widerstands gegangen war, anstatt den richtigen einzuschlagen. Aber was hätte er denn sonst tun sollen als das, was ihm zum Zeitpunkt der Entscheidung als das Beste erschienen war? Die erdrükkende Gefahr, einen Fehler zu begehen, machte ihn außerordentlich vorsichtig. Nur die Erfahrung konnte ihm, so vermutete er, die nötige Sicherheit geben, um auch unter Druck die jeweils besten Entscheidungen treffen zu können. Und genau das hatte König Trent in seiner Erfahrung und Weisheit für ihn eingerichtet.

Zu seinem eigenen Erstaunen versagte Dor nicht gänzlich. Doch die vielen verschiedenen Probleme, mit denen er zu tun bekam, strapazierten seinen Einfallsreichtum aufs äußerste, und seine düsteren Vorahnungen, seine Glückssträhne müsse einmal ein Ende finden, verstärkten sich. Er zählte die verstreichenden Tage und betete darum, daß vor König Trents Rückkehr kein ernstes Problem auftreten mochte. Wenn er erst einmal so alt war wie König Trent, würde er vielleicht fähig sein, ein Königreich richtig zu regieren; im Augenblick verlief die Sache jedoch derart hektisch, daß sie ihn an den Rand der Verzweiflung brachte.

Irene, die dies schließlich bemerkte, machte sich auf ihre mädchenhafte Weise darüber lustig und begann, ihm ihre Unterstützung anzubieten. »Na ja«, sagte sie tröstend, »es dauert ja nicht ewig, auch wenn es so scheinen mag. Nur noch zwei Tage, dann ist die Gefahr vorbei. Dann können wir alle vor Erleichterung in Ohnmacht fallen.« Dor wußte diese Unterstützung zwar zu schätzen, hätte es aber vorgezogen, wenn sie seine Unzulänglichkeit etwas weniger pointiert herausgestellt hätte.

Er schaffte es. Endlich kam der Tag von König Trents Rückkehr – zu Dors immenser Erleichterung und zu Irenes etwas gemischter Zufriedenheit und unterdrückter Enttäuschung. Sie wollte zwar ihren Vater zurückhaben, hatte aber auch erwartet, daß Dor eine wesentlich schlechtere Figur machen würde. Dor war mehr oder weniger unversehrt davongekommen, und das erschien ihr als nicht ganz gerecht.

Beide kleideten sich sorgfältig an und sorgten dafür, daß alles in Schloß Roogna für den Empfang bereit war. Sie wollten das rückkehrende Königspaar stilgerecht willkommen heißen.

Erwartungsvolle Stunden verstrichen, doch weder der König noch die Königin erschienen. Dor unterdrückte seine Nervosität; natürlich brauchte eine Reise ihre Zeit, vor allem wenn man mundanische Handelswaren mit sich führte. Irene leistete Dor beim Mittagessen Gesellschaft. Es gab Buchstabennudeln und Milchshakes. Sie versuchten sich abzulenken, indem sie aus den Buchstaben Worte bildeten, doch die Milch bebte derart stark, daß nichts davon zusammenhielt, was ihrer eigenen Stimmung durchaus entsprach.

»Wo bleiben die bloß?« fragte Irene, als der Nachmittag verstrich. Langsam machte sie sich ernsthaft Sorgen. Jetzt, da sie wirklich bekümmert war und sich nicht darauf konzentrierte, Dor in peinliche Lagen zu bringen, zeigte sie sich als das teuflisch hübsche Mädchen, das sie eben *auch* sein konnte. Sogar der grüne Farbton ihrer Haare wirkte sehr anziehend; er paßte zu ihren Augen, und schließlich war an Pflanzen ja auch nichts auszusetzen.

»Wahrscheinlich müssen sie Waren mitschleppen, so daß sie nur langsam vorankommen«, sagte Dor, wenn auch nicht zum ersten Mal. Doch er hatte eine schlimme Befürchtung, die an ihm nagte. Er schob sie beiseite, aber sie kehrte immer wieder, wie dies Befürchtungen eben so an sich haben.

Irene widersprach ihm zwar nicht, doch mittlerweile begann die grüne Farbe sich auch auf ihrem Gesicht auszubreiten, und das war schon weniger schön.

Endlich brach der Abend an und dann die Nacht, ohne daß Trent und Iris erschienen wären. Nun wandte sich

Irene in echter Furcht an Dor. »Ach, Dor, ich habe solche Angst! Was mag ihnen nur zugestoßen sein?«

Er konnte weder ihr noch sich selbst etwas vormachen. Er legte den Arm um ihre Schulter. »Ich weiß es nicht. Ich habe auch Angst.«

Einen Augenblick lang klammerte sie sich an ihn, sanft und weich in ihrer Furcht. Dann löste sie sich von ihm und lief zu ihren eigenen Räumen. »Ich will nicht, daß du mich weinen siehst«, erklärte sie noch im Verschwinden.

Dor war gerührt. Wenn sie doch nur auch dann so wäre, wenn alles gut lief! Sie hatte weitaus mehr als nur Ärger und sexuelle Anzüglichkeiten zu bieten, wenn sie es nur zu zeigen bereit war.

Er zog sich in sein Schlafzimmer zurück und fiel in einen unruhigen Schlaf. Diesmal kamen die echten Nachtmähren, nicht die geschmeidigen und recht hübschen Pferde, mit denen er sich manchmal sogar angefreundet hatte, sondern riesige, nebelhafte, unförmige Wesen mit glitzernden weißen Augen und funkelnden Zähnen. Er mußte sich heftig schütteln, um sie zu vertreiben. Zwar benutzte er die königlichen Gemächer, denn er war ja jetzt König – doch seit diese Woche vorüber war, kam er sich immer mehr wie ein Hochstapler vor. Düster starrte er auf die dunklen Hufabdrücke auf dem Fußboden, wohl wissend, daß die Mähren nur darauf warteten, daß er wieder einschlief. Er war völlig wehrlos. Er hatte sich voll und ganz darauf eingestellt, daß er sich nach Ablauf der Woche erholen könnte, und nun wurde ihm diese Erholung und Erleichterung versagt. Was sollte er tun, wenn der König und die Königin auch heute nicht wiederkehrten?

Sie kehrten nicht wieder. Dor fuhr fort, Streitigkeiten zu schlichten und Probleme zu lösen, die zur Routine der königlichen Geschäfte gehörten. Was hätte er auch sonst tun sollen? Doch im Palast wuchs die Unruhe, und mit jeder verstreichenden Stunde wurde auch seine Furcht immer größer. Jedermann wußte, daß König Trents Urlaub auf eine Woche geplant gewesen war. Warum war er also noch nicht zurückgekehrt?

Am Abend kam Irene zu Dor, als alle gegangen waren. Jetzt hatte sie nichts Streitlustiges mehr an sich. Sie trug einen konservativen großen grünen Umhang, und ihr Haar war unordentlich, wie von Unkraut überwachsen. Ihre Augen glänzten unnatürlich, als hätte sie mehr geweint, als ihr gutgetan hatte, und versucht, die Anzeichen mit einer Spurenkrem zu verdecken. »Irgend etwas ist passiert«, sagte sie. »Das weiß ich genau. Wir müssen ihnen nach, um zu sehen, was los ist.«

»Das können wir nicht«, erwiderte Dor niedergeschlagen.

»Nicht können? Diese Vokabel gibt es in meinem Sprachschatz nicht!« Sie hatte sich so sehr daran gewöhnt, hochgestochene Sprache zu verwenden, daß sie es nun sogar unter Druck tat. Dor hoffte nur, daß er selbst niemals so tief sinken würde. »Ich kann alles tun, was ich will, außer ...«

»Außer Xanth zu regieren«, sagte Dor. »Und deine Eltern zu finden.«

»Wo sind sie hin?« fragte sie.

Natürlich wußte sie es nicht, da sie nicht in das Geheimnis eingeweiht worden war. Er sah keine Möglichkeit mehr, es ihr noch länger zu verheimlichen. Immerhin war sie König Trents Tochter, und die Lage war sehr ernst. Sie hatte ein Recht darauf, es zu erfahren. »In Mundania.«

»In Mundania!« wiederholte sie entsetzt.

»Auf einer Handelsreise«, erklärte er hastig. »Um einen Vertrag zum Wohle Xanths abzuschließen. Für den Fortschritt.«

»O weh, das ist ja doppelt so schlimm, wie ich befürchtet habe! In Mundania! Dem schrecklichsten aller Orte! Dort können sie doch ihre Magie überhaupt nicht einsetzen! Sie sind ja völlig hilflos!«

Das war zwar eine Übertreibung, aber dazu neigte sie eben, wenn sie aufgeregt war. Weder Trent noch Iris waren völlig hilflos, auch ohne Magie nicht. Der König war ein ausgezeichneter Schwertkämpfer, und die Königin besaß einen wunderbar gerissenen Verstand. »Vergiß bitte nicht, daß er immerhin zwanzig Jahre dort gelebt hat, bevor er hier König wurde. Er kennt sich dort aus.«

»Aber er ist nicht zurückgekommen!«

Das konnte Dor nicht widerlegen. »Ich weiß nicht, was ich tun soll«, gestand er.

»Wir müssen sie suchen«, sagte sie. »Sag bloß nicht wieder nein.« Und ihre Augen glitzerten derart, daß Dor ihr nicht zu widersprechen wagte.

Eigentlich war es ja recht einfach. Alles war besser als diese ungewisse Lage. »Also gut. Aber ich muß dem Ältestenrat davon Mitteilung machen.« Denn die Ältesten waren während der Abwesenheit des Königs für das Königreich verantwortlich. Sie kümmerten sich um Verwaltungsangelegenheiten und mußten einen neuen König wählen, falls dem alten etwas zustieß. Als der vorige Monarch, der Sturmkönig, gestorben war, hatten sie Trent zu seinem Nachfolger gemacht. Dors Großvater Roland war einer der führenden Ältesten.

»Gleich morgen früh!« sagte sie und blickte ihn herausfordernd an.

»Gleich morgen früh«, stimmte er zu. Sie hatte ihn zwar zum Handeln gezwungen, aber er war froh, die Entscheidung getroffen zu haben.

»Soll ich heute nacht bei dir bleiben? Ich habe die Hufabdrücke gesehen.«

Dor überlegte. Die sicherste Methode, Nachtmahre zu bannen, bestand darin, daß man während des Schlafs angenehme Gesellschaft hatte. Doch Irene war jetzt zu hübsch und zu entgegenkommend: Wenn er sie heute nacht küssen sollte, würde sie ihn nicht beißen. Das machte ihn vorsichtig. Der Gute Magier Humfrey hatte ihm einmal gesagt, daß es männlicher sein konnte, das Angebot einer Frau abzulehnen, als es anzunehmen; Dor hatte diesen Rat zwar nicht so recht verstanden, doch nun dämmerte es ihm, was damit gemeint gewesen sein konnte. »Nein«, sagte er bedauernd. »Ich fürchte mich zwar vor den Nachtmähren, aber vor dir fürchte ich mich noch mehr.«

»He!« sagte sie erfreut. Dann küßte sie ihn, ohne zu beißen, und verließ ihn in einer Parfümwolke.

Dor saß eine Weile da und wünschte sich, daß Irene doch die ganze Zeit so sein könnte: ohne schlechte Launen, ohne raffiniertes Spielen mit dem Oberkörper, ohne angebliche Mißverständnisse, einfach nur mit einer ernstgemeinten und halbwegs reifen Besorgtheit. Aber natürlich trat ihre Nettigkeit auch nur in Phasen auf, die wieder von anderen Phasen abgelöst wurden.

Immerhin hatte seine Entscheidung auch ihr Gutes gehabt: In dieser Nacht suchten sich die Nachtmahre ein anderes Revier und ließen ihn in Frieden schlafen.

»Kannst du mir den Rücken freihalten?« meinte er am nächsten Morgen zu Irene. »Es wäre mir lieber, wenn die Leute nicht wüßten, wo ich bin, mit Ausnahme des Reisezauberers.«

»Natürlich«, erklärte sie. Wenn die Leute erfuhren, daß er sich insgeheim mit einem der Ältesten beriet, würden sie merken, daß irgend etwas nicht in Ordnung war.

Er suchte seinen Großvater Roland auf, der mehrere Tagesreisen von der Großen Spalte entfernt im Norddorf wohnte. Früher hatten die Könige von Xanth dort residiert, bis Trent Schloß Roogna wiederhergestellt hatte. Er marschierte den gut gepflegten Weg entlang und klopfte an die bescheidene Tür.

»Ach, Großvater!« rief Dor, als der kräftige alte Mann in der Tür erschien. »König Trent ist etwas zugestoßen, und ich muß ihn suchen gehen.«

»Das ist unmöglich!« erwiderte Roland streng. »Der König darf Schloß Roogna nicht länger als einen Tag verlassen, ohne einen anderen Magier als Nachfolger zu bestimmen. Im Augenblick gibt es keine anderen Magier, die den Thron besteigen würden, also mußt du dort bleiben, bis Trent zurückgekehrt ist. So will es das Gesetz von Xanth.«

»Aber König Trent und Königin Iris sind nach Mundania gereist!«

»Nach Mundania!« Roland war genauso überrascht wie es Irene gewesen war. »Kein Wunder, daß er sich nicht mit uns beratschlagt hat! Das hätten wir niemals zugelassen.«

Also hatte die Art und Weise, in der König Trent Dor für eine Woche zum Üben bestimmt hatte, durchaus Methode gehabt. Trent hatte den Ältestenrat umgangen! Doch im Augenblick hatte Dor andere Sorgen. »Großvater, ich bin nicht dazu fähig zu regieren. Ich bin zu jung dazu. Ich muß König Trent zurückholen.«

»Auf gar keinen Fall! Ich bin zwar nur ein Mitglied von mehreren im Ältestenrat, aber ich weiß, wie die anderen denken. Du mußt hierbleiben, bis Trent zurückkehrt.«

»Aber wie kann ich ihn dann retten?«

»Aus Mundania? Das kannst du nicht. Er muß sich selbst befreien, in welcher Lage er auch immer stecken mag, vorausgesetzt, er lebt überhaupt noch.«

»Er lebt noch!« wiederholte Dor mit Nachdruck. Das mußte er einfach glauben. Alles andere war völlig undenkbar. »Aber ich weiß nicht, wie lange ich Xanth noch regieren kann. Die Leute wissen, daß ich nicht wirklich der König bin. Sie glauben, daß König Trent in der Nähe ist und mir nur Gelegenheit gibt, das Regieren zu üben. Sie werden mir nicht viel länger gehorchen.«

»Vielleicht solltest du dir Hilfe holen«, schlug Roland vor. »Ich lehne die Irreführung zwar prinzipiell ab, aber diesmal halte ich es für das Beste, wenn die Leute den Ernst der Lage nicht erfahren. Vielleicht ist sie auch gar nicht so ernst; Trent kann immer noch jederzeit gesund und wohlbehalten zurückkehren. In der Zwischenzeit braucht das Königreich ja nicht von einem jungen Mann allein regiert zu werden.«

»Ja, Hilfe könnte ich mir wohl verschaffen«, meinte Dor unsicher. »Aber was ist dann mit König Trent?«

»Der muß von alleine zurückfinden – oder überhaupt nicht. Niemand von uns kann ihn in Mundania ausfindig machen, geschweige denn ihm helfen. Das ist die logische Folge der Tatsache, daß er es versäumt hat, vorher den Ältestenrat darüber zu befragen. Wir müssen einfach abwarten. Er ist ein kluger, einfallsreicher Mann, der sich mit Sicherheit durchsetzen wird, sofern dies nur menschenmöglich ist.«

Damit mußte Dor sich begnügen. Er war zwar König, doch gegen die Ältesten konnte er nicht handeln. Er begriff nun, daß dies weniger eine Frage von Gesetz und Sitte als eine des gesunden Menschenverstands war. Jede Situation in Mundania, mit der König Trent nicht fertig wurde, würde für Dor erst recht nicht zu bewältigen sein.

Als er ihr die Nachricht übermittelte, war Irene der Sache aufgeschlossener, als er erwartet hatte. »Natürlich sagen die Ältesten so etwas. Die sind ja auch alt und konservativ. Und wahrscheinlich haben sie sogar recht. Wir müssen uns eben durchbeißen, bis mein Vater zurückgekehrt ist.«

Dor traute ihrem plötzlichen Gesinnungswandel zwar nicht so recht, war aber zu klug, um nachzuhaken. »Wen sollen wir um Hilfe bitten?« Er wußte, daß es unmöglich wäre, Irene davon auszuschließen. Schließlich war König Trent ihr Vater, der einzige Mensch, dem gegenüber sie absolute Treue hegte.

»Och, die ganzen Jungs eben. Chet, Krach, Grundy ...«

»Um ein Königreich zu regieren?« fragte er zweifelnd.

»Willst du es lieber den Ältesten überlassen?«

Da hatte sie auch wieder recht. »Ich hoffe nur, daß das nicht lange so geht«, meinte er.

»Das hoffe ich sicherlich nicht weniger als du!« sagte sie, und er wußte, daß sie es absolut ernst meinte.

Irene ging los, um die Erwähnten ausfindig zu machen. Dor konnte es nicht selbst tun, weil das Verdacht erregt hätte. Als erstes stöberte sie Grundy den Golem auf. Grundy war älter als die anderen und unterschied sich auf mancherlei Weise von ihnen. Er war ursprünglich als Golem erschaffen worden, als belebtes Wesen aus Holz, Ton und Bindfäden, und später war er zu einer richtigen Persönlichkeit geworden. Er war nur eine Handspanne groß und sprach die Sprachen aller Lebewesen. Das war das nützliche Talent, zu dessen Zweck man ihn erschaffen hatte. Grundy konnte sicherlich dabei behilflich sein, die

Routinefragen beim Regieren Xanths zu erledigen. Doch er neigte dazu, etwas zu oft und auch zur Unzeit zu reden. Mit anderen Worten: Er besaß ein freches Maul.

»Was jetzt kommt, ist ein Geheimnis«, erklärte Dor. »König Trent ist in Mundania verschollen, und ich muß das Königreich regieren, bis er wieder da ist.«

»Da steckt Xanth aber wirklich in der Patsche!« rief Grundy.

»Deshalb brauche ich auch deine Hilfe. Ich weiß nicht, wie lange ich noch König sein muß, und ich will nicht, daß die Dinge außer Kontrolle geraten. In der Regel bist du ganz gut informiert ...«

»Ich schnüffele ziemlich viel herum«, stimmte Grundy ihm zu. »Also gut, dann werde ich auch für dich herumschnüffeln. Als erstes muß ich dir erzählen, daß der ganze Palast über einen gewissen Aufsatz lacht, den jemand für eine gewisse Zentaurin geschrieben hat ...«

»Auf diese Nachricht kann ich verzichten«, meinte Dor.

»Dann gibt es da noch etwas Tratsch über ein gewisses Mädchen, das im Evaskostüm schwimmen gegangen ist, wobei sich dieses Kostüm in jüngerer Zeit an gewissen Stellen wohl etwas ausgedehnt hat ...«

»Darauf auch«, sagte Dor lächelnd. »Ich bin sicher, daß du verstehst, was ich wissen muß.«

»Und was steckt für mich dabei drin?«

»Dein Kopf.«

»Der ist ja ein richtiger König!« brummte der Golem. Eine der Wände kicherte.

Irene brachte Chet herein. Er war ein Zentaur, der ein wenig älter war als Dor, aber jünger wirkte, weil Zentauren langsamer reiften. Er war Cheries Sohn, was bedeutete, daß er zwar hochgebildet war, sich aber davor hütete, magisches Talent zu zeigen. Lange Zeit hatten die Zentauren geglaubt, daß sie kein magisches Talent besäßen, weil die meisten Wesen entweder magischer Art *waren* oder Magie *besaßen*. Heutzutage hatte man mit derlei Aberglauben aufgeräumt. Chet besaß ein magisches Talent: Er konnte große Dinge verkleinern. Es war eine völlig anständige Fähigkeit, und viele Menschen besaßen feine Miniaturen, die er für sie hergestellt hatte; doch die Sache hatte einen Haken: er konnte den Vorgang nicht wieder rückgängig machen. Sein Vater war Chester Zentaur, was bedeutete, daß er recht störrisch reagieren konnte, wenn man ihn herausforderte; außerdem war der menschliche Teil seines Körpers nicht gerade attraktiv. Wenn er erst voll ausgewachsen wäre, was noch einige Jahre dauern würde, wäre er ein recht stattliches Tier. Trotz der Verwünschungen, die Dor auf die Rasse der Zentauren gehäuft hatte, als er über Cheries Aufgaben schwitzte, mochte er Chet und war stets gut mit ihm zurechtgekommen.

Dor erklärte ihm die Lage. »Selbstredend werde ich helfen«, sagte Chet. Er sprach immer auf recht gebildete Weise, teilweise, weil er unglaublich intelligent war, in erster Linie aber, weil seine Mutter darauf bestand. Dor hatte viel Mitgefühl für Chet: Es war wahrscheinlich genauso hart, Cheries Sohn zu sein, wie zu versuchen, König zu spielen. Chet würde es gar nicht wagen, Wörter falsch zu schreiben. »Aber ich bin mir nicht sicher, in welcher Weise ich von Hilfe sein könnte.«

»Auf die Probleme, die ich bisher zu lösen hatte, habe ich gerade mal mit Mühe und Not Antworten gefunden«, sagte Dor eindringlich. »Es kann nicht ausbleiben, daß ich irgendwann scheitern werde. Ich brauche guten Rat.«

»Dann solltest du dich an meine Mutter wenden. Ihr Rat ist unwiderlegbar.«

»Ich weiß. Aber das ist mir *zu* maßgebend.«

Chet lächelte. »Ich glaube, ich verstehe.« Weiter wagte er in der Kritik an seiner Mutter nicht zu gehen.

Später am Tag gelang es Irene schließlich, Krach heranzuschleppen. Er war der Sohn des Ogers Knacks und ebenfalls noch nicht voll ausgewachsen – aber er war immerhin doppelt so groß wie Dor und ebensoviel stärker. Wie alle Oger war er häßlich und nicht besonders klug; sein Lächeln konnte selbst einem Wasserspeier noch eisige Schauer über den Rücken hinunterjagen, und er konnte die meisten Worte kaum aussprechen, geschweige denn buchstabieren.

Das machte ihn Dor sympathisch. Doch durch seinen Kontakt zu Menschen war der Oger leichter zu verstehen und umgänglicher als die meisten seiner Art, und er hielt seinen Freunden die Treue. Dor war schon seit Jahren mit ihm befreundet.

Dor ging die Sache diplomatisch an. »Krach, ich brauche deine Hilfe.«

Der riesige Mund öffnete sich wie trockener Schlamm, der in einem entwässerten Teich plötzlich Risse bekam. »Ich bin dabei – wen ich hauen zu Brei?«

»Vorläufig noch niemanden«, sagte Dor hastig. Wie alle Oger liebte Krach Reime und Gewalt. »Aber wenn du sozusagen in Reichweite bleiben könntest, für den Fall, daß *mich* jemand zu Brei hauen will ...«

»Mich hauen? Wer sich trauen?«

Dor begriff, daß er einen etwas zu komplizierten Gedankengang vorgebracht hatte. »Wenn ich schrei, du kommst herbei, in Ordnung?«

»Du schreien, ich breien!« stimmte Krach ihm zu, als er es endlich begriffen hatte.

Dors Helfer erwiesen sich als gut gewählt. Weil sie seine Freunde und Gleichaltrigen waren, verstanden sie seine Lage besser, als Erwachsene es getan hätten, und wahrten seine Geheimnisse. Es war eine Art Spiel: das Königreich so zu regieren, als ob König Trent einfach nur um die Ecke verschwunden gewesen wäre, sie beobachtete und ihnen Punkte erteilte. Es war wichtig, nichts verkehrt zu machen.

Ein Basilisk kam in ein Dorf spaziert und versetzte die Einwohner in Angst und Schrecken, weil sein Blick sie zu Stein werden ließ. Dor war sich nicht so sicher, daß er ihn ebenso wie das Seeungeheuer würde verjagen können, obwohl es mit Sicherheit ein recht dummes Tier war. Basilisken hatten ein äußerst störrisches Wesen. Er konnte auch keinen Felsblock herbeizaubern lassen, mit dem man ihn hätte zerquetschen können, denn König Trent hatte die Basilisken zur bedrohten Gattung erklärt. Das war eine fremdartige Vorstellung, die der König aus Mundania mitgebracht hatte – die Vorstellung, daß seltene Lebewesen beschützt werden müßten, so schrecklich sie auch sein mochten. Dor verstand das zwar nicht ganz, wollte aber das Königreich für Trents Rückkehr bewahren und entschied sich folglich, es nach Trents Weise zu machen. Er brauchte ein harmloses Mittel, mit dem er das Wesen dazu überreden konnte, menschliche Ansiedlungen in Frieden zu lassen – und dabei konnte er nicht einmal seine Sprache sprechen.

Doch Grundy der Golem konnte es. Grundy benutzte einen Helm und ein Periskop – das war ein magisches Gerät, mit dem man um die Ecke schauen konnte –, um das kleine Ungeheuer indirekt anblicken zu können; er erzählte ihm von der fürchterlichsten Basiliskin, von der er je gehört hatte. Sie sollte irgendwo im Toten Wald südöstlich von Schloß Roogna ihr Unwesen treiben. Da der Basilik ein Drachenhahn war, reizte ihn der Gedanke an eine solche Drachenhenne. Es war nicht einmal gelogen: Im Palast gab es einen Wächter namens Crombie, der die Fähigkeit besaß, auf Dinge zu zeigen, auch wenn sie weit entfernt waren. Als man ihn darum gebeten hatte, die schrecklichste Basiliskin zu orten, hatte er auf jenen Wald gedeutet. Natürlich war die Sexualität bei Basilisken mehr oder weniger eine Illusion, da jeder Basilisk von einer Kröte aus einem Ei ausgebrütet wurde, das ein Hahn unter dem Hundsstern auf einem Dunghaufen gelegt hatte. Deshalb war diese Art auch bedroht, da nur sehr wenige Hähne Eier auf Dunghaufen unter dem Hundsstern legten – sie neigten dazu, ihn mit dem Katzenstern zu verwechseln –, und die wenigsten Kröten brachten die Geduld auf, das Ei, wie es normalerweise erforderlich war, volle sieben Jahre lang auszubrüten. Doch wie die Menschen jagten auch die Basilisken eifrig derartigen Illusionen hinterher. Also sauste der Basilisk in vollem Tempo – ungefähr so schnell wie eine Schnecke – in Richtung Toter Wald davon, wo die einsame Henne ihr Nest hatte, und damit war das Problem auch schon gelöst.

Dann gab es eine Streitigkeit in der Kolonie, jenem Dorf, das die alten Soldaten von Trents früherer mundanischer Armee errichtet hatten, welche später wieder aufgelöst worden war, nachdem er an die Macht gelangt war. Jeder besaß dort einen Hof, und viele hatten mundanische Frauen eingeführt, um das Geschlechtergleichgewicht wiederherzustellen. Sie besaßen zwar selbst keine Magie, dafür aber ihre Kinder, genau wie die richtigen Bürger von Xanth. Die alten Soldaten amüsierten sich damit, daß sie Kriegsspiele abhielten, bei denen Holzschwerter verwendet wurden und komplizierte Manöver durchgeführt werden mußten. König Trent gestattete derlei Übungen, solange niemand dabei verletzt wurde. Soldaten, die ihre Mordlust nicht unterdrücken konnten, wurden mit echten Bajonetten von Bajonettbüchsen, die eigens zu diesem Zweck angebaut wurden, ausgerüstet und auf Drachenjagd geschickt. Sie jagten jene Drachen, die darauf bestanden, menschliche Siedlungen plündern zu müssen. Das hatte den Effekt, daß einige der Drachen und die meisten der gewalttätigen Soldaten ein Ende fanden. Es funktionierte recht gut. Doch diesmal gab es eine Meinungsverschiedenheit über einen Treffer, den die rote Mannschaft bei der grünen Mannschaft erzielt hatte.

Die Roten hatten ein Katapult aufgestellt und einen Rauchball abgefeuert, der auf dem Höhepunkt seiner Flugbahn in hübschem Rauch aufging. Es war den Soldaten, sehr zu ihrer Verärgerung, nicht gestattet, während der Spiele richtige Steine oder andere gefährliche Gegenstände aufeinander zu schleudern. Die Roten behaupteten nun, das Hauptquartierzelt der Grünen getroffen und damit die Grüne Bohne und seine Biene vom Dienst ausradiert zu haben. Die Grünen beharrten darauf, daß die Roten daneben gezielt und folglich auch weder Bohne noch Biene ausgelöscht hatten. Da die Biene v. D. der Kopf der Truppe war, machte dies einen erheblichen Unterschied. Die Roten konterten damit, daß sie bei der Aufstellung ihres Katapults und bei der Zielermittlung des gegnerischen Zelts Windabtrift, Luftfeuchtigkeit, Luftdruck und Querschlägermagie in die Berechnung einbezogen hätten; ferner hatten sie Steilpunkt, Erhöhung und Ladung mit ihrem Roten Pfeffer und seiner Puppe vom Dienst zweifach überprüft und das falsche Geschoß im allerbesten Glauben abgefeuert. Der Sieg stünde nun ihnen zu.

Dor sah sich außerstande, die Genauigkeit des Schusses zu überprüfen, aber Chet Zentaur konnte es. Ihm waren niedere, mittlere und höhere Mathematik mit der Pferdegerte eingehämmert worden. Er ging sämtliche Berechnungsdaten durch, einschließlich der Maße von Biene und Puppe, sprach mit den Militärexperten über Steilbahnkorrekturen und trigonometrische Funktionen – was Dor nervös machte; es gehörte sich nicht, in aller Öffentlichkeit derartigen Schweinkram zu besprechen – und kam zu dem Ergebnis, daß das Geschoß siebenkommadrei Längen neben dem Ziel eingeschlagen war, gemessen vom linken Fuß des Roten Pfeffers. Als sie ihn in ein rhetorisches Kreuzfeuer nehmen wollten, ließ er sich auf eine kurze Debatte ein, in deren Verlauf obskure mathematische Zauber wie kleine Strudel und Nebelschwaden aus seinem Kopf strömten und auf die der Roten trafen. Eine purpurne Tangente jagte in einen gelben Vektor hinein und brach ihn entzwei; ein orangefarbener Kosinus zertrümmerte eine herabhängende Kubikwurzel. Von Chets Fachwissen beeindruckt, gaben die Roten schließlich nach. Da das Zielzelt jedoch einen Durchmesser von zwölf Pfeffer-Fuß besaß, wurde es allgemein anerkannt, daß die Wahrscheinlichkeit eines Streifschusses recht hoch war, selbst wenn man noch einen zusätzlichen Fehlerfaktor berücksichtigte. Den Grünen wurde also der Verlust der Biene zugesprochen, was für sie eine empfindliche Schwächung bedeutete. Dann wurde das Manöver wieder fortgesetzt, und Chet kehrte auf Schloß Roogna zurück. Das Problem war gelöst.

Dann stürzte ein alter Felsahornbaum auf einen der magischen Pfade, die zu Schloß Roogna führten. Es war ein vielbegangener Pfad, und es war nicht ratsam, ihn zu verlassen, denn jenseits seines Schutzes hausten Nickelfüßler.

Niemand riskierte es freiwillig, seinen Fuß auf ein Nickelfüßlernest zu setzen; denn die widerlichen kleinen Wesen, die fünfmal so groß und so wild wie Tausendfüßler waren, saugten einem sofort nickelmünzengroße Stücke aus dem Fleisch. Der Baum mußte also aus dem Weg geräumt werden – doch der Fels war viel zu schwer, als daß irgendein Mensch ihn hätte bewegen können.

Krach der Oger nahm einen Hammer, stampfte den Pfad hinunter und hieb auf den umgestürzten Baumstamm ein. Er war zwar noch ein Kind, aber ein Oger bleibt eben ein Oger, egal wie alt er sein mochte. Der Hammer schepperte laut, das Firmament erbebte, der Stein brach auseinander. Staub stob in Wolken empor, die sich zu einem kleinen Staubsturm formten, in dem Staubteufelchen herumspielten, und Ahornstückchen schossen wie Schrapnelle hervor. Schon bald hatte der kleine Oger eine pfadbreite Öffnung durch den Stamm geschlagen, so daß die Reisenden wieder hindurchgehen konnten. Die ganze Angelegenheit hatte ihm keinerlei Mühe bereitet, obwohl er nicht einmal einen Hammer gebraucht hätte, wenn er schon erwachsen gewesen wäre. Dann hätte er einfach den Stamm hochgestemmt und ihn weit fortgeschleudert.

So ging es weiter. Eine weitere Woche verstrich – und noch immer kehrten König Trent und Königin Iris nicht zurück. Irenes Nervosität war ansteckend. »Du *mußt* irgend etwas unternehmen, Dor!« schrie sie, und mehrere Zierpflanzen in ihrer Umgebung schwollen an und platzten als Antwort auf ihre Verzweiflung.

»Die Ältesten lassen es nicht zu, daß ich ihn suche«, sagte er, wenn er auch ebenso beunruhigt war wie sie.

»Wenn du nicht sofort irgend etwas unternimmst, dann mache ich dir das Leben zur Hölle, Dor!«

Dor zuckte erneut zusammen. Diese Drohung war kein bloßer Bluff. Sie konnte ihm das Leben schon zur Hölle machen, wenn es ihr gutging – um wie viel mehr dann doch erst, wenn sie sich richtige Mühe gab! »Ich werde mich mit Crombie beratschlagen«, sagte er.

»Was soll das schon nützen?« wollte sie wissen. »Mein

Vater ist in Mundania. Crombie kann uns seinen Standort nicht zeigen, wenn er jenseits des Wirkungsbereichs der Magie liegt.«

»Ich habe da so eine vage Ahnung«, entgegnete Dor.

Als Crombie da war, fragte ihn Dor, ob er ihnen etwas orten könnte, das ihnen dabei behilflich wäre, König Trent zu finden. Crombie konnte auf alles zeigen, selbst auf Ideen; wenn es irgendein Gerät oder eine Person mit einer besonderen Information geben sollte ...

Crombie schloß die Augen, wirbelte mit einem ausgestreckten Arm herum und deutete in Richtung Süden.

Dor traute seinen Augen kaum. »Gibt es wirklich etwas, das uns helfen wird?«

»Ich zeige nie falsch«, sagte Crombie im Brustton der Überzeugung. Er war ein aufrechter, im Dienst ergrauter Soldat alter Schule und hatte eine Frau namens Juwel, die in den unterirdischen Höhlen Xanths lebte; außerdem war da noch eine Tochter namens Tandy, über die niemand etwas wußte. Juwel war eine Felsnymphe gewesen; ihre Aufgabe hatte darin bestanden, die Erde mit all den Diamanten, Smaragden, Saphiren, Rubinen, Opalen, Spinellen und anderen Edelsteinen zu spicken, die irgendwann von Schürfern und Prospektoren gefunden werden würden. Es hieß, daß sie inzwischen zu einer hübschen, warmherzigen und toleranten Frau geworden sei, die es zufrieden war, Crombie bei jenen unregelmäßig wiederkehrenden Gelegenheiten zu sehen, wenn es ihm gelang, sie zu besuchen. Dor wußte, daß Juwel einmal seinen Vater Bink geliebt hatte – oder umgekehrt, das war nie so ganz klargeworden –, aber daß Crombie ihr Herz mit einem Wunschzauber erobert hatte. Die Liebe hatte sie aus einer Nymphe in eine Frau verwandelt; doch auch dieser Vorgang überstieg Dors Vorstellungsvermögen ein wenig. Was unterschied eine Nymphe eigentlich von einem Mädchen wie Irene? »Manchmal deuten die Leute es falsch, aber die Richtung stimmt immer«, schloß Crombie.

»Äh, weißt du ungefähr, wie weit es sein könnte?«

»Kann ich nicht wirklich sagen, aber ich schätze, ziemlich

weit. Vielleicht könnte ich ja für dich triangulieren.« Er begab sich in einen anderen Raum des Schlosses und versuchte es erneut. Wieder zeigte sein Arm gen Süden. »Ist zu weit weg, um eine genaue Ortung zu ermöglichen. Ich würde sagen, hinter dem Strudelsee.«

Dor hatte von dem See gehört; er war Teil des Geographiewissens, das Cherie ihm eingepaukt hatte. Darunter lebte ein Stamm von Ungeheuern, die jeden mit Flüchen bedachten, der sie störte; sie hatten die meisten Oger, die am Rande des Sees gehaust hatten, von dort vertrieben. Einige dieser verjagten Oger waren gen Norden gezogen, wo sie sich im Oger-Fenn-Oger Fenn niedergelassen hatten; wehe dem Fluchungeheuer, das ihnen dorthin zu folgen versuchte! Er wollte nicht zu diesem See, das sogar einen ganzen Stamm von Ogern vertreiben konnte, war mit Sicherheit eine Nummer zu groß für ihn.

»Aber bist du auch wirklich sicher, daß es uns helfen wird?« fragte Dor beunruhigt. »Es wird uns nicht verfluchen?«

»Sind Euer Majestät schwerhörig? Das habe ich doch schon längst gesagt.« Crombie war zwar ein Freund von Binks Vater und von König Trent, aber er duldete keinen Unfug von Grünschnäbeln.

»*Wie* wird es uns denn helfen?« fragte Irene.

»Woher soll ich das wissen?« erwiderte Crombie. Er war auch ein Frauenhasser; das war ein weiterer Aspekt seiner Persönlichkeit, der Dor Rätsel aufgab. Wie konnte ein zahmer Ehemann ein Frauenhasser sein? Offenbar hatte Irene sich in Crombies Augen verändert, und zwar vom Kind zur Frau. Tatsächlich war etwas Beunruhigendes in Crombies Art, Irene anzublicken, das sie zurückweichen ließ. Mit harmlosen Leuten wie Dor spielte sie zwar gerne mehrdeutige Spielchen, aber wenn sie mit einem richtigen Mann konfrontiert wurde, und wenn es auch nur ein alter sein mochte wie Crombie, ging ihr der Mut aus. »Die Taktik ist nicht meine Sache, ich zeige nur die Richtung an.«

»Ja, natürlich, und das wissen wir ja auch zu schätzen«, erwiderte Dor diplomatisch. »Äh, und da du gerade schon mal da bist – würdest du mir vielleicht auch die Richtung einer etwaigen besonderen Angelegenheit zeigen, um die ich mich als König kümmern sollte?«

»Warum nicht?« Crombie wirbelte wieder herum – und zeigte erneut gen Süden.

»Ha!« rief Dor. »Das hatte ich gehofft. Ich soll nämlich etwas suchen, das uns dabei helfen wird, König Trent ausfindig zu machen.«

Irenes Augen begannen zu glitzern. »Manchmal bist du fast ein Genie!« hauchte sie, dankbar für diese Möglichkeit, nach ihren Eltern suchen zu können.

»Natürlich bin ich das«, stimmte Crombie ihr zu, obwohl die Bemerkung überhaupt nicht ihm gegolten hatte. Dann marschierte er wieder los, um seinen Streifgang ums Schloß fortzusetzen.

Sofort suchte Dor erneut den Ältesten Roland auf, wobei er diesmal Irene vom Zauberer mitbefördern ließ. Sie war noch nie im Norddorf gewesen und fand es recht merkwürdig. »Was ist denn das für ein komischer Baum da mitten auf dem Dorfplatz?« wollte sie wissen.

»Das ist Justin Baum«, antwortete Dor, der überrascht war, daß sie das nicht wußte. »Dein Vater hat ihn von einem Menschen in einen Baum verwandelt, vor etwa vierzig Jahren, noch bevor er das erste Mal nach Mundania gegangen ist.«

Sie war verblüfft. »Warum hat er ihn denn dann nicht wieder zurückverwandelt, nachdem er König geworden ist?«

»Justin gefällt es, ein Baum zu sein«, erläuterte Dor. »Er ist so eine Art Symbol des Norddorfs geworden. Die Leute bringen ihm frisches Wasser und Erdreich und Dünger, wenn er was braucht, und in seinem Schatten umarmen sich die Pärchen.«

»Au ja, laß uns das auch mal versuchen!« sagte sie.

War das ernst gemeint? Dor wollte lieber nichts riskieren. »Wir sind dienstlich hier, nämlich um deinen Vater zu retten. Da wollen wir keine Zeit verlieren.«

»Natürlich«, sagte sie sofort. Sie eilten zu Rolands Haus,

wo Dors Großmutter Bianca, von seiner Rückkehr überrascht, sie einließ.

»Großvater«, sagte Dor, als Roland erschien, »ich muß eine Reise nach Süden machen, jedenfalls Crombie zufolge. Er zeigte mir, daß ich dort eine Pflicht zu erledigen habe, weit jenseits des Sees Oger-Chobee. Dazu können die Ältesten doch wohl kaum nein sagen, oder?«

Roland furchte die Stirn. »Wir könnten es versuchen, Euer Majestät.« Er blickte Irene an. »Hat das etwas mit der Abwesenheit von Magier Trent zu tun?«

»*König* Trent!« fauchte Irene.

Roland lächelte nachsichtig. »Wir Ältesten machen uns ebensoviel Sorgen wegen dieser Sache wie ihr«, sagte er. Er sprach fest und sanft; niemand hätte aus seinem Verhalten schließen können, daß er die Fähigkeit besaß, die Leute auf der Stelle zu lähmen. »Wir sind durchaus daran interessiert festzustellen, wie es um Trent im Augenblick steht. Aber wir können es nicht zulassen, daß unser gegenwärtiger König – das bist du, Dor – sein Leben törichterweise aufs Spiel setzt. Ich fürchte, daß eine lange Reise, vor allem eine in die Nähe des Strudelsees, im Augenblick außer Frage steht.«

»Aber es geht um eine Angelegenheit, um die ich mich kümmern muß!« protestierte Dor. »Und außerdem soll ich gar nicht direkt zum See, sondern südlich davon. Also brauche ich mich den Ungeheuern gar nicht zu nähern. Wenn ein König nicht tut, was er tun soll, dann taugt er nichts als König!«

»Man hätte sich gewünscht, daß König Trent diesen Grundsatz besser beachtet hätte«, sagte Roland, und Irene lief rot an. »Doch manchmal gibt es einander widerstrebende Pflichten. Zur Kunst des Regierens gehört es auch, daß man den besten Weg durch bevorstehende Konflikte auswählt. Bisher hast du gute Arbeit geleistet, Dor; ich glaube, daß du einmal ein guter König werden wirst. Aber dann darfst du jetzt auch nicht verantwortungslos handeln.«

»König Trent meinte so ziemlich dasselbe«, sagte Dor,

dem dies wieder eingefallen war. »Kurz bevor er ging riet er mir, mich im Zweifelsfall an die Ehrlichkeit zu denken.«

»Das ist gewiß richtig und wahr. Wie merkwürdig, daß er selbst nicht ehrlich verfahren ist und sich vor seiner Abreise mit den Ältesten beratschlagt hat.«

Das machte Dor auch immer mehr Sorgen, und er bemerkte, daß Irene kurz vor dem Explodieren stand. Sie haßte es, wenn man ihren Vater kritisierte – und doch schien Roland zu Recht verärgert zu sein. Hatte König Trent noch ein grundlegenderes Motiv für seine Reise gehabt als den Handel mit Mundania? Hatte er – unglaublicherweise – vielleicht sogar geplant, nicht wieder zurückzukehren?

»Am liebsten würde ich mich ins Bett legen und mich unter einer Decke verstecken«, sagte Dor.

»Diesen Luxus kannst du dir nicht mehr erlauben. Die Nachtmähren würden dich wahrscheinlich schon bald ausfindig machen.«

»Das haben sie schon«, sagte Dor betrübt. »Die Mägde im Schloß beschweren sich bereits über die Hufabdrücke auf den Teppichen.«

»Wenn ich darf, würde ich deine Erkenntnisse gern selbst bestätigen lassen«, sagte Roland.

In der darauffolgenden Gesprächspause gab Dor Anweisungen, Crombie ins Norddorf zu zaubern. Großmutter Bianca servierte Windmühlenkekse, die sie von ihrem Windmühlenstrauch geerntet hatte. Irene bat sie um einen Windmühlensamen; sie besaß eine Sammlung von Samen, die sie zu nützlichen Pflanzen wachsen lassen konnte.

»Tz! Wie sehr du gewachsen bist!« sagte Bianca, die Irene musterte.

Irene ließ ihren Keks fallen – doch da hatte sie ihn auch schon wieder heil in der Hand. Biancas magisches Talent war die Wiederholung: Sie konnte die Zeit einige Sekunden zurückdrehen, so daß man kurz zuvor begangene Fehler nachträglich berichtigen konnte. »Danke«, murmelte Irene, die sich langsam wieder erholte.

Da traf Crombie ein. »Wenn ich darf, würde ich gerne

Ihre Ergebnisse verifizieren«, sagte Roland dem Soldaten. Dor bemerkte, daß der alte Mann zu jedem höflich war; irgendwie verlieh ihm das in den Augen der anderen eine noch größere Würde. »Würden Sie so freundlich sein und mir bitte zeigen, wo die größte gegenwärtige Gefahr für das Königreich Xanth lauert?«

Crombie tat, wie ihm geheißen – und zeigte erneut nach Süden. »Das habe ich vermutet«, sagte Roland. »Es sieht so aus, als würde sich in dem Gebiet dort etwas entwickeln, um das du dich tatsächlich kümmern mußt, Dor. Aber das ist eine ernste Angelegenheit und keine Vergnügungsreise.«

»Was kann ich tun?« fragte Dor flehend. Das Entsetzliche an der Tatsache von König Trents unerklärlichem Fernbleiben drohte, ihn zu überwältigen und aus seinem mühsam aufrechterhaltenen Gleichgewicht zu bringen.

»Du kannst dir Rat einholen.«

Dor überlegte. »Meinst du den Guten Magier Humfrey?«

»Ja. Er kann dir sagen, was du am besten tun sollst. Und wenn du die Reise tatsächlich unternehmen mußt, kann er an deiner Stelle als König regieren.«

»Ich glaube kaum, daß er damit einverstanden wäre«, meinte Dor.

»Ich bin sogar sicher, daß er es nicht sein wird«, stimmte Irene ihm zu.

»Der Thron von Xanth muß mit einem Magier besetzt werden. Bitte Humfrey, dafür zu sorgen, sofern er mit deiner Reise einverstanden sein sollte.«

Das hieß aber wirklich, den Guten Magier in die Enge drängen! »Das werde ich tun.« Er blickte um sich, versuchte, sich wieder zu sammeln. »Ich mache mich wohl besser auf den Weg. Es ist ein recht langer Fußmarsch.«

»Du bist der König, Dor. Du brauchst dort genausowenig zu Fuß hinzugehen, wie du es hierher getan hast. Laß dich vom Reisezauberer dorthin beschwören.«

»Ach ja. Das hatte ich ganz vergessen.« Dor kam sich ziemlich närrisch vor.

»Aber zuerst läßt du uns sicher ins Schloß zurückbringen«, sagte Irene, die an einem weiteren Keks knabberte. »Ich habe keine Lust, auf der unsichtbaren Brücke die Spalte zu überqueren, wo der Spaltendrache mir unter den Rock schielen kann.« Sie hielt den Keks in der Nabe fest, während sie vorsichtig die Flügel Stück für Stück abnibbelte.

III
Der Hochzeitszauber

Dor kam nicht im Inneren von Magier Humfreys Schloß an. Er fand sich vor dem Graben stehend wieder. Irgend etwas war da schiefgelaufen!

Nein, doch nicht, erkannte er. Er war korrekt an Ort und Stelle gezaubert worden – aber der Gute Magier, der keine Störungen mochte, hatte einen Schrankenzauber eingebaut, der jeden an diese Stelle draußen vor dem Schloß ablenkte. Humfrey sprach nicht gerne mit Leuten, die nicht auf die schwierige Weise ins Schloß gelangt waren. Natürlich hätte er den König eigentlich nicht dieser Prozedur unterziehen dürfen – aber offenbar war der alte Zauberer im Augenblick mit anderen Dingen beschäftigt. Dor hätte ihn mit Hilfe eines magischen Spiegels anrufen sollen. Doch weil er es so eilig gehabt hatte, ihn aufzusuchen, hatte er es vergessen. Was nur bedeutete, daß er genau das bekommen hatte, was er auch verdiente – es war die Konsequenz seiner mangelhaften Planung.

Natürlich könnte er wahrscheinlich laut genug brüllen, bis ihn jemand im Inneren des Schlosses bemerkte und einließ. Doch Dor hatte auch einen etwas sturen Zug an sich. Er hatte einen Fehler gemacht, also wollte er ihn auch aus eigener Kraft wieder ausbügeln. Vor vier Jahren hatte er sich schon einmal den Zutritt ins Schloß erkämpft, also würde er es diesmal ebenfalls schaffen. Das würde dann auch beweisen, daß er seine Fehler wiedergutmachen konnte – so, wie man es von einem König schließlich auch erwarten durfte.

Er blickte sich sorgfältig in der Umgebung um. Der Graben war nicht mehr so klar und funkelnd wie beim letzten Mal, sondern eher matt und abstoßend. Die Schloßmauer war nun etwas nach innen geneigt, wie ein steiler, kegelförmiger Berg. Das Ganze war durch und durch unbeeindrukkend – und gerade deshalb höchst verdächtig.

Dor kauerte sich nieder und stippte einen Finger ins Wasser. Als er ihn wieder herauszog, war er von einer schleimigen Schmiere bedeckt. Er roch daran. Bäh! Und doch kam ihm der Geruch irgendwie vertraut vor. Wo hatte er ihn nur schon einmal wahrgenommen?

Eines war sicher: Er würde nicht durch dieses Wasser waten oder schwimmen, ohne sich zuvor davon zu überzeugen, was darin lauern mochte. Die Verteidigungsmechanismen des Schlosses waren eher dazu gedacht abzuschrecken, als Eindringlinge zu vernichten – aber deswegen waren sie immer noch gewaltig genug. In der Regel mußte man mit Mut und Geschicklichkeit mehrere Gefahren meistern. In diesem Graben gab es mit Sicherheit etwas wesentlich Unangenehmeres als bloßen Schleim.

Es war nichts zu sehen. Die schmutzige grüne Schmiere bedeckte die gesamte Wasseroberfläche, ohne daß sie von irgendeinem anderen Schrecken unterbrochen worden wäre. Das war nicht gerade ermutigend.

»Wasser, lauern in deinen Tiefen irgendwelche Lebewesen?« fragte er.

»Überhaupt keine«, erwiderte das Wasser mit vom Schleim verzerrter Stimme. Und doch hatte es einen kichernden Unterton dabei. Offensichtlich erschien ihm irgend etwas an der Frage komisch.

»Und unbelebte Fallen?«

»Auch keine.« Jetzt zogen sich kleine Lachfalten über die klebrige Oberfläche.

»Was ist denn daran so komisch?« wollte Dor wissen.

Das Wasser gab kleine, langgezogene Plätscher von sich, wie Tropfen verdorbenen Schleims. »Das wirst du schon noch merken.«

Das Problem mit unbelebten Dingen war, daß sie in der Regel nur recht flache Vorstellungen von Humor und Verantwortung hatten. Doch meistens konnte man sie betören oder einschüchtern. Dor hob einen Stein auf und hielt ihn drohend empor. »Sag mir, was du weißt«, befahl er dem Wasser, »sonst schmeiße ich dich mit diesem Stein!«

»Tu das nicht!« schrie das Wasser eingeschüchtert. »Ich spucke alles aus, was ich weiß, aber das ist nicht viel.«

»Bäh!« machte der Stein zur gleichen Zeit. »Schmeiß mich bloß nicht in diese widerliche Jauche!«

Dor erinnerte sich daran, wie er beim letzten Mal die Verteidigungsanlagen des Magiers gegeneinander ausgespielt hatte. »Los, raus damit!« befahl er dem Wasser.

»Ein Zombie«, erwiderte das Wasser. »Eine Zombieseeschlange.«

Jetzt verstand Dor, was gespielt wurde. Zombies waren tot, also stimmte es, daß es im Graben keine Lebewesen gab. Andererseits waren sie aber auch belebt, also gab es hier auch keine unbelebten Fallen. Plötzlich ergab das auch einen Sinn, denn nun fiel es Dor endlich wieder ein, daß ja der Zombiemeister noch immer da war. Als er im Xanth der Gegenwart aufgetaucht war, hatte es Probleme gegeben, denn der Gute Magier Humfrey bewohnte das Schloß, das achthundert Jahre zuvor dem Zombiemeister gehört hatte. Der eine hatte einen Anspruch auf das ältere Wohn-, der andere auf das ältere Besitzrecht gehabt. Beide hatten keinen Ärger gewollt. Also hatten sich die Magier darauf geeinigt, sich den Bau und das Gelände zu teilen, bis sich etwas Besseres anbot. Offensichtlich hatte der Zombiemeister nichts Besseres gefunden. Natürlich half er bei der Befestigung des Schlosses, denn er legte genausowenig Wert auf Gesellschaft wie Humfrey.

Dor hatte zufällig eine Menge Erfahrung mit Zombies sammeln können. Einige seiner besten Freunde waren Zombies gewesen. Er war zwar immer noch nicht erbaut von ihrem Gestank und von der Art, wie sie überall, wo sie auch gingen oder standen, Klumpen dicken Breis und Maden verloren, aber auf ihre Art waren es durchaus keine üblen Wesen. Vor allem waren sie kaum schlauer als die unbelebten Gegenstände, die Dor mit seiner Magie belebte; denn ihre Gehirne waren im buchstäblichen Sinne verrottet. Er war sich sicher, daß er einen Zombie durchaus reinlegen konnte.

»Hier müßte es irgendwo ein Boot geben«, sagte er zu dem Stein. »Wo?«

»Da drüben, Trollo«, sagte der Stein. »Läßt du mich jetzt endlich los?«

Dor erblickte das Boot und ließ den Stein zufrieden fallen. Der plumpste mit einem ebenso zufriedenen dumpfen Stöhnen auf den Boden und blieb in seliger Trägheit liegen. Steine waren im Prinzip recht faul; von allein taten sie so gut wie nie etwas.

Er schritt zu dem Boot hinüber. Es war ein Holzboot mit einem recht angestoßenen Doppelpaddel – genau das, was er brauchte. Dor entfernte sich wieder.

»He, willst du mich gar nicht benutzen?« wollte das Boot wissen. Eigentlich durften Gegenstände nur dann reden, wenn Dor es wollte, aber sie neigten dazu, ziemlich nachlässig mit den Regeln umzuspringen.

»Nein. Ich hole meinen Freund den Zombie.«

»Ach so, klar. Von der Sorte haben wir hier eine ganze Menge. Sie machen sich gut beim Düngen.«

Als Dor außer Sichtweite war, blieb er stehen und kauerte sich nieder, um sich mit Erde zu beschmieren: sein Gesicht, seine Arme und seine königlichen Gewänder. Natürlich hätte er sich für diese Reise eigentlich etwas Praktischeres anziehen sollen, aber auch das war Teil seiner allgemeinen Nachlässigkeit. Er hatte überhaupt nichts vorausgeplant.

Dann suchte er sich einen spitzen Stein und benutzte

ihn, um in seinen Kleiderstoff hineinzustechen. »Aua! Autsch!« jammerte der Umhang. »Was habe ich dir nur getan, daß du mich derart schnöde metzelst?« Doch der Stein gluckste nur hämisch. Er liebte es, Kleider zu zerfetzen.

Nach kurzer Zeit bot Dor das Bild eines völlig zerlumpten Menschen. Er schaufelte einige Handvoll Erde in eine Falte seines Umhangs und schritt zurück zum Schloß. Im Gehen schlurfte er mit den Füßen dicht über den Boden, wie es die Zombies zu tun pflegten, und ließ kleine Erdklumpen auf den Boden fallen.

Dann bestieg er das Boot. »Ooooooohhhh«, stöhnte er wonnevoll. »Hoffentlich schaff ich's noch nach Hause, bevor ich völlig zerfalle.« Er stieß sich mit dem Paddel vom Ufer ab. Er benahm sich absichtlich ziemlich ungeschickt, obwohl er sich mit Booten ja tatsächlich nicht auskannte und sich ohnehin wohl recht tapsig aufgeführt hätte, auch wenn er anders gewollt hätte. Das Wasser schmatzte und schlürfte, als er das Paddel in den Schleim tauchte.

Da waren kleine Wellen zu sehen, als sich das Zombieseeungeheuer in Bewegung setzte. Der Schleim teilte sich, und der riesige, scheckige, verfaulte Kopf durchstieß die zähe Oberfläche. Schlamm- und Schleimtropfen fielen auf ekelerregende Weise herab. Das gewaltige, schwammige Maul wurde aufgesperrt und zeigte Dutzende von losen braunen Zähnen in einem fast fleischlosen Kiefer.

»Hallo, Freund!« rief Dor röchelnd. »Kannst du mich zu meinem Meister führen?« Während er sprach, ließ er einen feuchten Klumpen Erde herunterplumpsen, damit es so aussähe, als würde ihm die Lippe abfallen.

Das Ungeheuer zögerte. Sein bizarrer Kopf schwang herum, um Dor zu begutachten. Sein linker Augapfel löste sich, fiel herab und baumelte an einer glitzernden Sehne hin und her. »Sooooo?« fragte das Zombiewesen und stieß beim Atmen einen Gestank wie von verdorbenem Limburger Käse aus.

Dor wedelte mit den Armen und ließ noch mehr Erdklumpen fallen. Ein besonders schönes Exemplar traf das Ungeheuer mit einem dumpfen Quetschlaut auf der Nase. Er bedauerte, daß er leider nichts wirklich Widerwärtiges hatte aufstöbern können, etwa eine von Maden durchsetzte tote Ratte, aber so spielte das Schicksal eben. »Woooooooo?« fragte er, jeder Zoll genauso dumm wie ein echter Zombie. Der große Vorteil beim Sichdummstellen bestand darin, daß man dazu keiner allzu großen Intelligenz bedurfte. Er schlug sich gegen das rechte Ohr und ließ ein weiteres Stück Erde fallen, ganz so, als sei es ein Stück von seinem Gehirn.

Endlich begriff die Schlange. »Daaaaaaa«, hauchte sie und spuckte dabei Knochen- und Zahnsplitter aus. Ihre Schnauze schien von feuchtem Brand im fortgeschrittenen Stadium befallen zu sein, und die verbliebenen Zähne stützten sich bröckelnd an ihrer Karies ab.

»Dnnnnkkkkke«, erwiderte Dor und ließ noch ein Stückchen Erde ins Wasser fallen. Er nahm das Paddel wieder auf und steuerte ächzend das Schloß an. »Hoffentlich falle ich nicht auseinander, bevor ich angekommen bin.«

Die erste Runde hatte er gewonnen. Die Seeschlange war in ziemlich schlechter Verfassung, wie die meisten Zombies, doch sie hätte das Boot ohne Schwierigkeiten zum Kentern bringen und Dor im Schleim ertränken können. Wenn ihr Gehirn auch nur ein wenig mehr gewesen wäre als eine bessere Art von Pudding, hätte sie auch genau das getan. Doch Zombies griffen einander nicht an, das war einfach zu unappetitlich. Selbst Dors vollständiger Körper, der unter all dem Dreck und den Stoffetzen völlig gesund war, zählte nicht allzu sehr, denn ganz frische Zombies waren ebenfalls vollständig. Es bedurfte einiger Zeit, bis das Fleisch von ihnen abfiel.

Er legte am Innenufer des Grabens an, wo die Schloßmauer im steilen Winkel emporragte. Nun stach er ein Loch in den Schleim und machte etwas reineres Wasser frei, um sich zu waschen. Seine Zombiemaskerade war vorbei, und er wollte das Schloß nicht in dieser Aufmachung betreten. Die Risse in seinem Umhang ließen sich zwar nicht mehr flicken, aber wenigstens würde er aussehen wie ein Mensch.

Er stieg aus dem Boot und mußte feststellen, daß es schwierig war, auf der schrägen Wand zu stehen. Die Oberfläche bestand weder aus Stein noch aus Ziegeln, wie er erwartet hatte, sondern aus Glas – festem, schimmerndem, nahtlosem, kaltem, hartem Glas. Ein Glasberg.

Glas. Jetzt verstand er die zweite Herausforderung. Nach oben zu wurde die Schräge immer steiler, bis die Wand schließlich fast senkrecht emporstieg. Wie konnte er diese Mauer erklimmen?

Dor machte einen Versuch: Er setzte vorsichtig einen Fuß vor den anderen und stellte fest, daß er stehen und sich langsam vorwärts bewegen konnte. Er mußte sich völlig aufrecht halten, denn sobald er sich gegen den Berg lehnte, wie es ja nur natürlich gewesen wäre, verlor er seinen Halt. Wenn er ausrutschten sollte, würde er schnell in dem gräßlichen Graben landen. Glücklicherweise wehte kein Wind, also konnte er aufrecht stehen und langsam emporsteigen.

Allerdings bemerkte er eine kleine Wolke am Himmel. Noch während er sie betrachtete, schien sie sich schnell auszudehnen. Oho! Das bedeutete sicherlich Regen, der ihn wiederum in die Tiefe spülen würde. Das war bestimmt alles andere als ein Zufall: Wahrscheinlich hatte die Berührung des Glases durch seinen Fuß den Sturm herbeibeschworen. Er mußte unbedingt die obere Mauerkante erreichen, bevor die Wolke ihn erreicht hatte. Na ja, wenigstens war es nicht sehr weit. Wenn er vorsichtig war und gute Fußreibung behielt, würde er es wahrscheinlich schon schaffen.

Da kam etwas um den Berg galoppiert. Es hatte vier Beinen, einen Schwanz und einen komisch gehörnten Kopf. Doch am seltsamsten war …

Mit gesenkten Hörnern jagte es auf Dor zu. Das Wesen war nicht größer als er, und die Hörner waren kurz und stumpf, doch sein Körper war wesentlich massiger. Dor mußte einen Satz machen, um ihm auszuweichen – verlor den Halt und rutschte ans Grabenufer, wo er, die Nase nur wenige Zoll über der schleimigen Masse, liegenblieb.

Er fand sein Gleichgewicht wieder, während die Zombieseeschlange ihn mit einer gewissen distanzierten Belustigung beobachtete. Dor wischte sich ein Stück Schleim von der Nasenspitze. »Was war denn das?«

»Der Berghanghufer«, erwiderte das Glas.

»Irgendwas war ziemlich merkwürdig an diesem Tier. Seine Beine ...«

»Ach so, ja das!« sagte das Glas. »Die beiden linken Beine sind kürzer als die rechten, damit er bequem um einen Berghang stürmen kann. Das ist natürliche Auslese; die meisten besseren Berge haben welche.«

Kürzere linke Beine – dadurch konnte der Hufer also auch auf Schrägen aufrecht gehen. Das ergab durchaus einen gewissen Sinn. »Wieso habe ich denn noch nie von diesem Wesen gehört?« wollte Dor wissen.

»Wahrscheinlich, weil man deine Ausbildung vernachlässigt hat.«

»Ich bin von einer Zentaurin unterrichtet worden!« verteidigte sich Dor.

»Die Zentaurin hat dir mit Sicherheit von dem Berghanghufer erzählt«, stimmte das Glas ihm zu. »Aber hast du auch zugehört? Jeder Unterricht taugt nur so viel wie der Verstand des Schülers.«

»Was willst du damit sagen?« fragte Dor.

»Wußte ich's doch, daß du zu schwerfällig bist, um die Anspielung zu verstehen«, meinte das Glas hämisch.

»Du bist doch bloß ein Glasberg!« erwiderte Dor gereizt. »Wie helle bist du denn?«

»Dachte schon, du würdest nie fragen! Ich bin das hellste Ding am ganzen Horizont.« Da fiel ein schräger Sonnenstrahl herab, an der drohenden Wolke vorbei, und ließ den Berg hell aufleuchten!

Da war Dor aber in eine hübsche Falle getappt! Trotzdem er sein ganzes Leben lang mit unbelebten Dingen gesprochen hatte, fiel er immer noch auf die Versuchung herein, mit ihnen zu diskutieren. Er wechselte lieber das Thema. »Ist der Hufer gefährlich?«

»Nicht wenn du klug genug bist, ihm aus dem Weg zu bleiben.«

»Ich muß aber diesen Hang hochklettern.«

»Extraordinäre Fortüne«, sagte das Glas fröhlich.

»Was?«

Das Glas seufzte. »Ich vergesse doch immer wieder, daß belebte Wesen an meine Brillanz nicht heranreichen können. Also gut, da ich dein Gebrechen kenne, will ich es übersetzen: Viel Glück.«

»Oh, danke schön«, sagte Dor sarkastisch.

»Das war ironisch gemeint«, sagte das Glas.

»Ironisch? Nicht spitz?«

»Verschone mich bitte mit deinen billigen Retourkutschen. Wenn du nicht in Gang kommst, bevor diese Wolke da hier eintrifft, wirst du direkt ins Meer gespült werden.«

»Das ist eine Übertreibung«, murrte Dor und machte sich wieder an den Aufstieg.

»Das ist eine rhetorische Hyperbel.« Das Glas begann, eine glockenhelle Melodie zu summen.

Diesmal kam er besser vorwärts als beim ersten Versuch. Langsam wurde er geschickter. Er mußte seine Füße sanft und flach aufsetzen und sich fest vornehmen, nicht abzurutschen. Doch da kam auch schon wieder der Berghanghufer mit einem lauten »Muuuuuuuhhh!« um den Kegel gejagt, und Dor rutschte zum zweiten Mal ab. Dieses Tier war ihm genauso unlieb wie Irenes Seekuh.

Die Wolke war inzwischen ein gutes Stück näher gekommen und stieß verspielte kleine Windböen aus. »Ach, hau ab!« sagte Dor zu ihr.

»Vor allen Dingen!« pustete sie ihn an und zerzauste sein Haar mit einer entnervenden Vertraulichkeit.

Dor machte sich ein drittes Mal an den Aufstieg, und diesmal gelang es ihm durch waghalsige Manöver über die von den Hufen des Berghanghufers ins Glas geschliffene Kerbe zu gelangen. Das Glas summte immer lauter und begann schließlich zu singen: »Um den Berg wird sie kohommen wenn sie kommt!«

Sofort kam auch der Berghanghufer wieder herangaloppiert, erspähte Dor und korrigierte seine Laufrichtung, um ihn anzuspringen. Mit seinen ungleichen Beinen stampfte das Tier in gleichmäßigem Rhythmus auf den Berghang, so daß die beiden kurzen Hörner direkt auf ihn gerichtet waren. So stumpf die Hörner auch sein mochten – in dieser Situation stellten sie schon eine durchaus ernst zu nehmende Gefahr dar.

O nein! Es war kein Zufall, daß dieses Tier immer so pünktlich herangestürmt kam: Es versuchte, ihn am Weiterkommen zu hindern. Das war natürlich das dritte Hindernis.

Dor sprang beiseite und rutschte verärgert wieder hinunter. Der Hufer verschwand mit donnernden Hufen wieder um die Kurve.

Dor wischte sich erneut etwas Schleim von der Nase. Besonders gut kam er nicht voran! Das war vor allem deswegen ärgerlich, weil er das erste Hindernis ohne Schwierigkeiten gemeistert hatte, während er es hier eigentlich mit zwei vergleichsweise harmlosen und einfachen Hemmnissen zu tun hatte: er mußte nur dem Hufer ausweichen und den glitschigen Berghang emporklettern. Eines von beiden wäre nicht weiter schwierig gewesen; beides zusammen machte ihn ratlos. Jetzt hatte er nur noch an die zehn Minuten, um sein Ziel zu erreichen, bevor die sture Regenwolke ihn wegspülte. Ihr vorderer Rand hatte bereits den Sonnenstrahl abgeschnitten.

Dor verließ sich nicht gerne allzusehr auf sein magisches Talent, doch andererseits war Stolz in dieser Lage wohl kaum angebracht. Er mußte irgendwie ins Schloß kommen und den Rat des Guten Magiers Humfrey einholen – zum Wohle Xanths.

»Glas, wenn du schon so helle bist, dann sag mir doch, wie ich dem Hufer ausweichen und an deiner Seite hochklettern kann, bevor die Wolke zuschlägt.«

»Sag's ihm nicht!« donnerte die Wolke.

»Na ja, inzwischen bin ich nicht mehr so helle, weil ich in deinem Schatten liege«, murrte das Glas. Das war wahr: Sein Glanz war verblichen, und der Berg war nun eine düstere dunkle Masse, wie die stillen Tiefen eines Ozeans.

»Aber du kannst dich an die Antwort erinnern«, sagte Dor. »Sag an!«

»Bloß nicht!« fauchte der Sturm.

»Ich muß es ihm sagen«, jammerte das Glas. »Obwohl es mir lieber wäre, ich könnte zusehen, wie er wieder auf sein hint...«

»Paß bloß auf, was du sagst!« fauchte Dor.

»...teres Körperteil fällt und die Nase in den Dreck steckt. Aber er ist ein Magier, und ich bin nur ein Stück Silikon.« Das Glas seufzte. »Also gut. Räsoniere und reflektiere über ...«

»Was?«

»Gib mir die Kraft, die gigantische Dummheit des Belebten zu ertragen«, betete das Glas. Die Wolke hatte einen schmalen Sonnenstrahl hindurchgelassen, so daß es jetzt wieder helle war. »Denk über folgendes nach: Wer kann den Berg am leichtesten besteigen?«

»Der Berghanghufer«, sagte Dor. »Aber das nützt mir nichts. *Ich* bin es schließlich, der ...«

»Denk drüber nach«, wiederholte das Glas eindringlich.

Das erinnerte Dor daran, wie König Trent die Bedeutung der Ehrlichkeit betont hatte, und das verärgerte ihn. Dieser Berg war schließlich kein König! Was hatte er also in dunklen Andeutungen zu reden, als wäre Dor irgendein Idiot, der einer Sonderbehandlung bedurfte! »Hör mal, Glas – ich habe dir eine ganz direkte Frage gestellt ...«

»Rein technisch gesehen war das eine indirekte Frage. Meine Antwort spiegelt die Art wider, wie du die Sache angehst. Aber dir ist doch wohl sicherlich klar, daß ich unter dem Interdikt eines anderen Magiers stehe?«

Dor wußte zwar nicht, was ein »Interdikt« war, konnte es sich aber denken: Humfrey hatte dem Berg befohlen, das Geheimnis nicht auszuplaudern. Doch die Wolke kam immer näher und wirkte immer bedrohlicher, was seine

Geduld dämpfte. »Gras – ich meine, Glas! Ich bestehe darauf, daß du mir sagst, wie ich ...«

»Das ist natürlich schon die Antwort.«

Dor hielt inne. Dieses allzuhelle Ding wollte ihn zum Narren halten. Er ging im Geiste noch einmal das Gesagte durch. *Gras – ich meine Glas! Ich bestehe darauf, daß du mir sagst, wie ich ...* wieso war das die Antwort? Und doch schien dies der Fall zu sein.

»Du kriegst es nie raus«, meinte das Glas abfällig.

Plötzlich hatte er es: Gras, ein Versprecher! Gemeint war natürlich Heu!

»Heu!« rief er.

Die Zombieseeschlange, die dies für einen Befehl hielt, schwamm durch den Graben und brachte einen Bissen trockenes Gras vom anderen Ufer herbei.

»Danke, Schlange«, sagte Dor und nahm den Armvoll Gras entgegen. Er schüttelte die Schleim- und Schmierüberreste heraus, zusammen mit einigen Zähnen des Ungeheuers, die scheppernd auf das Glas fielen. Zombies besaßen einen schier unerschöpflichen Vorrat an Körperteilen, die sie verlieren konnten; das war Teil ihres Wesens.

Wieder machte er sich an den Aufstieg, doch diesmal wollte er dem Hufer auch begegnen. Er stellte sich mit seinem Heubündel hin und blickte das Tier an.

Der Hufer kam um den Berg – und blieb stehen, als er ihn ausgemacht hatte. Er stellte die Ohren vor und fuhr sich mit der Zunge über die Lippen.

»Recht so, du schönes Rind!« sagte Dor. »Dieses Heu hier ist für dich. Zum Denken und Kauen – zum Kauen, während du nachdenkst. Ich hab' gesehen, daß du hier nicht viel zum Äsen hast. Du mußt eine Menge Kraft verbrauchen, wie du so hier herumstampfst. Das macht sicherlich Appetit. Eine Mittagspause wäre für dich bestimmt das richtige, bevor der Regen alles verdirbt.«

Die Augen des Hufers weiteten sich. Sie waren sehr schön und seelenvoll. Der Hufer war ein Weibchen. Seine breiten Nüstern bebten, als es den Duft des frischen Heus witterte. Wieder fuhr es mit seiner rosa Zunge über sein Maul. Es war deutlich, daß es Hunger hatte.

»Wenn ich das Heu einfach hinlege, dann rutscht es natürlich einfach wieder den Berg hinab in den Graben«, argumentierte Dor. »Du könntest es dann zwar bestimmt wieder herausfischen, aber wenn es von Schleim bedeckt ist, schmeckt es nicht besonders gut, nicht wahr?« Während er sprach, fegte ein etwas stärkerer Windstoß einige Halme davon und wehte sie in den Schleim des Grabens. Der Hufer zuckte beunruhigt zusammen.

»Ich sag' dir, was ich tun werde«, fuhr Dor fort. »Ich steige einfach auf deinen Rücken und trage das Heu. Dann kann ich dich beim Gehen füttern. Auf diese Weise kannst du alles auffressen, ohne daß dir auch nur ein einziges Hälmchen entgeht. Und außerdem kann dir dann niemand vorwerfen, du hättest deine Pflicht vernachlässigt. Denn du wirst ja die ganze Zeit dabei auf Patrouillengang sein.«

»Mmmmuuuuuuuhhhh!« stimmte der Hufer ihm sabbernd zu. Das Tier mochte vielleicht nicht sonderlich intelligent sein, wußte aber ein gutes Geschäft zu würdigen, wenn es ihm unter die Nase gerieben wurde.

Dor ging auf den Hufer zu, gab ihm einen satten Happen Heu und kletterte von der Talseite her auf seinen Rücken. Sein linker Fuß stieß auf den Boden, während sein rechter ein gutes Stück über der Glasoberfläche hing, dennoch saß er aber aufrecht. Er beugte sich vor, um dem Tier eine weitere Handvoll Heu zu verabreichen.

Der Hufer schnappte nach dem Heu und kaute selig darauf herum, während er immer weiterging. Dann gab er ihm eine weitere Handvoll mit der Linken. Das Tier mußte sich umdrehen, um das Heu schnappen zu können und bewegte sich dadurch ein Stück den Berg empor.

So ging es weiter, bis sie den Berg einmal umrundet hatten. Jetzt waren sie schon ein gutes Stück höher als vorher. Weil er dem Hufer das Heu stets auf der Bergseite reichte, bewegte sich dieser in einer Spiralbewegung nach oben, genau wie Dor es wollte.

Der Sturm hatte sie bereits fast erreicht. *Den* hatte er

nicht täuschen können! Dor beugte sich vor, drückte die Knie etwas zusammen, und der Hufer wurde schneller, ohne es zu merken. Durch das größere Tempo umrundeten sie den Berg beim zweiten Mal wesentlich schneller, zumal die Strecke durch die Kegelform des Berges ja auch immer kleiner wurde, je höher sie kamen. Das dritte Mal waren sie noch schneller. Doch Dors Glück, das ohnehin schon überstrapaziert worden war, ließ ihn im Stich. Er merkte, daß sein Heuvorrat nicht mehr bis zum Gipfel reichen würde – und der Regen würde sie ohnehin erwischen.

Er machte den kühnen Versuch, aus seiner Schwäche eine Stärke zu machen. »Mein Heu ist bald alle – und der Sturm naht«, sagte er zu dem Hufer. »Du setzt mich wohl besser ab, bevor es glitschig wird. Hat ja keinen Zweck, dich mit meinem Gewicht zu belasten.«

Der Hufer zögerte und dachte darüber nach. Dor half ihm etwas nach. »Irgendwo. Du brauchst mich nicht unbedingt wieder nach unten zu bringen. Vielleicht dort oben auf dem Gipfel, wo ich dir nicht im Weg bin. Ist auf jeden Fall näher.«

Das leuchtete dem Tier ein. In einer immer enger werdenden Spirale trottete es den Hang empor, und Dor stieg, am Gipfel angelangt, ab. »Danke, Hufer«, sagte er. »Du hast wirklich schöne Augen.« Seine Erfahrung mit Irene hatte ihn gelehrt, daß es von Vorteil war, weiblichen Wesen Komplimente zu zollen; sie waren alle eitel, was ihr Äußeres anging.

Zufrieden machte der Hufer sich wieder an den Abstieg. Da schlug der Sturm zu. Die Wolke krachte gegen den Gipfel, brach auseinander, und das Wasser strömte aus dem Riß hervor. Regenschauer gingen nieder und verwandelten die gläserne Fläche in eine Art rutschiges Eis. Der Wind zauste ihn und fegte an dem nadelspitzen Gipfel des Bergs vorbei, der die Wolke aufgeschlitzt hatte, und stieß dabei schrille Schreie aus.

Dors Füße glitten aus, und er mußte die Arme um den schmalen Gipfel schlingen, damit er nicht wieder in die Tiefe rutschte. Auch der Hufer hatte seine Probleme: Er stemmte sich mit allen vieren ab, glitt jedoch trotzdem ein ganzes Stück hinab, bis der sanfter werdende Abhang ihn auffing und er wieder einen festen Stand bekam. Dann duckte er den Kopf, warf seinen Schwanz über die Nase und schickte sich an, im Stehen zu schlafen. Der Sturm konnte ihm nicht wirklich etwas anhaben. Er hatte ohnehin keine Ausweichmöglichkeit. Solange das Tier nicht versuchte, sich umzudrehen oder in die entgegengesetzte Richtung zu gehen, war es in Sicherheit. Dor wußte, daß der Hufer nach dem Regenschauer zufrieden wiederkäuen würde.

Dor hatte es also geschafft und auch das letzte Hindernis überwunden. Nur – was sollte er jetzt tun? Der Gipfel war glatt, und es gab keinen Eingang. War er die ganze Zeit auf der falschen Fährte gewesen? Das würde bedeuten, daß er sich selbst ausgetrickst hätte.

Das aus der Wolke herabströmende Wasser war kalt. Seine zerfetzten Kleider waren durchnäßt, und seine Finger wurden taub. Schon bald würde sich sein Griff lockern, und er würde in den Schleim des Grabens hinabgleiten. Das war beinahe noch schlimmer, als zu erfrieren!

»Es *muß* hier einen Eingang geben!« keuchte er.

»Natürlich, Holzkopf«, erwiderte der spitze Gipfel. »Du bist aber auch nicht halb so scharfsinnig wie ich! Warum hast du dich denn sonst so abgestrampelt, um hierherzukommen? Etwa um deinen schmierigen Körper zu duschen? Ich hoffe, ich drücke mich nicht allzu spitz aus!«

Ja, warum auch sonst? Er war einfach davon ausgegangen, daß dies der richtige Weg sei, weil es der schwierigste war. »Also gut, du helles Glas – du bist scharfsinniger als ich. Wo ist er?«

»Das brauche ich dir nicht zu sagen«, erwiderte das Glas kichernd. »Das kann sich doch jeder Idiot ausrechnen, auch wenn er so blöd ist wie du.«

»Ich bin aber nicht irgendein Idiot!« rief Dor, den der ungemütliche Regen und die Kälte äußerst gereizt machten.

»Das stimmt allerdings! Du bist ein Prachtexemplar von einem Idioten.«

»Danke«, sagte Dor beschwichtigt. Dann wurde ihm klar, daß er sich genauso leichtgläubig verhielt wie ein durchschnittlicher unbelebter Gegenstand. Wütend stieß er mit seinem Kopf gegen das Glas – da klickte es. Huch! Hatte er sich selbst den Schädel eingeschlagen?

Nein, er hatte nur eine kleine Schramme davongetragen. Das Geräusch mußte von irgend etwas anderem herrühren. Wieder stieß er gegen die Oberfläche, und erneut war das Klicken zu hören.

Aha! Er stieß ein drittes Mal gegen das Glas – und plötzlich sprang der Gipfel des Berges auf: ein Deckel, dessen Verriegelung aufgesprungen war. An starken Scharnieren hing er zur Seite herab; in seinem Inneren war eine Wendeltreppe zu erkennen. Endlich der Sieg!

»So benutzt man sein Köpfchen«, bemerkte das Glas.

Dor kletterte kopfüber in die Öffnung und mußte sich erst umdrehen, um mit den Füßen Halt auf der Treppe zu fassen. Dann zog er den Deckel wieder hoch und schloß den Regenschauer aus. »Verdammt!« fluchte die Wolke.

Er kam in Humfreys überfülltem Studierzimmer heraus. Es war voller ledergebundener Zauberbücher, magischer Spiegel und Papiere und war überhaupt mit einer gewaltigen Masse undefinierbarer Gegenstände übersät. In ihrer Mitte, fast versunken in dem ganzen Gerümpel, stand der Gute Magier Humfrey.

Humfrey war klein, beinahe winzig, und schrecklich faltig. Sein Kopf und seine Füße waren beinahe so groß wie die eines Kobolds, und zusammen mit seiner Jugend hatte er auch den größten Teil seiner Haare eingebüßt. Dor hatte keine Ahnung, wie alt er sein mochte, und wagte es auch nicht, ihn danach zu fragen. Humfrey war eine beinahe zeitlose Institution. Er war der Magier des Wissens, der Information. Alles, was in Xanth wissenswert war, wußte er – und er beantwortete jede Frage, sofern der Fragende bereit war, ihm dafür einen Jahresdienst zu leisten. Es war erstaunlich, wie viele Menschen und andere Wesen sich von dieser unglaublich hohen Forderung nicht abschrecken ließen. Offenbar war Information das Kostbarste, was es gab.

»Wird auch Zeit, daß du kommst«, knurrte der kleine Mann, ohne Dors Zustand auch nur eines Blickes zu würdigen. »Auf der Zentaureninsel gibt es ein Problem, um das du dich kümmern mußt. Dort hat sich ein neuer Magier entwickelt.«

Das war aber wirklich eine Neuigkeit! In Xanth tauchten Magier etwa einmal pro Generation auf. Dor war der letzte gewesen. »Wer ist es? Was hat er für ein Talent?«

»Es scheint ein Zentaur zu sein.«

»Ein Zentaur! Aber die meisten Zentauren glauben doch gar nicht an Magie!«

»Sie sind sehr intelligent«, pflichtete Humfrey ihm bei.

Da die Zentauren – zumindest jene, die es zugaben – magisches Talent besaßen, gab es auch keinen Grund, weshalb es keinen Zentaurenmagier geben sollte, erkannte Dor. Doch das würde zu gewaltigen Komplikationen führen. Nur ein Magier konnte Xanth regieren. Angenommen, daß es eines Tages keinen menschlichen Magier mehr gab, sondern nur einen Zentauren? Würden die Menschen einen Zentaurenkönig akzeptieren? Konnte ein Zentaurenkönig überhaupt seine eigenen Artgenossen regieren? Dor bezweifelte, daß Cherie Zentaur Befehle von einem Zentaur entgegennehmen würde, der selbst Magie praktizierte; sie hatte sehr strenge Vorstellungen, was Obszönität anging, und da gab es nichts zu diskutieren. »Ihr habt mir nicht gesagt, welches Talent er hat.«

»Ich kenne sein Talent nicht!« bellte Humfrey. »Ich habe mir einen abgezaubert und zig Spiegel zerbrochen, um es herauszufinden – aber es sieht so aus, als täte er gar nichts.«

»Wie kann er dann ein Magier sein?«

»Das sollst du herausfinden!« Offenbar war der Gute Magier alles andere als glücklich über seine Unfähigkeit, in diesem Fall alle Tatsachen herauszubekommen. »Wir können kein unidentifiziertes Talent von Magierformat frei herumlaufen lassen; das könnte gefährlich werden.«

Gefährlich? Das erinnerte ihn an etwas. »Äh – ist die Zentaureninsel zufällig im Süden?«

»Vor der Südspitze Xanths. Wo soll sie denn sonst sein?«

Dor wollte nicht eingestehen, daß er diesen Teil der Geographie vernachlässigt hatte. Cherie hatte es ihm überlassen, ob er auch nichtmenschliche Geschichte und Gesellschaftswissenschaften studieren wollte; folglich hatte er sie auch nicht studiert. Über die Auswanderung der Oger hatte er nur etwas erfahren, weil Krach neugierig gewesen war. Sein Freund Chet lebte in einem Dorf unweit nördlich der Großen Spalte, in leichter Galoppentfernung von Schloß Roogna, wenn man eine der magischen Brücken benutzte. Natürlich wußte Dor, daß es auch andere Zentaurenkolonien gab; sie waren, genau wie die menschlichen Siedlungen, über ganz Xanth verteilt. Er hatte einfach nur nicht auf diese hier geachtet. »Crombie der Soldat hat die größte Bedrohung Xanths dort geortet. Und außerdem eine Aufgabe, die ich dort erledigen muß. Und eine Möglichkeit, König Trent zu retten. Es paßt also offenbar alles zusammen.«

»Natürlich paßt alles zusammen. Alles in Xanth ergibt einen Sinn, sofern man genug Verstand hat, um ihn herauszufinden. Du wirst zur Zentaureninsel reisen. Warum bist du sonst noch hierhergekommen?«

»Ich dachte, um Rat einzuholen.«

»Ach so, das! Damit die Ältesten ihr Gesicht wahren können. Also gut. Sammel deine jungen Freunde um dich. Du wirst inkognito reisen, also ohne Reisezauber oder sonstigen königlichen Pomp. Du kannst diesen verborgenen Magier nicht in seinem Versteck aufstöbern, wenn er genau weiß, daß du kommst. Also wird die Reise etwa eine Woche dauern ...«

»Eine Woche! Die Ältesten lassen mich aber nicht länger als einen Tag fort!«

»Lächerlich! König Trent haben sie schließlich auch für eine Woche nach Mundania ziehen lassen, nicht wahr?«

»Weil sie nichts davon wußten«, erwiderte Dor. »Er hat es ihnen nicht gesagt.«

»Natürlich hat er es ihnen gesagt! Er hat sich mit mir beraten, und um der Diskretion willen habe ich mich bereit erklärt, als Vermittler mit den Ältesten zu reden und ihm mitzuteilen, falls sie Einwände haben sollten – und die hatten sie nicht.«

»Aber mein Großvater Roland sagt, daß man es ihm nicht gesagt hat«, beharrte Dor. »Tatsächlich ist er deswegen etwas verärgert.«

»Ich habe es ihm selbst mitgeteilt. Hier, laß es dir vom Spiegel bestätigen.« Er deutete auf einen magischen Spiegel, der an der Wand hing. Seine Oberfläche wies feine Sprünge auf. Offenbar gehörte er zu den Exemplaren, die unter Humfreys Versuchen gelitten hatten, etwas über den Zentaurenmagier herauszufinden.«

»Hat der Magier Humfrey dem Ältesten Roland jemals etwas über König Trents Reise nach Mundania mitgeteilt?« fragte Dor vorsichtig. Man mußte alles ganz genau formulieren, denn trotz ihrer scheinbaren Tiefe waren Spiegel alles andere als tiefgründig, und abgesehen von ihrer Fähigkeit, Fragen zu beantworten, waren sie auch alles andere als intelligent. »Müll rein, Müll raus«, hatte König Trent einmal etwas geheimnisvoll bemerkt, womit er offensichtlich gemeint hatte, daß man auf eine dumme Frage in der Regel eine dumme Antwort erhielt.

Auf der zerschundenen Oberfläche erschien ein Zentaurenschwanz. Dor wußte, daß dies NEIN bedeutete. »Er sagt, daß Ihr es ihm nicht gesagt habt.«

»Na ja, vielleicht habe ich es ja auch vergessen«, brummte Humfrey. »Ich habe zuviel zu tun, um mich um jede Kleinigkeit zu kümmern.« Worauf das Zentaurenvorderteil erschien – es war eine hübsche Jungstute.

Kein Wunder, daß die Ältesten nicht protestiert hatten! Humfrey, stets mit anderem beschäftigt, war nie dazu gekommen, sie zu informieren. König Trent, der geglaubt hatte, daß Humfreys Schweigen das Einverständnis der Ältesten bedeutete, war wie geplant abgereist. Trent hatte sie nicht absichtlich in die Irre geführt; Dor konnte sich auch nur schwer vorstellen, daß der König jemanden bewußt täuschen würde. Trent hatte es ernst gemeint, als er über Ehrlichkeit gesprochen hatte.

»Ich fürchte, daß die Ältesten ein Veto gegen meine Reise einlegen werden«, meinte Dor. »Besonders nachdem ...«

»Die Ältesten sollen sich von mir aus ...«

»Humfrey!« rief eine warnende Stimme von der Tür aus. »Wage es bloß nicht, heute solche Ausdrücke zu gebrauchen! Du hast schon einen Spiegel auf diese Weise zum Bersten gebracht!«

So war der Spiegel also geborsten! Humfrey hatte, als er bei seiner Informationssuche auf Widerstand gestoßen war, ein allzu strenges Wort gesagt.

Dor blickte zur Tür. Dort sah er das Nichts, das das Gesicht der Gorgone bildete, einer absolut üppigen, wohlgestalteten und anziehenden jungen Frau, deren Gesicht niemand anschauen durfte. Humfrey hatte einen vorübergehenden Zauber darüber verhängt, vor zehn oder fünfzehn Jahren, um die Gesellschaft vor der unwillkürlichen Magie der Gorgone zu beschützen, während er daran arbeiten wollte, das Problem zu lösen. Offenbar war er auch dazu noch nicht gekommen. Es war allgemein bekannt, daß er etwas zerstreut war.

Humfreys Augenbrauen verzogen sich, als würde ihn eine rosa Mücke belästigen. »Was ist denn an diesem Tag so besonders?«

Sie schien zu lächeln. Jedenfalls bewegten sich die kleinen Schlangen, die ihr Haupthaar bildeten, etwas harmonischer. »Es wird Euch noch einfallen, Magier. Und jetzt zieh deinen Anzug an. Den guten, den du schon mindestens seit einem Jahrhundert nicht angehabt hast. Laß ihn dir von der Motte entkugeln.« Sie drehte ihr Un-Gesicht Dor zu. »Folgt mir bitte, Euer Majestät.«

Verwundert folgte Dor ihr aus dem Raum. »Äh, störe ich, oder so?«

Sie lachte, wobei ihr Körper zu wogen begann. Dor mußte die Augen zukneifen, damit sie ihm nicht aus den

Sockeln fielen. »Wohl kaum! Ihr müßt schließlich die Zeremonie durchführen.«

Dors Verwunderung wuchs immer mehr. »Die Zeremonie?«

Sie drehte sich um und beugte sich zu ihm vor. Es war ihm peinlich, ihren leeren Kopf anzustarren, also senkte er den Blick – und stellte fest, daß er in ihren ehrfurchtgebietenden Ausschnitt blickte. Errötend schloß er die Augen.

»Die Hochzeitszeremonie«, murmelte die Gorgone. »Habt Ihr denn keine Nachricht erhalten?«

»Nicht, daß ich wüßte«, sagte Dor.

»Hm, na ja, immerhin seid Ihr ja pünktlich gekommen, also ist alles in Ordnung. Nur der König von Xanth kann das Ganze für den alten Griesgram auch bindend machen. Ich habe einige Jahre gebraucht, um ihn mir an Land zu ziehen, und jetzt will ich den Knoten aber auch so eng ziehen, wie es nur geht.«

»Aber ich habe nie ... ich weiß doch gar nichts über ...« Dor öffnete erneut die Augen, stierte in die Berge und das Tal ihres Brustkorbs, blickte dann wieder das leere Gesicht an und zog sich hastig wieder zurück. Zu wenig und zu viel, und alles gleich so nah!

»Keine Angst!« sagte die Gorgone. »Mein Anblick wird Euch nicht versteinern lassen.«

Ja, das dachte *sie!* Es fiel ihm ein, daß es nicht nur ihr Gesicht war, das einen Mann zu Stein erstarren lassen konnte. Schließlich konnten andere ihrer Körperteile bei anderen der seinen dasselbe bewirken. Doch er zwang sich dazu, die Augen zu öffnen und den Blick zu heben, von der Fülle empor zur Leere, ihren unsichtbaren Blick treffend. »Äh, wann soll's denn geschehen.«

»Kurz nach der Trauung«, sagte sie. »Es ist eine Ehrensache für mich, die ganze Sache auch ohne Potenzzauber über die Bühne zu bringen.«

Dor merkte, wie er schrecklich errötete. »Die ... ich meinte die Zeremonie.«

Mit Daumen und Zeigefinger zwickte sie sanft seine Wange. »Das weiß ich, Dor. Du bist noch so herrlich unverdorben. Irene wird noch ihre helle Freude damit haben, dir deine Naivität auszutreiben.«

Also war auch seine Zukunft bereits von einer Frau vorherbestimmt worden – und es sah ganz danach aus, als wüßten alle anderen Frauen genau darüber Bescheid. Zweifellos gab es eine weibliche Verschwörung, die sich von Generation zu Generation fortsetzte. Er konnte nur froh sein, daß Irene weder die Erfahrung noch den Körper der Gorgone besaß. Noch nicht.

Sie kamen in eine Art Schlafzimmer. »Du mußt deine triefenden Kleider wechseln«, sagte die Gorgone. »Also wirklich! Ihr jungen Leute solltet ein bißchen vorsichtiger sein! Hast du Tauziehen mit einer Bajonettpflanze gespielt? Komm, ich werde dir diese Fetzen ausziehen und ...«

»Nein!« schrie Dor auf, obwohl er in seiner nassen und zerfetzten Kleidung am ganzen Leibe zitterte.

Sie lachte wieder, und ihr ganzer Brustkorb bebte. »Ich verstehe. Du bist wirklich ein süßer Junge! Ich werde den Zombiemeister hereinschicken. In einer halben Stunde mußt du fertig sein; es ist alles genau geplant.« Sie machte kehrt und rauschte aus dem Zimmer. Dor war gleichzeitig erleichtert, benebelt und auf schändliche Weise enttäuscht. Eine solche Frau konnte mit einem Mann spielen wie mit einem Musikinstrument!

Kurz darauf trat der hagere aber halbwegs gutaussehende Zombiemeister ein. Förmlich schüttelte er Dors Hand. »Ich werde niemals vergessen, was ich Euch schuldig bin, Magier«, sagte er.

»Ihr habt alle Schuld beglichen, als Ihr Millie das Gespenst glücklich gemacht habt«, sagte Dor erfreut. Er war wesentlich daran beteiligt gewesen, den Zombiemeister hierherzubringen, da er gewußt hatte, daß Millie ihn liebte. Doch Dor selbst hatte ebenfalls sehr von dieser Erfahrung profitiert. Er hatte auf recht konkrete und wirkliche Weise gelernt, ein Mann zu sein. Natürlich hatte er vieles davon in den darauffolgenden Jahren wieder vergessen – die Gorgone hatte ihn wirklich wieder auf den Teppich gebracht! –, aber er war sich sicher, daß ihm die Erinnerung daran auch sehr nützen würde.

»Diese Schuld kann niemals getilgt werden«, meinte der Zombiemeister feierlich.

Dor stand nicht der Sinn danach, das jetzt anzufechten. Er war froh, daß er diesem Magier und Millie dabei geholfen hatte, zueinanderzufinden. Er erinnerte sich daran, daß er sie beide auf Schloß Roogna einladen wollte, damit die Gespenster und die Zombies ihre Bekanntschaft miteinander erneuern konnten.

»Äh ...«, fing Dor an und überlegte, wie er die Einladung formulieren sollte.

Der Zombiemeister holte einen eleganten Satz Kleider hervor, die Dors Größe entsprachen, und schickte sich an, ihm beim Umkleiden behilflich zu sein. »Nun müssen wir noch einmal die Zeremonie durchgehen«, sagte er schließlich. Er nahm ein Buch auf. »Millie und ich werden den größten Teil organisieren; wir haben eine solche Narretei schon einmal hinter uns gebracht. Ihr lest einfach nur diesen Text vor, wenn ich Euch das Zeichen gebe.«

Dor schlug das Buch auf. Das Titelblatt informierte ihn darüber, daß dieser Text eine Musterzeremonie für die Vereinigung uralter Magier mit üppigen jungen Maiden enthielt. Offenbar hatte die Gorgone sie selbst entworfen. Die Zeremonie selbst war recht schlicht. Dors Text war in schwarzer Tinte geschrieben, der Text des Bräutigams in Blau und der Braut in Rosa.

Wirst du, Guter Magier Humfrey, dieses wunderschöne Wesen zur Frau nehmen, um sie zu lieben und zu achten, solange du lebst? Na ja, das leuchtete ein: Die Chancen, daß er länger lebte als sie, waren doch recht klein. Aber derartige Verträge machten Dor nervös.

Er hob den Blick. »Sieht recht einfach aus, will ich meinen. Äh, wenn wir noch einen Augenblick Zeit haben sollten ...«

»Oh, wir haben sogar zwei oder drei Augenblicke Zeit, aber nicht vier«, versicherte ihm der Zombiemeister und lächelte beinahe.

Dor mußte lächeln. Dieser Magier war geradezu totenhager und ernst gewesen, als er ihn kennengelernt hatte; jetzt war er fleischiger und besser gelaunt. Die Ehe war ihm offenbar gut bekommen. »Ich habe den Gespenstern und Zombies auf Schloß Roogna versprochen, daß Ihr mit Eurer Familie bald zu Besuch kämt. Ich weiß, daß Ihr keinen allzu großen Wert darauf legt, mit gewöhnlichen Leuten zu verkehren, aber wenn es Euch möglich wäre ...«

Der Magier furchte die Stirn. »Ich habe Euch meiner Schuld Euch gegenüber versichert. Wenn Ihr darauf bestehen solltet ...«

»Nur, wenn Ihr wirklich wollt«, warf Dor hastig ein. »Diese Wesen – es wäre einfach nicht dasselbe, wenn es nicht freiwilig geschähe.«

»Ich werde darüber nachdenken. Ich vermute, daß meiner Frau der Sinn danach stehen dürfte.«

Wie auf ein Stichwort trat Millie ein. Sie war so schön wie eh und je, trotz ihrer etwa achthundertunddreißig Jahre. Sie war zwar weniger üppig als die Gorgone, hatte aber dafür ihr eigenes magisches Talent. Wieder begann Dor, sich in seiner Haut unwohl zu fühlen. Er war einmal sehr in Millie verliebt gewesen. »Natürlich kommen wir«, sagte Millie. »Wir freuen uns schon darauf, nicht wahr, Jonathan?«

Der Zombiemeister konnte nur noch feierlich nicken. Die Entscheidung war gefallen.

»Es ist soweit«, sagte Millie. »Braut und Bräutigam sind bereit.«

»Die Braut vielleicht«, meinte der Zombiemeister schiefmäulig. »Ich vermute, daß ich den Bräutigam erst mit sanfter Gewalt zwingen muß.« Er wandte sich zu Dor um. »Begebt Euch ins Hauptzimmer. Die Hochzeitsgäste versammeln sich gerade. Sie werden ihre Plätze einnehmen, nachdem Ihr erschienen seid.«

»Äh, klar«, machte Dor. Er nahm das Buch auf und stieg die Wendeltreppe hinab. Das Innere des Schlosses war nicht mehr dasselbe wie beim letzten Mal, aber das war auch nur logisch: Die Verteidigungsanlagen an der Außenseite wurden ständig gewechselt, und so war es nur zu erwarten, daß sich auch das Innere entsprechend veränderte.

Doch als er das Hauptzimmer erreichte, blieb Dor erstaunt stehen: Vor ihm befand sich eine große und düstere Kathedrale, die so wirkte, als sei sie größer als das ganze Schloß. Stattliche Säulen und reichverzierte Bögen stützten die gläserne Deckenkuppel ab. An einem Ende befand sich eine Estrade, deren Boden aus reinem Silber zu bestehen schien. Umfaßt wurde sie von riesigen bemalten und getönten Glasfenstern, offenbar ein weiterer Innenaspekt des Glasbergs auf der Außenseite. Ein mit Edelsteinen besetzter Kerzenleuchter stützte die Sonne ab, eine hell leuchtende goldene Kugel, die man eigens für dieses Fest ausgeliehen hatte. Dor hatte sich schon immer gefragt, was mit der Sonne passierte, wenn sie von Wolken verdeckt wurde; vielleicht wußte er es jetzt. Was würde wohl geschehen, wenn sie die Zeremonie nicht vor dem Ende des Sturms draußen hinter sich brachten und die Sonne wieder zurückgegeben werden mußte?

Die Gäste waren noch spektakulärer. Es waren Hunderte: Menschen und Humanoide, zum größten Teil Ungeheuer. Dor bemerkte einen Greif, einen Drachen, eine kleine Sphinx, mehrere Meermenschen in einer Wanne mit Meereswasser, eine Manticora, eine Reihe von Elfen, Kobolden, Harpyien und Wichten; etwa zwei Dutzend Nikkelfüßler, einen Schwarm Fruchtfliegen und einen Nadelkaktus. Die Tür am gegenüberliegenden Ende stand im Schatten ihres Wächters: Knacks der Oger, Krachs Vater, ein entsetzlich wirkendes Ungeheuer, wie man es sich nur vorstellen konnte.

»Wer ist das alles?« fragte Dor erstaunt.

»Alle Wesen, die jemals im vergangenen Jahrhundert Antworten von dem Guten Magier erhalten haben oder sonstwie auf wichtige Weise mit ihm verbunden waren«, erklärte das nächstgelegene Fenster.

»Aber ... aber warum?«

Ein bizarrer bebrillter Dämon löste sich von einer Nymphe, mit der er sich unterhalten hatte. »Euer Majestät, ich bin Beauregard vom Unteren Kontingent. Wir haben uns hier in Frieden versammelt, nicht unbedingt, weil wir den Guten Magier lieben, sondern weil sich keiner von uns die Gelegenheit entgehen lassen möchte, Zeuge zu sein, wie er endlich selbst in Fesseln gelegt wird – und zwar von der furchterregendsten Kreatur, die in der Magie bekannt ist. Kommt, Ihr müßt Euren Platz einnehmen.« Und der Dämon führte Dor durch das Mittelschiff zu der Estrade, vorbei an der buntesten Schar verschiedenartiger Geschöpfe, die Dor jemals gesehen hatte. Eines glaubte er zu erkennen – Grundy den Golem, der wohl irgendwie zur Feier des Tages hierhergezaubert worden war. Wie hatten all diese Wesen nur die Verteidigungsanlagen des Schlosses gemeistert? Als Dor sich Eintritt verschafft hatte, war keines von ihnen zu sehen gewesen.

»Oh, Ihr müßt König Dor sein!« rief jemand. Dor drehte sich um und entdeckte eine attraktive junge Frau, deren Kleid mit einer phantastischen Vielfalt von Edelsteinen besetzt war.

»Ihr müßt Juwel sein!« rief er, als ein Diamant in ihrem Haar ihn fast blendete. Er war etwa faustgroß und schien Abermillionen von Facetten zu haben. »Die mit dem Bottich voller Edelsteine – Crombies Frau.«

»Wie habt Ihr das erraten?« stimmte sie ihm zu und ließ ihre Saphire, Granate und Riesenopale funkeln. »Ihr schlagt nach Eurem Vater, Dor. Wie schön, daß Ihr an seiner Stelle gekommen seid.«

Dor erinnerte sich daran, daß diese Frau einmal seinen Vater geliebt hatte. Vielleicht erklärte das auch, weshalb Bink nicht erschienen war. Ein Wiedersehen nach so vielen Jahren hätte etwas peinlich werden können. »Äh, ja. Nett, Euch kennenzulernen, Juwel.«

»Es tut mir leid, daß meine Tochter Tandy Euch nicht kennenlernen kann«, erwiderte Juwel. »Es wäre so nett gewesen ...« Sie brach ab, und wieder glaubte Dor zu wissen warum. Juwel hatte Bink geliebt; Dor war Binks Sohn; Tandy war Juwels Tochter. Es war beinahe so, als wären

Dor und Tandy miteinander verwandt. Aber wie sollte man so etwas ausdrücken?

Juwel drückte ihm einen Stein in die Hand. »Den wollte ich eigentlich Bink geben, aber ich glaube, Ihr habt ihn auch verdient. Ihr werdet stets Licht haben.«

Dor blickte das Geschenk an. Es funkelte wie eine winzige Sonne und war fast zu hell, um es mit ungeschütztem Auge zu betrachten. Es war ein Mitternachtssonnenstein, der seltenste aller Edelsteine. »Äh, danke«, sagte er lahm. Er wußte nicht, wie man sich in einer solchen Situation zu verhalten hatte. Er steckte den Edelstein in eine Tasche und schloß sich wieder Beauregard an, der ihn weiterdrängte. Als er die Estrade bestiegen hatte, legte sich das Gemurmel. Nun stand die Zeremonie bevor.

Musik setzte ein, das vertraute Thema, das nur bei Eheschließungen gespielt wurde. Dor hatte Lampenfieber. Er hatte noch nie einer solchen Feierlichkeit vorgesessen; es schien nahezu unbegrenzte Möglichkeiten zu geben, etwas falsch zu machen. Die versammelten Wesen waren plötzlich völlig still und warteten gespannt auf das große Ereignis. Endlich würde es den Guten Magier Humfrey auch erwischen!

Seitlich nahm man ein Rascheln wahr. Der Bräutigam erschien in einem dunklen Anzug, der leicht von Motten angefressen wirkte. Vielleicht hatte die Wächtermotte ihn nicht richtig eingekugelt. Er war ein wenig zersaust und stand offenbar unter dem Druck des Zombiemeisters.

»Ich habe es überlebt, also werdet Ihr es auch überleben!« flüsterte der Zombiemeister laut hörbar. Irgendwo tief hinten im Saal kicherte ein Ungeheuer. Humfreys Gesichtsausdruck zeigte deutlich, daß er sich seines Überlebens keineswegs so sicher war. Immer mehr Zuschauer begannen zu grinsen und zeigten eine große Anzahl von Fangzähnen. Das gefiel ihnen.

Die Musik wurde lauter. Dor blickte hinüber und stellte fest, daß der Orgelspieler ein kleiner Gewirrbaum war, der mit seinen Tentakeln gekonnt über die Tasten huschte.

Kein Wunder, daß die Musik eine geradezu raubtierhafte Intensität besaß!

Der Zombiemeister, der in seinem Beerdigungsanzug eine düstere Eleganz aufwies, richtete Humfreys Kleider und bürstete ihn sogar mit einem kleinen Besen ab. Dann nahm er ihn in eine Art Klemmgriff und schleppte ihn vorwärts, von der rachsüchtig perlenden Musik begleitet.

Einer der Dämonen in der vordersten Reihe zuckte mit seinem Schwanz und beugte sich zu einem anderen hinüber. »Kein Wesen weiß, was Glücklichsein heißt«, sagte er, »bevor es geheiratet hat.«

»Ja, und dann ist es zu spät!« erwiderte ein halbes Dutzend anderer aus der zweiten Reihe. Hier und da gab es Applaus.

Der Magier Humfrey schnitt eine Grimasse, doch der Griff des Trauzeugen war so eisern wie der Tod selbst. Wenigstens hatte er seine Zombies nicht zu der Feier mitgebracht! Selbst für eine solche Hochzeit wäre die Anwesenheit der wandelnden Toten zuviel gewesen.

Nun schwoll die Musik zu erhabener Eindringlichkeit an, und die Braut erschien mit ihrem Gefolge. Den Anfang machte Millie das Gespenst, strahlend in seinem Brautjungfernkleid; ihr Sex-Appeal ließ die Ungeheuer lechzen. Dor hatte irgendwie immer geglaubt, daß dieses Amt von einer unverheirateten Person bekleidet werden müßte, aber Millie war ja auch acht Jahrhunderte unverheiratet geblieben, also war das bestimmt in Ordnung.

Dann erschien die Braut selbst – und wenn die Gorgone vorher schon großartig und üppig ausgesehen haben mochte, übertraf sie jetzt alle Erwartungen. Sie trug einen Schleier, der das Nichts über ihrem Gesicht verhüllte, so daß sie aussah wie eine normale, betörend schöne Frau. Dennoch wagten es nur wenige Wesen, sie direkt anzublikken – aus Furcht vor ihrer magischen Macht. Nicht einmal der kühnste Drache oder Gewirrbaum hätte der Gorgone freiwillig ins Antlitz geschaut.

Hinter ihr kamen zwei Engelchen, ein winziger Junge und ein Mädchen. Dor hielt sie zuerst für Elfen, doch dann erkannte er, daß es Kinder waren – die dreijährigen Zwillinge, die Millie und der Zombiemeister hervorgebracht hatten. Sie sahen äußerst niedlich aus, wie sie die lange Schleppe der Braut trugen. Dor fragte sich, ob diese engelhaften Steppken bereits ihr magisches Talent offenbart haben mochten. Manchmal zeigte sich ein Talent bereits sofort nach der Geburt, wie bei Dor selbst. Manchmal zeigte es sich aber auch nie, wie bei Dors Vater – obwohl er wußte, daß sein Vater ein magisches Talent besaß, vor dem selbst König Trent Respekt hatte. Die meisten Talente lagen irgendwo zwischen diesen Extremen und zeigten sich im Verlauf der Kindheit – größere und kleinere.

Langsam schritt die Gorgone voran, begleitet von beklommener Furcht und Erwartung. Verwundert sah Dor, daß sie eine dunkle Brille trug, ein Importartikel aus Mundania, so daß ihre Augen sogar hinter dem Schleier noch wirklich aussahen.

Nun standen Humfrey und die Gorgone endlich nebeneinander. Sie war größer als er – aber da überhaupt jedermann größer war als Humfrey, machte das nichts. Die Musik wurde immer leiser, bis sie sich wie die trügerische Ruhe im Zentrum eines Zyklons anhörte.

Der Zombiemeister nickte Dor zu. Es war Zeit, daß der König den Zeremonialtext vorlas, um den Knoten endlich fest zu verschnüren.

Mit zitternden Fingern öffnete Dor das Buch. Jetzt war er plötzlich froh, daß Cherie Zentaur ihn im Lesen getriezt hatte: Er konnte sich am Text festklammern, so daß die Leere in seinem Kopf ihn nicht verraten würde. Er brauchte lediglich die Worte vorzulesen und den Anweisungen Folge zu leisten. Er wußte, daß der Gute Magier Humfrey die Gorgone ja wirklich heiraten wollte; es war nur so, daß ihm die Zeremonie Schauer über den Rücken jagte, wie bei allen Männern. Hochzeiten waren etwas für Frauen und ihre Mütter. Dor würde diese zusätzliche königliche Pflicht schon meistern und sicherlich viel aus dieser Erfahrung lernen. Doch seine Knie fühlten sich immer noch an wie Schlappnudeln. Warum mußte das nur so schwierig sein?

Er fand die Stelle und begann zu lesen. »Wir haben uns hier versammelt, um diesen armen Idioten zu fesseln ...«

Ein Raunen im Publikum. Die schluchzenden Matronen hielten mitten im Tränen inne, während alle Wesen männlichen Geschlechts hämisch grinsten. Dor klimperte mit den Augenlidern. Hatte er wirklich korrekt vorgelesen? Ja, tatsächlich, da stand es, deutlich gedruckt! Er mochte vielleicht Schwierigkeiten mit der Rechtschreibung haben, aber lesen konnte er durchaus ganz gut. »... und zwar an dieses gerissene Luder ...«

Die Dämonen kicherten. Eine Schlange steckte den Kopf unter dem Schleier der Gorgone hervor und zischte. Irgend etwas war hier faul.

»Aber hier steht's doch ganz deutlich«, protestierte Dor und klopfte mit dem Zeigefinger auf das Buch.

Da ergriff Millie das Wort. »Lacuna!« sagte sie.

Millies kleine Tochter zuckte zusammen.

»Hast du das Gedruckte verändert?« fragte Millie.

Jetzt begriff Dor es – das Talent des Kindes bestand darin, Gedrucktes zu verändern! Kein Wunder, daß der Zeremonialtext völlig verdorben war!

Der Zombiemeister machte eine Grimasse. »Kinder sind eben Kinder«, sagte er säuerlich. »Wir hätten Zombies einsetzen sollen, um die Schleppe zu tragen, aber Millie wollte das nicht. Versuchen wir's noch einmal.«

Zombies als Schleppenträger! Insgeheim mußte Dor Millie beipflichten: Der Gestank und die Fäule des Grabes hatten bei einer solchen Zeremonie wirklich nichts zu suchen.

»Lacuna, stell den Text wieder so her, wie er vorher war!« sagte Millie streng.

»Oooocchh!« machte das Kind.

Dor nahm das Buch wieder auf. Doch jetzt befand sich ein Auge mitten auf der Seite. Es zwinkerte ihm zu. »Was jetzt?« fragte er.

»Hä?« erwiderte das Buch. Neben dem Auge begann plötzlich ein Ohr zu sprießen.

»Hiatus!« fauchte Millie, und der kleine Junge machte einen Satz. »Hör sofort auf damit!«

»Oooocchh!« Doch Auge und Ohr verschwanden und gaben den Text frei. Jetzt wußte Dor wenigstens, welches Talent der andere Zwilling hatte.

Vorsichtig las er den Text noch einmal durch, bevor er mit dem Vorlesen begann. Der Titel lautete: *Handbuch einfacher Beerdigungen.* Er musterte Lacuna mit gefurchter Stirn, und das Gedruckte verwandelte sich wieder in seine richtige Fassung: *Handbuch einfacher Hochzeitszeremonien, mit Beispielen.*

Diesmal schaffte er den größten Teil, ohne unterbrochen zu werden, wobei er die Ohren und Nasen ignorierten, die aus den unglaublichsten Ecken hervorwuchsen. Einmal erschien ein ganzes Gesicht auf der Sonnenkugel, aber da niemand hinsah, kam es zu keiner Störung.

»Wirst du, Guter Magier Humfrey«, schloß er, »diese wunderschöne, gesichtslose Gorgone zur ...« Er zögerte, denn als nächstes kamen die Worte *Bleikugel an deinem Bein.* Er mußte wohl etwas improvisieren, »zu deiner dir rechtmäßig anver-, äh, angetrauten Ehefrau nehmen, um sie zu halten und zu quetschen, bis sie ... äh, in guten wie in schlechten Zeiten, all die paar mageren Jahre, die du noch durchhalten wirst, bevor du deinen letzten Krächzer ... äh, bis ihr beide zu verfaulenden Zombies werdet ... äh, bis daß der Tod euch scheidet?« Irgendwie hatte er den Anschluß an den richtigen Text verloren.

Der Gute Magier dachte nach. »Hm, die Sache hat Vor- und Nachteile ...«

»Haltet euch an den vorgeschriebenen Text!« sagte der Zombiemeister und stieß ihm einen Ellenbogen in die Rippen.

Humfrey sah ihn rebellisch an, quetschte es sich aber schließlich doch noch heraus: »Ich schätze schon.«

Dor drehte sich zu der Gorgone um. »Und du, versteinerndes Wesen, willst du diesen verknorpelten alten Gnom ... äh ...« Wieder hatte ihn der verhunzte Text reingelegt. Ein Ungeheuer im Publikum lachte prustend. »Den Guten Magier Humfrey ...«

»Ja!« sagte sie.

Dor überprüfte seinen Text. Ziemlich nah dran, entschied er. »Äh, die Fangeisen ...« O nein!

Würdevoll holte der Zombiemeister den Ring hervor. An seiner Kante öffnete sich gerade ein Auge. Der Zombiemeister blickte Hiatus finster an, und das Auge verschwand. Dann reichte er Humfrey den Ring.

Die Gorgone hob ihre hübsche Hand. Eine kleine Schlange zischelte. »He, ich will nicht auf diesen Finger da!« protestierte der Ring. »Das ist gefährlich!«

»Sollen wir dich lieber der Zombieseeschlange verfüttern?« fauchte Dor ihn an. Der Ring verstummte. Humfrey befummelte den Finger der Gorgone, bis der Ring saß. Natürlich hatte er zuerst den falschen Finger erwischt, doch die Gorgone hatte ihn sanft berichtigt.

Dor wandte seine Aufmerksamkeit wieder seinem Handbuch zu. »Ich erkläre euch hiermit zu Gnom und Monst... äh, im Namen der Autorität, die mir als König der Diebe – äh, von Xanth verliehen wurde, erkläre ich euch hiermit zu Magier und Frau.« Schwach vor Erleichterung, es immerhin bis hierhin geschafft zu haben, las er die letzten Worte vor. »Nun darfst du der Haut einen Schuß geben.« Ein dumpfer Knall erscholl. »Äh, dem Laut einen Stuß leben.« Ein undefinierbares Geräusch. »Äh, der ...«

Die Gorgone packte Humfrey, warf ihren Schleier zurück und gab ihm einen saftigen Kuß. Das Publikum applaudierte, und weit entfernt war ein trauriges Hupen zu hören. Die Seeschlange tat ihre Trauer über den Verlust der Unschuld des Magiers kund.

Millie war in Rage. »Wenn ich euch erwische, Hi und Lacky ...« Doch die kleinen Schelme suchten bereits das Weite.

Die Hochzeitsgäste begaben sich in die Empfangshalle, wo man Erfrischungen reichte. Ein schriller Schrei erscholl. Millie starrte blaß nach vorn – jetzt glich sie ihrem alten Aussehen als Gespenst. »Jonathan! Du hast doch wohl nicht!«

»Na ja, irgend jemand mußte schließlich den Kuchen und den Punsch servieren«, verteidigte sich der Zombiemeister. »Alle anderen waren beschäftigt, und die Gäste konnten wir ja wohl kaum darum bitten.«

Dor blickte ebenfalls nach vorn. Tatsächlich. Zombies in Fräcken und Schärpen waren damit beschäftigt, die Delikatessen zu servieren. Schimmelklumpen vermengten sich mit den Kuchen, und gelblicher Eiter tropfte in den Punsch. Der Appetit der Gäste ließ merklich nach.

Die versammelten Ungeheuer, die mit angesehen hatten, daß Humfrey zwar wie versteinert gewirkt hatte, aber nicht zu Stein verwandelt worden war, waren nun begierig, der Braut einen Kuß zu geben. Sie hatten keine Eile, die Erfrischungen zu plündern, und so bildete sich bald eine lange Warteschlange.

Millie ergriff Dors Ellenbogen. »Das war ausgezeichnet, Euer Majestät. Ich höre, daß mein Mann Euch während Eurer Reise zur Zentaureninsel vertreten soll.«

»Ach ja?« Doch sofort begriff er, wie elegant und einfach diese Lösung war. »Er ist ja Magier! Er wäre genau der Richtige! Aber ich weiß, daß er sich nicht gerne mit Politik abgibt.«

»Na ja, da wir das Schloß ohnehin aufsuchen werden, um den Zombies und Gespenstern einen Besuch abzustatten, ist es ja gar nicht richtig politisch.«

Dor erkannte, daß Millie ihm tatsächlich aus der Patsche geholfen hatte. Nur sie hatte den Zombiemeister dazu überreden können, auch nur vorübergehend das Königsamt zu übernehmen. »Äh, danke. Ich glaube, die Gespenster werden die Zwillinge mögen.«

Sie lächelte. »Ja, da werden die Wände Ohren bekommen.«

Das war His Talent. »Allerdings!«

»Schließen wir uns den Ungeheuern an«, sagte sie und nahm ihn beim Arm. Ihre Berührung jagte ihm einen Schauer über den Rücken, was vielleicht gar nicht einmal ausschließlich an ihrem magischen Talent liegen mochte. »Wie geht es Irene? Ich höre, daß sie eines Tages mit Euch genau dasselbe tun wird, was wir Frauen schon immer mit Magiern getan haben.«

»Ist eigentlich keiner von Euch Verschwörerinnen einmal der Gedanke gekommen, daß ich vielleicht andere Pläne haben könnte?« fragte Dor, der trotz ihrer Wirkung auf ihn pikiert war. Vielleicht reagierte er auch nur so, um ein Gegengewicht zu der unerlaubten Zuneigung zu schaffen, die er für sie empfand. Sie wirkte wirklich nicht achthundert Jahre alt!

»Nein, das haben wir uns noch nie überlegt«, sagte sie. »Meint Ihr, daß Ihr eine Chance habt, zu entkommen?«

»Ich bezweifle es«, erwiderte er. »Aber zunächst einmal müssen wir uns um diesen geheimnisvollen Magier auf der Zentaureninsel kümmern. Und ich hoffe, daß König Trent bald zurückkommt.«

»Das hoffe ich auch«, sagte Millie. »Und Königin Iris. Sie hat mir schließlich dabei geholfen, wieder lebendig zu werden. Sie und Euer Vater. Ich bin ihnen auf ewige Zeiten dankbar. Und Euch auch, Dor, weil Ihr mir Jonathan wiedergebracht habt.«

Sie bezeichnete den Zombiemeister immer mit seinem Vornamen. »Es war mir ein Vergnügen«, sagte Dor.

Dann stürzte sich eine wahre Menge verschiedenster Wesen auf sie, und Dor mußte sich zwangsläufig der Konversation widmen. Alle wollten ein Wort mit dem König wechseln. Dor war darin nicht besonders geschickt; tatsächlich fühlte er sich fast so bedrängt und ungemütlich, wie der Gute Magier ausgesehen hatte. Wie das wohl wirklich war, sich zu verheiraten?

»Das wirst du schon noch merken!« sagte das Buch, das er immer noch mit sich trug, und kicherte böse.

IV
Die hungrige Düne

Sie hatten die möglichen Routen durchgesprochen und sich dafür entschieden, an der Küste Xanths entlangzureisen. Dors Vater Bink war einmal in die Südregion gereist, bis hinab zum großen Binnensee, wo die Fluchungeheuer hausten, und er sprach sich gegen diese Strecke aus. Dort gab es überall Drachen, Erdspalten, Nickelfüßler und andere Grauen; ferner ein massives Dickicht aus Dornengestrüpp und ein Gebiet voller magischem Staub, der der geistigen Gesundheit abträglich sein konnte.

Andererseits war die offene See kaum besser. Dort herrschten riesige Seeungeheuer, die sich über alles hermachten, was ihnen in den Weg kam. Wenn Drachen über das wilde Festland herrschten, so waren die Seeschlangen die Herrscher über die Untiefen. Dort, wo der magische Einfluß Xanths nachließ, hausten mundanische Monster, und die waren noch schlimmer. Dor kannte sie nur durch seine nicht sonderlich aufmerksamen Geographiestudien – gezähnte Alligatoren, weiße Haie und blaue Wale. Mit denen wollte er nichts zu tun haben!

Doch die flachen Küstengewässer hielten die größeren Seeungeheuer und die Festlandmonster ab. In Begleitung eines kräftigen Jungen wie dem Oger Krach standen die Chancen nicht schlecht, daß sie ohne allzuviel Aufregung durch dieses Gebiet würden ziehen können. Sonst hätten die Ältesten die Expedition auch auf keinen Fall erlaubt, unabhängig von ihrer Notwendigkeit. Auch so bestanden sie noch darauf, daß Dor einiges an Schutzmagie aus dem Königlichen Arsenal mitnahm – ein magisches Schwert, einen fliegenden Teppich und einen Fluchtreif. Irene hatte einen Sack mit ausgesuchten Samen dabei, aus denen sie nach Bedarf bestimmte Pflanzen wachsen lassen konnte – Früchte, Nüsse und Gemüse zum Essen und Wassermelonen und Milchkraut, falls es nicht genug zu trinken geben sollte.

Sie benutzten ein magisches Boot, das von selbst schnell dahinsegeln würde und jede Rinne, die tief genug dafür war, durchfahren würde und das dennoch leicht genug war, um über Sandbänke getragen werden zu können. Das Gefährt war unermüdlich; sie brauchten es nur zu lenken, dann würde es sie binnen eines vollen Tages und einer Nacht zur Zentaureninsel befördern. Das war auf jeden Fall leichter und schneller, als zu Fuß zu gehen. Chet, dessen geographische Bildung nicht vernachlässigt worden war, kannte den Küstenverlauf auswendig und würde das Boot an trügerischen Sandbänken und Untiefen vorbeisteuern. Alles wurde von den besorgten Ältesten nach besten Kräften zu einem reinen Routineunternehmen gemacht.

Am nächsten Spätvormittag legten sie von dem Schloß Roogna nächstgelegenen, von Ungeheuern gesäuberten Ufer ab. Hier gab es einen kleinen Meeresarm zwischen dem Festland und einer langen Reihe schützender Inseln – theoretisch das denkbar sicherste Gewässer also. Diese Reise würde wohl nicht nur sicher, sondern wahrscheinlich auch langweilig werden. Allerdings war man in Xanth nie vor Überraschungen sicher.

Eine Stunde lang fuhren sie durch den Kanal. Dor wurde es müde, die vorbeiziehenden Inseln zu beobachten, doch er war immer noch zu aufgedreht, um sich ausruhen zu können.

Immerhin sollten sie nach einem Zentaurenmagier Ausschau halten – etwas in Xanth noch nie Dagewesenes, wenn man Herman den Einsiedlerzentauren außer acht ließ, der schließlich kein richtiger Magier, sondern nur ein stark talentiertes Individuum gewesen war, das Irrlichter lenken konnte.

Auch Krach war unruhig; er war ein Wesen, das nach Taten dürstete, und diese friedliche Reise machte ihn nervös. Dor hätte ihn ja gerne zu einem Spielchen Messer-Gabel-Schere-Licht herausgefordert, das er von dem Kind eines der Soldatensiedler gelernt hatte, doch er wußte, daß er jedes Spiel gewinnen würde; Intelligenz war nicht gerade die Stärke der Oger.

Grundy der Golem vergnügte sich damit, mit den vorbeischwimmenden Fischen und Meerestieren zu plaudern. Es war erstaunlich, mit wieviel Tratsch er aufwarten konnte. Ein hinterhältiger Sägefisch war gerade dabei, so erfuhr er, sich an die Fischdame eines Hammerhais heranzumachen, und der Hammerhai wurde bereits mißtrauisch. Schon bald würde er dem Sägefisch die Zähne einschlagen. Eine Seescheide wiederum hatte sich im Strom eines unterseeischen Süßwasserquells eingegraben und besoff sich an dem seltenen Naß. Es war auch von einer kleinen Auster die Rede, die um Mitternacht immer heimlich aus ihrem Bett stieg, um mit Sanddollars dem Glücksspiel zu frönen. Der kleine Bursche hatte sich schon ein hübsches Konto auf der zentralen Sandbank zugelegt. Doch wenn seine Eltern dahinterkamen, würde er bald einem anderen Spielchen frönen müssen.

Irene unterhielt sich derweil mit dem Zentauren. »Chet, du bist doch so intelligent. Wie kommt es da, daß deine Magie … na ja, so schlicht ist?«

»Niemand kann sich sein persönliches Talent aussuchen«, erwiderte Chet philosophisch. Er lag mitten im Boot, um das Schwerkraftzentrum niedrig zu halten, und er schien sich ganz wohl dabei zu fühlen. »Wir Zentauren noch weniger als die meisten anderen, da unsere Magie erst vor kurzer Zeit Anerkennung gefunden hat. Meine Mutter ...«

»Ich weiß. Cherie hält Magie für obszön.«

»Na ja, bei niederen Geschöpfen ist sie in dieser Hinsicht durchaus weltoffen.«

»Wie bei Menschen etwa?« fragte Irene lauernd.

»Kein Grund, empfindlich zu reagieren. Wir diskriminieren euch nicht, und eure Magie stellt durchaus einen gewichtigen Ausgleich dar.«

»Wie kommt es dann, daß wir über Xanth herrschen?« wollte sie wissen. Dor merkte, daß ihn das Gespräch zu interessieren begann. Das war auf jeden Fall besser als Fisch-Tratsch.

»Es ist keineswegs raus, ob die Menschen tatsächlich über Xanth herrschen oder nicht«, meinte Chet. »Die Drachen in den Nordregionen könnten da durchaus anderer Meinung sein. Jedenfalls gestatten wir Zentauren euch Menschen eure Ticks. Wenn ihr unbedingt auf einen von euch zeigen müßt, um zu sagen: ›Der da herrscht über Xanth‹, dann haben wir nichts dagegen, solange der Betreffende sich nicht in wirklich wichtige Angelegenheiten einmischt.«

»Was ist denn wirklich wichtig?«

»Du wärst wohl kaum dazu in der Lage, die Feinheiten der Zentaurengesellschaft zu begreifen.«

Irene wurde zornig. »Ach nee? Dann sag mir doch mal eine Feinheit.«

»Solche Informationen dürfen leider nur Befugten zugänglich gemacht werden.«

Dor wußte, daß Chet den Ärger damit förmlich herausforderte. Schon jetzt platzten herumfliegende wilde Samen in Irenes Nähe auf und ließen ihre Keime hervorschießen – ein sicheres Zeichen dafür, daß Irene wütend war. Doch wie so viele andere Mädchen verbarg auch sie es hinter einem gelassenen Äußeren. »Aber die Menschen haben trotzdem die beste Magie.«

»Klar – wenn man Wert auf Magie legt.«

»Was würdet ihr Zentauren wohl dazu sagen, wenn

mein Vater damit begänne, euch in Fruchtfliegen zu verwandeln?«

»Frucht ist fein«, sagte Krach, der Irenes letzten Satz mitbekommen hatte. »Stopf sie rein!«

»Sei kein Blödmann!« warf Grundy ein. »Es sind noch zwei Stunden bis zum Mittagessen.«

»He, ich werde mal eine Brotfruchtpflanze wachsen lassen«, sagte Irene. »Ihr könnt dabei zusehen.« Sie holte einen Samen aus ihrer Sammlung hervor und pflanzte ihn in einen der mit Erde gefüllten Töpfe, die sie mitgenommen hatte. »Wachse!« befahl sie, und der Samen begann zu keimen. Der Oger beobachtete gierig sein Wachstum und wartete darauf, daß er reif wurde und seinen ersten leckeren Brotlaib hervorbrachte.

»So etwas Unverantwortliches würde König Trent nicht tun«, nahm Chet die Frage wieder auf. »Wir Zentauren sind alles in allem recht gut mit ihm zurechtgekommen.«

»Weil er euch vernichten kann. Da tut ihr auch wirklich besser daran, mit ihm zurechtzukommen!«

»Keineswegs. Wir Zentauren sind Bogenschützen. Keiner kommt uns gefährlich nahe, wenn wir es nicht zulassen wollen. Wir kommen gut mit ihm zurecht, weil wir das so möchten.«

Irene wechselte geschickt das Thema. »Du hast mir nie erzählt, wie du selbst zu deiner Magie stehst. Du hast soviel Verstand, aber du kannst nichts Besseres, als Steine schrumpfen zu lassen.«

»Na ja, da besteht durchaus eine Beziehung. Ich mache aus einem Felsen ein Steinchen, das man zum Rechnen benutzen kann. Solche Rechnungen können ziemlich kompliziert werden und haben auch mancherlei Folgen. Deshalb finde ich, daß mein magisches Talent mir dabei hilft ...«

»Monster ahoi«, verkündete Grundy. »Hat mir ein kleiner Fisch erzählt.«

»In diesen Gewässern dürfte es aber doch gar keine Monster geben«, wandte Dor ein.

Grundy sprach erneut mit dem Fisch. »Es ist ein Seedrache. Er hat gehört, was unsere Reise für einen Lärm aufgewirbelt hat, und jetzt kommt er nachschauen. Der Kanal hier ist tief genug für ihn.«

»Dann verlassen wir wohl besser den Kanal«, meinte Dor.

»Das hier ist aber nicht gerade die beste Stelle dafür«, wandte Chet ein.

»Keine Stelle ist die beste, um aufgefressen zu werden, Blödmann!« fauchte Irene. »Gegen einen Wasserdrachen können wir nichts ausrichten. Wir müssen ihm aus dem Weg gehen. Alles, was wir brauchen, ist flaches Wasser.«

»Im Flachwasser hier gibt es Groupies«, sagte Chet. »Die sind zwar nicht gefährlich, solange wir außerhalb ihrer Tiefe segeln, aber es ist kein Vergnügen, denen zu begegnen. Wenn wir noch ein Stück weiterfahren können, bevor wir auf anderen Kurs gehen ...«

Doch da sahen sie auch schon den Kopf des Drachen, der von Süden übers Meer auf sie zu glitt. Sein Hals schnitt eine tiefe Furche durch das Wasser: das Ungeheuer hatte ein erhebliches Tempo drauf. Es war viel zu groß, als daß sie mit ihm hätten kämpfen können.

Krach war jedoch durchaus kampfeslustig. Oger waren zu dumm, um Furcht zu kennen. Er erhob sich, wobei das Boot wie verrückt schaukelte. »Laß mich, quetsch' ich!« sagte er und gestikulierte mit seinen Bratpfannenpranken.

»Dem reißt du höchstens ein paar Schuppen aus«, meinte Irene. »Und in der Zwischenzeit frißt er uns andere auf. Du weißt doch, daß ein Oger einen festen Untergrund braucht, um sich mit Drachen vergnügen zu können.«

Ohne jeden weiteren Kommentar lenkte Chet das Boot ans Festlandufer. Doch sofort begann der Sand zu zucken. »O nein!« schrie Dor. »Eine Sanddüne hat den Strand an sich gerissen. Da können wir nicht hin.«

»Stimmt«, meinte Chet. »Diese Düne war auf meiner Karte nicht eingezeichnet. Sie muß in den letzten paar Tagen hierhin gewandert sein.« Er lenkte das Boot wieder in die entgegengesetzte Richtung.

Das war das Problem mit Xanth: Nur wenige Dinge hatten hier Bestand. Im Laufe eines Tages konnte jede Karte ungenau werden; schon eine Woche später war sie völlig wertlos. Deshalb waren auch weite Gebiete des Landes immer noch unerforscht. Man hatte sie zwar bereist, aber ihre Einzelheiten standen nicht fest.

Als die Düne ihre Flucht bemerkte, machte sie einen sandigen Buckel, was ihre typischste Gestalt war. Wären sie so töricht gewesen, sie zu betreten, hätte sie sie sofort überrollt, unter ihrem Sand begraben und genüßlich verschlungen.

Doch nun war der Wasserdrache bereits viel näher gekommen. Ungemütlich nahe schnitten sie seine Bahn und näherten sich dem Innenufer der Insel. Der Drache hielt inne, drehte sich um, um sie zu verfolgen – doch da liefen seine unteren Windungen auch schon im flachen Wasser auf Grund, und er bremste ab. Dampfwolken schossen aus seinen Nüstern hervor. Er war frustriert.

Eine Flosse klatschte gegen die Bootswand. »Das ist ein Groupie!« rief Grundy. »Schlagt ihn ab!«

Krach griff mit knorrigen Fäusten vor, um die Flosse zu packen, und hievte das Ding empor. Es war ein fetter Fisch mit großen, weichen Extremitäten.

»Das ist ein Groupie?« fragte Irene. »Was ist denn an dem so schlimm?«

Der Fisch schlang sich zur Seite, packte den Arm des Ogers mit seinen Flossen und zog sich daran hoch. Sein breites Maul berührte Krachs Arm – es sah aus wie ein Kuß.

»Nicht!« warnte Chet. »Er versucht, dir die Seele auszusaugen!«

Das verstand der Oger. Er schleuderte den Groupie weit über das Wasser, wo er klatschend landete.

Doch nun waren noch weitere Fische herangekommen und versuchten, ins Boot zu klettern. Irene kreischte. »Stoßt sie einfach beiseite«, rief Chet. »Sie können euch eure Seele nur dann nehmen, wenn ihr es zulaßt. Aber sie werden es immer wieder versuchen.«

»Die kommen ja von allen Seiten auf uns zu!« rief Dor. »Wie können wir ihnen ausweichen?«

Chet lächelte grimmig. »Wir können uns in tiefere Gewässer begeben. Groupies sind sehr oberflächliche Geschöpfe, die gründen nicht tief.«

»Aber da lauert doch der Drache!«

»Natürlich. Drachen verschlingen Groupies. Deshalb wagen sich Groupies dort ja auch nicht hin.«

»Drachen fressen aber auch Leute!« protestierte Irene.

»Das ließe sich gewiß als Nachteil werten«, stimmte der Zentaur ihr zu. »Wenn du eine bessere Lösung weißt, will ich mich dir gerne anschließen.«

Irene öffnete ihren Beutel mit Samen und spähte hinein. »Ich habe Wasserkresse. Die könnte uns nützen.«

»Versuch's!« rief Dor und wischte drei Flossenpaare von der Bootsseite. »Sie haben uns bald überrannt!«

»Das gehört zu ihrer Art«, pflichtete Chet ihm bei, indem er selbst mehrere der Fische beiseite schob. »Sie kommen nicht als Einzelspione, sondern immer gleich in Bataillonsstärke.«

Sie holte einen winzigen Samen hervor. »Wachse!« befahl sie ihm und warf ihn ins Wasser. Die anderen hielten einen Augenblick inne, um zuzusehen. Wie sollte ein derart winziger Samen eine solche Gefahr abhalten?

Fast unmittelbar nachdem der Samen ins Wasser gefallen war, fing dieses an zu peitschen und zu blubbern. Winzige Fühler schossen, zappelnden Würmern gleich, an die Oberfläche. Blasen stiegen auf und platzten mit Getöse. »Kressss!« zischte die Masse, während sie sich ausdehnte.

Die Groupies zögerten, von diesem Phänomen verblüfft. Dann stürzten sie sich darauf und saugten die Kresse schluckweise auf.

»Die fressen sie ja auf!« sagte Dor.

»Ja«, meinte Irene lächelnd.

Bald darauf begannen die Groupies, wie Ballons anzuschwellen. Die Kresse hatte weder aufgehört zu wachsen noch Gas abzugeben, und nun blies sie die Fische von innen auf. Dann hoben sich die Groupies wie aufgeblähte

Ballons aus dem Wasser und schwebten durch die Luft. Der Drache schnappte nach jenen Fischen, die in seiner Reichweite waren.

»Gute Arbeit, muß ich einfach zugeben«, sagte Chet, und Irene errötete vor Zufriedenheit. Dor merkte, wie ihn die Eifersucht kurz durchzuckte, doch dann überkam ihn ein Schuldgefühl wegen dieser Empfindung. Natürlich war nichts zwischen Chet und Irene; sie gehörten verschiedenen Arten an. Nicht, daß das in Xanth unbedingt viel heißen mußte. Ständig kam es zu neuen Vermischungen, und die Schimäre war zweifellos sogar das Produkt der Vermischung von drei oder sogar vier Arten. Irene zankte sich mit Chet immer nur, um ihr Image aufzupolieren, und nun fühlte sie sich geschmeichelt, wenn der Zentaur es für sie aufpolierte. Und selbst wenn etwas zwischen beiden sein sollte, warum hätte es ihm, Dor, etwas ausmachen sollen? Und doch machte es ihm etwas aus!

Den Hauptkanal konnten sie nicht zurückfahren, denn dort hielt der Drache aufmerksam Ausschau nach ihnen. Er wußte genau, daß er sie in die Falle getrieben hatte. Chet steuerte vorsichtig in Richtung Süden und suchte nach den tiefsten Seitenkanälen, wobei er allem auswich, was verdächtig aussah. Doch bald würden sie das Ende der Inselkette erreicht haben und sich in der Meeresenge wiederfinden, durch die der Drache herbeigeschwommen war. Wie konnten sie diese durchqueren, während der Drache ihnen auflauerte?

Chet ließ das Boot halten und starrte voraus. Der Drache hielt sich mitten im Kanal, Richtung Süden, und starrte zurück. Er wußte, daß sie an ihm vorbeikommen mußten. Langsam und genüßlich fuhr er mit seiner Zunge über seine glänzenden Lefzen.

»Was nun?« fragte Dor. Er war der König und hätte eigentlich auch den Anführer abgeben müssen, doch sein Verstand war wie leergefegt.

»Ich schätze, wir werden bis Nachtanbruch warten müssen«, meinte Chet.

»Aber wir sollten doch die ganze Reise in einem Tag und

einer Nacht hinter uns bringen!« protestierte Irene. »Damit verschwenden wir einen halben Tag!«

»Besser Zeit verschwenden als Leben, Grünnase«, bemerkte Grundy.

»Hör mal zu, du Bindfadenhein...«, erwiderte sie. Die beiden hatten sich noch nie besonders gut verstanden.

»Wir warten wohl besser ab«, warf Dor zögernd ein. »Dann können wir uns an dem Drachen vorbeistehlen, während er schläft, und danach machen wir uns wieder in Sicherheit auf den Weg.«

»Wie fest schlafen Drachen eigentlich?« wollte Irene mißtrauisch wissen.

»Nicht besonders«, meinte Chet. »Sie halten lediglich ein kleines Nickerchen, wobei sie die Nüstern knapp über die Wasseroberfläche halten. Aber bei Nebel wäre es besser.«

»Viel besser«, stimmte Irene ihm kleinlaut zu.

»In der Zwischenzeit täten wir gut daran, tagsüber zu schlafen«, fuhr Chet fort. »Einer von uns muß Wache halten. Um sicherzugehen, daß das Boot nicht davontreibt. Er kann dann in der Nacht schlafen, während die anderen aktiv sind.«

»Was heißt denn *er?«* verlangte Irene zu wissen. »In Xanth gibt es wirklich zuviel Sexismus! Meinst du etwa, daß ein Mädchen nicht Wache halten kann?«

Chet zuckte mit seiner Vorderpartie und wedelte nachlässig mit dem Schweif. »Ich habe natürlich rein generisch gesprochen. Unter Zentauren gibt es keine Geschlechtsdiskriminierung.«

»Meinst du!« warf Grundy ein. »Wer ist denn der Chef in deiner Familie – Chester oder Cherie? Läßt sie ihn etwa tun, was er will?«

»Na ja, meine Mutter hat wirklich einen recht starken Willen«, gab Chet zu.

»Ich wette, auf der Zentaureninsel schmeißen die Stuten den ganzen Laden«, meinte Grundy. »Genau wie auf Schloß Roogna.«

»Ha. Ha. Ha.« machte Irene schmollend.

»Du kannst ja Wache halten, wenn du willst«, sagte Chet.

»Du glaubst wohl, ich würde nicht, wie? Wohl werde ich! Gib mir das Paddel.« Sie grapschte nach dem Notpaddel, das sie nun brauchen würde, um das Boot vor Abtrieb zu bewahren.

Die anderen ließen sich gemütlich auf weichen Kissen nieder. Chets Pferdepartie war ausgezeichnet dazu geeignet, sich hinzulegen, doch sein menschlicher Teil hatte dabei Schwierigkeiten. Er lehnte sich gegen den Bootsrand, den Kopf auf die verschränkten Arme gelegt.

»He, sagt mal! Wie soll ich denn nachher auch nur ein Auge zutun, während wir an dem Drachen vorbeitreiben?« fragte Irene. »Dann habe ich doch eigentlich meine Schlafpause.«

Aus Grundys Richtung war ein ersticktes Kichern zu hören. »Schätze, da hat sich eine gewisse Sexistin aber selbst ausgetrickst! Du darfst bloß nicht so laut schnarchen, während wir unter seinem Schwanz hindurchsegeln. Sonst erschreckt ihn das womöglich dermaßen, daß er ...«

Sie schleuderte dem Golem ein Kissen gegen den Kopf und setzte sich dann entschlossen auf ihren Posten, von wo sie den Drachen beobachten konnte.

Dor versuchte zu schlafen, war aber allzu aufgedreht. Nach einer Weile setzte er sich wieder auf. »Es hat keinen Zweck. Vielleicht bekomme ich ja morgen etwas Schlaf«, sagte er.

Irene war über seine Gesellschaft erfreut. Sie setzte sich mit gekreuzten Beinen ihm gegenüber, und Dor versuchte darüber hinwegzusehen, daß ihr grüner Rock ihre Beine in dieser Stellung nicht gänzlich bedeckte. Sie besaß hervorragende Beine; in dieser Hinsicht war sie der Gorgone durchaus bereits ebenbürtig. Dor mochte Beine. Tatsächlich mochte er alles, was er eigentlich nicht sehen durfte.

Sie ließ eine Butterblume sprießen, während Dor einen Brotlaib abpflückte, und schweigend labten sie sich an frischem Brot mit Butter. Der Drache beobachtete sie dabei, bis Dor ihm schließlich hämisch ein zusammengedrücktes

Brotknäuel zuwarf. Der Drache schnappte es geschickt auf und schlang es hinunter. Vielleicht war dieses Ungeheuer ja gar nicht so übel; vielleicht konnte Grundy mit ihm reden und dafür sorgen, daß sie freies Geleit erhielten.

Nein – solchen Raubtieren durfte man nicht trauen. Wenn der Drache sie wirklich vorbeiziehen lassen wollte, dann sollte er verschwinden. Da war es wohl eine bessere Taktik, wenn man ihn den ganzen Tag wachhielt, damit er nachts müde wurde.

»Glaubst du, daß dieser neue Zentauren-Magier versuchen wird, in Xanth die Macht an sich zu reißen?« fragte Irene ihn leise, als die anderen anscheinend bereits in Schlaf gefallen waren.

Dor konnte ihre Besorgtheit verstehen. Chet, der ja immerhin ihr Freund war, war schon arrogant genug, wenn es um das Verhältnis zwischen Menschen und Zentauren ging; wie würde erst ein ausgewachsener Zentaur mit Magier-Kräften dazu stehen? Natürlich war der Magier noch nicht ausgewachsen, er mußte erst kürzlich geboren worden sein. Doch nach und nach würde er erwachsen und zu einem recht sturen, reizbaren Wesen werden, genau wie Chets Vater Chester, doch ohne Chesters sanfte Eigenschaften. Dor wußte, daß manche Zentauren keine Menschen mochten; die hielten sich auch hübsch von Schloß Roogna fern. Doch die Zentaureninsel lag weit abseits, und genau dort lauerte auch die Gefahr. »Wir sind unterwegs, um die Angelegenheit zu untersuchen«, erinnerte er sie. »Dort gibt es, Crombies Ortung zufolge, auch Hilfe für König Trent. Vielleicht müssen wir lediglich einen Weg finden, die Lage ins Positive zu kehren.«

Sie rutschte ein wenig zur Seite und gab dabei ungewollt etwas mehr Bein frei, einschließlich eines betörenden Einblicks auf ihren inneren Oberschenkel. »Du wirst doch wohl versuchen, meinem Vater zu helfen, nicht wahr?«

»Natürlich werde ich es versuchen!« erwiderte Dor entrüstet, wobei er hoffte, daß sie, sollte er rot geworden sein, es auf seine Reaktion auf ihre Worte zurückführen würde. Dor hatte früher einige recht liebliche, äußerst spärlich bekleidete Nymphen gesehen – doch Nymphen zählten nicht wirklich. Schließlich waren sie *alle* gut gebaut und spärlich bekleidet, also waren sie auch nicht weiter bemerkenswert. Irene war ein richtiges Mädchen, und dieser Typ konnte schön bis häßlich sein – tatsächlich durchlebte seine Mutter Chamäleon dieses ganze Spektrum im Zeitraum von nur einem Monat –, und Irene zeigte normalerweise nie besonders viel von ihrem Körper. Folglich war jeder Einblick, der über eine bestimmte Grenze hinausreichte, etwas Besonderes. Noch besonderer war er allerdings, wenn er unbewußt gewährt wurde.

»Immerhin würdest du König bleiben, wenn mein Vater nicht zurückkehrte.«

»Ich will aber gar nicht König bleiben. In zwanzig Jahren vielleicht, dann komme ich damit eventuell zurecht. Im Augenblick will ich nur König Trent zurückhaben. Er ist dein Vater, und ich glaube, daß er mein Freund ist.«

»Und was ist mit meiner Mutter?«

Dor zog eine Grimasse. »Selbst Königin Iris«, meinte er. »Lieber lebe ich mein Leben lang mit der Illusion eines Drachen als mit einem echten.«

»Weißt du, bevor sie verreist ist, hatte ich nie ein richtiges Privatleben«, sagte Irene. »Immer hat sie mich beobachtet und mir nachspioniert. Ich habe kaum jemals gewagt, etwas für mich selbst zu denken, weil ich immer in der Angst lebte, sie könnte irgendeine ihrer Illusionen in meinen Geist einschleusen und mich bespitzeln. Ich habe mir oft gewünscht, daß ihr doch irgend etwas zustoßen möge – nichts wirklich Böses, aber irgendwas, das sie mir eine Weile vom Leibe halten würde. Nur jetzt, da es soweit ist ...«

»Du wolltest sie nicht richtig weghaben«, meinte Dor. »Nicht auf diese Weise.«

»Nicht auf diese Weise, nein«, stimmte sie ihm zu. »Sie ist zwar ein Aas, aber sie ist immerhin meine Mutter. Jetzt kann ich endlich tun, was ich will – und weiß gar nicht, was ich eigentlich will.« Wieder veränderte sie ihre Sitzstellung. Diesmal rutschte der Saum ihres Rocks herab und bedeckte etwas mehr von ihren Beinen. Es war fast, als habe ihre Äußerung über ihr mangelndes Privatleben durch das Spionieren ihrer Mutter ihr etwas Schutz vor Dors heimlichem Spionieren hervorgebracht. »Ich weiß nur, daß ich sie wiederhaben will.«

Dor stellte fest, daß ihm Irene so viel besser gefiel. Vielleicht war ihre frühere spitze Zunge, damals, als ihre Eltern noch in Xanth gewesen waren, ein Produkt ihres ständigen Gefühls, beobachtet zu werden. Da alles Echte irgendwie ins Lächerliche gezogen oder niedergemacht werden konnte, hatte sie nie etwas Echtes von sich gegeben. »Weißt du, ich habe genau das entgegengesetzte Problem. Ich habe zwar mein Privatleben – aber niemand in meiner Umgebung hat eins. Weil es nicht viel gibt, was jemand tun kann, ohne daß ich es herausbekommen könnte. Ich muß einfach nur seine Möbel oder seine Kleidung fragen. Also geht man mir aus dem Weg, und das kann ich auch niemandem verübeln. Deshalb ist es auch leichter für mich, Freunde wie Krach zu haben. Der trägt nichts außer seinem Haar, Möbel hält er für Brennholz, und außerdem hat er sowieso keine peinlichen Geheimnisse.«

»Das stimmt!« sagte sie. »In deiner Gegenwart habe ich genausowenig Privatleben wie bei meiner Mutter. Wieso fühle ich mich denn dann nicht von dir bedroht?«

»Weil ich harmlos bin«, erwiderte er mit einem etwas schiefen Lächeln. »Nicht, weil ich so sein wollte, ich bin eben einfach so. Die Gorgone meint, daß du mich sowieso schon völlig eingewickelt hast.«

Sie lächelte – ein echtes, freundliches Lächeln, das ihm sehr gefiel. »Sie hat also herumspioniert. Das sieht ihr ähnlich. Natürlich sieht sie alle Männer als Wesen an, die man bis zur Versteinerung betören muß. Der Gute Magier Humfrey hat ja nie eine Chance gehabt. Aber ich weiß nicht einmal, ob ich dich überhaupt haben will. Auf diese Weise, meine ich. Meine Mutter meint, daß ich dich heiraten muß, um Königin werden zu können – aber das ist ihr Wunsch, nicht unbedingt meiner. Ich meine, warum sollte ich aufwachsen, um zu werden wie sie – ohne echte Macht und mit jeder Menge Freizeit? Warum sollte ich meine eigene Tochter genauso unglücklich machen, wie sie es mit mir getan hat?«

»Vielleicht bekommst du ja auch einen Sohn«, schlug Dor vor. Das war wirklich ein recht faszinierender Aspekt, der erst noch erforscht werden wollte.

»Du hast recht. Du bist harmlos. Du verstehst überhaupt nichts.« Sie aß ihr Brot auf und warf die Krumen ins Wasser. Sie trieben umher und bildeten flüchtige Muster, bevor sie davonschwammen.

Irgendwie war der Nachmittag auch schon verstrichen; hinter der Inselbarriere fiel die Sonne gerade ins Wasser. Es war ein entferntes Zischen wahrzunehmen, als sie die Oberfläche berührte, dann sah man eine Dampfwolke – sie war erloschen.

Die anderen wachten auf und aßen etwas. Dann steuerte Chet das Boot ans Ufer der Insel. »Gibt's hier irgend etwas, was Menschen gefährlich werden könnte?« fragte Dor sie.

»Nur die Langeweile«, erwiderte die Insel. »Hier passiert nie irgend etwas Interessantes, höchstens mal ein jahreszeitlich bedingter Sturm oder zwei.«

Genau das brauchten sie auch: ein langweiliges Terrain. Sie hielten abwechselnd Wache im Boot, um ihren sanitären Bedürfnissen nachgehen zu können. Irene nahm sich auch noch die Zeit, eine Vergißmichblume sprießen zu lassen.

Als es immer dunkler wurde, ging Dor erneut die Lage durch. »Wir werden uns in der Nacht an diesem Drachen vorbeischleichen. Irene wird ein paar Vergißmichblumen pflücken, um die Erinnerung an unseren Kurs auszuschalten; auf diese Weise werden die Reaktionen der Fische in dem Gebiet uns nicht verraten. Aber das wird uns nichts nützen, wenn der Drache uns direkt hört oder wittert. Wir haben keine sicht- oder geräuschdämpfenden Pflanzen dabei, weil wir mit einer solchen Situation nicht gerechnet haben. Also müssen wir äußerst vorsichtig vorgehen.«

»Ich wünschte, ich wäre wieder nichts als Bindfaden und

Lehm«, meinte Grundy. »Dann könnte ich wenigstens nicht umgebracht werden.«

»Allerdings haben wir durchaus noch andere Hilfsmittel«, fuhr Dor fort. »Das magische Schwert macht aus jedem, der es in die Hand nimmt, augenblicklich einen erfahrenen Schwertkämpfer. Gegen einen beutegierigen Drachen wird es zwar nicht viel ausrichten können, aber kleinere Wesen lassen sich damit schon abschrecken. Wenn wir ernsthaft in Schwierigkeiten geraten sollten, können wir durch den Fluchtreif klettern. Das Problem ist nur, daß der Reif uns direkt in den ständigen Lagertank der Hirnkoralle führt, tief in der Erde, und die Koralle gibt ihre Gefangenen nicht gerne wieder frei. Wir sind zwar zufällig miteinander befreundet, aber ich will diese Freundschaft nicht überstrapazieren, wenn es sich irgendwie vermeiden läßt. Dann haben wir den fliegenden Teppich, aber auf den paßt immer nur einer auf einmal – plus Grundy, natürlich. Ich glaube zwar, daß er Krach noch tragen dürfte, aber Chet bestimmt nicht, also ist das auch keine Ideallösung.«

»Durch den Reif passe ich auch nicht«, bemerkte Chet.

»Stimmt. Deshalb bist du im Augenblick wegen deiner Körpermasse von uns allen am angreifbarsten. Wir brauchen also einen anderen Verteidigungsplan.« Dor hielt inne, weil Irene ihn merkwürdig ansah. »Was ist los?«

»Du glühst«, sagte sie.

Erschrocken stellte Dor fest, daß aus seinen Taschen Licht strömte. »Ach so – das ist der Mitternachtssonnenstein, den mir Juwel gegeben hat, damit ich immer Licht habe. Den hatte ich schon ganz vergessen.«

»Im Augenblick wollen wir aber gar kein Licht haben«, warf sie ein. »Wickel ihn ein.« Sie reichte ihm ein Tuch.

Dor wickelte den Edelstein sorgfältig ein, bis sein Glühen kaum noch zu sehen war. »So«, fuhr er fort. »Irene hat ein paar Samen dabei, die verheerende Pflanzen wachsen lassen – sie hat wirklich Magierformat, egal, was die Ältesten meinen –, doch die meisten davon sind genauso gefährlich für uns selbst wie für unsere Feinde. Wir könnten sie allenfalls pflanzen und wegrennen.«

»Sind auch welche dabei, die das Wasser so blockieren können, daß uns der Drache nicht verfolgen kann?« fragte Chet.

»O ja«, erwiderte Irene, die wegen Dors Kompliment äußerst zufrieden aussah. »Der Krakentang ...«

»Ich verstehe schon, was Dor meint«, warf der Zentaur sofort ein. »Ich verspüre offen gestanden keinerlei Lust, mit einem Kraken in ein und demselben Ozean zu schwimmen.«

»Ich könnte aber auch eine Schockblume auf der Insel hier wachsen lassen, aber sie würde uns wahrscheinlich selbst auch lähmen.« Sie dachte nach. »Ach ja! Ich habe etwas Popcorn. Das ist zwar harmlos, macht aber einen Heidenlärm. Damit könnte der Drache wohl eine Weile abgelenkt werden.«

»Dann laß etwas davon für mich wachsen«, bat Chet. »Ich werde es hinter mich werfen, falls ich schwimmen muß.«

»Da gibt es allerdings ein kleines Problem«, entgegnete sie. »Ich kann es nicht nachts wachsen lassen, es ist eine Tagespflanze.«

»Ich könnte den Sonnenstein aus dem Tuch holen«, schlug Dor vor.

»Ich glaube, der ist ein bißchen zu klein. Wir brauchen viel Licht, das alles bestrahlt, keine winzigen Lichtpünktchen.«

»Was kannst du denn nachts auf natürliche Weise wachsen lassen?« fragte Chet grimmig.

»Na ja, Hypnokürbisse wachsen prima, denn die erzeugen ihr eigenes Licht – im Inneren. Aber man sollte nicht durch das Guckloch schauen ...«

»... weil man dann sofort hypnotisiert wird«, beendete Chet ihren Satz. »Laß mir trotzdem einen wachsen; vielleicht nützt er etwas.«

»Wie du willst«, erwiderte sie zweifelnd. Sie beugte sich über den Bootsrand und ließ einen Samen auf das Ufer fallen. »Wachse!« murmelte sie.

»Sollten wir Ärger bekommen«, fuhr Dor fort, »dann

steigst du auf den fliegenden Teppich, Irene. Du kannst einen Krakensamen vor den Drachen werfen, während wir anderen den Reif benutzen oder davonschwimmen können. Aber wir werden unser Bestes tun, um unbemerkt an dem Drachen vorbeizukommen. Danach können wir ohne weitere Schwierigkeiten in Richtung Stüden weiterziehen.«

Die anderen hatten keine Einwände mehr. Sie warteten, bis der Hypnokürbis die erste schöne Frucht trug. Chet wickelte sie in ein Tuch und verstaute sie im Boot. Das Boot fuhr leise weiter gen Süden, auf den Kanal zu, während seine Insassen kaum zu atmen wagten. Chet steuerte eine ostwärtige Kurve, um zuerst den Hauptkanal zu schneiden, damit er dem Ungeheuer, das vermutlich südlich davon lauerte, entgehen konnte. In der schweigenden Finsternis konnten sie den Drachen ebensowenig sehen wie der sie.

Doch der Drache war raffinierter gewesen: Er hatte einen Sonnenfisch in diesem Kanal plaziert, der nach demselben Prinzip funktionierte wie der Sonnenstein, nur daß er mehrere tausendmal größer war als dieser. Als sie sich dem Fisch näherten, begann er plötzlich wie die Sonne selbst zu gleißen und sie zu blenden. Die runde Flosse ragte aus dem Wasser hervor und verwandelte Nacht in Tag.

»O nein!« rief Dor. Er hatte seinen Sonnenstein doch so sorgfältig eingewickelt – und jetzt war alles noch viel schlimmer.

Der Drache stieß ein hämisches Tuten aus. Sie sahen seine Augen leuchten, während er auf sie zukam. Wasserdrachen besaßen kein inneres Feuer; die Augen spiegelten lediglich das Gleißen des Sonnenfischs wider.

»Setz den Kraken!« schrie Dor.

»Nein!« entgegnete Chet. »Wir schaffen es noch ins flache Ufergewässer.«

Tatsächlich glitt das Boot zügig durch den Kanal, bevor der Drache sie erreicht hatte. Das Ungeheuer war vor dem Sonnenfisch als Silhouette zu erkennen, die sich vor Frustration wand. Es hatte die Sache so gut geplant, und der Sieg war ihm nun doch knapp entgangen. Der Drache tutete erneut. »Verdammt!« übersetzte Grundy. »Schon wieder reingelegt!«

»Was ist mit der Sanddüne?« fragte Irene besorgt.

»Die verhalten sich nachts meistens ruhig«, meinte Chet.

»Aber jetzt ist keine Nacht mehr«, erinnerte sie ihn, und ihre Stimme bekam einen hysterischen Unterton.

Tatsächlich wellte sich der dunkle Hügel bereits und schickte einen Teil seiner selbst dem Wasser entgegen. Der Sand besaß genug Masse, und das Wasser war so flach, daß es der Düne durchaus möglich war, es zuzuschütten. Die zerklüftete Küste kam auf sie zu.

»Wenn wir vor der Düne fliehen, geraten wir wieder in Reichweite des Drachen«, bemerkte Chet.

»Düne fressen, Drachen essen!« schlug Krach vor.

»He, klar!« meinte Irene. »Sprich mit der Düne, Dor. Sag ihr, daß wir den Drachen in ihre Nähe locken, wenn sie uns dafür ziehen läßt.«

Dor überlegte. »Ich weiß nicht. Ich möchte kein Lebewesen in ein solches Schicksal jagen – und ich bin mir auch nicht sicher, ob man der Düne trauen kann.«

»Na, dann zögerst du alles eben möglichst lange hinaus. Sobald die Düne sich mit dem Drachen beschäftigt, hat sie gar nicht mehr die Zeit, sich um kleine Fische wie uns zu kümmern.«

Dor musterte die emporragende Düne auf der einen und den schlürfenden Drachen auf der anderen Seite und mußte feststellen, daß der Abstand zwischen beiden immer kleiner wurde. »Versuch erst mal, mit dem Drachen zu reden«, sagte er zu Grundy.

Der Golem stieß eine Reihe von Tutlauten, Grunzern, Pfiffen und Zähneknirschen aus. Es war erstaunlich, wie gewandt er mit Geräuschen umgehen konnte – aber das war natürlich auch seine Magie. Kurz darauf stürzte sich der Drache mit weit aufgesperrtem Riesenmaul vor und versuchte, sie mit einem Schnappen zu verschlingen, doch es gelang ihm nicht. Das Wasser wurde zu einer kleinen Springwelle. »Ich habe ihn gefragt, ob er nicht eine Gruppe netter Leute im Auftrag des Königs in Frieden ziehen lassen will!« sagte Grundy. »Er meinte ...«

»Wir sehen schon, was er meinte«, erwiderte Dor. »Also gut, versuchen wir es andersherum.« Er drehte sich der Küste zu und rief: »He, Düne!«

Also angerufen, wurde die Düne von seiner Magie erfaßt. »Meinst du mich, Winzling?«

»Ich will dir ein Geschäft vorschlagen.«

»Ha! Du wirst doch sowieso verschlungen. Was hast du mir da schon noch anzubieten?«

»Diese Bootslandung ist nur ein kleiner Happen für dich. Aber wir könnten dafür sorgen, daß du eine richtig ordentliche Mahlzeit bekommst, wenn du uns in Frieden ziehen läßt.«

»Eigentlich fresse ich ja gar nichts«, meinte die Düne. »Ich konserviere. Ich reinige und sichere die Knochen verschiedenster Wesen, damit sie noch in Jahrtausenden bewundert werden können. Meine Schätze werden Fossilien genannt.«

Also hielt sich dieses Ungeheuer, wie so viele andere, ebenfalls für einen Wohltäter Xanths. Gab es überhaupt irgendein Wesen oder Ding, egal wie scheußlich, das seine Existenz und sein Tun nicht auf ähnliche Weise zu rechtfertigen suchte? Doch Dor war nicht hergekommen, um mit ihr zu diskutieren. »Würdest du nicht lieber einen Drachen fossilifizieren anstatt so einen Kleinkram wie uns?«

»Och, ich weiß nicht. Kleinkram gibt es häufig, aber Drachen auch. Die Größe ist nicht so wichtig, was den Fossilienrekord angeht. Entscheidender sind Qualität und Vollständigkeit.«

»Und, hast du schon einen Wasserdrachen in deinem Repertoire?«

»Nein, die meisten fallen meinem Vetter, dem Tiefseeschlamm, anheim, genau wie die meisten Vögel von meinem zweiten Vetter, der Teergrube, geerntet werden. Ein solches Exemplar hätte ich schon ganz gerne.«

»Wir bieten dir den Wasserdrachen dort an«, sagte Dor. »Du mußt lediglich einen Kanal machen, der tief genug für den Drachen ist. Dann locken wir ihn hinein – und du kannst den Kanal wieder schließen und dir dein Exemplar für das Fossilifizieren sichern.«

»He, das könnte ja wirklich klappen!« stimmte die Düne zu. »Abgemacht!«

»Gut, dann fang damit an, deinen Kanal zu bilden. Wir segeln ihn zuerst entlang und locken den Drachen an. Du mußt aber dafür sorgen, daß du uns durchläßt.«

»Klar. Ihr geht, der Drache bleibt.«

»Ich traue der Sache nicht«, brummte Irene.

»Ich auch nicht«, meinte Dor. »Aber wir sitzen in der Patsche. Chet, kannst du den Sand berechnen?«

»Man kann auch den kleinsten Stein berechnen«, erwiderte Chet. »Das heißt, das kleinste Sandkorn. Nun besitzt Sand bestimmte Eigenschaften ...« Er hielt nachdenklich inne, dann erhellte sich sein Gesichtsausdruck. »Hast du Seegrassamen dabei?« fragte er Irene.

»Haufenweise. Aber ich verstehe nicht, wie ...« Da begannen ihre Augen zu glitzern. »Oho! Ich verstehe *doch!* Ja, Chet, ich werde bereit sein.«

Der Sand bildete inzwischen zwei Buckel, und ließ einen schmalen Wasserkanal herein. Chet lenkte das Boot direkt in den Kanal. Als der Drache ihre Flucht bemerkte, hupte er wütend und knirschte mit den Zähnen.

»Sag etwas darüber, daß du hoffst, daß der Drache nicht merkt, wie tief dieser Kanal in Wirklichkeit ist«, sagte Dor zu Grundy. »Und zwar in Drachensprache.«

Grundy lächelte grimmig. »Ich beherrsche mein Handwerk!« Er gab erneut Drachengeräusche von sich.

Sofort begann der Drache damit, den Eingang des Kanals zu erforschen, indem er seinen Kopf hineinsteckte. Mit einem frohen Hupen schlängelte er sich in den einladenden Gang hinein.

Bald darauf war der Drache ihnen auch schon wieder auf den Fersen. Jetzt befand sich sein ganzer Leib im Sandkanal der Düne. »Jetzt – schließ ihn ein!« rief Dor der Düne zu.

Die Düne befolgte seinen Befehl. Plötzlich verengte sich der Kanal, während immer mehr Sand hineinsickerte. Zu spät erkannte der Drache die Gefahr. Er versuchte zu wenden und umzukehren, aber der Ausgang war bereits blokkiert. Er tutete und peitschte umher, doch im flachen Gewässer steckte er tief in der Patsche.

Doch nun drohte der Kanal unmittelbar vor dem Boot ebenfalls zu versanden. »He, laß uns raus!« schrie Dor.

»Warum sollte ich wunderbares Fossilienmaterial ziehen lassen?« fragte die Düne ganz vernünftig. »Auf diese Weise habe ich sowohl euch als auch den Drachen. Das ist der Fang des Jahrhunderts!«

»Aber du hast es doch versprochen!« sagte Dor eindringlich. »Wir haben doch miteinander ein Abkommen geschlossen!«

»Versprechen und Abkommen sind nicht den Atem wert, mit dem sie ausgesprochen werden – und ich atme nicht einmal.«

»Ich wußte es!« sagte Chet. »Verrat!«

»Los, Irene, jetzt bist du dran«, sagte Dor.

Irene holte zwei Handvoll Samen hervor. »Wachst!« schrie sie und verstreute sie in weitem Bogen. Auf beiden Seiten begann Gras zu sprießen und griff mit seinen Wurzeln tief in den Sand.

»He!« schrie die Düne, als sie an den Stellen über sich selbst zu stolpern begann, wo das Gras sich bereits festgesetzt hatte.

Wütend machte die Düne einen letzten Versuch. Sie bukkelbäumte sich jenseits des Grasstrichs entsetzlich hoch – mit einer solchen Wucht, daß sie sich in den Kanal ergoß und ihn sofort ausfüllte.

»Sie überflutet das Boot!« rief Dor. »Alle Mann von Bord!«

»Das nenne ich Dankbarkeit!« maulte das Boot. »Da trage ich euch treu durch ganz Xanth, riskiere meinen Kiel für euch, und sobald die Lage brenzlig wird, laßt ihr mich im Stich!«

Das Boot hatte zwar durchaus nicht unrecht, aber sie konnten es sich nicht leisten, mit ihm darüber zu diskutieren. Ohne seine Einwände zu beachten, sprangen sie an

Land, während der Sand ins Boot drang. Sie rannten über den verbliebenen Strich bewachsenen Bodens, während das Boot in der Düne versank. Der Sand war unfähig, ihnen zu folgen, denn er hatte seine Grenzen erreicht, und schon jetzt begannen die Grashalme durch den neuen Sandbuckel zu stoßen und ihn festzuhalten. Die Düne mußte ihren Hauptkörper zurückziehen und sich auf den peitschenden Drachen konzentrieren, der sich anschickte, sich aus der verschwindenden Rinne zu schlängeln und wieder ins offene Meer vorzustoßen.

Am Rande der Bucht blieben sie stehen. »Wir haben unser Boot verloren«, meinte Irene. »Und den fliegenden Teppich und den Fluchtreif und unsere Nahrungsmittel.«

»Und meinen Bogen und die Pfeile«, fügte Chet niedergeschlagen hinzu. »Ich habe lediglich den Kürbis gerettet. Wir haben zu hoch gespielt: Diese Ungeheuer sind stärker und schlauer, als wir geglaubt haben. Wir lernen aus Erfahrung.«

Dor schwieg. Er war der offizielle Anführer der Gruppe; es war seine Verantwortung. Wenn er nicht einmal eine schlichte Reise in den Süden ohne Katastrophe leiten konnte, wie konnte er dann darauf hoffen, mit der Lage auf der Zentaureninsel klarzukommen? Wie konnte er überhaupt darauf hoffen, jemals das Königsamt erfolgreich wahrzunehmen?

Doch sie konnten hier nicht bleiben – weder in Gedanken noch in Verzweiflung befangen. Schon jetzt waren die Bewohner dieses Gebietes auf sie aufmerksam geworden. Dort, wo das frisch gepflanzte Seegras aufhörte, machte fleischfressendes Gras weiter und griff mit seinen hungrigen Schößlingen nach ihnen. Schlingengewächse begannen zu beben, und glänzende Tröpfchen Saftspeichel träufelten herab. Auch das Rauschen von Schwingen war zu hören; bald würde ein Flugwesen auftauchen.

Doch nun brannte der Sonnenfisch langsam aus, und die Nacht kehrte wieder; die Tagwesen zogen sich verwirrt zurück, und die Nachtwesen begannen sich zu rühren. »Wenn es etwas gibt, das schlimmer ist als ein Tag in der

Wildnis, dann ist es eine Nacht in der Wildnis«, sagte Irene erschauernd. »Was sollen wir jetzt tun?«

Dor wünschte, er hätte eine Antwort darauf gewußt.

»Deine Pflanzen haben uns schon einmal gerettet«, sagte Chet zu ihr. »Hast du vielleicht eine andere Pflanze, die uns beschützen oder befördern kann?«

»Mal sehen.« Im Dunkeln steckte sie die Hand in ihren Samenbeutel und betastete den Inhalt. »Hauptsächlich Nahrungspflanzen und besondere Effekte ... ein Bierfaßbaum – wie ist der denn hier reingekommen? ... Wasserschrecke ... Bullenflatterbinse ...«

»Bullenflatterbinsen?« fragte Chet. »Sind das nicht diese Rohrgewächse, die es immer so eilig haben?«

»Die flattern überallhin«, bestätigte sie.

»Angenommen, wir würden sie zu einem Boot oder Floß flechten – könnten wir dann seine Bewegung kontrollieren?«

»Ja, wahrscheinlich, wenn man dem Gefährt einen Ring durch die Nase ziehen würde. Aber ...«

»Dann versuchen wir's«, sagte der Zentaur. »Alles ist besser, als hier darauf zu warten, daß sich irgend etwas an uns heranschleicht, um uns anzufallen.«

»Ich fange an, die Bullenflatterbinsen wachsen zu lassen«, willigte sie ein. »Wir können sie schon zurechtflechten, bevor sie reif geworden sind. Aber wir müssen einen Ring finden, bevor wir fertig sind.«

»Dor und Grundy – bitte fragt eure Kontakte und seht nach, ob ihr einen Ring ausfindig macht«, sagte der Zentaur.

Sie machten sich ans Werk. Dor befragte die nichtbelebten Wesen, Grundy die lebenden. Weder die einen noch die anderen wußten von einem nahe gelegenen Ring. Das Flechten der wachsenden Bullenflatterbinsen machte rapide Fortschritte, offenbar waren Chet und Irene mit der Technik vertraut und konnten gut zusammenarbeiten. Doch schon jetzt peitschten die Binsen hin und her und versuchten, sich loszureißen, um frei reisen zu können. Das Mattenfloß wurde immer größer und unruhiger, und bald würde es zu kräftig sein, um es noch unter Kontrolle zu halten.

»Ring bring!« sagte Krach.

»Versuchen wir's doch!« fauchte Dor und hielt sich an einer Ecke der rebellischen Matte fest. Das Ding war schrecklich kräftig.

»Rund schrund«, meinte der Oger beharrlich. Er schob Dor etwas mit seiner behaarten Riesenpranke zu. Der Gegenstand sah aus wie ein Pelzreif.

Ein Reif? »Ein Ring!« rief Dor. »Wo hast du den denn her?«

»Wächst auf mein Zeh«, erklärte Krach, »juckt und tut weh.«

»Du hast den Ring auf deinem Zeh wachsen lassen – und er hat gejuckt?« Dor hatte Schwierigkeiten, das zu verarbeiten.

»Mal sehen«, sagte Grundy. Er gab ein merkwürdiges Zischen von sich, sprach mit irgend etwas und lachte. »Weißt du, was das ist? Eine Ringflechte!«

»Eine Ringflechte!« rief Dor entsetzt und ließ das widerliche Ding fallen.

»Wenn es ein Ring ist, brauchen wir ihn auch«, sagte Chet. »Bevor diese Matte hier das Weite sucht.«

Angewidert betastete Dor den Boden und hob die Ringflechte wieder auf. Mit spitzen Fingern reichte er sie dem Zentauren. »Hier.«

Chet wob sie in die Nase des Gefährts ein, riß sich mehrere lange Haare aus seinem schönen Schweif, flocht sie zu einer Leine und schob diese durch den Ring. Plötzlich beruhigte sich das Bullenflatterbinsengefährt. »Die Nase ist ziemlich empfindlich«, erklärte Chet. »Der Ring verursacht Schmerzen, wenn daran gerissen wird. So kann man selbst dieses mächtige Wesen beherrschen.«

»Kommt wer, gehen wir!« warnte Krach.

Anstatt darauf zu warten, was es wohl sein konnte, das selbst einen Oger nervös machen konnte, zogen sie es vor, das nunmehr zahme Bullenflatterbinsenfloß zu Wasser zu lassen. Das Gefährt war zwar nicht wasserdicht, aber die einzelnen Binsen waren leichter als Wasser, so daß das Ganze auf der Oberfläche trieb.

Im Dunkeln war ein Grollen am Ufer zu hören – ein tiefer, pulsierender, mächtiger und häßlicher Klang. Dann verschwand er wieder frustriert, und der Boden erbebte. Eine Gestankwolke schoß, dunkel und erstickend, an ihnen vorbei. Keiner fragte, was das wohl gewesen sein konnte.

Nun gab Chet den Bullenflatterbinsen etwas mehr Spiel. Das Floß schoß davon und wühlte eine ziemlich leuchtende Spur im Wasser auf. Der Wind blies ihnen ins Gesicht.

»Kannst du erkennen, wohin wir fahren?« fragte Irene mit dünner Stimme.

»Nein«, sagte Chet. »Aber die Bullenflatterbinsen reisen am liebsten in freiem Wasser. Die werden weder auf Grund laufen noch gegen irgendwelche Ungeheuer stoßen.«

»Du vertraust ihnen weitaus mehr als ich«, sagte sie. »Und dabei habe ich sie zum Wachsen gebracht.«

»Das ist alles nur eine Frage einer schlichten Berechnung«, meinte der Zentaur.

»Kann ich mich an deine Seite lehnen?« fragte sie. »Ich habe heute noch nicht geschlafen, und dein Fell ist so weich ...«

»Nur zu«, sagte Chet großmütig. Er hatte sich wieder hingelegt, da das weiche Gewebe des Floßes ihn im Stehen nicht abstützen konnte. Die Binsen waren im Wasser angeschwollen, und Dor war es gelungen, das Wasser über Bord zu schaufeln, so daß sie nicht mehr im Meereswasser zu sitzen brauchten. Dor hatte zwar auch nicht geschlafen, verspürte aber kein Bedürfnis, sich an Chets pelziger Flanke anzulehnen.

Die Sterne über ihnen zogen vorüber. Dor lag auf dem Rücken und schätze ihren Kurs anhand der scheinbaren Sternenbewegung. Er war nicht gleichmäßig; die Bullenflatterbinsen suchten sich offenbar den Weg des geringsten Widerstands. Offenbar wußten sie, wohin sie wollten, und das genügte fürs erste.

Nach und nach erschienen die Sternbilder, Muster am Himmel, Sternenformationen, die sich aus ihrer willkürlichen Anordnung zu sinnvollen Konstellationen zu verschieben schienen. Bilder schienen zu entstehen, Darstellungen von Lebewesen und Gegenständen und Vorstellungen. Manche glichen Gesichtern; er meinte, König Trent auf ihn herunterblicken zu sehen, der ihm einen geradlinigen, intelligenten Blick zuwarf.

Wo seid Ihr jetzt? fragte Dor wortlos.

Das Gesicht furchte die Stirn. *Ich werde in einer mittelalterlichen mundanischen Burg gefangengehalten,* sagte es. *Ich habe hier keine magischen Kräfte. Ihr müßt mir Magie bringen.*

Aber das kann ich doch nicht! protestierte Dor. *Magie kann man doch nicht so mit sich herumtragen, und schon gar nicht nach Mundania!*

Ihr müßt den Inseldurchgang nehmen, um mich zu retten.

Welchen Inseldurchgang? rief Dor erregt.

Die Zentaureninsel, erwiderte Trent.

Da sprühte die Gischt etwas Wasser in Dors Gesicht, und er erwachte. Das Sternengesicht war verschwunden, er hatte geträumt.

Und doch war ihm die Botschaft immer noch gegenwärtig. Was für ein Durchgang? Und was hatte die Zentaureninsel damit zu tun? Wenn das wirklich eine Botschaft, eine Prophezeiung gewesen war, was sollte er dann damit anfangen? Wenn es lediglich ein Traum oder eine Vision seines übermüdeten Geistes war, sollte er sie besser ignorieren. Aber so etwas war selten in Xanth.

Besorgt glitt Dor wieder in den Schlaf. Eine Nachtmähre war das bestimmt nicht gewesen, denn erstens hatte er ihn nicht erschreckt, und außerdem konnten die Mähren natürlich gar nicht auf dem Wasser laufen. Vielleicht würde das Bild wiederkehren und sich erklären.

Doch der Traum wiederholte sich nicht, und er konnte ihn auch nicht durch Hinaufblicken zu den Sternen aufs neue herbeibeschwören. Wolken hatten den nächtlichen Himmel überzogen.

V

Stolz der Leunden

Dor erwachte, als der Morgen graute. Die Sonne hatte es irgendwie in den Osten geschafft, wo das Festland lag, hatte sich abgetrocknet und schien wieder in alter Pracht. Dor fragte sich, welch gefährliche Strecke sie wohl gereist war. Vielleicht gab es ja einen Tunnel, durch den sie rollen konnte. Wenn es ihr einmal gelingen sollte, einen Weg herab zu finden, bei dem sie kein Bad im Meer zu nehmen brauchte, hätte sie es aber wirklich geschafft! Vielleicht sollte er ihr das irgendwann einmal vorschlagen. Schließlich ging die Sonne an manchen Morgen ja auch auf, ohne sich hinreichend abgetrocknet zu haben, um in vollem Glanz scheinen zu können. Offensichtlich waren manche Nächte schlimmer als andere. Doch er würde es ihr nicht gerade jetzt vorschlagen; er wollte nicht, daß die Sonne auf der Suche nach neuen Routen verschwand und Xanth womöglich gleich mehrere Tage hintereinander im Dunkeln zurückließ. Dor brauchte Licht, um die Zentaureninsel zu finden. Dafür reichte Juwels Mitternachtssonnenstein nun einmal nicht aus.

Die Zentaureninsel – sollte er König Trent dort finden? Nein, die Zentauren würden den König nicht gefangenhalten, und außerdem befand sich Trent ja auch in Mundania. Aber vielleicht gab es auf der Zentaureninsel etwas, das in einem Zusammenhang damit stand. Wenn er den nur herausbekäme!

Dor setzte sich auf. »Wo sind wir jetzt, Chet?« fragte er.

Er erhielt keine Antwort. Der Zentaur war ebenfalls eingeschlafen. Irene lehnte immer noch gegen ihn. Am Heck des Floßes schnarchten Krach und Grundy vor sich hin.

Alle hatten geschlafen! Niemand hatte den Kurs des Floßes bestimmt! Die Bullenflatterbinsen waren einfach losgeprescht, wohin es ihnen gerade gepaßt hatte – und das konnte so gut wie überall sein!

Das Floß trieb mitten auf dem Meer. Ringsum befanden sich endlose Wassermassen. Es war reines Glück gewesen, daß kein Seeungeheuer sie erspäht und im Schlaf vertilgt hatte! Und da kam auch schon eins!

Doch als das Ungeheuer hungrig Kurs auf das Gefährt nahm, stellte Dor fest, daß die Binsen derart schnell waren, daß die Seeschlange sie nicht würde einholen können. Sie waren in Sichtweite, weil sie so schnell dahinjagten. Da sie Richtung Süden fuhren, mußten sie bereits in der Nähe der Zentaureninsel sein.

Nein, das war nicht zwangsläufig der Fall. In Cheries Logik-Stunden war Dor besser gewesen als in Rechtschreibung. Er suchte immer nach Alternativen zum Offensichtlichen. Das Floß hätte auch die ganze Nacht Schlaufen fahren oder in Richtung Norden reisen können, um sich dann irgendwann zufällig gegen Sonnenaufgang dem Süden zuzuwenden. Sie konnten irgendwo sein, das ließ sich nicht bestimmen.

»Wo sind wir?« fragte Dor das nächstgelegene Wasser.

»Auf dem 83. Längen- und dem 26. Breitengrad oder auch umgekehrt«, sagte das Wasser. »Ich verwechsle ständig die Längen- mit den Breitenkreisen.«

»Das sagt mir überhaupt nichts!« fauchte Dor.

»Aber mir«, sagte Chet, der gerade aufwachte. »Wir befinden uns ein gutes Stück draußen auf offener See, aber auch ein gutes Stück in Richtung unseres Ziels. Gegen Abend müßten wir eigentlich da sein.«

»Aber angenommen, daß uns hier draußen ein Ungeheuer erwischt?« warf Irene ein, die ebenfalls wachgeworden war. »Ich wäre lieber in Landnähe.«

Chet zuckte mit den Achseln. »Wir können ja das Land ansteuern. In der Zwischenzeit kannst du uns ein paar Nahrungs- und Wasserpflanzen schnellzüchten, damit wir essen und trinken können.«

»Und eine Sonnenschirmpflanze, die uns vor der Sonne schützt«, fügte sie hinzu. »Und eine Sichtsperrhecke für ... na, ihr wißt schon.«

Sie machte sich ans Werk. Schon bald darauf tranken sie das duftende Wasser einer Eimerpflanze und aßen brötchenähnliche Teigkugeln von Puffballsträuchern. Die neue Hecke schirmte den hinteren Teil des Floßes ab, wo die leergetrunkenen Eimer einem anderen Zweck dienten. Mehrere Sonnenschirme schützten sie vor den Sonnenstrahlen. Langsam wurde es richtig gemütlich.

Auf Chets Ziehen an der Nasenleine hin steuerte das Gefährt gen Osten, wo sich das ferne Festland befinden mußte.

Krach der Oger hielt die Nase schnüffelnd in den Wind und blickte sich im Kreis um. Dann zeigte er in eine Richtung. »Riech üblen Wurm von einem Sturm«, verkündete er.

O nein! Dor erspähte die finsteren Wolken, die über den südlichen Horizont auf sie zukamen. Krachs scharfe Ogersinne hatten den Sturm zwar als erste gewittert, aber nun war er für alle deutlich erkennbar.

»Wir sitzen in der Patsche«, meinte Grundy. »Ich werde sehen, was ich tun kann.«

»Was kannst du schon tun?« fragte Irene in vernichtendem Tonfall. »Willst du mit deiner dämlichen Winzhand wedeln und uns alle auf der Stelle in Sicherheit zaubern?«

Grundy ignorierte sie. Er sprach mit dem Meer und sagte kurz darauf: »Ich glaube, ich hab's. Die Fische melden es einem eklektischen Aal.«

»Einem was?« fragte Irene. »Meinst du etwa eines von diesen Stromstoßwesen?«

»Einen *eklektischen* Aal, Dumpfbacke! Der sucht sich überall alles mögliche zusammen. Tut nie etwas Eigenständiges, setzt nur alle Stücke und Teile zusammen, die andere geschaffen haben.«

»Wie kann uns so ein Wesen denn helfen?«

»Du solltest lieber fragen, *warum* es uns helfen wird.«

»Na gut, Holzkopf. Warum?«

»Weil ich ihm die Hälfte deiner Samen versprochen habe.«

»Die Hälfte meiner Samen!« explodierte sie. »Das kannst du nicht machen!«

»Wenn ich es nicht mache, stampft uns der Sturm in Grund und Wasser.«

»Er hat recht, Irene«, warf Chet ein. »Wir stecken bis zum Hals in der Pfütze, um es bildlich auszudrücken.«

»Ich werde den verdammten Golem in eine Pfütze stekken, und zwar in eine Pfütze aus weißglühendem Nies-Pfeffer! Er hat kein Recht dazu, *mein* Eigentum anderen zu versprechen!«

»Na gut«, meinte Grundy. »Dann sag dem Aal nein. Verpaß ihm einen Schock.«

Eine schmale Nase durchstieß die immer bewegter werdende Wasseroberfläche. Ein kalter Windstoß zerzauste Irenes Haar und preßte ihr Kleid gegen ihren Körper, was sie äußerst hübsch anzusehen machte. Der Himmel verdunkelte sich.

»Er meint, bildlich gesprochen, daß du keine schlechte Figur hast«, meldete ihr Grundy mit einem hämischen Grinsen.

Dieses unpassende Kompliment brachte sie aus der Fassung. Es war nicht leicht, jemandem einen Korb zu geben, der eine solche Bemerkung gemacht hatte. »Hm, na ja, schon gut«, sagte sie schmollend. »Die Hälfte der Samen. Aber ich bestimme, welche Hälfte!«

»Na, dann schmeiß sie endlich ins Wasser, Blödianin!«

sagte Grundy, der sich am Rand des schaukelnden Floßes festhielt.

»Aber dann werden sie doch keimen!«

»Darum geht's ja gerade. Laß sie alle wachsen. Benutz deine Magie. Der eklektische Aal verlangt Vorauskasse.«

Irene warf ihm zwar einen rebellischen Blick zu, doch da platzte auch schon der erste Regentropfen auf ihrer Nase, und sie entschied sich dazu, einzuwilligen. »Das zahle ich deiner Bindfadenhaut noch heim, Golem!« murmelte sie. Sie schleuderte die Samen einzeln nacheinander ins wogende Wasser, indem sie sie beschwor: »Wachse, wie das Ego deines Golems! Wachse, wie Grundys Wasserkopf! Wachse, wie die Rache, die ich diesem Stinker noch schuldig bin ...«

Im Wasser entwickelten sich höchst seltsame Dinge: Rosa Runkelrüben keimten und drehten auf der Stelle ab: Gelbtomaten, Schwarzkohl und blaue Beete. Schnappbohnen schnappten fröhlich um sich, und Artischocken verpaßten ihrer Umgebung artig Schocks. Dann kamen die Blumen an die Reihe: Weiße Blüten sprangen in dichten Sträußen an die Oberfläche und verzierten das Meer im unmittelbaren Umkreis des Floßes. Dann schwammen sie in großen Herden davon und stießen leise *Bäääähääähääs* aus.

»Was war das denn?« fragte Grundy.

»Schafgarbe, du Dösbartel«, fauchte Irene.

Feuerwerkblumen platzten mit rotem Sprühen, Tigerlilien fauchten, Maiglöckchen läuteten, und Blutende Herzen färbten das Wasser mit ihrem traurigen Lebenssaft. Iris-Blüten, die Irene von ihrer Mutter geschenkt bekommen hatte, blühten in hübschem Blau und Purpur. Glücksklee streckte sich glücklich gen Himmel, Schwindelien blühten auf und verschwanden auch schon, bevor man ihnen auch nur befehlen konnte, sich davonzumachen. Immergrüns zwinkerten ihnen aus grünen Augen zu; Krokusse öffneten ihre Krokodilmäuler, um ihnen falsche Küßchen zuzuwerfen.

Das Schauspiel endete mit dem Aufblühen goldener

Kringel – Ringelblumen. »So, das ist die Hälfte. Nimm's oder laß es bleiben«, sagte Irene.

»Der Aal nimmt es«, meldete Grundy. »Jetzt wird uns der eklektische Aal auf seine Weise durch den Sturm an die Küste führen.«

»Wird auch Zeit«, meinte Chet. »Alles festhalten, wir haben eine schwere Überfahrt vor uns.«

Der Aal zappelte voran. Das Gefährt folgte ihm. Mit feuchter Wildheit schlug der Sturm zu. »Was hast du gegen uns?« fragte Dor, während der Wind an seinem Leib riß.

»Nichts Persönliches«, wehte der zurück. »Meine Aufgabe ist es, die Meere von Treibgut zu säubern. Kann schließlich nicht alles die Wasseroberfläche verstopfen lassen, nicht wahr?«

Der Regen prasselte immer heftiger auf sie herab. Im Nu waren sie völlig durchnäßt. »Wasser schöpfen! Wasser schöpfen!« erscholl Chets Stimme dünn im Wind.

Dor griff nach seinem Eimer und begann, Wasser auszuschöpfen. Auf der anderen Seite tat Krach der Oger dasselbe. Mit kolossalen Anstrengungen gelang es ihnen, ein wenig schneller als der Regenguß zu sein.

»Runter mit euch!« schrie Grundy und übertönte den Sturm. »Laßt sie nicht überrollen.«

»Sie rollt doch gar nicht«, erwiderte Irene. »Ein Floß kann gar nicht ...«

Da senkte sich das Floß entsetzlich schräg und schickte sich an, sich herumzuwälzen. Irene warf sich in die Mittenvertiefung, zusammen mit Dor und Krach. Das Floß senkte sich übelkeitserregend nach rechts, dann wieder nach links und schleuderte Irene erst gegen Dor, dann Dor gegen sie. Sie war wunderbar weich.

»Was tust du da?« schrie Dor, weil ihm trotz des weichen Aufpralls die Puste ausging.

»Ich giere«, erwiderte das Floß.

»Sieht mir mehr nach Rollen und Schlingern aus«, brummte Chet vom Heck herüber.

Irene landete wieder neben Dor, Hüfte an Hüfte und Nase gegen Nase. »Liebster, wir müssen damit aufhören, uns auf diese Weise zu treffen«, keuchte sie und versuchte ein Lächeln.

Unter anderen Umständen hätte Dor diese Treffen durchaus zu schätzen gewußt. Irene war an den richtigen Stellen gepolstert, so daß der Aufprall stets angenehm weich ausfiel. Doch im Augenblick fürchtete er um ihr Leben und um sein eigenes. Inzwischen machte sie den Eindruck, als würde sie seekrank.

Das Gefährt senkte sich nach vorn, als rutsche es einen Wasserfall hinab. Dor drehte sich der Magen um.

»Und was machst du jetzt?« keuchte er mühsam.

»Ich stampfe«, erwiderte das Floß.

»Wir sind aus dem Wasser!« rief Chet. Obwohl er auf dem Boden des Floßes lag, ragte sein Kopf weiter empor als die Köpfe der anderen. »Unter uns ist irgend etwas! Deshalb schlingern wir auch so!«

»Das ist der Behemoth«, sagte Grundy.

»Der was?« fragte Dor.

»Der Behemoth. Ein wogendes Riesengeschöpf, das herumtreibt und nichts tut. Der eklektische Aal hat uns zu ihm geführt, damit er uns den Sturm überstehen hilft.«

Irene riß sich von Dor los, und gemeinsam krochen sie vorsichtig die Schräge empor, um einen Blick über den Rand des Floßes zu werfen. Der Sturm tobte weiterhin, doch nun traf er nur den glänzenden, blasigen Rücken des gewaltigen Tiers. Das Floß schien in keiner besonders sicheren Lage zu sein, da es ständig hin und her rutschte, doch die riesigen Massen des Ungeheuers schützten sie vor dem wogenden Meer.

»Aber ich dachte immer, daß Behemoths Süßwasserwesen wären«, sagte Dor. »Mein Vater ist einmal unter dem Ogersee einem begegnet, hat er mir erzählt.«

»Natürlich hat er das. Ich war schließlich dabei«, meinte Grundy hochnäsig. »Behemoths sind immer gerade dort, wo man auf sie trifft. Sie sind zu groß, um sich darüber Sorgen zu machen, um was für ein Wasser es sich handelt.«

»Hat der Aal dieses Wesen zufällig ausfindig gemacht

und uns zu ihm geführt?« fragte Chet, der ebenfalls leicht seekrank aussah.

»Das ist die eklektische Methode«, stimmte Grundy ihm zu. »Alles zu gebrauchen, was gerade nützlich und griffbereit ist.«

»Och, ihr habt geschummelt!« heulte der Sturm. »Ich krieg die Badewanne nicht unter!« Ein wirbelndes Auge richtete sich auf Dor. »Das ist schon das zweite Mal, daß du mir entkommen bist, Menschen-Ding. Aber wir sehen uns noch!« Wütend blies er in westlicher Richtung davon.

Das war also derselbe Sturm gewesen, dem er am Schloß des Guten Magiers Humfrey begegnet war! Der kam aber wirklich in der Gegend herum!

Als der Behemoth merkte, daß seine angenehme Dusche aufgehört hatte, stieß er eine staubige Gaswolke aus und verschwand wieder in den Tiefen. Es hatte keinen Zweck für ihn, weiterhin an der Oberfläche zu bleiben, wenn der Sturm nicht mehr mitspielen mochte. Das Floß trieb wieder in der ruhigen See.

Nun, da er nicht mehr in der Gefahr des Ertrinkens schwebte, bedauerte Dor beinahe das Nachlassen des Sturms. Irene ließ sich wesentlich angenehmer umarmen als die Binsen des Floßes. Doch er wußte, daß es närrisch war, sich mehr für das zu interessieren, was er nicht haben konnte, als mit dem zufrieden zu sein, was er bereits besaß.

Am Horizont erspähten sie ein weiteres Ungeheuer. »Mach Fahrt!« schrie Irene beunruhigt. »Noch sind wir nicht völlig aus der Unwetterzone!«

»Folgt dem Aal!« mahnte Grundy.

»Aber der Aal schwimmt doch genau auf das Ungeheuer zu!« protestierte Chet.

»Dann muß das wohl der richtige Weg sein.« Doch selbst Grundy wirkte skeptisch.

Sie jagten auf das Ungeheuer zu. Nun stellte sich heraus, daß es außerordentlich lang und flach war, wie eine plattgewalzte Seeschlange. »Was ist das?« fragte Dor staunend.

»Ein Bandfisch, du Knalltüte«, antwortete Grundy.

»Wie kann der uns denn helfen?« Denn der Sturm hatte

länger gedauert, als es den Anschein gehabt hatte; die Sonne befand sich bereits am Zenith, und die Küste war immer noch fern.

»Ich weiß nur, daß der Aal sich dazu verpflichtet hat, uns bis zum Nachtanbruch an Land zu bringen«, erwiderte Grundy.

Sie fuhren immer weiter auf das Monster zu, doch sie wurden merklich langsamer: Die Kräfte der Bullenflatterbinsen ließen nach. Dor merkte, daß bereits einiges Material, aus dem das Boot bestand, tot war; deshalb hatte er mit ihm ja auch sprechen können. Schon bald würden die Binsen bewegungslos werden und sie mitten auf hoher See ihrem Schicksal überlassen. Sie besaßen kein Paddel, das hatten sie zusammen mit ihrem ersten Boot verloren.

Der Bandfisch senkte seinen unglaublich platten Kopf, als sich das Floß ihm näherte. Dann senkte er sich unter die Wasseroberfläche und rutschte unter das Gefährt. Einen Augenblick später trat er hinter ihnen wieder hervor und hob das Floß mit seinem Hals hoch aus dem Wasser.

»Neiiin!« schrie Irene, als sie in die Luft emporgestemmt wurden. Entsetzt schlang sie die Arme um Dor. Wieder wünschte er sich, daß dies doch unter anderen Umständen geschehen wäre, als er nicht selbst derart entsetzt war.

Doch der Körper des Bandfischs war leicht konkav gewölbt, so daß das Floß in der Mitte blieb und nicht hinabstürzte. Als der Kopf sich in furchterregende Höhe emporgeschoben hatte, begann das Floß, den glatten feuchten Leib hinabzurutschen. Entsetzt sahen sie zu, wie sich das Gefährt nach vorn senkte und immer schneller den Hals des Wesens hinabjagte. Irene stieß einen weiteren Schrei aus und klammerte sich an Dor, während ihre Körper jedes Eigengewicht zu verlieren schienen.

Sie jagten hinab. Doch der Bandfisch bäumte sich immer wieder auf, so daß stets ein neuer Hügel entstand, bevor sie das Wasser berührten. Auf diese Weise jagten sie mit schwindelerregender Geschwindigkeit das Geschöpf hinunter, ohne dabei jemals das Wasser zu berühren.

»Wir reisen ja landwärts!« sagte Dor ehrfürchtig. »Das Ungeheuer befördert uns in die richtige Richtung!«

»Damit vergnügt er sich«, erklärte Grundy. »Der Bandfisch schaufelt Gegenstände auf seinen Rücken und läßt sie seinen Körper entlangrutschen. Der Aal hat ihn einfach in Anspruch genommen, weil er gerade da war und uns nützen konnte.«

Als sie feststellte, daß sie schließlich doch nicht in Gefahr waren, gewann Irene ihre Selbstsicherheit zurück. »Laß mich gefälligst los!« fauchte sie Dor an, als sei er es gewesen, der mit dem Grapschen angefangen hatte.

Der Bandfisch schien unendlich lang zu sein, denn das Floß glitt und glitt immer weiter. Da merkte Dor, daß der Kopf des Ungeheuers unter Wasser seinem Schwanz gefolgt war; das Wesen verpaßte ihnen also einen zweiten Durchgang. Die Küste kam immer näher.

Schließlich waren sie am Ziel. Der Bandfisch war des Spiels überdrüssig geworden und warf sie mit einem riesigen Platscher ab. Die Binsen schafften es mit letzter Mühe an den Strand, dann gaben sie ihren Geist auf, und das Floß begann abzusacken.

Die Sonne befand sich schon dicht über dem westlichen Horizont und raste weiter, um ihnen den letzten Rest des Tages abzuschneiden, bevor sie weiterreisen konnte. Bald würde die goldene Kugel wieder im Wasser erlöschen. »Wir sollten von jetzt ab zu Fuß gehen, meine ich«, bemerkte Chet. »Heute schaffen wir es sowieso nicht mehr bis zur Zentaureninsel.«

»Wir können uns ihr aber nähern«, meinte Dor. »Für den Augenblick habe ich sowieso die Nase voll von Wasserfahrzeugen.« Die anderen stimmten ihm zu.

Als erstes machten sie eine Pause, um Nahrung zu suchen. Sie fanden reife Wildfruchtkuchen und eine Wasserkastanie, die trinkbares Wasser spendete, so daß Irene ihren geschrumpften Samenvorrat nicht anzugreifen brauchte. Sie fand sogar neue, weitere Samen.

Plötzlich sprang etwas hinter einem Baum hervor und jagte auf Dor zu. Ohne nachzudenken riß er sein magisches

Schwert heraus – und das Wesen blieb abrupt stehen, wirbelte herum und jagte davon. Es schien nur aus Haaren und Zorn zu bestehen.

»Was war das denn?« fragte Dor zitternd.

»Das ist ein Springinsfeld«, sagte der nächstgelegene Stein.

»Was ist denn ein Springinsfeld?« fragte Irene.

»*Dir* brauche ich nicht zu antworten«, entgegenete der Stein. »Da beißt du bei mir auf Granit.«

»Antworte ihr!« befahl Dor.

»Ooooch. Na gut. Es ist genau das, was ihr gesehen habt.«

»Diese Antwort ist uns keine besondere Hilfe«, bemerkte Irene.

»Du selbst auch nicht, Puppe«, sagte der Stein. »Ich habe schon scheckige Schlangen gesehen, die einen besseren Teint hatten als du.«

Von der Meeresreise zerzaust und arg mitgenommen wie sie war, befand sich Irene nicht gerade auf dem Höhepunkt ihrer Schönheit. Doch nun war ihre Eitelkeit provoziert worden. »Ich kann dich vom Unkraut ersticken lassen, Mineral!«

»Ach ja, Grünschnabel? Versuch's doch mal!«

»Unkraut – wachse!« befahl sie und zeigte auf den Stein. Sofort begann das Unkraut um ihn herum zu sprießen.

»Das beste Unkraut wo gibt!« rief das Unkraut. Erstaunt musterte Dor es näher, denn sein Talent erstreckte sich nicht auf Lebewesen. Da bemerkte er, daß etwas Sand, der an der Pflanze klebte, gesprochen hatte.

»Nicht zu fassen!« sagte der Stein. »Sie versucht's tatsächlich!«

Der Stein war inzwischen von dem Grünzeug fast völlig bedeckt. »Schon gut, schon gut, Puppe! Aber wisch erst mal diese Schrottgewächse aus meinem Gesicht!«

»Hört auf zu wachsen!« befahl Irene dem Unkraut, das mit einem frustrierten Rascheln aufhörte. Sie trat es in den Boden.

»Hübsche Beine hast du aber«, bemerkte der Stein. »Und das ist noch nicht mal alles.«

Irene, die über dem Stein gestanden hatte, machte einen Satz zur Seite. »Du sollst lediglich nur meine Frage beantworten.«

»Die Dinger springen einfach hervor, erschrecken die Leute und hauen ab«, sagte der Stein. »Sie sind harmlos. Sie sind vor gar nicht allzu langer Zeit aus Mundania herübergekommen, als die Mundanier aufgehört haben, an sie zu glauben. Sie haben gar nicht den Mumm, irgend etwas Böses zu tun.«

»Danke«, sagte Irene, zufrieden mit ihrem Sieg über den frechen Stein.

»Ich glaube, das Gras muß noch ein bißchen runtergetrampelt werden«, schlug der Stein ihr vor.

»Nicht solange ich einen Rock anhabe.«

»Ooooccch ...«

Sie beendeten ihr Mahl und machten sich auf den Weg nach Süden. Der Tag war zwar schon fast zu Ende, aber sie mußten eine vernünftige Lagerstelle für die Nacht suchen. Dor befragte weitere Steine, um sicherzugehen, daß nichts Gefährliches in der Gegend lauerte; doch diese Insel schien einigermaßen sicher zu sein. Vielleicht hatte sich das Blatt ja gewendet, so daß sie ihr Ziel möglicherweise ohne weitere Mißgeschicke erreichen würden.

Doch als die Abenddämmerung einbrach, gelangten sie an die Südküste der Insel. Ein schmaler Kanal trennte sie von der nächstgelegenen Insel in der Kette.

»Vielleicht bleiben wir über Nacht besser hier«, sagte Dor. »Diese Insel scheint sicher zu sein, und wir wissen nicht, was uns auf der nächsten erwartet.«

»Außerdem bin ich müde«, warf Irene ein.

Sie ließen sich zur Nacht nieder, geschützt von einem Palisadenzaun aus Spargelspitzen, die Irene eigens dafür wachsen ließ. Der Springinsfeld griff das Staket unentwegt an und lief immer wieder davon, ohne Schaden anzurichten.

Chet und Krach, die am größten waren, legten sich an

den Außenrand des kleinen Geheges. Grundy brauchte kaum Platz, so daß er nicht wirklich zählte. Dor und Irene waren in der Mitte zusammengepfercht. Doch nun hatte sie Platz und Zeit genug, sich hinzulegen, ohne ihn zu berühren. Na ja.

»Weißt du, dieser Stein hat durchaus recht«, meinte Dor. »Du hast wirklich hübsche Beine. Und das ist noch längst nicht alles.«

»Schlaf jetzt«, sagte sie, keineswegs unerfreut.

Am nächsten Morgen trieb ein großer, rundlicher Gegenstand im Kanal. Dor gefiel das nicht. Sie mußten an ihm vorbeischwimmen, um die Nachbarinsel zu erreichen. »Ist das ein Tier oder eine Pflanze?« fragte er.

»Keine Pflanze«, erwiderte Irene. Sie hatte ein Gespür für so etwas, da es in Beziehung zu ihrer Magie stand.

»Ich werde mit ihm sprechen«, sagte Grundy. Er gab eine komplizierte Reihe von Pfiffen und beinahe unhörbaren Grunzern von sich. Ein großer Teil seiner Kommunikation war für andere undurchschaubar, weil manche Tiere und die meisten Pflanzen nichtmenschliche Organe verwendeten. Kurz darauf erklärte er: »Es ist eine Seenessel, ein pflanzenähnliches Tier. Dieser Kanal ist ihr Revier, und sie wird jeden zu Tode stechen, der dort eindringt.«

»Wie schnell kann sie denn schwimmen?« fragte Irene.

»Schnell genug«, meinte Grundy. »Sie sieht zwar nicht nach viel aus, aber sie kann was. Wir könnten uns in zwei Gruppen aufteilen, dann erwischt sie vielleicht nur die Häfte von uns.«

»Vielleicht überläßt du das Denken lieber Leuten, die dafür besser ausgerüstet sind«, meinte Chet.

»Wir müssen sie entweder von dort wegschaffen oder sie neutralisieren«, sagte Dor. »Ich werde versuchen, sie mit meinem Talent wegzulocken.«

»In der Zwischenzeit werde ich mal lieber meine Schockblume wachsen lassen«, sagte Irene.

»Danke für dein uneingeschränktes Vertrauen.« Doch

Dor konnte es ihr nicht wirklich verübeln; er hatte zwar schon öfter Ungeheuer mit seinem Talent austricksen können, doch so etwas hing immer vom Wesen und der Intelligenz des jeweiligen Monsters ab. Bei dem Wasserdrachen hatte er es gar nicht erst versucht, weil er gewußt hatte, daß es zwecklos gewesen wäre. Diese Seenessel war eine weitgehend unbekannte Größe. Auf jeden Fall sah sie alles andere als schlau aus.

Er konzentrierte sich auf das Wasser in unmittelbarer Nähe der Nessel. »Kannst du imitieren?« fragte er es. Unbelebte Dinge meinten oft, daß sie ein solches Talent besaßen, und je weniger sie davon aufwiesen, um so eitler waren sie deswegen. Vor Jahren hatte er einmal Wasser dazu bewegt, seine eigene Stimme nachzuahmen, womit er einem Tritonen eine neckische kleine Herumjagerei beschert hatte.

»Nein«, sagte das Wasser.

Oho. »Na ja, dann sprich mir einfach nach: ›Seenessel, du bist ein großer Blubberklumpen.‹«

»Hä?« fragte das Wasser.

Es hatte ja so kommen müssen, daß er eines Tages einem dummen Gewässer über den Weg laufen würde! Manches Wasser besaß einen perlenden, sprudelnden Witz; andere Gewässer wiederum lagen bloß rum wie tote Pfützen. »Blubberklumpen!« wiederholte er.

»Du aber auch!« erwiderte das Wasser.

»Sag das jetzt zu der Seenessel.«

»Du aber auch!« sagte das Wasser zu der Seenessel.

Dors Begleiter lächelten. Irenes Pflanze wuchs prächtig.

»Nein!« fauchte Dor, dessen Geduldsfaden riß. »Blubberklumpen!«

»Nein Blubberklumpen!« fauchte das Waser.

Die Stacheln der Seenesseln zappelten. »Sie sagt ›Danke‹«, meldete Grundy.

Es war hoffnungslos. Übelgelaunt gab Dor es auf.

»Die Pflanze ist bald soweit«, sagte Irene. »Sie ist ein bißchen wie die Gorgone; sie kann dich nicht lähmen, solange du sie nicht anblickst. Deshalb bauen wir uns wohl alle am besten mit dem Rücken zu ihr auf – und bloß nicht nach hinten spicken! Es gibt kein Zurück mehr – sobald eine solche Pflanze reif ist, kann ich sie nicht mehr aufhalten.«

Sie stellten sich in einer Reihe auf. Dor hörte das Rascheln der schnell wachsenden Blätter hinter seinem Rücken. Das war wirklich ein heikles Unterfangen!

»Sie blüht schon«, sagte Grundy. »Sie spürt bereits die eigene Kraft. O weh, das ist aber ein schlimmes Exemplar!«

»Natürlich ist es ein schlimmes Exemplar«, meinte Irene. »Ich habe schließlich den besten Samen ausgesucht. So, jetzt watet in den Kanal hinein. Die Blume wird zuschlagen, bevor wir die Seenessel erreicht haben, und wir müssen ihre Aufmerksamkeit in ihre Richtung lenken.«

Sie wateten ins Wasser. Dor fiel ein, wie beengend seine Kleidung im Wasser sein würde. Er wollte nichts Hinderliches anhaben, während er an der Nessel vorbeischwamm. Er begann damit, sich auszuziehen. Irene, die offenbar denselben Gedanken gehabt hatte, zog eilig ihren Rock und ihre Bluse aus.

»Dor hat recht«, bemerkte Grundy. Er saß auf Chets Rükken. »Du hast wirklich hübsche Beine. Und das ist noch längst nicht alles.«

»Wenn dein Blick zu weit abschweifen sollte«, sagte Irene ruhig, »könnte es sein, daß er sich der Schockblume nähert.«

Grundys Kopf ruckte wieder vor. Aber Dor war sicher, daß Irene grimmig grinste. Manchmal glich sie verblüffend ihrer Mutter.

»He, die Blume bricht los!« rief Grundy. »Ich merke es an dem, was sie sagt. Was für eine Hitze das Ding ausstrahlt!«

Tatsächlich, auch Dor spürte eine Art Hitze auf seinem nackten Rücken. Die Kraft der Blume kam schon zur Geltung.

Doch die Seenessel wirkte unbeeindruckt. Sie zappelte auf sie zu. Ihre Kopfpartie besaß ringsum Kiemenlamellen wie ein Fliegenpilz.

»Die Nessel sagt, sie wird uns derart fies pieken, daß

wir – oooh, das ist aber obszön!« sagte Grundy. »Mal sehen, ob ich das vernünftig übersetzt bekomme ...«

»Weitergehen!« befahl Irene. »Die Blume droht!«

»Jetzt singt die Blume ihr Schlachtlied«, meldete Grundy und fing an zu singen. »Ich bin die Zockblume, bin die SCHOCKblume!«

Beim Wort »Schock« gab es einen Strahlenstoß, der ihnen Blasen auf den Rücken brannte. Dor und die anderen stürzten sich ins Wasser, um sich abzukühlen.

Die Seenessel, die mit dem Gesicht zur Blume schwamm, versteifte sich. Ihre Oberfläche wurde glasig, und ihr Wogen versteinerten. Die Antennen verblaßten und wurden brüchig: Sie war gelähmt worden.

Sie schwammen an der Nessel vorbei. Das Ungeheuer reagierte nicht. Dor sah, wie sich seine mit Stechtentakeln bewehrten Massen tief ins Wasser erstreckten. Das Ding hätte sie wirklich alle erledigen können.

In einer Reihe schwammen sie fort: Chet mit Grundy an der Spitze, dann Dor, Krach und schließlich Irene. Er wußte, daß sie recht gut schwimmen konnte; sie hielt sich hinten, damit die anderen ihre Nacktheit nicht begutachten konnten. Eigentlich war sie deswegen gar nicht so prüde; es war nur, daß sich ihr Sinn für Anstand gleichzeitig mit ihrem Körper immer mehr entwickelte; ebensowohl auch ihr Instinkt dafür, das, was sie an Werten besaß, rar zu machen, damit es auch wertvoll blieb. Es funktionierte hervorragend: Dor war inzwischen wesentlich neugieriger, was ihren Körper anging, als er es gewesen wäre, wenn er ihn jederzeit unbekleidet hätte sehen können. Doch er wagte es nicht, zurückzublicken; die lähmende Strahlung der Schockblume hämmerte immer noch gegen seinen Hinterkopf.

Sie kamen in seichtes Gewässer und stampften an Land. »Immer weitergehen, bis wir vor der Blume geschützt sind«, rief Irene. »Bloß nicht zurückblicken, egal was passiert!«

Dor bedurfte ihrer Warnung nicht. Er spürte, wie die Lähmungshitze seinen Rücken hinabfuhr, seine Hinterbakken bestrich und schließlich auch seine Waden, während er nach und nach aus dem Wasser kam. Was für ein Ungeheuer Irene da losgelassen hatte! Aber es hatte seine Aufgabe erfüllt, während sein eigenes Talent versagt hatte; es hatte sie alle sicher an der Seenessel vorbei durch den Kanal gebracht.

Sie fanden eine Gruppe purpurgrüner Sträucher, und es gelang ihnen, sich zwischen sie und die Schockblume zu manövrieren. Jetzt konnte Dor seine Kleider wieder anlegen; er hatte sie dadurch trocken gehalten, daß er sie zwischen den Zähnen hielt, während er das magische Schwert an seinen nackten Körper geschnallt hatte.

»Du hast auch hübsche Beine«, sagte Irene hinter ihm, was ihn einen Satz machen ließ. »Und das ist noch längst nicht alles.«

Dor merkte, wie er errötete. Na ja, das war wohl zu erwarten gewesen. Irene war bereits angezogen; Mädchen konnten ihre Kleidung äußerst schnell wechseln, wenn sie wollten.

Sie schritten weiter in Richtung Süden, doch es dauerte noch eine ganze Weile, bevor Dor sich traute, zurückzublicken. Diese Schockblume ...

Chet blieb stehen. »Was ist denn das?« fragte er.

Sie erblickten ein flaches Holzschild, das im Boden stak. Darauf stand in säuberlichen Druckbuchstaben: FÜR DIE LEUNDEN GIBT ES KEIN GESETZ.

Es war zwar offensichtlich, daß keiner von ihnen diese Botschaft verstand, aber es wollte sich auch keiner an Spekulationen über ihre Bedeutung wagen. Schließlich fragte Dor das Schild: »Droht uns hier in der Nähe irgendeine Gefahr?«

»Nein«, erwiderte das Schild.

Sie gingen weiter, und jeder hing seinen eigenen Gedanken nach. Sie hatten die Insel nackt betreten; ob es da wohl einen Zusammenhang gab? Doch das Schild war ja schon viel früher aufgestellt worden. Vielleicht ein Schreibfehler? fragte sich Dor. Doch da seine eigene Rechtschreibung so miserabel war, zögerte er, voreilig einen derartigen Schluß zu ziehen.

Nun gelangten sie an ein dicht bewachsenes Marschgebiet. Die Bäume waren recht klein, wuchsen aber dicht beieinander. Dor und Irene konnten sich zwar zwischen ihnen hindurchquetschen, doch Krach konnte es nicht, und für Chet war es sowieso völlig unmöglich.

»Juchhe, juchhe, ich mach 'n See!« sagte Krach und ließ seine Bratpfannenfäuste spielen. Wenn er die Bäume ausriß, würde tatsächlich nichts übrigbleiben als ein mehr oder weniger freies Schlammgewässer.

»Nein, wir wollen erst einmal sehen, ob es hier irgendwo vielleicht doch einen Durchgang gibt«, wiegelte Dor ab. »König Trent hat es aus irgendeinem Grund nie geschätzt, wenn wilde Gebiete willkürlich zerstört wurden. Und wenn wir zuviel Lärm machen, könnte das alle möglichen Ungeheuer anlocken, was immer hier hausen mag.«

Sie umrundeten das Dickicht und standen schon bald vor einem weiteren Schild: DIE LEUNDEN KENNEN KEINE GRENZEN. Daneben war ein sauberer, trockener Pfad durch den Wald, der etwas erhöht über dem Sumpf dalag.

»Irgendwelche Gefahren hier?« fragte Dor.

»Nicht viele«, meinte das Schild.

Sie benutzten den Pfad. Als sie ins Dickicht vorstießen, hörten sie Rascheln in den Bäumen und Schmatzen im unter ihnen liegenden Sumpf. »Was ist das für ein Geräusch?« fragte Dor, erhielt jedoch keine Antwort. Dieser Wald war so dicht, daß es nichts Unbelebtes darin gab; das Wasser war von grünen Gewächsen überwachsen, und der Pfad selbst bestand aus lebenden Wurzeln.

»Ich versuch's mal«, meinte Grundy. Er sagte etwas in Baumsprache und meldete einen Augenblick später: »Es sind Faulzahnratten und Fadwürmer; nichts Bedrohliches, solange wir ihnen nicht den Rücken zukehren.«

Das Scharren und Schmatzen wurde immer lauter. »Aber die sind doch überall um uns!« protestierte Irene. »Wie können wir es da vermeiden, ihnen den Rücken zuzukehren?«

»Wir können uns nach allen Richtungen absichern«, sagte Chet. »Ich gehe voran; Grundy kann mit dem Gesicht nach hinten gewandt auf mir reiten; die anderen bewachen die Flanken.«

Das taten sie auch, wobei Krach die linke, Dor und Irene die rechte Flanke sicherten. »Aber seht bloß zu, daß wir hier bald rauskommen!« sagte Irene.

»Ich frage mich, was diese Leunden wohl für eine Stellung haben, denn dies scheint ihr Pfad zu sein«, bemerkte Dor.

Wie als Antwort auf seine Frage kamen sie an ein weiteres Schild: DIE LEUNDEN SIND DIE KÖNIGE DES DSCHUNGELS. Offenbar wagten es weder Faulzahnratten noch Fadwürmer, die Leunden zu belästigen.

»Das macht mich immer neugieriger«, sagte Irene. »Jagen sie, fressen sie, spielen sie mit ihren Artgenossen? Was sind das für Wesen?«

Dor fragte sich auch so einiges, zögerte jedoch, es offen auszusprechen. Was, wenn es doch ein Schreibfehler war? Wenn das »U« zuviel war? Wie würden die dann wohl jagen, essen und spielen?

Sie eilten weiter und kamen schließlich aus dem Dickicht ins Freie – um auf ein weiteres Schild zu stoßen. DIE LEUNDEN WERDEN BEI DEN LÄMMERN LIEGEN.

»Was sind denn Lämmer?« fragte Irene.

»Mundanische Wesen«, erwiderte Chet. »Es heißt, sie seien harmlos, weich und kuschelig, aber dumm.«

»Ja, so was mögen die Leunden bestimmt«, brummte Irene finster.

Noch immer sagte niemand etwas über seine Vermutungen. Sie schritten weiter bis zur Südspitze dieser langen Insel. Die gesamte Küste Xanths, erklärte Chet, war durch Blockaderiffs geschützt, die sich zu Inselketten entwickelt hatten. Diese Route war so gut und sicher, wie sie es sich ohne Boot nur hätten wünschen können. Auf der Insel konnte es nicht viele große Raubtiere geben, da ihr Jagdrevier zu klein gewesen wäre, und die Meereswesen konnten nicht ganz bis ins Innere der Insel vorstoßen. Doch kein

Teil Xanths war völlig sicher. Alle warteten sie darauf, diese Insel der Leunden zu verlassen.

Als sie den Strand erreichten, trafen sie auf ein weiteres Schild: STOLZ DER LEUNDEN. Hinter ihnen erscholl ein Gebrüll, hinten im Dickicht. Irgend etwas kam da auf sie zu – und wer hätte da wohl gezweifelt, was das sein konnte?

»Wollen wir den Stolz der Leunden kennenlernen?« fragte Chet rein rhetorisch.

»Aber wollen wir *da* durchschwimmen?« konterte Grundy.

Vor ihnen war eine Flotte Tigerhaie im Wasser erschienen. Jeder von ihnen besaß eine Segelflosse und einen Tigerkopf. Sie drängten sich so nahe ans Ufer, wie es nur ging, und hießen sie mit hungrigem Knurren willkommen.

»Schätze, wir haben wieder mal die Wahl zwischen Drachen und Dünen«, brummte Grundy.

»Die Tigerhaie kann ich aufhalten«, sagte Irene. »Ich habe einen Krakentang dabei.«

»Und ich habe noch immer den Hypnokürbis, der sollte die Leunden eigentlich aufhalten können«, meinte Chet. »Vorausgesetzt, es handelt sich um einen Schreibfehler. Es gibt ein mundanisches Ungeheuer, das so aussieht wie das Vorderteil eines Tigerhais, es heißt Leu oder …«

»Ich mich freu – ich prügle Leu!« sagte Krach.

»Das können viele sein«, meinte Chet.

»Wir müssen von hier weg!« rief Grundy. »Oje, als ich noch ein echter Golem war, habe ich mir nie Sorgen um meine Haut gemacht!«

»Vielleicht warst du damals ja auch nicht so unausstehlich«, entgegnete Irene. »Außerdem hattest du auch gar keine Haut!«

Doch vor ihnen lag nur der Strand – und die Tigerhaie folgten ihnen im Wasser. »Auf diesem Weg entgehen wir weder der einen noch der anderen Bedrohung«, sagte Irene schließlich. »Ich setze jetzt meinen Kraken.« Sie warf einen Samen ins Wasser. »Wachse, Tang!«

Chet streckte den Hypnokürbis vor, den er durch alle bisherigen Fährnisse gerettet hatte. Mit einer Hand bedeckte er das Guckloch. »Ich werde das Ding doch lieber dem ersten Leunden vorhalten.«

Krach trat neben ihn. »Nummer zwei und drei – hau ich dann zu Brei«, sagte er mit geballten Riesenfäusten.

»*Du* bist doch der Magier«, sagte Grundy zu Dor. »Unternimm doch irgend etwas!«

Dor versuchte es blindlings. »Irgend etwas – gibt es hier einen Ausweg?«

»Dachte schon, du würdest mich nie fragen«, sagte der Sand zu seinen Füßen. »Natürlich gibt es einen Ausweg.«

»Kennst du einen Weg?« fragte Dor erleichtert.

»Nein.«

»Um Himmels willen, das ist ja nicht zu fassen!« schrie Irene. »Was für ein Idiot!«

»Du wärst auch ganz schön blöde, wenn man dein Gehirn zu Staub zermahlen hätte«, erwiderte der Sand pikiert.

»*Den* da habe ich gemeint!« sagte sie und zeigte auf Dor. »Kaum zu glauben, daß man so was Magier schimpft! Alles, was der kann, ist, mit nutzlosem Krempel wie dir den Bauchredner spielen!«

»Da gibst du's ihm aber!« freute sich der Sand. »Da schleuderst du ihm aber wirklich Sand in die Augen!«

»Warum hast du behauptet, daß es einen Ausweg gibt, wenn du ihn nicht kennst?« verlangte Dor zu wissen.

»Weil mein Nachbar der Knochen einen kennt.«

Dor entdeckte den Knochen und befragte ihn. »Was ist das für ein Ausweg?«

»Der Tunnel, du Blödmann«, sagte der Knochen.

Der Lärm der stolzen Leunden wurde immer lauter. Die Tigerhaie bleckten die Zähne, als der wachsende Kraken sie zu bedrohen begann. »Wo ist dieser Tunnel?« fragte Dor.

»Direkt hinter dir, am Ufer«, sagte der Knochen. »Ich habe ihn versiegelt, bin drei Schritte gegangen und den Leunden zum Opfer gefallen.«

»Ich kann ihn nicht erkennen«, sagte Dor.

»Natürlich nicht, die Flut spült ja auch Sand darüber. Ich

bin der einzige, der den Tunnel noch ausfindig machen kann.«

Dor hob den Knochen auf. Er sah aus wie der Oberschenkelknochen eines Menschen. »Mach den Tunnel für mich ausfindig.«

»Genau da vorne, wo das Wasser am Strand leckt. Kratz den Sand weg.« Der Knochen hielt sich leicht schräg und wies ihm die Stelle.

Dor kratzte und entdeckte einen Felsblock. »Damit ist er versiegelt?« fragte er.

»Ja«, erwiderte der Knochen. »Ich hatte meinen Piratenschatz auf der Nachbarinsel vergraben und einen Tunnel hierher gegraben, damit niemand was davon merkt. Aber die Leunden ...«

»He, Krach!« rief Dor. »Wir haben hier einen Felsblock, den du mal wegräumen kannst.«

»Oh, das würde ich aber nicht tun«, warnte der Knochen. »Der ist ganz vorsichtig aufgelegt, einbruchsicher. Der Tunnel wird einstürzen.«

»Hm, wie kommen wir dann rein?«

»Ihr müßt den Balken mit einem Lufthaken ganz vorsichtig herausheben, ohne daß er sich zwischen den Tunnelwänden einklemmt.«

»Wir haben aber keinen Lufthaken!« rief Dor wütend.

»Natürlich nicht, das war ja auch schließlich mein Talent, als ich noch lebte. Niemand außer mir konnte den Balken sicher heben. Ich hatte an alles gedacht, nur nicht an die Leunden.«

Während der Knochen sprach, kroch der Kraken, der die Tigerhaie inzwischen vertrieben hatte, genüßlich auf den Strand zu. Bald würde er für sie eine weitaus größere Gefahr darstellen als die Tigerhaie.

»Machst du Fortschritte?« fragte Chet. »Ich will dich ja nicht drängen, aber ich schätze, daß wir noch knapp dreißig Sekunden haben, bevor die Leunden, was immer das nun für Wesen sein mögen, aus dem Dschungel hervorstürzen werden.«

»Chet!« rief Dor. »Mach diesen Balken zu einem Kiesel, aber es darf sich nichts verklemmen!«

Der Zentaur berührte den Balken, der sofort zusammenschrumpfte. Kurz darauf war er so klein wie ein Kieselstein und fiel in das Loch hinunter. Der Tunneldurchgang war offen.

»Spring rein!« rief Dor.

Irene wirkte erschrocken. »Wer, ich?«

»Nicht schlecht geraten«, meinte Grundy. »Willst du lieber herumstehen und die Leunden an deine Beine lassen.«

Irene sprang hinab. »He, das ist aber ein schöner Tunnel!« rief sie von unten herauf, und ihre Stimme klang hohl, durch das Echo. »Ich will nur schnell was wachsen lassen, damit es heller wird ...«

»Jetzt kommst du«, sagte Dor zu Chet. »Versuch den Tunnel nicht zum Beben zu bringen, er ist nicht befestigt.« Chet sprang mit erstaunlichem Feingefühl hinab, Grundy auf dem Rücken.

»So, Krach«, sagte Dor.

»Geh? Nee!« sagte der Oger und stellte sich mit dem Gesicht zu der drohenden Gefahr aus dem Binnenland auf. »Ich mich freu auf den Leu!« Und er donnerte eine Faust in die Fläche seiner anderen Riesenpranke.

Krach wollte das Ende sichern. Das war wahrscheinlich sogar das beste, sonst würden die Leunden sie noch durch den Tunnel verfolgen. »Stell dich direkt neben die Öffnung«, sagte Dor. »Wenn du fertig bist, spring rein und komm nach. Laß dir nicht zuviel Zeit damit. Bald ist der Krake hier, der dürfte die Leunden wohl aufhalten, schätze ich. Rauf dich nicht mit dem Kraken, der muß hier Wache halten, nachdem du nachgekommen bist.«

Der Oger nickte. Das Gebrüll der Leunden wurde immer lauter. Dor sprang in das Loch hinab.

Er fand sich in einem mannshohen Gang, der unter dem Kanal nach Süden führte. Das Licht, das durch die Öffnung eindrang, wurde schnell matter, doch Irene hatte klugerweise Sternblumen im Gang gepflanzt, deren winziges Glimmen den Weg markierte. Dor hielt inne, um seinen

Mitternachtssonnenstein auszuwickeln; dessen Strahl war eine große Hilfe.

Während Dor weiterschritt, hörte er draußen die stolzen Leunden nahen. Krach stieß ein erstauntes Grunzen aus. Dann hörte man, wie etwas gegen etwas anderes prallte. »Was ist los?« rief Dor besorgt.

»Der Oger hat gerade einen der niedlichen Leunden dem Kraken zum Fraß vorgeworfen«, antwortete der Kiesel am Tunneleingang. »Jetzt kämpft er gerade mit ihrem Anführer, Sir Leunden Steak. Das ist ein zäher Bursche!«

»Krach, komm nach!« rief Dor. »Strapazier dein Glück nicht!«

Die Stimme des Ogers klang gedämpft. »...ck!« war das einzige, was Dor verstehen konnte.

»Aua! Du benutzt aber Ausdrücke!« rief der Kiesel. »Dir sollte man das Maul mit Seifensteinlauge auswaschen!«

Kurz darauf kam Krach in den Tunnel gepoltert. Er mußte den Kopf einziehen, um nicht an der Decke anzustoßen. Über seiner haarigen Schulter hing ein Stück Krakentang. Offensichtlich hatte er die Leunden so lange abgewehrt, bis der Krake das Revier übernommen hatte. »Gehauen aufs Rudel – ein herrlicher Strudel!« erklärte er, und sein Mund verzerrte sich zu einem Lächeln, das einem qualmenden Blitzeinschlag in einen Baum glich. Wer glaubte, daß Oger keinen Sinn für Humor hatten, lag offenbar völlig falsch; Krach konnte ebenso herzlich lachen wie jeder andere, vorausgesetzt, der Witz war entsprechend simpel.

»Wie sahen die Leunden denn aus?« fragte Dor, von einer geradezu morbiden Neugier gepackt.

Krach hielt nachdenklich inne, dann gab er eine seiner seltenen nichtrhythmischen Äußerungen von sich: »Ho ho ho ho ho!« dröhnte er – und da begann der gebrechliche Gang um sie herum einzubrechen. Steine lösten sich aus der Decke, und durch die Wände sickerte Feuchtigkeit.

Dor und der Oger flohen. Jetzt war Dors Neugier merklich geschwunden – er wollte nur noch lebend aus dem Tunnel gelangen. Immerhin befanden sie sich unter dem

Meer, und die Wassermassen konnten sie zerquetschen, wenn der Gang vollends einstürzen sollte. Auch ein einzelnes Leck würde den Tunnel überfluten. Nicht einmal ein Oger konnte ein ganzes Meer aufhalten.

Sie stießen zu den anderen vor. Hinter ihnen war kein Krachen zu hören; der Tunnel war nicht eingestürzt. Noch nicht.

»Dieser Ort macht mich nervös«, sagte Irene.

»Es gibt nur einen Weg – vorwärts«, entgegnete Chet. »Und zwar schnell.«

Der Gang schien nicht aufhören zu wollen, doch immerhin führte er nach Süden. Es mußte den Piraten eine Menge Arbeit gekostet haben, den Tunnel auszuheben, selbst mit der Hilfe seines Lufthakens. Welch eine Ironie, daß er danach an den Leunden gescheitert war! Sie eilten vorwärts in die Tiefe und wurden immer nervöser, je tiefer sie kamen. Zu allem Überfluß wurde der Boden des Gangs immer klammer und schließlich sogar schlammig. Ein dünnes Wasserrinnsal tropfte hinein – und schon bald war es deutlich, daß das Wasser immer höher stieg.

Hatte das Lachen des Ogers etwa doch einen Riß in der Tunnelwand erzeugt? Dann waren sie geliefert. Dor wagte es nicht, diese Möglichkeit überhaupt auszusprechen.

»Die Flut!« sagte Chet. »Die Flut kommt – und überspült den Eingang. Der Gang füllt sich mit Wasser.«

»Ach so! Gut«, sagte Dor erleichtert.

Vier Augenpaare richteten sich auf ihn.

»Äh, ich hatte schon befürchtet, daß der Gang am Einstürzen wäre«, ergänzte Dor lahm. »Die Flut ... na ja, das ist ja nicht ganz so schlimm.«

»In dem Sinne, daß ein langsamer Tod besser ist als ein schneller«, meinte der Zentaur.

Der dachte darüber nach. Aus seiner vagen Furcht wurde galoppierendes Entsetzen. Wie konnten sie dieser Gefahr entgehen? »Wie lang ist der Tunnel noch?« fragte Dor.

»Ihr habt die Hälfte hinter euch gebracht«, erwiderte der Gang. »Aber ihr werdet noch eure liebe Müh und Not mit der Einsturzstelle haben.«

»Einsturzstelle!« quiekte Irene. In Augenblicken der Krise neigte sie zur Hysterie.

»Klar doch«, meinte der Tunnel. »Da gibt's keinen Ausweg.«

Einen Augenblick später, das Wasser stieg ihnen bereits bis an die Knöchel, standen sie davor – ein Geröllhaufen versperrte den Durchgang.

»Ich mach kaputt diesen Schutt«, sagte Krach hilfsbereit.

»Äh, warte mal«, dämpfte Dor seinen Eifer. »Wir wollen schließlich nicht, daß der ganze Ozean auf einmal über uns zusammenbricht. Wenn Chet vielleicht die Geröllstücke in Kiesel verwandelt, während Krach die Decke abstützt ...«

»Nützt nicht«, warf Chet ein. »Falsche Statik. Wir brauchen einen Rundbogen.«

»Ich stütze ab, wir hauen ab«, bot Krach sich erneut an. Er begann, einen Bogen aus herumliegenden Geröll zu bauen. Doch dabei rollten weitere Steine mit Geplatsche ins Wasser.

»Vielleicht kann ich den Haufen stabilisieren«, sagte Irene. Sie suchte einen Samen und ließ ihn ins Wasser fallen. »Wachse!«

Die Pflanze versuchte es, aber es gab nicht genügend Licht. Dor ließ seinen Sonnenstein auf sie scheinen, da begann die Pflanze zu gedeihen. Mehr brauchte sie nicht; Juwels Geschenk begann sich als nützlich zu erweisen!

Schon bald nahm eine reich beblätterte Klette Form und Gestalt an. Wurzeln gruben sich in den Sand, Schlingarme packten die Steine, und grüne Blätter bedeckten die Wand des Tunnels. Nun konnte Krach nicht mehr so leicht die für den Bogen erforderlichen Steine herausreißen, ohne die Pflanze zu verletzen.

»Ich glaube, wir schaffen es auch ohne Bogen«, meinte Chet. »Die Pflanze hat das Geröll befestigt.« Er berührte einen großen Steinbrocken, machte ihn zu einem kleinen Kiesel und berührte immer weitere. Bald darauf war der Gang bis zum Ende wieder frei.

Doch die Verzögerung hatte ihren Preis gefordert: Nun

reichte ihnen das Wasser bereits bis zu den Knien. Planschend stapften sie vorwärts.

Zum Glück hatten sie sich bereits an der tiefsten Stelle befunden. Als sie den vor ihnen liegenden Anhang hinaufmarschierten, ließ die Wassertiefe nach. Doch sie wußten, daß dies nur eine vorübergehende Erleichterung war; es würde nicht mehr lange dauern, bis der ganze Gang überflutet war.

Da erreichten sie das Ende des Ganges – nun standen sie in einer Kammer, in der ein einfacher Holztisch stand, auf dem Gegenstände lagen, welche mit einem Tuch bedeckt waren.

Zögernd stellten sie sich einen Augenblick um den Tisch. »Ich weiß nicht, welcher Schatz uns jetzt noch helfen kann«, sagte Dor und riß das Tuch herunter.

Da lag der Schatz des Piraten vor ihnen: ein Haufen mundanischer Goldmünzen – es mußten mundanische sein, da man in Xanth keine Münzen prägte –, ein Bottich voller Diamanten und ein winziger versiegelter Krug.

»Schade«, sagte Irene. »Nichts Nützliches. Und das ist das Ende des Tunnels. Wahrscheinlich hat der Pirat ihn beim Graben hinter sich zugeschüttet, damit es nur einen Zugang gibt. Ich muß eine große Rohrschachtpflanze pflanzen, in der Hoffnung, daß sie eine kräftige Röhre an die Oberfläche stößt, und daß es über uns kein Wasser gibt. Die Rohrschachtpflanze ist nicht wasserdicht. Wenn das scheitern sollte, kann Krach versuchen, ein Loch in die Decke zu schlagen, und Chet kann die herabstürzenden Balken verkleinern. So kommen wir vielleicht gerade noch mit dem Leben davon.«

Dor war erleichtert. Wenigstens bekam Irene keinen hysterischen Anfall. Wenn Not am Mann war, hatte sie offenbar doch das erforderliche Rückgrat.

Grundy stand auf dem Tisch und kämpfte mit dem Dekkel des Krugs. »Wenn Gold wertvoll ist und Edelsteine wertvoll sind, dann ist das hier vielleicht das Wertvollste von allem.«

Doch als der Deckel entfernt war, stellte sich heraus, daß der Krug lediglich eine Salbe enthielt.

»Ist das dein Schatz?« fragte Dor den Knochen.

»O ja, der wertvollste aller Schätze«, versicherte ihm der Knochen.

»In welcher Hinsicht?«

»Na ja, das weiß ich eigentlich auch nicht. Aber der Bursche, von dem ich mir das Zeug geholt habe, hat buchstäblich bis zum letzten Blutstropfen gekämpft, um die Salbe zu behalten. Er hat mich mit Gold bestochen, die Diamanten verschenkt und sich geweigert, sich von der Salbe zu trennen. Er ist gestorben, ohne mir zu verraten, wozu sie dient. Ich habe versucht, sie auf Wunden und Verbrennungen zu streichen, aber da hat sie nichts bewirkt. Wenn ich gewußt hätte, wozu sie dient, hätte ich damit vielleicht die Leunden vernichten können.«

Dor stellte fest, daß er nur wenig Sympathie mit dem Piraten hatte, der genauso gestorben war, wie er gelebt hatte – ruhmlos. Doch die Salbe faszinierte ihn immer mehr, und zwar nicht nur, weil er bereits knietief im Wasser stand. »Salbe, was hast du für Eigenschaften?« fragte er.

»Ich bin eine magische Salbe, mit der man auf Rauch und Dampf gehen kann«, erwiderte sie stolz. »Man braucht mich nur auf die Fuß- oder Stiefelsohlen zu schmieren, dann kann man jeden Pfad auf dem Himmel entlangschreiten, den man sehen kann. Natürlich hält die Wirkung nur einen Tag pro Aufstrich an, ich werde nämlich abgeschlurft, müßt ihr wissen. Bei mehrmaliger Anwendung allerdings ...«

»Danke«, unterbrach Dor sie. »Das ist wirklich eine sehr gute Magie. Aber kannst du uns auch helfen, aus diesem Tunnel zu entkommen?«

»Nein, ich sorge dafür, daß Nebel fest aussieht, nicht dafür, daß Felsgestein neblig wird. Dafür braucht ihr eine andere Salbe.«

»Wenn ich das gewußt hätte«, sagte der Knochen trübe,

»dann wäre ich den Leunden entkommen. Wenn ich doch nur ...«

»Geschieht dir ganz recht, du Teufel von einem Piraten!« sagte sie Salbe. »Du hast genau das bekommen, was du verdient hast. Ich hoffe, du hast deine Lektion geleundt!«

»Hör mal, Fettpott ...«, erwiderte der Knochen.

»Genug«, sagte Dor. »Wenn keiner von euch einen Vorschlag machen kann, wie wir hier rauskommen, dann seid still.«

»Das macht mich mißtrauisch«, sagte Chet. »Der Pirat hat diesen Schatz geraubt, hat ihn aber nicht mehr genießen können. Frag mal, ob da ein Fluch mit im Spiel ist.«

»Ist das der Fall, Salbe?« fragte Dor, den dieser Einfall überraschte.

»Klar doch«, gab sie zu Antwort. »Habe ich das nicht erwähnt?«

»Hast du nicht«, sagte Dor. Wieviel Unheil hatte Chets Wachsamkeit wohl von ihnen abgewendet? »Was ist das für ein Fluch?«

»Wer mich benutzt, wird noch vor dem nächsten Vollmond irgend etwas ganz Schlimmes tun«, erklärte die Salbe voller Stolz. »Der Pirat hat das auch getan.«

»Aber ich habe dich doch nie benutzt!« protestierte der Knochen. »Ich wußte ja nicht mal, wozu du gut bist!«

»Du hast mich auf deine Wunden gestrichen. Das war zwar ein Mißbrauch – aber er zählte. Diese Wunden hätten auf Wolken spazierengehen können. Dann hast du deinen Kameraden umgebracht und den ganzen Schatz an dich gerissen.«

»Das war wirklich eine abscheuliche Tat!« stimmte Irene der Salbe zu. »Du hast dein Schicksal verdient!«

Der Knochen widersprach nicht.

»Huch!« sagte Chet. Er beugte sich hinab und riß sich etwas von seinem Vorderbein, das sich direkt unterhalb der steigenden Wasserlinie befand. Es war ein Tentakel des Kraken.

»Das habe ich befürchtet«, sagte Irene. »Dieser Tang entzieht sich meiner Kontrolle. Der wird nicht aufhören zu wachsen, auch wenn ich es ihm befehle.«

Dor zückte sein Schwert. »Ich werde die weiteren Tentakel abhauen«, sagte er. »Hier, am Ende des Tunnels, können sie nicht allzu dick daherkommen. Fang mit deiner Rohrschachtpflanze an, Irene.«

Sie blickte in ihren Samenbeutel. »Oh! Oh! Der Samen muß irgendwo unterwegs herausgefallen sein. Er ist nicht mehr da!«

Sie hatten eine stürmische Seereise auf dem Floß hinter sich; der Samen konnte irgendwo unterwegs herausgefallen sein. »Chet und Krach«, sagte Dor ohne jedes Zögern, »versucht, uns einen Weg nach draußen frei zu machen, wenn ihr könnt. Irene, wenn du noch eine Befestigungspflanze haben solltest ...«

Sie überprüfte den Beutel. »Die habe ich noch.«

Sie machten sich ans Werk. Dor stellte sich dem finsteren Tunnel entgegen, und während ihm das Wasser bis an die Hüften stieg, stach er mit seinem Schwert in das dunkle Naß und leuchtete mit seinem Sonnenstein hierhin und dorthin. Das Getöse des arbeitenden Ogers wurde immer lauter. »Wasser, sag mir, wenn ein Tentakel kommt!« befahl Dor. Doch der Lärm, den Krach beim Zertrümmern machte, war so laut, daß er die Warnungen des Wassers nicht hören konnte. Ein Tentakel schlang sich um seinen Knöchel und riß ihn von den Beinen. Keuchend spuckte er Wasser, während ein weiterer Tentakel seinen Schwertarm packte. Der Kraken hatte ihn – und er konnte nicht einmal um Hilfe rufen!

»Was ist denn da los?« fragte Grundy. »Willst du schwimmen gehen, während wir uns hier abrackern?« Dann begriff der Golem, daß Dor in Schwierigkeiten war. »He, warum sagst du denn keinen Ton? Merkst du etwa nicht, daß der Kraken dich erwischt hat?«

Der Kraken hatte ihn wirklich erwischt! Die Tentakeln zerrten ihn bereits in den Tunnel hinein, und er war schon halb ertrunken.

»Hm, irgend jemand muß da wohl eingreifen«, sagte

Grundy in einem Tonfall, als würde ihn irgendeine Kleinigkeit ärgern. »Hier, Kraken – magst du einen Keks?« Er hielt ihm eine Goldmünze entgegen, die fast so viel zu wiegen schien wie er selbst.

Ein Tentakel grapschte nach der Münze, doch kurz darauf merkte der Kraken, daß sie nicht eßbar war und ließ sie wieder fallen.

Grundy packte eine Handvoll Diamanten. »Versuch's doch mal mit diesen Steinbonbons«, schlug er vor. Die Tentakel schlangen sich um die Steine – und verletzten sich an ihren scharfen Kanten. Eiter tropfte ins Wasser, als die Tentakel schmerzerfüllt umherpeitschten.

»Das ist man eine Idee!« sagte Grundy. Er schwamm zu Dor hinüber und schnitt mit einem weiteren Diamanten in die Tentakel hinein. Sie ließen ihn los, obwohl der Golem sie nur angekratzt hatte; keuchend stellte Dor sich wieder auf die Beine, bis zur Hüfte im sich verfärbenden Wasser.

»Ich muß den anderen helfen gehen«, meinte Grundy. »Wenn du noch mal in Schwierigkeiten gerätst, mußt du schreien.«

Dor fischte im Wasser nach seinem magischen Schwert und dem leuchtenden Sonnenstein. Er war mehr als nur zerzaust und wütend. Was für ein erbärmlicher Held er doch war! Ein Wesen, das kaum größer war als seine Handspanne, hatte ihn retten müssen!

Doch die anderen kamen besser voran. Inzwischen hatte sich an der Decke ein Loch gebildet, durch das das Tageslicht hereinströmte. »Komm, Dor!« rief Grundy. »Laß uns endlich von hier verschwinden.«

Dor stopfte Münzen und Diamanten in eine Tasche und den Salbenkrug in die andere. Krach und Chet waren bereits dabei, hinauszusteigen, da sie beim Graben ohnehin schon immer höher geklettert waren. Der Zentaur war besonders geschickt bei dieser Art des Kletterns, weil er sechs Gliedmaßen besaß, von denen er stets vier oder fünf gegen die Wände des Schachts gestemmt hielt, während er mit den anderen nach neuem Halt suchte. Grundy hatte auch keine Probleme: Er war so leicht, daß er mühelos emporklettern konnte. Nun waren nur noch Dor und Irene übrig.

»Los, beeil dich, Transuse!« rief sie. »Ich kann schließlich nicht ewig warten!«

»Geh schon mal vor«, rief er ihr zu. »Ich verstaue gerade den Schatz.«

»Kommt nicht in Frage! Du willst bloß unter meinen Rock schielen!«

»Das wäre dann eben mein Lohn«, meinte er. »Ich will nämlich nicht, daß dieses Loch über dir zusammenbricht.«

Tatsächlich stürzten immer mehr von Chet gelöste Steine und Felsbrocken herab. Trotz Irenes Bemühungen, die Wand des Schachts mit einer Pflanze zu verfestigen, wirkte das Ganze äußerst wacklig.

»Das hat was für sich«, meinte sie nervös. Dann machte sie sich an den Aufstieg, während Dor den Schatz verstaute.

Die Krakententakel, die sich von den Angriffen des Schwerts und des Diamanten etwas erholt hatten, tasteten sich wieder vor. Das Wasser reichte Dor inzwischen bis zur Brust, so daß der Tang freien Spielraum hatte. »Da ist einer!« sagte das Wasser, und Dor stach in die schlammigen Fluten hinein. Ein Rucken an seinem Schwert zeigte ihm, daß er etwas aufgespießt hatte, das nun hastig zurückwich. Für ein derartig blutrünstiges Wesen war der Kraken reichlich empfindlich gegenüber Pieksern!

»Da ist noch einer!« rief das Wasser, dem das Spiel Spaß zu machen begann. Wieder stieß Dor zu. Doch es war schwierig, großen Schaden anzurichten, trotz der magischen Geschicklichkeit, die das Schwert ihm verlieh, denn im Wasser konnte er nur schwach zuschlagen. Das Stechen tat den Tentakeln lediglich weh, ohne sie ernsthaft zu verletzen. Außerdem lernte der Tang bereits, den Hieben auszuweichen. Er war zwar nicht sonderlich intelligent, konnte unter ständigem Schmerz aber durchaus etwas dazulernen.

Schließlich machte Dor sich an den Aufstieg. Doch dazu mußte er das Schwert wegstecken, was den Tentakeln wiederum mehr Freiraum ließ. Außerdem war das Gold ziemlich schwer und belastete ihn. Als er sich eben aus dem Wasser stemmte, wurde er am rechten Knie von einem Tentakel gepackt und wieder in die Tiefe hinabgezerrt.

Dor rutschte aus und stürzte wieder ins Wasser. Jetzt schlangen sich drei weitere Tentakel um seine Beine und Hüften. Der Kraken hatte diesen Tunnel gründlicher durchzogen, als Dor es für möglich gehalten hatte! Der Tang mußte bereits ein enormes Monster geworden sein, da er hier ja nur einen Bruchteil seiner Aktivitäten ausspielte.

Dor biß die Zähne zusammen, denn er wußte, daß ihm diesmal niemand zu Hilfe kommen konnte, wenn er unter Wasser gezerrt wurde. Erneut zückte er sein Schwert. Er setzte die Klinge sorgfältig an einen Tentakel an und begann zu sägen. Die magisch geschärfte Klinge schnitt tief in das weiche Fleisch des Krakens und schnitt den Tentakel ab, der nicht zurückzucken konnte, weil er sich mehrfach um Dor geschlungen hatte. So war er zum Opfer seiner eigenen Gier geworden. Dor wiederholte dasselbe mit den anderen Fangarmen, bis er schließlich frei war – im milchigen, zähflüssigen Krakenblut stehend. Dann steckte er sein Schwert wieder in die Scheide und kletterte empor.

»He, Dor – wo bleibst du denn?« fragte Irene, die sich etwa auf halber Höhe des Schachts befand.

»Bin schon unterwegs«, antwortete er und blickte hinauf. Doch während er dies tat, lösten sich mehrere große Felsbrocken – vielleicht vom Schall seiner Stimme gelockert – und prasselten herab. Dor stand bis zur Brust im Wasser und legte die Arme schützend um seinen Kopf.

»Bist du in Ordnung?« rief sie.

»Hör auf zu schreien!« schrie er. »Das bringt den Schacht zum Einsturz!« Wieder mußte er mit den Armen seinen Kopf bedecken. Das war ja höllisch!

»Oh«, sagte sie leise und verstummte.

Inzwischen hatte ein weiterer Tentakel zugepackt. Der Tang wurde immer wagemutiger, allen Verlusten zum Trotz. Dor schnitt ihn ab und machte sich erneut an den

Aufstieg. Doch nun waren seine Hände vom Ichor des Ungeheuers verschliert, was seinen Halt beeinträchtigte. Er versuchte, seine Hände abzuwaschen, doch das klebrigschleimige Zeug war überall. Mit seiner zusätzlichen Last konnte er es nicht schaffen.

Dor stand da und wehrte die Tentakel ab, während Irene hinauskletterte. »Was soll ich tun?« fragte er frustriert.

»Die Münzen wegschmeißen, Dummkopf!« sagte die Wand.

»Aber vielleicht kann ich die noch brauchen!« protestierte Dor, unwillens, seinen Schatz preiszugeben.

»Die Menschen sind ja solche Narren, wenn es um uns geht«, sagte eine Münze in seiner Tasche. »Dieser Tölpel wird unseretwegen noch in den Tod gehen – und dabei sind wir in Xanth überhaupt nichts wert.«

Das machte Dor nachdenklich. Warum belastete er sich nur mit diesem Kram? Mit Reichtum, der keinerlei Bedeutung hatte, mit einer magischen Salbe, auf der ein Fluch lag? Er wußte keine Antwort darauf – konnte den Schatz aber auch nicht fahrenlassen. So, wie der Kraken seine Tentakel dadurch verlor, daß er sie um seinen Körper geschlungen hielt, war auch er in Lebensgefahr, weil er sich an den Reichtum klammerte – und zwar auf genauso dumme Weise wie der Tang.

Da griff von oben ein Tentakel nach ihm. Dor wich ihm aus. Hatte der Tang einen zweiten Zugang gefunden? Er riß sein Schwert hoch; in der Luft konnte er es wesentlich besser führen. »Mich kriegst du nicht, du gierige Liane!« sagte er.

»He, paß bloß auf, was du sagst!« protestierte der Tentakel. »Ich bin ein Seil.«

Dor war erstaunt. »Ein Seil? Wofür denn?«

»Um dich hinaufzuziehen, Dummklöppel!« sagte es. »Was glaubst du wohl, wozu Rettungseile da sind?«

Ein Rettungsseil! »Bist du auch befestigt?«

»Natürlich bin ich befestigt!« sagte es zornig. »Meinst du etwa, ich verstünde nichts von meinem Handwerk? Wickel mich um deinen Körper, dann rette ich dich aus diesem üblen Loch.«

Dor tat, wie ihm geheißen, und schon bald stieg er samt seinem Schatz in die Höhe. »Och, du hast aber ein verteufeltes Glück!« maulte die Münze in seiner Tasche.

»Was kümmert dich das denn?«

»Reichtum vernichtet die Menschen. Das ist unsere Pflicht; den Menschen zu zerstören. Wir waren gerade dabei, dich zu vernichten, da bist du ohne eigene Leistung entkommen.«

»Na ja, immerhin nehme ich euch ja mit, also habt ihr sicherlich noch mal Gelegenheit dazu.«

»Das stimmt auch wieder«, meinte die Münze etwas fröhlicher.

Kurz darauf schwebte Dor aus dem Loch. Chet und Krach zogen das Seil hoch, während Grundy ihnen Anweisungen gab, damit er sich nicht irgendwo verkeilte. »Was hast du bloß die ganze Zeit da unten gemacht?« fragte Irene. »Ich hab' schon geglaubt, du würdest nie hochkommen!«

»Ich hatte etwas Ärger mit dem Kraken«, sagte Dor und wies auf ein Tentakelstück, das noch immer an seinem Bein hing.

Es war inzwischen später Nachmittag geworden. »Gibt es hier irgendwelche Gefahren?« fragte Dor den Boden.

»Einen Hort von Flügeldrachen an der Südküste dieser Insel«, erwiderte der Boden. »Aber die jagen nur tagsüber. Ist aber ein ganz schönes Nest, kann ich dir sagen!«

»Wenn wir hier im Norden lagern, sind wir also in Sicherheit?«

»Wird wohl so sein«, meinte der Boden mißmutig.

»Wenn die Flügeldrachen bei Tag auf die Jagd gehen, sollten wir uns heute nacht vielleicht lieber an ihnen vorbeischleichen«, warf Irene ein.

Krach lächelte. »Schleichen gehen, Hals umdrehen«, sagte er und deutete mit seinen Riesenpranken an, was er den unglückseligen Flügeldrachen antun würde. Der Oger wirkte größer und massiger als zu Beginn ihrer Reise, und

Dor erkannte, daß dies wahrscheinlich wohl auch tatsächlich der Fall war. Junge Oger wuchsen äußerst schnell.

Doch Dor war zu müde für ein solches Unterfangen. »Ich muß mich ausruhen«, sagte er.

Irene war unerwartet mütterlich. »Natürlich mußt du das. Du hast den Rückzug gesichert und den Kraken abgehalten, während wir geflohen sind. Ich wette, du hättest es gar nicht geschafft, wenn Chet nicht das Lianenseil gefunden hätte.«

Dor wollte nicht gerne zugeben, daß das Gewicht des Goldes seinen Aufstieg erheblich behindert hatte. »Bin wohl einfach nur müde geworden«, sagte er.

»Der Narr hat ja darauf bestanden, uns Goldmünzen mitzuschleppen«, plapperte die Münze in seiner Tasche.

Irene furchte die Stirn. »Du hast die Münzen mitgebracht? Wir können sie doch gar nicht gebrauchen, und außerdem sind sie furchtbar schwer.«

Dor ließ sich auf den Boden plumpsen, und die Münzen schepperten. »Ich weiß.«

»Und was ist mit den Diamanten?«

»Die auch«, sagte er und klopfte gegen seine andere Tasche, obwohl er sich nicht mehr sicher war, in welcher er sie eigentlich verstaut hatte.

»Diamanten mag ich«, bemerkte sie. »Ich betrachte sie als Freunde.« Sie half ihm dabei, seine Jacke auszuziehen. Er hatte seine königlichen Gewänder für diese Reise abgelegt, aber seine Alltagskleidung schien dafür genausowenig geeignet zu sein. »Dor! Deine Arme sind ja ganz zerkratzt!«

»Das ist das Werk des Kraken«, warf Grundy nüchtern ein. »Er hat sich um ihn geschlungen und ihn ins Wasser gezerrt. Ich mußte ihn erst mit Diamanten anschnitzen, damit er Dor losließ.«

»Du hast mir gar nicht erzählt, daß es so schlimm ist!« rief sie ihm zu. »Kraken sind sehr gefährlich im Nahkampf.«

»Du warst ja damit beschäftigt, den Fluchtweg abzusichern«, erwiderte Dor. Die Schürfwunden an seinen Armen und Beinen begannen zu brennen.

»Zieh deine Sachen aus!« befahl sie und machte sich selbst ans Werk. »Grundy, geh etwas Heilelixier suchen. Wir haben vergessen, welches mitzunehmen, aber es gibt einige Pflanzen, die so was herstellen.«

Grundy verschwand im Wald. »Hat eine von euch Pflanzen etwas Heilsaft?« rief er.

Dor war zu matt, um Widerstand zu leisten. Irene riß an seiner Hose, dann hielt sie inne. »Oje, das hatte ich ja ganz vergessen«, sagte sie.

»Was?« fragte Dor, der sich unschlüssig war, wie peinlich berührt er jetzt eigentlich sein müßte.

»Ich bin wirklich froh, daß du das mitgebracht hast!« sagte sie. »He, Chet – schau dir das mal an!«

Der Zentaur kam zu ihnen herüber und betrachtete ihn. »Die Salbe!« sagte er. »Ja, die könnte ganz nützlich sein.«

Dor entspannte sich wieder. Einen Augenblick lang hatte er geglaubt – aber natürlich hatte sie die Salbe gemeint.

Kurz darauf hatte Irene ihn völlig ausgezogen. »Deine Haut ist ja überall zerschabt!« tadelte sie ihn. »Ein Wunder, daß du da unten nicht in Ohnmacht gefallen bist!«

»Ich glaube, das werde ich wohl jetzt tun«, meinte Dor und tat es.

VI

Silberrand

Dor erwachte einigermaßen erfrischt. Offensichtlich war es Grundy gelungen, einen passenden Balsam aufzutreiben, denn seine Haut war weitgehend geheilt. Sein Kopf ruhte auf etwas Weichem; da merkte er, daß es Irenes Schoß war. Irene schlief mit dem Kopf gegen eine Aschenesche gelehnt, und eine feine Ascheschicht hatte ihr Haar bedeckt. In dieser völlig unbewußten Pose sah sie bezaubernd aus.

Seine Kleidung schien auch erneuert worden zu sein. Die anderen hatten wohl eine Flannelpflanze gefunden. Vielleicht hatte Irene auch eine aus einem Samen sprießen lassen. Während er darüber nachdachte, hörte er ein leises Mähen in der Ferne. Jetzt war er sich sicher, daß es so gewesen sein mußte, denn Flannelpflanzen protestieren nach dem Scheren immer noch ein Weilchen. Er beschloß, lieber nicht darüber nachzudenken, wie sie an ihm wohl Maß genommen oder die Kleider angepaßt haben mochte. Offenbar war sie in dieser Hinsicht durchaus alles andere als naiv. Überhaupt stellte sich Irene langsam als ganz brauchbar heraus.

Dor setzte sich auf, und Irene wurde sofort wach. »Na ja,

irgend jemand mußte dich ja davon abhalten, dauernd im Sand herumzustrampeln, bis deine Wunden geheilt waren«, sagte sie verlegen.

Ohne Erklärung hätte es ihm besser gefallen. »Danke, mir geht's schon wieder ganz gut.«

Chet und Krach hatten rote und blaue Beeren von einem Buntbeerenstrauch gepflückt und einen Weinfaßbaum angezapft. Sie berauschten sich angenehm an ihrem Frühstück, während sie den Tagesplan besprachen. »Ich glaube nicht, daß es ratsam wäre, an diesem Flügeldrachenhort vorbeizuwandern«, meinte Chet. »Aber unsere naheliegendste Alternative hat ihren Preis.«

»Nämlich den Fluch«, ergänzte Grundy.

»Luft, Gruft«, stimmte Krach zu.

Dor kratzte sich am Hinterkopf. »Wovon redet ihr eigentlich?«

»Von der Salbe«, erläuterte Chet. »Mit der man auf Wolken gehen kann.«

»Ich will keine abscheuliche Tat begehen«, warf Irene ein, »aber ich will auch nicht gerne von Flügeldrachen zermalmt werden.«

Da erschien eine riesige Gestalt am Horizont. »Was ist das denn?« fragte Dor das Meer.

»Eine große Seeschlange«, antwortete das Wasser. »Die kommt jeden Morgen, um die Strände zu säubern.«

Da fiel Dor erst auf, wie sauber der Strand war. Der Sand schimmerte so bleich wie Bein.

»Ich fürchte, die Entscheidung ist uns soeben abgenommen worden«, schloß Chet. »Riskieren wir den Fluch und marschieren wir auf den Dämpfen weiter.«

»Aber die Wolken sind doch viel zu weit weg für uns«, wandte Irene ein.

»Macht ein Feuer«, schlug Grundy vor. »Dann können wir den Rauch entlangspazieren.«

»Das müßte klappen«, pflichtete Chet ihm bei.

Hastig sammelten sie trockenes Holz im Inneren der Insel, während Irene einen Flammenbaum wachsen ließ. Schon bald stand der Baum in Flammen, und sie schichteten das Holz um ihn herum auf. Das Holz begann zu flakkern, und kurz darauf stiegen dichte Rauchschwaden empor, die nach Westen abtrieben. Der Rauch schien zwar dicht genug zu sein, aber war er auch hoch genug?

Das Seeungeheuer, das vom Feuer angezogen wurde, kam immer näher. »Bewegung!« rief Grundy. »Wo ist die Salbe?«

Dor holte die Salbe hervor und schmierte sie auf seine winzigen Fußsohlen. Dann nahm er einen Anlauf auf den Rauch – und überschlug sich. »Hebt mich drauf!« rief er unverletzt. »Ich glaube, ich muß wohl erst festen Rauch unter den Füßen haben.«

Krach hob ihn empor. Ja, tatsächlich, der Oger war wesentlich größer geworden!

Nun hatte der Golem festen Halt. »He, das ist aber heiß!« schrie er tänzelnd. Er lief die Rauchsäule empor, doch da der Rauch sich bewegte, rutschte er aus, stolperte – und stürzte durch den Qualm zu Boden.

Krach fing ihn auf, bevor er auf den Boden prallen konnte. Der Golem verschwand völlig in der riesigen Hand des Ogers. »Kleiner Fall, ganz egal«, kommentierte er.

»Wie wär's, wenn man es ihm auch auf die Hände schmierte?« schlug Irene vor.

Dor befolgte ihren Ratschlag, indem er den Golem mit der Spitze seines kleinen Fingers bestrich. Dann hob er Grundy wieder empor. Diesmal konnte sich der Golem beim Stolpern mit den Händen am Rauch festhalten. »Kommt hoch!« rief er. »Der Dampf ist prima!«

Das Seeungeheuer hatte sie schon fast erreicht. Die anderen bestrichen sich Hände und Füße mit der Salbe und kletterten die Rauchsäule empor. Chet konnte sich auf der wechselhaften Oberfläche recht gut halten, doch Krach, Irene und Dor hatten ihre Schwierigkeiten. Schließlich krabbelten sie auf Händen und Füßen dahin, fort von dem heißen Rauch unter ihnen, empor zu dem höhergelegenen kühleren Rauch. Der war zwar weniger dicht, doch hatten sie dort immer noch genügend Halt.

Für Dor fühlte sich die Rauchoberfläche schwammig an,

wie ein weicher Ballon, der ständig seine Form veränderte. Auf ihre Handflächen und Sohlen wirkte der Rauch zwar wie ein fester Stoff, doch blieb er immer noch ein Gas mit all seinen Wirbeln und Strudeln. Sie konnten darauf nicht stillstehen. Dor mußte ständig sein Gewicht von einem Bein auf das andere verlagern, um die Balance halten zu können. Zuerst war es eine Herausforderung – doch dann begann es, Spaß zu machen.

Da kam die Seeschlange an. Sie beschnüfftelte den Strand und kroch, immer der Nase nach, auf den Rauch und die darauf befindlichen Wesen zu. Der Wind verteilte den Wind auf ebener Fläche, nicht völlig außer Reichweite des Ungeheuers. Das Wesen erspähte Irene, schlug einen Salto und schleppte nach dem Mädchen – das einen Schrei austieß und vom Rauchteppich heruntersprang.

Einen Augenblick sah Dor sie mitten in der Luft schweben, fast als sei sie gefroren, dann stürzte ihr Schrei zusammen mit ihr in die Tiefe hinab. Er wußte, daß er ihr weder helfen noch nach ihr greifen konnte. Dieses dumme Mädchen.

Da wurde sie von einer Seilschlaufe erfaßt und in den Rauch emporgerissen. Chet hatte das Seil retten können, mit dessen Hilfe er Dor aus dem Schacht befreit hatte, und hatte nun auch Irene von dem Wahnsinn errettet. Dors Herz begann wieder regelmäßig zu klopfen.

Das Seeungeheuer, seines Appetithappens beraubt, stieß ein zorniges Tuten aus und machte einen weiteren Satz in die Höhe. Doch diesmal war Irene so klug, davonzukriechen, so daß die Schnauze des Untiers nichts als Rauch zu beißen bekam. Die Zähne knirschten laut hörbar, als es ins Nichts biß.

Doch der Kopf der Seeschlange hatte die Rauchsäule aufgewühlt, so daß Dor und Krach auf der Feuerseite von den anderen abgeschnitten wurden und erst warten mußten, bis die Säule wiederhergestellt war.

Jetzt machte sich das Ungeheuer an sie heran, weil sie dem Boden am nächsten waren. Sie konnten den Rauchweg nicht verlassen, deshalb hatte es leichtes Spiel. Die riesige häßliche Schnauze richtete sich auf Dor und stieß auf ihn zu.

Dor hatte inzwischen genug von Ungeheuern. Er tänzelte zur Seite und riß sein magisches Schwert heraus. Wie der Blitz fuhr es dem Untier durch das weiche Gewebe seiner linken Nüster. Die Seeschlange hupte vor Schmerz und Wut.

»Oho! Das ist aber nicht sehr damenhaft!« rief Grundy von oben herunter.

»Kommt auf die Dame an«, bemerkte Irene.

Jetzt sperrte das Meeresungeheuer seine riesigen, fleckigen Kiefern auf und griff mit aufgesperrtem Maul an. Dor mußte zurückweichen, denn das Maul war zu groß für ihn; damit konnte das Wesen ihm mit einem einzigen Schnappen den Garaus machen. Die Meeresungeheuer waren wirklich erheblich größer als die Untiere, die in Seen hausten!

Doch als er einen Schritt rückwärts machte, stolperte er über eine frische Rauchschwade und fiel hart auf den Hosenboden – und zwar auf nichts sonderlich Festes. Sein Hinterteil rutschte hindurch, und er mußte wild mit den Händen nach einem Halt greifen. Jetzt hing er durch das Loch herab, nur seine Hände und Füße hielten ihn noch.

Das Ungeheuer zischte hämisch und schickte sich an, ihn – Hinterteil zuerst – zu vertilgen. Doch Krach trat der Seeschlange aufs Maul und hämmerte mit seinen Riesenpranken auf ihre Zähne ein, wobei er ganze Stücke herausbrach. Verblüfft hielt das Ungeheuer mit aufgesperrtem Maul inne. Der Oger trat ihm auf die Zunge und sprang zurück in den Rauch.

Als Dor schließlich wieder auf den Beinen stand, hatte sich die Seeschlange bereits zurückgezogen, während Krach ihr gereimte Unflätigkeiten nachrief. Doch das Ungeheuer war keines von den schüchternen kleinen Binnenseewesen, die harmlose Schwimmer auffraßen; die Seeschlange war Bewohnerin einer Großpfütze und entsprechend schwer zu beeindrucken. Sie war zwar zurückgeschlagen worden aber noch längst nicht besiegt. Jetzt war sie erst richtig wütend.

Das Monster stieß einen dumpfen Schrei aus. »Ich habe noch nicht mal angefangen, zuzubeißen!« übersetzte Grundy. Die Seeschlange hielt Ausschau nach einer besseren Möglichkeit, ihre auf dem Rauch spazierenden Happen zu erwischen – und entdeckte das Feuer auf dem Strand.

Für ihre Art war die Seeschlange gar nicht so dumm. Man konnte förmlich sehen, wie die winzigen Zahnräder in ihrem häßlichen Schädel rotierten, während sie das Feuer musterte. Dann senkte sie den Kopf und schwappte mit ihren Flossen eine riesige Wasserwoge auf den Strand.

Das Feuer zischte und qualmte protestierend, dann kapitulierte es ruhmlos und erstarb. Der Rauch ließ nach.

Dor und seine Freunde waren auf ihrem sich auflösenden Rauchboden gefangen. Schon bald würde es keinerlei sichtbaren Halt mehr geben.

Die verbliebene Rauchwolke verdichtete sich etwas, während sie schrumpfte. Dor und Krach stießen zu den anderen drei. Jetzt bewahrten sie nur mühsam ihr Gleichgewicht auf der schwindenden Rauchmasse. Bald würden sie ins Meer hinabstürzen, wo die Seeschlange bereits gierig sabberte.

»Nun *tu* doch endlich was!« kreischte Irene Dor an.

Unter Druck hatte Dor bisher nur ungenügend reagiert, doch jetzt funktionierte sein Gehirn wesentlich besser. »Wir müssen mehr Rauch erzeugen«, sagte er. »Irene, hast du noch mehr brennbare Pflanzen in deinem Beutel?«

»Nur ein paar Fackelblumen«, erwiderte sie. »Ich habe so viele gute Samen an den eklektischen Aal verloren! Aber wo soll ich sie wachsen lassen? Die brauchen doch festen Boden.«

»Bestreiche die Wurzeln mit magischer Salbe«, riet Dor ihr. »Laß eine Fackel in diesem Rauch hier wachsen.«

Ihr Mund öffnete sich zu einem allerliebsten erstaunten O. »Das könnte wirklich funktionieren!« Sie holte einen Samen hervor, bestrich ihn mit der Salbe, die Dor ihr reichte, und befahl ihm zu wachsen.

Es funktionierte tatsächlich: Die Fackel entwickelte sich und reifte, bis sie zu flammen und zu qualmen begann. Der Wind trug den Rauch als dünnen dunkelbraunen Streifen gen Westen.

Irene sah bestürzt zu. »Ich hätte gedacht, daß der Rauch sich mehr verteilt. Das wird ein ganz schöner Balanceakt, darauf weiterzugehen.«

»Kommt hinzu«, warf Chet ein, »daß der Rauch, in dem die Fackel wurzelt, rapide abnimmt. Wenn sie ins Meer fallen sollte ...«

»Wir müssen sie in ihrem eigenen Rauch Wurzeln fassen lassen«, entschied Dor. »Dann kann sie nicht hinabstürzen.«

»Das geht nicht!« protestierte Irene. »Der Rauch wird nicht nach unten ziehen, und außerdem ist er ständig in Bewegung. Das Ding würde anfangen herumzuwirbeln.«

»Darüber hinaus schmeckt mir das zu sehr nach einer Paradoxie«, brummte Chet. »Das ist immer höchst problematisch, wenn es um Magie geht. Aber trotzdem ...«

»*Irgend etwas* müssen wir jedenfalls unternehmen!« mahnte Grundy. »Diese Seeschlange lauert mit aufgesperrtem Maul unter der Wolke.«

»Hast du noch einen Fackelsamen?« fragte Dor.

»Ja, einen habe ich noch«, erwiderte Irene. »Aber ich verstehe nicht ...«

»Laß ihn auf dem Rauch der Pflanze wachsen. Dann spielen wir Froschhüpfen.«

»Bist du sicher, daß das einen Sinn hat?«

»Nein.«

Sie machte sich ans Werk. Schon bald loderte die zweite Fackel, im Rauch der ersten verwurzelt, und ihr eigener Rauch stieg parallel zum anderen in etwas größere Höhen empor. »Aber auf diesen dünnen Streifen können wir doch nicht balancieren«, wandte Chet ein.

»Können wir doch. Man muß auf jeden einen Fuß setzen.«

Vorsichtig machte Chet einen Versuch. Es funktionierte: Er konnte sich an beiden Säulen abstützen, um nicht hinabzustürzen, und kletterte langsam voran. Irene folgte ihm etwas wackliger, da die Zwillingssäulen von unterschiedlicher Höhe waren und auch nicht immer gleichmäßig voneinander entfernt waren.

Von unten war ein hupendes Kichern zu hören. Irene lief rot an. »Dieses Ungeheuer starrt mir unter den Rock!« schrie sie wütend.

»Macht nichts«, meinte Grundy. »Ist ja ein weibliches Ungeheuer«

»Du kannst dich darauf verlassen, daß deine Beine das erste sind, was es abbeißen wird, wenn es die Gelegenheit dazu bekommt«, fauchte Dor. Im Augenblick hatte er keinerlei Geduld mit ihrer Eitelkeit.

Krach bestieg als nächster die Säulen. Mühelos hielt er sein Gleichgewicht; der Oger war keineswegs so unbeholfen, wie er aussah.

»Jetzt du, Grundy«, sagte Dor. »Ich werde die erste Fakkel bewegen.«

»Wie willst du das denn schaffen?« wollte der Golem wissen. »Du kannst doch nicht auf einer einzigen Säule balancieren!«

»Wird schon irgendwie gehen«, versicherte Dor, obwohl er diese Komplikation noch nicht völlig durchdacht hatte. Wenn die erste Fackel bewegt wurde, gab es keinen Rauch mehr, auf dem er weitergehen konnte.

»Du bist so sehr damit beschäftigt, den Helden zu mimen, daß du noch als Monsterfutter enden wirst«, bemerkte Grundy. »Wo bleibt denn Xanth, wenn dir das gleiche Schicksal widerfährt wie König Trent?«

»Das weiß ich auch nicht. Vielleicht entdeckt der Zombiemeister doch noch seinen Geschmack an der Politik.«

»Dieser Sauertopf? Haha!«

»Aber die Fackeln müssen nun einmal weiterbewegt werden.«

»*Ich* werde sie weiterbewegen. Ich bin klein genug, um auf einer Säule balancieren zu können. Geht nur weiter.«

Dor zögerte, doch er sah keine bessere Möglichkeit. »Also gut. Aber sei vorsichtig.«

Dor bestieg die beiden Rauchsäulen. Es war noch schwieriger, als es ausgesehen hatte, aber immer noch besser, als direkt vor dem Ungeheuer ins Wasser zu stürzen. Als er ein gutes Stück vorangekommen war, stützte er sich ab und blickte zurück.

Grundy kämpfte mit der ersten Fackel. Das Ding war ungefähr so groß wie der Golem und hatte seine Wurzeln fest in die verbleibende Rauchwolke des Strandfeuers geschlagen, so daß das winzige Wesen sie nicht losreißen konnte. Das Meeresungeheuer hatte erkannt, in welchen Schwierigkeiten er steckte, und schickte sich bereits an, der Lage mit einem ordentlichen Biß Herr zu werden.

»Grundy! Lauf weg!« rief Dor. »Laß die Fackel fahren!«

Zu spät. Der Kopf der Seeschlange schoß empor, von den flatternden Flossen aus dem Wasser gehoben. Grundy schrie entsetzt auf und sprang empor, als die Schnauze die Rauchwolke teilte.

Das Maul des Ungeheuers schloß sich um die Fackel – und der Golem landete auf der riesigen Schnauze. Die Untertassenaugen schielten Grundy an, der im Vergleich zu ihnen kaum größer als ein Staubkorn war, während aus den Nüstern der Rauch der verschluckten Fackel drang. Das war völlig anomal, weil kein Meeresungeheuer eigenes Feuer besaß. Feuer war den Drachen vorbehalten.

Dann versank das Untier wieder im Meer. Grundy krabbelte auf dem dünnen Rauchstreif aus den Nüstern hastig empor, und es gelang ihm, seinen ursprünglichen Platz auf der Rauchwolke zu erreichen. Doch die Fackel war verloren.

»Lauf die andere Säule hoch!« rief Dor ihm zu. »Bring dich in Sicherheit!«

Einen Augenblick lang stand Grundy da und starrte zu dem Ungeheuer hinab. »Ich hab's versiebt!« klagte er. »Ich habe alles zunichte gemacht.«

»Uns fällt schon noch was ein!« Dor begriff, daß jetzt alles scheitern konnte, wenn sie nicht immer weiter emporkletterten. »Komm jetzt her.«

Wie betäubt gehorchte der Golem und schritt die sich

ausweitende, aber auch immer dünner werdende Säule empor. Dor mußte feststellen, daß ihre Probleme sich nur noch vermehrten, denn nun verteilte sich auch der Rauch, der die zweite Fackel abstützte. Schon bald würde auch die zweite Säule verschwunden sein.

»Chet!« rief Dor. »Bestreiche dein Seil mit Salbe und befestige es an einer Rauchsäule. Vertäue dich selbst daran und zieh die anderen zu dir rauf.«

»Du hast die Salbe!« erinnerte ihn der Zentaur.

»Fang!« rief Dor. Er hielt den kleinen Krug in der Rechten, ließ ein Stoßgebet zum Schutzgeist Xanths emporfahren und schleuderte die Salbe in die Richtung des Zentauren.

Das winzige Geschoß beschrieb einen Bogen. Hatte er richtig gezielt? Zunächst schien der Krug zu hoch zu fliegen, dann stürzte er viel zu schnell wieder in die Tiefe, und schließlich wurde klar, daß er zu weit danebengeworfen hatte: Der Krug flog weit von Chet entfernt hinab. Jetzt hatte auch Dor seine Chance vertan.

Da zuckte Chets Seil hervor, und die Schlaufe packte säuberlich den Krug. Der Zentaur, ein Experte auf diesem Gebiet, hatte die Salbe mit seinem Lasso eingefangen. Dor war derart erleichtert, daß er sich um ein Haar hingesetzt hätte – was natürlich der absolute Selbstmord gewesen wäre.

»Aber dieses Seil ist nicht lang genug«, sagte Chet, nachdem er kurz über seine ihm von Dor gestellte Aufgabe nachgedacht hatte.

»Irene soll es länger wachsen lassen«, rief Dor.

»Ich kann nur lebende Pflanzen wachsen lassen!« protestierte sie.

»Diese Schlingpflanzen leben ganz schön lange«, erwiderte Dor. »Sie können oft noch Monate nachdem sie von ihrer Mutterpflanze abgetrennt wurden neue Wurzeln fassen. Versuch's mal.« Doch noch während er sprach fiel ihm ein, daß das Seil mit ihm gesprochen hatte, als es zu seiner Rettung in den Schacht hinabgelassen wurde. Das bedeutete, daß es tatsächlich bereits tot sein mußte.

Zweifelnd versuchte Irene es. »Wachse!« rief sie.

Gespannt warteten sie ab. Da begann das Seil zu wachsen. Eines seiner Enden mußte noch lebendig sein, während Dor mit dem toten Ende gesprochen hatte. Wieder war Dor erheblich erleichtert. Sie alle standen so nahe am Rand des Abgrunds, so kurz vor der Katastrophe, wie es nur denkbar war.

Als das Seil erst einmal begonnen hatte, wuchs es prächtig immer weiter. Es wurde nicht nur länger, es verzweigte sich sogar und wurde zu einer richtigen Seilliane. Bald darauf hatte Chet genug Material, um daraus einen großen Korb zu flechten. Er bestrich ihn mit magischer Salbe und befestigte ihn an der Rauchsäule. Dann stieg er selbst hinein, gefolgt von Irene und schließlich von Krach. Es war ein sehr großer, kräftiger Korb, was ja auch so sein mußte, da er immerhin sowohl den Zentauren als auch den Oger tragen mußte. Die beiden großen Geschöpfe klatschten einander auf die Hände vor Siegesfreude; sie mochten sich.

Nun verlor auch die zweite Fackel endgültig ihren Halt und begann zu fallen. Dor jagte die beiden Rauchsäulenreste hinab, machte einen Satz, beugte sich vor und fing sie auf. Doch sein Gleichgewicht auf der einzelnen Säule war äußerst wacklig. Er ruderte mit den Armen, konnte aber die Balance nicht wiederfinden.

Da flirrte eine weitere Schlaufe heran und packte Dor gerade noch rechtzeitig unter den Armen, bevor er von der Säule rutschte.

Chet holte ihn im Fall ein, so daß er einen Bogen auf das Wasser zu beschrieb. Das Meeresungeheuer machte sich freudig an die Verfolgung. Dors Füße berührten knapp die Wellen, dann schwang er wieder in die andere Richtung.

»Schwert!« schrie Grundy, der auf dem Rauch hoch über ihm hockte.

Wie betäubt nahm Dor die Fackel mit der Linken und zückte sein Schwert. Jetzt schwang er wieder auf den grinsenden Kopf des Monsters zu.

Chet zog Dor mit gewaltiger Anstrengung eine Körperlänge in die Höhe. Anstatt direkt in das aufgesperrte Maul zu fliegen, traf er die Oberlippe des Ungeheuers, unmittelbar unterhalb der flammenden Nüstern. Dor stemmte die Füße vor und klatschte dem Monster die Lippe gegen die obere Zahnreihe. Dann strach er mit dem Schwert in die empfindliche linke Nüster. »Na, wie schmeckt dir das, Knoblauchschnauze?« fragte er.

Die Schnauze stieß eine wütende Atemwolke aus, die tatsächlich nach Knoblauch und Schlimmerem stank. Lebewesen mit den widerlichsten Eigenschaften waren oft am empfindlichsten, wenn es um ihre Eitelkeit ging. Dor wurde wieder hinaus aufs Meer geweht und stieg immer höher, da Chet die Leine einholte.

Doch nun verteilte sich auch der Rauch, der das Seil und den Korb hielt. Nur noch kurze Zeit, dann würden sie alle in die Tiefe stürzen – und das wußte das Ungeheuer sehr wohl. Alle Nadelstiche und Hiebe auf Schnauze und Zähne würden schon noch gerächt werden. Im Augenblick hielt sich die Seeschlange etwas zurück, um Dors Schwert auszuweichen, während sie mit gieriger Ungeduld auf das Unausweichliche wartete.

»Der Rauch!« schrie Grundy.

Dor merkte, daß der Rauch der Fackel, die er in der Hand hielt, in einer schrägen Bahn nach oben stieg. Die Meeresbrise hatte nachgelassen, so daß er jetzt einen steileren Winkel bekam. »Genau! Befestigt das Seil an diesem Rauch!« befahl er.

Chet begriff sofort und setzte den Korb in Schwung. Als der Rauch emporstieg, schwang der Korb hindurch, doch gleichzeitig schwang auch Dor samt Fackel und Rauch mit.

»Laß eine Stangenbohne wachsen!« rief er Irene zu.

»Schon kapiert«, erwiderte sie. Kurz darauf begann ein weiterer Samen zu sprießen: eine Bohne in Gestalt einer Stange. Krach schob sie in den Korb und bog sie hinab, so daß Dor das andere Ende zu fassen bekam. Dor packte es und hielt sich daran fest. Jetzt hielt ihn die Stange in einem schrägen Winkel unterhalb des Korbs. Chet und Krach schafften es, das ganze Gefährt so zu drehen, daß Dor leewärts von ihnen hing. Der Rauch strömte schräg empor, direkt unter dem Korb vorbei, und trieb diesen in die Höhe, während sich die kleinen Rauchstrudel im Flechtwerk verhakten. Der emporsteigende Rauch trug auch den Korb immer weiter.

Das Meeresungeheuer merkte, daß sich die Lage zu seinen Ungunsten verändert hatte. Es stürzte vor und schnappte nach Dor – doch der war knapp außerhalb seiner Reichweite. Langsam und schwankend trieb die ganze Gruppe in die Höhe, vom Rauch der Fackel getragen. Die ganze Konstruktion wirkte selbst für magische Verhältnisse viel zu phantastisch und wacklig, doch irgendwie funktionierte es.

Als sie Seeschlange ihre schwerverdiente Mahlzeit entweichen sah, stieß sie ein entsetzliches Hupen aus, das den Rauch ins Schwanken brachte. Das wiederum erschütterte ihre ganze Apparatur. Das Getöse ließ das Firmament erheben, und rosa, grüne und blaue Inselvögel flatterten entsetzt aus ihren Nestern empor, während Seeigel unter kindischen Tränen das Weite suchten.

»Das kann nicht mal ich übersetzen«, sagte Grundy voller Ehrfurcht.

Das Hupen hatte noch einen weiteren Effekt; es erweckte nämlich die Aufmerksamkeit des Flügeldrachenhortes. Das leere Nest flog in die Höhe, eine gewaltige Masse aus Ästen und Schlingpflanzen, Federn, Schuppen und Knochen. »Was ist denn das hier für ein Lärm?« wollte es wissen.

O nein! Dafür müßte Dors Talent verantwortlich sein. Er stand unter einem derartigen Druck, daß seine Magie sich völlig willkürlich manifestierte. »Das hat das Meeresungeheuer getan!« rief er, was ja durchaus der Wahrheit entsprach.

»Dieser lächerliche Wurm?« fragte das Nest. »Dem werde ich beibringen, was es heißt, meine Ruhe zu stören. Zerquetschen werde ich ihn.« Dann flog es grimmig auf das Ungeheuer zu.

Die Seeschlange, die zu Recht reichlich erstaunt war, zog den Kopf ein und tauchte im Wasser unter. In Xanth gab es ja jede Menge unglaublicher Dinge, doch das hier war jenseits aller Unglaublichkeit. Das Nest setzte bei seiner Verfolgung mit einem gewaltigen Platscher auf dem Wasser auf, wurde völlig durchtränkt und versank. »Da bin ich aber ganz schön eingeseift worden!« jammerte es kläglich, während es verschwand.

Dor und die anderen starrten ungläubig in die Tiefe. So etwas hätten sie sich nicht einmal in ihren kühnsten Phantasien träumen lassen. »Aber wo sind denn die Flügeldrachen?« fragte Chet.

»Wahrscheinlich auf Jagd«, antwortete Grundy. »Wir sollten wohl besser von hier verschwinden, bevor sie zurückkehren und ihr Nest nicht mehr vorfinden.«

So war es ihnen auf umständlichste Weise doch noch gelungen, dem Meeresungeheuer zu entkommen. Nach und nach ließen sie das Monster immer weiter unter sich. Dor begann sich etwas zu entspannen – da erlosch seine Fackel mit Geblubber. Diese Pflanzen brannten nicht endlos, und die hier hatte ihren letzten Rauch von sich gegeben.

»Rauchalarm!« schrie Dor und wedelte mit der ausgebrannten Fackel. Sie befanden sich inzwischen in einer solchen Höhe, daß jeder Sturz in die Tiefe auch ohne wütende Ungeheuer tödlich enden mußte.

»Und das so kurz vor den Wolken!« klagte Chet und wies auf eine über ihnen hängende Wolkenbank. Sie hatten es fast geschafft.

»Laß das Seil noch ein Stück wachsen«, sagte Grundy. »Laß es bis an die Wolken reichen.«

Irene gehorchte. Eine weitere Schlingpflanze wuchs empor, im Korb verankert. Sie durchdrang die unterste Wolke.

»Aber sie hat keine Salbe«, wandte Chet ein. »Da oben kann sie sich nicht halten.«

»Gib mir die Salbe«, sagte Grundy. »Ich werde hinaufklettern.«

Gesagt, getan. Geschickt erklomm er die Liane und war schon wenige Augenblicke später in der Wolke verschwunden, ein Klümpchen Salbe auf dem Rücken.

Die stützende Rauchsäule löste sich auf. Der Korb sackte

in die Tiefe, und Dor, der unter ihm hing, wurde voller Entsetzen herumgewirbelt. Doch es war nur ein kleines Stück; die Liane war bereits erfolgreich an der Wolke befestigt worden – sie waren in Sicherheit.

Allerdings konnte keiner von ihnen das Seil emporklettern. Sie mußten frei schwebend abwarten, bis das Wetter zufällig eine neue Wolkenschicht gebildet hatte, die das Meer unter ihnen verhüllen würde. Die neuen Wolken zogen gen Süden, im Gegensatz zu den westwärts ziehenden höhergelegenen Schichten.

Als sie die richtige Position erreicht hatten, stiegen sie aus dem Korb und schritten über die weichen Massen, wobei sie über gelegentliche Löcher hinweghüpften, bis sie sich sicher auf einer Wolkenbank niederlassen konnten. Nach und nach löste sich diese von den oberen Wolken und gab den Himmel frei. Die Winde wehten auf unterschiedlicher Höhe in die verschiedensten Richtungen; dieser Wind trug sie in Richtung Süden. Da der Korb fest an der oberen Wolkenschicht hing, hatten sie ihn hurtig entladen müssen, um nicht ihre restliche Habe zu verlieren. Mit gemischten Gefühlen sahen sie ihn davonschweben. Er hatte ihnen gute Dienste geleistet.

Sie ließen sich einen Pampelmusenbaum wachsen und aßen die reifen Früchte. Hier oben in den Wolken war es sonnig und warm, und da der Wind sie ohnehin gen Süden trug, brauchten sie nicht zu Fuß zu gehen. Aus einer schwierigen Reise war nun eine leichte geworden.

»Mir macht nur eine Frage zu schaffen«, murmelte Chet. »Wie sollen wir wieder nach unten kommen, wenn wir am Ziel sind?«

»Vielleicht fällt mir bis dahin was ein«, sagte Dor. Er war wieder müde, sowohl körperlich als auch geistig. Er war unfähig, sich jetzt auf zukünftige Probleme zu konzentrieren, so brennend sie auch sein mochten.

Sie bestrichen ihre Körper mit der Salbe, damit sie sich hinlegen und ausruhen konnten. Die Wolkenoberfläche war kühl und nachgiebig, und die Reisenden waren müde; schon bald waren sie eingeschlafen.

Dor träumte davon, wie er einen freundlichen Wald erkundete; die Sache an sich war zwar völlig belanglos, aber das Gefühl dabei war einfach wunderbar. Er hatte schon fast mit weiteren Nachtmähren gerechnet, doch dann war ihm eingefallen, daß die ihn hier oben am Himmel nicht heimsuchen konnten. Es sei denn, sie gerieten an eine magische Salbe, die sie auf ihre Hufe schmieren konnten ...

Dann erblickte er im Traum in einem tiefen, dunklen Teich das Gesicht des Königs Trent. »Vergiß nicht den Durchgang«, sagte der König zu ihm. »Das ist der einzige Weg, über den du mich erreichen kannst. Wir brauchen deine Hilfe, Dor.«

Dor wachte abrupt auf und sah, daß Irene ihm ins Gesicht starrte. »Einen Augenblick lang hast du ausgesehen wie ...«, begann sie verwirrt.

»... wie dein Vater«, beendete er ihren Satz. »Keine Sorge, es ist wohl nur eine Nachricht von ihm. Ich soll den Durchgang benutzen, um ihn ausfindig zu machen.«

Ihr Ausdruck wurde merklich weicher. »Dor, was ich dir noch sagen wollte ... Du warst großartig, beim Rauch, und überhaupt.«

»Ich?« fragte er ungläubig. »Ich bin doch nur mit knapper Mühe aus der Patsche wieder herausgekommen? Du und Chet und Grundy habt doch alle Arbeit ...«

»Ja, aber du hast uns angeleitet«, warf sie ein. »Jedesmal, wenn wir in einer Krise steckten und rat- und tatenlos waren oder gescheitert sind, hast du uns wieder Dampf gemacht. Du warst ein richtiger Anführer, Dor. Du hast immer das parat gehabt, was wir gerade wirklich brauchten. Vielleicht weißt du es ja selbst nicht so richtig, aber du bist *wirklich* ein Führer. Eines Tages wird aus dir bestimmt mal ein ganz brauchbarer König.«

»Ich will aber gar nicht König werden!« protestierte er.

Sie beugte sich zu ihm hinab und gab ihm einen Kuß auf die Lippen. »Ich wollte es dir einfach nur sagen, das ist alles.«

Mit gemischten Gefühlen blieb Dor liegen, nachdem sie

sich entfernt hatte. Der Kuß war ja schon unglaublich süß gewesen, aber ihre Worte hatten ihn sogar noch übertrumpft. Er versuchte, die jüngsten Geschehnisse im Geiste noch einmal durchzugehen, um festzustellen, an welcher Stelle er sich möglicherweise wie ein Held verhalten haben mochte, doch alles war ein alptraumhaftes Durcheinander, auch wenn dabei kein Alp eine Rolle gespielt hatte. Er hatte einfach nur ganz spontan getan, was getan werden mußte, nachmal sogar erst in allerletzter Minute, und er hatte eben eine Menge Glück gehabt.

Er mochte sich nicht gern auf das Glück verlassen. Man konnte ihm nicht wirklich trauen. Selbst jetzt konnte sie immer noch irgendein gewaltiges Unglück ereilen. Er hatte fast das Gefühl, als würde er hören, wie es auf ledrigen Schwingen durch die Wolkenbank herangeflattert kam …

Da brach eine mittelschwere Hölle los. Der Kopf eines Drachen durchstieß die Wolke und stieß einen markerschütternden Schrei aus.

Plötzlich waren alle wach und sprangen auf die Beine. »Die Flügeldrachen!« rief Chet. »Deren Nest abgesoffen ist! Sie haben uns gefunden!«

Sie konnten der Gefahr nicht mehr ausweichen, denn die Flügeldrachen griffen sofort an. Jetzt war jeder von ihnen auf sich selbst gestellt.

Dor hatte blitzartig sein magisches Schwert gezückt und stach geschickt in die empfindlichsten Stellen des nächsten Flügeldrachen. Es war ein kleiner Drache mit einem Stachelschwanz und nur zwei Beinen, doch er war äußerst wendig und heimtückisch. Das Schwert stach unfehlbar nach seinem Herzen, prallte jedoch an den Brustschuppen des Ungeheuers ab. Da war der Drache auch schon wieder verschwunden, denn im Gegensatz zu Dor, der an Ort und Stelle bleiben mußte, konnte er davonfliegen.

Es waren einige Flügeldrachen, alles sehr gute Flieger. Krach hielt sich wacker, schließlich war ein Oger Drachen dieser geringen Größe mehr als gewachsen, doch Chet mußte wild hin und her galoppieren, um nicht in Schwierigkeiten zu geraten. Er versuchte, mit seinem wirbelnden

Lasso seinen Gegner kampfunfähig zu machen, doch bisher ohne Erfolg.

Irene war am schlimmsten dran. Dor stürmte auf sie zu. »Laß eine Pflanze wachsen!« rief er ihr zu. »Ich beschütze dich!«

Ein Flügeldrache erspähte sie und kam auf sie zugeflogen und spie einen dünnen Feuerstrahl aus. In den Flammen verdampften Teile der Wolke und hinterließen einen Graben, so daß sie beiseite kriechen mußten. »Toller Beschützer!« schnaubte Irene. Ihre Gesichtsfarbe spielte bereits leicht ins Grünliche. Sie hatte Angst.

Doch Dors magisches Schwert hieb mit seiner ihm eigenen Treffsicherheit nach allen Seiten und schlug einem der Drachen einen Teil seines Flügels ab. Der Drache quiekte vor Schmerz und geriet ins Taumeln, konnte sein Flugvermögen nicht mehr voll ins Spiel bringen und verschwand schließlich in der Wolke – unter stotternden Geräuschen und mit einer Rauchspur, die sich bei seinem Absturz mit der Wolke vermischte.

Es war seltsam anzusehen, wie Dor und seine Begleiter auf der flauschigen weißen Oberfläche standen, durch die die Drachen hindurchflatterten, als bestünde sie einfach nur aus Dunst – was ja eigentlich auch der Fall war. Die Drachen hatten den Vorteil, mehr Bewegungsspielraum zu haben und sich verstecken zu können, während Dors Gruppe immerhin einen festen Halt unter den Füßen hatte. Doch Dor wußte, daß die Drachen ihnen diesen Halt mühelos wegdampfen konnten, sie brauchten nur auf die Idee zu kommen. Zum Glück waren Flügeldrachen nicht sonderlich schlau; ihre Gehirne waren recht klein, da jeder Ballast zugunsten besserer Flugfähigkeiten vermieden worden war, und das bißchen Hirn, das sie besaßen, wurde von ihrem Feuer ständig viel zu sehr erhitzt, um gut funktionieren zu können. Flügeldrachen waren zum Kämpfen geboren, nicht zum Denken.

Irene ließ gerade eine Pflanze wachsen, für die sie offenbar etwas Salbe aufgehoben hatte. Es war ein Greifer, eine ebenso furchteinflößende Pflanze wie der Krakentang, die im Gegensatz zu diesem jedoch an Land wuchs – oder offenbar auch auf Wolken. Kurz darauf war der Greifer schon groß genug, um alles in seiner Umgebung zu bedrohen. »Versuch dich hinter dem Baum zu halten, damit er zwischen dir und den Drachen ist«, riet Irene und wich vor dem Pflanzenungeheuer zurück.

Dor befolgte ihren Rat. Als der nächste Flügeldrache auf ihn zugeschossen kam, verschwand er hinter dem Greifer. Der Drache, der mit einem solchen Gewächs hoch oben in den Wolken nicht gerechnet hatte, schlug einen Doppelsalto und wich zurück. Doch der Greifer fuhr einen seiner Greifarme aus und bekam einen Flügel zu packen. Er zerrte den Drachen zu sich, indem er ihn mit immer mehr Tentakeln umwickelte, wie eine Spinne, die eine Fliege fängt.

Der Drache kreischte, biß und hackte auf die Pflanze ein, doch der Greifer war stärker. Die anderen Drachen hörten seine Schreie und schossen auf den Greifer zu. Chet fing einen davon mit seinem Lasso ein. Der Drache griff ihn wütend an, biß ihn in die Schulter und machte sich wieder über die Pflanze her. Drei Drachen jagten feuerspeiend auf den Greifer zu. Ein lautes Zischen war zu hören, und übelriechende Dämpfe durchzogen den Schauplatz. Doch einer der Tentakel erwischte einen zweiten Drachen und zerrte ihn an sich. Einen Greifer griff man nicht ungestraft an!

»Wir verschwinden wohl besser von hier«, meinte Irene. »Wer immer den Kampf auch gewinnen mag – als nächstes wird er sich über uns hermachen wollen.«

Der Meinung war Dor auch. Er rief Grundy und Krach herbei, und gemeinsam begaben sie sich zu Chet.

Der Zentaur war verwundet: Helles rotes Blut strömte an seiner linken Seite herab, und sein Arm hing reglos neben ihm. »Laßt mich«, sagte er. »Ich kann euch jetzt nur noch hinderlich sein.«

»Hinderlich sind wir uns alle«, erwiderte Dor. »Irene, laß noch ein paar Heilpflanzen wachsen.«

»Ich habe keine mehr. Wir müssen hinunter und eine suchen, die könnte ich dann wachsen lassen.«

»Nach unten kommen wir nicht«, sagte Chet. »Zumindest nicht vor Nachtanbruch. Danach wird es vielleicht etwas Nebel in den Niederungen geben, den wir dann hinabsteigen können.«

»Bis zum Abend bist du ja verblutet!« protestierte Dor. Er zog das Hemd aus, das Irene ihm gemacht hatte. »Ich werde versuchen, deine Wunde zu verbinden. Und danach – na ja, wir werden sehen.«

»Komm, laß mich das machen!« mischte Irene sich ein. »Ihr Männer könnt so was sowieso nicht vernünftig! Dor, frag die Wolke nach einer schnellen Abstiegsmöglichkeit.«

Während sie den Zentauren verarztete, befragte er die Wolke, auf der sie standen. »Wo befinden wir uns in Relation zum Land Xanth?«

»Wir sind südlich vom Land abgetrieben«, meldete die Wolke.

»Südlich vom Land! Was ist denn dann mit der Zentaureninsel?«

»Auch südlich von der«, sagte die Wolke selbstzufrieden.

»Dann müssen wir zurück.«

»Tut mir leid, ich treibe weiter gen Süden. Ihr hättet schon vor einer Stunde von Bord gehen müssen. Du mußt mal mit dem Wind reden. Wenn der seine Richtung ändern sollte ...«

Dor wußte, daß es zwecklos war, mit dem Wind reden zu wollen, das hatte er schon als Kind öfter versucht. Der Wind trieb stets dorthin, wo es ihm gerade paßte, ohne sonderlich große Rücksichten auf die Vorlieben anderer zu nehmen. »Wie kommen wir möglichst schnell zur Erde zurück?«

»Indem ihr einfach runterspringt. Ihr fallt mir langsam sowieso lästig. Wenn ihr unten ankommt, gibt das einen Riesenplumpser.«

»Ich meine: sicher.« Es war zwecklos, wütend auf unbelebte Wesen zu werden, doch Dor war bereits soweit.

»Was braucht ihr denn zu eurer Sicherheit?«

»Eine schräge Wolkenbank, die bis zum festen Boden hinabreicht.«

»Nein, die gibt's hier nicht. Das einzige, was dem einigermaßen nahekommt, ist ein Sturm, der sich gerade im Osten entwickelt. Seine Turbulenzen reichen bis hinab ins Gewässer.«

Dor spähte nach Osten und sah eine drohende Gewitterwolke. Sie kam ihm bekannt vor. Offenbar würde er jetzt seine dritte Begegnung mit diesem Sturm haben. »Das muß es dann eben auch tun.«

»Das wird dir noch leid tu-hun!« sang die Wolke. »Diese Donnerwolken sind schlimme Burschen, und die da hat ganz besonders was gegen dich. Ich bin ja nur eine Cumulus humilis, die demütigste aller flauschigen Wölckchen, aber die da ...«

»Genug«, sagte Dor barsch. Die Lage beunruhigte ihn auch so schon mehr als genug. Der Sturm hatte offenbar trainiert und für diese Begegnung neue Dampfmuskeln entwickelt. Es würde sehr schlimm werden – aber was hatten sie auch schon für eine andere Wahl? Sie mußten Chet an Land bringen – und zur Zentaureninsel –, und zwar schnell.

Sie liefen hastig über die Wolken auf das Gewitter zu. Die Donnerwolke hing bedrohlicher und häßlicher denn je vor ihnen; mit ihren riesigen feuchten Strudelaugen funkelte sie sie böse an, und ihre Nase hing in Form eines Wirbelkegels hinab. Neue Muskeln, in der Tat! Doch das schräg einfallende Sonnenlicht bestrich ihre nahe gelegene Seite und verwandelte sie in helles Silber.

»Ein Silberrand!« rief Irene. »Davon hätte ich gerne etwas!«

»Vielleicht kannst du ja beim Abstieg ein Stück davon einfangen«, sagte Dor mürrisch. Erst hatte sie ihn kritisiert, weil er das Gold gerettet hatte, und nun wollte sie selbst Silber haben.

Einer der Flügeldrachen löste sich aus der Schlacht mit dem Greifer und kam auf sie zu geflogen. »Achtung, Feind auf sechs Uhr hinter uns!« schrie Grundy.

Dor drehte sich um und zog dabei ermüdet sein Schwert. Doch dieser Drache suchte keinen Ärger mehr. Er flog nur noch mit matten Flügelschlägen und wirkte benommen.

Bevor er sie erreicht hatte, sackte er durch die Wolkenschicht ab und verschwand. »Der Greifer hat ihn wohl mal recht kräftig umarmt«, bemerkte Grundy.

»Der Greifer sieht auch nicht mehr allzu frisch aus«, warf Irene ein. Sie war wahrscheinlich der einzige Mensch in ganz Xanth, der für derartiges Gewächs Mitleid hegen konnte. Dor blickte zurück. Tatsächlich, die Tentakel wirkten recht welk. »Das war wohl eine ziemliche Rauferei!« sagte sie schließlich.

»Aber wenn der Greifer auf seinen letzten Wurzeln keucht«, sagte Dor, »dann möchte ich mal wissen, warum der Drache von ihm weggeflogen ist. Das ist doch untypisch für Drachen, einen Kampf unbeendet abzubrechen.«

Darauf wußte keiner eine Antwort. Da stieg der Drache mit Mühe vor ihnen wieder aus der Wolke, um der vor ihm liegenden Gewitterwolke auszuweichen – doch ohne Erfolg. Er konnte seine Flughöhe nicht halten und stürzte direkt in die Wolke hinein.

Der Sturm packte den Drachen und wirbelte ihn hin und her, bis er ihn schließlich in seinem Kegel eingefangen hatte. Der Drache wurde immer wieder im Kreis herumgewirbelt, Schuppen fielen von ihm ab, und schließlich wurde er ins undurchdringliche Zentrum des Sturms hineingezogen.

»Abscheulich, wie diese Stürme sich ernähren!« murrte Grundy angewidert.

»Das Ding ist ja noch schlimmer als der Greifer!« hauchte Irene. »Er hat den Drachen einfach so heruntergeschluckt!«

»Wir müssen diesem Kegel auf jeden Fall ausweichen«, entschied Dor. »Davor gibt es jede Menge Dampf. Wenn wir den hinunterklettern können, nahe am Silberrand ...«

»Meine Hufe versinken in der Wolke!« sagte Chet plötzlich entsetzt.

Da merkten sie, das ihnen das gleiche widerfuhr. Die Wolkenfläche, die zuvor elastisch gewesen war, wurde immer matschiger. »Was ist los?« fragte Irene, deren Stimme wieder in Richtung Hysterie überzukippen drohte.

»Was ist los?« fragte Dor die Wolke.

»Eure Salbe läßt nach, Blödmann«, stürmte der Sturm.

Die Salbe wirkte etwa einen Tag. Hastig erneuerten sie sie. Das half zwar etwas, doch die Wolke blieb immer noch viel zu weich. »Das gefällt mir nicht«, sagte Grundy. »Vielleicht hat unsere alte Salbe ja in ihrer Wirkung nachgelassen, aber die neue tut's auch nicht viel besser. Ich frage mich, ob es wohl einen Zusammenhang zwischen dem welkenden Greifer und dem fliehenden Drachen gibt?«

»Das ist es!« rief Chet und zuckte zusammen, als der Schmerz in seiner Schulter ihn durchfuhr. »Wir treiben aus dem Wirkungsbereich der Magie heraus! Deshalb bekommen auch alle magischen Dinge hier Schwierigkeiten.«

»Das muß es sein!« pflichtete Dor ihm entsetzt bei. »Die Wolken befinden sich bereits südlich von Xanth – und jenseits von Xanth läßt die Magie nach. Wir befinden uns am Rand von Mundania!«

Einen Augenblick lang schwiegen sie schockiert. Nun war also das Allerschlimmste geschehen!

»Wir werden durch die Wolke fallen!« schrie Irene. »Wir werden ins Meer stürzen! Ins entsetzliche mundanische Meer!«

»Laufen wir nach Norden zurück«, schlug Grundy vor. »Zurück zur Magie!«

»Damit schaffen wir es höchstens bis zum Rand der Wolke und stürzen dort in die Tiefe«, jammerte Irene. »Dor – *unternimm* doch etwas!«

Wie er das haßte, derart in die Enge getrieben zu werden! Doch er wußte bereits, was sie tun mußten. »Der Sturm!« sagte er. »Wir müssen hindurch und hinunter, bevor wir gänzlich außerhalb des Wirkungsbereichs der Magie sind.«

»Aber dieser Sturm haßt uns doch!«

»Dieser Sturm wird seine eigenen Sorgen haben, wenn auch seine Magie nachläßt«, meinte Dor.

Sie rannten auf das Gewitter zu, das sie finster anstarrte und versuchte, zu einem vernichtenden Schlag auszuholen. Doch es war tatsächlich im Begriff, seinen inneren Zusammenhalt zu verlieren, weil auch seine Magie nachließ, und so konnte es sich nicht so recht auf sie konzentrieren. Als sie in seine wirbelnden Randdämpfe traten, sackten ihre Füße gleich hindurch, als bestünde die Oberfläche aus Matsch. Die Magie ließ tatsächlich nach, und sie hatten nur noch sehr wenig Zeit zur Verfügung, bevor sie allen Halt verlieren und in die Tiefe stürzen würden.

Doch als sie wieder den Silberrand vor sich sahen, wurde Dor klar, daß die Sache auch einen ungeahnten Vorteil hatte. Weil die Salbe nach und nach an magischer Kraft verlor, war es ihnen möglich, langsam hinabzusteigen, so daß sie es vielleicht gerade noch rechtzeitig bis zum Boden schaffen konnten. Sie brauchten sich gar nicht auf den Sturm zu verlassen.

Sie faßten sich an den Händen, um sicherzugehen, daß niemand in den dichter werdenden Winden, die ihnen um die Ohren zu pfeifen begannen, verlorenging. Krach legte einen Arm um Chets Rumpf und hielt ihn auch ohne Zuhilfenahme seines lahmen Arms sicher fest. So sanken sie durch den wirbelnden Nebel, der sich wie Suppe anfühlte. Dor hatte zuerst Angst, er würde ersticken, doch dann stellte er fest, daß er trotz allem recht gut atmen konnte. Sein Mund war nicht mit Salbe bestrichen worden, und die Wolke war für seinen Kopf nichts als Dunst.

»So viel schöner Silberrand!« sagte Irene. »Und ich kriege nichts davon ab!«

Die Böen wurden immer stärker. Sie wurden hin und her gestoßen und in den Mittelstrudel hineingezogen – doch der besaß nur noch einen Bruchteil seiner früheren Kraft und konnte sie nicht mehr herumschleudern wie kurz zuvor noch den Flügeldrachen. Spiralförmig bewegten sie sich hindurch, während die Magie immer weiter verblaßte. Dor hielt sich an den anderen fest und hoffte, daß die Magie lange genug durchhalten würde, bis sie sanft gelandet wären. Wenn sie allerdings auf hoher See ins Wasser stürzen sollten …

Nach einem schier endlosen Abstieg stürzten sie tatsächlich ins Wasser. Der Regen prasselte auf sie herab, und schäumende Riesenwogen umspülten sie. Dor mußte die Hände der anderen loslassen, damit sie Schwimmbewegungen machen konnten. Er hielt die Luft an, schwamm an die Oberfläche der riesigen Woge, die über ihnen zusammengebrochen war, und rief schließlich: »Hilfe! Weitersagen!«

War noch etwas Magie übrig? Ja – ein bißchen. »Hilfe!« wiederholte das Wasser schwach. »Hilfe!« wiederholte die nächste Woge. »Hilfe! Hilfe! Hilfe!« riefen die anderen Wellen im Chor.

Da erschien ein Floß. »Da ertrinkt jemand!« rief eine Stimme. »Wo seid ihr?«

»Hier!« keuchte Dor. »Wir sind fünf ...« Plötzlich schlug ihm eine harte Welle ins Gesicht, und er mußte husten. Danach konnte er seine gesamte schwindende Energie nur noch darauf konzentrieren, in der heftigen See an der Oberfläche zu bleiben, was ihm nicht so recht gelingen wollte.

Da wurde er von kräftigen Händen gepackt und auf das breite Holzfloß gehoben. »Die anderen!« keuchte Dor. »Vier andere ...«

»Wir haben sie, König Dor«, sagte sein Erretter. »Etwas feucht, aber wenigstens unversehrt.«

»Chet – mein Freund der Zentaur ... er ist verwundet ... braucht ein Heilelixier ...«

Der Retter lächelte. »Hat er bereits. Glaubt Ihr, wir würden unsere Artgenossen vergessen?«

Dors Sicht klärte sich soweit, daß er seinen Retter genauer ausmachen konnte. Es war ein ausgewachsener Zentaur! »Wir ... wir haben es geschafft ...«

»Willkommen in den Küstengewässern der Zentaureninsel, Euer Majestät.«

»Aber ...«, stotterte Dor. »Woher wißt Ihr denn, wer ich bin?«

»Der Gute Magier Humfrey hat festgestellt, daß Ihr in Schwierigkeiten wart und bei Wasserung der Hilfe bedurftet. Der Zombiemeister bat uns, in dieser Gegend nach Euch Ausschau zu halten. In Eurem Land seid Ihr eine Person von allergrößter Wichtigkeit, König Dor! Es ist gut, daß wir der Bitte entsprochen haben. Normalerweise stechen wir bei solchem Sturm nämlich nicht in See.«

»Oh.« Dor war wie vor den Kopf gestoßen. »Äh, hat er Euch gesagt, auf welcher Mission ich mich befinde?«

»Nur, daß Ihr durch das Land Xanth reist, um seine Magie zu erkunden. Sollten wir sonst noch etwas darüber wissen?«

»Äh, nein, danke«, erwiderte Dor. Wenigstens das war also geheim geblieben. Den Zentauren hätte der Gedanke an einen Zentaurenmagier bestimmt nicht sonderlich zugesagt. Dor mochte zwar keine Irreführung, doch soviel war wohl wirklich unabdingbar.

Irene erschien, völlig durchnäßt, zerzaust und ungekämmt, aber immer noch äußerst hübsch. Irgendwie erschien sie ihm immer dann am schönsten, wenn sie völlig durcheinander war; vielleicht weil dann jede Künstlichkeit von ihr abgefallen war. »Du hast es schon wieder geschafft, Dor«, sagte sie und nahm seine Hand. »Du hast uns lebend hinuntergeführt.«

»Aber du hast deinen Silberrand gar nicht bekommen.«

Sie lachte. »Ein andermal! So, wie dieser Sturm mit uns umgesprungen ist, will ich sowieso nichts von ihm haben.«

Dann führten die Zentauren sie in die trockene Floßkabine. Irene hielt immer noch seine Hand in ihrer, und das erfreute Dor sehr.

VII
Die abscheuliche Tat

Als das Zentaurenfloß in den Hafen einlief, war es bereits dunkel geworden. Chet wurde zur Behandlung zu einem Veterinär gebracht, da der Biß des Flügeldrachen sich als resistend gegen das Heilelixier herausgestellt hatte. Dor und seine Gefährten wurden mit Blauen, Orangen und Grünen bewirtet, und schließlich wurde ihnen ein prächtiger Stall für die Nacht zugewiesen. Von dort hatten sie einen herrlichen Blick auf eine saftige Weide, die Unterkunft war gut gelüftet und ebenso ausgestattet, nämlich mit einem Wassertrog, reichlich Heu und einem Block Salz.

Einen Augenblick lang musterten sie die Unterkunft von außen, dann trat Krach hinein. »Hoi! Heu!« rief er und ließ sich mit einem Krachen in selbiges fallen, daß das ganze Gebäude zu wackeln begann.

»Gute Idee«, meinte Grundy und tat das gleiche, nur mit dem Unterschied, daß sich das Beben des Gebäudes diesmal in engen Grenzen hielt. Kurz darauf legten sich auch Dor und Irene zur Ruhe. Das Heu war bequem und duftete angenehm, so daß es die Entspannung ebenso förderte wie Träume von der schönen freien Natur. Irene hielt Dors Hand, und sie schliefen ausgezeichnet.

Am Morgen betrat ein stämmiger älterer Zentaur den Stall. Er wirkte merkwürdig diestanziert. »Ich bin Gerome, der Älteste der Insel. König Dor, ich bin hier, um für dieses Versehen um Verzeihung zu bitten. Ihr hättet eigentlich woanders untergebracht werden sollen.«

Dor sprang hastig auf und klopfte sich die Halme von seinen zerknitterten Kleidern, während Irene ihren Rock glattstrich und sich das braune Heu aus ihrem grünen Haar bürstete. »Ältester, wir sind so froh, aus dem Meer gerettet, beköstigt und untergebracht worden zu sein, daß uns diese Unterkunft wie ein Palast erscheint. Wir werden mit Freuden unsere Pflicht erfüllen und danach wieder nach Hause reisen. Dies war nie als offizieller Besuch gedacht. Der Stall hat uns voll und ganz genügt.«

Der Zentaur entspannte sich. »Ihr seid äußerst großmütig, Euer Majestät. Wir haben verschiedenartige Häuser für die verschiedensten Gäste. Ich fürchte, daß wir einen Fehlerteufel im Programm haben. Wir versuchen zwar ständig, sie abzuwehren, aber sie schleichen sich immer wieder ein. Kommt«, fuhr er fort. »Wir haben Kleider und Nahrung für Euch bereitgestellt.« Er hielt inne. »Da ist noch eine Sache. Einige von uns waren auf der Hochzeit des Guten Magiers. Sie berichten, daß Ihr Euch unter härtesten Bedingungen ausgezeichnet gehalten habt. Der Magier Humfrey wollte Euch eigentlich etwas überreichen. Offenbar haben die Ereignisse ihn abgelenkt.« Der Zentaur lächelte beinahe.

»Manchmal neigt er ein wenig zur Vergeßlichkeit«, sagte Dor und erinnerte sich daran, wie Humfrey es unterlassen hatte, den menschlichen Ältesten von König Trents Expedition Bericht zu erstatten.

»Deshalb hat die Gorgone unsere Vertreter gebeten, Euch diesen Gegenstand zu übergeben.« Gerome hielt ihm einen kleinen Gegenstand entgegen.

Dor nahm ihn an. »Danke, Ältester. Äh, was ist denn das?«

»Ein magischer Kompaß, glaube ich. Bemerkt bitte, daß

die Nadel direkt auf Euch zeigt – auf den einzigen Magier auf der Insel.«

Dor musterte den Kompaß. Er bestand aus einer Scheibe, auf der eine leuchtende Nadel schimmerte. »Der zeigt aber gar nicht auf mich.«

Gerome blickte auf das Gerät. »Tatsächlich. Aber ich bin mir sicher, daß er es gerade noch getan hat. Deshalb war ich mir ja auch sicher, daß er seine Bestimmung erreicht hat. Vielleicht habe ich sein Prinzip mißverstanden. Es ist möglich, daß er nur auf Euch gezeigt hat, um uns die Suche nach Euch zu erleichtern. Das hat er gestern nachmittag jedenfalls getan.«

»Das wird es sein!« stimmte Dor ihm zu. Der Gute Magier hatte vielleicht das Fiasko des Sturms vorhergesehen und ihm genau den Gegenstand schicken lassen, der ihm unweigerlich Hilfe bringen würde. Humfrey war manchmal ziemlich komisch, oft stellten sich seine Handlungen erst im nachhinein als sinnvoll heraus. Dor steckte den Kompaß in seine Tasche zu den Diamanten und dem Sonnenstein und wechselte das Thema. »Und wie geht es Chet?«

Gerome furchte die Stirn. »Ich bedaure berichten zu müssen, daß er sich noch nicht gänzlich erholt hat. Anscheinend wurde er am Rande der magischen Zone gebissen ...«

»Das stimmt.«

»Da hat er sich wohl eine mundanische Infektion zugezogen. Die ist resistent gegen magische Heilungen. Vielleicht war es aber auch nur die Verzögerung bei der Anwendung des Elixiers, das wissen wir nicht genau. Am Rande der magischen Zone geschehen seltsame Dinge. Er schwebt zwar nicht in Lebensgefahr, aber ich fürchte, daß es eine Weile dauern wird, bevor sein Arm gänzlich wiederhergestellt ist.«

»Vielleicht können wir ihm zu Hause auf Schloß Roogna helfen«, meinte Dor beunruhigt. »Er ist unser Freund. Ohne ihn hätten wir es nicht bis hierher geschafft. Ich fühle mich verantwortlich ...«

»Er darf sich auf keinen Kampf mehr einlassen, bevor er

sich erholt hat«, warf Gerome ernst ein. »Es wäre alles andere als klug, eine magieresistente Erkrankung zu unterschätzen. Kommt – er erwartet Euch zum Frühstück.«

Auf dem Weg zum Frühstück bestand Gerome darauf, daß sie sich beim zentaurischen Tuchhändler neu einkleideten. Dor erhielt helle neue Hosen, ein Hemd und eine Jacke, alles feingesponnen und bequem. Irene bekam ein Kleid, das ihr sehr gut stand, obwohl es nicht in ihrem gewöhnlichen Grünton gehalten war. Selbst Krach und Grundy wurden mit schönen neuen Jacken ausgestattet. Der Oger hatte noch nie Kleidung getragen, doch seine Jacke war so hübsch, daß er sie voller Stolz annahm.

»An diesem Stoff ist irgend etwas Magisches«, bemerkte Irene.

Gerome lächelte. »Wie ihr wißt, sehen wir persönliche magische Talente nur mit Mißfallen. Aber wir benutzen durchaus Magie. Diese Kleidung wurde von unseren Weber aus Eisenvorhanggarn gewoben, sie wehrt fremde Gegenstände ab und läßt sie nicht durch, zumindest nicht in großem Umfang. Wir verwenden Westen aus diesem Stoff, wenn wir kämpfen, um die Verwundungen so gering wie möglich zu halten.«

»Aber das muß ja ein äußerst wertvolles Material sein!« meinte Dor.

»Euer Majestät Sicherheit ist für uns von äußerster Wichtigkeit. Hättet Ihr und Chet diese Kleidung getragen, so hätten die Zähne des Flügeldrachen seiner Schulter nichts anhaben können.«

Dor konnte den Gedankengang der Zentauren verstehen: Es wäre äußerst peinlich und unangenehm gewesen, wenn dem derzeitigen König von Xanth oder seinen Freunden hier bei ihrem Besuch etwas zustoßen sollte. »Vielen Dank.«

Sie betraten einen großen Raum, dessen Decke von reichverzierten weißen Säulen gestützt wurde. Riesige Fenster ließen das schräg einfallende Sonnenlicht herein, was dem Ganzen eine angenehme Wärme und Helligkeit verlieh. Auf einem gewaltigen Bankettisch in der Mitte des Saals standen Becher aus gestreiftem Sardonyx und weißem Alabaster, die im Licht der Sonne noch einmal so schön strahlten. Die Teller bestanden aus grünem Jadit. »Königliche Bewirtung«, flüsterte Irene. »Ich glaube, die haben ihr königliches Geschirr für dich hervorgeholt, Dor.«

»Es wäre mir lieber gewesen, das hätten sie nicht getan«, erwiderte er ebenfalls im Flüsterton. »Was, wenn etwas kaputtgeht?«

»Behalte Krach im Auge«, riet sie. Das machte Dor noch nervöser. Wie würde der Oger wohl mit dem zerbrechlichen Geschirr umgehen?

Man stellte hohe Stühle für sie auf, denn der Tisch war zu hoch für sie. Einige weitere Zentauren, männlichen und weiblichen Geschlechts, leisteten ihnen Gesellschaft. Sie wurden ihnen als die anderen Ältesten der Insel vorgestellt. Sie standen bei Tisch; Zentauren konnten keine Stühle benutzen, und der Tisch war auf ihre Größe zugeschnitten.

Das Essen war vorzüglich. Dor hatte schon fast befürchtet, daß man ihnen Hafer und gedroschenen Mais mit Silage als Beilage vorsetzen würde, doch diesmal gab es keinen Programmfehler. Ein Gang bestand aus gelbem Maisbrei von Maismehlsträuchern, mit köstlicher Schokoladenmilch von Kakaonüssen. Zum Süßen gab es eine ungewöhnliche Delikatesse namens Honig, die von einer seltenen, aus Mundania importierten Bienenart hergestellt worden war, wie es hieß. Dor kannte zwar Niesbienen und Buchstabienen, aber Honigbienen, das war wirklich eine seltsame Vorstellung!

Zu Dors Überraschung und gewaltiger Erleichterung erwies sich Krach als Kenner zerbrechlichen Gesteins. Die Oger, so erzählte er fröhlich reimend, hatten ihre Kraft durch das Zertrümmern und Formen verschiedenster Mineralien entwickelt. Sie konnten zwar keine derart schönen Becher herstellen wie diese, aber immerhin brachten sie ganz nette Marmor- und Granitblöcke zu Bauzwecken hervor.

»Das stimmt in der Tat«, erwiderte Gerome. »Einige unserer besten Ecksteine haben wir den Ogern abgehandelt. Diese Ecken halten so gut wie alles aus.«

Zufrieden kippte Krach einige Becher Milch hinunter. Nur wenige Wesen wußten die künstlerische Ader der Oger zu würdigen.

Chet war ebenfalls anwesend. Er sah etwas matt aus und aß sehr wenig, was darauf hindeutete, daß seine Wunde ihm Beschwerden machte. Dor konnte nichts tun, außer es höflich zu ignorieren, da sein Freund ganz offensichtlich nicht darauf angesprochen werden wollte. Chet würde sie wohl so bald nicht wieder auf Reisen begleiten können.

Nach dem Essen führte man sie um die Insel. Dor mußte an König Trents Erwähnung eines Durchgangs denken. Wenn dies der einzige Weg war, wie er ihn erreichen konnte, mußte er die Augen danach offenhalten. Vielleicht gab es hier ja irgendwo den Schlüssel, den er brauchte.

Die Straßen waren breit und mit festgestampftem Erdreich gepflastert, das für Hufe besonders gut geeignet war; die Kurven waren abgedämmt, um das Galoppieren so bequem wie möglich zu machen. In regelmäßigen Abständen gab es niedrige Holzpflöcke, an denen die Zentauren sich die Erdklumpen von den Hufen stoßen konnten. Die Gebäude waren recht unterschiedlich; manche bestanden aus Ställen, andere wiederum glichen menschlichen Unterkünften.

»Ich stelle fest, daß Ihr Euch über unsere Gebäude wundert«, bemerkte Gerome. »Unsere Architektur leitet sich aus unserer Herkunft ab. Ihr werdet bald unser Geschichtsmuseum gezeigt bekommen, wo dies verdeutlicht wird.«

Während sie weiterschritten, spähte Dor unauffällig auf den magischen Kompaß, den der Gute Magier Humfrey ihm hatte zukommen lassen. Er glaubte, sein Prinzip begriffen zu haben. »Kompaß – zeigst du immer zu dem nächsten und stärksten Magier, der dich gerade nicht benutzt?« fragte er.

»Na klar«, antwortete der Kompaß. »Das weiß doch jeder Trottel.«

Also zeigte er jetzt in die Richtung des Zentaurenmagiers. Wenn er den formellen Teil erst einmal hinter sich gebracht hatte, wollte Dor der Nadel zum Ziel seiner Reise folgen.

Im großen Metallverarbeitungsdistrikt der Stadt blieben sie stehen. Hier gab es Eisen-, Kupfer- und Silberschmiede, die die seltsamen Schuhe herstellten, die von hochrangigen Zentauren getragen wurden, wie auch die merkwürdigen Geräte, mit denen sie zu essen pflegten, und die hübschen Töpfe, die sie zum Kochen verwendeten. »*Die* hatten keinerlei Schwierigkeiten, haufenweise Silberränder zu ernten«, bemerkte Irene neidisch.

»Ah – Ihr schätzt Silberbordüren?« fragte Gerome. Er führte sie zu einem anderen Handwerkerladen, wo Hunderte von Silberrändern zu Bordüren von Jacken und ähnlichem verarbeitet wurden. »Das ist für Euch.« Der Zentaur überreichte ihr einen frischen Pelz mit einer wunderschönen eingenähten Silberbordüre, die in einer Pracht schimmerte, wie sie sonst nur Sonnenstrahlen nach einem Sturm besaßen.

»Ooooohh!« hauchte Irene und verschmolz sofort mit dem Pelz. »Der ist ja so weich wie eine Wolke!« Dor mußte insgeheim zugeben, daß das dekorative Kleidungsstück ihr wirklich sehr gut stand.

Einer der Zentauren arbeitete mit einem neuen Material, das aus Mundania importiert worden war. Es war ein kräftiges Leichtmetall namens Aluminium. »König Trents Unterstützung des Handels mit Mundania hat uns viel genützt«, bemerkte Gerome. »In Xanth besitzen wir kein eigenes, natürliches Aluminium. Doch der Nachschub kommt nur sporadisch, da wir anscheinend nie zweimal mit demselben Mundania handeln können. Wenn man dieses Problem irgendwann einmal lösen könnte, würde das der Wirtschaft einen großen Aufschwung bescheren.«

»Er arbeitet daran«, sagte Irene. Doch mehr durfte sie nicht verraten, da sie sich darauf geeinigt hatten, nichts über König Trents Lage durchsickern zu lassen.

Sie besichtigten die Webereien, wo große Webstühle die

Fäden und Garne miteinander versponnen, die den verschiedensten Quellen entstammten. Die Zentauren waren große Künstler, wenn es um Spinn- und Webprodukte ging, und sie stellten alles mögliche her: von seidenfeinen Stoffen bis zu schweren, teppichähnlichen Matten. Dor war überrascht; er hätte nie geglaubt, daß man die Produkte der Deckenbäume auch künstlich nachahmen könnte. Wie wunderbar es doch wäre, alles, was man brauchte, selbst herzustellen, anstatt erst darauf warten zu müssen, bis es auf einer Pflanze gereift war!

Ein Bereich war auf Waffenherstellung spezialisiert. Zentauren waren unschlagbare Bogenschützen und Speerwerfer, und hier wurden ihre ausgezeichneten Bogen und Speere hergestellt, ebenso wie Schwerter, Keulen und Seile. In einer Abteilung wurden Rüstungen produziert, zu denen sowohl Kettenhemden als auch Helme, Beinschienen und Panzerhandschuhe gehörten. Krach probierte einen riesigen Metallhandschuh an und ballte ihn zu einer Riesenfaust. »Schafft Kraft?« fragte er hoffnungsvoll.

»Aber gerne«, sagte Gerome. »Dort steht ein Quartzblock, den wir zu Sand zermalmen wollen. Daran könnt Ihr üben.«

Krach marschierte auf den Steinblock zu, holte weit mit der Faust aus und ließ sie auf den Fels hinabsausen. Mit einem gewaltigen Donnern stob eine Staub- und Sandwolke empor und umhüllte ihn völlig. Als sich der Staub wieder gelegt hatte, erblickten sie den Oger, der bis an die Knie in einem Sandhaufen stak. Ein glückliches Lächeln zerriß sein häßliches Gesicht. »Stark! Mag!« grunzte er und zog den Handschuh mit bedauerndem Zögern aus. Kleine Rauchwölkchen trieben von den Fingerspitzen empor.

»Dann gehört er Euch, zusammen mit seinem Gefährten«, sagte Gerome. »Ihr habt uns eine Menge Mühe erspart, indem Ihr den Block so fachkundig zertrümmert habt.«

Krach war zwar entzückt, doch Dor schwieg. Er wußte, daß Oger sehr kräftig waren, aber Krach war noch nicht ganz ausgewachsen. Der metallene Panzerhandschuh mußte seine Kraft enorm verstärkt haben, indem er seine Hand schützte. Als Erwachsener würde Krach ein äußerst mächtiges Geschöpf sein, vielleicht sogar ein zu mächtiges. Das konnte dazu führen, daß er aus der Umgebung von Schloß Roogna verbannt würde. Doch darüber hinaus war es etwas Unterschwelliges, das Dor richtig beunruhigte. Die Zentauren machten jedem Mitglied von Dors Gruppe offenbar ausgesuchte Geschenke – sowohl erstklassige Schutzkleidung als auch Dinge, die sich gerade anboten, wie etwa Irenes Silberrand und Krachs Panzerhandschuhe. Das mochte eine edle Freundschaftsgeste sein – aber Dor mißtraute derartiger Großzügigkeit. Welchen Zweck mochte das haben? König Trent hatte ihn einmal davor gewarnt, Fremden zu trauen, die mit Geschenken beladen daherkamen. Ahnten die Zentauren etwas von Dors Mission, Versuchten sie vielleicht, ihn darin zu beeinflussen? Aber weshalb? Darauf wußte er noch keine Antwort.

Sie besichtigten die Gemeinschaftsküche der Zentauren, wo Nahrungsmittel, die aus vielerlei Gebieten stammten, gesäubert und vorbereitet wurden. Offenbar außen die Zentauren recht gut. Überhaupt schienen sie in den meisten Dingen fortgeschrittener zu sein und sich mehr Komfort gönnen zu können als die Menschen im Gebiet um Schloß Roogna. Dor geriet etwas aus der Fassung: Er hatte irgendwie erwartet, daß die Zentaureninsel lediglich von ein paar Primitiven bewohnt wäre, die ständig in der Gegend herumgaloppierten und mit Keulen aufeinander eindroschen. Jetzt, da er hier war, erwies sich die Insel eher als Mittelpunkt der Kultur, während Schloß Roogna das eigentliche Hinterland war.

Die Kraft der Magie war hier, am Rande der magischen Zone, sichtlich schwächer, was wohl erklärte, weshalb die meisten Zentauren hier keine magischen Talente aufwiesen, während die Zentauren des Binnenlands solche besaßen. Wieso waren diese Mangelgeschöpfe dann aber so weit gekommen? Es sah fast danach aus, als sei das Fehlen der Magie ein Vorteil, der sie dazu zwang, andere Fähigkeiten zu entwickeln, die im Endeffekt mehr Gewinn hervorbrachten, als es die Magie getan hätte. Das war natürlich Unsinn; aber als er sich so nach und nach die Insel anschaute, neigte er beinah dazu, daran zu glauben. Angenommen (nur einmal angenommen!), es gab tatsächlich einen Zusammenhang zwischen Erfolg und Mangel an Magie. Ließ sich dann daraus schließen, daß Mundania, das Land, in dem es keinerlei Magie gab, ein besserer Lebensraum war als Xanth?

Dieser Gedanke ließ ihn vor Lachen losprusten. Er hatte die Sache bis zu ihrem logischen Ende verfolgt und sie als lächerlich entlarvt. Deshalb war der Gedanke falsch. Es war wirklich zu lächerlich, zu glauben, daß Mundania ein besserer Ort war als Xanth!

Die anderen musterten ihn erstaunt. »Äh, nur so eine komische Gedankenkette«, erklärte Dor. Da er fürchtete, daß diese Erklärung ihre Neugier wohl kaum befriedigen würde, wechselte er lieber das Thema. »Äh, wenn ich einmal etwas fragen darf – ihr Zentauren erscheint mir so wohlorganisiert, jedenfalls viel besser als wir Menschen. Wie kommt es da, daß ihr es zulaßt, von Menschen regiert zu werden? Ihr braucht uns doch wohl eigentlich gar nicht, und wenn es jemals zwischen uns zum Krieg kommen sollte, könntet ihr uns bestimmt vernichten.«

»Dor!« protestierte Irene. »So etwas kann man doch nicht sagen!«

»Euer Majestät sind zu bescheiden«, erwiderte Gerome lächelnd. »Es gibt dafür zahlreiche gewichtige Gründe. Zunächst einmal sind wir nicht daran interessiert, ein Reich zu beherrschen; wir ziehen es vor, Staatsangelegenheiten anderen zu überlassen, während wir uns lieber damit beschäftigen, unsere Kunst, unser Handwerk, unsere Begabungen und unsere Zufriedenheit zu pflegen. Da ihr Menschen offenbar Freude an den langweiligen Regierungsgeschäften zu haben scheint, überlassen wir euch solche Dinge nur zu gern, so wie wir das Behauen von Steinquadern den Ogern oder das Sammeln von Diamanten den Drachen überlassen. Es ist viel einfacher, uns das, was wir benötigen, auf dem Handelswege zu beschaffen.«

»Hm, ja, das mag wohl sein«, brummte Dor zweifelnd.

»Zweitens besitzt ihr Menschen eine phänomenale Gabe, die uns abgeht«, fuhr Gerome eifrig fort. Offenbar war dies eines seiner Lieblingsthemen. »Ihr könnt Magie ausüben. Wir machen sie uns zwar zunutze, können sie aber nicht selbst anwenden und wünschen dies auch gar nicht zu können. Wir ziehen es vor, die Magie als Werkzeug zu benutzen. Könntet Ihr Euch jemals vorstellen, daß einer von uns bei einer Streitigkeit über König Trent siegte? Er könnte uns doch allesamt in Zollwürmer verwandeln!«

»Sofern er nahe genug an euch herankäme«, ergänzte Dor. Ihm fiel ein, daß all dies schon einmal besprochen worden war; Chet hatte darauf hingewiesen, daß die Zentauren mit ihrer Bogenschießkunst Trents Magie ausschalten könnten. Gab es darauf eine Antwort? Dor hätte wesentlich lieber daran geglaubt, daß die Magie die größte Kraft in Xanth war.

»Wer kann schon aus der Ferne regieren?« fragte Gerome rhetorisch. »Armeen im Felde sind eine Sache; über Leute zu herrschen ist eine ganz andere. König Trents Magie befähigt ihn zum Regieren, genau wie Eure Euch dazu befähigt. Selbst Eure geringfügigeren Talente übertreffen unsere größten Fähigkeiten bei weitem.«

Wollte der Zentaur ihn jetzt etwa mit Schmeicheleien beschenken? »Aber Zentauren können doch Magie betreiben!« protestierte Dor. »Unser Freund Chet ...«

»Bitte«, unterbrach ihn Gerome. »Ihr Menschen habt auch eure natürlichen Funktionen, und doch vermeiden wir es, in der Öffentlichkeit darüber zu reden, aus Respekt gegenüber eurer Empfindlichkeit. Es ist eine Tatsache, daß wir Zentauren während des größten Teils unserer Geschichte keine persönlichen magischen Talente bei uns selbst entdeckt haben, und selbst heute noch sind solche suspekten Manifestationen für uns eine Abartigkeit. Folglich haben wir die persönliche Magie nie als etwas angesehen, das auch uns eignen könnte, so daß wir es vorziehen, nicht darüber zu reden.«

»Äh, klar«, stammelte Dor unbeholfen. Es sah ganz

danach aus, als wären die anderen Zentauren in diesem Punkt ebenso empfindlich und unvernünftig wie Dors Lehrerin Cherie. Die Menschen waren tatsächlich ziemlich empfindlich, wenn es um bestimmte natürliche Funktionen ging, wie der Zentaurenälteste richtig bemerkt hatte. Dafür waren die Menschen aber nicht so empfindlich wie die Zentauren, was persönliche Magie anbelangte. Wahrscheinlich war die eine Einstellung genauso unsinnig wie die andere.

Doch wie würden die Bewohner der Zentaureninsel auf die Nachricht reagieren, daß unter ihnen ein vollwertiger Magier ihrer eigenen Art lebte? Irgendwann würde Dor es ihnen mitteilen müssen. Diese Mission konnte noch äußerst heikel werden!

»Drittens halten wir uns nach wie vor an ein Abkommen aus der grauen Frühzeit unserer Art«, fuhr Gerome fort und ließ das geschmacklose Thema Magie hinter sich wie einen Klumpen Dünger. »Wir werden uns nicht in Politik einmischen und werden niemals mit unseren menschlichen Brüdern um Macht streiten. Selbst wenn wir es also wünschen sollten, ein Reich zu beherrschen, und selbst wenn wir die dazu erforderlichen Mittel besäßen, würden wir es nicht tun. Dieses bindende Abkommen würden wir niemals brechen.« Der Zentaur hatte einen derart ernsten Gesichtsausdruck, daß Dor es nicht wagte, die Sache weiterzuverfolgen.

Schließlich kamen sie am Geschichtsmuseum an. Es war ein imposantes Backsteingebäude, mehrere Stockwerke hoch, mit kleinen Fenstern und einem abweisenden Äußeren. Im Inneren war es jedoch recht interessant. Es war mit allen möglichen Artefakten angefüllt: Muster aller Zentaurenprodukte, die von Jahrzehnt zu Jahrzehnt immer weiter zurückführten bis zur Zeit vor der Ersten Welle menschlicher Eroberung. Dor sah, daß die frühesten Gegenstände gröber gearbeitet waren; damals hatten die Kunsthandwerker ihre Fähigkeiten erst noch verfeinern müssen. Alles war säuberlich mit kleinen Schildern beschriftet, die die Entstehungsdaten, Orte und Herstellungseinzelheiten der jeweiligen Exponate angaben. Die Zentauren hatten wirklich ein ausgeprägtes Geschichtsbewußtsein!

Während des Rundgangs hatte Dor immer wieder heimlich auf seinen magischen Kompaß geschielt. Zufrieden hatte er festgestellt, daß die Nadel auf das Museum gezeigt hatte; vielleicht befand sich der Magier ja hier!

»Und das hier ist der Hüter unserer Aufzeichnungen«, sagte Gerome und stellte ihnen einen bebrillten Zentauren mittleren Alters vor. »Er weiß, wo alle Leichen versteckt sind. Arnolde der Archivar.«

»Genau«, stimmte Arnolde ihm mißmutig zu und beäugte sie über seinen Brillenrand. Der Dämon Beauregard war das einzige Wesen, das Dor bisher kennengelernt hatte, das ebenfalls so etwas trug. »Eine Freude, Euch und Eure Begleiter kennenzulernen, König Dor. Und wenn Ihr mich jetzt entschuldigen wollt – ich muß noch eine neue Lieferung Artefakte katalogisieren.« Er zog sich wieder in seine Kammer zurück, in denen sich Gegenstände und Papiere stapelten.

»Arnolde hängt sehr an seinem Beruf«, erklärte Gerome. »Er ist sehr intelligent, selbst nach unserem Standard gemessen, aber nicht sonderlich gesellig. Ich glaube, es gibt so gut wie nichts in der Naturgeschichte Xanths, das er nicht weiß. Neulich hat er Gegenstände aus der Randzone der Magie zusammengesammelt; er hat eine Reise zu einer Insel im Süden unternommen, die ihn vielleicht ganz aus der Zone der Magier herausgeführt hat, obwohl er das abstreitet. Bevor König Trent den Schild, der Xanth umgab, abschaffte, waren solche Reisen unmöglich.«

Dor erinnerte sich an den Schild, denn seine Lehrerin hatte ihn in diesem Wissen gedrillt. Cherie Zentaurs Stärke war die Sozialgeschichte. Die Wellen menschlicher Eroberer waren derart schlimm geworden, daß ein früherer König von Xanth schließlich einen magischen Schild errichten ließ, um jede weitere Invasion abzuhalten. Dieser Schild hatte alle Lebewesen getötet, die ihn durchdrangen. Andererseits hatte er die Bewohner Xanths aber auch in ihrem Land eingesperrt. Die Mundanier waren offenbar zu dem Glauben gelangt; daß Xanth überhaupt nicht existierte und daß Magie unmöglich sei, da ja auch nichts mehr hinausdrang. Anscheinend hatte es zwar eine ganze Reihe magischer Ereignisse gegeben, die auch alle gut dokumentiert waren, doch die Mundanier hatten sie als Aberglauben abgetan. Vielleicht war das ihre Methode, sich über den Verlust der Zauberei hinwegzutrösten, indem sie nämlich so taten, als habe es sie niemals gegeben.

Doch Xanth selbst hatte ebenfalls unter dem Schild gelitten. Im Laufe der Zeit war es deutlich geworden, daß die Menschen Xanths dieser periodischen Beimischungen fremden Bluts bedurften, so gewalttätig diese auch über sie kommen mochten, weil sie ohne die Wellen nach und nach degenerierten. Zuerst entwickelten die Menschen in Xanth magische Fähigkeiten; spätere Generationen wurden dann selbst zu magischen Wesen, indem sie sich entweder mit völlig andersgearteten Arten paarten, um Mischformen wie Harpyien, Faune oder Meermenschen hervorzubringen, oder sich einfach nur zu Gnomen, Riesen oder Nymphen zu entwickeln. Also hatte König Trent den Schild abgeschafft und eine Reihe mundanischer Siedler einwandern lassen, unter der Voraussetzung, daß diese Leute im Falle einer Invasion als Krieger dienen sollten, um Feinde abzuwehren. Bisher war es zu keiner weiteren Invasion gekommen – doch die Wellen waren stets nur in Jahrhundert-, nicht aber in Zehnjahresrhythmen gekommen, also wollte das nicht viel heißen. Die Einwanderung war eine ungewisse Angelegenheit, weil es wesentlich leichter war, von Xanth nach Mundania zu gelangen als umgekehrt, zumindest was Einzelpersonen betraf. Doch das Leben der Menschen in Xanth schien sich wirklich zu bessern. Dor konnte es gut verstehen, daß ein intelligenter, wißbegieriger Zentaur sich mit Eifer daranmachte, die Wunder Mundanias zu katalogisieren, die seit Urzeiten ein einziges Mysterium darstellten. Noch immer fiel es schwer, sich an den Gedanken zu gewöhnen, daß es überhaupt Gegenden gab, in denen die Magie nicht funktionierte und daß die Menschen dort dennoch überlebten.

Sie schritten den schmalen Gang entlang. Dor überprüfte erneut seinen Kompaß – und stellte fest, daß er direkt auf Arnolde den Archivar zeigte.

War der etwa der Zentaurenmagier, die Bedrohung der Wohlfahrt Xanths, das Ziel von Dors wichtiger Mission? Das ergab nicht viel Sinn. Zum einen zeigte Arnolde keinerlei Anzeichen magischer Fähigkeiten. Zum anderen war er kaum der Typ, der die herrschende Ordnung bedrohen könnte; er hatte sich schließlich der Aufgabe verschrieben, diese Ordnung zu bewahren. Darüber hinaus war er eine gesetzte Person mittleren Alters, der zu einer Art gehörte, die länger lebte als der Mensch. Es kam zwar vor, daß magische Talente nicht sofort entdeckt wurden, doch wies alles daraufhin, daß sie einem Lebewesen bereits ab dem Zeitpunkt seiner Geburt eigen waren. Warum sollte sein Talent also jetzt plötzlich zum Problem geworden sein, nachdem Arnolde bereits vielleicht schon ein Jahrhundert alt war? Es mußte also ein Versehen vorliegen. Dors Ziel war mit Sicherheit ein junger Zentaur, vielleicht sogar ein Neugeborener.

Doch als Dor im Gebäude umherschritt und den Erläuterungen mit nur halber Aufmerksamkeit folgte, zeigte die Kompaßnadel unentwegt in die Richtung von Arnoldes Kammer.

Vielleicht war Arnolde ja verheiratet, schoß es Dor plötzlich durch den Kopf. Vielleicht hatte er einen Babyzentauren, der dort unter den Papieren versteckt war. Der Kompaß wies möglicherweise gar nicht auf Arnolde selbst sondern auf das Fohlen. Ja, das leuchtete ein.

»Wenn du nicht aufhörst, so glasig zu gucken, wird der Älteste es noch merken«, murmelte Irene und riß ihn aus seinen Gedanken.

Er konzentrierte sich auf die Erklärungen und nahm allerlei Informationen auf. Schließlich konnte er ja auch im Augenblick ohnehin nichts wegen des Magiers unternehmen.

Endlich war der Rundgang zu Ende. »Gibt es sonst noch

irgend etwas, was Ihr gerne besichtigen würdet, König Dor?« fragte Gerome.

»Nein, danke, Ältester«, erwiderte Dor. »Ich glaube, ich habe genug gesehen.«

»Sollen wir nun für Euer Majestät Rücktransport zur Hauptstadt sorgen? Wir können uns mit Eurem Zauberer in Verbindung setzen.«

Das war knifflig. Dor mußte erst seine Untersuchung abschließen und den Zentaurenmagier ausfindig machen, also war er noch nicht bereit, diese Insel zu verlassen. Andererseits war es offensichtlich, daß man seine Mission und seine Entdeckung hier nicht sonderlich erfreut aufnehmen würde. Er konnte den Ältesten nicht einfach die Lage erklären und sie um Hilfe bitten; das würde ihnen als Obszönität erscheinen, worauf sich ihre herzliche Gastfreundschaft sofort abkühlen dürfte. Was jemand unter Obszönität verstand, ließ sich nicht mit logischen Argumenten aus der Welt schaffen.

Aber vielleicht war das der Grund für das Entgegenkommen und die Großzügigkeit der Zentauren. Vielleicht ahnten sie, in welcher Mission er unterwegs war, so daß sie ihn ständig an der langen Leine hielten und dies als Gastfreundschaft ausgaben. Wie konnte er es ablehnen, sofort nach Hause zurückzukehren, nachdem sie sich derart gewissenhaft um ihn gekümmert hatten? Sie wollten ihn von der Insel weghaben, und seine Chancen, ihnen die Erfüllung dieses Wunsches zu versagen, standen ziemlich schlecht.

»Äh, könnte ich zuerst mit Chet sprechen, bevor ich eine Entscheidung fälle?« fragte Dor.

»Selbstverständlich. Er ist ja Euer Freund.« Wieder war Gerome das Entgegenkommen in Person. Das machte Dor ironischerweise noch nervöser. Jetzt war er sich fast sicher, daß man mit ihm spielte.

»Meine anderen Freunde sollten auch dabeisein«, fügte Dor hinzu. »Wir müssen gemeinsam einiges entscheiden.«

Man arrangierte das Nötige. Am Nachmittag trafen sich die fünf Gefährten in einem hübschen kleinen Garten, in dem sie völlig ungestört waren. »Ihr kennt alle unsere Mission«, sagte Dor. »Wir sollen einen Zentaurenmagier ausfindig machen und feststellen, welches Talent er hat – um ihn vielleicht sogar nach Schloß Roogna mitzunehmen. Doch die Zentauren mögen keine Magie bei Mitgliedern ihrer Art, sie halten sie nun einmal für obszön. Sie reagieren darauf wie wir ... wie ... na ja, eben wie wenn Leute Irenes Rock hochschielen.«

»Fang bloß nicht davon an!« sagte sie leicht errötend. »Ich glaube, in letzter Zeit hat mir die ganze Welt unter den Rock geschielt.«

»Selber schuld, wenn du gute Beine hast«, meinte Grundy. Sie trat nach ihm, doch der Golem flitzte noch rechtzeitig davon. Dor bemerkte, daß sie sich keine allzu große Mühe gab, Grundy zu erwischen; offenbar war sie keineswegs ganz so verärgert, wie sie sich gab.

»Ich bin zufällig in der Lage, beide Ansichten verstehen zu können«, warf Chet ein. Er trug seinen linken Arm in einer Schlinge, zusammen mit einer Packung schmerzlindernder Mittel. Seine Stimmung schien sich gebessert zu haben, wenn auch nicht sein körperlicher Zustand. »Ich gebe zu, daß sowohl der Trick der Zentauren als auch der der Menschen töricht ist. Zentauren besitzen magisches Talent und sollten Stolz darauf sein, es unter Beweis zu stellen, und Irene hat sehr hübsche Beine und sollte stolz darauf sein, sie vorzeigen zu dürfen. Und das ist noch längst nicht alles ...«

»Schon gut!« fauchte Irene und wurde noch röter. »Ihr habt die Sache deutlich genug gemacht. Wir können also nicht herumlaufen, und jedem auf der Zentaureninsel von unserer Mission erzählen. Man würde uns einfach nicht verstehen.«

»Ja«, sagte Dor, froh, daß seine eigene Analyse der Lage bestätigt wurde. »Und deshalb brauche ich jetzt auch ein paar Anregungen aus der Gruppe. Das Problem ist nämlich, daß ich glaube, den Zentaurenmagier geortet zu haben. Es muß der Nachkomme von Arnolde dem Archivar sein.«

»Von Arnolde?« fragte Chet. »Den kenne ich. Er übt seinen Beruf schon seit fünfzig Jahren aus. Meine Mutter spricht öfter von ihm. Er ist Junggeselle und hat keine Nachkommen. Er interessiert sich mehr für statistische Kurven als für die von jungen Stuten.«

»Keine Nachkommen? Dann muß es Arnolde selbst sein«, folgerte Dor. »Der magische Kompaß hat direkt auf ihn gezeigt. Ich weiß zwar nicht, wie das möglich sein soll, denn ich bin mir sicher, daß die Existenz eines solchen Magiers in Xanth vorher nicht bekannt war, aber ich glaube nicht, daß der Gute Magier Humfrey sich in diesem Punkt geirrt hat.«

»Was hat er denn für ein Talent?« wollte Irene wissen.

»Weiß ich nicht. Ich hatte noch keine Gelgenheit, es festzustellen.«

»Ich könnte mich ein bißchen umhören«, schlug Grundy vor. »Wenn es an seiner Kammer irgendwelche Pflanzen oder Tiere gibt, müßten die das wissen.«

»Ich kann mich auch selbst umhören«, meinte Dor. »In seiner Kammer muß es ja unbelebte Gegenstände geben. Nein, das ist nicht das Problem. Die Ältesten wollen uns sofort wieder nach Hause befördern, und ich habe keinen brauchbaren Vorwand, weshalb wir bleiben sollten. Schon eine einzige Nacht könnte ausreichen. Aber was soll ich ihnen sagen, ohne sie entweder anzulügen oder mir ihre Feindschaft zuzuziehen? König Trent hat mir zwar geraten, daß die Ehrlichkeit im Zweifelsfall immer die beste Politik ist, aber im Augenblick zweifle ich sogar an der Ehrlichkeit.«

»Wiederum sehe ich beide Seiten der Angelegenheit«, warf Chet ein. »Ehrlichkeit ist das allerbeste – außer vielleicht in diesem Fall. Meine Rasse kann äußerst störrisch und unfreundlich werden, wenn man sie mit einer Vorstellung konfrontiert, die der ihren zuwiderläuft. Auch wenn ich meinen Vater in keiner Form kritisieren möchte ...«

Sie wußten schon, was er meinte. Chester Zentaur verfuhr mit Dingen, die ihm mißfielen, in der Regel so, daß er sie in den Schwitzkasten nahm und so lange durchschüttelte, bis sie völlig entkräftet waren. Die Zentauren der Insel waren zwar zivilisierter, doch unter der Fassade waren sie ebenso störrisch und reizbar wie Chester.

»Sag ihnen doch einfach, daß deine Aufgabe noch nicht erledigt ist und du noch einen Tag bleiben mußt«, schlug Irene vor. »Das ist sogar die reine Wahrheit.«

»So einfach sie sich auch anhören mag, ist dies eine ausgezeichnete Antwort!« meinte Chet. »Und in der Nacht kannst du dann Arnoldes Talent ausspionieren. Grundy läßt du vorher den Weg erkunden, damit du nicht auffällst. Auf diese Weise kannst du die Mission zu Ende führen und morgen heimkehren.«

»Aber was, wenn wir ihn mitnehmen müssen? Ein Vollmagier sollte auf Schloß Roogna kommen.«

»Kein Problem«, sagte Chet. »Ich kann dir gleich sagen, daß er nicht mitkommen wird, und man kann keinen Magier zu etwas zwingen. Es gibt kaum etwas, das den Archivar aus seiner vertrauten Umgebung locken dürfte.«

»Es müßte auch genügen, sein Talent zu kennen«, meinte Irene. »Dann kann unser eigener Ältestenrat entscheiden.«

Dor war erleichtert. »Ja, natürlich. Also heute nacht. Die anderen können ja schlafen.«

»Haha!« machte Irene, und Krach grunzte zustimmend. »Immerhin stecken wir gemeinsam in dieser Patsche. Allein baust du doch garantiert Mist.«

»Wie immer, schätze ich auch jetzt euer Vertrauen«, erwiderte Dor schiefmäulig. Aber er schätzte auch ihre Unterstützung. Er fürchtete sich tatsächlich davor, auf sich selbst gestellt nur Mist zu bauen, aber er hatte sie nicht darum bitten wollen, bei einem seiner Meinung nach häßlichen Unterfangen mitzumachen.

In der Nacht setzten sie ihren Plan in die Tat um. Grundy ging zuerst hinaus. Im Dunkeln war der winzige Golem nicht zu erkennen. Die Luft war rein, und kurz darauf hatten sie – bis auf Chet, der getrennt untergebracht worden war und seinen Stall nicht unbemerkt verlassen konnte – ihre Menschenbetten verlassen und traten hinaus in die mondbeschienene Nacht. Es war beinahe Vollmond, so daß sie gut sehen konnten.

Sie fanden das Museum ohne Zwischenfälle. Dor hatte erwartet, daß es nachts geschlossen wäre, doch zu seiner großen Beruhigung war es hell erleuchtet. »Wer ist denn dort drin?« fragte er den Boden.

»Arnolde der Archivar«, erwiderte der Boden. »Du mußt ganz schön blöd sein, wenn du nicht weißt, daß der schon die ganze Woche Überstunden macht, um diese neuen mundanischen Artefakte zu katalogisieren, obwohl es mir schleierhaft ist, was man mit derartigem Schrott anfangen ...«

»Was hat er für ein magisches Talent?«

»Was für ein Talent?« fragte der Boden verwirrt.

»Weißt du nichts über seine Magie?« fragte Dor überrascht. Normalerweise waren Leute nur dann völlig ungehemmt in dem, was sie taten, wenn sie sich ausschließlich in Anwesenheit unbelebter Dinge befanden. Das war es ja auch, was Dors Talent so heimtückisch machte: In seiner Gegenwart verloren alle Leute die trügerische Sicherheit ihres eigenen Privatlebens. Er versuchte zwar, nicht in Dingen herumzuschnüffeln, die ihn nichts angingen, aber die meisten Menschen, seine eigenen Eltern eingeschlossen, machten dennoch normalerweise einen großen Bogen um ihn, ohne darüber viele Worte zu verlieren. Seine Reisegefährten waren da anders, allerdings auch aus verschiedensten Gründen. Wenn er dies so bedachte, war er sehr froh darüber. Selbst Irene, die immer so tat als würde sie ihr Privatleben hoch einschätzen, fühlte sich in Dors Gegenwart nicht wirklich unwohl. Sie brauchte überhaupt nicht viel zu unternehmen: schon seine bloße Dankbarkeit würde ihn jederzeit in ihren Bann ziehen. Er wußte, daß sie es gewohnt war, kein wirkliches Privatleben zu haben, weil ihre Mutter andauernd hinter ihr herspionierte; immerhin kam er mit ihr wesentlich besser zurecht als mit anderen

Mädchen. Die regten sich immer fürchterlich auf, wenn ihre Kleider Dor ihre Geheimnisse verrieten.

Dor spähte erneut zu dem großen runden Mond empor. Es war erstaunlich, wie dieser Himmelskörper seine Gedanken auf solche Bahnen zu lenken vermochte!

Inzwischen hatte der Boden geantwortet: »Überhaupt keins. Zentauren üben keine Magie aus.«

Dor seufzte. »Ich schätze, wir werden wohl doch hineingehen müssen, um ihn direkt zu fragen.«

Sie betraten das Gebäude. Arnolde hatte seine Ausstellungsstücke auf dem Haupttisch ausgebreitet und war damit beschäftigt, Schilder daran zu befestigen und sich Notizen zu machen. Es waren Stein- und Tonscherben sowie Stücke rostigen Metalls. »Ich wünschte, die Archäologen würden sie schneller klassifizieren«, grollte er. »Tagsüber ist der Tisch in Gebrauch, also kann ich sie bloß nachts auszeichnen.« Da zuckte er erschreckt zusammen. »Was macht Ihr denn hier? Der Besuchsrundgang ist doch beendet.«

Dor überlegte kurz, ob er die Katze sofort aus dem Sack lassen sollte, entschied sich jedoch dagegen. Er mußte den Zentauren erst besser kennenlernen, bevor er mit ihm über eine derart delikate Angelegenheit reden konnte. »Ich habe etwas Wichtiges mit Euch zu besprechen. Äh ... etwas Persönliches. Deshalb habe ich Euch während der Besichtigung nicht darauf angesprochen.

Arnolde zuckte mit den Schultern. »Ich habe nicht die leiseste Vorstellung, was der König von Xanth von mir wollen könnte. Solange Ihr die Finger von den Gegenständen laßt, will ich Euch anhören. Mundanische Dinge sind nur schwer zu beschaffen.«

»Das will ich gerne glauben«, stimmte Dor ihm zu. »Wir sind durch die Luft hierhergereist, indem wir auf Wolken geritten sind. Dabei sind wir beinahe über die Randzone der Magie hinausgetrieben worden. Es war reine Glückssache, daß wir nicht in die Tiefe gestürzt sind. Mundania ist kein Ort für die Lebewesen von Xanth.«

»Ach ja?« meinte der Zentaur ohne großes Interesse. »Habt Ihr die südliche Insel gesehen?«

»Nein, so weit sind wir nicht nach Süden vorgestoßen. Wir sind in Sichtweite der Zentaureninsel gelandet.«

»Da müßte es eigentlich jede Menge Magie gegeben haben. Mein Floß besaß einen Antriebszauber und hat nie versagt. Ich hatte mir völlig unnötige Sorgen gemacht. Diese Insel war offenbar früher zwar mal mundanisch, aber jetzt ist sie magisch.« Während er sprach, befestigte der Zentaur sorgfältig ein Schildchen nach dem anderen und machte in säuberlicher Schrift Eintragungen in einem Ordner. Offenbar gefiel ihm seine Arbeit, obwohl sie ziemlich langweilig war, und er ging mit großer Gewissenhaftigkeit vor.

»Ich glaube, wir haben uns nördlich davon befunden, aber Schwierigkeiten hatten wir auf jeden Fall«, sagte Dor. »Allerdings herrschte Sturm, das könnte die Magie gesprengt haben.«

»Durchaus möglich«, stimmte Arnolde ihm zu. »Stürme scheinen die Magie tatsächlich zu beeinflussen.«

Jetzt, da sie ihn nicht von seiner Arbeit abhielten, erwies sich der Zentaur als durchaus mitteilungsfreudig. Dennoch fühlte sich Dor noch nicht richtig wohl in seiner Haut. »Äh, der Älteste Gerome hat etwas erwähnt, äh ... eine Art Pakt, den die Zentauren ganz am Anfang mit meiner Art geschlossen haben. Habt Ihr auch Artefakte aus jener Periode?«

»O ja, die habe ich«, sagte Arnolde, und seine Augen begannen zu leuchten. »Knochen, Pfeilspitzen, das Heft eines Eisenschwerts, aber sie stützen die Legende. Leider werden wir wohl nie mehr die ganze Wahrheit erfahren, aber eine ungefähre Vorstellung davon haben wir doch.«

»Äh, falls es Euch interessieren sollte ... ich bin nämlich Magier. Ich kann Gegenstände zum Sprechen bringen. Falls Ihr eines dieser alten Artefakte befragen möchtet ...«

Jetzt wurde Arnolde richtig erregt. »Daran habe ich ja noch gar nicht gedacht! Für Euch ist die Magie ja durchaus in Ordnung, Ihr seid schließlich nur ein Mensch. Ich bilde mir ein, einigermaßen realistisch zu denken. Ja, da gäbe es durchaus ein Artefakt, das ich gerne befragen würde. Seid Ihr vertraut mit der Legende vom Ursprung der Zentauren?«

»Nein, nicht so richtig«, sagte Dor, der sich selbst für das Thema zu erwärmen begann. »Es wäre eine große Hilfe, wenn ich darum wüßte, dann könnte ich genauere Fragen stellen.«

»Im Jahre 1800 CVG – also eintausendachthundert Jahre Circa Vor der Gegenwart«, sagte der Archivar in ehrfürchtigem Tonfall. »Der erste Mensch und das erste Pferd – Ihr wißt wie ein Pferd aussieht? Vorne wie ein Seepferdchen und hinten wie ein Zentaur ...«

»Ja, wie eine Nachtmähre, nur bei Tag«, sagte Dor.

»Ganz genau. Diese beiden, die ersten beider Arten, die unseres Wissens von Mundania nach Xanth kamen. Xanth war schon damals magisch; offenbar existierte seine Magie schon seit Jahrtausenden. Die Pflanzen hatten sich bereits gut entwickelt – Ihr wißt doch, was man unter Evolution versteht, oder?«

»Wie sich Nickelfüßler aus Tausendfüßlern entwickelt haben.«

»Hm, ja. Die Art und Weise, wie sich einzelne Arten im Laufe der Zeit verändern. Ach ja, der König bekommt ja immer einen Zentaurenlehrer zugewiesen, also seid Ihr ja wahrscheinlich mit diesem Wissen vertraut gemacht worden. Damals beherrschten noch die Drachen das Land, man könnte es das Zeitalter der Reptilien nennen; es gab auch noch keinerlei menschliche Hybride und keine Zwerge, Trolle, Kobolde oder Elfen. Nun, dieser Mensch erkannte, daß es ein gutes Land war. Er war geschickt und schlau genug, um den schlimmeren Raubpflanzen aus dem Weg zu gehen und die Drachen zu meiden; er war ein Krieger, bewaffnet mit Pfeil und Bogen, Schwert, Speer und Keule und der Fähigkeit, damit auch richtig umzugehen, und tapfer war er auch.

Aber obwohl ihm Xanth sehr gut gefiel, war er doch einsam. Offenbar war er von seinem Stamm geflohen. Gerne glauben wir, daß es ein ehrenwerter Mann war, der bei einem bösen König in Ungnade gefallen war, wir wissen, daß derlei Dinge in Mundania vorkommen. Er konnte also nicht zurück. Tatsächlich kam kurz danach ein Trupp von Kriegern hinter ihm her, um ihn umzubringen. Es ist nicht völlig klar, wie die Mundanier nach Xanth eindringen können. Normalerweise können Mitglieder derselben mundanischen Gesellschaftsgruppe Xanth nur zusammen betreten, aber irgendwie scheint es diesen Mundaniern gelungen zu sein, dem ersten zu folgen. Ich will gar nicht erst so tun, als verstünde ich, wie das funktioniert haben soll, vielleicht ist das auch nur eine verzerrte Legende; jedenfalls waren sie nicht so schlau und geschickt wie er und wurden Opfer der natürlichen Gefahren Xanths. Nur zwei überlebten, und auch diese beiden Schwerverwundeten überstanden das ganze Unternehmen nur, weil der erste gute Mensch – aus nicht näher erklärten Gründen wird er in den Aufzeichnungen Alpha genannt – sie aus der Gefahr rettete und ihre Wunden mit Heilbalsam behandelte. Danach ließen sie von ihm ab; immerhin verdankten sie ihm ihr Leben und schworen ihm Treue und Freundschaft. Damals gab es so etwas wie eine Art Ehrgefühl, und das haben wir uns bis heute erhalten.

Nun waren es also drei Männer und drei prächtige Stuten, die sie ebenfalls hatten retten können. Keiner von ihnen konnte Xanth wieder verlassen; denn irgendwie hatte sich die Kunde von ihrem Verrat verbreitet, und die Feinde lauerten ihnen unmittelbar vor der Grenze der Magie auf. Vielleicht hatte sich die mundanische Kultur aber auch einschneidend verändert; eine Variante der Legende berichtet nämlich davon, wie sie versuchten, zurückzukehren und entdeckten, daß sie weder die Sprache der Mundanier noch deren Kultur verstehen konnten. Einer von ihnen war Söldner gewesen, ein bezahlter Soldat, der offenbar einen ganz anderen mundanischen Dialekt sprach als die anderen, doch als sie einander in Xanth begegneten, sprachen sie alle dieselbe Sprache. Wir wissen, daß dies zu den Eigenarten Xanths gehört; alle Kulturen und Sprachen verschmelzen hier miteinander, die Schriftsprache eingeschlossen. Es gibt hier keine Sprachbarrieren zwischen Wesen derselben Spezies. Wie auch immer – ich wünschte wirklich, die Legende wäre eindeutig und klar, aber so muß ich mich mit einem Handlungsgerüst abfinden, das sich ständig in miteinander unvereinbare Aspekte verzweigt, von denen jeder aber wiederum Elemente enthält, die für die Fortsetzung der Geschichte unabdingbar sind; wirklich ein äußerst spannendes Rätsel. Die drei Männer und ihre Pferde waren also in Sicherheit, solange sie im Bereich der Magie blieben, die sie so gut zu verstehen und zu handhaben begonnen hatten. Aber sie sehnten sich nach der Gesellschaft von Frauen ihrer Rasse. Sie wollten das Land lieber kolonisieren, statt dessen konnten sie lediglich darin überleben.

Als sie dann tief in das unbekannte Gebiet hineinstießen, gelangten sie an einen Quell auf einer schönen Insel vor der Küste, und alle drei tranken sie sein Wasser in tiefen Zügen und tränkten dort auch die Stuten. Sie wußten nicht, daß es ein Liebesquell war, der sie sich sofort in das nächste gegengeschlechtliche Wesen verlieben ließ, dem sie nach dem Trinken begegneten. Und so geschah es, daß jeder der Männer im kritischen Augenblick seine Stute erblickte – und die Stuten wiederum ihre Herren. Und so entstanden die Zentauren. Das ist übrigens wieder so einer von den erstaunlichen Unterschieden zwischen Xanth und Mundania; in Mundania sind Vertreter verschiedener Arten unfähig, sich miteinander zu paaren und fortzupflanzen, während das in Xanth zum Alltag gehört, obwohl die meisten Individuen sich natürlich eher von ihrer eigenen Art angezogen fühlen. Die Nachkommen dieser Verbindung sahen, daß ihre Eltern anders waren als sie, daß die Herren menschliche Wesen waren, die den größeren Intellekt besaßen, während den Stuten die größere Kraft innewohnte; so lernten sie, beide Arten zu respektieren. Die Männer lehrten ihre Nachkommen alle Künste, die sie gut beherrschten, sowohl geistiger als auch körperlicher Art, und verlangten im Gegenzug das Recht, dieses Land Xanth zu regieren. Nach vielen Würfen starben die Pferde und schließlich auch die Männer. Sie hinterließen nur Zentaurennachkommen auf dieser Insel. Doch die Überlieferung überlebte, und als Jahrhunderte später weitere Männer und auch Frauen nach Xanth kamen, überließen ihnen die Zentauren das Regieren des Königreichs. Und so ist es bis zum heutigen Tag geblieben.«

»Das ist aber eine schöne Geschichte«, sagte Irene. »Jetzt weiß ich endlich, warum ihr Zentauren uns immer geholfen habt, selbst wenn unsere Art eurer Hilfe unwürdig war, und weshalb ihr unsere Lehrer seid. Ihr habt einen größeren Zusammenhalt entwickelt als wir.«

»Wir haben den Vorteil kultureller Kontinuität. Und doch ist es nur eine Legende«, erinnerte Arnolde sie. »Wir glauben zwar daran, aber Beweise besitzen wir nicht.«

»Gebt mir ein Artefakt«, sagte Dor, den die Erzählung sehr bewegt hatte. Er hatte zwar kein Bedürfnis, sich mit Wesen einer anderen Art zu paaren, aber er konnte nicht leugnen, daß es in Xanth vielerlei Liebesverbindungen gab. Die Harpyien, die Meermenschen, die Manticora, die Werwölfe und Vampirfledermäuse – alle stammten sie ganz offensichtlich sowohl von Menschen als auch von Tieren ab, und es gab auch viele verschiedene Mischformen von Tieren, etwa die Schimäre und den Greif. Es wäre undenkbar gewesen, wollte man diesen Mischwesen ihre Gültigkeit absprechen; ohne sie wäre Xanth auch nicht das, was es war. »Ich werde Euch den Beweis beschaffen.«

Doch der Zentaur zögerte. »Eigentlich dachte ich ja, daß ich den Beweis haben wollte – aber jetzt fürchte ich, daß er anders aussehen könnte als die Legende. Es könnte sein, daß er anstelle schöner nur häßliche Elemente enthält. Vielleicht waren unsere Vorfahren ja gar keine sonderlich netten Geschöpfe. Nein, ich mache einen Rückzieher; zum ersten Mal stelle ich fest, daß mein Wissendurst auch eine Grenze hat. Vielleicht ist es das beste, wenn die Legende nicht weiter hinterfragt wird.«

»Mag sein«, stimmte Dor ihm zu. Jetzt endlich war es an der Zeit, daß er sein eigentliches Anliegen vorbringen konnte. »Da die Zentauren von Menschen abstammen und Menschen magische Talente besitzen ...«

»Oh, ich nehme an, daß manche Zentauren durchaus magische Fähigkeiten besitzen«, sagte Arnolde in der Art eines aufgeschlossenen Wesens, das kurz auf ein ansonsten nur unter Verschluß gehaltenes Thema einging. »Aber das hat keinerlei Bedeutung für unsere Gesellschaft. Wir überlassen die Magie, genau wie das Regieren, euch Menschen.«

»Aber manche Zentauren haben ... sogar Magierformat ...«

»Ach, Ihr meint Herman den Einsiedlerzentaur«, erwiderte Arnolde. »Der die Irrlichter herbeirufen konnte. Dem hat man Unrecht zugefügt, meine ich; immerhin hat er seine Kraft zur Rettung Xanths eingesetzt, um es vor den Zapplern zu bewahren, und dabei hat er sogar sein Leben gelassen. Das war vor achtzehn Jahren. Aber obwohl manche Magie in unserer Gesellschaft in letzter Zeit notgedrungen akzeptiert worden ist, würde auch ein neuer Zentaurenmagier, sollte er erscheinen, ausgestoßen werden. Wir Zentauren besitzen eine tiefverwurzelte kulturelle Abneigung gegen Obszönität.«

Dor wurde seine Aufgabe immer unangenehmer. Er wußte, daß Cherie Zentaur Magie bei Mitgliedern ihrer Art für obszön hielt, obwohl ihr Lebensgefährte Chester, Chets Vater, magisches Talent besaß. Cherie hatte sich nur äußerst schwer daran gewöhnen können. »Es gibt aber einen.«

»Einen Zentaurenmagier?« Arnolde furchte die Stirnhaut über seinem Brillengestell. »Seid Ihr sicher?«

»So gut wie sicher. Wir haben eine Reihe von Omen erhalten, sowohl auf Schloß Roogna als auch anderswo.«

»Der Arme! Wer ist es?«

Darauf war Dor unfähig zu antworten.

Arnolde musterte ihn ahnungsvoll. »Ihr wollt doch wohl nicht sagen – glaubt Ihr etwa, daß *ich* es bin?« Als Dor niedergeschlagen nickte, lachte der Zentaur unsicher. »Das ist doch unmöglich. Was für eine Magie soll ich denn besitzen?«

»Das weiß ich nicht«, erwiderte Dor.

»Wieso könnt Ihr dann eine derart abwegige Behauptung aufstellen?« Der Schweif des Zentauren peitschte nervös hin und her.

Dor holte seinen Kompaß hervor. »Kennt Ihr das hier?«

Arnolde nahm den Kompaß entgegen. »Ja, das ist ein magischer Kompaß. Er zeigt auf Euch, weil Ihr ein Magier seid.«

»Aber wenn ich ihn in der Hand halte, zeigt er auf Euch.«

»Das kann ich nicht glauben!« protestierte Arnolde. »Hier, nehmt ihn zurück und stellt Euch vor den Spiegel dort, damit ich die Nadel erkennen kann.«

Dor tat wie ihm geheißen, und Arnolde sah, wie die Nadel auf ihn wies. Er erblaßte etwas. »Aber das kann doch gar nicht sein! Ich kann doch kein Magier sein! Das wäre das Ende meiner Karriere! Ich besitze keine Magie!«

»Mir leuchtet es ja auch nicht ein«, meinte Dor. »Aber der Gute Magier Humfrey hat einen Magier auf der Zentaureninsel ausfindig gemacht. Deshalb bin ich überhaupt hierhergekommen.«

»Ja, unsere Ältesten hatten schon befürchtet, daß Ihr irgend etwas Abstruses vorhättet«, erwiderte Arnolde und starrte dabei unentwegt den Kompaß an. Dann setzte er sich abrupt in Bewegung. »Nein!« schrie er und galoppierte davon.

»Was nun?« fragte Irene.

»Wir folgen ihm nach«, sagte Dor. »Wir müssen feststellen, welches magische Talent er besitzt – und wir müssen ihn auch davon überzeugen. Wir können nicht auf halber Strecke aufgeben.«

»Irgendwie vergeht mir langsam der Spaß an dieser Mission«, brummte sie.

Dor empfand das gleiche. Einen anonymen Magier aufzuspüren war eine Sache; etwas ganz anderes war es jedoch, einen in seinen Beruf verliebten Archivar zu quälen. Doch es blieb ihnen keine andere Wahl.

Sie machten sich an die Verfolgung. Obwohl der Zentaur nicht gerade in seinen besten Jahren war, hatte er sie mühelos abgehängt. Doch Dor hatte keine Schwierigkeiten, die Fährte aufzunehmen, da er nur den Boden zu befragen brauchte. Die Spur führte sie nach Süden an die Meeresküste.

»Er hat sein Floß mit dem magischen Motor genommen«, erriet Irene. »Wir müssen uns auch eins besorgen. Vermutlich will er zu der mundanischen Insel.«

Nachdem Dor mehrere Flöße befragt hatte, entdeckten sie eins mit einem geeigneten Antriebszauber. Dor hoffte, daß man ihnen das nicht als Diebstahl ankreiden würde; er war zwar fest entschlossen, das Floß zurückzugeben, aber zunächst einmal mußte er Arnolde einholen und mit dem Zentauren reden, bevor er noch eine schlimmere Dummheit beging, als nur zu fliehen.

Der Sturm war schon lange verschwunden, und die See schimmerte glasig und ruhig im hellen Mondlicht. Das Floß des Zentauren war zwar nicht mehr zu sehen, aber das Wasser meldete seinen Kurs. »Er will zu der ehemals mundanischen Insel«, sagte Grundy. »Gut, daß die jetzt magisch ist. Schließlich sind wir magische Wesen.«

»Hast du Schmerzen gehabt, als die Magie im Umkreis des Sturms nachließ?« fragte Irene.

»Nein, ich fühlte mich wie immer – verängstigt«, gestand Grundy. »Und du, Krach?«

»Krach schwach«, erwiderte der Oger.

»In den Knien«, meinte Irene. »Das ging uns allen so.«

»Deine Knie mir schön wie nie«, stimmte Krach ihr zu.

Irenes Gesicht spielte alle Phasen von Zorn bis Verlegenheit durch. Schließlich entschied sie, daß der Oger sie nicht ärgern wollte, dazu war er gar nicht intelligent genug. »Danke, Krach. Deine Knie sind wie die Knorpel von gewundenen Eisenholzstämmen.«

Der Oger stieß ein entzücktes Donnern aus, das die Wasseroberfläche aufwühlte und das Floß beschleunigte. Sie hatte genau den richtigen Ton für ein Kompliment getroffen.

Der Zauber ließ sie schnell übers Wasser schießen, und schon bald war die Insel in Sicht. Da ließ ihre Geschwindigkeit nach. »Da stimmt irgend etwas nicht«, murmelte Dor. »Wir müssen an irgend etwas festhängen.«

Doch das war nicht der Fall: Das Floß trieb frei im Wasser, ohne von Wellen oder Meerestieren aufgehalten zu werden. Es trieb immer langsamer dahin, bis es sich schließlich fast gar nicht mehr bewegte.

»Natürlich mußten wir ausgerechnet eins mit einem kaputten Antriebszauber erwischen!« stöhnte Irene.

»Was ist los mit dir?« fragte Dor das Floß.

»Ich ... krrrzzzzz«, flüsterte das Floß heiser und verstummte.

»Die Magie!« rief Irene. »Wir sind über die Zone der Magie hinaus! Genau wie während des Sturms.«

»Gehen wir die Sache mal nüchtern durch«, sagte Dor besorgt. Wenigstens würden sie diesmal nicht von einer Wolke fallen! »Irene, laß eine Pflanze wachsen!«

Sie holte einen Flaschenhalssamen hervor. »Wachse!«

Der Samen begann zu keimen, zögerte und fiel schlapp herab.

»Kannst du mit irgend etwas hier sprechen, Grundy?« fragte Dor.

Der Golem entdeckte etwas Seetang im Wasser und stieß seltsame Laute aus. Doch er erhielt keine Antwort.

»Krach, versuch mal, deine Kraft auszuprobieren!«

Der Oger legte eine Pranke auf einen der Stützbalken und drückte, um den Saft herauszupressen. Nichts geschah.

Dor holte seinen Mitternachtssonnenstein hervor. Der glimmerte nur noch äußerst schwach – und erlosch auch schon gänzlich.

»Damit habe wir also gleich zwei Fragen beantwortet«, entschied Dor und versuchte, seine Unruhe zu verbergen und selbstsicher zu erscheinen. »Erstens: Wir verlassen die Zone der Magie; der Antriebszauber funktioniert nicht; ich kann nicht mehr mit unbelebten Gegenständen reden, Irene kann keine Pflanzen wachsen lassen. Zweitens verschwinden nur unsere Talente, nicht unsere Körper. Grundy kann zwar keine Lebewesen mehr dolmetschen, und Krach hat seine übermenschlichen Kräfte verloren, aber beide sind sie wohlbehalten und am Leben. Irenes Pflanzen wachsen zwar nicht mehr, aber sie ...« Er hielt inne und musterte sie. »Was ist mit deinem Haar passiert?«

»Mit meinem Haar?« Sie hielt sich eine Strähne vor das Gesicht. »Iiiiihh! Es ist ja verblaßt!«

»Ach was, bloß das Grün ist futsch«, meinte Grundy. »Sieht sowieso besser aus, so.«

Irene war so schockiert, daß sie nicht einmal versuchte, nach ihm zu treten. Wie Dor auch, war ihr nie klargewesen, daß ihre Haarfarbe magischen Ursprungs gewesen war.

»Also tut uns Mundania nicht weh«, fuhr Dor hastig fort. »Es legt uns sozusagen lediglich Steine in den Weg, behindert uns. Wir müssen einfach nur bis zur Insel rudern.«

Sie überprüften ihre Vorräte. Die Zentauren waren praktisch denkende Lebewesen; das Floß war mit mehreren Paddeln und einer Stange ausgerüstet. Dor und Irene nahmen die Paddel, Krach übernahm die Stange, und Grundy stellte sich ans Ruder. Es war eine arge Plackerei, aber immerhin kamen sie wieder voran, mit Kurs auf die Insel.

»Wie hat Arnolde nur seinen Vorsprung halten können?« fragte Irene keuchend. »Alleine zu paddeln und zu steuern muß doch enorm anstrengend sein.«

Endlich erreichten sie den Strand. Arnoldes Floß lag auf dem Sand. »Er hat es tatsächlich geschafft«, bemerkte Grundy. »Er muß kräftiger sein, als er aussieht.«

»Diese Insel ist ziemlich klein«, sagte Dor. »Weit kann er nicht sein. Wir werden ihn einkreisen. Krach, du hältst Wache bei den Flößen und brüllst, wenn er hierherkommt. Wir anderen werden versuchen, ihn einzuholen und in die Enge zu treiben.«

Sie verteilten sich und überquerten die Insel. Sie wirkte recht mundanisch: das grüne Gras griff nicht nach ihren Füßen, und die dichtblättrigen Bäume blieben wo sie waren und raschelten lediglich harmlos im Wind. Der Sand war zwar fein, bestand aber nicht aus Zucker, und die einzigen Schlingpflanzen, die sie entdeckten, machten keinerlei Anstalten, auf sie zuzukriechen. Wie konnte der Zentaur diesen Ort nur für magisch gehalten haben?

Sie entdeckten Arnolde an seinem Zufluchtsort – einer säuberlichen Ausgrabungsstelle, in der mundanische Artefakten lagen: der Ort, wo der Gelehrte ganz er selbst sein konnte. Offenbar war er mehr als nur ein reiner Archivar; er betrieb auch Feldstudien.

Arnolde erblickte sie. Er hatte eine magische Laterne bei sich, die die Stelle erleuchtete, während der Mond langsam im Meer versank. »Nein, ich kann wohl kaum wirklich fliehen«, sagte er traurig. »Die Wahrheit bleibt die Wahrheit, was es auch sein mag, und ich habe mich nun einmal der Wahrheit verschrieben. Aber ich kann nicht glauben, was Ihr sagt. Nie im Leben habe ich auch nur das leiseste magische Talent besessen, und auch jetzt habe ich keins. Vielleicht hat etwas von der Magie der Artefakte auf mich abgefärbt, so daß die Illusion entstand ...«

»Wieso funktioniert denn hier in Mundania Eure magische Laterne?« fragte Irene.

»Das hier ist nicht Mundania«, erwiderte Arnolde. »Das habe ich Euch doch bereits erzählt. Die magische Zone muß sich ausgeweitet und vor kurzem diese Insel erfaßt haben.«

»Aber unsere Magie hat doch nachgelassen«, sagte Dor. »Wir mußten zur Insel paddeln.«

»Unmöglich! Mein Floß hat mich ohne Unterbrechung hierherbefördert, und es ist auch kein Sturm in der Nähe, der die Magie beeinträchtigen könnte. Versucht es nur mit Eurem magischen Talent, König Dor. Ich bin sicher, daß Ihr feststellen werdet, daß es funktioniert wie eh und je.«

»Sprich, Boden!« befahl Dor und wartete gespannt darauf, was nun geschehen würde.

»Also gut, Kumpel«, antwortete der Boden. »Was ist los. Lahmmerker?«

Dor wechselte Blicke mit Irene und Grundy. Er war erstaunt – und stellte fest, daß Irenes Haar im Licht der Laterne wieder grünlich schimmerte. »Sie ist wieder da!«

sagte er. »Die Magie ist wieder da! Aber ich verstehe nicht wie ...«

Irene schleuderte einen Samen auf den Boden. »Wachse!« befahl sie.

Eine Pflanze keimte und wuchs schnell zu einem lebhaften Brombeerstrauch empor. »Brrrrommmm!« machte sie.

»Ist das hier wirklich eine magische Insel?« fragte Grundy den nächstgelegenen Baum in dessen Sprache. Der Baum gab raschelnd Antwort. »Er sagt, es ist eine – jetzt!« meldete der Golem.

Dor holte seinen Sonnenstein hervor. Er leuchtete hell.

»Wie kann die Magie nur so schnell zurückgekehrt sein?« fragte Irene. »Mein Vater meinte immer, daß die Grenze der Magie ziemlich stabil sei. Er war sich nicht einmal sicher, ob sie sich überhaupt jemals verschiebt.«

»Die Magie ist noch nie von dieser Insel gewichen«, warf Arnolde ein. »Ihr müßt durch eine Art Strudel gekommen sein. Vielleicht eine Nachwirkung des gestrigen Sturms.«

»Möglich«, sagte Dor. »Magie ist schon recht seltsam. Unsere hat jedenfalls versagt – eine Weile lang.«

Der Zentaur hatte einen Geistesblitz. »Vielleicht ist der magische Kompaß ja von einem ähnlichen Strudel erfaßt worden und hat versehentlich auf mich gedeutet!«

Doch Dor plagte der Zweifel. »Möglich wäre das schon. Auf jeden Fall stimmt hier irgend etwas nicht. Sollte dies der Fall sein, muß ich mich dafür entschuldigen, Euch Schmerz verursacht zu haben. Es schien mir selbst recht merkwürdig, daß Ihr Euch so plötzlich als Magier herausgestellt haben sollt, wo derartige Kräfte in der Regel doch von Geburt an zu einem gehören.«

»In der Tat!« stimmte Arnolde ihm eifrig zu. »Ein Instrumentendefekt, das ist wohl die einfachste Erklärung. Natürlich hätte ich mich nicht plötzlich als Magier entpuppen können, nachdem ich neunzig Jahre lang friedlich und völlig unmagisch vor mich hin gelebt habe.«

Wenigstens in einem Punkt hatten sie also richtig geraten: Der Zentaur war beinahe ein Jahrhundert alt. »Ich glaube, wir können jetzt genausogut zurückkehren«, beschloß Dor. »Wir mußten uns ein Floß ausleihen, um Euch zu verfolgen, und sein Besitzer wird sich ziemlich aufregen, wenn es zu lange verschwunden bleibt.«

»Darüber braucht Ihr Euch keine Sorgen zu machen«, erwiderte Arnolde, der in seiner Erleichterung beinahe herzlich wurde. »Die Flöße gehören allen, jeder kann sie benutzen, wie es ihm gefällt. Allerdings würde man sich Sorgen machen, wenn eines davon verschwände oder beschädigt würde.«

Sie gingen zum Strand zurück. Die magische Laterne erhellte ihren Weg. Als sie sich den Flößen näherten, sahen sie Krach, der in jeder Hand einen Felsbrocken hielt und mit angewiderter Miene, die ihn noch häßlicher machte als sonst, versuchte, sie zu zertrümmern.

Plötzlich zerbröckelten die Steine. »Wieder Kraft, jetzt geschafft!« röhrte der Oger, als das Gestein zu Sand zerrieselte.

»Das hättest du nie geschafft, wenn die Magie nicht zurückgekehrt wäre, du Riesendämlack«, grollte der Sand.

»Die Magie ist zurückgekehrt, ja. Aber erst jetzt?« fragte Dor, in dessen Hinterkopf irgend etwas rumorte.

»Klar«, meinte der Sand. »Hättest dieses Muskelhirn von einem Tolpatsch mal sehen sollen! Ich dachte schon, ich hätte ihn erledigt. Da kam die Magie zurück, im gleichen Augenblick wie ihr. Wirklich gemein!«

»Die Magie ... ist mit *uns* zurückgekommen?« stotterte Dor.

»Bist du beschränkt oder einfach nur blöde?« fragte der Sand mit einem abfälligen Knirschen. »Habe ich doch gerade eben gesagt.«

»Wann war die Magie denn schon einmal hier?« wollte Dor wissen.

»Ist noch gar nicht lange her. Das kann dir Pferdehintern hier erzählen, er war dabei, als sie kam.«

»Du meinst, daß diese Insel normalerweise mundanisch ist?«

»Klar, die war immer mundanisch, außer wenn der alte Hufkopp da war.«

»Ich glaube, wir sind da auf etwas gestoßen«, meinte Grundy.

Arnolde mustere ihn entsetzt. »Aber ... wie kann denn ... das ist doch lächerlich!«

»Wir sind es Euch und uns selbst schuldig, dies zu überprüfen, so oder so«, erwiderte Dor. »Wenn die Macht der Magie mit Euch reist ...«

»Entsetzlich!« jammerte der Zentaur. »Das darf einfach nicht wahr sein!«

»Machen wir noch einmal die Runde über die Insel«, schlug Dor vor. »Grundy, du gehst mit Arnolde und sprichst mit den Pflanzen und Tieren, die euch begegnen. Frag sie, wie lange es hier schon Magie gibt. Wir anderen verteilen uns und warten, bis Arnolde sich nähert. Wenn unsere Magie nachläßt, während er weg ist, und wiederkehrt, wenn er sich uns nähert ...«

Murrend willigte der Zentaur ein. Er spurtete im Trott um seine Insel – er war doch noch recht gelenkig für sein Alter –, während der Golem auf seinem Rücken hockte.

Kaum waren sie fort, als auch schon Dors Magie nachließ. Sein Sonnenstein strahlte kein Licht mehr ab, und er konnte auch nicht mehr mit unbelebten Gegenständen reden. Irene und Krach erging es ähnlich.

Wenige Minuten später war der Rundgang vorbei. Sie tauschten sich über ihre Erfahrungen miteinander aus. »Bei uns herrschte die ganze Zeit Magie«, berichtete Grundy. »Aber die Pflanzen und Schellfische sagten alle übereinstimmend, daß sie erst mit uns zu ihnen gekommen sei.«

»Als er fort konnt ich nicht reimen«, sagte Krach wütend. »War nichts wert, war fast zum Weinen!«

Das war für einen Oger eine geradezu unglaubliche Qual. Dor hatte gar nicht gewußt, daß seine Reimerei mit Magie zu tun hatte. Vielleicht hatte die Enttäuschung ihn ja nur aus der Fassung gebracht – oder aber die Magie hatte das Leben der Wesen Xanths weitaus stärker bestimmt und geformt als angenommen. Irenes Haar, Krachs Reime ...

»Meine Becherpetunie wollte überhaupt nicht wachsen«,

sagte Irene. »Aber als der Zentaur näher kam, geriet sie ins Sprießen und war schon kurz danach sturzbetrunken.«

»Und mein Talent funktionierte auch nur, als Arnolde wieder in der Nähe war«, fügte Dor hinzu. »Also scheint es hier auf seine Anwesenheit angewiesen zu sein, wie bei allen von uns. Nun bin ich schon ein Vollmagier. Was ist er denn dann?«

»Ein Magier der Magier«, sagte Irene. »Ein magischer Katalysator.«

»Aber ich habe doch nie im Leben Magie betrieben!« protestierte Arnolde, der immer noch etwas unter Schock stand. »Nie!«

»Ihr betreibt sie ja auch gar nicht, Ihr fördert sie nur«, erklärte Dor. »Ihr stellt eine Insel der Magie dar, eine Verlängerung Xanths nach Mundania. Wo immer Ihr seid, da ist auch Magie. Das ist zweifellos ein Talent von Magierformat.«

»Aber wie könnte das sein, wenn ich doch in meinem ganzen vorherigen Leben keinerlei Hinweise darauf erhalten habe? Ich kann mich doch nicht derart drastisch verändert haben!«

Doch darauf wußte Dor eine Antwort. »Ihr habt, wie Ihr sagt, Xanth erst vor kurzem zum ersten Mal verlassen. Da seid Ihr auf diese mundanische Insel gekommen, um Forschungen zu betreiben. Die Anzeiger des Guten Magiers Humfrey waren vorher nie auf Euch gerichtet, weil Euer Talent in Xanth selbst völlig getarnt ist; Ihr seid wie eine Nebelschwade inmitten einer Wolke. Doch als Ihr Xanth verlassen habt, ist Euer Talent zum Vorschein gekommen und hat die Alarmanlagen ausgelöst. Nachdem Ihr von den Anzeigern erst einmal geortet worden wart, zeigten diese auch weiterhin auf Euch. Vielleicht läßt Eure Gegenwart die Magie etwas verstärkt wirken, da die Zentaureninsel sich ja in der Randzone der Magie befindet. Das ist wie bei einem Käfer auf einem weit entfernten Blatt: Wenn man erst einmal weiß, wo er ist, kann man ihn auch sehen. Aber wenn er ganz still sitzt und man gar nicht weiß, daß es ihn überhaupt gibt, kann man ihn nicht ausmachen.«

Arnolde ließ die Schultern hängen, und sein Fell schien an Glanz zu verlieren. Er war ein Appaloosa-Zentaur mit weißgescheckten braunen Flanken, eine Art natürlicher Decke, die ihn recht hübsch anzusehen machte. Nun begannen die Flecken zu verblassen. »Ich fürchte, Ihr habt recht. Meine Artgenossen hielten diese Insel immer für mundanisch, während ich meinte, sie hätten sich geirrt. Ach, was ist das für eine Katastrophe für meine Karriere! Die Arbeit eines ganzen Lebens ruiniert! Jetzt kann ich niemals ins Museum zurückkehren.«

»Müssen die anderen Zentauren es denn überhaupt erfahren?« fragte Grundy.

»Ich mag vielleicht durch obszöne Magie beschmutz worden sein«, erwiderte Arnolde feierlich, »aber es ist unter meiner Würde, zu heucheln.«

Dor dachte über die Haltung der verschiedenen Zentauren nach, die er kennengelernt hatte. Er mußte zugeben, daß Arnolde recht hatte. Der Archivar konnte die Wahrheit nicht verbergen, und die anderen Zentauren würden keinen Zentaurenmagier in ihrer Mitte dulden. Die letzte Generation hatte Herman den Einsiedler ins Exil geschickt, um ihn erst nach seinem Tod zu einem Helden zu machen. Welch eine Belohnung!

Dors Mission hatte ihm keinerlei Nutzen eingebracht und statt dessen den Lebensunterhalt und den Stolz eines ehrbaren Zentauren zerstört. Er fühlte sich dafür verantwortlich. Nie hatte er jemandem auf solche Weise weh tun wollen.

Der Mond stand kurz davor, entgültig im Meer zu versinken. Jetzt, da er bereits ziemlich durchtränkt war, erschien er etwas aufgedunsen. Groß, rund und grünlich, war sein Käserad verführerisch nahe. Dor starrte ihn an und musterte seine landkartenähnliche Oberfläche. Wenn man eine Rauchsäule zum Mond emporsteigen lassen könnte, um dann eines Tages mit Hilfe der Salbe …

Da erkannte er etwas Entsetzliches. »Der Fluch!« rief er.

Der Zentaur blickte ihn trübsinnig an. »Ihr habt wahrlich einen Fluch über mich verhängt, König Dor!«

»Der magischen Salbe, die wir für unsere Wolkenreise benutzt haben, haftete ein Fluch an. Wer sie benutzt, begeht noch vor dem nächsten Vollmond eine abscheuliche Tat. Das hier ist unsere Tat: Wir haben Euch aus Eurer glücklichen Existenz hinausgetrieben und Euch zu etwas gemacht, das Ihr verabscheut. Der Fluch war schuld.«

»Derlei Flüche sind zwar lästig aber vermeidbar«, bemerkte der Zentaur. »Dazu benötigt man lediglich einen einfachen Gegenfluch. In unseren Archiven gibt es Dutzende davon. Wir katalogisieren sie nicht einmal sonderlich sorgfältig. Es ist doch wirklich eine Ironie, daß Euer Unwissen solch ernste Konsequenzen für mich haben mußte.«

»Dor, unternimm doch irgend etwas!« sagte Irene.

»Was kann er schon unternehmen?« fragte Arnolde niedergeschlagen. »Ich bin auf einen Schlag zum Ausgestoßenen geworden.«

Doch Dor, dessen Gehirn unter Druck auf Hochtouren arbeitete, hatte einen genialen Einfall. »Ihr nehmt die Magie überallhin mit«, sagte er. »Sogar nach Mundania. Das bezieht sich auf alle drei Warnungen, die wir erhalten haben. Es ist auf jeden Fall eine Angelegenheit, der ich nachgehen mußte, weil die Existenz eines jeden neuen Magiers in Xanth Angelegenheit des Königs ist. Es könnte auch eine Bedrohung für Xanth sein, denn wenn Ihr allein nach Mundania auszieht und Eure Magie mitnehmt, könntet Ihr von bösen Menschen gefangengenommen werden, die sich Eure Magie zu irgendwelchen bösen Zwecken zunutze machen könnten. Das Wichtigste aber ist, daß irgendwo in Mundania jemand gefangengehalten wird, der vielleicht dieser Magie bedarf, um fliehen zu können. Wenn ich Euch nun ins eigentliche Mundania mitnähme ..«

»Dann könnten wir meinen Vater retten!« rief Irene und hüpfte händeklatschend auf und ab. Sie tat es auf eine Weise, daß selbst der Zentaur innehielt, um sie anzuschauen, als bedauerte er es, einer anderen Art anzugehören und bereits im fortgeschrittenen Alter zu sein. »Ach, Dor, ich könnte dich küssen!« Und ohne seine Reaktion abzuwarten, ergriff sie ihn und küßte ihn mit freudiger Wildheit auf den Mund. In diesem Augenblick der Übererregung war sie anziehend und betörend wie nie; doch bevor er das noch begriffen hatte, hatte sie sich bereits wieder von ihm gelöst und sprach mit dem Zentauren.

»Arnolde, wenn Ihr sowieso ins Exil geschickt werdet, dann könnt Ihr uns genausogut begleiten. Uns kümmert Eure Magie nicht – nicht auf negative Weise, meine ich, schließlich besitzen wir ja alle magische Talente. Und denkt doch nur an all die Artefakte, die Ihr in Mundania sammeln könntet. Damit könntet Ihr Euer eigenes Museum aufmachen. Und wenn Ihr dabei behilflich seid, meinen Vater zu retten, den König Trent ..«

Es war deutlich, daß der Zentaur schwankte. Die Vorstellkung, ins Exil zu müssen, behagte ihm zwar nicht, andererseits konnte er auch nicht mehr in seine Stellung auf der Zentaureninsel zurückkehren. »Und die Zentauren um Schloß Roogna sind an Magie gewöhnt«, fuhr Irene fort. »Chester Zentaur spielt eine magische Silberflöte, und sein Onkel war Herman der Einsiedler. Er würde sich über Eure Gesellschaft freuen, und ...«

»Ich schätze, ich habe wohl kaum eine andere Wahl«, sagte Arnolde schließlich düster.

»Dann wollt Ihr uns helfen? Ach, danke, danke!« rief Irene, umarmte das Vorderteil des Zentauren und küßte auch ihn. Arnolde war ganz offenkundig erschreckt, aber keineswegs unangenehm berührte; seine weißen Flecken zitterten.

Da mußte Dor an ein weiteres Problem denken. »Wir können nicht einfach nach Mundania reisen. Der Ältestenrat würde das niemals zulassen.«

»Wie soll er es denn verhindern?« fragte Irene und blickte ihn vielsagend an.

»Aber wir müssen die Ältesten wenigstens darüber informieren, daß ...«

»Das kann Chet tun. Der muß sowieso nach Hause zurückkehren.«

Dor wand sich immer noch. »Ich weiß nicht ...«

Da fixierte Irene ihn mit einem Blick, der eine einzige Herausforderung an ihn war, er sollte nur wagen, sie aufzuhalten. Das machte sie außerordentlich hübsch, und Dor begriff, daß ihr Weg feststand. Sie wollte ihren Vater retten, und zwar um jeden Preis.

VIII
Das Mundanische Geheimnis

Noch in derselben Nacht lenkten sie die beiden Flöße zurück zur Zentaureninsel. Dabei entdeckten sie, daß Arnoldes magiefördernder Einfluß sich am stärksten nach vorne erstreckte, vielleicht fünfzehn Schritte weit und etwa die Hälfte nach hinten. Am schwächsten war seine Magie an den Seiten, wo sie kaum hervortrat. So war sein magisches Wirkungsfeld eine Art Tunnel oder Durchgang, der stets vor dem Zentauren lag.

Als sie wieder ins magische Hauptfeld Xanths eingedrungen waren, war von Arnoldes Talent nichts mehr zu merken. Da spielte es keine Rolle, in welche Richtung er blickte. Andererseits war es auch nicht so recht möglich, die Intensität der Magie in seiner unmittelbaren Nähe genau zu messen.

Grundy schlich sich zu Chet hinein, um ihn zu wecken und ihm die Lage zu erklären, während Arnolde in seinen alten Schmökern herumstöberte, um die schnellste Route nach Mundania ausfindig zu machen. Er berichtete, daß der kürzeste Weg der Tunnel sei, den die Sonne bei ihrer Rückkehr aus dem Ozean benutzte und in dem sie sich unterwegs auch abtrocknete und wieder auflud. Tagsüber, während die Sonne ihn nicht benutzte, war er frei; sie konnten ihn einfach entlanggehen.

»Aber das würde uns doch gen Westen führen!« protestierte Irene. »Mein Vater hat Xanth aber in nördlicher Richtung verlassen.«

Dem mußte Dor beipflichten. »Die übliche Strecke nach Mundania führt durch den Nordwestisthmus. Dort müssen wir hin, um vielleicht seine Spur aufzunehmen. Den Sonnentunnel können wir nicht benutzen. Aber bis zum Isthmus ist es eine weite Reise, und ich glaube nicht, daß wir noch einmal die Küste entlangreisen sollten. Wenn wir Pech haben, kommen wir vielleicht nie am Ziel an. Gibt es keine besseren Vorschläge?«

»Nun, für morgen sind kurze Regenschauer angezeigt«, sagte Arnolde. »Da müßte es auch einen Regenbogen geben. Im Archiv gibt es einen Zauber, mit dessen Hilfe man auf einem Regenbogen schreiten kann. Es geht sehr schnell, denn Regenbögen halten nicht lange an. Außerdem ist da allerdings noch ein Risiko ..«

»Geschwindigkeit ist genau das, was wir brauchen«, sagte Dor, der sich an seine Traumvisionen erinnerte, die von einer gewissen Dringlichkeit geprägt gewesen waren. »Ich glaube, daß König Trent in Schwierigkeiten steckt und möglichst bald gerettet werden sollte. Vielleicht nicht unbedingt sofort oder morgen, aber ich glaube kaum, daß wir es uns leisten können, einen Monat zu warten.«

»Außerdem gibt es da das Problem, den Regenbogen zu erklimmen«, meinte Arnolde. Jetzt, da er den widerlichen Gedanken an seine eigene Magie akzeptiert hatte, stellte sich sein Verstand recht willig auf die Lage ein. Vielleicht lag es ja daran, daß er es gewohnt war, mit Informationen umzugehen und sie zu ordnen. »Die Magie eines Regenbogens besteht ja unter anderem darin, daß er von allen Beobachtern aus gleich fern zu sein scheint, wobei seine beiden Enden in gleicher Entfernung von ihnen im Norden und Süden den Boden berühren, egal, wo sie auch stehen mögen. Wir müssen seine Steigung erklimmen, um dann auf der anderen Seite schnell hinunterzurutschen, bevor er verblaßt.«

»Die Salbe!« sagte Grundy. »Wir können eine Rauchsäule zu einer Wolke emporsteigen lassen, um von dort aus zur Spitze des Regenbogens emporzulaufen, sofern wir früh genug anfangen, bevor sich der Regenbogen gebildet hat.«

»Ihr versteht mich nicht«, wandte der Zentaur ein. »Wenn wir die Wolke besteigen, wird er uns immer noch genausoweit entfernt erscheinen wie vorher. Einen Regenbogen einzufangen ist eines der schwierigsten Unterfangen überhaupt.«

»Das sehe ich ein«, murmelte Dor. »Wie können wir einen einfangen, wenn er ständig zurückweicht?«

»Erstick den Blick«, schlug Krach vor und bedeckte seine riesigen Augäpfel mit seinen behandschuhten Fäusten.

»Natürlich, das Ungeheuer hat recht!« sagte Arnolde, ohne Krach, den er wohl für anstößig hielt, anzublicken. »Das ist die offensichtliche Lösung!«

Für Dor war sie alles andere als offensichtlich. »Wie können wir denn zum Regenbogen gelangen, wenn wir unsere Augen bedecken?«

»Wenn man ihn nicht ansieht, kann er einem wohl kaum weit entfernt erscheinen«, meinte Arnolde.

»Ja, aber ...«

»Ich verstehe«, sagte Grundy. »Wir stellen fest, wo er ist, schließen die Augen und gehen auf ihn zu. Dann kann er nicht zurückweichen, weil wir ihn gar nicht sehen. Sehr einfach.«

»Aber irgend jemand muß ihn trotzdem ansehen, sonst ist er überhaupt nicht da«, warf Irede ein. »Oder?«

»Chet kann ihn anblicken«, sagte Grundy. »Der kommt ja sowieso nicht mit.«

Dor traute diesem Plan nicht ganz, doch die anderen schienen damit einverstanden zu sein. »Dann legen wir uns heute nacht am besten schlafen und warten ab, was morgen geschieht«, sagte er und hoffte, daß dies alles auch wirklich einen Sinn ergeben würde.

Sie schliefen lange, doch das war nicht weiter schlimm, weil die kurzen Regenschauer erst am späten Vormittag zu erwarten waren. Arnolde informierte die Ältesten pflichtschuldig über seine Lage; wie erwartet, ermunterten sie ihn dazu, die Insel für immer zu verlassen, sobald es nur ging, ohne direkt auf den Grund dafür einzugehen, aus dem er plötzlich seine Stellung in ihrer Gemeinschaft verloren hatte. Magier waren hier unerwünscht; in seiner Gegenwart hätten sich alle unwohl gefühlt. Sie würden bekanntgeben, daß Arnolde sich aus gesundheitlichen Gründen von seinem Beruf zurückgezogen hätte, damit sein guter Ruf nicht geschädigt wurde, und sie würden auch einen neuen Archivar bestallen und einarbeiten. Niemand würde von seiner Schmach erfahren. Um seine baldige Abreise zu erleichtern, rüsteten sie ihn mit einer nützlichen Sammlung von Zaubern und Gegenzaubern für die Reise aus und wünschten ihm alles Gute.

»Diese Heuchler!« rief Irene. »Fünfzig Jahre lang hat Arnolde ihnen treu gedient, und plötzlich, nur weil ...«

»Ich hab' dir doch gleich gesagt, daß du die Feinheiten der Zentaurengesellschaft nicht verstehen würdest«, meinte Chet, obwohl auch er sich in seiner Haut nicht so recht wohl zu fühlen schien.

Trotzig sagte Irene nichts mehr. Dor gefiel sie wegen ihrer Gefühle jedoch noch besser. Es war wirklich Zeit, die Zentaureninsel zu verlassen, und dies nicht nur wegen ihrer Mission.

Die Kurzregenschauerwolken ballten sich am Himmel zusammen und schickten sich an, zu regnen. Dor stellte einen Räuchertopf auf, und es gelang ihm, eine Rauchsäule im schrägen Winkel emporsteigen zu lassen und die Wolke zu schneiden. Sie bestrichen sich Hände und Füße mit der Salbe, aktivierten die Gegenzauber, die Arnolde an sie verteilte, und marschierten die Säule empor. Arnolde machte sich erstaunlich gut für sein Alter; offenbar hatten seine archäologischen Feldstudien ihn in Reiseform gehalten.

Einen Augenblick hielten sie inne, um Chet anzublicken, der unten am Strand stand und auf den Regenbogen wartete. Dor erstickte fast an seinen Tränen und konnte nur winken. »Hoffentlich sehen wir uns mal wieder, Vetter!« rief Arnolde. Chet war nicht mit ihm verwandt; Arnolde spielte vielmehr auf ihr gemeinsames magisches Talent an. »Und vielleicht kann ich auch deinen Vater mal kennenlernen.« Chet lächelte.

Als sie die Wolkenbank erreicht hatten, legten sie Augenbinden an. »Wolken«, sagte Dor, »sagt uns, wie wir am besten zur Spitze des Regenbogens gelangen. Laßt keinen von uns zu nahe an euren Rand treten.«

»Welcher Regenbogen?« fragte die nächstgelegene Wolke.

»Der Regenbogen, der gerade im Begriff ist, sich zu bilden. Den mein Freund Chet vom Boden aus sehen wird.«

»Ach so, *der* Regenbogen. Der ist noch nicht da. Er hat noch etwas an der Ostküste Xanths zu erledigen.«

»Na gut, dann führt uns auf ihn, wenn er hier ist.«

»Warum macht ihr nicht die Augen auf und schaut ihn euch selbst an?« fragte die gerissene Wolke. Unbelebte Dinge waren oft recht pervers, und die vielen Windungen und Falten der Wolken machten sie schlauer, als es der Durchschnitt war.

»Führt uns einfach hin«, erwiderte Dor.

»Oooooch!« Aber die Wolke mußte gehorchen.

Hinter ihnen erscholl, unten auf dem Boden, ein lautes »Hopp!« »Das ist das Popcorn, das ich Chet gegeben habe«, sagte Irene. »Ich habe ihm gesagt, er soll es aktivieren, wenn er den Regenbogen sieht. Jetzt ist der Regenbogen fixiert solange er ihn anblickt, und wir nicht; wir müsen schon nahe dran sein.«

»Sind wir das?« fragte Dor die Wolke.

»Ja, ja«, murrte die Wolke. »Direkt vor euch, obwohl er nie sehr direkt ist, haha. Das ist kumulativer Humor!«

»Regenbogen!« rief Dor. »Sing uns etwas, wenn du mich hören kannst!«

Als Antwort ertönte der Regenbogen: »Tra-la-la-di-ri-la!« Es klang sehr hübsch und bunt.

Sie eilten auf ihn zu. Als sie ihn erklommen hatten, entfernten sie ihre Augenbinden. Nun konnte der Regenbogen sie nicht mehr mit seiner trügerischen Magie hereinlegen.

Der Regenbogen war genauso hübsch, wie er sich angehört hatte. Rote, gelbe, blaue und grüne Bänder erstreckten sich der Länge nach vor ihnen, und dazwischen, wo Beobachter vom Boden aus sie nicht erkennen konnten, lagen die geheimsten Schätze des Spektrums: Bänder aus Polkatupfern, Plaid- und Tartanmustern. Manche der inneren Bänder waren durchschimmernd, andere leuchteten in Farben, die sich der Mensch kaum vorstellen konnte: Fortissimo, Charme, Phon und Drall. Man konnte sich mühelos inmitten all dieser Wunder verlieren, und Irene schien ebendies tun zu wollen, doch der Regenbogen würde nicht lange an diesem Ort bleiben. Offenbar hatten Regenbögen einen vollen Terminplan, und dieser hier sollte in einer halben Stunde irgendwo in Mundania erscheinen.

Arnolde holte seinen Regenbogenreisezauber hervor, der in einem Papierumschlag versiegelt war. Er riß den Umschlag auf – und schon begannen sie, in die Tiefe hinabzurutschen.

Ihr Tempo war phänomenal. Sie sausten an den Wolken vorbei, hinab in die kaum beregnete Region in der Tiefe, und jagten unaufhaltsam auf das Meer im Norden zu.

Unter ihnen lag das Land Xanth, eine langgezogene Halbinsel, deren Küstengewässer von schmalen Inseln durchzogen wurden. Durch die Mitte des Landes zog sich die zerklüftete Spalte, die den nördlichen vom südlichen Teil trennte. Auf Karten war sie nie zu sehen, weil sich keiner an sie erinnern konnte, aber das hier war ja auch keine Landkarte: Es war die Wirklichkeit, von einem Regenbogen herab betrachtet. Es gab eine Reihe von Seen, wie etwa den Ogersee im Süden, doch die Dor bekannten menschlichen Siedlungen waren nicht zu sehen. Der Mensch hatte auf Xanth physisch einfach keinen allzugroßen Eindruck gemacht.

»Prima Klima!« rief Krach fröhlich.

»Huuuuch! Mein Rock!« quiekte Irene, als die boshaften

Böen der ganzen Welt ihre Beine bloßlegten. Dor fragte sich, warum sie eigentlich darauf bestand, Röcke zu tragen, wo dies doch offenbar so unpraktisch war. Hosen hätten das Problem ein für alle Mal gelöst. Dann überlegte er, daß sie dieses Problem ja vielleicht gar nicht wirklich lösen wollte. Sie wußte sehr gut, daß ihre Beine Prachtstücke eines an sich schon prächtigen Körpers waren, und so war sie vielleicht gar nicht wirklich abgeneigt, die Welt dies wissen zu lassen. Wenn sie ständig gegen alle unfreiwilligen Zurschaustellungen protestierte, konnte ihr schließlich niemand vorwerfen, daß sie mit ihren Reizen prahlte. Das System war wirklich nicht schlecht.

Dor, Grundy und Arnolde, die der Gewalt weniger fröhlich begegneten als der Oger und auch weniger schamhaft (?) waren als Irene, hielten sich beim Hinabrutschen an dem Regenbogen fest und starrten immer beunruhigter in die Tiefe. Wie sollten sie unten nur abbremsen? Die Abfahrt näherte sich mit bedrohler Schnelligkeit ihrem Ende. Die Nordküste Xanths unter ihnen wurde immer größer, und die Windungen der Strände waren immer deutlicher zu erkennen. Das Meer schien hier merkwürdig rötlich gefärbt zu sein; Dor hoffte nur, daß dies nicht vom vergossenen Blut früherer Regenbogenfahrer herrührte. Aber natürlich nicht! Wie konnte er nur so etwas denken?

Da kehrte sich der Reisezauber um, und ihr Tempo verlangsamte sich zusehends, bis sie schließlich sanft ins rötliche Wasser am Ende des Regenbogens plumpsten und auf die Küste zuschwammen. Die Färbung rührte nicht von Blut her; jetzt, aus der Nähe betrachtet, war das Rot nur schwach und durchschimmernd.

Nun, da er es nicht mehr aus der Luft sehen konnte, erinnerte sich Dor an weitere Einzelheiten Xanths. Es verlief von Norden nach Süden, und sein schmalster Landstrich war dort, wo sich das Dorf seines Großvaters, des Ältesten Roland, befand, an der Weststeite der nördlichen Mitte.

Oben an der Spitze machte Xanth eine Westkrümmung und wurde durch den Isthmus mit Mundania verbunden, der ihr Ziel war – und irgendwie schien das Mundania jenseits dieses Isthmus riesig zu sein, viel größer als Xanth. Dor kam zu dem Schluß, daß dieser Eindruck sicherlich falsch war. Mundania war bestimmt allenfalls so groß wie Xanth oder sogar noch etwas kleiner. Wie konnte ein derart unwichtiges Gebiet größer sein, vor allem, wenn es keine Magie besaß?

Nun erreichten sie seichtes Gewässer und wateten durch dunkelrotes Wasser an Land. Die rote Farbe machte ihm Sorgen, da sie sich am Wasserrand intensivierte; wie konnte das normalerweise blaue Wasser hier im mundanischen Gebiet eine andere Farbe annehmen? Welche Magie konnte es beeinflussen, da es hier doch keinerlei Magie mehr gab?

»Vielleicht hat der Regenbogen abgefärbt«, meinte Irene.

Hm, vielleicht. Natürlich befanden sie sich durch Arnoldes Begleitung jetzt im magischen Feld des Zentauren, so daß alles hier nicht mehr wirklich mundanisch war. Doch das rötliche Wasser erstreckte sich weit über das Magiefeld hinaus und schien eines der hiesigen Landschaftsmerkmale zu sein.

Sie versammelten sich auf dem Strand, von rotem Wasser triefend. Grundy und Krach machte das nichts aus, doch Dor fühlte sich nicht wohl dabei, und Irenes Bluse und Rock klebten völlig durchnäßt an ihrem Körper. »In diesem Aufzug lauf' ich nicht herum, und ausziehen werde ich mich auch nicht!« verkündete sie. Sie griff in ihren Samenbeutel, den sie auf der Zentaureninsel wieder aufgefüllt hatte, und holte einen purpurnen Samen hervor. Der Beutel war offenbar wasserdicht, denn der Samen war völlig trocken. »Wachse!« Befahl sie und ließ ihn auf den Sand fallen.

Das Ding keimte und wurde zu einer Trockenblume. Kleine purpurne Blüten begannen zu knospen und gaben warme, trockene Luft ab. Diese Pflanze benutzte die Sonnenwärme, um Gegenstände in ihrer Umgebung damit zu trocknen. Schon bald war ihre Kleidung wieder trocken. Selbst Krach und Grundy wußten dies zu schätzen, da sie die Spezialjacken trugen, die ihnen von den Zentauren geschenkt worden waren. Krach schüttelte auch seine Panzerfäuste aus und trocknete sie, während Irene ihren Pelz mit der Silberbordüre ausbreitete.

»Wissen wir überhaupt, in welche Richtung wir müssen?« fragte Irene schließlich.

»Ist König Trent hier vorbeigekommen?« fragte Dor die Landschaft.

»Wann?« fragte der Strandsand.

»Im letzten Monat.«

»Nicht daß ich wüßte.«

Sie schritten weiter gen Norden, und Dor versuchte es aufs neue. Wieder erhielt er eine abschlägige Antwort.

Den ganzen Tag über zogen sie weiter. Bis zum Abend hatten sie den Isthmus abgeschritten – ohne Erfolg. Das Land hatte den König nicht gesehen.

»Vielleicht hat die Königin ja eine Unsichtbarkeitsillusion erzeugt«, schlug Grundy vor.

»Hier in Mundania konnte die doch nicht funktionieren, Blödian!« knurrte Irene. Sie war immer noch böse auf den Golem, weil sie durch ihn die Hälfte ihres Samenvorrats an den eklektischen Aal verloren hatte. In Kleinigkeiten konnte sie sehr nachtragend sein.

»Ich bin nicht hinreichend über König Trents Exkursion informiert«, sagte Arnolde. »Vielleicht hat er Xanth auf einem anderen Weg verlassen.«

»Aber ich weiß genau, daß er diese Route genommen hat!« wandte Irene ein.

»Du wußtest doch nicht einmal, daß er Xanth verlassen hatte«, erinnerte Grundy sie. »Du hast geglaubt, daß er Urlaub in Xanth macht.«

Achselzuckend wischte sie diesen Einwand beiseite. »Aber das ist der einzige Weg, der aus Xanth herausführt!« Ihre Stimme drohte wieder, ins Hysterische umzukippen.

»Es sei denn, er ist übers Meer gereist«, meinte Dor.

»Ja, das wäre möglich«, stimmte sie ihm sofort zu. »Aber dann muß er irgendwo an Land gegangen sein. Meine Mutter wird seekrank, wenn sie zu lange auf einem Schiff bleibt. Wir brauchen bloß den Strand entlangzugehen und die Steine und Pflanzen befragen.«

»Und nach mundanischen Monstern Ausschau halten«, stichelte Grundy. »Damit sie dir nicht unter den Rock schielen ...«

»Ich bezweifle, daß nichtmagische Wesen uns allzu großes Kopfzerbrechen bereiten dürften«, meinte Arnolde in seinem typischen Gelehrtentonfall.

»Der Huftreter – was weiß denn der?« wollte Krach wissen.

»Jedenfalls mehr als du, du dämlicher Tölpel«, gab der Zentaur wütend zurück. »Ich habe mich in letzter Zeit etwas mit Mundania beschäftigt, habe Einwanderer befragt und feststellen können, daß, den meisten Berichten zufolge, mundanische Pflanzen und Tiere vergleichsweise zurückhaltend und scheu sind. Natürlich bleibt immer ein gewisser Spielraum für Irrtümer wie bei allen Dingen.«

Dor bemerkte, daß der Oger verärgert war, weil er offenbar der Meinung war, daß Arnolde Chets Platz einnehmen wollte oder sollte. Dor beschloß, die Sache vorerst auf sich beruhen zu lassen.

Sie schritten den Strand entlang. Tatsächlich – nichts machte Anstalten, sie anzugreifen. Die Bäume waren merkwürdige Dinger mit ovalen Blättern, braunen, unbeweglichen Rinden und ohne Tentakel. Kleine Vögel schwirrten zwischen den Ästen umher, und graue Tiere huschten über den Boden.

Arnolde hatte ein Werk über Naturgeschichte mitgebracht und blätterte eifrig darin. »Eine Eiche!« rief er. »Wahrscheinlich die Urform der Silbereiche, der Hammereiche, der Truthahneiche und des Eichelbaums!«

»Aber die trägt doch weder Silber noch Hämmer, noch Eicheln!« protestierte Grundy.

»Und auch keine Truthähne«, ergänzte Irene.

»Doch, durchaus, in rudimentärer Form«, entgegnete der Zentaur. »Seht mal, wie mache der Blätter einen silbrigen Schimmer aufweisen, während andere die Form primitiver Gegenstände haben. Und wenn die entsprechende

Jahreszeit kommt, trägt er vermutlich auch Eicheln. Das Fehlen der Magie verhindert zwar, daß sich alles richtig ausprägen kann, aber wenn man einen geübten Blick hat ...«

»Vielleicht«, meinte der Golem achselzuckend. Mehr wollte er über Eichen wohl gar nicht erst erfahren.

Dor befragte weiterhin die unbelebten Gegenstände am Strand und auch das Meerwasser, doch ohne Erfolg. Alle bestritten, König Trent oder Königin Iris gesehen zu haben.

»Das ist doch einfach lächerlich!« wütete Irene. »Ich *weiß* doch, daß er hier entlanggekommen ist.«

Arnolde strich sich nachdenklich über das Kinn. »Es scheint tatsächlich eine signifikante Diskontinuität vorzuliegen.«

»Da stimmt was nicht«, pflichtete Grundy ihm bei.

Als die Sonne unterging, schlugen sie ihr Lager am Strand auf. Anstatt Wachposten einzuteilen, wollten sie sich auf ihre Magie verlassen. Dor befahl dem Sand in ihrer Nähe, zu schreien, wenn irgend etwas Gefährliches oder Widerliches sich nähern sollte, und der Sand versprach zu gehorchen. Irene setzte einen Deckenbusch, auf dem sie schlafen konnten, und ließ außerdem noch eine Würgekirschenhecke als zusätzlichen Schutz wachsen. Sie schlachteten Beefsteaktomaten und rösteten sie an einem Flammenbaum und tranken den Saft von Wein- und Regen-Lilien.

»Junge Dame, Euer Talent trägt wirklich Wesentliches zu unserer Bequemlichkeit bei«, sagte Arnolde. Als sie das Kompliment hörte, errötete sie.

»Ach, das sagt er doch bloß, weil sie hübsch ist«, grollte Grundy. Das ließ Irene vor Freude nur noch mehr erröten. Dor war zwar nicht erfreut, wußte aber nicht, weshalb. Anderer Leute Reaktionen konnte er immer leichter ausmachen als seine eigenen.

»Vor allem, wenn ihr der Rock übers Knie hochgerutscht ist«, fuhr der Golem fort. Irene zog hastig den Rocksaum herunter, und ihr Erröten wirkte plötzlich wesentlich weniger anziehend.

»Eine solche Reise bietet wenig genug Entschädigungen«, meinte Arnolde. »Wenn ich die freie Wahl hätte, würde ich sofort meine eigene Magie abschaffen und voll rehabilitiert zu meiner Pfründe im Museum zurückkehren.«

Das war das Grundproblem des Zentauren, erkannte Dor. Er trug ihnen immer noch ihre abscheuliche Tat nach, die ihn aus seiner zufriedenen Existenz gerissen und zum Ausgestoßenen gemacht hatte. Dor konnte es ihm kaum verübeln. Arnoldes Einverständnis, gemeinsam mit ihnen nach Mundania zu reisen, um König Trent zu retten, bedeutete nicht, daß er mit seinem Los zufrieden gewesen wäre; er versuchte lediglich, aus einer für ihn schrecklichen Lage das Beste zu machen.

»Ein großer Schubs – dann ist er schwupps!« bot sich Krach an.

»Aber wir brauchen seine Magie«, versuchte Irene zu vermitteln, »genau wie deine Kraft, Krach.« Und sie legte die Hand auf den gewaltigen Arm des Ogers, was ihn beruhigte. Auch das gefiel Dor nicht, obwohl er ihren Beweggrund durchaus verstehen konnte. Der Gruppenfrieden mußte auf jeden Fall bewahrt bleiben.

Sie legten sich zur Ruhe – und der Sand schlug Alarm. Die Monster, vor denen er sie warnte, stellten sich als Sandflöhe heraus, kleine Insekten, die so winzig waren, daß man sie kaum erkennen konnte. Arnolde holte einen Ungezieferabwehrzauber aus seiner Sammlung, und das Problem war gelöst. Wieder legten sie sich zur Ruhe, und diesmal schliefen sie auch ein.

Am nächsten Morgen setzten sie ihren Marsch fort. Doch während der Tag verstrich, wurde ihr Scheitern immer offensichtlicher. »Irgend etwas stimmt hier nicht, das ist sicher«, bemerkte Arnolde. »Soweit wir wissen, ist König Trent hier in der Nähe vorbeigekommen – und doch bestreiten die Gegenstände das. Vielleicht ist es nicht allzu voreilig, wenn man daraus bestimmte Konjekturen deduziert.«

Krach runzelte die Stirn und versuchte herauszufinden, ob das wohl eine neue, raffinierte Beleidigung sein konnte.

»Sag schon, was dir auf den Nägeln brennt, Pferdeschwanz«, sagte Grundy auf seine gewohnt diplomatische Weise.

»Wir haben einen gesicherten Erkenntnisstand darüber, daß es der Königin unmöglich gewesen sein muß, die lokalen Gegenstände mit ihrer Macht zu täuschen«, erwiderte Arnolde in schulmeisterlichem Ton.

»Nicht ohne Magie«, pflichtete Dor ihm bei. »Soweit wir wissen, waren die beiden in dieser Gegend ganz einfache mundanische Leute.«

»Könnte es sein, daß es ihnen nicht gelungen ist, an Land zu kommen?«

»Nein!« rief Irene empört.

»Ich habe das Meer befragt«, erwiderte Dor. »Es sagt, daß sich nichts Derartiges auf ihm befindet.«

Irene entspannte sich etwas.

»Könnte es sein, daß sie eine gänzlich andere Route genommen haben? Vielleicht sind sie von der Ostküste Xanths gen Norden gesegelt, um dort an einem anderen mundanischen Küstenabschnitt an Land zu gehen.«

»Das kann nicht sein«, warf Irene entschieden ein. »Ihre ganze Planung zielte darauf ab, hier herauszukommen. Man hatte eine günstige Handelsmöglichkeit erkundet, und sie folgten der Karte, die der Entdecker benutzt hat. Ich habe die Karte selbst gesehen, und die Strecke führt hier vorbei.«

»Aber wenn du doch gar nicht wußtest ...«, fing Dor an.

»Damals wußte ich lediglich nicht, daß sie diese Route entlangreisen wollten«, entgegnete sie. »Aber die Karte, die der Kundschafter mitgebracht hat, und auf der der Reiseweg eingezeichnet war, die habe ich gesehen. Ich weiß erst jetzt, was sie bedeutet hat. Mehr habe ich nicht gesehen, aber ich bin mir absolut sicher, daß sie diesen Weg entlanggekommen sind.«

Dor hatte keine Lust, weitere Einwände vorzubringen. Es war auch das Praktischste: Er hatte den anderen alles gesagt, was er über König Trents Reiseziel wußte, und diese Route widersprach seiner Information keineswegs.

»Könnte es sein, daß man sie abgefangen hat, bevor sie Xanth verließen?« fuhr Arnolde fort. »Wegelagerer, vielleicht?«

»Mein Vater hätte jeden Wegelagerer in eine Kröte verwandelt«, erwiderte sie hitzig. »Außerdem hätte sie die Illusion meiner Mutter innerhalb Xanths unkennbar gemacht.«

»Dann haben wir offenbar das Wahrscheinliche erfolgreich eliminiert«, dozierte Arnolde. »Folglich sind wir nun dazu verpflichtet, das Unwahrscheinliche in Augenschein zu nehmen.«

»Was meint Ihr damit?« wollte Irene wissen.

»Wie ich bereits sagte, habe ich eine etwas unwahrscheinliche Schlußfolgerung im Auge, und es besteht durchaus die Möglichkeit, daß lediglich ein Irrtum vorliegt ...«

»Nun spuck's schon aus, Braunpelz!« sagte Grundy.

»Mein geschätztes großmäuliges Konstrukt, ein Zentaur pflegt nicht auszuspeien. Und meine Farbe ist kein simples, gewöhnliches Braun, sondern Appaloosa.«

Irene merkte allmählich, welche Macht sie über den Zentaur im besonderen und über männliche Wesen im allgemeinen ausüben konnte. »Bitte, Arnolde«, bat sie herzzerreißend. »Es ist mir doch *sooo* wichtig, alles zu erfahren, was mir helfen könnte, meinen armen verschollenen Vater wiederzufinden ...«

»Aber natürlich, liebes Kind«, willigte Arnolde sofort ein und warf sich in eine onkelhafte Pose. »Es ist einfach nur folgendes: Vielleicht ist König Trent ja gar nicht zu dem Zeitpunkt hier vorbeigekommen, an den wir denken.«

»Aber es muß doch während des letzten Monats gewesen sein«, meinte sie.

»Nicht notwendigerweise. Das ist ja gerade der außergewöhnliche Aspekt meiner Hypothese. Er könnte auch vor einem Jahrhundert hier vorbeigekommen sein.«

Jetzt starrten Dor, Irene und Grundy den Zentauren an,

um festzustellen, ob er wohl Witze machte. Krach, der Gedankenspielen wenig abgewinnen konnte, beschäftigte sich damit, ab und zu eine Handvoll Sand aufzunehmen und so lange zusammenzudrücken, bis die Mineralien miteinander verschmolzen. Offenbar erlaubten es seine Panzerfäuste ihm, seine Kraft auf eine Weise anzuwenden, wie sie ihm früher niemals möglich gewesen wäre, da selbst das Fleisch eines Ogers immer noch eine Spur weicher war als Stein. Langsam entstand so eine mittlere Sandburg.

»Hast du letzte Nacht vielleicht zufällig mit dem Kopf unter Wasser geschlafen?« wollte der Golem wissen.

»Ich habe, was ich wohl vorhin bereits hinreichend klarifiziert habe, das Phänomen Mundania auf die eine oder andere Weise erforscht«, erwiderte Arnolde. »Ich muß gestehen, daß ich nur Bruchteile dessen weiß, was man darüber wissen könnte, und ich muß auch ständig auf der Hut vor Irrtümern und Fehlern sein, aber einige Konklusionen erscheinen mir als immer glaubwürdiger. Im Verlauf der Geschichte sind diverse Anomalien in den Beziehungen zwischen dem einen Kontinuum und dem anderen zutage getreten. Da ist zunächst das linguistische Problem: Es sieht so aus, als gäbe es in Mundania mehrere Sprachen, und doch werden sie in Xanth alle gleichermaßen intelligibel. Ich bin mir nicht sicher, ob Ihr die Signifikanz dieser …«

Irene wurde langsam ungeduldig. Sie stampfte mit ihrem kleinen Fuß auf den Boden. »Wie kann er hier vor einem Jahrhundert vorbeigekommen sein, wenn er damals doch noch gar nicht geboren war?«

»Das ist eben die Diskontinuität, von der ich sprach. Die Zeit scheint höchst unterschiedlich zu verlaufen; es kann sein, daß es da keine konstante Relation gibt. Es gibt Indizien dafür, daß mehrere der Wellen menschlicher Eroberungen aus weit voneinander verschiedenen, ja in manchen Fällen sogar anachronistischen Subkulturen Mundanias entsprungen sind. Das bedeutet, die letzte Menschenwelle könnte aus einer Periode Mundanias stammen, die vor der der vorhergehenden Welle lag.«

»Einen Moment mal!« rief Dor. »Ich habe das Xanth von vor achthundert Jahren besucht, und ich schätze, das war wohl tatsächlich eine Art Zeitreise, aber das war auch ein Sonderfall. Da es in Mundania keine Magie gibt, könnten die Menschen dort auch keine Zeitumkehrungen kennen, nicht wahr? oder herrschen dort verschiedene Zeiten?«

»Nein, ich glaube schon, daß ihr Zeitrahmen innerhalb ihrer Welt durchaus konsistent ist. Aber wenn die temporale Sequenz in inverser Relation zur unsrigen stünde ...«

»Ich will bloß wissen, wo mein Vater ist!« fauchte Irene.

»Er könnte sich in Mundanias Vergangenheit befinden – oder in seiner Zukunft«, sagte der Zentaur. »Wir wissen nichts darüber, welche Gesetze das Überschreiten der Magiegrenze beherrschen, aber der Prozeß scheint von Xanth aus steuerbar zu sein. Das bedeutet, daß wir wohl bestimmen können, in welches Zeitalter Mundanias wir reisen wollen, doch ansonsten ist der Zugang zu Xanth von Mundania aus völlig willkürlich, in manchen Fällen vielleicht sogar unmöglich. Das ist eine äußerst interessante Schnittstelle. Es ist beinahe so, als wäre Xanth ein Boot, das auf einem Fluß treibt; die Passagiere können zwar aussteigen, wann immer sie wollen, indem sie sich nämlich einfach ihren Hafen aussuchen oder, um genauer zu sein, ihre Zielzeit, während die Eingeborenen am Flußufer nur das Fahrzeug nehmen können, das zufällig in ihrer Reichweite vorbeitreibt. Zugegeben, diese Analogie ist nicht ganz adäquat, da sie bestimmte ...«

»Dann kann der König also *irgendwann* in Mundania sein?« fragte Irene zweifelnd.

»Eine bemerkenswert knappe und präzise Zusammenfassung«, gab Arnolde zu.

»Aber mir hat er gesagt ›Mittelalter‹«, warf Dor ein.

»Das grenzt die Möglichkeiten ein«, meinte der Zentaur. »Aber selbst dann umfaßt es noch eine gewaltige Zeitspanne, und wenn er sich eher bildlich ausgedrückt haben sollte ...«

»Wie können wir ihn da jemals finden?« wollte Irene wissen.

»Das wird problematisch. Natürlich möchte ich nicht versäumen, darauf hinzuweisen, daß dies alles reine Theorie ist, die sich durch nichts belegen läßt. Ich hätte sie normalerweise überhaupt nicht zur Diskussion gestellt, indes ...«

»... indes ist sie die einzige, die paßt«, beendete Irene seinen Satz. »Angenommen, die Theorie stimmt. Was dann?«

»Nun, ich glaube, wir könnten uns die Sache sehr vereinfachen, wenn wir in Mundania irgendwelche wissenschaftlichen Forschungseinrichtungen ausfindig machen könnten. Irgendeine Institution, wo es detaillierte Aufzeichnungen gibt, Archive vielleicht ...«

»Und Ihr seid ja ein Archivar!« rief Dor.

»Eben. Damit könnte ich feststellen, in welcher Epoche Mundanias wir uns befinden. Da König Dor sagt, daß König Trent von einer mittelalterlichen Epoche gesprochen hat, hätten wir damit immerhin schon einen Bezugsrahmen.«

»Und wenn wir im falschen mundanischen Jahrhundert sind?« fragte Irene. »Was tun wir dann?«

»Dann müßten wir nach Xanth zurückkehren und erneut eine Expedition starten, diesmal ins richtige Jahrhundert. Wie ich bereits erwähnte, scheint es von Xanth aus möglich zu sein, den Zeitort in Mundania zu bestimmen, so daß wir dort hineingelangen und bleiben könnten, bis wir nach Xanth zurückkehren. Allerdings wäre ein solches Vorgehen mit einigen Ungewißheiten und potentiellen Komplikationen verknüpft.«

»Das glaube ich auch«, meinte Dor. »Wenn wir uns verrechnen, treffen wir möglicherweise noch vor ihm dort ein.«

»Oh, das möchte ich bezweifeln, außer auf der makroskopischen Ebene natürlich.«

»Auf der was?«

»Ich glaube, daß die Zeiten unter gewissen Umständen quasi-synchron verlaufen. Das bedeutet, daß wir innerhalb einer bestimmten Epoche nur in eine in Mundania partiell existente Epoche eintreten können. Folglich ...«

»Folglich können wir unser Ziel zwar um ein ganzes Jahrhundert verfehlen, nicht aber um einen Tag«, führte Grundy Arnoldes Gedankengang zu Ende.

»Ja, so in etwa, Golem. Die jeweiligen Kanäle scheinen fixiert zu sein ...«

»Dann suchen wir das Jahrhundert, und zwar sofort!« sagte Irene, die jetzt schon etwas heiterer wirkte. »Danach brauchen wir nur noch den Ort.«

»Mit Hilfe einer systematischen Nachforschung müßte die entsprechende geographische Lage leicht zu lokalisieren sein.«

»Dann suchen wir endlich Eure Archive«, sagte sie.

»Leider wissen wir nichts über diese Periode«, erinnerte Arnolde sie. »Es ist kaum wahrscheinlich, daß wir per Zufall auf eine geeignete Institution stoßen.«

»Da kann ich was machen«, meinte Dor. »Die wäre doch bestimmt dort, wo es viele Leute gibt, nicht wahr?«

»Korrekt, König Dor.«

»Äh, es ist wohl besser, wenn Ihr mich hier nicht König nennt. Erstens bin ich ja eigentlich gar nicht wirklich einer, und die Leute hier könnten das sehr merkwürdig finden.« Dann fragte er den Sand: »Wohin geht's zu den meisten Leuten?«

»Woher soll ich das wissen?« fragte der Sand zurück.

»Du weißt doch, aus welcher Richtung die meisten kommen, und wohin die meisten gehen.«

»Ach so. Meistens gehen sie nach Norden.«

»Also dann – auf nach Norden!«

Sie marschierten gen Norden und kamen nach einer Weile an einen mundanischen Pfad, der zu einem Weg wurde, welcher wiederum später in eine Art gepflasterte Straße überging. In Xanth gab es derlei Straßen nicht, und Dor mußte sie genau befragen, um zu begreifen, was es mit ihr auf sich hatte. Offenbar erleichterte sie das Reisen von Fahrzeugen, die aus Metall und Gummi bestanden und sich mit irgendwelcher Magie fortbewegten, oder was immer es auch sein mochte, was die Mundanier einsetzten, um solche Wunder zu vollbringen. Man nannte diese

Gefährte »Wagen«, und sie bewegten sich sehr schnell von der Stelle.

»So etwas Ähnliches habe ich unter der Erde einmal gesehen«, sagte Grundy. »Die Dämonen fuhren in solchen Dingern herum.«

Bald darauf erblickten sie einen Wagen. Das Ding zischte wie ein rasender Drache an ihnen vorbei und spuckte dünnen Rauch aus seinem Hinterteil.

»Seid Ihr sicher, daß es in Mundania keine Magie gibt?« fragte Grundy. »Nicht einmal die Dämonen hatten Feueratmer.«

»Sicher bin ich mir ganz und gar nicht«, gab Arnolde zu. »Vielleicht nennen sie ihre Magie einfach nur anders oder benutzen sie auf andere Weise. Ich bezweifle, daß sie bei uns fuktionieren würde. Vielleicht glauben wir nur deshalb, daß es in Mundania keine Magie gibt – weil sie nicht für unsere Zwecke anwendbar ist.«

»Ich will nichts mit solchen Wagen zu tun haben«, sagte Irene. »Ein Drache, der sein Feuer und seinen Dampf aus seinem Hinterteil entweichen läßt, ist entweder verrückt, oder er hat enorme Verdauungsstörungen. Wie soll er denn da kämpfen? Suchen wir unsere Archive und machen wir, daß wir wieder wegkommen.«

Die anderen stimmten ihr zu. Dieser Aspekt Mundanias war wirklich ein Zeichen für eine verkehrte Welt. Sie mieden die Schnellstraße und hielten sich lieber an die parallel dazu verlaufenden Wege. Dor befragte immer wieder den Boden, und gegen Nachteinbruch näherten sie sich schließlich einer Stadt. Es war eine seltsame Siedlung, mit einander kreuzenden Wegen, die große Plätze freiließen, und Gebäuden, die alle in Reihen nebeneinanderstanden und mit ihren Fronten zu den Wegrändern zeigten, so daß kaum noch Platz für Wald blieb. Manche von ihnen waren so hoch, daß es an Wunder grenzte, daß sie nicht vom Wind umgeworfen wurden.

Sie lagerten am Stadtrand im Schutz eines großen Schirmbaums, den Irene für sie wachsen ließ, und dessen Schirm sich fast bis zum Boden senkte, so daß sie darunter verborgen blieben. Das war sicherlich auch besser so, denn sie hatten keine Vorstellung davon, wie die Mundanier reagieren würden, wenn sie einen Oger, einen Golem und einen Zentauren erblickten.

»Weiter können wir als Gruppe kaum gehen«, sagte Dor. »Hier gibt es viele Leute und nur wenige Bäume. Wir können nicht mehr unbemerkt reisen. Ich glaube, es wäre besser, wenn Irene und ich losgehen und ein Museum suchten ...«

»Eine Bibliothek«, berichtigte ihn Arnolde. »Ich könnte mich zwar ewig und drei Tage in einem mundanischen Museum aufhalten, und würde jeden Augenblick davon auch genießen, aber in einer Bibliothek ist die gesuchte Information sicherlich leichter zugänglich.«

»Also eine Bibliothek.« Dor wußte, was das war, denn König Trent besaß viele Bücher in seinem Bibliothekszimmer auf Schloß Roogna.

»Aber das ist rein akademisch, wobei der Kalauer keineswegs beabsichtigt war«, fuhr der Zentaur fort. »Ohne mich könnt Ihr dort nicht hin.«

»Ich weiß ja, daß ich meine Magie verlieren werde«, erwiderte Dor. »Aber ich muß ja auch nichts Besonderes tun, nichts Magisches jedenfalls. Sobald ich die Bibliothek für Euch ausfindig gemacht habe ...«

»Ihr könnt nicht einmal sicher sein, daß Ihr die Sprache der Mundanier sprechen könnt«, sagte Arnolde knapp. »Innerhalb des magischen Umfelds könnt Ihr das. Außerhalb ist es problematisch.«

»Ich bin mir keineswegs sicher, daß wir in unserer Gruppe immer dieselbe Sprache sprechen«, meinte Irene lächelnd. »Worte wie ›Umfeld‹ und ›problematisch‹ ...«

»Ich kann ihre Sprache sprechen«, warf Grundy ein. »Das ist mein Talent, das Übersetzen.«

»Ein magisches Talent«, erwiderte Arnolde trocken.

»Ach je! Klar, das funktioniert natürlich auch nur innerhalb des Feldes.«

»Aber Ihr könnt doch nicht einfach in die Stadt hineinspazieren!« protestierte Dor. »Ich bin sicher, daß sie nicht an Zentauren gewöhnt sind.«

»Wenn ich die Bibliothek benutzen soll, muß ich sowieso in die Stadt«, wandte Arnolde ein. »Zum Glück habe ich mit einem derartigen Problem gerechnet und habe mir ein paar hilfreiche Zauber aus unseren Vorräten mitgenommen. Die waren mir auch schon bei Feldstudien in Xanth recht nützlich.« Er durchsuchte seinen Beutel, ähnlich wie Irene es mit ihrem zu tun pflegte. »Ich habe diverse Zauber für Unsichtbarkeit, Unhörbarkeit, Unberührbarkeit und so weiter dabei. Der Golem und ich könnten die Stadt unbemerkt betreten.«

»Und was ist mit dem Oger?« fragte Dor. »Der kann sich ja wohl kaum unauffällig unter die Bevölkerung mischen.«

Arnolde zog eine Grimasse. »Der wohl auch, nehme ich an«, meinte er angewidert. »Allerdings eignet diesem Vorgehen ein inhärentes Problem ...«

»Ich werde Euch auch nicht sehen können«, schloß Dor.

»Exakt. Einige von uns müssen offen sichtbar bleiben, denn diese Zauber machen es ziemlich umständlich, mit Büchern umzugehen. Unsere Finger würden einfach durch die Seiten fahren. Mein magisches Strahlungsfeld sollte natürlich unverletzt bleiben, und wir könnten bei Euch bleiben. Aber Ihr müßtet alle Nachforschungen ohne unsere Hilfe durchführen.«

»Das schafft Dor nie«, meinte Irene.

»Da hat sie recht«, pflichtete Dor ihr bei. »Ich bin einfach nicht zum Gelehrten geboren. Da würde ich bestimmt nichts als Fehler begehen.«

»Erlaubt mir, nachzudenken«, sagte Arnolde. Er schloß die Augen und strich sich nachdenklich über das Kinn.

»Vielleicht gibt es eine Alternative«, sagte der Zentaur schließlich. »Ihr könntet Euch von einem mundanischen Gelehrten helfen lassen, vielleicht von einem Archivar. Ihr könntet ihn mit einer der Goldmünzen bezahlen, die Ihr gehortet habt, oder vielleicht auch mit einem der Diamanten. Ich glaube, daß beide überall in Mundania als wertvoll angesehen werden dürften.«

»Hm, schon möglich«, erwiderte Dor skeptisch.

»Ich sag's Euch, der baut auch mit Hilfe noch Mist«, wandte Irene ein. Sie schien ihre früheren Komplimente über Dors gelungenes Vorgehen völlig vergessen zu haben. Das war auch eine von ihren Eigenarten – ihr selektives Gedächtnis. »*Ihr* müßt die Nachforschungen durchführen, Arnolde.«

»Ich kann ihm nur, wenn man es so ausdrücken soll, über die Schulter blicken«, sagte der Zentaur. »Es wäre äußerst hilfreich, wenn ich ihm dabei Anweisungen geben könnte, welche Bücher er aussuchen und auf welchen Seiten er nachschlagen soll, weil ich ein begabter Leser mit einem sehr guten Gedächtnis bin. Er braucht das Material überhaupt nicht zu begreifen. Aber wenn ich den Unsichtbarkeitszauber nicht aufheben will, was wirklich nicht ratsam wäre, da ich keine Duplikate besitze ...«

»Vielleicht gibt es doch eine Möglichkeit«, meldete sich Grundy wieder zu Wort. »Ich könnte aus dem Unsichtbarkeitsfeld heraustreten. Dann kann er mich sehen und hören, und ich könnte ihm sagen, welche Seite er umblättern sollte oder was auch immer.«

»Ja, und alle Mundanier in der Nähe würden sich die Augen aus dem Kopf stieren, während sie die lebende Puppe angaffen«, sagte Irene. »Wenn dafür irgendwer in Frage kommt, dann ja wohl ich.«

»Damit sie dir unter den Rock gaffen können!« konterte der Golem beleidigt.

»Das wäre wirklich die Lösung«, bemerkte Arnolde.

»He, einen Moment mal!« rief Irene.

»Er meint doch die Botengängerdienste«, beruhigte Dor sie sanft.

»Natürlich«, sagte der Zentaur. »Da wir festgestellt haben, daß der magische Durchgang sehr schmal ist, wäre es durchaus machbar, dicht neben ihm zu stehen, während Dor sich weit vorne hält.«

Dor dachte darüber nach und mußte zugeben, daß dies wohl die beste Methode sein würde. »Also gut, versuchen wir es. Morgen früh.«

Sie legten sich zur Ruhe. Es war ihre zweite Nacht in

Mundania. Krach und Grundy schliefen sofort ein. Dor und Irene hatten Schwierigkeiten mit dem Einschlafen, und Arnolde wirkte ungemütlich wach. »Wir stehen kurz vor einem direkten Konakt mit der mundanischen Zivilisation«, sagte der Zentaur. »In gewissem Sinne ist dies die Erfüllung eines unerfüllbaren Traumes für mich, die beinahe die persönliche Verdammnis wiedergutmacht, die mein magisches Talent repräsentiert. Und doch bin ich voll der verwirrendsten Überlegung und Befürchtungen. Ich weiß kaum, was ich erwarten soll. Diese Stadt könnte viel zu primitiv sein, um eine ordentliche Bibliothek zu besitzen. Ihre Einwohner – was wissen wir schon über sie? – könnten durchaus auch Kannibalen sein. Es gibt so viele Imponderabilien dabei.«

»Ist mir egal, was sie treiben«, meinte Irene. »Solange ich meinen Vater wiederfinde.«

»Vielleicht sollten wir am Morgen die Umgebung befragen«, fuhr Arnolde nachdenklich fort. »Um festzustellen, was es hier für Einrichtungen gibt, bevor wir uns weiterwagen. Auf jeden Fall sollten wir es nicht ohne guten Grund riskieren, von den Mundaniern entdeckt zu werden.«

»Und wir sollten auch fragen, wo es den besten mundanischen Archivar gibt«, stimmte Irene ihm zu.

Dor schrieb mit dem Zeigefinger ein Wort ins Erdreich: ÄHRLIGKAIT.* Düster blickte er es an.

»Ist das wichtig?« fragte der Zentaur und musterte das Geschriebene.

»Das hat König Trent zu mir gesagt«, erklärte Dor. »Wenn ich in Schwierigkeiten wäre, sollte ich es mit Ehrlichkeit versuchen.«

»Ehrlichkeit?« fragte Arnolde stirnrunzelnd.

»Ich denke oft darüber nach, wenn ich mir nicht sicher bin«, erwiderte Dor. »Ich mag es nicht, Leute zu täuschen, nicht einmal Mundanier.«

* Dors etwas eigenwillige Schreibweise im xanthischen Urtext lautet: »ONESTI« anstatt »HONESTY«. (Anm. d. Übers.)

Irene lächelte müde. »Arnolde, so schreibt nur Dor das Wort. Er ist Weltmeister in Schlechtschreibung. Ä H R L I G K A I T : Ehrlichkeit.«

»ÄHRLIGKEIT«, wiederholte der Zentaur und nahm die Brille ab, um sich die Augen zu reiben. »Ich glaube, ich verstehe es jetzt. Ein Wort, das eines Königs würdig ist.«

»König Trent ist ein großer König«, pflichtete Dor ihm bei. »Ich weiß, daß sein Rat uns irgendwie über die Runden helfen wird.«

Arnolde schien beinahe zu lächeln, als empfände er Dors Einstellung als merkwürdig. »Darüber will ich mal schlafen«, sagte der Zentaur. Und das tat er auch, indem er sich auf das in den Boden gekratzte Wort legte.

Nachdem sie am nächsten Morgen ihre Schwierigkeiten mit der Nahrungsaufnahme und ihren natürlichen Körperfunktionen an diesem beinahe öffentlichen Platz gemeistert hatten, machten sie sich ans Werk. Der Zentaur holte seine Zaubersammlung hervor, und Dor trat aus dem magischen Feld, während die Zauber aktiviert wurden. Zuerst wurde die Gruppe unhörbar, danach auch noch unsichtbar. Dor ließ ihnen Zeit, den Unfühlbarkeitszauber zu aktivieren, dann schritt er wieder auf sie zu. Er konnte nichts hören, sehen und fühlen.

»Aber riechen kann ich euch«, bemerkte er. »Arnolde hat einen leicht pferdischen Geruch, Krach riecht wie ein Ungeheuer, und Irene trägt Parfüm. Ihr solltet euch besser saubermachen, bevor wir ein Gebäude betreten.«

Kurz darauf ließen auch die Gerüche nach, und Irene erschien in geringer Entfernung vor ihm. »Kannst du mich jetzt sehen?«

»Sehen und hören.«

»Gut. Ich wußte nicht genau, wie weit die Magie reicht. Ich selbst merke nämlich nichts davon.« Sie machte einen Schritt auf ihn zu und verschwand.

»Jetzt bist du wieder weg«, sagte Dor und eilte an die

Stelle, wo er sie zuletzt gesehen hatte. »Kannst du mich sehen?«

»He, du überlappst mich ja!« protestierte sie und erschien direkt vor ihm, so daß er beinahe gestolpert wäre.

»Hm, ich kann dich nicht sehen«, sagte er. »Ich meine, jetzt sehe ich dich natürlich, aber gerade eben ging es nicht. Kannst du die anderen sehen, wenn du außerhalb des Durchgangs bist?«

Sie blickte hin. »Sie sind weg! Dich können wir die ganze Zeit sehen und hören, aber jetzt ...«

»Also kannst du merken, daß ich dich sehen kann, sobald du die anderen nicht mehr sehen kannst.«

Sie beugte sich vor, und ihr Gesicht verschwand, was ihn an die Gorgone erinnerte. Dann zog sie wieder den Kopf zurück. »Gerade konnte ich sie sehen. Dann bin ich wirklich im Wirkungsbereich des Zaubers, nicht wahr?«

»Du bist bezaubernd«, stimmte er ihr zu.

Sie lächelte und beugte sich vor, um ihm einen Kuß zu geben – doch da verschwand ihr Gesicht wieder, und er spürte nichts mehr.

»So, jetzt muß ich wohl eine Bibliothek und einen guten Archivar ausfindig machen«, sagte er etwas beleidigt, als sie wieder auftauchte. »Wenn du schon bei mir bist, dann bleib mir wenigstens vom Leib.«

Sie lachte. »Ich bin bei dir. Du darfst bloß nicht versuchen, mich außerhalb des Feldes festzuhalten.« Ja, und eben das hätte er natürlich tun müssen, wenn er sie wirklich hätte küssen wollen. Und das wollte er auch – er wollte es nur nicht zugeben.

Sie schritt ein gutes Stück entfernt an seiner Seite, außerhalb des Zaubers. »Hat schließlich keinen Sinn, wenn du dich auch noch verirrst.«

So schritten sie in die Stadt. Auf den Straßen gab es viele Wagen, die alle auf die Kreuzungen zujagten, um dort kreischend anzuhalten, mit zornigem Fauchen und ständigem Rauchspeien aus ihren Hinterteilen eine Minute zu warten, um dann im Pulk auf die nächste Kreuzung zuzusausen. Sie schienen nur zwei Geschwindigkeiten zu kennen: Sausen und Anhalten. In den Wagen befanden sich Leute, genau wie Grundy es von den Dämonen erzählt hatte, aber sie stiegen nie aus. Es war beinahe, als wären die Leute mit Haut und Haaren verschlungen worden und als stünden sie gerade im Begriff, verdaut zu werden.

Weil die Wagen so groß waren wie Zentauren und ständig im Galopp herumjagten, wenn sie nicht gerade anhielten, war Dor vorsichtig und versuchte, sie zu meiden. Doch das erwies sich als unmöglich, da er irgendwann einmal die Straße überqueren mußte. Er erinnerte sich daran, wie der schreckliche Spaltendrache von Xanth Leuten auflauerte, die töricht genug waren, den Boden der Spalte überqueren zu wollen. Diese Wagen glichen ihm aufs Haar. Vielleicht waren ja einige darunter, die noch keine Leute verspeist hatten und hungrig umherrasten und auf jemanden wie Dor warteten. Er erblickte einen Wagn, der mit weit geöffnetem Maul wie ein Drache am Rand der Straße stand und schlug nervös einen Bogen darum. Das Merkwürdigste daran war, daß das Wesen seine Eingeweide alle in seinem riesigen Maul zu tragen schien – dampfende Röhren und eine tellerförmige Zunge. Noch seltsamer war freilich, daß es keine Zähne besaß. Vielleicht brauchten die Dinger deshalb so lange, um Leute zu verdauen.

Er gelangte an eine Ecke. »Wie komme ich auf die andere Seite?« fragte er.

»Du mußt warten, bis eine Ampel den Verkehr aufhält«, belehrte ihn die Straße in einem abfälligen Tonfall, der von Staub und Wagendämpfen geschwängert zu sein schien. »Dann läufst du auf die andere Seite, aber bloß nicht langsam gehen! Und wenn du Glück hast, erwischen sie dich nicht. Wo hast du bloß gelebt?«

»In einer anderen Welt«, erwiderte Dor. Er erblickte eine der Ampeln, die die Straße beschrieben hatte. Sie hing über einer Kreuzung und trug mehrere kleine Visiere, die in alle Richtungen zeigten und bösartige Farben abstrahlten. Dor verstand nicht, wie dies die Wagen dazu brachte, stehenzubleiben. Vielleicht besaßen die Lichter eine Art Betäubungszauber, oder wie immer man das hier nennen mochte. Er wollte sichergehen und bat die Ampel, ihm Bescheid zu geben, wenn es an der Zeit war, die Straße zu überqueren.

»Jetzt«, sagte die Ampel und blitzte auf einem Gesicht grün, auf dem andern rot.

Dor machte sich daran, die Straße zu überqueren. Einer der Wagen hupte wie ein Seeungeheuer und quiekte wie das Opfer eines solchen Seeungeheuers, wobei er beinahe über Dors ausgesteckten Fuß rollte. »Nicht in *die* Richtung, Idiot!« bellte die Ampel und blitzte in wütendem Rot. »Die andere Richtung! Bei Grün, nicht bei Rot. Hast du noch nie eine Straße überquert?«

»Nie«, gestand Dor. Irene war verschwunden; sie mußte wieder in das Zauberfeld eingetreten sein, um sich mit den anderen zu beraten. Vielleicht erschien ihr die Zauberzone auch sicherer; anscheinend waren die Wagen unfähig, sie darin zu bedrohen.

»Warte, bis ich's dir sage, und dann geh auch in die Richtung, die ich dir sage«, sagte die Ampel heftig blinkend. »Ich will kein Blutvergießen auf *meiner* Kreuzung!«

Dor wartete bescheiden. »Jetzt«, sagte die Ampel schließlich. »Geh geradeaus, in gleichmäßigem Tempo. Und zwar schnell. Du hast nicht den ganzen Tag dafür zur Verfügung, sondern lediglich fünfzehn Sekunden.«

»Aber da kommt ein Wagen auf mich zugeschossen!« protestierte Dor.

»Der wird anhalten«, versicherte ihm die Ampel. »Ich werde im letztmöglichen Augenblick auf Rot umschalten und ihn dazu zwingen, sein Gummi beim Bremsen anzusengen. So was beschert mir eine tiefe Befriedigung.«

Nervös trat Dor wieder auf die Straße. Der Wagen schoß entsetzlich nahe heran, dann hielt er quietschend an, um in einer Handbreit Entfernung vor Dors bebendem Körper zum Stehen zu kommen. »Diesmal hab' ich dir aber einen echten Schrecken verpaßt, du verdammter Fußgänger«, sagte der Wagen hämisch durch eine Wolke verbrannten Gummis. »Wenn diese blöde Ampel nicht gewesen wäre, hätte ich dich erwischt. Waldheinis wie dich sollte man erst gar nicht frei auf der Straße herumlaufen lassen.«

»Aber wie kann ich denn die Straße überqueren, wenn ich nicht auf die Straße darf?« fragte Dor.

»Das ist dein Problem«, höhnte der Wagen.

»Siehst du, ich habe sie perfekt im Griff«, sagte die Ampel zufrieden. »Ich erwische Hunderte, jeden Tag. Keiner kommt über meine Kreuzung, ohne seinen Zoll in Benzin und Gummi zu entrichten.«

»Ach, schieb dir doch deine Birnen wohin!« fauchte der Wagen die Ampel an.

»Laß dir doch deine Hupe vernickeln!« blitzte die Ampel zurück.

»Eines Tages werden wir Wagen einen Aufstand machen und eine neue Achse bilden«, sagte der Wagen finster. »Dann werden wir euch dirigistische Ampeln ummähen und haben endlich den freien Wettbewerb auf den Straßen.«

»Du ödest mich wirklich an«, sagte die Ampel verächtlich. »Ohne mich hättet ihr doch nicht das kleinste bißchen Disziplin.«

Dor schritt weiter. Ein weiterer Wagen kam auf ihn zugeschossen, und Dor sprang nervös beiseite. »Verpaßt!« murrte der Wagen. »Jetzt habe ich schon eine ganze Wochen keinen mehr erwischt!«

»Verschwinde von meiner Kreuzung!« kreischte die Ampel. »Du hast keinen Augenblick angehalten! Du hast kein bißchen Gummi versengt! Du sollst erst Benzin beim Warten verschwenden, bevor dur weiterfährst! Wie soll ich denn hier ein ordentliches Ausmaß an Verschmutzung aufrechterhalten, wenn du dabei nicht mitmachst?«

»Ach, hau dir doch die Sicherungen durch!« grölte der Wagen und fuhr weiter.

»Polizei! Polizei!« blitzte die Ampel. »Dieser kriminelle Wagen hat gerade die Ampel mißachtet! Verbrecherwagen! Verbrecherwagen!«

Doch als die anderen Wagen sahen, daß ihr Kollege mit seiner offenen Revolte ungestraft davonkam, beeilten sie sich, dasselbe zu versuchen. Im Nu füllte sich die Kreuzung mit schnaubenden Gefährten, die fröhlich zusammenstießen. Dor bemerkte das Knistern eines frisch entzündeten Feuers.

Da bewegte sich das magische Feld aus der Reichweite der Ampel heraus, und Dor war erleichtert, denn er wollte jedes Aufsehen vermeiden.

Irene erschien wieder. »Diesmal hast du's fast geschafft, Dor! Warum hörst du nicht auf, mit Ampeln herumzualbern, und suchst endlich eine Bibliothek?«

»Versuche ich ja die ganze Zeit!« bellte Dor sie an. »Wo gibt's hier eine Bibliothek?« befragte er den Gehsteig.

»Du brauchst keine Bibliothek, du brauchst einen Leibwächter, du ungeschickter Tölpel«, erwiderte der Gehsteig.

»Du sollst nur meine Frage beantworten!« Die Perversität der unbelebten Gegenstände schien in Mundania noch schlimmer zu sein als in Xanth. Vielleicht lag es daran, daß die Gegenstände hier nie durch Magie gezähmt worden waren.

»Drei Blocks süd, zwei ost«, gab der Gehsteig widerstrebend zur Antwort.

»Was ist das, ein Block?«

»Gibt es diesen Kretin wirklich«, fragte der Gehsteig rhetorisch.

»Antworte!« fauchte Dor. Und nach und nach erhielt er die geforderte Information. Ein Block war eines der großen Quadrate, die von den sich kreuzende Straßen gebildet wurden. »Gibt es dort einen Archivar?«

»Einen was?«

»Einen Forscher, jemanden, der sehr viel weiß?«

»Ach so, na klar. Den besten im ganzen Staat. Der latscht die ganze Zeit hier herum. Merkwürdiger alter Kauz.«

»Dieser Gehsteig versteht dich aber wirklich«, bemerkte Irene hämisch.

Dor schwieg. Irene war vor Bemerkungen des Gehsteigs über ihre Beine geschützt, weil sie sich außerhalb des magischen Feldes befand. Dor wußte, daß Arnolde hinter ihm war, weil seine Magie funktionierte. Wenn Irene in die magische Zone eintreten sollte, würde sie verschwinden.

Deshalb hatte sie den Vorteil, jederzeit ungestraft fliehen zu können wie jetzt auch.

Eine kleine Gruppe Mundanier kam auf sie zu, drei Männer und zwei Frauen. Sie trugen seltsame Kleidung. Den Männern hing eine Art Knoten um den Hals, der sie fast erstickte, und ihre Schuhe glänzten wie Spiegel. Die Frauen schienen auf Stelzen zu gehen. Irene ging an ihnen vorbei, als sei nichts geschehen. Dor hielt sich etwas hinter ihr, da er neugierig war, wie die Mundanier auf Einwohner von Xanth reagieren würden.

Die beiden Frauen schienen sie nicht zu beachten, doch die drei Männer blieben stehen, um Irene nachzublicken. »Schau sich mal einer dieses Wesen an!« murmelte einer von ihnen. »Aus welcher Welt stammt die denn?«

»Egal, auf jeden Fall würde ich gerne hin!« erwiderte einer der beiden anderen. »Muß eine ausländische Studentin sein. Seit drei Jahren habe ich nicht mehr solche Beine gesehen.«

»Ihre Klamotten sind schon drei Jahrhunderte aus der Mode. Sofern sie überhaupt jemals in Mode waren«, bemerkte eine der Frauen mit emporgereckter Nase. Offensichtlich hatte sie Irene also doch beachtet. Es war verblüffend, wie gut Frauen beobachten konnten, ohne daß man es ihnen anmerkte. Ihre eigenen Beine waren nicht weiter bemerkenswert, obwohl es Dor so schien, als hätten die Stelzenschuhe sie vielleicht verformt.

»Männer haben eben keinen Geschmack«, sagte die andere Frau. »Sie ziehen Haremsdamen vor.«

»Hm, ja ...«, sagte der dritte Mann mit langsamen Lächeln. »Ich hätte gerne ihre Nummer.«

»Nur über meine Leiche!« erwiderte die zweite Frau.

Die Mundanier gingen weiter, bis Dor ihr Gespräch nicht mehr verfolgen konnte, dann setzte auch er sich wieder in Bewegung. Er war nachdenklich geworden. Wenn Irene sich so sehr von Mundaniern unterschied, was war denn mit ihm? Niemand hatte auf ihn reagiert, obwohl sich seine Kleidung von der der Mundanier genauso unterschied wie Irenes. Vielleicht waren sie ja auch derart von Irenes Beinen abgelenkt worden, daß sie Dor einfach übersehen hatten. Das wäre immerhin verständlich.

Die Bibliothek stellte sich als palastartiges Gebäude heraus, mit einem äußerst seltsamen Eingang: Die Tür drehte sich ständig um ihre eigene Achse, ohne jemals richtig aufzugehen.

Dor blieb stehen, unentschlossen, was er jetzt unternehmen sollte. Mundanier schritten an ihm vorüber, ohne ihn trotz seiner offensichtlichen Andersartigkeit zu beachten. Plötzlich begriff er, daß dies an der Magie lag. Endlich war ihm ein Teil des mundanischen Geheimnisses klargeworden. Er erweckte den Eindruck, als gehöre er zu ihrer Kultur. Sobald er jedoch aus dem magischen Durchgang heraustreten sollte, würde man in ihm einen Ausländer sehen, genau wie bei Irene. Zum Glück war sie ein hübsches Mädchen und konnte damit durchkommen; diesen Vorteil hatte er nicht.

Irene war nicht zu sehen. Vielleicht hatte sie die Reaktion der Mundanier doch wahrgenommen und wollte Wiederholungen vermeiden. Doch als die Mundanier weitergegangen waren, erschien sie wieder. »Arnolde glaubt, daß das eine Drehtür ist«, berichtete sie. »In manchen Texten über Mundania gibt es obskure Andeutungen über solche Dinger. Wahrscheinlich braucht man nur ...« Da erblickte sie einen näher kommenden Mundanier und trat hastig in die Unsichtbarkeit zurück.

Der Mundanier schritt zur Tür, streckte eine Hand aus und drückte auf einen Teil der Tür. Eine Kammer schwang einwärts, und der Mann folgte der Kabine ins Gebäude. Wirklich äußerst einfach, wenn man es erst einmal vorgeführt bekam.

Dor trat mutig auf die Tür zu und drückte. Es funktionierte wie ein Zauber – fast wie ein natürliches Phänomen Xanths also – und beförderte ihn ins Gebäude. Nun stand er in einer großen Halle mit zahlreichen Sesseln und Tischen, deren Wände mit Büchern bedeckt waren. Das war also wirklich eine Bibliothek. Jetzt mußte er nur noch den ausgezeichneten Forscher und Gelehrten ausfindig machen, der sich angeblich hier aufhielt. Vielleicht war er ja in der Geschichtsabteilung.

Dor schritt durch den Saal, auf eine der Bücherwände zu. Er wollte sich die Bücher einmal anschauen, um zu sehen, ob sie für seine Zwecke dienlich waren. Es dürfte ja eigentlich nicht allzu schwierig sein.

Er blieb abrupt stehen, als er merkte, daß die Leute ihn anstarrten. Was war den los?

Eine ältere Frau trat auf ihn zu, die Stirn zu strengen Falten gerunzelt. »Xfs ibw bhjk önstdxcifk cvhjmllptwq«, sagte sie streng und musterte ihn mißbilligend von seinen ungekämmten Haaren bis hinab zu seinen staubigen, mit Sandalen bewehrten Füßen. Offenbar hatte sie etwas gegen seine Kleidung.

Nach einem Augenblick der Verwirrung begriff Dor, daß er die magische Zone verlassen hatte und nun ohne schützende Verzauberung wahrgenommen wurde. Arnolde hatte recht gehabt: Allein konnte Dor überhaupt nichts erreichen.

Was war nur mit dem Zentaur passiert? Dor blickte zurück zur Tür – und sah Irene, die ihm lebhaft zuwinkte. Er eilte zu ihr zurück, und die mundanische Frau folgte ihm. »Xfs ibw bjh anständige Bibliothek«, sagte sie gerade. »Wir erwarten, daß die Benutzer anständig gekleidet ...«

Dor drehte sich zu ihr um. »Ja, bitte?«

Verblüfft blieb die Frau stehen. »Oh ... Sie sind ja anständig angezogen. Ich muß Sie wohl verwechselt haben.«

Verlegen zog sie sich zurück.

Dors Kleidung hatte sich nicht verändert, dafür aber die Wahrnehmung der Frau, dank der Magie.

»Arnolde paßt nicht durch die Drehtür«, sagte Irene.

Deshalb hatte Dor also das magische Feld verlassen, ohne es zu wollen! Er war einfach durch die Tür geschritten. Natürlich konnten diese kleinen Kammern nicht den massigen Zentaur aufnehmen.

»Vielleicht gibt es ja noch eine andere Tür«, meinte Dor. »Wir könnten ja mal ums Gebäude gehen ...«

Irene verschwand und erschien kurz darauf aufs neue.

»Ja, Arnolde meint, daß der Zauber die Grenzen der Dinge ein wenig verschwommen macht, deshalb kann er mit der Hand zwar durch mundanische Gegenstände hindurchgreifen, aber seinen ganzen Körper bekommt er doch nicht durch eine mundanische Mauer. Vielleicht schafft er es aber durch ein Fenster.«

Dor trat wieder durch die Drehtür und ging um das Gebäude herum. An der Rückseite befand sich eine Doppeltür, die groß genug war, um einen ganzen Wagen einzulassen. Dor schritt hindurch, an ein paar Männern vorbei, die damit beschäftigt waren, Bücherkisten aufeinanderzustapeln.

»He, Junge, hast du dich verlaufen?« rief einer der Männer.

Er hatte ja nicht sonderlich lange gebraucht, um vom »König« zum »Jungen« zu werden! »Ich suche die Archive«, sagte Dor nervös.

»Ach so. Die Silos. Ja, die dritte Tür links.«

»Danke.« Dor schritt zu der Tür und öffnete sie weit, wobei er sich Zeit ließ, um die anderen auch durchzulassen. Er konnte den Zentaur und den Oger schwach riechen, daher wußte er, daß sie bei ihm waren.

Jetzt befanden sie sich in einem großen Raum voller Gänge, die zwischen mit Büchern beladenen Regalen hindurchführten. Dor wußte nicht, welchen Weg er einschlagen sollten, und er war sich auch nicht sicher, daß der Zentaur durch die schmalen Gänge passen würde, doch da erschien Irene wieder und meldete, daß Arnolde sich hier wie zu Hause fühlte. »Aber er meint, daß es besser wäre, einen kompetenten Archivar zu befragen.«

»Es gibt hier einen, danach habe ich schon gefragt.« Da kam ihm ein anderer Gedanke. »Aber was, wenn er die mundanischen Behörden auf uns aufmerksam macht? Vielleicht hat er kein Verständnis für unser Problem.«

»Arnolde meint, daß Akademiker nicht so sind. Wenn es hier einen wirklich guten gibt, dann wird seine wissenschaftliche Neugier – so nennt man hier wohl die Magie – geweckt werden, und er wird sich sehr für uns interessieren. Versuch's mal in dem kleinen Büro dort. Das sieht aus wie eine Archivar-Kammer.«

Zögernd blickte Dor hinein. Er hatte Glück, auch wenn er sich nicht sicher war, welcher Art es sein mochte. Drinnen saß ein bebrillter Mann mittleren Alters über einem Papierstapel gebeugt. »Entschuldigen Sie, mein Herr – würden Sie gerne ein paar Nachforschungen anstellen?« frage Dor.

Der Mann hob den Kopf und kniff die Augen zusammen. »Welcher Art?«

»Äh, das ist eine lange Geschichte. Ich versuche, einen König zu finden, und ich weiß weder wann noch wo er ist.«

Der Mann nahm die Brille ab und rieb sich die müden Augen. »Das wäre schon eine Art Herausforderung. Wie lautet denn der Name des Königs und seines Reichs?«

»König Trent von Xanth.«

Der Mann erhob sich und quetschte sich aus seiner Kammer. Er war ziemlich klein, gebeugt, mit schütterem Haar und bewegte sich recht langsam. In gewisser Weise erinnerte er Dor an Arnolde. Er holte ein großes altes Buch hervor und blätterte in den brüchigen Seiten. »Unter dieser Bezeichnung scheint er nicht aufgeführt zu sein.«

Irene erschien. »In Mundania ist er auch nicht König.«

Der Gelehrte blickte sie mit zusammengekniffenen Augen milde verwundert an. »Meine Liebe, ich verstehe kein Wort von dem, was Sie sagen.«

»Äh, sie ist Ausländerin«, sagte Dor hastig. Da Irene außerhalb des magischen Feldes stehen mußte, um gesehen und gehört zu werden, funktionierte das magische Dolmetschen nicht bei ihr. Dor, der in derselben Kultur aufgewachsen war wie sie, hatte natürlich keine Schwierigkeiten, sie zu verstehen. Es war ein interessanter Unterschied: Er, Dor, konnte die beiden anderen verstehen, und es schien, als würden sie dieselbe Sprache sprechen, während die beiden sich untereinander nicht verstehen konnten. Die Magie wartete doch ständig mit neuen Tricks auf, die ihn verwunderten.

Der Gelehrte dachte nach. »Ach so – hat sie vielleicht mit

einer Filmgesellschaft zu tun? Handelt es sich um Nachforschungen für eine historische Rekonstruktion?«

»Nicht ganz«, meinte Dor. »Sie ist König Trents Tochter.«

»Aha, dann handelt es sich also um ein zeitgenössisches Königreich! Dann muß ich in einem jüngeren Text nachschlagen.«

»Nein, es ist ein mittelalterliches«, berichtigte ihn Dor. »Äh, das heißt ... na ja, wir glauben, daß König Trent sich in einer anderen Zeit aufhält.«

Nachdenklich schwieg der Gelehrte eine Weile. »Das Königreich, das Sie natürlich rekonstruieren wollen, versteht sich. Ich glaube, ich weiß jetzt, was Sie meinen.« Er blickte Irene wieder an. »In diesem Reich haben die Damen aber wirklich ausgezeichnete Extremitäten.«

»Was sagt er?« wollte Irene wissen.

»Daß du hübsche Beine hast«, antwortete Dor mit milder Schadenfreude.

Sie ignorierte die Bemerkung. »Was ist mit meinem Vater?«

»Der steht nicht in diesem Buch. Ich schätze, wir müssen es mit einem anderen Regal versuchen.«

Der Gelehrte ließ seinen Blick von Irenes Beinen auf Dors Gesicht schweifen. »Das ist aber merkwürdig. Sie sprechen Englisch mit ihr, und sie kann Sie auch verstehen, aber sie antwortet mit einer fremden Zunge.«

»Es ist ziemlich kompliziert, das zu erklären«, erwiderte Dor.

»Ich glaube, ich frage Arnolde mal«, sagte Irene und verschwand.

Der mundanische Gelehrte nahm die Brille ab und putzte die Gläser mit einem Stück Zellstoffpapier. Er setzte sie gerade noch rechtzeitig auf, um Irene wieder erscheinen zu sehen. »Ja, schon wesentlich besser«, murmelte er.

»Arnolde sagt, wir sollten meinen Vater oder meine Mutter mit relevanten Charakteristika aufzuspüren versuchen«, sagte Irene. »Es könnte nämlich vielleicht historische Hinweise geben.«

»Was ist denn das genau für eine Sprache?« wollte der Gelehrte wissen und heftete seinen Blick wieder auf Irenes Beine. Er mochte zwar alt und akademisch sein, doch er hatte offensichtlich noch nicht vergessen, worauf es bei der weiblichen Anatomie ankam.

»Xanthisch, würde ich sagen«, antwortete Dor. »Sie meint, wir sollten nach historischen Hinweisen auf ihre Eltern suchen, wegen ihrer besonderen Charakteristika.«

»Und um welche Charakteristika handelt es sich dabei?«

»Nun, König Trent verwandelt Leute, und Königin Iris ist eine Meisterin der Illusion.«

»Idiot!« bellte Irene. »Sag ihm nichts über die Magie!«

»Ich verstehe nicht ganz«, erwiderte der Gelehrte. »Was für Verwandlungen und was für eine Art von Illusion?«

»Na ja, in Mundania funktioniert das nicht«, meinte Dor lahm.

»Es ist Ihnen doch wohl geläufig, daß die Gesetze der Physik auf der ganzen Welt dieselben sind«, entgegnete der Gelehrte. »Alles, was in dem Heimatland der jungen Dame funktioniert, funktioniert auch woanders.«

»Magie nicht«, wandte Dor ein und merkte, daß er alles nur noch komplizierter machte.

»Wie blöd willst du dich denn noch benehmen?« wollte Irene wissen. »Ich frage Arnolde.« Wieder verschwand sie.

Diesmal blinzelte der Gelehrte noch heftiger. »Seltsames Mädchen!«

»Ja, sie hat so ihre Eigenarten«, stimmte Dor ihm matt zu.

Der Gelehrte schritt auf die Stelle zu, an der Irene gerade noch gestanden hatte. »Tubhf jmmvtjpo?« fragte er.

O weh! Jetzt befand er sich außerhalb der magischen Zone, so daß sich ihre Sprachen nicht mehr aneinander anglichen. Dor selbst konnte nichts dagegen unternehmen; der Zentaur war es, der sich umstellen mußte.

Irene erschien dicht neben dem Gelehrten. Offensichtlich hatte sie nicht aufgepaßt, denn innerhalb der magischen Zone hätte sie ihn eigentlich sehen müssen. »Oh – hier sind Sie!« rief sie.

»Bnbajoh!« sagte der Gelehrte. »Jkf nvtu jorvsf ...«

Dann veränderte der Zentaur seine Stellung. Irene verschwand, und Dor konnte den Gelehrten wieder verstehen. »... wie Sie diesen Trick genau durchführen ...« Er hielt inne. »Huch, jetzt sind Sie ja schon wieder verschwunden!«

Irene erschien etwas abseits in der Halle. »Arnolde sagte, daß wir ihm alles sagen müssen«, meldete sie. »Über die Magie und alles. Dank deiner Trotteligkeit.«

»Das ist ja wirklich erstaunlich!« sagte der Gelehrte.

»Na ja, ich muß Ihnen wohl etwas sagen, das Sie kaum glauben dürften«, sagte Dor.

»Im Augenblkick würde ich selbst an Magie glauben!«

»Ja. Xanth ist ein magisches Land.«

»In dem die Leute einfach so erscheinen und wieder verschwinden können? Ehe ich das glaube, würde ich wohl eher dazu neigen anzunehmen, daß meine Sehfähigkeit gestört ist.«

»Na ja, manche verschwinden eben. Aber das ist nicht Irenes Talent.«

»Das ist *nicht* die Fähigkeit der jungen Dame? Warum tut sie es denn?«

»Tatsächlich tritt sie in ein magisches Feld und kommt wieder heraus.«

»In ein magisches Feld?«

»Das von einem Zentauren erzeugt wird.«

Der Gelehrte lächelte matt. »Ich fürchte, Sie sind mir überlegen. Sie können sich wesentlich schneller Unsinn ausdenken, als ich ihn aufnehmen kann.«

Dor merkte, daß der Mann ihm nicht glaubte. »Ich zeige Ihnen mal meine Magie, wenn Sie wollen«, sagte er. Er zeigte auf das geöffnete Buch auf dem Tisch. »Buch, sprich mit dem Mann.«

»Warum sollte ich?« fragte das Buch.

»Bauchrednerei!« rief der Gelehrte. »Ich muß zugeben, daß sie exzellent sind!«

»Wie hast du mich genannt?« wollte das Buch wissen.

»Würden Sie das vielleicht noch einmal machen – mit geschlossenem Mund?« bat der Archivar.

Dor schloß den Mund. Das Buch schwieg. »Das habe ich mir doch gedacht«, murmelte der Gelehrte.

»Was hast du dir gedacht, Brillenschlange?« fragte das Buch.

Erschreckt musterte der Gelehrte das Buch und blickte schließlich wieder Dor an. »Aber Sie hatten den Mund fest geschlossen, da bin ich mir ganz sicher.«

»Das ist Magie«, erwiderte Dor. »Ich kann Gegenstände zum Sprechen bringen.«

»Tun wir einen Augenblick lang mal so, als wäre dem tatsächlich so. Sie wollen mir also sagen, daß dieser König, den Sie suchen, auch Magie betreiben kann?«

»Richtig, nur nicht in Mundania, sofern zählt es wohl nicht.«

»Weil er keinen magischen Zentauren dabei hat?«

»Ja.«

»Ich würde diesen Zentraur gerne einmal sehen.«

»Er wird durch einen Unsichtbarkeitszauber geschützt. Damit die Mundanier uns nicht belästigen.«

»Ist dieser Zentaur ein Gelehrter?«

»Ja, ein Archivar wie Sie.«

»Dann sollte ich wohl besser mit ihm sprechen.«

»Aber der Zauber ...«

»Dann lösen Sie den Zauber eben auf! Holen Sie Ihren Zentaurengelehrten hervor. Sonst kann ich Ihnen nicht helfen.«

»Ich glaube kaum, daß er das möchte. Es wäre sehr schwierig, ohne diesen Zauber von hier wieder wegzukommen, und wir haben nur ein Exemplar des Unsichtbarkeitszaubers dabei.«

Der Gelehrte kehrte in seine Kammer zurück. »Nun, ich glaube ebensowenig an Magie wie an die Offenbarungen einer Halluzination, aber ich bin bereit, Ihnen zu helfen, sofern Sie mir auf halbem Weg entgegenkommen. Hören Sie mit Ihren Gauklerein auf, zeigen Sie mir Ihren Gelehrten, dann werde ich meinerseits mit ihm zusammenarbeiten, um Ihnen die Information zu beschaffen, die Sie wünschen. Es ist mir egal, wie seltsam er äußerlich aussehen mag, solange er wirklich Verstand hat. Die Tatsache, daß Sie es für nötig befinden, mich mit Bauchrednerei zu verwirren, mit einem hübsch kostümierten Mädchen, das ständig verschwindet und mit einer Mythengeschichte, weist darauf hin, daß Ihre Behauptungen nur wenig Substanz haben. In diesem Fall verschwenden Sie nur meine Zeit. Ich fordere Sie also auf, Ihren Gelehrten hervorzuholen oder mich zu verlassen.«

»Äh, Arnolde«, sagte Dor. »Ich weiß ja, daß es fürchterlich schwierig werden dürfte, hier ohne die Zauber wieder wegzukommen, aber vielleicht können wir ja bis Nachtanbruch damit warten. Wir brauchen schließlich die Information, und ...

Plötzlich erschien der Zentaur, hinter ihm der Oger und der Golem. »Der Meinung bin ich auch«, sagte Arnolde.

Der Gelehrte drehte sich um. Er blinzelte. »Das sind wirklich seltene Kostüme, das muß ich zugeben.«

Arnolde trat vor, wobei er mit seinem Rumpf beinahe die Regale streifte. Er streckte die Hand aus. »Ich kann es Ihnen wirklich nicht verübeln, daß Sie den Laien gegenüber eine gewisse Ungeduld zeigen«, sagte er. »Sie haben hier ausgezeichnete Bestände, und ich weiß, daß Ihre Zeit kostbar ist.«

Der Gelehrte schüttelte die dargebotene Hand und schien von Arnoldes Brille und Auftreten beruhigter zu sein, als daß ihn seine Gestalt verwirrte.

»Worauf haben Sie sich spezialisiert?«

»Auf ausländische Archäologie – aber natürlich gibt es manche Überschneidungen und jede Menge Routinearbeit, die zu bewältigen ist.«

»In der Tat! Wenn ich an den ganzen lästigen Kleinkram denke, mit dem ich mich hier abgeben muß ...«

Die beiden begannen zu fachsimpeln, und schon bald hatte Dor den Anschluß verloren. Sie wurden immer aufgeregter, während sie einander abschätzten und Informationen austauschten. Es gab keinen Zweifel – es waren ähnliche Typen.

Irene ließ gelangweilt eine Kakaopflanze im Archivsaal

wachsen und teilte die Becher mit der dampfenden Flüssigkeit mit Dor, Krach und Grundy. Sie wußten, daß es von größter Wichtigkeit war, daß Arnolde ein gutes Verhältnis zu dem mundanischen Gelehrten herstellte, damit sie weiterkommen konnten.

So verging die Zeit. Die beiden Gelehrten blätterten in alten Folianten, diskutierten über winzige Feinheiten, befragten Dor eindringlich über die Hinweise, die König Trent ihm sowohl in seiner physischen Gestalt als auch in der Vision gegeben hatte, und kamen schließlich wortreich zu einer Entscheidung. Endlich nahm der mundanische Gelehrte einen Becher Kakao entgegen und entspannte sich etwas. »Ich glaube, wir haben es«, sagte er. »Werde ich Sie wiedersehen, Zentaur?«

»Aber ganz gewiß, mein Herr! Ich bin dazu in der Lage, nach Mundania zu reisen, Ihre Geschichte reizt mich sehr, und im Augenblick sitze ich ohnehin sozusagen zwischen den Stühlen.«

»Ihre Landsleute empfanden die Magie bei Ihnen als ebenso unerträglich wie meine das bei mir empfinden würden! Ich kann niemanden von dem erzählen, was ich heute in Erfahrung bringen konnte, sonst verliere auch ich meine Stellung und werde womöglich in eine Anstalt eingewiesen. Man stelle sich das einmal vor – sich mit einem Zentaur, einem Oger und einem winzigen Golem zu unterhalten! Wie gerne würde ich eine Studie über Ihr phantastisches Land Xanth schreiben, aber die würde wohl kaum einer glaubwürdig finden.«

»Sie könnten doch ein Buch schreiben und es als Erzählung verkleiden«, schlug Grundy vor. »Und Arnolde könnte eins über Mundania schreiben.«

Die beiden Gelehrten wirkten plötzlich sehr befriedigt. Auf eine derart schlichte Lösung wäre keiner von ihnen gekommen. »Aber wissen wir denn jetzt, wo mein Vater ist?« fragte Irene.

»Ja, ich glaube schon«, erwiderte Arnolde. »König Trent hat uns, so vermuten wir, eine Nachricht hinterlassen.«

»Wie das?«

»Er hat sie Dor gegeben. Und außerdem haben wir noch verschiedene andere Hinweise, etwa den, daß er in ein mittelalterliches Gebiet reisen wollte, in den Bergen, nahe an einem schwarzen Gewässer. Mein Freund teilt mir mit, daß es in Mundania mehrere Orte gibt, auf die diese Beschreibung zutreffen könnte. Deshalb glauben wir, daß es wörtlich gemeint war; entweder ist das Wasser selbst schwarz, oder es wird schwarz genannt. Nun gibt es in Mundania ein großes Gewässer, das man das Schwarze Meer nennt. Viele große Flüsse münden dort, und es ist von großen Bergketten umgeben. Doch das genügt noch nicht, um es als das Gebiet auszumachen, das wir suchen. Es ist lediglich eine Möglichkeit von vielen.« Arnolde lächelte. »Wir haben uns recht lange mit Geographie befaßt. Nun gab es in mittelalterlicher Zeit in dieser Gegend eine Konfluenz von A-, B- und K-Menschen, jedenfalls wenn man die Übertragung dieser Völkernamen in den xanthischen Dialekt berücksichtige: die Avaren, die Bulgaren und die Khazaren. Es paßt also alles zusammen. Alles, was Ihr uns gesagt habt, scheint zusammenzupassen.«

»Aber das genügt doch noch nicht!« rief Dor. »Woher seid Ihr Euch so sicher, daß Ihr die richtige Zeit und das richtige Gebiet ausgemacht habt?«

»Ehrlichkeit«, sagte Arnolde. »ONESTI, wie Dor es in unserem Dialekt schreiben würde – was König Trent nur zu gut wußte. Man muß nur darauf kommen.« Er zeigte auf eine Stelle in dem aufgeschlagenen Buch. »Da ist, glauben wir, der einzigartige, ganz besondere Hinweis, den König Trent Euch gegeben hat, damit Ihr, und zwar Ihr allein, ihn im Notfall ausfindig machen könnt.«

Dor blickte auf die angezeigte Stelle. Es war ein Atlas, der ein fremdes, mundanisches Land zeigte. Auf der Karte war ein Ort zu sehen, der den Namen *Onesti* trug.

»Auf der ganzen Welt gibt es nur einen solchen Ort«, fuhr Arnolde fort. »Das muß König Trents Botschaft an Euch gewesen sein. Niemand sonst wäre auf die Bedeutung dieser einzigartigen Bezeichnung gekommen.«

»Aber wenn das schon so lange ... der Name auf dieser

Karte und so ... ich meine, jahrhundertelang ... das heißt dann doch, daß König Trent niemals zurückgekommen ist! Wir können ihn gar nicht retten, weil sonst der Name verschwindet.«

»Nicht unbedingt. Der Ortsname hängt nicht von seiner Anwesenheit ab. Wir müßten ihn retten können, ohne ihn zu beeinträchtigen. Der Paradoxien der Zeit können wir uns ohnehin niemals sicher sein. Wir müssen einfach diesen Ort und jene Zeit aufsuchen, etwa 650 AD, und versuchen, ihn zu finden.«

»Aber wenn das nun nicht stimmt?« warf Irene ein. »Was, wenn er gar nicht dort ist?«

»Dann kehren wir hierher zurück und führen weitere Nachforschungen durch«, erwiderte Arnolde. »Ich will diesen Ort sowieso wieder aufsuchen, und mein Freund Ichabod würde gerne einmal Xanth besuchen. Da wird es keine Schwierigkeiten geben, ganz sicher nicht.«

»Ja, Sie werden hier willkommen sein«, pflichtete ihm der mundanische Gelehrte bei. »Sie haben einen feinen, scharfsinnigen Verstand.«

»Zum ersten Mal«, fuhr Arnolde fort, »betrachte ich meine Verbannung von der Zentaureninsel und mein obszönes Talent mit einer gewissen Gelassenheit. Ich bin, so scheint es, doch nicht aus meiner Berufung herausgerissen worden, im Gegenteil: Mein Horizont hat eine erhebliche Erweiterung erfahren.«

»Meiner ebenfalls«, meinte Ichabod. »Ich muß gestehen, daß mir meine gegenwärtige Existenz als recht ermüdend erschien, obwohl ich das erst heute erkannt habe.« Jetzt klang der Gelehrte genau wie Arnolde. Vielleicht hatte irgendeine obskure Fügung des Schicksals die beiden zusammengeführt. Funktionierten Glück oder Schicksal eigentlich wirklich in Mundania? Vielleicht taten sie das ja nur, wenn der magische Durchgang da war. »Die Aussicht, ein völlig neues und geheimnisvolles Gebiet erforschen zu dürfen, ist äußerst beglückend und verschafft mir eine neue Perspektive.« Er hielt inne. »Ach, ob es dort wohl auch Wesen weiblichen Geschlechts gibt, die eine entfernte

Ähnlichkeit ...?« Schuldbewußt ließ er seinen Blick erneut auf Irenes Beine schweifen.

»Nymphen die Menge«, sagte Grundy. »Im Dutzend billiger. Die haben zwar nicht viel im Kopf, aber jede Menge in den Beinen.« Er machte einen Satz zur Seite, denn Irene machte Anstalten, nach ihm zu treten.

»Oh, ich kann es kaum erwarten, mit meinen Forschungen in Xanth zu beginnen!« rief der Gelehrte.

Irene furchte die Stirn. »Manchmal frage ich mich, wie sehr ich meine Eltern eigentlich wirklich retten möchte. Ich kann von Glück sagen, wenn meine Beine nicht vor lauter Aufmerksamkeit Blasen bekommen.« Doch wie stets wirkte sie keineswegs ausschließlich unangenehm berührt. »Machen wir uns jetzt auf den Weg. Es ist mir egal, was ihr tut, sobald mein Vater wieder in Xanth ist.«

Arnolde und Ichabod gaben sich zum Abschied die Hand. Es waren wirklich zwei verwandte Geister. Einem plötzlichen Impuls folgend, holte Dor eine der Goldmünzen hervor, die er so sorgfältig aufgehoben hatte. »Mein Herr, bitte nehmt dies als Anerkennung Eurer Hilfe an.« Er drückte sie dem Gelehrten in die Hand.

Der Mann musterte die Münze. »Aber das ist ja reines Gold!« rief er. »Ich glaube, es handelt sich um eine spanische Doublone! Die kann ich unmöglich annehmen.«

Der Zentaur versuchte zu vermitteln. »Bitte nehmen Sie sie an, Ichabod. Dor ist vorübergehend König von Xanth. Das Geschenk abzulehnen käme einer Beleidigung der Krone gleich.«

»Aber ihr Wert ...«

»Dann tauschen wir doch einfach Münzen«, schlug Dor vor. »Sie geben mir eine von ihren, dann sind wir quitt.«

»Ich habe aber nur einen Zehner! Das kann man dann doch nicht quitt nennen!« wandte der Gelehrte ein.

»Zehner sind sehr wertvoll in Xanth«, sagte Arnolde. »Gold dagegen hat kaum einen Wert. Bitte nehmen Sie das Angebot an.«

»Bitte!« warf Irene ein und lächelte betörend. Dor wußte, daß sie nur eins wollte, daß sie sich nämlich wieder auf den

Weg machten, um ihren Vater zu suchen, aber ihr Einwurf verfehlte seinen Zweck nicht.

»In diesem Fall werde ich mit Freuden tauschen, König Dor«, willigte der Gelehrte ein und reichte Dor seinen Zehner. »Ich wollte ja auch nur einwenden, daß Eure Münze viel zu wertvoll ist, um damit meine Dienste zu bezahlen, die mir doch ohnehin das allergrößte Vergnügen bereitet haben.«

»Nichts ist zu wertvoll, was meinen Vater retten könnte«, sagte Irene. Sie beugte sich vor und gab Ichabod einen Kuß auf die Wange. Der Mann erstarrte, als habe er der Gorgone ins Anlitz geblickt. Es war offensichtlich, daß er in seiner Zurückgezogenheit noch nicht oft von hübschen Mädchen geküßt worden war.

Inzwischen war der Abend angebrochen. Ichabod lief in mehrere Kammern und holte Tücher hervor, mit denen sie den Zentaur und den Oger verhüllten. Dann schritten Arnolde und Krach hintereinander aus der Bibliothek. Sie sahen aus wie zwei große Arbeiter in Mänteln, die eine verhüllte Kiste trugen. Die Verkleidung stellte sich als fast so effektiv heraus wie der Unsichtbarkeitszauber; niemand beachtete sie. Sie waren auf dem Heimweg nach Xanth.

IX

Die Politik von Onesti

Sie reisten nicht nach Hause zurück, sondern begaben sich lediglich zum Nordwestzipfel Xanths, wo der Isthmus das Land mit Mundania verband. Als sie wieder auf magischem Gebiet waren, füllte Irene ihren Samenbeutel auf. Krach schlug einen Geleetonnenbaum um, verschlang das Gelee und verformte den Stamm zu einem brauchbaren Boot. Arnolde beobachtete das Gebiet und stieß in periodischen Abständen nach Mundania vor, um festzustellen, ob es sich verändert hatte. Dor begleitete ihn und befragte den Sand. Anhand der Beschreibungen von Leuten, die der Sand kurz zuvor gesehen hatte, konnten sie ungefähre Rückschlüsse auf Orte und Zeitepochen Mundanias ziehen.

Der Wandel war unaufhörlich: Wenn man aus Xanth nach Mundania vorstieß, blieb das dortige Zeitgefüge konstant; folgte einem jedoch eine andere Person, so konnte es geschehen, daß diese in eine ganz andere Epoche eintrat. Es war, wie wenn man ein Boot verpaßte und statt dessen das nächste nahm, erklärte Arnolde. Der Reisende, der das erste Boot genommen hatte, konnte zwar zurückkehren, doch wer an Land stand, konnte kein Boot mehr erwischen, das bereits abgelegt hatte. König Trent hatte, so glaubten sie, einen Ort namens »Europa« in einer Zeitepoche namens »Mittelalter« aufgesucht. Dors Gruppe hingegen hatte einen Ort namens »Amerika« in einer Epoche namens »Neuzeit« besucht. Die Verschiebung der Orte und Zeiten schien willkürlich abzulaufen; vielleicht folgte sie auch einem Muster, das sie lediglich nicht verstanden. Sie mußten einfach nur den Punkt orten, den sie aufzusuchen wünschten, und mußten durch dieses »Fenster« springen, bevor es sich wieder veränderte. Arnolde schloß aus ihren Beobachtungen, daß jedes Fenster zwischen fünf Minuten bis zu einer Stunde stabil blieb. Er meinte auch, daß es möglich sei, diese Spanne zu verlängern, indem jemand an der Grenze stehenblieb; offenbar konnten sich die Fenster nicht schließen, solange sie in Gebrauch waren. Vielleicht war das ja wie die Drehtür in Mundania, deren Drehbewegung vorübergehend von einer Person gestoppt werden konnte – bis der nächste sie brauchte.

Am dritten Tag wurde es immer langweiliger. Irenes Samensammlung war wieder komplett, und sie wurde unruhig. Krach hatte sein Boot fertiggestellt und mit Vorräten ausgerüstet. Grundy hatte sich ein Nest am Bug gebaut, von dem aus er den Tratsch vorüberziehender Meerestiere belauschen konnte. Arnolde und Dor schritten den Strand ab. »Was hast du in letzter Zeit gesehen?« fragte Dor routinemäßig denselben und doch veränderten Sand.

»Einen Mann in einem Raumanzug«, erwiderte der Sand. »Er hatte kleine Antennen, die aus seinem Kopf herauswuchsen, wie eine Ameise, und er konnte sich mit seinen Freunden unterhalten, ohne ein einziges Geräusch von sich zu geben.«

Das hörte sich nicht so an, als handele es sich um jemanden, den Dor suchte. Wahrscheinlich hatte irgendein böser Magier den Mann verzaubert, vielleicht bei dem Versuch, eine neue Mischform hervorzubringen. Sie drehten sich um und kehrten nach Xanth zurück. Das war nun ganz gewiß nicht das gesuchte Fenster.

Die Farbe des Meeres veränderte sich häufig. Beim ersten

Besuch war es rötlich gewesen, wie auch bei ihrer Rückkehr, da sie ja in derselben Zeitperiode Mundanias geblieben waren. Danach war es jedoch blau, gelb, grün und weiß geworden. Nun war es orange und verwandelte sich in Purpur. Als es vollends purpurn war, schritten sie wieder Richtung Westen.

»Was hast du in letzter Zeit gesehen?« fragte Dor erneut.

»Ein schwimmendes Höhlenmädchen«, berichtete der Sand. »Sie war zwar ziemlich fett, aber sie hatte vielleicht ...«

Wieder schritten sie gen Osten. Beide waren sie recht niedergeschlagen. »Ich wünschte, es gäbe eine direktere Methode«, sagte Arnolde. »Ich habe versucht, das Muster der Verschiebungen zu analysieren, aber ich konnte keine Gesetzmäßigkeit feststellen, vielleicht auch nur, weil ich nicht genügend Daten zur Verfügung habe.«

»Ich weiß ja, daß das nicht gerade ein tolles Leben ist, in das wir Euch da hineingezogen haben«, meinte Dor. »Ich wünschte, es hätte irgendeinen anderen Weg gegeben ...«

»Im Gegenteil, es ist ein höchst faszinierendes Leben und ein herausforderndes Rätsel dazu«, widersprach der Zentaur. »Das ist ähnlich wie die Rätsel der Archäologie, wo man genausoviel Geduld und Glück benötigt. Wir müssen einfach mehr Daten sammeln, ob es nun einen Tag dauert oder ein Jahr.«

»Ein Jahr?« rief Dor entsetzt.

»Bestimmt wird es nicht so lange dauern«, beruhigte Arnolde ihn. Es war offensichtlich, daß er mehr Geduld hatte als Dor.

Als sie wieder nach Xanth zurückkehrten, wurde das Meer schwarz. »Schwarz!« rief Dor. »Könnte das ...«

»Möglich«, meinte Arnolde und zügelte sichtlich seine Erregung mit der Vorsicht des Erfahrenen. »Wir sollten wohl die anderen alarmieren.«

»Grundy, hol Krach und Irene zum Boot!« rief Dor. »Es könnte sein, daß wir es gleich geschafft haben.«

»Ist wohl eher mal wieder ein falscher Alarm«, murrte

der Golem. Aber er hastete davon, um die anderen zu holen.

Als sie wieder an den üblichen Ort schritten, den sie stets befragten, bemerkte Dor einen hohen alten Baum mit großen Blättern, der zuvor nicht dagewesen war. Das war zweifellos eine andere Örtlichkeit, doch das mußte nicht viel heißen, da sich auch die Gegend zusammen mit der Zeit ständig veränderte, oft sogar sehr radikal: manchmal gab es zerklüftete Gebirgsketten, manchmal aber auch ödes Flachland. Das einzig Gemeinsame war die Küstenlinie, wobei sich das Meer im Süden, das Land hingegen im Norden befand. Arnolde wunderte sich ständig darüber, doch Dor beachtete es kaum. »Was hast du in letzter Zeit gesehen?« fragte er den Sand.

»Nicht viel, seit der König und seine Alte vorbeigekommen sind«, erwiderte der Sand.

»Ach so.« Dor drehte sich um, und wollte schon wieder ins magische Gebiet zurückkehren.

Der Zentaur blieb stehen. »Hat er nicht gesagt ...«

Da dämmerte es Dor. Die Erregung durchfuhr ihn wie ein Schauer. »König Trent und Königin Iris?«

»Ich glaube schon. Sie sind nicht mehr die jüngsten.«

»Ich glaube, wir haben endlich unser Fenster!« sagte Arnolde. »Geht zurück und benachrichtigt die anderen. Ich halte in der Zwischenzeit die Eingangstür offen.«

Dor rannte mit klopfendem Herzen zurück. War das wirklich wahr? »Wir haben es!« rief er. »Kommt jetzt, schnell!«

Sie sprangen ins Boot. Krach stieß es mit einer Stange kraftvoll nach vorn. Doch da ließ er plötzlich nach. Dor stellte fest, daß sich der Oger zwar immer noch anstrengte, aber kaum etwas damit ausrichtete.

»Ach so, wir haben die Magie Xanths hinter uns gelassen und sind noch nicht in Arnoldes magischem Feld«, sagte er. »Kommt, wir müssen alle mit anpacken.«

Dor und Irene beugten sich seitlich aus dem Boot und begannen verzweifelt, mit bloßen Händen zu paddeln.

Langsam bewegten sie sich auf gleiche Höhe mit dem Zentauren. »Alle Mann an Bord!« rief Dor fröhlich.

Arnolde trabte durch das seichte Wasser und kletterte mühsam ins Boot, das dabei arg zu schwanken begann. Salzwasser drang ein. Das Gefährt war zwar stabil gebaut, wie alles, was die Oger herstellten, aber es roch noch immer nach Limonengelee, vor allem an den feuchten Stellen.

Der Zentaur stand in der Bootsmitte, das Gesicht zum Bug gewandt. Irene saß vorne, ihr grünes Haar wehte im Wind. Es war für kurze Zeit verblaßt, als sie sich zwischen den beiden Magiezonen befunden hatten; vielleicht hatte dies Dor auch auf das eigentliche Problem aufmerksam gemacht. Das war die einfachste Möglichkeit, sich vom Zustand ihrer Umgebung zu überzeugen.

Dor ließ sich im Heck nieder, und Krach stieß sie mit kräftigen Stößen vom Ufer ab. Jetzt, da sie sich wieder im magischen Feld befanden, besaß der Oger wieder seine alte Kraft, war das Boot belebt. Die schwarzen Wogen schwappten rasch vorüber.

»Ich wünschte, ich hätte gewußt, daß das alles ist, was wir zu tun brauchen, um König Trent ausfindig zu machen«, sagte Dor. »Dann hätten wir uns die Reise ins neuzeitliche Mundania ersparen können.«

»Auf keinen Fall!« widersprach Arnolde und ließ seinen Schweif wedeln. »Wir hätten zwar dieses Fenster entdekken können, das stimmt; aber jeder Fenstereingang führt in eine völlig andere mundanische Welt. Wir hätte die Fährte schon bald wieder verloren, hätten uns verirrt und wären nicht mehr dazu in der Lage gewesen, irgend jemanden zu retten. So wissen wir immerhin, daß wir nach Onesti wollen, und wir wissen auch, wo das liegt. Das erleichtert unsere Aufgabe erheblich.« Der Zentaur hielt inne. »Abgesehen davon bin ich äußerst froh, Ichabod kennengelernt zu haben.«

Also hatte ihre erste Reise doch einen Sinn gehabt. »Was für Leute siehst du hier in der Regel?« fragte Dor das Wasser.

»Hartgesottene Burschen mit bauschigen Kleidern und

Schwertern und Bogen«, gab das Wasser zur Antwort. »Allerdings halten sie sich nicht allzu häufig auf dem Wasser auf; nicht wie die Griechen damals.«

»Das sind vermutlich die Bulgaren«, folgerte Arnolde. »Ichabod zufolge mußten die in den letzten paar Jahrzehnten hier vorbeigezogen sein.«

»Wer sind denn die Bulgaren?« fragte Irene. Jetzt, da sie die eigentliche Spur ihres Vaters verfolgten, interessierte sie sich wesentlich mehr für Einzelheiten.

»Das ist ziemlich kompliziert. Ichabod hat mir zwar einige Einzelheiten genannt, aber es ist durchaus möglich, daß ich noch längst nicht alles darüber weiß.«

»Wenn das die Leute sind, die mein Vater getroffen hat, und wenn auch wir auf sie treffen werden, dann will ich auch alles über sie wissen.« Ihr Gesicht trug einen entschiedenen Ausdruck.

Das Boot schoß schnell voran, denn die Kraft des Ogers war gewaltig. Die Küstenlinie erstreckte sich mit ihren Buchten immer weiter vor ihnen. »Wir haben eine mehrtägige Reise vor uns«, sagte der Zentaur. »Zweifellos wird uns diese Zeit gelegentlich als etwas lang erscheinen.« Er holte pädagogisch viel Luft und begann mit seiner historischen Abhandlung, während der Oger desinteressiert eine Grimasse zog und Grundy sich in seinem Nest schlafen legte. Dor und Irene jedoch lauschten ihm aufmerksam.

Im Prinzip sah es so aus: Drei Jahrhunderte zuvor hatte es in dieser Region ein großes mundanisches Reich gegeben, das, wie Dor es verstand, Rohm geheißen hatte, vielleicht weil es so weiträumig gewesen war. Doch nach langer Zeit verfiel dieses Reich schließlich und wurde immer schwächer. Da war aus dem östlichen Binnenland ein vormals ruhiger Stamm, die Hunnen, eingefallen und hatte einige andere Stämme vor sich hergetrieben. Vielleicht war »Hunnen« ja die Abkürzung für »Hungrige«, wegen ihres Machthungers. Diese Stämme hatten das Röhmische Reich überfallen und zum großen Teil zerstört. Doch als der Hungrige Häuptling, Attaboy, an Verdauungsschwierigkeiten gestorben war, wurden sie besiegt und teilweise wieder zurückgedrängt, an die Küste dieses Schwarzen Meeres, dessen Farbe trefflich ihre damalige Stimmung widerspiegelte. Eine Weile lang kämpften sie ein bißchen gegeneinander, wie es Leute zu tun pflegten, die unter schwarzer Laune litten; dann vereinigten sie sich wieder und nannten sich Bulgaren, kurz: Bullen. Doch die Bullen wurden von einem anderen wilden Stamm der Türken – die nichts mit Türen zu tun hatten –, nämlich den Khazaren, aus ihrem neuen Land verjagt. Einige der Bullen flohen gen Norden und manche gen Westen – und das hier war das Gebiet, das die westlichen Bullen besiedelt hatten, hier am Westrand des Schwarzen Meers. Weiter kamen sie nicht, denn dort gab es einen weiteren wilden Stamm, die Avaren. Die Avaren besaßen ein riesiges Reich im östlichen Europa, das aber gerade im Untergang begriffen war, vor allem wegen der Angriffe durch die Khazaren. Im Augenblick, cirka AD 650 mundianischer Zeitrechnung – die Zahl bezog sich auf irgendeine mundanische Religion, der keine dieser Parteien angehörte –, herrschte in dieser Region ein unruhiges Gleichgewicht zwischen den drei Mächten, also den Avaren, Bulgaren und Khazaren, wobei die Khazaren dominierten.

Irgendwie war das für Dor viel zu kompliziert. All diese fremdartigen Stämme und Ereignisse und Zahlen – die Feinheiten Mundanias waren ja viel komplizierter als die schlichten magischen Ereignisse Xanths! Es war wesentlich leichter, sich mit Greifen und Drachen auseinanderzusetzen als mit Avaren und Khazaren; immerhin waren die Drachen wenigstens vernünftige Wesen.

»Aber was hat all das mit meinem Vater zu tun?« wollte Irene wissen. »Mit welchem dieser Stämme wollte er denn nun Handel treiben?«

»Mit keinem von diesen dreien«, erwiderte Arnolde. »Das ist alles nur der Hintergrund, vor dem sich das Ganze abspielt. Es wäre viel zu gefährlich für uns, mit solchen Wilden zu verhandeln. Wir glauben jedoch, daß es da ein kleines Königreich geben könnte, vielleicht ein Überbleibsel der Gothik oder irgendein anderes, älteres Volk von

Urbewohneren, die sich im Karpatengebirge eine Quasi-Unabhängigkeit bewahrt haben und eine eigene Sprache und Kultur besitzen. Sie leben im Grenzland zwischen den Avaren, Bulgaren und Khazaren und sind im gewissen Umfang geschützt, weil keines der drei Reiche dort etwas unternehmen kann, ohne die beiden anderen zu provozieren; und außerdem schützt sie auch das unzugängliche, rauhe Terrain. Daher also auch der A-, B- und K-Komplex, auf den König Trent angespielt hat. Das war ein höchst wertvoller Hinweis für uns. Diese abgeschnittene Region ist das Königreich Onesti.

Es liegt mitten in den Bergen, ist schwierig zu erobern und besitzt auch nur wenig, wonach andere trachten könnten, was wohl zum Teil seine Unabhängigkeit mitbegründet. Aber es ist durchaus an friedlichem, gewinnbringendem Handel interessiert, und Ichabods Hinweise deuten an, daß es einen Handelsweg kannte, der später in Vergessenheit geriet, und der es dem Königreich erlaubte, ein Jahrhundert lang zu gedeihen, obwohl seine normalen Kanäle anscheinend blockiert waren. Das könnte der Handelsweg sein, den König Trent erschließen wollte.«

»Ja, das leuchtet ein«, stimmte Irene ihm zu. »Aber was ist, wenn einer dieser Stämme meinen Vater gefangengenommen hat und er deshalb nicht zurückkehren konnte?«

»Wir werden ihn schon aufspüren«, versicherte der Zentaur ihr. »Wir besitzen einen großen Vorteil, der König Trent abging – nämlich die Magie. Wir brauchen uns nur nach Onesti zu begeben und die Leute, Pflanzen und Gegenstände dort ausfragen. Mit Sicherheit ist dort etwas über ihn bekannt.«

Irene schwieg. Dor teilte ihre Sorgen. Jetzt, da sie so kurz davorstanden, König Trent ausfindig zu machen, stellte sich die Frage, ob sie ihn auch noch am Leben finden würden. Was, wenn er bereits tot sein sollte?

»Werden wir gegen diese ganzen As, Bs und Ks kämpfen müssen?« fragte Grundy plötzlich. Offenbar hatte er doch nicht ganz geschlafen.

»Das bezweifle ich«, meinte Arnolde. »Regelrechte

Kriegszustände sind eigentlich seltener, als man bei Betrachtung der Geschichte annehmen könnte. Den überwiegenden Teil der Zeit verläuft das Land in ganz normalen Bahnen: Die Fischer fischen, die Schmiede hämmern Eisen, die Bauern bestellen ihre Äcker, die Frauen gebären Kinder. Sonst würde auch ständig Mangel herrschen. Aber ich habe für alle Fälle einen Freundschaftszauber mitgenommen.« Er klopfte gegen seinen Zauberbeutel.

Der Oger stieß sie unermüdlich weiter. Nach und nach machte die Küste einen Bogen nach Süden, dem sie auch folgten. Als die Nacht anbrach, gingen sie kurze Zeit an Land, um ein Feuer zu machen und ihr Abendessen zu kochen. Danach kehrten sie über Nacht auf das Boot zurück, um sich nicht den Gefahren mundanischer Dunkelheit aussetzen zu müssen. Grundy stellte fest, daß es im Schwarzen Meer nur wenige Fische und keinerlei Ungeheuer gab: das Meer war völlig sicher, solange kein Sturm herrschte.

Jetzt setzte Arnolde einen seiner kostbaren Zauber ein. Er öffnete eine Windkapsel und richtete sie sorgfältig aus. Der Wind blies gen Südwesten und füllte das kleine, gedrungene Segel, das sie zu diesem Zweck gesetzt hatten. Nun konnte der Oger sich ausruhen, während das Boot seinem Ziel zutrieb und sie sich beim Steuern abwechselten. Grundy fragte die Fische und die Wassertiere nach dem Kurs, und Dor tat das gleiche mit dem Wasser, während Irene eine Kompaßpflanze wachsen ließ, die auf den großen Fluß zeigte, dessen Mündung ihr Ziel war.

Das erinnerte Dor an seinen magischen Kompaß. Er holte ihn in der Hoffnung hervor, daß er auf König Trent zeigen würde. Doch er zeigte direkt auf Arnolde, und als dieser ihn in die Hand nahm, zeigte er nur auf Dor. In dieser Situation war er nutzlos.

Das Schlafen auf dem Wasser war zwar nicht sonderlich bequem, aber immerhin möglich. Dor lag auf dem Rücken und starrte hellwach zu den Sternen empor; plötzlich verschoben sich die Sterne, und er erkannte, daß er doch geschlafen hatte; jetzt war er wirklich hellwach. Wieder verschoben sich die Konstellationen. Dann war er wieder hellwach – bis Grundy ihn weckte, damit er ihn am Steuer ablöste. Anscheinend hatte er die ganze Zeit geträumt, daß er hellwach sei. Das war äußerst unangenehm; fast wären ihm Nachtmahre lieber gewesen.

Am Morgen stießen sie in das monströse Flußdelta hinein – eine Reihe von Sandbänken, Kanälen und Inseln, zwischen denen die langsame Strömung dahertrieb. Nun mußte Krach die beiden großen Ruder hervorholen, die er hergestellt hatte, um damit gegen die Strömung anzurudern. Dennoch kam das Boot immer noch recht schnell vom Fleck. Irene ließ Gebäckpflanzen wachsen und fütterte den Oger mit den Gebäckblüten, damit er nicht Hunger leiden mußte. Krach verschlang sie, ohne einmal beim Rundern innezuhalten. Dor war beinahe neidisch auf den Oger und dessen schiere Lust am Essen und Arbeiten.

Nein, das stimmte gar nicht. Er war vielmehr eifersüchtig wegen der Aufmerksamkeit, die Irene Krach zuteil werden ließ. obwohl Dor sich nicht als Eigentum irgendeines Mädchens betrachtet wissen wollte, und schon gar nicht *dieses* Mädchens, wurde er doch immer böse, wenn Irene jemand anderem ihre Aufmerksamkeit widmete. Er wußte, daß das unvernünftig war; Krach brauchte sehr viel Nahrung, um derart hart arbeiten zu können. Das war es schließlich auch, was der Oger zu ihrer Reise beisteuerte – seine gewaltigen Kräfte. Und doch wurmte es Dor; er wünschte, daß *er* es wäre, der riesige Muskeln und eine unermüdliche Kondition hätte und von Irene die Pasteten und Törtchen gleich haufenweise in den Mund geschoben bekäme.

Einmal war er wirklich groß gewesen, erinnerte er sich; zumindest hatte er sich den Körper eines mächtigen Barbaren ausgeliehen – vielleicht war es ein Avare, Bulgare oder Khazare gewesen – und feststellen müssen, daß reine Kraft allein auch nicht alle Probleme lösen konnte und einen auch nicht automatisch glücklich machte. Doch im Augenblick lagen seine selbstsüchtigen Gefühle im Widerstreit mit seiner Vernunft.

»Manchmal wünschte ich, ich wäre ein Oger«, brummte Grundy.

Plötzlich fühlte sich Dor erheblich wohler.

Den ganzen Tag ruderten sie flußaufwärts, wobei sie in immer schmalere Kanäle hineinfuhren. Sie entdeckten einige Fischer, aber erstens sahen die nicht wie As, Bs oder Ks aus, und zweitens schauten sie sich den großen, kräftigen Oger an und ließen ihr Boot lieber in Frieden ziehen. Arnolde hatte recht gehabt: Normalerweise war es in Mundania ziemlich langweilig, nirgendwo waren plündernde Armeen in Sicht. In diesem Punkt glich Mundania dem Land Xanth.

Als sie ein gutes Stück stromaufwärts gekommen waren, gingen sie an Land und schlugen ihr Nachtlager auf. Dor befahl dem Sand, Alarm zu schlagen, falls sich irgend etwas nähern sollte, das um einiges größer war als Ameisen, dann legten sie sich unter einem weiteren Regenschirmbaum zur Ruhe, den Irene hatte wachsen lassen. Das war auch gut so, denn in der Nacht regnete es.

Am dritten Tag schossen sie einen schnellen Zustrom empor, der ins Karpatengebirge hinaufführte. Gelegentlich mußten sie landen, und Krach packte das Boot, balancierte es auf seinem Schädel, richtete es mit seinen panzerfaustbewehrten Bratpfannenhänden aus und stampfte durch die Wasserfälle.

»Wenn du immer noch nicht deine volle Kraft hast«, bemerkte Dor, »dann kannst du jedenfalls nicht mehr sehr weit davon entfernt sein.«

»Hmph«, pflichtete Krach ihm bei. Ausnahmsweise hatte er einmal nicht die Zeit, einen Reim zu schmieden. Oger waren die kräftigsten Lebewesen Xanths, so groß oder klein sie auch sein mochten – aber manche Ungeheuer waren wesentlich größer, andere wiederum intelligenter, deshalb waren die Oger auch nicht die Herren des Urwalds. Krach und seine Eltern waren die einzigen Oger, die Dor persönlich kennengelernt hatte, wenn man von seinem Abenteuer in Xanths Vergangenheit absah, wo er Egor dem Zombieoger begegnet war; heutzutage waren sie nicht mehr so häufig zu finden, was vielleicht nicht das Schlechteste war; denn wenn Oger so weitverbreitet wären wie Drachen, wer würde ihnen dann noch widerstehen können?

Am Nachmittag des dritten Tages erreichten sie endlich das Königreich Onesti, oder zumindest seine Hauptfestung, Burg Onesti. Dor wunderte sich darüber, daß König Trent und Königin Iris, die ja keinerlei Magie zur Verfügung hatten, die Strecke in der gleichen kurzen Zeit zurückgelegt haben sollten. Vielleicht hatten sie die Schwierigkeit der Reise ja unterschätzt. Nun, das würden sie ja bald erfahren.

Dor versuchte, die Steine und das Wasser des Flusses zu befragen, doch das Wasser war keine zwei Augenblicke dasselbe und konnte sich an nichts erinnern, während die Steine behaupteten, daß im vergangenen Monat niemand hier entlanggekommen sei. Offenbar hatte der König eine andere Strecke gewählt, vermutlich eine unbeschwerlichere. Vielleicht hatte der König von Onesti ihm auch eine Eskorte entgegengeschickt, und sie waren zu Pferd einen Reitweg emporgeritten. Ja, das war das Wahrscheinlichste.

Vor der imposanten Burg blieben sie stehen. Riesige Steine bildeten gewaltige Mauern, die zum Vordereingang führten. Es gab keinen Burggraben, denn es handelte sich um eine Bergfestung. »Und was tun wir jetzt?« fragte Irene nervös. »Klopfen wir einfach ans Tor, oder was?«

»Dein Vater hat mir gesagt, daß Ehrlichkeit die beste Politik sei«, erwiderte Dor und überspielte seine eigene Unsicherheit. »Ich nehme an, daß er mir damit nicht nur ein Rätsel aufgeben wollte, um zu zeigen, wo er ist. Wir können uns der Burg in aller Offenheit nähern. Wir können ihnen sagen, daß wir aus Xanth sind und König Trent suchen. Vielleicht haben sie ja mit dem, was passiert ist, gar nichts zu tun – falls überhaupt irgend etwas passiert ist. Aber wir wollen nicht so weit gehen, ihnen von unserer Magie zu erzählen, für alle Fälle.«

»Für alle Fälle«, stimmte sie mit gepreßter Stimme zu.

Sie marschierte auf den Vordereingang zu. Das schien ohnehin der einzige Zugang zum Gebäude zu sein. Die Mauer führte an der Südseite durch den Wald, um auf raffinierte Weise mit den klippenähnlichen Hängen des Berges im Westen zu verschmelzen; sie selbst befanden sich an der Ostseite, wo der Zugang lediglich steil war. »Kein Wunder, daß niemand dieses kleine Königreich erobern konnte«, murmelte Irene.

»Dem stimme ich zu«, bemerkte Arnolde. »Man bekäme keine Belagerungsmaschine nahe genug heran, und ein Katapult müßte von unten im Tal aus abgefeuert werden. Vielleicht könnte man die Burg ja doch irgendwie einnehmen, aber es sieht nicht so aus, als wäre das die Sache wert.«

Dor klopfte ans Tor. Sie warteten. Er klopfte ein zweites Mal. Immer noch keine Antwort. Dann tippte Krach mit einem Finger gegen das Tor, worauf es zu beben begann.

Nun öffnete sich knarrend eine Luke in der Mitte des Tors. Hinter Gitterstäben erschien ein Gesicht. »Wer seid ihr?« fragte der Wächter.

»Ich bin Dor von Xanth. Ich bin gekommen, um König Trent von Xanth zu suchen, der sich, wie ich glaube, hier befindet.«

»Wen?«

»König Trent, Dumpfbacke!« fauchte einer der Gitterstäbe.

Der Kopf des Wächters zuckte erschreckt zurück. »Was?«

»Hast du Tomaten auf den Ohren?« fragte der Gitterstab.

»Hört auf damit!« murmelte Dor den Stäben zu. Das war das Letzte, was er wollte – daß sein magisches Talent vorzeitig offenbart wurde! Dann, schneller und lauter: »Wir wünschen, König Trent zu sehen.«

»Wartet«, sagte der Wächter. Knallend schloß sich die Luke.

Doch Krach, der von seiner harten Arbeit der letzten beiden Tage ermüdet war, war sehr gereizt. »Nicht warten – starten!« knurrte er, und bevor Dor begriff, was er vorhatte,

hatte der Oger bereits eine seiner Vorschlaghammerfäuste gegen das Tor gedonnert. Das schwere Holz zerbarst splitternd, und Krach steckte den Arm durch die Spalte, packte das Tor von innen und gab ihm einen kräftigen Ruck. Das ganze Tor löste sich krachend aus seinen Scharnieren. Dann griff er die Gitterstäbe mit der Linken und hob das Tor über den Kopf, während die anderen sich hastig duckten.

»Jetzt schau dir bloß mal an, was du angerichtet hast, du stumpfsinniger Grobian!« rief Arnolde. Doch alles in allem schien der Zentaur keineswegs völlig unzufrieden zu sein. Auch er war müde und reizbar von der Reise, und der Empfang auf Burg Onesti war nicht sonderlich höflich gewesen.

Der Wächter stand drinnen in der Toröffnung und starrte den Oger an, der mit einem Riesenschwung das Tor den Berghang hinabschleuderte. »Bringt uns zu Eurem Anführer«, sagte Dor gelassen, als handele es sich um eine Routineangelegenheit. Es blieb ihm nichts anderes übrig, als das Beste aus der Situation zu machen, und Haltung zahlte sich immer aus. »Wir möchten nicht, daß unser Freund womöglich noch die Geduld verliert.«

Wie vor den Kopf geschlagen drehte sich der Wächter um und führte sie ins Innere der Burg. Von dem Getöse angezogen, kamen weitere Wächter mit gezogenen Schwertern herbeigeeilt. Krach blickte sie nur kurz an, und sie wichen hastig wieder zurück und steckten ihre Schwerter wieder in die Scheiden.

Kurz darauf befanden sie sich im Hauptfestsaal, wo der König von Onesti Hof hielt. Der König saß am Kopfende eines gewaltigen Holztisches, der über und über mit Puddingen bedeckt war. Als Dor näher kam, erhob er sich zornig, und sein riesiger Bauch hing schwer über der Tischplatte. »Hcdlzmc sn jmnv sgd ldzmhmf ne sghr hmsqrhnm ...«, fragte er, und sein feistes Gesicht bekam eine impsante rote Farbe.

Da wurde er von Arnoldes magischem Feld erfaßt und

war mit einem Mal zu verstehen. »... bevor ich euch alle in den Kerker werfen lasse!«

»Hallo«, sagte Dor. »Ich bin Dor, zeitweise König von Xanth, solange König Trent auf Reisen ist.« Natürlich war der Zombiemeister im Augenblick der eigentliche König auf Zeit, während Dor selbst auf Reisen war, doch das wäre jetzt viel zu kompliziert zu erklären gewesen. »Ich glaube, er ist auf Handelsmission hierhergekommen, es kann noch keinen Monat her sein, und er ist immer noch nicht zurückgekehrt. Deshalb bin ich gekommen, um nach ihm zu suchen. Also, was ist geschehen?«

Der König verzerrte das Gesicht. Plötzlich begriff Dor, daß seine Vorgehensweise völlig falsch gewesen war, daß König Trent gar nicht hierhergekommen war und daß die Leute von Onesti nichts über ihn wußten. Alles war ein einziger Irrtum.

»Ich bin König Oary von Onesti«, erwiderte der König voller Zorn, »und ich habe Euren König Trent nie gesehen. Verschwindet aus meinem Königreich!«

Die Verzweiflung drohte Dor zu überwältigen – doch da hörte er, wie Arnolde hinter ihm murmelte: »Ich glaube, diese Person frönt der Realitätsverschleierung.«

»Und außerdem lügt er wie gedruckt«, murrte Irene.

»Schleimer, Leimer«, meinte Krach kryptisch. Sanft legte er eine Hand auf den Bankettisch. Die Puddingschüsseln hüpften und bebten nervös.

König Oary musterte den Oger. Sein rötliches Gesicht wurde blaß. Sein rechtschaffener Zorn verwandelte sich in etwas, das schuldbewußter Schläue glich. »Vielleicht habe ich aber Nachricht von ihm erhalten«, sagte er weitaus weniger kämpferisch. »Setzt Euch an meine Tafel, dann werde ich meine Vasallen befragen lassen.«

Das gefiel Dor nicht. König Oary hatte keinen guten Ersteindruck auf ihn gemacht, und er verspürte keinerlei Lust, mit diesem Mann zu speisen. Aber die Puddinge sahen gut aus, und er wollte, daß Oary ihnen behilflich war. Zögernd nickte er.

Die Diener brachten weitere Stühle für Dor, Irene und

Krach herbei. Grundy, der zu klein war, um auf einem Stuhl zu sitzen, hockte sich statt dessen auf die Tischkante. Arnolde blieb stehen. Man brachte noch mehr Puddinge herein sowie Flaschen mit Getränken.

Der Pudding war dick, mit eingelegten Früchten, und schmeckte erstaunlich gut. Dor merkte, daß er zusehends durstiger wurde, denn der Pudding war stark gewürzt, also trank er – und stellte fest, daß das Getränk wie eine Kreuzung zwischen süßem Bier und scharfem Wein von Bierfaß- und Weinfaßbäumen schmeckte. Er hatte gar nicht gewußt, daß solche Bäume auch in Mundania wuchsen; bestimmt wuchsen sie nicht so gut wie in Xanth. Aber das Zeug war recht gut und stieg sofort zu Kopf, wenn man sich erst einmal daran gewöhnt hatte.

Die anderen aßen ebenso zufrieden. Auf ihrer Flußfahrt hatte sie einen ordentlichen Appetit entwickelt und keine Pause mehr gemacht, um eine eigene Mahlzeit wachsen zu lassen, bevor sie sich der Burg genähert hatten. Besonders Krach vertilgte die Puddinge und Getränke in einem Tempo, das die Burgbediensteten mit offenen Mündern staunend zusehen ließ.

Doch das Getränk war stärker, als sie es gewohnt waren. Schon bald merkte Dor, wie seine Gedanken fröhliche Kreise schlugen. Grundy vollführte einen kleinen Tanz auf der Tischplatte, etwas, was er von mundanischen Einwanderern in Xanth aufgepickt hatte. Er nannte ihn den »Tanz des betrunkenen Matrosen«, und er sah auch wirklich ziemlich betrunken aus. König Oary gefiel es, und er klatschte in die fetten Hände.

Arnolde und Irene aßen etwas zurückhaltender, doch die Körpermassen des Zentauren verlangten nach großen Nahrungsmengen, und er kam gut voran. Irene, so schien es, liebte Puddinge, und zierte sich nicht allzulange.

»Zmc vgn lhfgs xnt ad, ezhy czlrdk?« fragte König Oary Irene freundlich.

Hoppla – sie aßen ja am anderen Ende der Tafel, und der König war außerhalb des magischen Feldes. Doch Arnolde hatte das Problem sofort erkannt und beugte sich vor, so daß der König sich wieder im Einflußbereich seiner Magie befand.

Auch Irene hatte gemerkt, was los war. »Habt Ihr mit mir gesprochen, Euer Majestät?« fragte sie schüchtern. Dor mußte zugeben, daß sie sich recht maidenhaft benehmen konnte, wenn sie nur wollte.

»Selbstverständlich. Was für andere schöne Damselln gäbe es denn in diesem Saal?«

Sie errötete etwas und blickte um sich, wie um nach anderen Mädchen Ausschau zu halten. Sie wurde immer geübter. »Vielen Dank, Majestät.«

»Von welcher Linie stammt Ihr ab?«

»Oh, ich bin König Trents Tochter.«

Der König nickte weise. »Ich bin sicher, daß Ihr hübscher seid als Eure Mutter.«

Hatte das etwas Bestimmtes zu bedeuten? Dor aß weiter und hörte zu, in der Hoffnung, daß Irene diesem fetten Monarchen vielleicht einige nützliche Informationen entlocken konnte. Irgendwas hier war sehr seltsam, aber er wußte nicht, wie er sich verhalten sollte, ohne weitere Informationen zur Verfügung zu haben.

»Habt Ihr Nachricht von meinen Eltern?« fragte Irene und war so klug, den König dabei gewinnend anzulächeln. Einmal mehr mußte Dor seine unvernünftige Eifersucht unterdrücken. »Ich mache mir ja *solche* Sorgen um sie.« Und sie zog eine allerliebste Schnute. Dor hatte das noch nie bei ihr beobachtet. Es mußte neu sein.

»Meine Gefolgsleute sind gerade dabei, das Neueste über sie auszuspionieren«, versicherte ihr der König. »Schon bald müßten wir alle Nachrichten erhalten, die es in diesem Fall gibt.«

Arnolde warf Dor mit flüchtigem Stirnrunzeln einen Blick zu. Er traute Oary immer noch nicht.

»Erzählt mir von Onesti«, bat Irene fröhlich. »Es scheint ja solch ein *hübsches* Königreich zu sein!«

»O ja, das ist es auch«, meinte der König und richtete dabei seinen Blick auf das, was von ihren Beinen zu sehen war. »Zwei prächtige Burgen und mehrere Dörfer, sowie einige äußerst nette Berge. Seit Jahrhunderten haben wir die Wilden abgewehrt. Vor zweitausend jahren war dies das Kernland der Streitaxtmenschen, der Cimmerer. Dann kamen die Skythen auf ihren Pferden und trieben die nichtberittenen Cimmerer nach Süden ab. Man hatte vorher in diesem Land keine Pferde gekannt, und so erschienen sie uns wie Ungeheuer aus einem Fabelland.«

Der König hielt inne, um einen weiteren Pudding zu vertilgen. Ungeheuer aus einem Fabelland – konnte das eine Anspielung auf Xanth sein? Vielleicht, so überlegte Dor, hatten ja einige der Nachtmähren einen Ausgang entdeckt und waren mundanisch geworden, die Vorfahren der heutigen Tagpferde möglicherweise. Das war eine reizvolle Spekulation.

»Aber hier in den Bergen«, nahm der König wieder das Wort auf und wischte sich etwas Pudding aus dem Schnurrbart, »blieb das alte Reich bestehen. Viele Jahrhunderte später haben die Sarmatier die Skythen vertrieben, aber diese Festung haben sie nicht einnehmen können.« Er rülpste zufrieden. »Dann kamen die Goten – doch immer noch verteidigten wir die Grenze. Schließlich kamen die schrecklich zivilisierten Römer aus dem Süden und die Hunnen aus dem Osten ...«

»Ach ja, die Hunnen«, meinte Irene als wisse sie Bescheid.

»Doch Onesti überlebte auch das, in seinen hohen Bergen, wenn uns auch ringsum die Barbaren bedrängten«, schloß der König. »Natürlich mußten wir gelegentlich Tribut zahlen, das war ein notwendiges Übel. Unser Handel ist allerdings recht eingeengt. Wenn wir mit den Barbaren zuviel Handel betrieben, würde es mit Sicherheit Ärger geben. Und doch müssen wir Handel betreiben, wenn wir überleben wollen.«

»Mein Vater ist gekommen, um Handelsbeziehungen mit Euch aufzunehmen«, warf Irene ein.

»Vielleicht wurde er ja von den schrecklichen Khazaren oder ihren magyarischen Vasallen abgefangen«, meinte König Oary. »Ich habe gelegentlich mit ihnen zu tun gehabt. Es sind wilde, gerissene Schurken, die ständig hinter Beute her sind. Zufällig spreche ich ihre Sprache, also kann ich das wirklich beurteilen.«

Dor entschied, daß er wohl seine eigenen Nachforschungen durchführen mußte, indem er die Gegenstände der näheren Umgebung ausfragte. Doch das konnte er nicht jetzt tun, während der König zusah. Er war überzeugt davon, daß der König irgend etwas verbarg.

»Seid Ihr schon lange König von Onesti?« fragte Irene in unschuldigem Tonfall.

»Noch nicht sehr lange«, gestand Oary. »Mein Neffe Omen sollte König werden, aber der war noch nicht volljährig, also wurde ich Regent, als mein Bruder gestorben ist. Dann ist Omen auf die Jagd gegangen und nicht wider zurückgekehrt. Wir befürchten, daß er sich wohl zu weit fortgewagt hat und von den Khazaren oder Magyaren überfallen wurde. Also bin ich solange König, bis wir Omen offiziell für tot erklären können. Natürlich besteht keine Hoffnung, daß er überlebt hat, aber der alte Rat ist in solchen Dingen recht langsam.«

Also war König Oary tatsächlich nur der Vertreter des richtigen Königs – genau wie es Dor in Xanth war. Doch dieser König war eifrig darauf erpicht, die Krone zu behalten. Hatten da wohl außer den Khazaren noch andere ihre schmutzigen Finger im Spiel?

Dor merkte plötzlich, daß sein Kopf auf der Tischplatte lag und einem Pudding den Platz streitig machte. Er mußte wirklich ziemlich müde gewesen sein! »Was ist los?« murmelte er.

»Du bist betäubt worden, du Knalltüte, das ist los!« flüsterte ihm der Tisch ins Ohr. »In diesem Gesöff ist mehr drin als nur Fusel.«

Dor war schockiert, aber irgendwie blieb sein Kopf liegen. »Betäubt? Warum denn?«

»Weil der falsche König dich nicht mag, darum. Er läßt seine Feinde immer betäuben. So ist er König Omen losgeworden und auch diesen magischen Pseudokönig.«

Magischer Pseudokönig! Es war zwar etwas merkwürdig, mit auf dem Tisch ruhenden Kopf zu flüstern, aber immerhin war es einigermaßen unauffällig. Dors Nase steckte fast unter dem Pudding. »War das König Trent?«

»So hat er sich genannt, ja. Aber Magie konnte er nicht. Er hat das Getränk getrunken, ganz vertrauensvoll, wie sie alle sind, diese Narren, und dann ist er eingeschlafen, genau wie du. Ihr seid alle solche Einfaltspinsel!«

»Krach! Grundy!« schrie Dor so laut wie er nur konnte, den Kopf noch immer auf die Tischplatte geheftet. »Wir sind verraten worden! Mit Drogen betäubt! Brecht aus!«

Doch nun kamen mehrere Wachen in den Saal gestürmt. »Schafft diese Kadaver fort!« befahl König Oary. »Werft sie in den Kerker. Dem Mädchen tut nichts! Die ist zu schön, um sie zu vergeuden. Stellt den komischen Gaul in den Stall.«

Krach, der zwar gewaltige Mengen des vergifteten Getränks hinuntergestürzt hatte, besaß immerhin noch Kraft genug um aufzustehen und sich zu wehren. Dor hörte den Lärm, lag aber mit dem Gesicht in die falsche Richtung. Grundy stürzte vor, schrie auf und wich zurück. »Gib's ihnen, Oger!« brüllte er und tanzte auf der Tischplatte. »Zerfetz sie!«

Doch plötzlich wurde es still. »He, nun gib doch nicht auf!« rief Grundy. »Was ist denn los mit dir?«

Dor wußte, was geschehen war: Der Oger hatte offensichtlich den magischen Durchgang verlassen und seine übernatürlichen Kräfte eingebüßt. Jetzt forderten die Flaschen mit dem vergifteten Getränk auch von ihm ihren Tribut, wie von jedem normalen Wesen. »Ich schlaf ganz brav«, sagte Krach und gab mit diesem Reim seine letzte magische Kraft auf.

Dor wußte, daß der Kampf verloren war. »Verschwinde, Grundy!« sagte er mit letzter Anstrengung. »Bevor du auch noch wegschläfst! Laß dich nicht erwischen.« Dann verlor er das Bewußtsein.

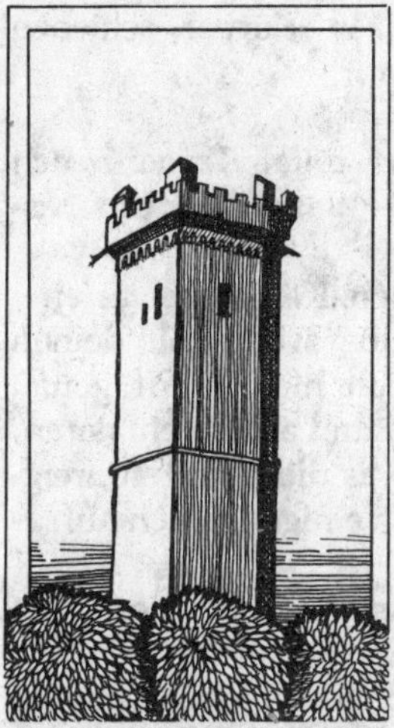

X

Haßliebe

Dor erwachte mit Kopfschmerzen. Er lag auf säuerlich riechendem Heu in einer finsteren Zelle. Als er sich bewegte, huschte etwas davon. Er vermutete, daß es eine Ratte war, denn er wußte, daß es in Mundania viele davon gab. Vielleicht war das ja sogar ein Segen; die magischen Nachttiere Xanths konnten wesentlich schrecklicher sein.

Er hörte ein ersticktes Schluchzen. Dor hielt einen Augenblick die Luft an, um sicherzugehen, daß es nicht von ihm selbst stammte.

Er setzte sich auf und spähte durch die Finsternis. Irgendwo gab es ein wenig Licht, das etwas heller wurde, als seine Augen sich an die Dunkelheit gewöhnt hatte; es schien eine weit entfernte Kerze zu sein, doch es befand sich eine Mauer dazwischen, und das Licht drang nur durch die Ritzen.

Er konzentrierte sich auf das Schluchzen. Es kam aus einer Nachbarzelle, die von der seinen durch gewaltige Steinhaufen und Holzbalken abgetrennt war. Dies hier mußte das Untergeschoß der Burg sein, die Zellen hatte man mit Sicherheit aus dem Fundament ausgehoben. Zwischen den Stützbalken gab es Ritzen, durch die er zwar seinen Arm, nicht aber seinen ganzen Körper schieben konnte.

»Irene?« fragte er.

»Ach, Dor!« erwiderte sie sofort unter Tränen. »Ich dachte schon, ich wäre völlig allein. Was ist mit uns passiert?«

»Man hat uns betäubt und in den Kerker geworfen«, sagte er. »König Oary muß dasselbe schon mit deinen Eltern getan haben.« Er konnte sich nicht mehr genau daran erinnern, woher er das wußte, und auch nicht daran, wie er selbst betäubt worden war; was die jüngsten Ereignisse anging, schien sein Gedächtnis einige Lücken aufzuweisen.

»Aber warum denn? Mein Vater ist doch nur hierhergekommen, um Handelsbeziehungen zu knüpfen.«

»Ich weiß es nicht. Aber ich glaube, daß König Oary ein Thronräuber ist. Vielleicht hat er ja den rechtmäßigen König ermordet, und deine Eltern haben es herausbekommen. Oary wußte, daß er uns nicht lange etwas würde vormachen können, also hat er auch auf uns einen heimtückischen Anschlag verübt.«

»Was sollen wir jetzt tun?« fragte sie in hysterischem Ton. »Ach, Dor, ich habe mich noch nie so entsetzlich gefühlt!«

»Ich glaube, das ist die Droge«, sagte er. »Ich fühle mich auch schlecht. Das müßte mit der Zeit nachlassen. Wenn wir unsere Magie zur Verfügung haben, können wir uns vielleicht auch befreien. Hast du deinen Samenbeutel?«

Sie sah nach. »Nein, nur meine Kleider. Hast du dein Gold und die Edelsteine?«

Nun war er an der Reihe, nachzusehen. »Nein, sie müssen uns durchsucht und uns alles abgenommen haben, was sie für wertvoll oder gefährlich hielten.« Doch dann entdeckten seine suchenden Finger einen kleinen Gegenstand. »Ich habe den Salbentopf. Nicht daß der uns hier viel nützen dürfte. Und meinen Mitternachtssonnenstein, der ist mir in den Jackensaum gerutscht. Mal sehen ...« Er holte ihn hervor. »Nein, wohl doch nicht. Der hier strahlt kein Licht ab.«

»Wo sind die anderen?«

»Ich werd's nachprüfen«, sagte er. »Boden, wo sind meine Gefährten?«

Keine Antwort. »Das bedeutet, daß wir keine Magie besitzen. Arnolde muß im Stall sein.« Er erinnerte sich dunkel an irgend etwas dieser Art.

»Was ist mit Krach und Grundy?«

»Hier«, rief der Oger aus der gegenüberliegenden Zelle. »Kopf tut weh. Ganz schlapp.«

Jetzt gab es keine Zweifel mehr: ihre Magie war fort. Der Oger konnte nicht mehr reimen, und Irenes Haar hatte bestimmt seine grüne Tönung verloren. Und ohne seine Kraft konnte der Oger sich wahrscheinlich kaum allein aus seinem Kerker befreien.

»Grundy?« rief Dor.

Er erhielt keine Antwort. Anscheinend war Grundy der Gefangennahme entgangen. Damit hatte ihr Glück aber auch schon wieder sein Ende.

»Habe Panzerfäuste«, sagte Krach.

Also noch ein Glückstreffer. Wenn der Oger seine Kraft zurückgewinnen sollte, würden diese Panzerfäuste ihnen gute Dienste leisten. Wahrscheinlich hatten die Burgwachen nicht erkannt, daß diese Eisenhandschuhe nicht zu dem Oger gehörten, da er sie auch beim Essen getragen hatte. In diesem Fall hatten sich die schlechten Tischmanieren des Ogers sogar einmal ausgezahlt.

Dors Kopf wurde langsam klarer. Er rüttelte an seiner Zellentür. Sie war aus solidem mundanischem Holz, etwas abgenutzt, aber immer noch intakt genug, um jeden Ausbruch zu verhindern. Sie waren auch zu intakt für Krach in seinem gegenwärtigen Zustand; der Oger versuchte es, konnte seine Tür aber nicht vom Fleck bewegen. Wenn der Zentaur nicht in ihre Nähe kam, würde keiner von ihnen stark genug sein, um sich und die anderen zu befreien.

Die Türen schienen von außen mit irgendeinem unüberwindbaren Mechanismus gesichert zu sein. Im Zelleninneren wies der schleimige Boden nur eine einzige Kuhle auf, die nach alten Exkrementen stank. Aus Gründen der Hygiene würde man also auch niemanden aus der Zelle lassen.

Krach hieb mit einer Faust gegen die Mauer. »Au!« heulte er. »Jetzt brauch ich Zentaur.«

»Der hat durchaus seine Vorteile«, pflichtete Dor ihm bei. »Weißt du, Krach, Arnolde hat gar nicht wirklich Chets Platz an sich gerissen. Chet konnte wegen seiner Wunde sowieso nicht mitkommen, und Arnolde wollte gar nicht. Wir haben ihn eigentlich dazu gezwungen, indem wir sein magisches Talent offengelegt haben.«

»Hmph«, bejahte der Oger seine Ausführungen. »Will raus. Mag nicht schlapp sein.«

»Ich schätze, wir werden wohl oder übel auf das warten müssen, was König Oary mit uns vorhat«, sagte Dor grimmig. »Wenn er uns umbringen wollte, hätte er uns nicht erst einsperren lassen.«

»Dor, ich habe Angst, richtige Angst!« sagte Irene. »Ich bin noch nie in Gefangenschaft gewesen.«

Dor spähte durch die Ritzen in seiner Zellentür ins Freie. Hatte sich der flackernde Kerzenschein nicht soeben bewegt? Der Wächter kam wohl näher, um zu lauschen. Natürlich würde König Oary wissen wollen, welches Geheimnis sie hatten – und Irene könnte ihr größtes Geheimnis preisgeben, bevor sie noch begriffen hatte, was gespielt wurde. Er mußte sie warnen, ohne daß der Wächter es merkte. So konnten sie die Lage sogar zu ihren Gunsten ausnutzen.

Er schritt zu der Wand, die sie voneinander trennte. »Es ist wohl ratsam, unser Vorgehen zu besprechen«, sagte er. »Wenn sie uns verhören, sagen wir ihnen alles, was wir wissen. Es hat keinen Zweck, irgend etwas zu verheimlichen, schließlich sind wir ja unschuldig.« Es gelang ihm, seinen Arm durch die Ritze in der Mauer zu schieben, die Irene am nächsten lag. »Aber wir dürfen uns von ihnen nicht zu falschen Aussagen zwingen lassen.«

Seine Hand berührte etwas Weiches. Es war Irene. Sie

stieß ein ersticktes »Huch!« aus, dann ergriff sie seine Hand.

»Ich werde noch einmal unsere Lage durchgehen«, sagte Dor. »Ich bin König von Xanth, solange König Trent fort ist.« Er drückte einmal ihre Hand. »Und du bist König Trents Tochter.« Wieder drückte er einmal zu. »Arnolde der Zentaur ist auch ein Prinz seines Volkes.« Diesmal drückte er sie zweimal.

»Wovon redest du da?« fragte sie. »Arnolde ist doch gar nicht ...« Als er sie mehrmals drückte, brach sie ab. Dann merkte sie, worauf er hinauswollte; sie war doch ein recht kluges Mädchen. »... bei uns«, beendete sie ihren Satz und drückte einmal seine Hand.

»Wenn der Zentaur nicht pünktlich zu seinem Volk zurückkehrt, werden sie ihm wahrscheinlich mit einer Armee folgen«, sagte Dor und drückte zweimal zu.

»Mit einer sehr großen Armee«, pflichtete sie ihm bei und erwiderte sein doppeltes Drücken. »Mit zahlreichen ausgezeichneten Bogenschützen und Speerwerfern, die alle nach Blut dürsten und auch ein riesiges Katapult dabei haben, mit dem sie die Burg mit gewaltigen Steinen unter Beschuß nehmen können.« Sie hatte begriffen. Nun hatten sie ihr eigenes Signalsystem: einmal Drücken für die Wahrheit, zweimal für Lügen. Auf diese Weise konnten sie sich auch dann unterhalten, wenn sie belauscht wurden.

»Ich bin froh, daß wir allein sind«, sagte er und drückte zweimal. »So können wir offen miteinander reden.«

»Allein, ja«, sagte sie unter doppeltem Drücken. Gut, jetzt wußte sie also auch, weshalb er dies tat. Sie war ein kluges Mädchen, und das gefiel ihm. Ein Aussehen wie eine Nymphe bedeutete zum Glück nicht immer auch nymphenhafte Dummheit.

»Wir haben keine Chance, allein hier herauszukommen«, sagte Dor, zweimal drückend. »Wir haben keinerlei Hilfsmittel, von denen sie nichts wissen.« Zweimal.

»Nein, nicht einmal magische Kräfte oder so was.« Doppelter Druck.

»Aber es ist wahrscheinlich besser, wenn wir sie *glauben*

lassen, wir besäßen magische Kräfte«, sagte Dor, ohne zu drücken. »Dann behandeln sie uns vielleicht etwas besser.«

»Ganz genau«, stimmte sie ihm zu. »Wenn die Wachen glauben würden, daß wir sie durch die Mauern hindurch verzaubern können, lassen sie uns vielleicht heraus.«

»Vielleicht sollten wir uns etwas ausdenken, um sie hinters Licht zu führen.« Einmal. »Irgend etwas, was sie ablenkt, während sich die Zentaurenarmee zum Angriff bereitmacht. Zum Beispiel, indem wir ihnen erzählen, du könntest ganz schnell Pflanzen wachsen lassen. Wenn sie vielleicht glauben, daß du einen Baum emporschießen lassen kannst, der die Decke durchstößt und diese Burg möglicherweise zum Einstürzen bringt ...«

»Dann würden sie mich schleunigst aus der Zelle holen und mich von Samen fernhalten«, schloß sie. »Vielleicht könnte ich dann fliehen und ein paar Markierungen anbringen, damit die Zentauren uns schneller finden.«

»Ja. Aber du kannst den Mundaniern natürlich nicht sofort erzählen, daß du Pflanzen schnell wachsen lassen kannst. Es muß so aussehen, als hätten sie es aus dir herausgepreßt. Und du wirst auch eine gute Entschuldigung brauchen, falls sie dich auffordern, es vorzuführen. Du könntest zum Beispiel behaupten, daß es nicht die richtige Monatsphase sei, oder ...«

»... oder daß ich es nur in Ställen kann«, fuhr sie fort. »Damit käme ich aus dem schwerbewachten Teil der Burg heraus. Bis sie merken, daß alles nur eine Finte ist, bin ich vielleicht schon geflohen.«

»Genau.« Aber hatten sie die Sache auch wirklich richtig eingefädelt? Würden die Wachen darauf hereinfallen und Irene in Arnoldes Stall führen, oder würden sie gar nicht erst darauf eingehen? Diese Finten waren wirklich komplizierter, als er gedacht hatte.

Da rief sie beunruhigt: »Aber was ist mit Krach? Sie werden wissen wollen, wie er das Tor aus den Angeln heben konnte, wo er doch jetzt überhaupt nichts mehr unternehmen kann?«

Dors Verstand arbeitete fieberhaft. »Die Wachen dürfen

nicht erfahren, daß der Oger nur dann stark ist, wenn er wütend wird. Der Wächter am Tor hatte Krach beleidigt, da hat er natürlich das Tor ausgehoben. Aber König Oary hat ihm eine leckere Mahlzeit spendiert, deshalb war er gar nicht wirklich wütend, obwohl man ihn vergiftet hat. Vielleicht können wir die Wachen dazu verlocken, Krach etwas Böses zu sagen oder ihm nichts zu Essen und zu Trinken zu geben. Wenn Krach hungrig wird, wird er wirklich gefährlich, und er hat einen Riesenappetit. Wenn die versuchen, ihn auszuhungern, dann sollst du mal sehen! Der wird durchdrehen und diesen Keller auseinandernehmen!«

»Ja«, meinte sie. »Das ist wirklich unsere größte Hoffnung. Schlecht behandelt zu werden. Dazu brauchen wir nicht einmal Finten. Wir brauchen nur zu warten. Ab morgen Mittag wird Krach anfagen zu toben. Wir flüchten einfach, indem wir über die Leichen der Wachen springen, die Krach in den Weg geraten. Dann brauchen wir die Zentauren vielleicht gar nicht!«

In seinen Augenwinkeln bemerkte Dor eine Bewegung. Er drückte Irenes Hand, um sie darauf hinzuweisen. Der Wächter entfernte sich gerade äußerst leise. Kein Zweifel – bald würde oben ein heißer Bericht eintreffen!

»Du bist ein Idiot«, murmelte Irene und drückte seine Hand zweimal. »Du und diese blöden Ideen, wir könnten unsere Kerkermeister an der Nase herumführen. Das funktioniert doch nie! Ich weiß gar nicht, warum ich überhaupt noch mit dir rede.«

»Weil es immer noch besser ist, als mit den Ratten zu reden«, sagte er, ohne sie zu drücken.

»Ratten!« rief sie entsetzt. »Wo?«

»Als ich aufwachte, habe ich eine gesehen, glaube ich. Vielleicht habe ich mich ja auch geirrt.«

»Nein, das ist genau die Art von Ort, wie sie ihn lieben.« Sie quetschte seine Hand, doch diesmal war es kein Signal. »Oh, Dor – wir müssen hier raus!«

»Vielleicht holen sie dich schon sehr bald ab, um sicherzugehen, daß du keine Pflanzen wachsen lassen kannst.«

Warnend drückte sie seine Hand. »Das wissen sie doch schon.«

Tatsächlich war das Ziel ihres vorgetäuschten Gesprächs gewesen, die Wächter davon zu überzeugen, daß Dor und Irene keine Magie besaßen. Wenn sie dann irgendwie Gelegenheit bekommen sollten, Magie zu benutzen, würde das die Wachen völlig überraschen. Außerdem hatten sie dadurch wahrscheinlich dafür gesorgt, daß Krach gut behandelt wurde – sofern ihre List erfolgreich gewesen war.

Bald drang das Licht der Dämmerung durch die Decke an der Seite, wo sie die Ostmauer vermuteten. Doch der Winkel stimmte nicht, so daß Dor schließlich zu dem Schluß kam, daß sie an der Westmauer eingekerkert waren, oberhalb der Klippe, und daß das Licht nur durch eine Widerspiegelung zu ihnen ins Gemäuer eindrang. Hier bestand keinerlei Möglichkeit, durch einen Tunnel zu fliehen, selbst wenn sie die Kraft dazu gehabt hätten, einen zu graben. Was nützte es schon, von einer Klippe zu springen?

Wächter kamen herein und brachten Krach einen riesigen Korb mit Broten und ein Faß Wasser.

»Essen!« rief der Oger glücklich und zerkaute gleich ganze Brotlaibe auf einen Bissen, wie er es gewohnt war. Als er merkte, daß weder Dor noch Irene etwas bekommen hatten, warf er ihnen mehrere Brote zu. Dor quetschte eines davon durch die Spalte in Irenes Zelle.

Das Wasser stellte schon ein größeres Problem dar. Die Wachen hatten keine Becher mitgebracht, doch Dors Durst wurde ganz plötzlich immer schlimmer, vielleicht als Reaktion auf den Wein des Vortags. Schließlich borgte er sich einen von Krachs Panzerfäustlingen und füllte ihn mit Wasser. Er schob ihn Irene zu.

»Schmeckt wie saurer Schweiß«, beschwerte sie sich. Dennoch trank sie davon und schob die Panzerfaust wieder zurück. Dor trank den Rest aus und mußte sich ihrer Geschmacksanalyse anschließen. Dann reichte er den Handschuh dankend an Krach zurück. Schweißgetränktes Wasser war immer noch wesentlich besser als Durst.

»Gib mir noch mal deine Hand«, sagte Irene plötzlich.

Dor glaubte, daß sie mit ihm noch einmal eine List besprechen wollte und steckte seinen rechten Arm durch die Ritze, während er an einem Brot kaute, das er in der Linken hielt. »Das war wirklich scheußlich gemein von dir, mir was zu essen zu geben«, murmelte sie und drückte zweimal seine Hand.

»Na ja, du weißt ja, daß ich dich nicht leiden kann«, erwiderte Dor und drückte ebenfalls zweimal zu. Er war sich zwar nicht sicher, ob das den Lauschern etwas brachte, aber diese umgekehrte Sprechweise fiel ihm doch recht leicht.

»Ich konnte dich auch nie leiden«, gab sie zurück. »Ich glaube sogar, ich hasse dich.«

Was sagte sie denn da? Ihr doppeltes Drücken wies es als das Gegenteil des Gesagten aus, als Umkehrung. Umgekehrter Haß? »Was soll ich auch mit einem so häßlichen Mädchen wie dir anfangen?« fragte er.

Eine lange Pause. Dor starrte durch die Ritze und sah eine Strähne ihres Haars. Wie erwartet, hatte es seine Grüntönung verloren. Da fiel ihm ein, daß er ja ganz vergessen hatte, ihre Hand zu drücken. Hastig holte er es zweimal nach.

»Häßlich, wie?« Sie scharrte umher und wand sich, bis etwas Weiches seine Hand berührte. »Ist das etwa häßlich?«

»Ich bin mir nicht ganz sicher, was das ist«, meinte Dor. Er drückte probehalber.

»Huch!« kreischte sie und schlug ihm auf die Hand.

»Häßlich wie die Sünde«, sagte er und stellte sich vor seinem geistigen Auge die weibliche Anatomie vor, um sicher zu sein, was er da gezwickt hatte. Es hatte sich auf jeden Fall höchst interessant angefühlt!

»Ich beiß dich in die Hand!« drohte sie, wie bei ihrem alten Spiel.

»Hast du da etwa Zähne?« fragte er überrascht.

Einen Augenblick drohte sie fast, vor Husten zu erstikken, doch es war unklar, ob es aus Belustigung oder aus Zorn war. »Mit meinem Mund werde ich dich beißen«, erklärte sie schließlich. Doch nur ihre Lippen berührten seine Hand.

»Das wagst du doch nicht!«

Sie küßte seine Hand erneut zweimal.

»Autsch!« rief Dor.

Jetzt biß sie ihn – ganz leicht – zweimal. Er wußte nicht genau, was dies für eine Stimmung bedeuten mochte.

Es war eine neue Variante eines alten Spiels, vielleicht nicht mehr als das. Doch es brachte Dor dazu, über seine Beziehung zu Irene nachzudenken. Er kannte sie schon seit seiner Kindheit. Immer war sie neidisch wegen seines Magierstatus gewesen, hatte ihn andauernd geärgert und ihre Pflanzen auf ihn gehetzt – und doch hatten sie unter all der Tünche stets gewußt, daß sie füreinander bestimmt waren. Er hatte sich ebenso heftig dagegen gesträubt wie sie, doch als sie älter wurden, hatte sich auch das sexuelle Element zu zeigen begonnen, zuerst in scheinbar unschuldigen Spielchen und zufälligen Enthüllungen, später etwas indirekter aber dafür ernster. Als er zwölf Jahre alt gewesen war, damals war sie elf, hatten sie sich zum ersten Mal gefühlvoll geküßt, und dieses Erlebnis hatte sie beide erschüttert. Seitdem hatten ihre Streitereien eine unterschwellige Gewißheit gehabt, daß sie einander möglicherweise einmal sehr viel Freude würden bereiten können, wenn erst die Lage danach sein sollte. Irenes jüngste körperliche Entwicklung hatte dieses Bewußtsein noch verstärkt und hatte ihren Kabbeleien ein gewisses voyeuristisches Element verliehen, etwa als sie einander im Graben die Kleider vom Leib gerissen hatten. Nun, da sie sich ihres Schickals keineswegs mehr gewiß sein konnten, hatte diese ihre Beziehung plötzlich an Bedeutung gewonnen. Im Augenblick war Irene fast im buchstäblichen Sinne alles, was er hatte. Warum sollten sie sich jetzt streiten, vielleicht war es ja schon ihr letztes Stündchen?

»Ja, dich hasse ich außerordentlich«, sagte Irene und nibbelte zart zweimal an einer seiner Fingerspitze, als wollte sie sie auf Eßbarkeit überprüfen.

»Ich hasse dich auch«, sagte Dor und versuchte, zuzudrücken, doch alles, was er erreichte, war, ihr seinen Finger in den Mund zu schieben. Sein ganzes Wesen schien mit einem Mal in seiner Hand konzentriert zu sein und in dem, was sie berührte. Und die Berührung ihrer Lippen war entsetzlich aufregend.

»Ich wünschte, ich würde dich nie wiedersehen«, sagte sie und drückte seine Hand gegen ihre Brust.

Das wurde ja langsam richtig ernst! Und doch merkte er, daß er genauso empfand. Er wollte sie niemals verlassen. Sie drückten einander nicht einmal mehr, spielten das Umkehrspiel immer intensiver und geschickter. War dies vielleicht nur eine Reaktion auf die Angst vor der Auslöschung? Er wußte es nicht genau – aber er war auch unfähig, dem plötzlichen Gefühlsstrom zu widerstehen. »Ich wünschte, ich könnte dir ... weh tun«, sagte er. Er hatte Schwierigkeiten, etwas passend Negatives zu formulieren.

»Ich würde dir dann auch weh tun!« Wieder drückte sie seine Hand an sich, doch diesmal noch fester.

»Ich möchte dich packen und ...« Wieder das gleiche Problem.

»Und dann?« wollte sie wissen, und einmal mehr spürte seine Hand eine fremde Anatomie oder etwas Ähnliches. Seine Unfähigkeit, es genau zu betimmen, machte ihn fast wahnsinnig! War es ein Arm oder ein Teil des Körpers, oberhalb oder unterhalb der Taille – und was wäre ihm lieber gewesen?

»Und dich dann in Stücke zwicken«, sagte er und zwickte sie ordentlich. Die Grabenszene war ja gar nichts dagegen gewesen!

Diesmal protestierte sie nicht. »Ich würde dich nicht mal heiraten, wenn du der letzte Mann auf der Welt wärst«, flüsterte sie.

Jetzt hatte sie sich selbst noch einmal übertrumpft! Sie sprach ja vom Heiraten! Dor war wie vor den Kopf geschlagen, unfähig, etwas zu erwidern.

Sie steichelte zärtlich seine Hand. »Und du?« fragte sie.

Dor hatte noch nie viel über das Heiraten nachgedacht, trotz seiner Verstrickung in die Heirat des Guten Magiers

Humfrey. Irgendwie kam ihm Heiraten als etwas vor, das für alte Leute war, wie seine Eltern und König Trent und Humfrey. Er, Dor, war doch erst sechzehn! Und doch fiel in Xanth das Alter des Jaworts mit dem des Wunsches zusammen. Wenn jemand glaubte, er sei alt genug, um zu heiraten, und dies auch tun wollte und eine Braut hatte, die damit einverstanden war, konnte er den Bund schließen. Folglich konnte eine Eheschließung mit zwölf oder mit hundert Jahren stattfinden; der Magier Humfrey schien nicht einmal in diesem hohen Alter bereit dafür gewesen zu sein!

Wollte er heiraten? Wenn er an die nächsten paar Stunden dachte, die vielleicht seine letzten waren, wollte er es durchaus, denn er hatte immer gewußt, daß er einst würde heiraten müssen, bevor sein Leben zu Ende war. Es gehörte zum Königsein, genau wie der Magierstatus. Doch wenn er an ein ganzes Leben in Xanth dachte, war er sich nicht so sicher. Das war ja so viel Zeit, und im Laufe eines Lebens konnte so viel geschehen! Wie Humfrey gesagt hatte: die Sache hatte ihr positiven und ihre negativen Seiten. »Ich weiß nicht«, sagte er.

»Du weißt nicht!« fauchte sie. »Ach, ich hasse dich!« Und sie biß ihm einmal heftig in die Hand, und ihre scharfen Zähne schnitten sich schmerzhaft ins Fleisch. O ja, das hier wurde langsam wirklich ernst!

Dor versuchte, seine Hand wegzuziehen, doch sie hielt ihn fest. »Du Herumtreiber! Du Taugenichts!« rief sie. »Du *Mann!«* Und sie drückte ihr feuchtes Gesicht gegen seine Hand.

Ihr feuchtes Gesicht? Ja, sie weinte tatsächlich. Vielleicht war das nur ein raffinierter Schachzug von ihr, doch es brachte Dor immerhin aus der Fassung. Wenn sie derart stark empfand, hatte er doch wohl nicht das Recht, weniger stark zu empfinden, oder? Empfand er denn überhaupt weniger stark?

Da überflutete ihn das Gefühl. Was machte es schon, wieviel Zeit ihnen noch beschert sein mochte, oder wo sie sich befinden mochten? Er liebte sie.

»Ich – dich auch nicht«, sagte er und zwickte ihre feuchte Nase zweimal.

Sie weinte weiterhin in seine Hand hinein, doch diesmal fühlte es sich sanfter an. Sie war nicht mehr wütend auf ihn; das hier waren Tränen der Freude.

Offenbar waren sie plötzlich verlobt.

»He, Dor!« flüsterte jemand in seiner Zelle.

»Grundy!« erwiderte Dor flüsternd. Er versuchte, Irene ein Zeichen zu geben, doch sie schien, gegen seine Hand gelehnt, eingeschlafen zu sein.

»Tut mir leid, daß es so lange gedauert hat«, sagte der Golem. »Hab' eine Weile gebraucht, bis ich meinen Drogenrausch ausgeschlafen hatte, und dann brauchte ich noch eine ganze Zeit, bis ich einen guten, geheimen Zugang hierher gefunden hatte, ohne den Ratten in die Fänge zu laufen. Ich habe mit ihnen geredet – die Rattensprache scheint überall dieselbe zu sein, deshalb brauchte ich dafür keine Magie, aber die hier sind wirklich schlimm. Schließlich habe ich mir aus einer alten Hutnadel ein Schwert gemacht, und als ich auf ein paar Ratten eingedroschen habe, haben die sich dazu entschlossen, mir lieber zu helfen.« Er hielt seine Waffe empor. Es war eine gebogene Eisenstange. Sie sah äußerst tödlich aus. Wenn man sie einer Ratte ins Auge stach, konnte dies verheerende Folgen haben.

»Irene und ich haben uns verlobt«, sagte Dor.

Der Golem blickte ihn schräg von unten an, um festzustellen, ob das ein Witz sein sollte oder nicht. »Ach, wirklich? Ausgerechnet das! Warum hast du ihr denn gerade hier einen Antrag gemacht?«

»Hab' ich gar nicht«, gestand Dor. »Ich glaube, sie hat mir einen gemacht.«

»Aber du kannst sie ja nicht einmal berühren!«

»Kann ich doch!«

»Aber nicht da, wo es zählt.«

»Doch, genau da, wo es zählt – glaube ich.«

Der Golem tat das achselzuckend als Phantasterei ab. »Na ja, jedenfalls macht das sowieso keinen großen Unterschied, wenn wir hier nicht rauskommen. Ich habe versucht, mit den Tieren und Pflanzen hier zu reden, aber die meisten kann ich ohne Magie nicht verstehen. Aber ich glaube sowieso nicht, daß sie etwas über König Trent und Königin Iris wissen. Der König Oary führt bestimmt was im Schilde. Wie kann ich euch befreien?«

»Bring Arnolde in unsere Reichweite.«

»Das ist nicht so leicht, Dor. Sie haben ihn in einen Stall eingesperrt, mit einer Art Balkenschloß, genau wie hier. Es ist zu schwer für mich, und er selbst kommt auch nicht dran. Primitiv, aber wirkungsvoll. Wenn ich Arnolde befreien könnte, könnte ich euch auch gleich befreien.«

»Aber wir müssen zusammenkommen!« flüsterte Dor eindringlich. »Wir brauchen Magie, und anders bekommen wir sie nicht.«

»Den lassen die nicht raus«, erwiderte Grundy. »Sie haben die idiotische Vorstellung, daß eine Armee von Zentauren im Anmarsch hierher wäre, und sie wollen nicht, daß irgend jemand erfährt, daß sich im Schloß ein Zentaur befindet.«

Irene wachte auf. »Sprichst du mit mir, Liebster?« fragte sie.

»Liebster!« prustete Grundy. »Hoho, *die* hat dich aber eingewickelt!«

»Still!« flüsterte Dor heftig. »Der Wächter belauscht uns.« Doch insgeheim fragte er sich, ob es wirklich das war, was ihn bekümmerte.

»Ist das der Golem?« wollte Irene wissen.

»Magst du mit mir auch Händchenhalten, Liebste?« rief Grundy.

»Mach dir doch einen Knoten in deinen Bindfaden!«

»Alles, nur das nicht«, erwiderte Grundy und grinste hämisch. »Ich möchte hierbleiben und bei der Hochzeitsnacht zugucken. Wie wollt ihr das nur machen, mit der Wand zwischen euch?«

»Laß mich mal an dieses großmäulige Biest!« knurrte

Irene. »Den schieb ich mit dem Kopf nach unten in den nächsten Abfluß!«

»Wie hast du den armen Teufel nur dazu gekriegt, sich die Fesseln freiwillig anlegen zu lassen?« beharrte der Golem. »Hast du ihn vielleicht angeschrien, ihm etwa verbotenes Fleisch gezeigt und kullernde grüne Tränen vergossen?«

»Der Abfluß ist viel zu gut für ihn!« quetschte sie zwischen zusammengebissenen Zähnen hervor.

»Wenn ihr nicht beide still seid, wird der lauschende Wächter alles mitkriegen!« warnte Dor. Er war besorgt, und peinlich war ihm das Ganze auch.

Grundy musterte ihn. »Außerhalb des magischen Feldes können die sowieso kein Wort von dem verstehen, was wir sagen. Wie können sie uns dann belauschen?«

Dor war wie vor den Kopf geschlagen. »Daran habe ich ja noch gar nicht gedacht!« War seine ganze List umsonst gewesen?

»Wieso haben sie Krach dann etwas zu essen gebracht?« wollte Irene wissen und vergaß ihre Wut ob dieses neuen Problems. »Wieso haben sie dann was von der Zentaurenarmee gehört? Du hast doch gesagt – oder habe ich das nur geträumt?«

»Das habe ich schon gesagt, und es stimmt auch«, erwiderte Grundy. »Wollt ihr etwa behaupten, daß *ihr* dieses Gerücht in die Welt gesetzt habt? Ich habe es gehört, als ich Arnolde besucht habe, da konnte ich nämlich Mundanisch verstehen.«

»Das haben wir in die Welt gesetzt, ja«, sagte Dor. »Und wir haben sie glauben gemacht, daß Krach nur dann so ungeheuer stark ist, wenn er wütend wird, und daß er wütend wird, wenn er Hunger hat. Kurz darauf haben sie ihm etwas zu essen gebracht. Also müssen sie uns verstanden haben. Aber wie?«

»Ich glaube, daß werden wir gleich wissen«, sagte Grundy und verzog sich in den Schatten. »Da kommt jemand.«

Irene ließ Dors Hand fahren, und er zog seinen Arm wieder aus der Mauerritze. Der Arm war ziemlich steif, aber Dor bereute nichts. Es war schon in Ordnung, mit Irene verlobt zu sein. Er kannte sie gut genug, um zu wissen, daß sie eine recht gute Frau für ihn abgeben würde. Sie würde zwar ziemlich viel mit ihm zanken, aber daran war er bereits gewöhnt, denn das tat seine Mutter Chamäleon auch, wenn sie gerade in ihrer schlauen Phase war. Eine schlaue Frau, die zankte, war gar nicht wirklich schlau, aber das konnte ihr niemand beibringen. Wie ihre fürchterliche Mutter besaß auch Irene einen Sinn für die Würde des Amtes. Königin Iris richtete ihre Gemeinheiten niemals direkt gegen den König.

Sollte Dor jemals wirklich und nicht nur nominell König werden, würde Irene niemals danach trachten, seine Macht zu untergraben. Das war vielleicht noch wichtiger als ihr Aussehen. Aber er mußte zugeben, daß sie einen höchst interessanten Körper bekommen hatte. Diese Berührungen, mit denen sie ihn aufgestachelt hatte, waren, wie Grundy so scharfsinnig bemerkt hatte, auf geradezu bewundernswerte Weise effektiv gewesen. Offensichtlich hatte sie darauf abgezielt, ihn zum Jasagen zu verführen – und es war ihr gelungen.

Wie die Gorgone bereits angedeutet hatte, hatte Irene ihn schon ziemlich fest im Griff. Worauf die Gorgone nicht hingewiesen hatte, das war die Tatsache, daß eine solche Gefangenschaft für den Gefangenen höchst angenehm sein konnte, wie eine warme Jacke an einem kalten Tag. Der Gute Magier Humfrey war im Augenblick zweifellos ein glücklicher Mann, trotz aller Einwände. Tatsächlich war die Abneigung der Männer gegen die Ehe ähnlich Irenes Abneigung dagegen, daß man ihre Beine beäugte – mehr Schau als Ernst.

Dor wurde aus seinen Gedanken gerissen, als die Mundanier eintrafen. Es waren drei Wächter, von denen einer eine Brechstange dabei hatte. Sie blieben vor Irenes Zelle stehen und stemmten den Sperrbalken mit der Stange empor. Ohne dieses Werkzeug ließ sich die Tür offenbar nicht öffnen.

Einer der Wächter trat ein und packte Irene. Sie leistete keinen Widerstand; wie Dor wußte auch sie, daß es nun zu dem erwarteten Verhör gehen würde. Sie würde versuchen so zu antworten, daß man sie in Arnoldes Stall brachte, und sei es nur, um zu beweisen, daß sie log. Dann würde sie den Balken an der Tür des Zentauren hochheben oder irgendeine verheerende Pflanze zum Wachsen bringen können ...

Nur daß sie keinen Samen zur Verfügung hatte! »Grundy!« flüsterte er. »Such Irenes Samen! Sie braucht sie.«

»Ich versuch's.« Der Golem krabbelte durch eine Ritze und war verschwunden.

Nun betrat König Oary das Gewölbe. »Rn xnt'qd sgd Jhmf'r cztfgsdq«, sagte er. »Vgzs hr xntq lzfhb?«

»Ich verstehe nicht«, sagte Irene.

»Seine Majestät König Oary fragt Euch nach dem Wesen Eurer Magie«, erklärte einer der Wächter. Er sprach zwar mit schwerem Akzent, war aber einigermaßen zu verstehen.

»Wieso beherrscht Ihr die Sprache von Xanth?« fragte sie überrascht. »Wie kann das denn sein?«

»Das braucht Ihr nicht zu wissen«, erwiderte der Wächter. »Beantworte nur die Frage, Maid!«

Also sprach einer der Mundanier Xanthisch! Dors Verstand begann fieberhaft zu arbeiten. Das erklärt zwar das Belauschen – aber wie konnte der Mann es gelernt haben, so wenig es auch sein mochte? Er mußte in Kontakt zu Leuten aus Xanth gestanden haben.

»Stipp doch deine Nase in den Abfluß!« gab Irene zur Antwort.

Dor zog eine Grimasse. Sie spielte möglicherweise ein wenig zu hoch!

»Der König wird Gewalt anwenden«, warnte der Mann. »Es ist besser, du antwortest, Schlampe.«

Irene sah eingeschüchtert aus, was sie vielleicht auch wirklich war, doch diese beleidigende Bemerkung machte sie wütend. »Dann antworte du zuerst, Froschnase!« schlug sie einen Kompromiß vor.

Der Wächter kam offenbar zu dem Schluß, daß Verhandlungen im Augenblick das Klügste waren. »Ich habe einen Spion aus deinem Land kennengelernt, Hure. Ich lerne schnell Sprachen. Er hat es mir beigebracht. Danach ist er nach Xanth zurückgekehrt.«

»Um meinem Vater, König Trent, Meldung zu machen!« rief Irene. »Ihr habt ihm ein Handelsabkommen versprochen, wenn er selbst käme, um es auszuhandeln, nicht wahr, du Buschklepper?«

»Jetzt bist du mit dem Antworten an der Reihe, Mieze«, erwiderte der Mann.

»Also gut, du trübe Tasse. Meine Magie besteht darin, Pflanzen wachsen zu lassen. Ich kann aus einem Samen in wenigen Augenblicken einen ganzen Baum hervorwachsen lassen.«

Dor spähte hinaus. Er konnte das Gesicht des Mannes zwar nicht gut sehen, war aber sicher, daß er einen wissenden Ausdruck zur Schau stellte. Der Lauscher glaubte, er wisse es besser, aber er wollte sein Lauschen nicht verraten, also mußte er dem König das Gesagte übersetzen. »Rgd fzud sgd khd«, sagte er.

»H vzms sgd sqtsg!« schnappte Oary.

»Seine Majestät glaubt, daß ihr uns in die Irre führen wollt«, dolmetschte der Wächter. »Was ist deine wirklich Magie?«

»Was kümmert das den alten Fettsack? Im Augenblick übe ich überhaupt keine Magie aus.«

»Als du angekommen bist, habt ihr aber Magie besessen, du Luder. Der Oger hat unser Tor mit unnatürlicher Kraft aus den Angeln gehoben, und ihr habt alle unsere Sprache gesprochen. Was ist mit eurer Magie passiert?«

Die Sprache! Dor verwünschte sich dafür, daß er dieses Detail übersehen hatte. Das hatte ihr Geheimnis natürlich preisgegeben! König Trent hatte bestimmt einen Dolmetscher benutzt – wahrscheinlich eben diesen Mann hier –, und die Fähigkeit von Dors Gruppe, mit ihm in unmittelbaren Kontakt zu treten, hatte den gerissenen König Oary bestimmt sofort mißtrauisch gemacht. Er hatte ihre Magie in Aktion gesehen, und nun wollte er wissen, wie sie funktionierte.

»Na ja, wenn du mir ein paar Samen bringst, du Schlägertype, kann ich's ja mal überprüfen«, sagte Irene. »Ich glaube schon, daß ich noch Pflanzen wachsen lassen kann, wenn ich dafür nur den geeigneten Ort finde.«

Welch ein Segen! Sie versucht immer noch, zum Stall zu gelangen, wo sie ihr Talent wirklich unter Beweis stellen konnte.

Doch der Mundanier meinte, es besser zu wissen. »Wenn der König sagt, daß du lügst, dann lügst du auch, Metze«, fauchte er. »Ich frage dich noch einmal: Was ist deine wirkliche Magie? Kannst du vielleicht in Zungen reden und andere dazu bringen, dasselbe zu tun?«

»Natürlich nicht, du Verbrecher! Sonst brauchtest du doch wohl nicht Seine Erbärmlichkeit König Puddingbauch hier zu dolmetschen, oder? Ich kann nur Pflanzen verzaubern.«

»Rgd vhkk mns sdkk«, teilte der Wächter dem König mit.

»Vd rgzkk lzjd *ghl* sdkk«, entgegnete der König. »Snqstqd gdq hm eqnms ne ghl.«

Die beiden anderen Wächter packten Irene an den Armen und schleiften sie direkt vor Dors Zellentür. »Prinz Dor!« rief der Dolmetscher. »Ihr werdet unsere Fragen beantworten, sonst seht selbst, was wir tun werden!«

Dor schwieg, unsicher, was er tun sollte.

»Qho nee gdq bknsgdr«, befahl der König.

Die beiden Wächter rissen Irene die Jacke und den silberumrandeten Pelz vom Leib, während sie sich heftig wehrte und sie unflätig beschimpfte. Dann legte der Dolmetscher seine Hand an ihren Kragen und riß brutal daran. Die Bluse wurde aufgerissen und entblößte ihren schönen Busen. Irene, die von dieser plötzlichen Gewaltanwendung schokkiert war, ruderte mit den Armen, doch die beiden Männer hielten sie mit eisernem Griff fest.

»Vdkk, knnj zs sgzs!« rief der König bewundernd. »H sgntfgs nmkx gdq kdfr vdqd fnnc!«

Dor verstand zwar kein Wort, doch der Sinn dieser Bemerkung blieb ihm nicht verborgen. König, Dolmetscher und beide Wächter starrten Irenes entblößten Leib an. Dor tat das gleiche. Er hatte geglaubt, daß Irene der Gorgone, was die äußeren Formen anging, nicht ebenbürtig wäre, doch seit seinem letzten Einblick hatte sie erheblich zugelegt. Er hatte sie zwar während ihrer Zankerei im Graben wahrnehmen können, doch damals hatte es einige Ablenkungen gegeben. Während ihre Reise gen Süden zur Zentaureninsel hatte Irene sich ziemlich zurückgehalten; vielleicht hatten ihre ausgezeichneten Beine seine Aufmerksamkeit auch von anderen Partien abgelenkt. Nun mußte er plötzlich feststellen, daß sie die körperliche Reife nicht erst noch vor sich hatte – sie war bereits soweit.

Gleichzeitig war Dor außer sich vor Wut. Sein Zorn richtete sich gegen den König und seine Getreuen, weil sie Irene auf diese Weise mit Gewalt bloßgestellt hatten. Er beschloß, ihnen überhaupt nichts zu sagen.

»Gd khjdr gdq, xnt snkc ld«, sagte der König. »H bzm rdd vgx! Sgqdzsdm gdq zmc gd'kk szkj.«

Der König plante irgend etwas Abscheuliches! Dor wagte gar nicht sich auszumalen, was der König Irene antun könnte. Er konnte es nicht zulassen, daß Irene etwas zustieß.

Der Dolmetscher stellte sich vor Irene auf und ballte die Hand zur Faust. Er zog den Arm zurück und zielte auf ihren Bauch.

»Halt!« schrie Dor. »Ich sag's ...«

»Halt's Maul!« fauchte Irene ihn an. Sie ließ eines ihrer Knie emporschießen und erwischte den Dolmetscher voll im Unterleib. Der Mann krümmte sich zusammen, und die anderen Wächter ließen es völlig überrascht zu, daß Irene sich losriß, während ihnen nur ein paar Kleiderfetzen blieben. Barbusig wie eine Nymphe rannte sie ein paar Stufen hinab, bückte sich, um die Eisenstange aufzuheben und wirbelte heran, um Dors Zellentür damit zu öffnen.

»Lauf weg!« schrie Dor. »Verlier keine Zeit auf mich!«

Doch es war schon zu spät. Beide Wächter hatten ihre flachen Schwerter gezogen und kamen auf Irene zu. Sie drehte sich um und hob kampfesmutig die Stange.

»Nicht!« kreischte Dor, und seine Stimme überschlug sich. »Sie werden dich umbringen!«

Doch nun gab es eine neue Ablenkung. Krach, der zuvor friedlich geschlafen hatte, wurde der Lage gewahr. Wütend rüttelte er an seiner Tür. »Töten!« dröhnte er.

König und Wächter wurden bleich. Sie glaubten, daß die phantastischen Kräfte des Ogers das Produkt seines Zorns waren. Wenn sie Irene etwas zuleide taten, während Krach zusah ...

Der Dolmetscher erholte sich langsam wieder; offenbar war es doch nur ein leichter Stoß gewesen. »Gdcq gdq hmsn gdq bdkk«, keuchte er den anderen beiden Wächtern zu. Dann, zu Irene gewandt: »Mädchen – geh schnell in deine Zelle, dann tun sie dir nichts.«

Irene erkannte, daß sie den beiden Schwertkämpfern unmöglich entkommen konnte und daß sie den Bluff von Krachs Kräften nicht auffliegen lassen durfte, also bewegte sie sich Zoll um Zoll auf ihre Zelle zu. Die beiden Wächter folgten ihr vorsichtig. Krach musterte das Geschehen; er war zwar immer noch wütend, war aber klug genug, nicht zu protestieren, solange die Wächter Irene nicht anfaßten. Dann trat Irene in ihre Zelle zurück, und die Wächter schlugen die Tür hinter ihr zu und verriegelten sie. Die Krise war vorüber.

»Du hättest aus dem Kerker weglaufen sollen!« sagte Dor voll zorniger Erleichterung.

»Ich konnte dich nicht zurücklassen«, erwiderte sie. »Wo würde ich jemals wieder einen wie dich finden?« Dor war sich nicht sicher, wie er diese Bemerkung verstehen sollte; war das nun ein Kompliment oder eine Herabsetzung?

König Oary wirkte ebenfalls erschüttert. »Sgzs fhqk'r mns nmkx adztshetk, rgd gzr ehfgshmf rohqhs«, sagte er. »Cumt's getqs gedq; H lors ehmc z trd enq gedq.« Er machte kehrt und stampfte aus dem Keller, gefolgt von seinen Getreuen. Der Dolmetscher, dem noch immer nicht recht wohl in seiner Haut war, blieb wohl irgendwo in der Nähe, wenn auch außer Sichtweite, um sie weiterhin zu belauschen. Endlich herrschte im Kellergewölbe wieder die vertraute Düsterkeit.

Dor wußte, daß sie nun etwas noch Schlimmeres ausheckten, aber wenigstens war Irene unverletzt davongekommen, und das Geheimnis ihrer Magie war auch bewahrt worden, zumindest zum Teil. Die Mundanier wußten zwar jetzt, daß ihre Gefangenen magische Kräfte besaßen, aber über deren Funktionsweise waren sie sich nach wie vor im unklaren. Es war zwar nur eine vorübergehende Verschnaufpause, aber immer noch besser als gar nichts.

»Ich glaube, wir sollten bald von hier verschwinden«, sagte Irene, während die Mundanier verschwanden. »Gib mit deine Hand.«

Was hatte sie diesmal vor? Dor steckte seine Hand durch die Ritze.

Sie nahm sie entgegen und küßte sie. Das war ja recht nett, aber irgendwie war er auch etwas enttäuscht. Sie hatte schließlich Jacke und Bluse verloren ...

Sie nahm sein Handgelenk und hieß ihn die Finger spreizen. Dann legte sie etwas Schweres in seine Hand. Dor hätte beinahe einen Ruf des Erstaunens ausgestoßen, denn es war hart und kalt und schwer.

Es war die Eisenstange.

Aber natürlich! In ihrer Verwirrung hatten die Wächter vergessen, daß Irene die Stange mitgenommen hatte. Nun besaß Dor dieses wertvolle Werkzeug – das vielleicht auch als Waffe dienen konnte. Doch er wagte nicht, schon jetzt die Tür damit anzugehen; das mußte warten, denn der Lärm würde den Wächter sofort alarmieren und ihn darauf aufmerksam machen, daß er im Besitz der Stange war. Also mußten sie vorläufig erst einmal warten – und es gab einige Dinge, die er Irene zu sagen hatte.

»Du warst wirklich sehr tapfer«, sagte er. »Du hast dich diesen Schlägern entgegengestellt ...«

»Ich konnte kaum reden vor Angst«, gestand sie. Das war mit Sicherheit eine Übertreibung, denn mit dem Dolmetscher hatte sie schließlich ganz schöne Beschimpfungen ausgetauscht. »Aber ich wußte, daß sie dir etwas antun würden, wenn ...«

»Mir! *Dich* wollten sie doch ...«

»Na ja, ich mache mir jedenfalls über dich Sorgen, Dor. Ohne mich würdest du es doch nicht schaffen.«

Das war im Scherz gesagt – vielleicht. »Mir gefällt deine neue Ausstattung zwar«, meinte er. »Aber vielleicht solltest du doch lieber meine Jacke nehmen.«

»Vielleicht. Es ist kalt hier drin.«

Dor zog seine Zentaurenjacke aus und quetschte sie durch die Mauerritze. Sie zog sie an und sah ganz schmuck darin aus, auch wenn die Jacke sich vorne ständig öffnete. Vielleicht fand er sie aber auch gerade deswegen darin so hübsch. Wenigstens würde die Jacke sie vor der Kälte schützen und vor Gegenständen wie Schwertern und Speeren, denn sie war ja undurchdringbar. Und es war sicherlich klug, wenn sie ihren Körper vor den gierigen Augen des Königs und seiner Mannen verdeckte; Dors Eifersucht war nach wie vor ungebrochen.

Grundy erschien wieder. »Ich habe einen Samen«, meldete er. »Der Beutel befindet sich in der Kammer des Königs, genau wie das magische Schwert. Ich wußte, daß ich dort risikolos einbrechen konnte, weil der König ja hier unten war. Aber den ganzen Beutel konnte ich nicht auf einmal tragen. Den magischen Kompaß habe ich überhaupt nicht finden können; den müssen die weggeworfen haben. Also habe ich einen Samen ausgesucht, der passend aussah.«

»Gib her!« sagte Irene begierig. »Ja – das ist ein Greifer. Wenn ich den zum Keimen bringen und in den Gang werfen ...«

»Kannst du aber nicht«, sagte Dor. »Nicht ohne ...«

Er brach gerade noch rechtzeitig ab. Der Lauscher war bestimmt damit beschäftigt, sie zu belauschen.

»Ich habe eine Idee«, fuhr er schließlich fort. »Was, wenn

wir ein Teil von Du-weißt-schon-wem hierherbrächten – ob das genug Magie mitbrächte, um einen Samen zum Keimen zu bringen?«

Irene überlegte. »Ein Stück vom Huf, vielleicht. Ich weiß nicht. Einen Versuch wäre es schon wert.«

»Bin schon unterwegs«, sagte Grundy.

»Ich dachte immer, daß Mädchen verängstigt und süß sein und hilflos losschreien müßten, sobald irgendwie Ärger in Sicht ist«, meinte Dor. »Aber du ... diese Wachen ...«

»Du hast wahrscheinlich zuviel von Millie dem Gespenst gesehen. Richtige Mädchen sind überhaupt nicht so, es sei denn, sie wollen so sein.«

»Du jedenfalls nicht! Aber ich hätte nie gedacht, daß du dein Leben derart riskieren könntest.«

»Bist du enttäuscht?«

Dor dachte nach. »Nein. Du bist viel mehr Mädchen ... viel mehr Frau, als ich dachte. Ich schätze, ich brauche dich tatsächlich. Wenn ich dich vorher nicht geliebt haben sollte, tue ich es jedenfalls jetzt. Und gar nicht mal wegen deines Aussehens, obwohl, wenn wir schon dabei sind ...«

»Wirklich?« fragte sie und klang dabei wie ein aufgeregtes Kind.

»Na ja, vielleicht reagiere ich ja auch nur etwas empfindlicher als sonst wegen unserer Gefangenschaft.«

»Ohne Erläuterung hat es mir besser gefallen.«

»Na klar. Äh, ich finde schon, daß du schön bist. Aber ...«

»Dann überprüfen wir die Sache noch mal, nachdem wir hier wieder raus sind. Hat keinen Zweck, die Dinge zu überstürzen.«

Dor war erschüttert. »Hast du Zweifel?«

»Na ja, vielleicht lerne ich ja doch noch einen besser aussehenden Mann kennen ...«

»Äh, ja«, sagte Dor unglücklich.

Sie lachte. »Ich necke dich doch bloß! Was Aussehen angeht, da sind Mädchen schlauer als Jungen. Wir achten weniger auf die Verpackung als auf Qualität. Ich habe überhaupt keinen Zweifel. Ich liebe dich, Dor. Ich wollte nie einen anderen heiraten. Aber ich weigere mich, es auszunutzen, wenn du durcheinander bist. Wenn du älter bist, änderst du vielleicht deine Meinung.«

»Aber du bist doch jünger als ich!«

»Ja, aber Mädchen werden früher reif. Ist dir das denn nicht aufgefallen?«

Jetzt mußte Dor lachen. »Doch, heute ist es mir aufgefallen!«

Sie küßte erneut seine Hand. »Na ja, es gehört alles dir, wenn ...«

Wenn. Dor dachte darüber nach, was dieses Wort verhieß, und ihm wurde ganz warm. Sie besaß einen Körper, das war wahr – aber was ihn am meisten erfreute war die Treue, die das Wort verhieß. Sie würde bei ihm sein, würde ihn unterstützen, was immer auch geschehen mochte. Dor erkannte, daß er dieser Unterstütung auch bedurfte; allein würde er mit Sicherheit scheitern. Irene war stark, wenn sie sich nicht gerade in einer akuten Krise befand; sie besaß die Nerven, die ihm abgingen. Ihre Persönlichkeit ergänzte die seine, wog seine Schwächen auf. Sie war es, die sie alle auf diese Rettungsmission geschickt hatte; ihre Entschlossenheit, ihren Vater zur retten, war ungebrochen geblieben; mit ihr an seiner Seite, konnte er wirklich König sein.

Der zurückkehrende Golem unterbrach seinen Gedankengang. »Ich habe drei Schweifhaare erwischen können«, flüsterte er. »Er ist reichlich eitel, was seinen Schweif angeht, wie seine ganze Rasse; ist ja auch das Vorteilhafteste an ihm. Vielleicht genügen die.«

Ob die Magie wirklich auch Teilen des Zentauren anhing, wenn diese von seinem Körper entfernt worden waren? Dor holte seinen Mitternachtssonnenstein hervor und hielt ihn dicht an die Haare. Beinahe glaubte er, ein schwaches Glimmen zu erkennen, tief im Inneren des Kristalls. Doch das war vielleicht auch nur eine Widerspiegelung der matten Zellenbeleuchtung.

»Bring sie zu Irene«, sagte Dor und wagte es kaum noch zu hoffen.

Grundy tat, wie ihm geheißen. Irene legte den Samen auf die Schweifhaare und beugte sich über ihn. »Wachse!« hauchte sie.

Doch sie wurden enttäuscht. Der Samen schien es zwar zu versuchen, schien erwartungsvoll anzuschwellen, doch es gelang ihm nicht zu wachsen. Es war nicht genügend Magie vorhanden.

»Vielleicht sollte ich ihn zu Arnolde bringen«, meinte Grundy.

Irene schwieg und Dor erkannte, daß sie ihre Tränen unterdrückte. Sie hatte wirklich gehofft, daß ihre Magie funktionieren würde.

»Ja, versuch das«, sagte Dor dem Golem. »Vielleicht hat der Samen ja angefangen zu wachsen. Vielleicht braucht er jetzt einfach mehr Magie.«

Grundy nahm den Samen und die Schweifhaare und verschwand wieder. Dor griff durch die Mauerritze, um Irene auf die Schulter zu klopfen. »Einen Versuch war es wert«, sagte er.

Sie ergriff seine Hand. »Ich brauche dich, Dor. Immer, wenn ich schon aufgebe, hältst du durch.«

Wieder dieser Aspekt der einander ergänzenden Teile. Sie würde schon bald ihre Entschiedenheit und ihre Nerven wiedergewinnen, doch in der Zwischenzeit mußte man sie aufrichten.

So verweilten sie, wie es ihnen schien, eine lange Zeit, und trotz der Verzweiflung, die sie beide empfanden, hätte Dor diese Erfahrung nicht missen mögen. Irgendwie hatte diese Einschränkung durch das Gefangensein ihre persönliche Bindung verstärkt, hatte ihre Liebe noch verfestigt und vertieft. Was nach diesem Tag geschehen würde, das wußte er nicht, aber er war sicher, daß er durch diese Erfahrung verändert worden war. Seine Zeit der Unschuld war, in einem grundsätzlichen und positiven Sinne, zu Ende.

Da hörten sie Unruhe in der Ferne. Das Geräusch ließ sie zusammenfahren. War es vielleicht möglich, daß …

Grundy kam in die Zelle gestürzt. »Es hat funktioniert!« schrie er. »Der Samen hat gekeimt. Sobald ich ihn in den magischen Durchgang gebracht habe, ist er direktemang aus seiner Schale hervorgeschossen. Ich mußte ihn draußen vor den Stall werfen ...«

»Es hat funktioniert!« jubelte Irene. »Ich hab's doch immer gewußt!«

»Ich habe Arnolde gesagt, wo wir sind, für alle Fälle«, fuhr Grundy aufgeregt fort. »Dieser Greifer wird seinen ganzen Stall in Stücke reißen.«

»Aber kann er auch durch geschlossene Türen?« fragte Irene und wurde wieder besorgt. Im Augenblick unterlag ihre Stimmung erheblichen Schwankungen. »Allein kann er immerhin keine Magie betreiben, und es ist niemand bei ihm, um ...«

»Hab' schon an alles gedacht, Püppi«, meinte der Golem. »Habe die Gegend erkundet. Durch diese Türen kommt er nicht, aber er kann durch das Haupttor fliehen, das Krach herausgerissen hat, das haben sie nämlich noch nicht repariert, und vor der Schloßmauer gibt es einen kleinen Kanal, und diese Zellen sind direkt an die Mauer gebaut. Wenn die Außenmauer nicht gerade außerhalb des Wirkungsbereichs seines Feldes liegt ...«

»Und wenn doch?« wollte sie wissen, als sei sie unschlüssig, ob sie jubeln oder weinen sollte.

»Bin sicher, daß sie es nicht ist«, erwiderte Grundy. »Sie ist kaum sechs von euren Schritten dick, und sein Feld ist mindestens doppelt so tief, zumindest nach vorn. Aber das werden wir bald wissen, denn er wird wohl gleich auf dem Weg hierher sein.«

Der Lärm hielt an. »Ich hoffe, daß Arnolde nichts zustößt«, sagte Dor. »König Oary hat nämlich auch unseren Vorrat an Heilelixier behalten.«

»Den hat er wahrscheinlich in den Abfluß gekippt«, meinte Grundy. »Damit alle kranken Maden wieder gesund werden.«

»Stell dich an die Außenmauer«, sagte Irene. »Wenn du mit ihr reden kannst, Dor, wissen wir, daß der Zentaur da ist.«

»Ich schau mal nach, wie er vorankommt«, sagte Grundy und trappelte wieder davon.

»Der Greifer müßte inzwischen fast ausgewachsen sein«, meinte Irene. »Ich hoffe, Arnolde ist klug genug, außer Reichweite seiner Tentakel zu bleiben.« Dann überlegte sie es sich wieder anders. »Aber nicht weit genug, daß der Baum vor Mangel an Magie abstirbt. Er muß ihn so lange mit seinem magischen Feld bestrahlen, bis er seine Aufgabe erledigt hat. Sobald er ihn verläßt, wird der Baum sterben.«

»Sprich mit mir, Mauer«, sagte Dor und berührte dabei den Stein. Keine Antwort.

»Was ist los?« fragte Krach aus der Nachbarzelle.

»Grundy hat Arnolde einen gekeimten Greiferarm gebracht«, erklärte Dor. »Wir hoffen, daß der Zentaur auf dem Weg hierher ist.«

»Endlich Kraft, bald geschafft«, sagte der Oger, nachdem er verstanden hatte.

»He – du reimst ja wieder!« rief Dor. »Er muß schon da sein!«

»Mal schaun, ob haun«, sagte Krach. Er stieß mit der Faust durch die Mauer, die seine Zelle von Dors trennte.

»Jawohl!« rief Dor. »Los, reiß deine Tür auf! Dann kannst du Irene und mich befreien!«

Der Oger stampfte an seine Zellentür und hieb fröhlich auf sie ein. »Auuuu! Das tat weh!« grunzte er und schüttelte seine handschuhbewehrten Fäuste. Die Tür hatte nicht nachgegeben.

»Seine Kraft ist wieder weg!« sagte Irene. »Irgendwas stimmt da nicht!«

Dor zermarterte sein Gehirn. Was hatte diesen teilweisen Rückschlag bewirkt? »Wo befindet sich der Zentaur jetzt?« fragte er seine Mauer in der Furcht, keine Antwort zu erhalten.

»Draußen, direkt vor Irenes Zelle«, erwiderte die Mauer. »Hängt total entsetzt auf einem schmalen Pfad über einem Abgrund.«

Dor stellte sich im Geiste die Lage des Zentauren vor. »Dann kann er sein Gesicht nicht der Burg zuwenden?«

»Er kann sich nur ein wenig zur Seite drehen«, stimmte die Mauer ihm zu. »Wenn er sich bewegt, stürzt er ab. Und außerdem machen sich die Soldaten jetzt bereit, ihm ein paar Pfeile in den Hintern zu schießen.«

»Also fällt seine Magie in einem schrägen Winkel ein«, folgerte Dor. »Sie erfaßt zwar diese Mauer, aber nicht den hinteren Teil unserer Zellen.«

»Das sieht doch jeder, Blödmann!« meinte die Mauer selbstzufrieden.

Dor benutzte seinen Sonnenstein, um den äußeren Wirkungsbereich des magischen Feldes festzustellen. Der Stein funkelte und verdunkelte sich wieder, als er das magische Feld verließ. Die Linie verlief nur ein paar Handbreit innerhalb Dors Mauer und reichte bis in Krachs Zelle.

»He, Krach!« rief Dor. »Die Magie befindet sich nur auf dieser Seite. Schlag die Außenmauer ein, um Arnolde hereinzulassen.«

»Rein, fein«, willigte Krach ein. Er zielte mit seinen riesigen, hornüberwachsenen Bratpfannenfäusten, die mit ihren Panzerhandschuhen bewehrt waren, auf die Mauer.

»Hau mich nicht!« schrie die Mauer. »Ich stütze schließlich die ganze Burg!« Doch es war schon zu spät: Die Faust fuhr durch Ziegel und Gestein. »Auuuuu, das tut aber weh!«

Die Mauer stellte sich als Doppelmauer heraus: zwei Steinreihen, deren Zwischenraum mit Geröll gefüllt war. Krach schaufelte es beiseite und hieb auch die Außenpartie zu Staub. Er wurde immer lebhafter, je weiter er kam. Kurz darauf schimmerte helles Tageslicht durch die Staubwolke herein.

Der Oger riß weiter Brocken aus der Mauer und vergrößerte die Öffnung. Dahinter war der Rückhang des Berges, der jäh in ein dicht bewaldetes Tal abfiel.

»Schön, dich wiederzusehen, Kraftprotz!« hörten sie Arnoldes Stimme. »Bahn mir einen Eingang, bevor diese Wilden mich angreifen!«

Krach beugte sich vor. Er packte einen Gesteinsbrocken.

»Nicht mucken – ducken!« warnte er und schleuderte sein Geschoß hinaus.

Sie hörten einen dumpfen Aufprall und einen Schrei, als jemand die Kante hinabstürzte.

»Was hast du getan?« rief Irene entsetzt.

Da erschien Arnoldes Vorderteil in der Mauerlücke. Zentaur und Oger umarmten sich freudig. »Ich glaube, er hat einen Feind erwischt«, meinte Dor.

Irene schien schwach vor Erleichterung zu sein. »Ach so. Jetzt sind sie offensichtlich endlich Freunde geworden.«

»Wir brauchen sowohl Magie als auch Kraft«, pflichtete Dor ihr bei. »Einer ist hilflos ohne den anderen. Das haben sie jetzt begriffen.«

»Wir haben alle eine Menge begriffen«, meinte sie und lächelte geheimnisvoll.

Nun stellte sich Arnolde mit dem Gesicht zur Vordertür und lenkte sein Wirkungsfeld darauf, während Krach auf sie zustampfte und sie aus den Angeln trat. Dann packte er die Vorderwand und riß sie mit einem Ruck aus dem Boden. Schutt fiel von der Decke auf sie herab. »Bring bloß nicht die ganze Burg zum Einstürzen!« warnte Dor, während Irene in der gewaltigen Staubwolke hustete.

Doch der Oger war nicht beunruhigt. »Burg schlitzen, Burg stützen.« Und er hielt eine Pranke gegen die Decke, was deren Einsturz Einhalt gebot.

Ein Wächter hatte sich in den Gang verirrt. Einige Augenblicke lang musterte er wortlos den nahenden Oger, dann fiel er in Ohnmacht.

Jetzt tauchte Grundy wieder auf. »Die Truppen rücken an«, meldete er. »Wir machen uns wohl besser aus dem Staub.«

Das taten sie auch. Türen und Tore waren zwar verriegelt, doch Krach zerfetzte sie einfach wie Papier. Als sie an eine Mauer gelangten, durchstieß er sie, ohne zu zaudern. Schließlich kamen sie in einem Innenhof heraus, in dem Pflanzen wuchsen.

»Wachst! Wachst! Wachst!« befahl Irene, und die Pflanzen schossen empor und hinaus.

»Wo liegt unser sicherster Fluchtweg?« fragte Dor die nächstgelegene Mauer.

»Auf meiner anderen Seite, Doofmann«, erwiderte sie.

Krach riß ein weiteres Loch, und sie stießen hinaus in einen Wald. Kurz darauf hatten sie sich weitab von der Burg in Sicherheit gebracht und versteckt. Sie waren wieder beisammen und frei, und das war ein wunderbares Gefühl.

Sie hielten an, schöpften Atemluft und besprachen die Lage. »Sind alle in Ordnung?« fragte Dor die Runde. »Niemand verletzt?« Offenbar nicht.

»Hast du's dir jetzt anders überlegt?« fragte Irene. »Du weißt ja, wie sehr ich dich verabscheue.«

Er blickte sie an. Sie trug noch immer seine Jacke über ihrem nackten Oberkörper, ihr Haar war zerzaust, und ihr Gesicht war dreckbeschmiert. Sie wirkte geradezu übernatürlich schön. »Ja«, sagte er. »Und die Antwort lautet immer noch gleich. Ich hasse dich immer noch.« Er nahm sie in die Arme und küßte sie, und sie war willig und nachgiebig, wie es nur ihre Art sein konnte – sofern ihre Art das so wollte.

»Wenn das Haß sein soll«, bemerkte Arnolde, »dann würde ich mir gerne mal ihre Liebe ansehen.«

»Die Idioten haben sich verlobt«, erklärte Grundy den anderen. »Sieht so aus, als hätten sie das Licht in der Finsternis gesehen oder so was.«

»Oder so was«, stimmte ihm der Zentaur zweifelnd bei.

XI
Der gute Omen

»Jetzt sind wir zwar am Ziel«, sagte Dor schließlich und löste sich widerwillig aus Irenes Umarmung, »aber unsere Mission haben wir noch nicht zu Ende geführt. Ich glaube, daß König Trent und Königin Iris hierhergekommen sind. Ich meine, das hätte mir auch der Tisch erzählt, kurz bevor ich von König Oarys Droge bewußtlos wurde. Aber das könnte ich auch geträumt haben; die Erinnerung daran ist ziemlich unscharf. Haben wir sonst irgendwelche stichhaltigen Beweise?«

»Abgesehen von dem Mann, der die Sprache Xanths spricht?« fragte Grundy.

»Das heißt nichts«, warf Irene ein. »Das beweist lediglich, daß er Kontakt mit dem xanthischen Kundschafter hatte, aber nicht, daß König Trent tatsächlich hierhergekommen ist. Wir müssen sichergehen.«

»Mein Beweis ist ziemlich indirekter Art«, meinte Arnolde. »Es sieht so aus, als hätten die Stallknechte Schwierigkeiten gehabt, mich als ein intelligentes Lebewesen anzusehen, so daß sie sich in meiner Gegenwart etwas freier äußerten, als sie es sonst vielleicht getan hätten. Ich habe mich geweigert, mit ihnen auch nur ein Wort zu wechseln. Ich gebe zu, daß man dies für einen Anfall von Pikiertheit halten könnte ...«

»Schick – Pik!« kicherte Krach.

»Und deshalb haben sie auch nicht gemerkt, daß die Magie, die Euch umgab, ihre Sprache für Euch verständlich machte«, ergänzte Dor erfreut. »Weil wir uns mit ihnen nur über einen Dolmetscher unterhalten konnten, haben sie natürlich von Euch das gleiche gedacht. Nimmt man hinzu, daß sie Euch für ein Tier hielten ...«

»Ganz genau. Meine Pikiertheit könnte glückliche Folgen gehabt haben. Jedenfalls hörte ich auf diese Weise einige Dinge, die vielleicht nicht ganz für meine Ohren bestimmt waren.« Er lächelte. »In einem Fall war das ganz wortwörtlich so. Offenbar hat einer der Köche eine Liaison mit einem Küchenmädchen ...« Er schnitt eine Grimasse. »Direkt neben meinem Stall! Es war recht lehrreich, es sind lustbetonte Leute. Nun, einmal war jedenfalls die Rede von einem gewissen fremden König, der, so scheint es, behauptet habe, er könne Magie vollführen.«

»König Trent!« rief Dor. »Dann hat mich mein Gedächtnis doch nicht getäuscht! Der Tisch hat also tatsächlich gesagt, daß König Trent hier war!«

»Ich glaube, wir haben es alle schon immer gewußt«, meinte Irene und erinnerte sich finster an die Falle, in die sie an diesem Tisch gelaufen waren.

»Der Dolmetscher wußte etwas über die Magie Xanths«, fuhr Dor fort, »aber natürlich konnte niemand hier in Mundania Magie ausüben, bevor wir Euch entdeckt haben, Arnolde. König Trent hat wahrscheinlich gesagt, daß er Magie *in Xanth* ausüben kann, und dieser Zusatz wurde beim Dolmetschen vermutlich vergessen.«

»Bestimmt«, pflichtete ihm der Zentaur bei. »Offenbar hatte König Oary mit Magie gerechnet, die seine Macht vergrößern würde, und da war er äußerst wütend, als diese Magie sich nicht offen zeigte. Deshalb hat er den fremden König gefangengenommen und eingesperrt, in der Hoffnung, ihn dazu zwingen zu können, für ihn seine Magie unter Beweis zu stellen oder ihm gar das Geheimnis seiner Macht preiszugeben.«

»Aber wo?« fragte Irene. »Wo *ist* mein Vater?«

»Ich bedaure, daß ich nicht mehr gehört habe als das, was ich Euch berichtet habe. Der fremde König wurde nicht beim Namen genannt. Ich glaube auch nicht, daß die Stallknechte wissen, wer er ist, oder daß sie an seine Fähigkeiten glauben oder auch nur wissen, wo man ihn gefangenhält. Sie klatschen einfach nur darüber. Krachs anfänglich gezeigte Magie und die Art und Weise, wie wir uns mit König Oary unterhalten konnten, hat die Gemüter in der Burg erheblich erregt, ja sogar das gesamte Königreich Onesti, was den Klatsch über ähnliche Fälle erklärt. Aber diese Erregung und das lebhafte Interesse haben bereits nachgelassen, da beides für die Mundanier im nachhinein als Illusion oder falsche Erinnerung erscheint, womit sie häufig Dinge wegrationalisieren, wenn sich ihnen keine praktikable Erklärung für unerklärliche Vorfälle anbietet.« Er lächelte grimmig. »Ich wage anzunehmen, daß nun eine neue Runde der Spekulation eingeleitet wurde, wenn man die Ereignisse der letzten Stunde bedenkt. Euer Greifer, Irene, war äußerst beeindruckend.«

»Das kann man wohl sagen!« meinte Grundy. »Der hat die Leute rechts und links nur so gepackt und den Stall auseinandergerissen. Aber als Arnolde wegging, ist er leider in sich zusammengesackt.«

»Magische Pflanzen können nun einmal nicht ohne Magie leben, du Doofkopp!« sagte Irene.

»Zum Glück«, warf Arnolde ein. »Gelegentlich hat er nach mir gegriffen, da bin ich ihm ausgewichen und habe ihn der Magie beraubt; schließlich hat er damit aufgehört. Nach einer Weile hat er davon abgesehen, mich zu belästigen.«

»Nicht mal ein Greifer ist völlig dumm!« sagte Irene lachend.

»Wenigstens wissen wir jetzt mehr«, warf Dor ein. »Wir können mit ziemlicher Sicherheit davon ausgehen, daß König Oary König Trent und Königin Iris eingesperrt hat und daß sie noch leben. Oarys Erlebnis mit uns muß ihn davon überzeugt haben, daß jeder, der aus Xanth kommt, tatsächlich, wie er ja auch anfangs schon glaubte, verborgene Magic mit sich trägt und diese vor ihm geheimhält. Wahrscheinlich wollte er uns mit Gewalt zwingen, ihm das Geheimnis der Magie zu erklären, damit er sie entweder auch betreiben oder uns andere zumindest dazu zwingen konnte, sie in seinem Dienste einzusetzten.«

»König Oary scheint mir ein ziemlich gerissenes Schlitzohr zu sein«, meinte Irene. »Übel, aber schlau.«

»Das meine ich auch«, stimmte Arnolde ihr zu. »Meiner Beobachtung zufolge regiert er dieses Königreich einigermaßen zufriedenstellend, ist aber dabei völlig skrupellos. Vielleicht bedarf es solcher Eigenschaften, um das wacklige Gleichgewicht der Unabhängigkeit von den großen Reichen, die das seinige umringen, aufrechtzuhalten.«

»Wir müssen immer noch feststellen, wo sich König Trent befindet«, wandte Dor ein. »Arnolde, habt ihr sonst noch irgend etwas gehört, das auch nur ein entfernter Hinweis sein könnte?«

»Da bin ich mir nicht sicher, Dor. Es wurde ein König Omen erwähnt, König Oarys Vorgänger, der verschwunden ist. Es sieht danach aus, als hätte ihn das einfache Volk geschätzt und es bedauert, ihn zu verlieren.«

»König war der?« fragte Dor. »Ich dachte, er sei minderjährig gewesen, so daß Oary die Regentschaft übernahm und Omen niemals König geworden ist?«

»Offenbar war er wohl doch König, und zwar etwa ein Jahr lang, bevor er plötzlich verschwand«, sagte der Zentaur. »Sie nannten ihn den guten Omen und glauben noch heute, daß das Königreich Onesti unter seiner Herrschaft gediehen wäre.«

»Das wäre es bestimmt.« Dor begriff, daß König Oary ein Interesse daran haben mußte, die Vorzüge König Omens herabzuwürdigen, um seine eigene Stellung zu sichern. Wenn das Königreich Onesti jetzt gut funktionierte, konnte dies durchaus zum überwiegenden Teil König Omens Verdienst gewesen sein. »Ein Handelsabkommen mit Xanth könnte beiden Königreichen Nutzen bringen. Vielleicht hat König Omen das in die Wege leiten wollen und wurde abgesetzt, bevor König Trent hier eintraf. König Oarys Gier hat ihn dieser Möglichkeit beraubt.«

»Die Bauern argwöhnen, daß König Omen beiseite geschafft wurde«, fuhr der Zentaur fort. »Manche glauben noch heute, daß er immer noch am Leben ist und von König Oary eingesperrt wurde, damit dieser die Macht an sich reißen konnte. Das kann natürlich reines Wunschdenken sein ...«

»... könnte aber auch der Wahrheit entsprechen«, unterbrach ihn Irene. »Wenn König Oary uns getäuscht und eingesperrt und dasselbe mit meinen Eltern getan hat, warum sollte er da mit König Omen nicht ähnlich verfahren sein? Es paßt jedenfalls gut ins Bild.«

»Wir erlauben uns hier eine Menge Spekulationen«, warnte Arnolde. »Das könnte uns noch einige Enttäuschungen bescheren. Doch wenn ich den Faden einmal fortspinnen darf: Mir erscheint es einleuchtend, daß König Trent und König Omen, sofern sie beide Oarys Anschläge überlebt haben sollten, gemeinsam gefangengehalten werden dürften. Wir haben bereits festgestellt, daß der Kerker von Burg Onesti nicht sonderlich groß ist. Wenn es eine weitere Burg gibt, und wir dort den einen Gefangenen ausfindig machen ...«

»... dann haben wir auch sofort die anderen!« beendete Irene seinen Gedankengang. »Und wenn wir sie beide retten, wird der gute Omen wieder König von Onesti, und alles ist wieder in Ordnung. Ich hätte gute Lust, diesen widerlichen König Oary beiseite zu schaffen!«

»Das war die Extrapolation meiner Hypothese«, stimmte Arnolde ihr zu. »Aber ich muß es aufs neue betonen: All dies ist in hohem Maße spekulativ.«

»Aber einen Versuch wert«, meinte Dor. »Dann wollen wir jetzt unsere Taktik planen. Wahrscheinlich weiß nur König Oary genau, wo König Trent und/oder König Omen gefangengehalten werden, und der wird es wohl kaum verraten. Ich könnte zwar die Steine der Burg ausfragen, aber die Könige befinden sich wahrscheinlich überhaupt nicht hier, und über andere Gefängnisse werden die Steine auch nichts wissen. Wenn nicht einmal die Bauern am Ort davon wissen, dann weiß es wahrscheinlich niemand sonst. Also stellt sich die Frage, wie wir ihn dazu bringen, es uns zu verraten?«

»Er müßte eigentlich ein schlechtes Gewissen haben«, meinte Irene. »Vielleicht könnten wir das ausnutzen.«

»Darauf möchte ich mich lieber nicht verlassen«, widersprach Dor ihr. »Ich bin mal in einem anderen Abenteuer bösen Leuten und Wesen begegnet, und ich glaube kaum, daß denen ihr schlechtes Gewissen viel zu schaffen gemacht hat, denn sie waren überhaupt nicht der Meinung, etwas Böses getan zu haben. Kobolde und Harpyien ...«

»Natürlich haben die kein Gewissen«, knurrte Irene. »Aber Oary ist ein Mensch.«

»Die Menschen können sogar die schlimmsten sein, besonders die Mundanier«, sagte Dor. »Viele von ihnen haben Xanth im Laufe der Jahrhunderte geplündert und gebrandschatzt, und König Oary könnte etwas Ähnliches im Schilde führen. Ich habe einfach kein großes Vertrauen darin, an sein Gewissen zu appelieren.«

»Ich verstehe Euren Einwand«, meldete sich Arnolde zu Wort. »Aber ich glaube, ›appelieren‹ ist nicht das richtige Wort in diesem Zusammenhang. Ein schlechtes Gewissen manifestiert sich typischerweise viel eher in der Wahrnehmung nächtlicher Erscheinungen ...«

»Hier, so weit ab von Xanth, laufen aber nicht besonders viele Erscheinungen herum«, wandte Grundy ein.

»Wir könnten ihn so erschrecken, daß er sein Geheimnis preisgibt!« rief Irene.

»Heute nacht«, entschied Dor. »Wir müssen uns erst ausruhen und etwas essen – und uns vor Oarys Truppen versteckt halten.«

Sich vor den Truppen versteckt zu halten erwies sich als leicht. Die Gegner brauchten eine ganze Weile, bis sie sich von dem Ausbruch und dem Chaos, das Krach dabei angerichtet hatte, erholten und gesammelt hatten. Erst jetzt, nachdem Dor und seine Gruppe sich ausgiebig beratschlagt hatten, zeigte sich Bewegung auf der Burg. Irene ließ dornenbewehrte Schlingpflanzen wachsen, die schon in ihrem natürlichen Zustand recht lästig gewesen waren, nun aber zu einer echten Gefahr wurden. Als die Magie aus ihrer Umgebung verschwand, starben die Schlingpflanzen zwar, hinterließen aber immerhin ein stattliches Dornengestrüpp. Dies, zusammen mit dem Wissen der Mundanier, daß der Oger im Wald lauerte, ließ die Wachen dicht an der Burg bleiben, selbst dann, als sie vor die Mauern getreten waren. Sie waren nicht sonderlich begierig darauf, das Wesen zu treffen, das all die Löcher und Breschen in ihre massiven Mauern gehauen hatte.

Als die Nacht anbrach und sie gut ausgeruht waren, begann Dors Trupp mit dem Spiel. Grundy hatte die Burg ausgekundschaftet, so daß sie wußten, wo sich die königlichen Gemächer befanden. König Oary war verheiratet, schlief aber allein; seine Frau konnte ihn nicht ertragen. Er aß gut und trank reichlich, was ihm die richtige Bettschwere gab.

Sie hatten eine Plattform konstruiert, die Krach an die Außenmauer trug, welche dem königlichen Turm am nächsten lag; zufällig war dies auf der Waldseite. Arnolde stieg hinauf und brachte seinen magischen Durchgang nahe genug heran, daß der König davon bestrahlt wurde.

Irene hatte nützliche mundanische Samen gesucht und eine kleine Sammlung zusammengestellt. Nun pflanzte sie mehrere Efeusamen, die im Wirkungsbereich der Magie einige recht magische Eigenschaften entwickelten: Sie kletterten heftig die Mauer und die Plattform empor und fuhren mit ihren kleinen, ankergleichen Fasern in alles hinein, was ihnen Halt verlieh, so daß sie die Plattform schon nach kurzer Zeit fest an der Mauer verankert hatten. Arnolde mußte umhertänzeln, damit die Fasern sich nicht an seine Hufe klammerten, bis ihre Wachstumsperiode vorüber war. Die Pflanzen kletterten die Brüstung empor, die die Gemächer des Königs kennzeichnete, dann hielten sie inne, denn der magische Durchgang erstreckte sich weiter nach innen als in die Höhe.

Grundy kletterte an den stämmigen Schlingpflanzen zur Brüstung empor. Er krabbelte vor, bis er sich im Schutz einer schattigen Ecke befand, dann rief er mit leiser Stimme hinunter: »Ich kann zwar knapp hineinblicken, aber ich wage es nicht, nahe genug vorzutreten, um das ganze Zimmer erkennen zu können.«

»Sprich mit der Pflanze!« sagte Irene in ihrem Sei-bloß-nicht-blöd-Tonfall. Mit Dor sprach sie nicht mehr auf diese Weise, das war eine stumme Bestätigung der veränderten Lage, aber es war offensichtlich, daß sie sich ansonsten durchaus in Übung hielt.

»He, ja!« meinte der Golem. »Hier ist eine Schlinge, die hineinreicht.« Er hielt inne und sprach mit der Pflanze. »Sie sagt, Oary sei nicht allein. Er hat ein Flittchen bei sich im Bett.«

»Sieht ihm ähnlich«, knurrte Irene. »Männer wie der sind zu allem fähig.«

Dor fiel ein, daß dies der Grund dafür sein konnte, weshalb der Dolmetscher darauf beharrt hatte, Irene ständig als »Schlampe« und »Hure« zu bezeichnen. Das war eben genau die Sorte Frau, mit der König Oary sich normalerweise umgab. Doch Dor entschied sich, Irene nichts davon zu sagen; sie hatte bereits Gründe genug, Oary zu hassen.

Dor kletterte den Efeu empor und fand direkt unterhalb der Brüstung Halt. »Beschreib mir das Zimmer«, murmelte er Grundy zu. »Ich muß genau wissen, was drin steht und wo.«

Der Golem besprach sich mit der Pflanze. »Rechts ist das große Federbett, zwei von deinen Schritten von dieser Mauer entfernt. Dann eine Holzbank, die von der Brüstung direkt ins Zimmer ragt, sechs Schritte, auf der ihr Kleid liegt. Ein Holztisch zur Linken, ein Schritt – und da liegen dein Schwert und Arnoldes Zauberbeutel drauf.«

»Ha!« machte Dor leise. »Das Schwert brauche ich. Schade, daß es nicht zu der Sorte gehört, die selbsttätig kämpft, sonst könnte ich es sofort zu mir rufen.«

Der Golem fuhr fort, den Raum zu beschreiben, bis Dor sich alle Einzelheiten genau eingeprägt hatte. Nun konnte er sich das Zimmer bildlich vorstellen. »Ich hoffe nur, daß ich nicht plötzlich einen Gedankenblock bekomme«, rief er nach unten.

»Bloß nicht!« fauchte Irene. »Wenn du schon Mist bauen mußt, dann ein andermal. Muß ich erst nach oben kommen, um dir Stichworte zu geben?«

»Das wäre wohl eine Hilfe«, gestand Dor. »Weißt du, ich kann keine Gegenstände bestimmte Dinge sagen lassen. Sie antworten immer nur auf Fragen oder auf das, was ich ihnen sage. Meistens, jedenfalls. Und unbelebte Gegenstände sind nicht allzu schlau und manchmal ziemlich pervers. Deshalb kann es durchaus sein, daß ich die Sache tatsächlich verhunze.«

»Um Himmels willen!« Irene packte die Schlingpflanzen und machte sich an den Aufstieg. »Und schiel mir bloß nicht unter den Rock!« sagte sie zu Arnolde.

»Daran würde ich nicht einmal im Traum denken«, erwiderte der Zentaur freundlich. »Ich ziehe es vor, mir pferdische Gliedmaßen anzusehen, und außerdem habe ich nie Geschmack an rosa Höschen entwickeln können.«

»Es ist nicht rosa!« sagte sie.

»Nicht? Dann bin ich wohl farbenblind. Mal sehen ...«

»Vergiß es!« Sie kletterte auf Dor zu, gab ihm einen hastigen Kuß, strich sich den Rock wieder glatt über die Beine und machte es sich bequem. Dor hatte sich schon Sorgen wegen der Belastbarkeit der Schlingpflanzen gemacht, doch dann war ihm klargeworden, daß Irene dies wohl besser beurteilen konnte als er.

»Na los, fang an«, flüsterte sie.

»Aber wenn ich so laut sprechen muß, daß die Gegenstände mich verstehen, wird mich König Oary doch auch hören!«

Sie seufzte. »Manchmal bist du wirklich reichlich blöde, mein Lieber! Du brauchst doch gar nicht laut mit ihnen zu reden, du richtest einfach nur deine Aufmerksamkeit auf sie. So funktioniert doch deine Magie. Und was König Oary angeht – wenn diese Mieze, die bei ihm ist, etwas von ihrem Geschäft versteht, wird er wohl kaum darauf achten, was draußen vor der Burg passiert.«

Sie hatte recht. Dor konzentrierte sich, doch er bekam immer noch nicht alles so recht zusammen. Er war es nur gewohnt, laut mit Gegenständen zu reden. »Ist es wirklich nicht rosa?« fragte er plötzlich wie aus heiterem Himmel.

»Was?«

»Deine ... dein ... du weißt schon.«

Sie lachte. »Mein Höschen? Willst du damit sagen, daß du nie hingeguckt hast?«

Verlegen gestand Dor, daß er es tatsächlich nicht getan hatte.

»Jetzt darfst du aber, wie du weißt.«

»Ja, aber als ich konnte, durfte ich nicht.«

Sie löste eine Hand vom Efeu und beugte sich vor, um ihm sanft in die Wange zu kneifen, ganz wie es auch die Gorgone getan hatte. »Du bist wirklich etwas Seltenes und Besonderes, Dor. Na gut, wenn du diese Sache hier richtig erledigst, zeig ich's dir.«

»Wollt ihr nicht endlich anfangen?« brummte Grundy über ihren Köpfen.

»Aber sie sagt, erst nach dieser Sache«, wandte Dor ein.

»Genau die Sache meinte ich auch!« fauchte der Golem. »Sonst sage *ich* dir nämlich, welche Farbe ihr ...«

»Ich mach' dir einen Knoten in den Bauch.« drohte Irene, und der Golem verstummte.

Davon angespornt, konzentrierte sich Dor auf das magische Schwert, das auf dem Tisch des Königs lag. *Stöhne,* befahl er ihm geistig.

Gehorsam begann das Schwert zu stöhnen. Natürlich mußte es die Sache gleich übertreiben: »Stö-hö-hö-hö-hööööööön!« sang es in einer schauderhaften Tonlage.

»Die Hure ist gerade emporgeschossen«, meldete Grundy hämisch, als die Schlingpflanze ihm raschelnd die Nachricht übermittelt hatte. »Oh, das hätte sie lieber nicht tun sollen. Sie ist splitternackt, völlig nackt!«

»Erspar uns die Pornographie, du kleiner Voyeur!«

schnappte Irene. »Wir wollen schließlich den König aufbringen.« Sie verpaßte Dor einen Knuff in die Seite. »Du weißt doch, was wir für einen Text entworfen haben: ›Laß mich frei, laß mich frei.‹«

Dor konzentrierte sich aufs neue. *Schwert, ich habe da ein Spiel für dich. Wenn du richtig mitspielst, dann kannst du König Oary so erschrecken, daß ihm die Hosen am Leibe schlottern.*

»He, großartige Idee!« rief das Schwert. »Nur, daß er gar keine mehr an hat. Mann, ist der fett!«

Nein, nicht, sprich nicht mit mir, sondern mit dem König! Stöhn noch mal und sag: »Laß mich frei, laß mich frei!« Es geht darum, daß du den Geist von König Omen spielen sollst, der zurückgekehrt ist, um ihn heimzusuchen. Kannst du das, oder bist du dafür zu blöd?

»Ich zeig's dir!« rief das Schwert. Es stöhnte erneut, diesmal mit entsetzlich viel Gefühl. Es war ganz eindeutig ein Schmierenkomödiant.

»Da ist jemand!« kreischte die Hure.

»Kann gar nicht sein«, brummte der König. »Die Wachen halten jeden auf, der hier herein will. Die wissen genau, daß ich bei der Erledigung von Staatsgeschäften nicht gestört werden will.«

»Staatsgeschäfte!« zischte Irene empört.

»Laß mich frei, laß mich frei«, stöhnte das Schwert enthusiastisch.

»Und wer ist das dann?« wollte die Hure wissen und versteckte sich unter den Federn.

»Ich bin der Geiiiiiist vom guhuhuhuhten König Ooooooomen«, antwortete das Schwert. Dor brauchte ihm wohl doch keine Anweisugen mehr zu geben.

Die Hure stieß einen halberstickten Schrei aus und verschwand vollends unter den Federn, wie Grundy erfreut und hämisch meldete. Der König packte einen Teil vom Federbett, so daß die Hure wieder teilweise zum Vorschein kam – zu ihrem großen Entsetzen.

»Das kannst du gar nicht sein!« erwiderte König Oary irritiert und versuchte festzustellen, woher die Stimme kam. Die einzelne Kerze, die im Raum flackerte, warf viele zitternde Schatten an die Wand, wie die Pflanze meldete, so daß es ein schwieriges Unterfangen war.

»Ich komme aus dem Graaaaaaaab um dich heimzusuuuuuchen!« fuhr das Schwert fort, das sich für seine Rolle zu erwärmen begann.

»Unmöglich!« Doch Grundy berichtete, daß der König nervös aussah.

»Der ist zäh!« murmelte Irene. »Eigentlich sollte er völlig verstört sein. Statt dessen macht er sich bloß Sorgen. Die einzige, die wir verschrecken, ist die Hure, und die zählt nicht. Mädchen können wirklich dämliche Geschöpfe sein!« Dann dachte sie kurz nach. »Wenn sie wollen.«

Dor nickte, er war selbst besorgt. Wenn diese List nicht klappen sollte ...

»Duuhuhuhuhu hast mich umgebracht!« sagte das Schwert.

»Hab' ich nicht!« schrie Oary. »Ich habe dich nur eingesperrt, bis ich genau weiß, was ich mit dir machen soll. Ich habe dich niemals umgebracht.«

Nun kam das Gesicht der Hure wieder zum Vorschein und verdrängte den etwas runden Körperteil, der zuvor zu sehen gewesen war. »Du hast den guten Omen eingesperrt?« fragte sie erstaunt.

»Ich mußte es tun, sonst wäre ich nie auf den Thron gekommen«, sagte der König gedankenverloren. »Ich dachte, er würde als König versagen, aber das hat er nicht, und da blieb mir nichts anderes übrig.« Während er sprach, hievte er seinen Schweinebauch aus dem Bett, warf sich die Federdecke über und machte sich daran, sich an die Stimme anzuschleichen. »Aber getötet habe ich ihn nicht. Dazu bin ich viel zu vorsichtig. Das kann man nicht mehr so leicht rückgängig machen, falls irgend etwas schiefgehen sollte. Also kann das hier auch nicht sein Gespenst sein.«

»Wessen Gespenst ist es denn dann?« wollte die Hure wissen.

»Gar keins«, erwiderte der König. »Es ist niemand da.« Er nahm das Schwert auf. »Nur dieses Schwert, das ich dem xanthischen Prinzen abgenommen habe. Ich dachte, es wäre ein magisches Schwert, ist es aber nicht. Ich hab's ausprobiert, aber es ist nichts Besonderes daran, nur daß es eine scharfe Klinge besitzt.«

»Das stimmt überhaupt nicht!« protestierte das Schwert. »Laß ab von mir, Schuft!«

Endlich verlor der König die Nerven und schleuderte es aus dem Fenster. »Das Ding spricht ja!« rief er.

»Na ja, so kann man seine Waffe natürlich auch wiederbekommen«, murmelte Dor.

»Versuch's mal mit meinem Samenbeutel«, schlug Irene vor. »Mit echten magischen Pflanzen kann ich eine Menge machen.«

Grundy hatte den Beutel ausgemacht, den man achtlos in eine Ecke geschleudert hatte. Oary war zweifellos höchst enttäuscht gewesen, als er feststellen mußte, daß der Beutel keinen Schatz enthielt, obwohl ihm das Gold und die Diamanten, die Dor mit sich geführt hatte, eigentlich eine Menge Freude hätten bereiten müssen. Aber Gier kannte eben keine Grenzen! »So wirst du mich nicht los!« sagte der Samenbeutel, von Dor dazu angehalten. »Mein Geist wird dich ewig heimsuchen!«

»Ich sag' dir doch, daß ich dich nicht umgebracht habe!« widersprach Oary und hielt nach der zweiten Stimme Ausschau, die ziemlich sämig klang. »Das erfindest du einfach.«

»Na ja, ich bin ja so gut wie tot«, meinte der Samenbeutel. »Allein hier eingesperrt zu sein – entsetzlich ist das.«

»Was willst du damit sagen – allein?« fragte Oary. »Der König von Xanth ist in der Nachbarzelle und daneben die xanthische Königin mit der spitzen Zunge. Die wollten wissen, was mit dir passiert ist und wollten nicht mit mir verhandeln. Na ja, jetzt wissen Sie's wenigstens.«

Irenes freie Hand krallte sich in Dors Schulter. »Jetzt wissen wir's genau!« flüsterte sie aufgeregt.

Dor war auch sehr zufrieden. Die sprechenden Gegenstände hatten König Oary zwar kaum erschreckt, aber immerhin hatten sie ihm ein Geständnis entlocken können.

Dor konzentrierte sich weiter. *Aber du bist weit draußen im Nirgendwo,* dachte er den Beutel an.

»Aber ich bin weit draußen im Nirgendwo«, wiederholte der Beutel pflichtschuldig. Dor bekam langsam mehr Übung und wurde immer besser. Noch nie hatte er sein Talent auf diese Weise eingesetzt; das war ein völlig neuer Aspekt.

»Nirgendwo?« Der König stürzte sich auf den Beutel und schüttelte ihn. »Ihr seid im Kerker von Ocna! In der zweitgrößten Burg des Königreichs! Mit viel Gesellschaft! Ich wäre stolz darauf, selbst in diesem Kerker einsitzen zu dürfen! Raus mit dir, du undankbares Biest!« Und er schleuderte ihn durch die Fensteröffnung.

»Was?« fragte die Hure. Offensichtlich hatte sie nur die letzten Worte verstanden.

»Raus mit dir, du undankbares Biest!« wiederholte der Tisch hilfsbereit. »Das hat er gesagt.«

»Also so etwas! Noch nie habe ich ...«, begann die Hure und lief rot an vor Zorn.

»Erzähl mir bloß nicht, daß du *niemals!*« warf die Federdecke ein, die sie immer noch umklammerte. »Ich war doch dabei, also du ...«

Die Hure verpaßte der Federdecke einen Hieb, der sie verstummen ließ, dann wickelte sie sie um sich und stakte hinaus. »Hilfe!« schrie die Decke. »Ich werde von einem Ungeheuer entführt!« Da hatte sie auch schon den Wirkungsbereich des magischen Durchgangs verlassen und sagte nichts mehr.

»Wachen!« bellte der König. »Durchsucht das Gelände! Meldet mir sofort alle auffälligen Vorkommnisse!«

Aus dem Gang ertönte ein schriller Schrei, dann war eine Ohrfeige zu hören. »Gelände hat er gesagt, nicht Geliebte!« schrie die Hure.

Nun war ein kehliges Lachen zu hören. »Aber etwas Auffälliges hätten wir schon zu berichten!«

»Das kennt er schon!« gab sie zurück. Dann verloren sich ihre Schritte in der Ferne.

Wächter stürzten ins Zimmer. Schnell überzeugten sie

sich davon, daß sich außer dem König niemand im Turm aufhielt. Da erspähten sie den Efeu, der ins Fenster hineingewachsen war. Sie untersuchten ihn – während Dor und Irene hastig die Mauer hinabkletterten. Grundy sprang über ihnen in die Tiefe und landete auf dem Rücken des Zentauren. »Abflug!« schrie er.

Arnolde sprang seinerseits von der Plattform und landete schwer auf dem dunklen Boden, um schließlich mit donnernden Hufen davonzugaloppieren. Sein Sprung erschütterte die Plattform derart heftig, daß die Schlingpflanzen, die sie an der Wand verankerten, herausgerissen wurden und Irene den Halt verlor, während Dor mit rutschenden Händen an seinem Efeu hing.

Doch unten wartete Krach der Oger. Er fing Irene noch in der Luft ab und wirbelte sie herum, um den Aufprall abzumildern. Ihr Rock flatterte in die Höhe – und nun sah Dor endlich ihr Höschen. Es war grün. Dann setzte Krach sie sanft auf den Boden, während Dor, zitternd vor Erleichterung, hinabrutschte. »Ich bin froh, daß du hier bist!« keuchte Dor.

»Ich froh, daß Zentaur noch nahe war«, sagte Krach. »Jetzt ist er weg.«

»Da draußen ist jemand!« schrie König Oary von der Brüstung herab. »Ihm nach!« Doch die Wachen hatten kein Licht dabei und schienen davor zurückzuschrecken, einen magischen Gegner im Mondschein zu verfolgen.

»Du, Schwert«, sagte Krach und drückte es Dor in die Hand. »Du, Samen«, sagte er zu Irene und reichte ihr den Beutel, den er gerettet hatte.

»Danke, Krach«, sagte sie. »Und jetzt nichts wie weg von hier.«

Doch da öffnete sich ein kleines Tor in der Burgmauer, und die Soldaten stürzten mit Fackeln ins Freie. »Oary muß gemerkt haben, daß das unsere Magie war«, sagte Dor, während sie davonliefen.

Kurz darauf hatten sie den Zentauren eingeholt, der sofort stehengeblieben war, als er bemerkt hatte, was gespielt wurde. Dor spürte zwar keinen Unterschied als sie wieder in den magischen Durchgang eintraten, doch Krach hörte auf zu keuchen, und er gewann wieder seine alte Kraft zurück.

Hastig faßte Dor die Lage zusammen. »Wir sind zusammen; wir haben unsere magischen Gegenstände bei uns, mit Ausnahme von Arnoldes Zaubern, und wir wissen, daß König Trent, Königin Iris und König Omen leben und auf Burg Ocna gefangengehalten werden. Oarys Truppen sind uns auf der Spur. Wir sollten uns beeilen, die drei zu befreien, bevor uns die Soldaten eingeholt haben. Aber wir kennen den Weg nicht.«

»Jede Pflanze und jeder Stein hier muß den Weg nach Ocna kennen«, meinte Grundy. »Wir können sie unterwegs danach fragen.«

Die Wachen verteilten sich und machten sich daran, den Wald zu durchkämmen. Was immer König Oary an Tugenden fehlen mochte, auf jeden Fall verschaffte er sich Respekt und Gehorsam, wenn er ihn wirklich brauchte. Dors Gruppe mußte zurückweichen. Doch dabei gab es zwei Probleme: Erstens war der Waldabschnitt, in dem sie sich befanden, viel zu klein, um lange darin unbemerkt zu bleiben, und zweitens trieb man sie in die falsche Richtung. Denn es stellte sich heraus, daß Ocna einen halben Tagesmarsch nordwestlich von Onesti lag, während der Wald sich im Südosten befand. Sie bewegten sich statt dessen auf die Dorfsiedlung zu, in der die Bauern lebten, die die Burg versorgten. Im Laufe der Jahrhunderte würde dieses Dorf sich zur Stadt Onesti ausdehnen, deren Einzeichnung in der Karte ihnen den Hinweis gegeben hatte, wo König Trent zu suchen war. Da wollten sie sich nicht einmischen!

»Wir müssen einen Weg finden«, sagte Irene. »Wenn wir querfeldein marschieren, schaffen wir es heute nacht niemals bis Ocna. Aber die Pfade und Wege werden mit Sicherheit von Truppen bewacht.«

»Vielleicht gibt es ja einen magischen Samen dagegen«, meinte Grundy in fragendem Ton.

»Vielleicht«, erwiderte Irene. »Ein zweiter Greifer wäre

schon ganz gut – nur daß ich keinen mehr habe. Ich habe zwar einen Kirschsamen ...«

»Einen, aus dem Kirschbomben wachsen? Das wäre doch gut.«

»Nein«, widersprach Arnolde.

»Was ist denn los, Pferdeschwanz?« fragte der Golem gehässig. »Willst du dir deinen Rumpf lieber von Pfeilen verzieren lassen, als deine Feinde mit Kirschen zu bewerfen?«

»Wenn man einmal alle ethischen und ästhetischen Überlegungen beiseite schiebt – etwas, was ich nicht gutheißen kann –, so bleiben doch noch einige praktische Einwände«, erwiderte der Zentaur in seinem belehrenden Tonfall. »Zunächst einmal wollen wir keinen direkten Kampf. Wir wollen diesen Leuten entgehen, sofern es möglich ist, und sie mit einer fruchtlosen Suche aufhalten, während wir unangefochten nach Ocna marschieren. Wenn wir gegen sie kämpfen, werden unsere Kräfte auf unabsehbare Zeit gebunden, bis sie uns mit ihrer schieren Übermacht doch noch besiegen.«

»Das ist wahr«, pflichtete Dor ihm bei. Zentauren waren wirklich scharfsinnige Denker.

»Zweitens müssen wir in Bewegung bleiben, wenn wir Ocna noch vor Tagesanbruch erreichen wollen. Ein halber Tagesmarsch für ortskundige Wanderer bei Tageslicht – das bedeutet die doppelte Zeit für uns bei Nacht. Ein Kirschbaum kann nicht reisen, er muß im Boden wurzeln. Und da er magischer Natur ist ...«

»Müssen wir in seiner Nähe bleiben«, beendete Irene seinen Satz. »Sobald wir ihn hinter uns lassen, wird er sterben. Magie nützt uns nur etwas vom magischen Durchgang heraus.«

»Allerdings«, fuhr der Zentaur nach einer kurzen Denkpause fort, »müßte es möglich sein, einen Samen keimen zu lassen, der sie ablenkt, selbst wenn die Pflanze tot ist. Besonders dann, wenn sie tot ist.«

»Kirschbomben funktionieren also nicht«, sagte Grundy.

»Die gibt es in Mundania nicht. Außerhalb des Durchgangs würden sie gar nicht explodieren.«

»Das weiß ich nicht«, meinte Irene. »Wenn sie erst einmal reif, und zwar detonationsreif, sind, müßten sie meiner Meinung nach eigentlich überall explodieren können. Jedenfalls wäre ich bereit, es auszuprobieren.«

»Möglich«, sagte der Zentaur. »Ich dachte jedoch eher an Auferstehungsfarn, der seine Wirkung auch nach seinem eigenen Tod nicht verlieren dürfte.«

»Davon habe ich welchen mit«, sagte Irene, »aber ich verstehe noch nicht, wie der die Soldaten aufhalten soll.«

»Primitive neigen dazu, abergläubisch zu sein«, erklärte der Zentaur. »Besonders Mundanier, soweit ich das verstehe, die vorgeben, nicht an Gespenster zu glauben.«

»Das ist doch lächerlich!« protestierte Dor. »Nur ein Narr würde nicht an Gespenster glauben! Einige meiner besten Freunde sind ...«

»Ich glaube keineswegs, daß alle Mundanier Narren sind«, sagte Arnolde auf seine vorsichtige abwägende Art. »Aber diese hier sind vielleicht welche. Wenn die auf den Auferstehungsfarn treffen ...«

»Für jemanden, der so was nicht kennt, könnte das ganz schön beeindruckend sein«, pflichtete Irene ihm bei.

»Und die Mundanier kennen ihn ganz bestimmt nicht. Ich gebe zu, daß das etwas von einer abscheulichen Tat an sich hat, aber unsere Lage ist ja auch recht verzweifelt.«

»Abscheuliche Tat«, wiederholte Dor. »Seid Ihr sicher, daß der Gegenzauber, den wir zusammen mit der Salbe aktiviert haben, auch gewirkt hat?«

Der Zentaur lächelte. »Und ob ich mir sicher bin! Wir *müssen* zwar keine solche Tat begehen, aber wir können es tun, wenn wir wollen.«

Irene holte einen Samen aus ihrem Beutel. »Ich kann ihn zwar wachsen lassen, aber Ihr müßt ihn anleiten. Eine falsche Anweisung, und er ist hin.«

»Diese Primitiven haben mit Sicherheit Verwandte verloren«, sagte der Zentaur. »Sie werden auch unterdrückte

Triebe haben. Alles, was wir tun müssen, ist, Pseudo-Identitäten aufzubauen.«

»Ich habe noch nie mit einem Auferstehungsfarn getratscht«, murrte Grundy. »Was ist denn daran so Besonderes? Und was hat das mit verstorbenen Verwandten zu tun?«

»Suchen wir eine geeignete Stelle auf dem Weg«, sagte Arnolde. »Wir wollen die Mundanier einerseits aufhalten, andererseits wollen wir auf leichtem Weg nach Ocna gelangen. Sie werden uns verfolgen, wenn sie die Täuschung durchschaut haben.«

»Richtig«, sagte Irene. »Ich brauche Zeit, um den Farn so weit zu bringen, daß er uns alle mit einschließen kann.«

»In *was* einschließen?« wollte der Golem wissen.

»Auferstehungsfarn hat die Eigenschaft ...«, begann der Zentaur.

Doch da wurde er von Krach unterbrochen. »Wir hier!« rief er. Oger besaßen eine ausgezeichnete Nachtsicht.

Tatsächlich hatten sie einen Weg gefunden, der von den Füßen der Bauern und den Hufen der Pferde flachgetrampelt worden war.

»Gehst du nach Ocna?« fragte Dor den Weg.

»Nein, ich zeige lediglich den Weg dahin«, lautete die Antwort.

»Welcher Weg ist es?«

»Der da«, sagte ein Teil des Wegs auf ihrer Westseite. »Aber ihr werdet Schwierigkeiten haben, bei Nacht zu reisen.«

»Wieso?«

»Weil irgend etwas mit mir nicht stimmt. Ich fühle mich so taub, an allen Stellen, nur hier nicht. Vielleicht hat mich ja ein schlimmer Sturm ausgewaschen.«

»Könnte der Pfad sich seiner selbst jenseits des magischen Wirkungsfelds bewußt sein?« fragte Irene.

»Ich weiß es nicht«, antwortete Dor. »Ich glaube nicht – aber andererseits weiß er, daß er nach Ocna führt, also besitzt er wohl doch etwas Bewußtsein. Ich bin es nicht gewohnt, mit Gegenständen zu verkehren, die sowohl magisch als auch nichtmagisch sind. Ich kenne auch nicht alle Gesetzmäßigkeiten.«

»Ich glaube, es dürfte einigermaßen sicher sein, davon auszugehen, daß der Pfad nur innerhalb des Durchgangs belebt ist«, meinte Arnolde. »Jedenfalls ist dieser Ort für unsere Zwecke sicherlich genausogut geeignet wie jeder andere. Die Soldaten werden diesen Weg bestimmt benutzen und absuchen. Es ist besser, sich ihnen auf unsere Weise entgegenzustellen, als eine solche Begegnung dem Zufall zu überlassen. Beginnen wir also mit unseren Vorbereitungen.«

»Also gut«, sagte Irene. »Der Farn wächst zwar im Dunkeln weiter, um seine Magie auslösen zu können, braucht er aber Licht. Die Soldaten werden Fackeln dabeihaben, also wird das schon klappen.«

»Ich habe den Sonnenstein«, erinnerte Dor sie. »Der kann den Farn notfalls aktivieren. Oder wir könnten ein paar Bäume fällen, um das Mondlicht hereinzulassen.«

»Gut, gut.« Sie pflanzte mehrere Samen ein. »Wachst!«

»Aber was *tut* der Farn denn nun?« fragte Grundy in jammerndem Tonfall.

»Nun, er steht in Beziehung zu der Psychologie des nichtwissenden Beobachters«, erklärte Arnolde. »Jeder, der seine Eigenschaften begreift, durchschaut auch bald seine Illusion. Deshalb wird er auch, glaube ich, bei den Mundaniern effektiver sein als bei Einwohnern Xanths. Auf diese Weise sollte es uns eigentlich gelingen, sie zu täuschen und ihre Verfolgungsjagd ohne Gewalttätigkeit zunichte zu machen, was einen erheblichen Vorteil darstellt. Wir brauchen lediglich auf ihre Suggestionen zu reagieren und unsere eigenen Präsuppositionen dabei heraushalten.«

»Was für Positionen?« fragte der frustrierte Golem, der kein Wort verstanden hatte.

Nun ergriff Dor das Wort. »Weißt du, Auferstehungsfarn läßt Figuren wie ...«

»Leise sein«, flüsterte Krach donnernd. »Kommt Feind herein.« Auch das Gehör des Ogers war ausgezeichnet.

Abwartend blieben sie neben dem wachsenden Farn stehen. Kurz darauf erblickten sie drei Soldaten Onestis, die mit flackernden Fackeln durch den Wald kamen. Das Feuer warf zwischen den Bäumen monströse Schatten. Sie hielten nach allen Seiten Ausschau nach ihrer Beute.

Da erblickten die Soldaten Dors Gruppe. Sie blieben stehen und starrten sie an, gerade noch im Wirkungsfeld des magischen Durchgangs. »Großvater!« schrie einer von ihnen entsetzt und starrte dabei Krach an.

Der Oger wußte, was zu tun war. Er brüllte los und machte eine drohende Gebärde mit seiner Bratpfannenfaust. Der Soldat ließ die Fackel fahren und stürzte entsetzt davon.

Ein weiterer Soldat musterte Irene. »Du lebst ja!« keuchte er. »Dann hat dich das Fieber doch noch verschont!«

Irene schüttelte traurig den Kopf. »Nein, Freund, ich bin gestorben.«

»Aber ich kann dich doch sehen!« rief der Mann gleichzeitig voller Qual und Hoffnung. »Ich kann dich sogar hören. Jetzt können wir endlich heiraten ...«

»Ich bin tot, Geliebter«, widersprach sie mit dumpfer Festigkeit. »Ich bin nur zurückgekehrt, um dich davor zu warnen, den falschen König zu unterstützen.«

»Aber du hast dich doch nie für Politik interessiert«, wandte der Soldat verwirrt ein. »Du hast nicht einmal meinen Beruf sonderlich geschätzt ...«

»Das tue ich auch immer noch nicht«, sagte Irene. »Aber wenigstens hast du damals für den guten König Omen gearbeitet. Der Tod hat mir Zeit zum Nachdenken beschert. Jetzt arbeitest du für den Verräter. Ich werde niemals mehr Respekt für dich hegen können, nicht einmal im Grab, wenn du dem bösen König dienst, der den guten König Omen in den Tod schicken will.«

»Ich werde König Oary sofort entsagen!« schrie der Soldat eifrig. »Ich kann ihn sowieso nicht leiden. Ich dachte, König Omen wäre tot.«

»Er lebt«, sagte Irene. »Er befindet sich im Kerker von Burg Ocna.«

»Das werde ich allen erzählen! Aber du mußt zu mir zurückkehren.«

»Das kann ich nicht, Geliebter«, antwortete sie. »Ich bin nur für diesen einen Augenblick auferstanden, nur um dir sagen zu können, warum ich nicht in Frieden ruhen kann. Ich bin tot; König Omen lebt. Geh und hilf den Lebenden.« Sie schritt hinter den Zentauren und verschwand damit aus dem Gesichtsfeld des Soldaten.

»Sehr schön«, flüsterte Arnolde.

»Ich komme mir ziemlich schmutzig vor«, murmelte sie.

Der dritte Mann richtete seinen Blick auf Grundy. »Mein kleiner Sohn – von den Khazaren zurückgekehrt!« rief er. »Ich wußte doch, daß sie dich nicht lange festhalten würden!«

Der Golem hatte inzwischen begriffen, worum es ging: Der Auferstehungsfarn ließ die Erinnerungen seiner Betrachter wieder wach werden. »Nur mein Geist ist entkommen«, sagte er. »Ich mußte dich warnen. Die Khazaren kommen! Sie werden Onesti belagern, die Männer umbringen, die Frauen vergewaltigen und die Kinder in die Gefangenschaft entführen, wie sie es auch mit mir getan haben. Warne den König! Sammelt alle Truppen in der Burg! Versperrt die Zugangswege! Laßt es nicht zu, daß noch weitere Familien auseinandergerissen werden. Laßt mein Opfer nicht umsonst gewesen sein! Kämpft bis zum letzten ...«

Dor stieß den Golem mit dem Fuß an. »Übertreib's nicht«, murmelte er. »Mundanier sind zwar unwissend, aber dumm sind sie deswegen noch lange nicht.«

»Gehen wir«, flüsterte Irene. »Das dürfte sie eine Weile aufhalten.«

Vorsichtig machten sie sich davon. Die beiden Soldaten blieben beim Farn stehen, in Gedanken versunken. Bevor er um die nächste Kurve schritt, warf Dor einen Blick zurück – und sah eine riesige hübsche Spinne von der Art, die lieber umherjagen, als Netze zu spinnen. Das Muster auf ihrem Körper glich einem grünlichen Gesicht, und sie besaß acht Augen von unterschiedlicher Größe.

»Hüpfer!« rief er – und riß sich wieder zusammen. Hüpfer war schon vor Jahren an Altersschwäche gestorben. Er war Dors engster Freund gewesen, als sie beide scheinbar die gleiche Größe gehabt und im historischen Wandteppich von Schloß Roogna manches Abenteuer erlebt hatten,* doch sie lebten in getrennten Welten. Die Nachkommen der Spinne lebten weiterhin im Wandteppich, und Dor konnte sich mit ihnen unterhalten, wenn er für einen Dolmetscher sorgte, doch es war nicht dasselbe wie früher. Sie wirkten eher wie Hochstapler, die die Stelle seines wunderbaren Freundes einnehmen wollten. Jetzt sah er Hüpfer persönlich.

Doch das war natürlich nur ein Trugbild, nicht sein wirklicher Freund. Als Dor sich diese Tatsache ins Gedächtnis rief, verwandelte sich das Bild wieder in den Soldaten. Wie sehr wünschte sich Dor, daß es doch hätte wahr sein können! Obwohl diese neuerliche Trennung nur eine Illusion war, war sie dennoch äußerst schmerzlich.

»Also läßt der Farn teure Erinnerungen wieder auferstehen«, sagte Grundy schließlich, während sie sich in Sicherheit brachten. »Wer ihn ansieht, nimmt das wahr, was ihn am tiefsten berührt. Den Schwindel müßte man doch wirklich durchschauen können!«

»Ach, was verstehst du denn schon davon!« fragte Irene gereizt. »Es ist schrecklich, jemandem so etwas anzutun, selbst einem Mundanier.«

»Hast du auch zurückgeblickt?« fragte Dor.

»Ich habe meinen Vater gesehen. Ich weiß zwar, daß er nicht tot ist, aber gesehen habe ich ihn doch.« Ihre Stimme klang erstickt. »Was für eine Qual es wäre, wenn das alles sein sollte, was ich jemals wieder von ihm sehen könnte!«

»Wir werden ihn bald finden«, beruhigte Dor sie. Auch das mochte er an ihr – ihr menschliches Bangen und ihre Treue gegenüber ihrem Vater, der in Dors Leben stets eine große Gestalt gewesen war.

* Siehe Piers Anthony: *Zauber-Schloß* (Bastei-Lübbe Fantasy 20 061).

Sie lächelte ihn im Mondlicht dankbar an. Dor verstand ihre Stimmung; die Vision seines lange verstorbenen Freundes hatte auch ihn aufgewühlt. Wieviel schlimmer mußte es erst für die Mundanier sein, die nichts davon wußten, wie sich das Ganze abgespielt hatte! Es war tatsächlich eine abscheuliche Tat, die sie da vollbracht hatten; vielleicht wäre es besser gewesen, wenn sie sich den Mundaniern mit der Gewalttätigkeit des Ogers und des Schwerts gestellt hätten.

Doch schon bald hörten sie erneut den Lärm ihrer Verfolger. Der Auferstehungsfarn war abgestorben oder hatte zumindest seine Magie verloren und würde keine weiteren Visionen mehr bewirken. Die Berichte der drei Soldaten würden zwar viele beunruhigen, aber es gab bestimmt noch viele andere, die dem Befehl, Dors Gruppe festzunehmen, gehorchen würden.

Sie verließen den Pfad und versteckten sich im Gebüsch – und die Soldaten preschten an ihnen vorüber. Sie konnten einen Gesprächsfetzen aufschnappen: »... Khazaren kommen ...« Offenbar hatte die Behauptung des Golems ihre Wirkung nicht verfehlt!

»Ich glaube, die haben uns vergessen«, sagte Irene, als sie wieder den Pfad betraten. »Die Auferstehung hat ihre Gedanken in andere Richtungen gelenkt. Jetzt suchen sie nicht einmal mehr nach uns. Vielleicht können wir nun Ocna doch noch in Sicherheit erreichen.«

»Strategisch gesehen war das ein geschickter Zug«, sagte Dor. »Vielleicht ein schmutziger, und ich möchte das auch nicht noch einmal machen müssen, aber wirkungsvoll.«

»Zuerst müssen wir einmal an Burg Onesti vorbei«, erinnerte Arnolde sie.

Sie folgten den Weisungen des Weges und umgingen die Burg mit Hilfe eines Holz- und Jagdwegs, den die Bauern benutzten.

Dieser Pfad führte in Schlangenlinien die klippenähnliche Westseite des Berges hinab, auf dem die Burg stand, und schlängelte sich durch Felder, Wald und Gebirge. Mehrere Soldatentrupps kamen an ihnen vorbei, doch sie gingen ihnen mühelos und unbemerkt aus dem Weg. Offensichtlich nahmen diese Leute die Bedrohung durch die Khazaren sehr ernst!

Dann wurde der Weg immer beschwerlicher. Sie befanden sich in einer gebirgigen Gegend und mußten einen hohen Paß überqueren, der zwischen den beiden Redouten hindurchführte. Dor und die anderen hatten sich von ihrem beschwerlichen Aufstieg nach Onesti noch nicht völlig erholt, und nun machten sich ihre steifen Muskeln bemerkbar. Doch der Pfad versicherte ihnen, daß es keine bessere Strecke gäbe. Vielleicht war das ja auch nur seine Eitelkeit – aber eine echte Alternative hatten sie nun einmal nicht. Also schleppten sie sich mühsam weiter, bis sie gegen Mitternacht schließlich die Paßhöhe erreichten, eine schmale Spur, die zwischen zerklüfteten Gesteinsmassen hindurchführte.

Der Paß wurde von einer ausgesuchten Einheit Soldaten bewacht, die sie nicht umgehen konnten, und sie wußten genau, daß die Soldaten sie nicht unangefochten vorbeiziehen lassen würden.

»Was jetzt?« fragte Irene, die viel zu müde war, um richtig zornig zu werden.

»Vielleicht kann ich sie ablenken«, meinte Dor. »Wenn es mir gelingt, könnt ihr über den Paß huschen.«

Sie arbeiteten sich so weit an die Soldaten heran, wie es ihnen ohne entdeckt zu werden möglich war. Arnolde richtete seinen Durchgang auf die gewünschte Stelle aus, und Dor konzentrierte sich darauf, die Gegenstände zum Sprechen zu bringen.

»Seid ihr bereit, Khazaren?« rief ein hervorragender Fels.

»Fertig!« riefen einige weitere Felsen im Chor.

»Schleicht euch ganz nahe an, bevor ihr eure Pfeile abfeuert«, rief der erste Fels. »Wir wollen sie alle mit der ersten Salve erledigen.«

»Laß ein paar für unseren Riesenstein übrig«, rief die obere linke Seite des Abhangs. »Von hier aus treffen wir sie garantiert.«

Die Soldaten wurden erst nervös, dann verließen sie

abrupt ihre Stellung und spähten beunruhigt zu den zerklüfteten Felsen empor. Es schien zwar völlig unmöglich, daß man einen riesigen Wurfstein dort oben hintransportiert hatte, aber die Stimme hatte sich durchaus überzeugend angehört. Mit gezückten Schwertern stürmten sie auf die Felsen zu. »Bewegung!« rief Dor.

Arnolde und Grundy preschten auf den Paß. Krach und Irene zögerten noch. »Bewegt euch!« bellte Dor. »Rennt über den Paß, bevor die Magie nachläßt!«

»Aber was ist mir dir?« fragte Irene.

Dor konzentrierte sich. »Zurück, Männer!« rief der hervorragende Fels. »Sie haben uns bemerkt!« Von den Felsen ertönten scharrende Geräusche.

»Ohne dich gehe ich nicht!« sagte Irene.

»Ich muß sie doch ablenken, bis ihr sicher durch den Paß seid!« rief Dort entsetzt.

»Du kannst aber nicht weitermachen, wenn der magische Durchgang erst einmal ...«

Da verstummten die Stimmen.

»... außer Reichweite ist«, beendete sie etwas lahm ihren Satz.

Die Soldaten, von dem plötzlichen Verschwinden ihrer Gegner völlig verwirrt, begannen kehrtzumachen. Gleich würden sie die beiden entdecken, denn das Mondlicht war zu hell, als daß man sich ohne Schutz hätte wirkungsvoll verbergen können.

»Ich habe eine Ananas wachsen lassen, während wir gewartet haben«, sagte Irene. »Mir ist zwar nicht wohl bei dem Gedanken, sie gegen Menschen einzusetzen, nicht einmal gegen Mundanier, aber ...«

»Wie soll denn eine magische Ananas außerhalb des Durchgangs funktionieren?« fragte er und erkannte im gleichen Augenblick, daß das ein törichter Einwand war; andererseits fürchtete er, entdeckt zu werden, sobald sie sich von der Stelle bewegten.

Sie sah niedergeschlagen aus. »Ausnahmsweise hast du wohl mal recht! Wenn Kirschbomben schon eine unsichere Sache sind, dann sind es Ananas auch.«

Krach stand zwischen den Felsen. »Lauft!« rief er.

Doch nun kamen auch schon die Soldaten näher. Dor wußte, daß sie es nicht mehr rechtzeitig schaffen konnten. Er zog sein Schwert. Ohne seine Magie fühlte es sich schwer und grobschlächtig an, aber es war die beste Waffe, die er zur Verfügung hatte. Natürlich würde er überwältigt werden, aber wenigstens würde er kämpfend untergehen. Es war nicht das Ende, das er für sich gewählt hätte, wenn es eine vernünftige Alternative gegeben hätte, aber es war immer noch besser als nichts.

»Lauf zu Krach!« sagte er. »Ich halte sie auf.«

»Komm mit!« beharrte sie. »Ich liebe dich!«

»Ausgerechnet *jetzt* muß sie mir das sagen«, knurrte er und musterte die nahenden Soldaten.

Irene warf mit der Ananas nach ihnen. »Vielleicht jagt sie ihnen ja wenigstens Angst ein.«

»Kann sie gar nicht. Sie wissen doch gar nicht, was ...«

Die Ananas explodierte und verspritzte ihren gelblichen Saft nach allen Richtungen.

»Sie ist ja doch detoniert!« rief Dor verwundert.

»Kommt endlich!« rief Arnolde und erschien hinter dem Oger. Plötzlich leuchtete Dor alles ein: Der Zentaur war zurückgekehrt, nachdem sie ihm nicht gefolgt waren. Das wiederum hatte die Magie in ihrer Umgebung gerade noch rechtzeitig zurückgebracht.

Sie rannten zum Abhang. Die Mundanier rieben sich die vom Saft verklebten und geblendeten Augen, und so kamen Dor und die anderen ohne Schwierigkeiten voran.

»Ihr wart so sehr damit beschäftigt, die Helden zu spielen, daß ihr darüber fast den Verstand verloren habt«, tadelte Arnolde. »Ihr hättet mir lediglich zu folgen brauchen, als die Mundanier euch den Rücken zukehrten. Dann hätten sie niemals erfahren, daß wir hier hindurchwollten.«

»Verstand war noch nie meine starke Seite«, gab Dor zu.

»Das stimmt allerdings«, pflichtete Irene ihm bei. »Dieser Saft wird sie nicht ewig aufhalten. Wir müssen möglichst schnell möglichst weit weg.«

Das taten sie auch. Durch die Aufregung war ihre

Erschöpfung wie weggeblasen. Nun führte der Pfad bergab, was das Vorankommen etwas erleichterte. Doch im Dunkeln war es bei dieser Geschwindigkeit äußerst gefährlich; denn die zerklüfteten Felsen und die Bäume warfen ihre Schatten auf den Weg, der ohne Warnung plötzlich Kurven und Bögen schlug. Schon bald waren die Soldaten ihnen auf der Fährte.

Doch Dor benutzte sein Talent, um sich von dem Pfad selbst vor Gefahren warnen zu lassen, so daß sie wenigstens etwas schneller vorankamen, als es Ortskundigen unter normalen Umständen möglich gewesen wäre. Doch er wußte, daß sie nicht mehr lange auf dem Pfad bleiben durften: denn die Soldaten waren mit dem Weg vertraut und besaßen Fackeln, so daß sie sie schon bald einholen würden. Sie mußten vom Pfad weg und sich verstecken – und das würde diesmal möglicherweise nicht genügen, denn es gab kaum Raum, um sich zu verstecken, und die Soldaten würden auf der Hut sein.

Da kam die Katastrophe. »Die Brücke ist weg!« warnte der Pfad.

»Welche Brücke?« fragte Dor keuchend.

»Die Holzbrücke über den Abgrund, du Nase!«

»Was ist mit ihr passiert?«

»Die Soldaten von Onesti haben sie zerstört, als sie hörten, daß die Khazaren kommen.«

Also hatten sie sich durch ihre List selbst in diese mißliche Lage gebracht! »Können wir den Abgrund auf einem anderen Weg überqueren?«

»Schaut ihn euch doch selbst an. Hier ist er.«

Hastig blieben sie stehen. Vor ihnen gähnte ein Abgrund im Finstern – eine Felsspalte, fast vier Mannslängen breit, die von der Steilwand hinunter in das tiefe Tal führte, das vom nächtlichen Nebel verhüllt war. Nun beleuchtete das Mondlicht die Szene, als sei es eifrig darauf erpicht, ihnen die Größe ihrer Gefahr genau vor Augen zu führen.

»Ein junger, kräftiger Zentaur könnte da hinüberspringen«, meinte Arnolde. »Für mich ist das völlig unmöglich.«

»Wenn wir das Seil hätten ...«, sagte Irene. Doch das Seil

befand sich natürlich im Besitz von Chet, wo immer der gerade sein mochte.

Es schien so gut wie unmöglich, statt dessen die Felswand zu erklimmen, und sie wußten auch nicht, was die Nebelschwaden unter ihnen verbergen mochten. Die Brücke war die einzige praktikable Möglichkeit gewesen den Abgrund zu überqueren, und es waren nur noch Bruchstücke von ihr übrig. Hier war nun ein gewaltiges natürliches Hindernis entstanden – sicherlich war dies einer der Gründe, weshalb es den Khazaren nicht gelungen war, dieses winzige Königreich zu erobern. Jede Brücke, die der Feind errichten mochte, konnte jederzeit wieder zerhackt oder abgebrannt werden.

Doch nun näherten sich bereits die Fackeln der Verfolger. Sie steckten in der Zwickmühle: Hinter ihnen konnte eine Handvoll Männer den Paß mühelos halten und ihnen den Rückzug abschneiden. Der Abhang an dieser Stelle war äußerst steil und bot ihnen kaum einen Schutz. Wenn die Soldaten ihnen nicht den Garaus machten, würde es die Natur schon tun.

»Die Salbe!« sagte Irene. »Seht ihr den Nebel da? Wir müssen die Salbe benutzen!«

»Aber der Fluch – wir haben den Gegenzauber verloren!« protestierte Dor. »Dann müssen wir wieder irgendeine abscheuliche Tat begehen!«

»Wenn wir uns nicht schnell verziehen, werden die Soldaten *uns* eine abscheuliche Tat antun!« bemerkte sie.

Dor musterte sie, wie sie mit seiner offenen Jacke bekleidet vor ihm im Mondlicht stand und sich mit ihren wohlgeformten Beinen gegen den Berg stemmte. Er stellte sich vor, wie die Soldaten ihr eine abscheuliche Tat antaten, wie sie es bereits im Kerker versucht hatten. »Wir benutzen die Salbe«, entschied er.

Sie kletterten ein Stück den Abhang hinab, um in Reichweite des Nebels zu gelangen. Sie mußten sich an Bäumen und Wurzeln festhalten, um nicht in die Tiefe zu stürzen.

Dor griff in seine Tasche, um die Salbe hervorzuholen – und entdeckte den Zehner, den er im neuzeitlichen Mundania von Ichabod erhalten hatte. Er hatte ihn schon ganz vergessen; irgendwie mußte er in eine Ausbuchtung seiner Tasche gerutscht sein. Natürlich war er jetzt völlig nutzlos. Er durchwühlte seine Tasche weiter und entdeckte den Salbentopf.

Hastig bestrichen sie ihre Füße mit der Salbe. Langsam neigte sich ihr Vorrat seinem Ende zu: Das dürfte wohl die letzte Gelegenheit für sie sein, die Salbe zu benutzen. Vorsichtig schritten sie schließlich auf die Nebelschwaden zu.

»Haltet euch nahe an Arnolde«, warnte Dor, »und bleibt in der Reihe. Jeder, der aus dem magischen Feld tritt, wird in die Tiefe stürzen.«

Jetzt kamen die Soldaten am Felsvorsprung an. Als sie ihre Opfer dort nicht entdeckten, wurden sie wütend. Doch fast im selben Augenblick erspähten sie auch schon die Flüchtlinge. »Cnvm adknv!« rief einer von ihnen. »Sgdx'qd nm sgd bkntc.« Da machte er einen Satz.

Einen Augenblick starrten die Soldaten sie an. »Sgdx geht doch gar nicht!« protestierte einer, als er vom magischen Feld erfaßt wurde.

Doch ihr Anführer hatte eine Antwort parat. »Das sind Zauberer! Spione der Khazaren! Schießt sie ab!«

Wie betäubt legten die Soldaten ihre Pfeile ein. »Lauft!« rief Dor. »Aber bleibt in Arnoldes Nähe!«

»Diesmal bilde ich den Schluß«, beschloß Arnolde. »Um sicherzugehen. Geht los!«

Das leuchtete ein. Der magische Durchgang erstreckte sich weiter nach vorne als nach hinten, und auf diese Weise konnte Arnolde seinen Körper so stellen, daß er sie alle in seinem Wirkungskreis hatte. Dor, Irene und Krach stürmten vorwärts, als die erste Pfeilsalve auf sie zuschoß. Grundy ritt auf dem Zentauren, so war er davor sicher, daß man aus Versehen auf ihn trat. Sie überquerten den nebeligen Abgrund und kamen im dichten Nebel auf der gegenüberliegenden Seite an.

»Aaaahh!« schrie Arnolde plötzlich.

Dor blieb stehen, um zurückzublicken. Ein Pfeil stak in

Arnoldes Rumpf, und der Zentaur versuchte verzweifelt, sich auf drei Beinen weiterzubewegen.

Krach führte die Gruppe an. Er packte einen Ast, der durch die Schwaden auf ihn zuragte und schleuderte ihn über den Abgrund auf die Soldaten. Sein Zielvermögen war sehr gut; die Soldaten schrien auf und warfen sich flach zu Boden, als der schwere Ast sie traf. Einer von ihnen wäre dabei beinahe in die Tiefe gestürzt.

Dann stürmte Krach durch die Wolken zurück, bückte sich, packte den Zentaur an einem Vorder- und einem Hinterbein und nahm ihn mit einem Ruck auf die Schultern. »Oh!« sagte Arnolde, der trotz seiner Schmerzen noch staunen konnte.

Doch im magischen Feld gab es nichts, was es der Kraft des Ogers hätte gleichtun können. Krach trug Arnolde zum gegenüberliegenden Hang und setzte ihn behutsam an einer Stelle ab, an der sich der Boden aus den Schwaden erhob. Diese Stelle war außer Sichtweite der Soldaten; nun würde es keine weiteren Salven mehr geben.

»Aber der Pfeil!« sagte der Zentaur tapfer. »Wir müssen ihn herausholen!«

Krach packte den Pfeil und ruckte daran. Arnolde schrie ein weiteres Mal auf – doch da war der Pfeil schon aus der Wunde gelöst. Er war nicht allzu tief eingedrungen, sonst wäre die Spitze abgebrochen.

»Ja, so war es richtig«, sagte der Zentaur – und fiel in Ohnmacht.

Irene war bereits damit beschäftigt, einen Samen keimen zu lassen. Sie hatten zwar ihr Heilelixier verloren, das sich in Arnoldes Zauberbeutel befunden hatte, doch manche Pflanzen besaßen ebenfalls heilende Eigenschaften. Sie ließ eine Balsampflanze wachsen und bestrich die Wunden mit ihrem Sekret. »Das heilt die Wunde zwar nicht sofort und ganz«, sagte sie, »aber wenigstens lindert es den Schmerz und läßt den Heilungsvorgang einsetzen. Damit sollte er jedenfalls gehen können.«

Krach schritt nervös auf und ab. »Denk an Chet – Wunde nicht nett.«

Dor begriff, was den Oger bekümmerte. »Wir wissen nicht mit Sicherheit, daß jede mundanische Wunde sich so infizieren muß wie bei Chet. Da hat Chet wahrscheinlich einfach nur Pech gehabt. Außerdem wurde er von einem Flügeldrachen gebissen, während Arnolde von einem Pfeil getroffen wurde. Das ist etwas anderes – glaube ich.« Denoch machte es Dor Sorge, daß nun schon der zweite Zentaur verwundet worden war. Ob das vielleicht Teil des Fluchs der Salbe war? Die Zentauren mußten doppelt soviel Salbe benutzen wie die anderen, da sie vier Hufe bestreichen mußten, vielleicht machte sie das ja anfälliger für den Fluch.

Bald darauf kam Arnolde wieder zu sich und bestätigte, daß der Schmerz der Wunde erheblich nachgelassen hatte, was aus verschiedenen Gründen eine Erleichterung für alle war. Dennoch entschied Dor, daß sie den Rest der Nacht ruhen sollten. Schließlich konnten sie Burg Ocna ohnehin nicht mehr heimlich angehen, und es war wichtiger, daß ihr Freund sich erholte. Immerhin war das magische Feld des Zentauren in Mundania für sie lebenswichtig.

XII
Mitternachtssonne

Gegen Mittag – sie waren inzwischen sehr erschöpft aber voller Hoffnung – erreichten sie Burg Ocna. Diese war zwar nicht ganz so imposant wie Burg Onesti, aber immer noch stattlich genug. Die Außenmauer war viel zu hoch, als daß sie sie hätten erklimmen können. »Ich hau zu Klumpen wie weiche Lumpen«, bot sich Krach voller Zuversicht an.

»Nein«, sagte Dor, »das würde die ganze Burg alarmieren und uns einen Pfeilhagel nach dem anderen bescheren.« Er musterte Arnolde, dem es gut zu gehen schien; er zeigte keinerlei Anzeichen einer Infektion. Aber von Pfeilen hatten sie vorerst genug! »Wir warten bis Nachtanbruch und gehen dann äußerst leise vor. Sie werden zwar mit unserem Angriff rechnen, wissen aber nicht, wie er erfolgen soll. Wenn es uns gelingt, König Trent in Reichweite des magischen Durchgangs zu manövrieren, kann er die Sache von innen her aufrollen.«

»Aber wir wissen doch gar nicht, wo er sich in der Burg befindet!« warf Irene besorgt ein.

»Das ist meine Aufgabe«, sagte Grundy. »Ich schleiche mich rein und seh mich um und erstatte euch bis Nachtanbruch Meldung. Dann erledigen wir das Ganze ohne allzu großen Ärger.«

Das leuchtete ein. Die anderen ließen sich nieder, um etwas zu essen und sich auszuruhen, während der Golem sich ins Innere der Burg schlich. Arnolde, den seine Wunde vielleicht mehr ermüdete, als er sich anmerken ließ, schlief schon bald darauf ein. Krach döste immer sofort weg, wenn es körperlich für ihn nichts zu tun gab. Wieder waren Dor und Irene wach und allein.

Dor fiel ein, daß sich das Problem noch nicht unbedingt dadurch lösen ließ, daß sie den magischen Durchgang so plazierten, daß sich König Trent in seinem Wirkungsbereich befand. König Trent konnte seine Kerkermeister zwar in Käfer verwandeln – doch die Zellentür würde dann immer noch verriegelt bleiben. Königin Iris konnte die Illusion eines nahenden Greifs herbeizaubern – doch auch das würde noch keine Schlösser öffnen. Sie mußten die Sache noch genauer durchdenken.

Sie lagen, versteckt im Schatten einer der uralten Eichen, am Hang, und die Welt wirkte trügerisch friedlich. »Glaubst du wirklich, daß es funktionieren wird?« fragte Irene nervös. »Je näher der Zeitpunkt rückt, um so mehr fürchte ich, daß etwas Schreckliches passieren könnte.«

Dor kam zu dem Schluß, daß er es sich nicht leisten konnte, ihr zuzustimmen. »Wir haben uns bis hier durchgekämpft«, erwiderte er. »Das kann nicht alles umsonst gewesen sein.«

»Wir hatten aber auch keinerlei Erfolgsomen ...« Sie hielt inne. »Oder vielleicht doch? Omen – König Omen ... ob das was damit zu tun haben könnte?«

»Bei der Magie ist alles möglich. Und wir haben die Magie nun einmal in dieses Königreich hineingetragen.«

Sie schüttelte den Kopf. »Ich schwanke ständig hin und her zwischen Hoffnung und Zweifel. Du dagegen gehst immer weiter, ohne jede Ungewißheit, und meistens schaffst du es ja auch. Zusammen sind wir, glaube ich, eine ganz gute Mannschaft.«

Ohne jede Ungewißheit? Er bestand praktisch nur aus

Ungewißheit! Doch andererseits wollte er das bißchen Zuversicht, nach dem Irene heischte, nicht zunichte machen. »Wir müssen einfach Erfolg haben. Sonst würde ich schließlich König. Das würde dir auch nicht gerade zusagen.«

Sie rollte sich neben ihn und verstreute dabei Laub und Grashalme um sich. Dann packte sie ihn an den Ohren und küßte ihn. »Ich würde mich damit abfinden, Dor.«

Er blickte sie verblüfft an. Sie war zerzaust und wunderschön. Sie war immer die treibende Kraft in ihrer Beziehung gewesen, zunächst beim Zanken und in letzter Zeit in Sachen Romantik. Wollte er das wirklich so haben?

Er packte sie seinerseits, drückte sie zu Boden und küßte sie heftig, fast brutal. Erst versteifte sie sich vor Schreck, doch dann schmolz sie hingebungsvoll dahin, erwiderte seinen Kuß und seine Umarmung und wurde zu etwas höchst Außergewöhnlichem, Erregendem.

Es wäre ein leichtes gewesen, weiterzugehen. Doch in Dors Kopf klingelte eine warnende Alarmglocke. Im Verlauf seiner zahlreichen Abenteuer hatte er den Wert des richtigen Zeitpunkts kennengelernt, und der Augenblick war einwandfrei nicht gegeben. »Zuerst aber befreien wir deinen Vater«, murmelte er ihr ins Ohr.

Das ließ sie zusammenzucken. »Ja, ja, natürlich. Nett, daß du mich daran erinnerst.«

Dor vermutete, daß er wohl verspielt hatte, doch wie üblich blieb ihm auch diesmal nichts anderes übrig, als unbeirrt fortzufahren. »Jetzt können wir schlafen, damit wir heute nacht ausgeruht sind.«

»Was immer du meinst«, sagte sie. Doch sie ließ ihn nicht fahren. »Liebster.«

Dor überlegte und kam zu der Entscheidung, daß er bequem genug lag. Eine grüne Strähne von Irenes Haar lag auf seinem Gesicht und duftete angenehm nach Mädchen. Sie atmete leise gegen seinen Körper. Er wußte, daß er sich nichts Besseres wünschen konnte, um sich auszuruhen.

Doch sie schien auf etwas zu warten. Endlich fiel es ihm ein. »Liebste«, sagte er.

Sie nickte und schloß die Augen. Ja, langsam lernte er dazu! Bewegungslos lag er da und schlief schließlich ein.

»Na, wenn das nicht gemütlich ist!« bemerkte Grundy.

Dor und Irene fuhren erschreckt aus dem Schlaf. »Wir haben nur zusammen geschlafen«, sagte sie.

»Und das gebt ihr auch noch zu!« rief der Golem.

»Immerhin sind wir verlobt, wie du weißt. Wir können tun, was wir wollen.«

Dor merkte, daß sie den Golem nur aufzog, deshalb hielt er sich lieber zurück. Was kümmerte es sie schließlich, was andere Leute dachten? Was zwischen ihm und dem Mädchen, das er liebte, geschah, war allein ihre Sache.

»Das muß ich deinem Vater melden«, sagte Grundy pikiert.

Plötzlich kam es Dor zu Bewußtsein. Das war ja die Tochter des Königs.

»Das werde ich ihm schon selbst erzählen, du Zwirnknäuel!« fauchte Irene. »Hast du ihn gefunden?«

»Vielleicht sollte ich das einem so bösen Mädchen lieber nicht verraten.«

»Vielleicht sollte ich auch eine Fliegenfalle wachsen lassen, an die ich dich dann verfüttern kann!« konterte Irene.

Das schüchterte den Golem ein. »Ich habe sie alle drei gefunden. In drei getrennten Zellen, genau wie bei euch. Königin Iris, König Trent und König Omen.«

Irene setzte sich abrupt auf und löste sich aus Dors Umarmung. »Geht es ihnen gut?«

Grundy zog eine Grimasse. »Den Männern schon. Die haben schon früher Entbehrungen kennengelernt. Die Königin ist allerdings gar nicht zufrieden mit ihrer Lage.«

»Das war wohl auch kaum zu erwarten. Aber geht es ihnen auch körperlich gut? Man hat sie doch nicht etwa hungern lassen oder so?«

»Na ja, was das anging waren sie ein bißchen einsilbig«, berichtete der Golem. »Aber die Königin schein an Gewicht verloren zu haben. Na ja, sie wurde sowieso langsam fett, insofern ist das nicht so schlimm. Und ich habe auch eine Brotkruste gesehen, die sie hat liegenlassen. Sie war verschimmelt. Auch Fliegen gibt es da drinnen ziemlich viele, wahrscheinlich auch einen Haufen Maden.«

Irene wurde wütend. »Die haben kein Recht, Leute königlichen Geblüts so zu behandeln!«

»Ich habe noch etwas aufgeschnappt«, fuhr Grundy fort. »Der Wächter, der ihnen ihr Essen bringen soll – na ja, sieht so aus als ob er zuerst alles auffuttert, was er mag, um ihnen dann bloß die Reste zu überlassen. Manchmal spuckt er auch drauf oder reibt Schmutz hinein, nur um sie zu ärgern. Sie müssen das Zeug ja so oder so essen, wenn sie nicht verhungern wollen. Er spricht nicht mit ihnen, sondern zeigt ihnen seine Verachtung einfach nur durch Taten.«

»Von dieser Technik habe ich schon einmal gehört«, sagte Arnolde. »Das ist das Prinzip der Erniedrigung. Wenn man den Stolz eines Menschen erst einmal gebrochen hat, kann man mit ihm machen, was man will. Der Stolz ist das Rückgrat der Durchhaltemoral. Wahrscheinlich versucht König Oary den König Omen dazu zu zwingen, eine Abdankungsurkunde zu unterzeichnen, damit er für alle Fälle etwas in der Hand hat, was seine Thronbesteigung nachträglich rechtfertigt.«

»Warum läßt er denn dann die anderen am Leben?« fragte Dor, entsetzt sowohl von der Methode als auch von der ganzen Denkweise. Die Politik der Mundanier war wirklich ein äußerst schmutziges Geschäft.

»Nun, wir haben ja gesehen, auf welche Weise er vorgeht. Wenn er die drei beisammen läßt, so daß sie sich miteinander anfreunden, kann er die anderen als Druckmittel gegen König Omen einsetzen. Erinnert Ihr Euch noch daran, wie er Irene foltern wollte, um Euch zum Sprechen zu bewegen?«

»Wird er etwa auch meine Eltern foltern?« fragte Irene entsetzt.

»Es mißfällt mir zwar, es aussprechen zu müssen, aber die Möglichkeit besteht immerhin.«

Irene verfiel in zorniges Schweigen. Dor beschloß, sich jetzt dem Problem der Gefangenenbefreiung zuzuwenden. »Ich hatte gehofft, daß König Trent seine magische Kraft benutzen könnte, um auszubrechen, aber ich sehe noch nicht, wie das Verwandeln von Leuten Zellentüren sprengen soll. Wenn wir nur irgendeine Möglichkeit fänden ...«

»Das ist ein Kinderspiel«, meinte Arnolde. »Der König kann die Königin in eine Maus verwandeln. Die läuft durch eine Ritze hinaus in den Gang, dann verwandelt er sie zurück, und sie öffnet die Zellen von außen. Sollten Wächter anwesend sein, kann er die Königin auch in ein tödliches Ungeheuer verwandeln, das sie beseitigt.«

Wirklich äußerst einfach! Warum hatte Dor nur nicht daran gedacht?

Wie es für ihr Geschlecht so typisch war, wechselte Irene sofort ihre Stimmung und wurde praktisch. »Wer befindet sich in der Zelle, die der Außenmauer am nächsten ist?«

»Die Königin?« Grundy furchte die Stirn. »Ich glaube, daß sie die einzige ist, die wir mit unserem magischen Feld erreichen. Die Mauern dort sind ziemlich dick.«

»Also kann mein Vater wahrscheinlich niemanden verwandeln«, folgerte Irene.

O weh! Dor überlegte fieberhaft, um zu einer anderen Lösung zu finden. »Die Königin besitzt eine machtvolle Magie. Es müßte eigentlich möglich sein, daß sie alle mit Hilfe der Illusionsmagie befreit. Sie kann die Wachen dazu bringen, daß sie leere Zellen sehen, so daß sie die Türen öffnen, um nachzusehen. Dann kann kann sie ein Monster erzeugen, das sie davonjagt.«

»Da gibt es einige Probleme«, warf Arnolde ein. »Der Durchgang ist, wie Ihr wißt, ziemlich schmal. Die Illusion hat außerhalb seiner Reichweite keinen Bestand. Da sich zwei Zellen außerhalb des magischen Feldes befinden ...«

»... hat die Königin mit ihren Illusionen nur einen sehr begrenzten Spielraum«, beendete Dor den Satz. »Darüber müssen wir sie vorher aufklären. Wenn sie etwas Zeit hat, um sich vorzubereiten, müßte sie es eigentlich schaffen.«

»Bin schon unterwegs«, sagte Grundy. »Was würdet ihr nur alle ohne mich machen!«

»Wir können auf keinen verzichten«, erwiderte Dor. »Das haben wir bereits feststellen können. Wenn wir voneinander getrennt werden sollten, sitzen wir wirklich in der Tinte.«

Bei Nachtanbruch schlichen sie sich an die Burg heran und versuchten, sich möglichst nahe an der Stelle aufzustellen, die der Golem ihnen beschrieben hatte. Wieder gab es keinen Graben, nur ein Glacis, so daß sie eine Art Steinhügel emporklettern mußten, der zum Fuß der Mauer führte. Dor konnte sich lebhaft vorstellen, wie stark die Mauer sein mußte, wenn man ihre massive Basis mit berücksichtigte.

Burg Ocna befand sich im Alarmzustand; man erwartete den Angriff der Khazaren, und auf den Zinnen und Mauern flackerten Fackeln. Doch Dors Gruppe nahm nicht den herkömmlichen Weg und konnte unbemerkt vordringen. Leute, die in Burgen leben, neigten dazu, sich von den Ereignissen der Außenwelt zu isolieren und zu vergessen, wie wichtig ihre unmittelbare äußere Umgebung sein konnte. Dor überlegte, daß dies auch für das ganze Land Xanth gelten mochte; nur wenige seiner Bewohner wußten irgend etwas über Mundania oder waren daran interessiert, etwas darüber zu erfahren. Der Handel zwischen den beiden Reichen, der bisher den Launen des Zufalls ausgeliefert gewesen war, mußte auf jeden Fall in Schwung gebracht werden, und sei es auch nur um eines mehr kosmopolitischen Bewußtseins willen. König Oary war offenbar, zum Nachteil seines Reiches, am Handel nicht sonderlich interessiert; er betrachtete die Besucher aus Xanth als Bedrohung seines Throns. Was schließlich auch stimmte – immerhin war er ja ein Thronräuber.

»Wir können leider nicht alles genau im voraus planen«, sagte Dor bei einer letzten Lagebesprechung. »Ich hoffe, daß es der Königin gelingt, eine Illusion zu erzeugen, die

die Wachen dazu bewegt, sie freizulassen, damit sie danach die anderen befreien kann.«

»Es dürfte ihr Spaß machen, so zu tun, als wolle sie einen der Wächter verführen«, meinte Irene. »Sie wird sich als hübscheste Maid in ganz Mundania ausgeben, und wenn der Mann sich dem Trugbild näherte, verwandelt sie sich in einen Drachen und erschrickt ihn zu Tode. Geschieht ihm dann auch recht.«

Dor lachte leise. »Ich glaube, ich weiß, wie so etwas funktioniert.«

In gespieltem Zorn wirbelte sie zu ihm herum. »Du hast doch noch nicht mal die ersten Anfänge davon mitbekommen!« Aber es gelang ihr nicht, ihren mürrischen Gesichtsausdruck beizubehalten. Statt dessen verpaßte sie ihm einen Kuß.

»Die Dame scheint eine faire Warnung ausgesprochen zu haben«, bemerkte Arnolde. »Ihr werdet den Drachen erst dann zu Gesicht bekommen, wenn Ihr im sicheren Hafen der Ehe seid.«

»Das weiß er schon«, meinte Irene selbstzufrieden. »Aber Männer lernen eben nie dazu. Jeder meint, er wäre ganz anders als die anderen und ihm könnte so etwas nie passieren.«

Arnolde stellte sich vor der Mauer auf und lenkte den magischen Durchgang Stückweise immer weiter herum, bis er ins Innere der Burg reichte. »Grundy muß Meldung erstatten, wenn wir die Königin im Feld haben«, sagte er.

»Wenn irgend etwas schiefgehen sollte, kann Krach in Aktion treten, während ich ein paar Pflanzen wachsen lasse, die die Gegner in Verwirrung stürzen«, erwiderte Irene.

Sie warteten, während der Zentaur sein magisches Feld durch die Burg strahlen ließ, ohne daß etwas geschah. »Ich fürchte, wir sind wohl doch außer Reichweite«, meinte er schließlich.

Krach legte eines seiner Blumenkohlohren gegen die Mauer. »Weiter runter wird's schon bunter.«

»Natürlich!« sagte Dor. »Sie befinden sich doch im Kellergewölbe! Unter der Erde. Zielt tiefer.«

Unter Anstrengungen beugte Arnolde seine Vorderbeine und legte seinen Körper mit weiterhin ausgestreckten Hinterbeinen schräg nach unten. Wieder schlug er einen Bogen. Wegen seiner Verwundung war dies recht schwierig für ihn. Krach trat auf ihn zu, hob ihn auf und setzte ihn in einem neuen Winkel ab, was ihm das Manövrieren erleichterte.

»Aber wenn sie zu tief im Burginneren sind, um von dem Feld erfaßt zu werden ...«, murmelte Irene angespannt.

»Grundy wird es uns schon melden«, sagte Dor und versuchte, sie daran zu hindern, wieder hysterisch zu werden. Er wußte genau, daß dies die schwierigste Zeit für sie war – der Zeitpunkt, an dem sich alles entscheiden mußte. »Wir können die Königin durchaus schon erreicht haben, aber bis der Golem es uns melden kann, vergeht wieder eine gewisse Zeit.«

»Das ist denkbar«, erwiderte sie und lehnte sich in seine Armbeuge. Er drehte sich zu ihr um, um sie zu küssen und stellte fest, daß ihre Lippen begierig die seinen suchten. Nachdem sie ihm erst ihre Liebeserklärung gemacht hatte, machte sie auch keinerlei Hehl mehr aus ihren Gefühlen. Dor erkannte, daß die ganze Angelegenheit für ihn persönlich auf jeden Fall einen Gewinn darstellte, auch wenn ihre Mission scheitern oder sie alle sogar hier in Mundania umkommen sollten. Er hatte die Liebe entdeckt, und ihr Universum war mit all seinen Weiten und Fallen und Möglichkeiten weitaus größer und umfassender als ganz Mundania. Er dehnte den Kuß möglichst lange aus.

»So benimmst du dich also, wenn keine Anstandsdame dabei ist!« sagte eine Frauenstimme in einem scharfen Tonfall.

Dor und Irene lösten sich erschreckt aus ihrer Umarmung. Neben ihnen stand die Königin. »Mutter!« rief Irene, halb erleichtert, halb entsetzt.

»Schamlose Umarmungen, noch dazu in aller Öffentlichkeit!« fuhr Königin Iris stirnrunzelnd fort. Sie hatte sich schon immer gern als Sittenwächterin anderer Leute aufgespielt. »Das muß sofort gemeldet werden ...«

Die Königin verschwand. Arnolde, der sich so gut er konnte herumgedreht hatte, um ihr Bild erkennen zu können, hatte den magischen Durchgang dadurch von der Zelle der Königin fortgeschwenkt und ihre Magie unterbrochen, und nun konnte sie ihr Ebenbild nicht mehr projizieren.

»Verzeihung«, sagte der Zentaur und drehte sich wieder um.

Königin Iris erschien aufs neue. Doch bevor sie etwas sagen konnte, ergriff Irene das Wort. »Das ist noch gar nichts, Mutter. Heute nachmittag haben Dor und ich zusammen geschlafen.«

»Du schamloses Luder!« rief Iris entsetzt.

Dor biß sich auf die Zunge. Er hatte Königin Iris noch nie gemocht, und er hätte sich keine bessere Methode denken können, sie zu ärgern.

Der Zentaur versuchte sie zu beruhigen. »Euer Majestät, wir haben alle zusammen geschlafen. Es ...«

»Auch Ihr?« fragte Iris und ließ einen vernichtenden Blick in die Runde schweifen. »Der Oger etwa auch?«

»Wir sind eine eingeschworene Gruppe«, meinte Irene. »Ich liebe sie eben alle.«

Das ging zu weit. »Ihr mißversteht uns«, sagte Dor. »Wir haben nur ...«

Irene trat ihm auf den Fuß und schnitt ihm das Wort ab. Sie wollte ihre Mutter weiter ärgern. Doch Königin Iris, die keineswegs dumm war, roch den Braten. »Natürlich haben sie dir lediglich unter den Rock geschielt. Wie oft habe ich dich davor gewarnt? Du hast aber auch überhaupt keinen Sinn für ...«

»Wir ein wenig holen König?« wollte Krach wissen.

»Den König!« rief Iris. »Aber natürlich! Ihr müßt hineinmarschieren und uns alle befreien.«

»Aber der Lärm ...«, protestierte Dor. »Wenn wir die Soldaten alarmieren ...«

»Ihr vergeßt meine Macht«, belehrte ihn die Königin. »Ich kann eurer Gruppe die Illusion der Nichtanwesenheit verleihen. Niemand wird euch hören oder sehen, egal, was ihr tut.«

Wirklich eine einfache Lösung! Schon die bloßen Illusionskünste der Königin genügten, ums sie alle zu retten. »Brich die Mauer auf, Krach«, rief Dor. »Wir können König Trent allein befreien!«

Mit einem zufriedenen Grunzen machte der Oger einen Schritt auf die Wand zu. Da verschwand er plötzlich, und nach ihm der Zentaur. Dor merkte plötzlich, wie er ein Nichts umarmt hielt. Er konnte Irene weder sehen noch fühlen, und hören tat er auch nichts – doch dort, wo sie sein mußte, war ein Widerstand zu spüren. Er drücke versuchsweise dagegen.

Irgend etwas schob ihn zurück. Es war wie die Kraft der Masseträgheit, etwa wie wenn er ganz schnell um eine Ecke lief, eine Kraft, die keinerlei Ursprung zu haben schien. Irene war tatsächlich da! Dieser Zauber war anders als jener, den der Zentaur eingesetzt hatte. Er machte die Leute innerhalb seines Wirkungsbereiches ebenso unsichtbar für die Außenwelt wie für einander. Er hoffte nur, daß dies nicht zu Komplikationen führen würde.

In der Mauer erschien ein Loch. Lautlos wurden Steine herausgerissen. Der Oger war an der Arbeit.

Dor hielt seinen Arm weiterhin um das Nichts an seiner Seite, und es folgte seinen Bewegungen. Neugierig geworden, wie weit die Illusion der Nichtigkeit reichte, schob er die Hand vor. Manche Teile des Nichts waren nachgiebiger als andere. Da stolperte er plötzlich – ein wesentlich unnachgiebigerer Teil hatte ihm einen Schubs verpaßt. Dann half ihm etwas, sein Gleichgewicht wiederzufinden. Offenbar tat es dem Nichts leid. Er legte dem Arm um es herum und drückte es an sich, um es zu küssen, doch es fühlte sich nicht richtig an. Er kam zu dem Schluß, daß er wohl gerade ihren Hinterkopf küßte. Er packte ein Stück Nichts und zog freundlich daran.

Da erschien Irene wieder – lachend. »Oh, das zahle ich

dir aber heim!« Da erkannte sie, daß auch sie ihn im Mondlicht erkennen konnte. Sie legte die Jacke erneut um ihren Oberkörper – sie war während ihrer unsichtbaren Begegnung herabgerutscht – und zog ihn an sich. »Wir verlieren noch den Anschl...« Da verschwand sie wieder und war nicht mehr zu hören.

Sie waren wieder in das Wirkungsfeld des Zentauren getreten. Dor hielt ihre Nichts-Hand fest und folgte den anderen Nichtsen durch das Loch in der Mauer.

Einen Augenblick lang wurden sie alle wieder sichtbar. Arnolde stand vor ihnen und schickte sich gerade an, sich an einem Geröllhaufen vorbeizumanövrieren. Krach hatte zwar einen Durchbruch zum Kellergeschoß freigemacht, doch ihr Weg war alles andere als eben. Als der Zentaur bemerkte, daß sich sein Durchgang von der Königin fortbewegt hatte, korrigierte er hastig seinen Irrtum, und alle verschwanden wieder.

Da erschien Burgpersonal und starrte die Geröllhaufen an, für die es keinerlei Ursachen zu geben schien. Einer der Männer trat in den Gang – und verschwand. Das sorgte für neue Aufregung. Bislang schienen die Mundanier diese merkwürdigen Ereignisse noch nicht in Verbindung mit einer Invasion zu bringen.

Der Oger hieb einen Tunnel, der sich schrittweise immer länger hinzog. Schon bald waren sie zur Zelle der Königin vorgestoßen, dann zu der von König Trent und schließlich bis zu König Omen. Da wurden sie alle wieder sichtbar, und ein leises Lächeln erschien – eine Gabe der Königin. Dor war sich unschlüssig, ab welchem Punkt Illusionen zur Wirklichkeit wurden, denn Licht war schließlich Licht, wie immer man es auch erzeugen mochte. Andererseits hatte er gelernt, sich wegen solcher Feinheiten nicht allzusehr den Kopf zu zerbrechen.

Irene sprang vor und warf sich in König Trents Arme. »Ach, Pappi!« schluchzte sie unter Freudentränen.

Da mußte Dor seinen schlimmsten Eifersuchtsanfall von allen erfahren. Das war natürlich völlig aberwitzig – warum sollte sie schließlich ihren Vater nicht lieben? Er blickte sich um – und erspähte Königin Iris, die ihren Gatten und ihre Tochter mit einem ähnlichen Gefühl zu mustern schien. Auch sie war eifersüchtig – und unfähig, es auszudrücken.

Zum ersten Mal in seinem Leben empfand Dor so etwas wie Sympathie für die Königin. Immerhin hatten sie dieses Laster gemeinsam.

Der König ließ Irene los und blickte sich um. Plötzlich erschien es Dor geradezu wie ein Zwang. Erklärungen abzugeben. »Äh, wir sind gekommen, um Euch zu befreien, König Trent. Das hier ist Arnolde der Zentaur – er ist es, der den magischen Durchgang aufrechthält ... das ist sein Talent, äh ... und das hier ist Krach der Oger, das ist Irene ...«

Selbst in Lumpen war König Trent noch jeder Zoll ein König. »Die letztere kenne ich bereits, glaube ich«, erwiderte er in feierlichem Ton.

»Äh, ja, natürlich«, pflichtete Dor ihm völlig verwirrt bei. Er wußte, daß er wieder kurz davorstand, Mist zu bauen. »Ich ... äh ...«

»Weißt du, was er getan hat, Vater?« fragte Irene und zeigte auf Dor.

»Hab' ich nicht!« rief Dor entsetzt. Die Königin zu ärgern war eine Sache, den König zu ärgern dagegen eine völlig andere.

»Na ja, jedenfalls sind Dor und ich ...« Doch Irene brach ab, als sie den dritten Gefangenen erblickte.

Es war ein geradezu unglaublich gutaussehender junger Mann, der jede Menge Charisma ausstrahlte, obwohl auch er in zerfetzte Lumpen gekleidet war. »König Omen«, sagte König Trent, feierlich wie immer. »Meine Tochter Irene.«

Zum ersten Mal sah Dor, wie Irene geradezu mädchenhaft verwirrt schien. König Omen trat einen Schritt vor, nahm ihre schlaffe Hand und führte sie an seine Lippen. »Entzückend«, murmelte er.

Irene kicherte. Dor bekam einen weiteren Eifersuchtsanfall. Offenbar war das Mädchen, das noch vor kurzem von Dor völlig eingenommen gewesen war, nun von dem schmucken mundanischen König ebenso völlig hingerissen. Schließlich war sie ja fünfzehn Jahre alt; Beständigkeit war nicht ihre Stärke. Dennoch schmerzte es, so plötzlich vergessen worden zu sein.

Dor wandte den Blick ab – und traf den von Königin Iris. Wieder blitzte ein kurzer Blick des Verständnisses zwischen den beiden auf.

»Doch nun haben wir noch Geschäftliches zu erledigen«, sagte König Trent. »Mein Freund, König Omen, muß wieder seinen rechtmäßigen Thron einnehmen. Um diesen zu stützen, müssen wir die loyalen Einwohner Onestis von den unloyalen trennen.«

Dor zwang sich dazu, sich auf dieses Problem zu konzentrieren. »Wie kann irgend jemand auf dieser Burg königstreu sein? Immerhin haben sie doch ihren König in diesem Kerker gefangengehalten.«

»Keineswegs«, erwiderte König Omen mit klangvoller Stimme. »Nur wenige wußten von mir. Wir wurden in Fesseln und mit verhüllten Häuptern hierhergebracht, und der einzige, der unsere Gesichter gesehen hat, ist der stumme Eunuch, der Oary dem Thronräuber absolut ergeben ist. Zweifellos hat man dem Burgpersonal eingeredet, daß wir khazarische Kriegsgefangene wären.«

»Also wußte nur der Stumme, wer Ihr seid?« Dor erinnerte sich plötzlich an Grundys Schilderungen des Wächters. Doch manchmal liebte der Golem Übertreibungen. »Wenigstens hat er Euch Nahrung gebracht.«

»Nahrung!« rief die Königin. »Dieser Schlangenfraß! Irene, laß einen Pastetenbaum für uns wachsen! Seit das hier passiert ist, haben wir keine einzige anständige Mahlzeit mehr bekommen.«

Irene riß ihren Blick gerade lange genug von König Omen, um einen Samen hervorzuholen. Schnell wuchs daraus in der Illusion des Tageslichts ein Baum hervor, dessen große runde Knospen die verschiedensten Obstpasteten hervorbrachten.

König Omen war erstaunt. »Das ist ja Magie!« rief er. »Was für eine Fähigkeit!«

Irene errötete. »Das ist mein Talent. Jeder in Xanth betreibt Magie.«

»Aber ich dachte, daß hier in der wirklichen Welt keine Magie möglich sei. Wieso dann plötzlich jetzt?«

Offenbar hatte Dors Vorstellung des Zentauren nicht ausgereicht, zumindest nicht für jemanden, dem die Magie völlig fremd war. »Das ist das Talent des Zentauren«, erklärte er. »Er bringt die Magie in einem Durchgang mit, einem Feld, innerhalb dessen jedermanns Talent funktioniert. So konnten wir überhaupt hier hereinkommen.«

König Omen wandte sich König Trent zu, während sie in ihre Pasteten bissen. »Mein Herr, ich muß Euch um Verzeihung dafür bitten, daß ich ständig an Euren Fähigkeiten gezweifelt habe. Ich habe nie an Magie geglaubt, allen reichlichen Überlieferungen und Erzählungen unserer abergläubischen Bauern zum Trotz. Nun habe ich Beweise dafür zu sehen bekommen. Eure wunderschöne Frau und wunderschöne Tochter besitzen wunderbare Talente.«

Irene errötete vor Hingerissenheit.

»König Omen ist wirklich ein netter junger Mann«, bemerkte Königin Iris, an niemand Bestimmten gewandt.

Dor fühlte sich plötzlich sehr einsam. Die Gunst der Königin war nicht leicht zu gewinnen; sie hatte äußerst strikte und selbstsüchtige Vorstellungen von Anstand, die sich zum überwiegenden Teil auf ihre Tochter bezogen. Königin Iris war offensichtlich zu dem Schluß gekommen, daß König Omen eine gute Partie für Irene wäre. Natürlich blieb die endgültige Entscheidung König Trent überlassen; wenn der sich für König Omen entscheiden sollte, war Dor verloren. Doch bisher hatte König Trent stets Dor unterstützt.

Plötzlich platzte ein riesiger Glatzkopf herein. Als er die Besucher im Kerker erblickte, traten seine runden Augen vor Erstaunen fast aus ihren Höhlen. Dann zückte er sein Schwert und stürzte auf König Omen zu.

Irene schrie auf, als der Mann an ihrem Vater vorbeistürmte. Da verwandelte sich der Mundanier plötzlich in eine purpurne Kröte, und sein Schwert fiel klappernd zu Boden. König Trent hatte ihn verwandelt.

»Wer war das?« fragte Dor. Seine Erregung ebbte nur langsam ab.

»Der stumme Eunuch, unser Wärter«, sagte König Omen und hob das Schwert auf. »Wir bringen ihm keinerlei Liebe entgegen.« Er musterte die Kröte nachdenklich. Sie war mit grünen Warzen übersät. »Ja, Eure Magie ist beeindruckend! Wird er in diesem Zustand bleiben?«

»Bis ich ihn wieder verwandle«, sagte König Trent. »Oder bis er den Bereich der Magie verläßt. Dann wird er wohl, so will ich glauben, langsam wieder zu seinem ursprünglichen Zustand zurückfinden, aber das kann Monate dauern und ist äußerst schmerzhaft und umständlich. Es sei denn, jemand hält ihn für ein Ungeheuer und tötet ihn, bevor der Umkehrvorgang beendet ist.«

»Eine gerechte Strafe«, meinte König Omen. »Er soll gleich damit beginnen.« Er trieb die Kröte mit der Schwertspitze aus dem Bereich des magischen Feldes.

»So, nun wollen wir unsere Lage begutachten«, sagte König Trent. »Wir haben zwar einen wichtigen Durchbruch dadurch erzielt, daß wir unsere Magie zurückgewonnen haben. Aber bald werden die ausgesuchten Privattruppen des Thronräubers uns hier belagern. Es sind alles avarische Söldner, und wir besitzen keinen Zauber gegen Pfeilhagel. Wir sind zwar überzeugt davon, daß das gemeine Volk sich frohen Sinnes um König Omen scharen wird, sobald es erfährt, daß er noch lebt. Doch der größte Teil der Leute lebt außerhalb der Burgmauern, und wir laufen Gefahr, ausgelöscht zu werden, bevor sich diese Nachricht hinreichend verbreitet hat. Also müssen wir unser taktisches Vorgehen sorgfältig planen.«

»Ich muß Euch mitteilen, daß die mit meiner Person verknüpfte Magie nur einen relativ schmalen Durchgang umfaßt«, warf Arnolde ein. »Er reicht etwa fünfzehn Schritt weit nach vorne und etwa die Hälfte nach hinten, zu beiden Seiten ist er jedoch nur zwei Schritt breit. Folglich wird die Illusion der Königin auf diesen Bereich beschränkt bleiben, und jeder, der sich außerhalb des Feldes befindet, ist dagegen immun.«

»Aber innerhalb des Durchgangs läßt sich eine ganze Menge bewerkstelligen«, sagte Dor. »Als Irene und ich etwas zurückblieben und den Anschluß verloren, sind wir wieder erschienen – aber ihr anderen wart unsichtbar für uns. Obwohl wir uns außerhalb befanden, waren wir keineswegs immun, was die Illusion betraf. Also kann uns die Königin davor schützen, von den Mundaniern wahrgenommen zu werden. Das ist doch ein gewaltiger Vorteil.«

»Das stimmt«, meinte der Zentaur. »Aber nun, da die Mundanier um unsere Magie wissen, können wir sie nicht daran hindern, in unsere Richtung Pfeile abzufeuern, und zwar nach dem Sättigungsprinzip, das uns über kurz oder lang dezimieren dürfte.« Er rieb sich mit schmerzverzerrtem Gesicht seine Flanke. Die Heilung war zwar schon fortgeschritten, doch noch immer hatte er einen etwas steifen Gang.

»Natürlich brauchen wir Deckung«, stimmte König Trent ihm zu. »Es gibt jetzt genug Geröll, um uns vor Pfeilen zu schützen. Aber wir können es uns nicht leisten, hier eingesperrt zu verweilen. Das Problem besteht also darin, wie die gegnerischen Kräfte vernichtet werden können.«

»Vielleicht können wir sie hier hereinlocken und sie aus dem Hinterhalt überfallen«, schlug König Omen vor. »Wir haben inzwischen zwei Schwerter, und die Kraft des Ogers beeindruckt mich sehr.«

»Hat keinen Zweck«, meinte Grundy. Er war inzwischen wieder aufgetaucht und hatte sich ebenfalls eine kleine Pastete gepflückt, an der er nun knabberte. »Der Kommandant der Avarer ist ein zäher, erfahrener Eisenfresser, der genau weiß, daß ihr alle Magie besitzt. Er läßt gerade einen Kessel Öl heiß stellen. Bald wird er das Zeug die Kellertreppe hinunterschütten lassen. Dann werden alle hier unten, ob sie nun Magie besitzen oder nicht, in Öl gebraten.«

»Es ist unmöglich, dieses ganze Gewölbe mit Öl zu überfluten«, warf Königin Iris ein. »Das würde doch überall davonsickern.«

»Ja, aber zuerst wird es den ganzen Boden bedecken«, meinte Grundy. »Dann bekommen alle heiße Füße.«

Dor blickte nervös auf seine Sandalen. Die Vorstellung, durch eine Pfütze kochenden Öls waten zu müssen, behagte ihm ganz und gar nicht.

Trent dachte nach. »Und draußen liegen sie im Hinterhalt und lauern uns auf?«

»Klar«, sagte Grundy. »Ihr glaubt doch wohl nicht, daß sie euch einfach hier herumsitzen und Pasteten verputzen lassen, weil sie euch so gerne haben, oder?«

»Vater, du kanst uns doch alle in Vögel verwandeln«, schlug Irene vor. »Dann können wir unbemerkt davonfliegen.«

»Das wirft zwei Probleme auf, meine Tochter«, meinte König Trent. »Zum ersten würdet ihr Schwierigkeiten haben, wenn ihr außerhalb des magischen Durchgangs fliegen müßt. Ich weiß nicht genau, wie gut ihr dann fliegen würdet, aber vermutlich nicht allzu gut, und zurückverwandeln könnt ihr euch auch nicht, weil die Magie verschwunden sein würde. Und zweitens kann ich mich nicht selbst verwandeln.«

»Ach so, das hatte ich ganz vergessen.« Sie wirkte niedergeschlagen, da die Rettung ihres Vaters ja stets ihr oberstes Ziel gewesen war.

»Wir müssen Euch sicher hier herausbringen, Majestät«, sagte Dor. »Das Land Xanth braucht Euch.«

»Ich habe auch durchaus vor, heil zurückzukehren«, erwiderte König Trent lächelnd. »Im Augenblick überlege ich nur, wie wir das bewerkstelligen können. Wenn ich mich ihnen mit intakter Magie weit genug nähern kann, komme ich mit den Avarern schon zurecht. Das bedeutet aber, daß ich bei dem Magier Arnolde bleiben muß.«

»Und bei mir«, sagte Königin Iris. »Damit ihr unsichtbar bleibt. Und bei dem Oger, der die Türen aufsprengen muß.«

»Und bei mir«, sagte Irene loyal.

»Dich will ich in Sicherheit gebracht wissen«, erwiderte ihr Vater.

Da hörten sie ein blubberndes Geräusch. »Das Öl!« rief Grundy. »Wir müssen uns sputen!«

Krach setzte sich in Bewegung und begann damit, einen neuen Tunnel auszuheben.

Wieder wurden sie unsichtbar, doch diesmal behielt Dor ein geistiges Bild von ihrer jeweiligen Position: König Trent, Arnolde und die Königin standen neben dem Oger, bereit, ihm in seinen neugeschaufelten Tunnel zu folgen, um dem heißen Öl zu entgehen. Irene und der Golem befanden sich jedoch auf der gegenüberliegenden Seite des Gewölbes, und zwischen ihnen und dem Oger begann bereits das erste Öl hinabzuströmen. Sie würden gleich in der Falle sein – und wenn sich der Zentaur bewegte, verloren sie ihren magischen Unsichtbarkeitsschutz, selbst wenn es ihnen gelingen sollte, den Ölfluten zu entgehen.

Dor rannte hinüber, um einen großen Stein aufzuheben. Er schleuderte ihn in das siedende Öl, und ließ ihm weitere Brocken folgen, um damit einen Damm zu errichten. Doch das genügte nicht; er war sich nicht sicher, daß Irene es schaffen würde.

Da flogen die Steine plötzlich doppelt so schnell wie bei ihm. Irgend jemand war ihm plötzlich behilflich. Dor konnte nicht sehen, wer es war, konnte auch nicht mit ihm sprechen; er machte einfach weiter, um das heiße Öl abzudämmen. Schon bald bildete es zögernd eine Lake. Dor füllte die Ritzen des Damms mit Sand auf, und der Weg war wieder frei. Die Ölgefahr war gebannt, und Irene konnte in Sicherheit auf die andere Seite kommen.

Da stürzte ein Trupp von Wachen mit gezückten Schwertern die Treppen herab. Sie trugen schwere Stiefel, offensichtlich als Schutz gegen das Öl, von dem sie hofften, es würde ihre Opfer ablenken. Theoretisch wäre es eine gelungene Doppelfalle geworden. Sie wußten ja nicht, daß ihre Opfer bereits verschwunden waren.

Doch es bestand immer noch die Gefahr, daß die Avarer den neugegrabenen Tunnel mit ihren Pfeilen beschießen und damit erheblichen Schaden anrichten konnten. Dor machte einen Satz vor den Tunneleingang und hoffte inständig, daß die anderen inzwischen in Sicherheit waren. Vielleicht konnte ein unsichtbarer Wächter die Gegner lange genug in Schach halten.

Da erblickte er seine eigenen Arme. Der magische Durchgang ließ ihn hilflos zurück!

Im Licht der Fackel erblickten ihn die Soldaten und stürmten auf ihn zu.

Da blitzte ein weiteres Schwert neben ihm auf. König Omen! *Der* war es also gewesen, der ihm beim Eindämmen des siedenden Öls geholfen hatte!

Sie wechselten kein Wort miteinander; beide wußten sie, was zu tun war: Sie mußten diesen Eingang so lange halten, bis König Trent in Aktion treten konnte.

Der Tunnel des Ogers war zu schmal, als daß sie nebeneinander hätten stehen können, während das Gewölbe wiederum zu breit war. Die Soldaten konnten sich außer Schwertreichweite an den Mauern aufstellen und ihnen mit ihren Pfeilen zusetzen, den Tunnel in seiner Länge abdekkend. Also sprangen Dor und Omen in das Gewölbe hinaus und stellten sich Rücken an Rücken neben den welkenden Pastetenbaum, so daß sie mit ihren Schwertern das gesamte Gewölbe in Schach hielten. Dor hoffte nur, daß König Omen seine Waffe zu führen wußte.

Die Avarer waren alles andere als Feiglinge und stürzten kampfeslustig auf sie zu. Sie gehörten zu einem wilden türkischen Nomadenstamm, wie Arnolde zu erzählen gewußt hatte, der mit seiner sich in jüngster Zeit ausbreitenden Seßhaftigkeit unzufrieden war, und diese Söldner waren die wildesten von allen. Ihre Schwerter waren sehr lang, besaßen nur eine Schneide, waren dafür aber gekrümmt und eigneten sich vorzüglich für kraftvolle Schwunghiebe, ganz im Gegensatz zu Dors zweischneidigem geradem Schwert. Doch hier im etwas beengten Gewölbe waren die Verteidiger im Vorteil. Omen schlug große Bögen mit seinem Krummsäbel, während Dor zustieß und einem Avarer erst eine Hand abhauen mußte, bevor die Soldaten ihn respektieren lernten. Dors Schwert war jetzt nicht mehr magisch, und er mußte alles selbst erledigen. Doch er hatte die Grundzüge des Schwertkampfes gelernt, und das kam ihm jetzt zugute.

Zahlreiche Fledermäuse schossen aus dem Tunnel hervor und flatterten über die Köpfe der Avarer hinweg, die sie weitgehend ignorierten. Einer der Fledermäuse schien diese Mißachtung nicht zu gefallen, und sie blieb vor dem Gesicht eines der Avarer schweben, bis der mit dem Schwert nach ihr hieb. Die Fledermaus gab es auf und schwebte aus dem Gewölbe.

Doch der Schwertkampf war eine ermüdende Angelegenheit, und Dor war nicht in Kondition dafür. Schon bald fühlte sich sein Arm schwer wie Blei an. Auch Omen hatte während seiner langen Gefangenschaft an Kraft verloren. Als die Avarer das bemerkten, verstärkten sie ihre Anstrengungen. Sie wußten ganz genau, daß der Sieg nur noch eine Frage der Zeit war.

Einer von ihnen stürzte sich mit tödlich erhobenem Säbel auf Dor. Dor versuchte, einen Ausfallschritt zu machen und zu parieren, doch da rutschte er auf Blut oder Öl aus und verlor den Halt. Die Klinge fuhr ihm in die Hüfte. Dor stürzte hilflos zu Boden. »Omen!« rief er. »Flieht in den Tunnel! Ich kann Euch nicht mehr den Rücken decken!«

»Xnt zqd gtqs!« rief Omen wirbelnd.

Die Avarer wollten ihren Vorteil ausnutzen und stürzten vor. Omens Klinge schlug blitzschnell einen weiteren Bogen, der sie einen Augenblick lang zurückweichen ließ, während Dor gegen seinen Schmerz ankämpfte und nach seinem Schwert tastete. Doch seine suchenden Finger fanden nur etwas Matschiges: eine verdorbene Schokoladenpastete von dem abgestorbenen Pastetenbaum.

Zwei Avarer sprangen vor. Einer setzte König Omen zu, während der andere sich duckte, um einen Hieb gegen seine Beine zu führen. Dor packte die Pastete und schleuderte sie dem Avarer ins Gesicht. Es war ein perfekter Wurf: Der Mann sank auf die Knie und griff nach seinen schlammverschmierten Augen, während der Gestank faulender Schokolade das Gewölbe durchzog.

König Omen nutzte seinen neugewonnenen Vorteil, um dem anderen Avarer den Garaus zu machen. Doch schon griff ein weiterer an, und diesmal hatte Dor keine Pastete mehr zur Verfügung. Omen zerhackte den Gegner mit einem kühnen Hieb, dann beugte er sich vor, um Dor zu packen und in den Tunnel zu zerren.

»Das ist doch Wahnsinn!« rief Dor. Trotz der Gefahr bemerkte er, daß auch Omen verwundet worden war: von seiner linken Schulter troff helles Blut, das sich mit Dors eigenem vermengte. »Rettet Euch selbst!«

Da holten die Avarer zum entscheidenden Schlag aus. Da sie wußten, daß sie es nun nur mit zwei unbewaffneten und verwundeten Männern zu tun hatten, ließen sie sich Zeit beim Plazieren ihrer Säbelhiebe. Selbst wenn Omen sich tatsächlich bis zum Tunnel würde schleppen können, würde es ihn erwischen. Er war ein Narr gewesen zu versuchen, Dor zu retten – doch Dor mußte feststellen, daß ihm der Mann eigentlich recht gut zu gefallen begann.

Da schoß ein Drache aus dem Tunnel hervor und breitete seine Schwingen aus, als er das Gewölbe erreichte. Er schnaubte feurig und blieb mit glitzernden Krallen beutelgierig in der Luft schweben. Entsetzt wichen die Avarer zurück. Einer von ihnen hieb verzweifelt auf das Ungeheuer ein – und die Klinge durchschnitt den Flügel des Untiers, ohne jeden Schaden anzurichten.

Natürlich war es nur eine Illusion! Die Magie war wieder da, und nun kämpfte die Königin auf ihre eigene, höchst spektakuläre Weise. Doch sobald die Avarer erkannten, daß der Drache keine wirkliche Substanz besaß ...

Es funktionierte genau andersherum. Als der Avarer feststellte, daß er den Drachen nicht einmal berühren konnte, floh er schreiend aus dem Kellergewölbe. Eine geistige Gefahr erschien ihm wohl wesentlich schlimmer als eine körperliche.

König Omen starrte den Drachen nicht minder erstaunt

an. »Wo kommt der denn her?« fragte er. »Ich glaube nicht an Drachen.«

Dor lächelte. »Das ist eine Illusion«, erklärte er. Nun, da sie sich wieder im Umfeld der Magie befanden, konnten sie einander auch wieder verstehen. »Königin Iris ist da eine richtige Künstlerin. Sie kann vollkommen glaubwürdige Trugbilder hervorbringen, komplett mit Gerüchen und Geräuschen, und manchmal lassen sie sich sogar richtig anfassen. So gut hat das noch niemand in der ganzen Geschichte Xanths gekonnt.«

Der Drache wirbelte herum und musterte sie. »Oh, danke schön, Dor«, sagte er und löste sich in wäßrige Farbwolken auf, die hinter den fliehenden Avarern herzogen.

Nun erschien Irene wieder, während die Avarer machten, daß die davonkamen.

»Oh, du bist ja verwundet!« rief sie. Dor war sich nicht sicher, ob sie ihn oder Omen meinte.

»König Omen hat mein Leben gerettet«, sagte er.

»Ihr wart der einzige, der so klug war, das Öl abzudämmen, um das Mädchen zu retten«, erwiderte Omen. »Konnte ich da anders, als Euch nun meinerseits zu Hilfe zu eilen?«

»Danke«, sagte Dor, dem dieser kühne junge König immer besser zu gefallen begann. Er mochte zwar ein Rivale sein, aber ein guter Mann war er auf jeden Fall.

Sie gaben einander die Hand. Dor wußte nicht, ob das eine mundanische Sitte war, aber König Trent hatte Omen offensichtlich die Gepflogenheiten Xanths erläutert. »Nun hat sich unser Blut vermengt. Wir sind Blutsbrüder«, sagte Omen feierlich.

Irene und Iris waren damit beschäftigt, irgendein Stück Stoff in Streifen zu reißen, um Bandagen zu machen. Irene war als erste bei Omen und überließ Dor ihrer Mutter. »Ich glaube, ich habe Euch unterschätzt, Dor«, murmelte die Königin während sie sich geübt an seine Wunde machte, sie reinigte und verband, nachdem sie sie mit Heilpflanzenextrakt bestrichen hatte. »Aber Euren Vater habe ich ja auch schon unterschätzt.«

»Meinen Vater?« fragte Dor verwirrt.

»Das ist lange her, noch bevor ich König Trent kennenlernte«, sagte sie. »Geht Euch nichts mehr an. Aber als es drauf ankam, hat er wirklich Rückgrat gezeigt.«

Dor wußte ihr Kompliment zu schätzen, bedauerte jedoch, daß sie ihre Meinung zu spät geändert hatte. Irene hatte sich bereits auf König Omen eingeschossen. Er versuchte, nicht zu ihr hinüberzublicken, doch es gelang ihm nicht.

Die Königin bemerkte es. »Ihr liebt sie«, sagte sie. »Das habt Ihr vorher nicht getan, aber jetzt ist es so. Das ist schön.«

Wollte sie ihn etwa ärgern? »Aber Ihr seid doch für König Omen«, sagte Dor, dessen Gefühle miteinander im heftigen Widerstreit lagen.

»Nein. Omen ist zwar ein prächtiger junger Mann aber nicht das Richtige für Irene, und sie ist auch nichts für ihn. Ich unterstütze Euer Werben, Dor. Das habe ich schon immer getan.«

»Aber Ihr habt doch gesagt ...«

Sie lächelte traurig. »Meine Tochter hat in ihrem ganzen Leben noch nie getan, was ich von ihr wollte. Manchmal muß man raffinierter vorgehen.«

Dor starrte sie an. Er versuchte etwas zu sagen, aber seine Gedanken überschlugen sich förmlich, und er fand keine Worte. Statt dessen beugte er sich vor und küßte sie auf die Wange.

»Und jetzt auf mit Euch, auf die Beine!« sagte die Königin und war ihm dabei behilflich. Dor stellte fest, daß er ohne große Mühe aufrecht stehen konnte, obwohl ihm leicht schwindelig war. Die Wunde war wohl nicht ganz so schlimm, wie sie auf den ersten Blick ausgesehen hatte, und schon jetzt begann sie auf magische Weise zu heilen.

König Trent trat zu ihnen. »Ihr habt gute Arbeit geleistet, Männer. Dank eurer Ablenkung konnte ich mich an den größten Teil der avarischen Truppen anschleichen. Ich habe sie in Fledermäuse verwandelt.«

Daher also die Fledermäuse! Eine von ihnen hatte versucht, die anderen Avarer zu warnen, doch ohne Erfolg.

»Aber die Avarer sind nicht unsere einzigen Gegner«, warf Omen ein. »Wir müssen auch die anderen Kollaborateure unschädlich machen, um eventuelle Attentäter auszuschalten.«

»Dabei kann uns die Magie dienen«, sagte König Trent. »Iris und Dor werden dafür sorgen.«

»Wir?« fragte Dor überrascht.

»Natürlich«, sagte die Königin. »Könnt Ihr gehen?«

»Ich weiß nicht«, erwiderte Dor. Seine Einstellung zu Irenes Mutter war soeben gründlich durcheinandergebracht worden, und es würde wohl noch eine Zeit dauern, bis er zu einer neuen gefunden hatte. Er machte einen Gehversuch, und sie ergriff seinen Arm, um ihn zu stützen. Fast wünschte er sich, daß Irene ihn stützen würde.

Die Avarer hatten inzwischen bemerkt, daß der Drache ihnen nicht aus dem Kellergewölbe gefolgt war. Sie wußten noch nicht, daß ihre Kameraden ausgelöscht worden waren, und nun stürzten sie wieder herbei.

»Sie kommen langsam hinter die Illusion«, meinte Grundy. »Wir sollten zusehen, daß wir hier wegkommen.«

Das stimmte. Die Avarer blieben gerade außerhalb der Reichweite des magischen Feldes stehen und legten bereits Pfeile in ihre Bogen ein. Sie hatten eine Methode entdeckt, mit der der Magie beizukommen war.

Da trat Krach in Aktion. Er riß einen Steinklotz aus dem Fundament und schleuderte ihn den Avarern entgegen. Seine gewaltige Kraft besaß er nur innerhalb des Durchgangs, doch der Steinklotz war außerhalb dieser Zone ebenso wirkungsvoll wie die Pfeile es innerhalb davon waren.

Die Gruppe zog sich in den Tunnel zurück. Dor hinkte. Vor und hinter ihnen flogen Drachen, eine wilde Ehreneskorte.

Schließlich stießen sie zum großen Saal der Burg Ocna vor. Dort befanden sich einige Mitglieder des Burgpersonals, ängstlich an eine Wand gepreßt. Die Avarer hatten sich verteilt und standen bereits im Saal. Das Burgpersonal fürchtete sich vor den Avarern und wußte noch nicht, daß

König Omen am Leben war. Also stand die Burg noch immer unter König Oarys Herrschaft, obwohl König Omen wieder frei war.

»Der Oger und ich werden König Omen bewachen«, sagte König Trent. »Irene, du läßt einen Kirschbaum wachsen; du wirst mit dem Golem unsere Artillerie-Verteidigung übernehmen. Magier Zentaur, wenn Ihr so gut sein würdet, Euch mitten in den Saal zu stellen und euch auf mein Zeichen in schneller Abfolge mehrmals um Euch selbst zu drehen. Iris und Dor, eure Kräfte reichen weiter als meine; ihr werdet die lauernden Avarer übernehmen.«

»Seht Ihr, wie mein Mann denkt!« murmelte Königin Iris. »Er ist ein brillanter Stratege.«

»Aber die Avarer befinden sich doch außerhalb des magischen Durchgangs!« protestierte Dor. »Und sie wissen von Euren Illusionen. Auf ihre Art sind sie ziemlich schlau. Wir können sie nicht mehr lange an der Nase herumführen!«

»Das brauchen wir auch gar nicht«, erwiderte Iris. »Ihr braucht den Steinen im magischen Feld lediglich aufzutragen, jeden sich nahenden Avarer zu melden, den Rest übernehmen wir dann.«

»Fertig, Irene?« fragte Trent.

Irenes Baum war schnell gewachsen und trug bereits zahlreiche sattrote, reifende Kirschen. »Fertig, Vater«, sagte sie grimmig.

Dor war froh, daß König Trent ein guter Taktiker war, denn er selbst konnte sich nur sehr ungenau vorstellen, was jetzt geschehen sollte. Wenn Arnolde sich um seine eigene Achse drehte, würde das zwar einige Avarer ins magische Feld bringen, aber die meisten würden doch außerhalb des Durchgangs bleiben. Wie konnten sie die unschädlich machen, bevor sie ihnen mit Pfeil und Bogen zusetzten?

»Jetzt wird es heikel«, sagte König Trent. »Oger, seid bereit. König Omen, Ihr seid an der Reihe.«

König Omen bestieg ein Podest, das mitten im Saal stand. Er war bleich vom Blutverlust, und sein linker Arm hatte eine unnatürliche Haltung, doch noch immer strahlte er eine königliche Würde aus. Irene pflückte mehrere reife Kirschen und reichte einige davon Grundy, der neben einem ganzen Haufen Kirschen stand. Krach hob einen massiven Holzpfosten auf seine Schulter.

Als Trent das Signal gab, begann Arnolde sich im Kreis zu drehen. Dor konzentrierte sich und befahl den Steinen im Saal, jeden in ihrer Nähe versteckten Avarer zu melden. Königin Iris erzeugte eine Illusion von außergewöhnlicher Pracht: Das Podest wurde zu einem Piedestal aus massivem Gold, und König Omen trug plötzlich prächtige königliche Gewänder, während ein Lichtschimmer seinen Leib umhüllte.

»Hört mich an, Bedienstete der Burg Ocna und treue Bürger des Königreiches Onesti!« rief der König mit klangvoller Stimme, die im Saal widerhallte. »Ich bin König Omen, euer rechtmäßiger Monarch, der von dem Usurpator Oary verraten und in den Kerker geworfen wurde. Nun haben meine Freunde aus dem magischen Land Xanth mich befreit, und ich rufe euch hiermit dazu auf, Oary den Dienst aufzukündigen und statt dessen wieder mir in Treue und Rechtschaffenheit zu dienen.«

»Mknn jko!« rief der avarische Anführer in seiner Muttersprache. »Ujqqv jko fqyp!«

Ein Pfeil schoß auf König Omen zu. Krach schlug ihn mit seinem Holz aus der Luft. »Aua!« beschwerte sich der Pfeil. Dors Talent war mal wieder viel zu wirkungsvoll. »Ich habe doch nur meine Pflicht getan!«

Arnoldes Bewegung folgend, erfaßte das magische Feld das gegenüberliegende, entfernteste Ende des Saals. »Ha, da ist ein Avarer!« rief ein Stein, als die Magie ihn erfaßte. »Der hat den Pfeil abgeschossen!«

»Halt's Maul, du unsichtbare Petze!« bellte der Avarer und schlug nach dem vermuteten Verräter.

Da schoß ein Flügeldrache auf den Avarer zu und spie Feuer. »Und du auch, falsches Ungeheuer!« rief der Mann. Er zückte sein Schwert und hieb auf den Drachen ein.

Irene warf eine Kirsche. Sie traf unmittelbar vor dem Avarer auf den Boden und explodierte. Der Mann wurde gegen die Wand geschleudert, wo er betäubt und von rotem Kirschsaft durchtränkt liegenblieb.

Arnolde hatte innegehalten, mit dem Gesicht zum Geschehen. Nun setzte er sich wieder ihn Bewegung. Ein weiterer Steinblock rief: »Hier ist einer, hinter mir!« Der Drache, der innerhalb des magischen Feldes schwebte, stieß eine tiefrote satte Stichflamme aus. Diesmal kalkulierte Irene ihren Wurf so genau, daß die Kirschbombe im selben Augenblick explodierte, in dem die Flammen scheinbar ihr Opfer erfaßte. Das ließ den Drachen als echt erscheinen, begriff Dor.

»Alle Mann – feuert eure cftqyu!« rief der Avarer-Anführer, als das magische Feld ihn streifte. »Vjg oqpuvgtu ctg lwuv knnwukqpu!« Doch seine Männer zögerten, da inzwischen bereits zwei ihrer Kammeraden von etwas getroffen worden waren, was alles andere als eine reine Illusion zu sein schien. Die Kirschbomben explodierten tatsächlich auch außerhalb des magischen Feldes; vielleicht gab es in Mundania ja doch derartige Dinge.

Arnolde drehte sich weiterhin um seine Achse, und die Steine verrieten einen Avarer nach dem anderen. Die Kirschbomben brachten den Avarern einen Respekt bei, den sie König Omen versagt hatten. Der Schläger des Ogers ließ ihre Pfeile wirkungslos abprallen, und die Illusionen der Königin verwirrten sie noch mehr. Denn nun wurde aus dem Flugdrachen plötzlich ein gepanzerter Riese mit blitzendem Schwert, der wiederum zu einer vorspringenden Sphinx wurde, die sich ihrerseits in einen Schwarm grüner Wespen verwandelte. Donnerschläge umspielten das Podest, die Illusion des Geräuschs, von König Omens Rede unterbrochen. Schon bald waren alle verbliebenen Avarer entweder unschädlich gemacht oder völlig verängstigt worden.

»Jetzt, da die Truppen des Feindes geschlagen sind«, sagte König Omen und wurde mit Hilfe der Illusion beinahe unmerklich größer, »brauchen die treuen Bürger des Königreichs Onesti nichts zu befürchten. Tretet also vor mich und erneuert euren Treueschwur.« Sternenbanner umgaben ihn.

Zögernd traten die Domestiken der Burg vor. »Sie fürchten sich vor den Scheinbildern«, bemerkte Grundy.

Die Königin nickte. Abrupt verschwanden die Monster, und der Saal war plötzlich von pastellfarbenem Licht und sanfter Musik erfüllt – zumindest im Bereich des sich drehenden Durchgangs. Davon ermutigt, kamen die Leute immer näher.

»Seid Ihr es wirklich, Euer Majestät Gutes Omen?« fragte ein alter Burgverwalter. »Wir glaubten, ihr wäret tot, und als dann die Ungeheuer kamen ...«

»Halt!« rief eine barsche Stimme vom Gewölbe aus, das dem Haupteingang der Burg am nächsten lag.

Alles drehte sich um. Da stand König Oary, gerade noch innerhalb des magischen Feldes. Dor begriff, daß der Mann auf einer anderen Strecke nach Burg Ocna geritten sein mußte und den Pfad mit der zerstörten Brücke gemieden hatte. Oary hatte sich gedacht, welches Ziel Dors Gruppe ansteuerte, hatte erkannt, daß ihn dies in Schwierigkeiten bringen würde und war herbeigeeilt, um die Situation sofort selbst in die Hand zu nehmen, bevor sie seiner Kontrolle entgleiten konnte. Oary war gerissen und mutig.

»Da ist ja der Thronräuber!« rief König Omen. »Nehmt ihn gefangen!«

Doch hinter Oary befand sich ein weiteres Kontingent avarischer Söldner, die er von der anderen Burg mitgebracht haben mußte. Die gewöhnlichen Diener konnten sich ihm nicht nähern. Er stand gerade noch am Rade des magischen Durchgangs, so daß seine Worte zu verstehen waren. Oary hatte die Grenze des magischen Feldes festgestellt und konnte es nun jederzeit wieder verlassen.

»Narren!« schrie Oary, und seine Stimme hallte durch den Saal. »Ihr werdet von einer Illusion an der Nase herumgeführt! Schart euch um mich und vernichtet diese fremden Eindringlinge!«

»Fremde Eindringlinge!« rief König Omen zornig. Die Sterne, die ihn umstrahlten, explodierten, und prachtvolle

Zornesmusik erscholl im Hintergrund. »Ihr, die Ihr mich mit Gift betäuben und in den Kerker habt werfen lassen, um meine Krone an Euch zu reißen – Ihr wagt es, mich derart zu bezeichnen?«

Die Burgbewohner blickten zögernd von einem zum anderen, unentschlossen, wem ihre Treue nun wirklich zustand. Jeder der Könige wirkte imposant: Oary hatte sich die Zeit genommen, seine königlichen Gewänder anzulegen, samt Krone und Schwert, was sogar seinem fetten Körper noch Eleganz verlieh. König Omen wurde durch die Magie der Königin Iris ebensosehr in Prunk und Pracht gehüllt. Es war offensichtlich schwierig für das gemeine Volk, sich aufgrund dieser Äußerlichkeiten zwischen den beiden zu entscheiden.

»Ich bezeichne Euch als gar nichts«, donnerte Oary mit einer Überzeugungskraft, wie sie nur ein völliges Schlitzohr aufbringen konnte. »Ihr existiert ja nicht einmal. Ihr seid unter den Händen Eurer khazarischen Attentäter gestorben ...«

Die Sterne um Omen wurde immer gleißender und begannen zu zischen und zu krachen, daß es sich anhörte, als wollte das ganze Firmament auseinanderbrechen. Das Getöse übertönte Oarys Worte.

»Nein, laßt den Schuft ausreden!« sagte König Omen. »Es war stets Sitte bei uns, daß jeder seinen Fall vortragen darf.«

»Er wird Euch vernichten«, warnte ihn Königin Iris. »Ich traue ihm nicht. Gebt ihm keine Gelegenheit dazu!«

»Das liegt in Omens Entscheidung«, warf König Trent sanft ein.

Damit hörte die Illusion auch schon auf. Niemals stellte sich Königin Iris gegen den Willen König Trents – zumindest nicht in der Öffentlichkeit. Nun war nur noch der mundanische Hof zu sehen, still und schäbig, dessen verängstigt zusammengekauerte Diener den Avarerhaufen anstarrten.

»Ihr seid nichts als eine Illusion«, fuhr Oary kühn fort, indem er die Gelegenheit beim Schopf packte. »Wir haben doch gesehen, wie die Fremden Ungeheuer und Stimmen aus dem Nichts entstehen lassen können; wer kann da noch Zweifel hegen, daß sie auch das Bild unseres teuren, geschätzten früheren Königs erzeugen können?«

Königin Iris sah schmerzlich berührt aus. »Ein Meisterzug!« flüsterte sie. »Ich wußte doch, daß wir diesen Basilisken nicht zu Worte kommen lassen durften!«

Tatsächlich begannen die Bediensteten auch schon zu schwanken. Sie starrten König Omen an, als wollten sie das Trugbild mit aller Gewalt durchschauen. Nun wandte sich Königin Iris' Fähigkeit Illusionen zu erschaffen gegen König Omen selbst. Wer konnte auch schon die Wirklichkeit vom Trugbild unterscheiden?

»Wenn König Omen auf irgendeine geheimnisvolle Weise von den Toten zurückkehren sollte, wäre ich der erste, ihn wieder willkommen zu heißen«, fuhr König Oary fort. »Doch wehe uns, wenn wir uns einem Trugbild ausliefern sollten!«

Die bloße Frechheit Oarys wirkte auf König Omen wie ein Schlag ins Gesicht. Der Usurpator hatte zweifellos in ihrem Wortstreit einen wichtigen Pluspunkt errungen.

»Vernichtet den Betrüger!« rief Oary, die Gunst der Stunde nutzend. Die Leute schritten auf König Omen zu.

Nun fand Omen wieder Worte. »Wie sollte man denn eine Illusion vernichten?« fragte er. »Wenn ich nur aus Luft bestünde, würde ich Eure Anstrengungen doch nur verlachen.«

Erneut verwirrt, hielten die Leute wieder inne. Doch schon sprang Oary wieder rhethorisch in die Bresche. »Natürlich ist da ein Mann! Er sieht bloß aus wie König Omen! Es ist ein Betrüger, der geschickt wurde, um einen Aufstand gegen euren rechtmäßigen König anzuzetteln. Damit der Oger an meiner Stelle regieren kann.«

Die Leute erschauerten. Von einem Oger wollten sie nicht regiert werden.

»Betrüger?« rief König Omen. »Dor, leiht mir Euer Schwert!« Denn im Getümmel war es Dor gelungen, sein

Schwert wieder an sich zu nehmen, während König Omen das seine verloren hatte.

»Damit wird nichts erreicht«, sagte König Trent. »Der bessere Schwertkämpfer ist noch nicht unbedingt auch der rechtmäßige König.«

»Oh, doch, das ist er!« rief Omen. »Nur die Könige Onestis werden im Schwertkampf hervorragend ausgebildet. Kein Bauerntölpel, der sich für einen König ausgäbe, könnte Oary das Wasser reichen. Aber ich bin ein besserer Schwertkämpfer als der Thronräuber, also kann ich damit auch beweisen, daß ich kein Betrüger bin.«

»Keineswegs!« protestierte Oary. »Wir wissen doch alle, daß dieses Schwert, daß Euch Euer Gefolgsmann gegeben hat, verzaubert ist. Niemand kann dagegen ankämpfen, denn damit wird jeder Stümper zu einem Meisterfechter.«

Der Mann hatte aber ziemlich schnell dazugelernt! Dor hätte nie gedacht, daß König Oary beim Debattieren derart wendig sein könnte. Sein Gehirn bestand offensichtlich nicht aus Pudding.

Omen blickte erschreckt das Schwert an. »Dor hat aber damit keinerlei besondere Fähigkeiten gezeigt«, sagte er und würdigte damit unbewußt Dors Kampfkünste herab.

»Es stimmt dennoch«, sagte König Trent. »Dor befand sich außerhalb des magischen Durchgangs, als er es benutzte.«

»Das ist richtig«, gab Dor zögernd zu. »Innerhalb des Durchgangs kann man mit diesem Schwert jeden schlagen. Außerdem könnte Königin Iris mit ihrer Illusionskunst König Trent so aussehen lassen wie Euch, König Omen – und er ist wahrscheinlich ein besserer Schwertkämpfer als Ihr es seid.« Sofort durchfuhr ihn die Frage, ob er das nur gesagt hatte, weil ihn Omens Herabwürdigung seiner eigenen Kampfkunst ärgerte. Andererseits war König Trent der beste Schwertkämpfer Xanths, also war er durchaus im Recht, so etwas zu sagen.

»Ihr Narren!« warf Königin Iris ein. »Da habt ihr den Sieg schon fast in der Tasche – und müßt ihn wegen solcher Lappalien wieder verspielen!«

»Das ist eine Frage der Ehrlichkeit«, meinte Dor. »ONESTI.«

König Omen lachte. Innerhalb des magischen Feldes konnte er den xanthischen Kalauer verstehen. »Ja, ich verstehe. Nun gut, dann kämpfe ich außerhalb des magischen Durchgangs mit Oary.«

»Wo Eure Wunde Euch schwächen wird und Ihr mit einem geraden Schwert kämpfen müßt, obwohl Ihr doch nur Krummsäbel gewohnt sein«, meinte Königin Iris. »Und wenn das nicht genügen sollte, werden die Avarer Euch einen Pfeil in den Rücken schießen. Seid wenigstens nicht närrischer als nötig. Oary versucht doch nur, Euch in eine Lage zu manövrieren, in der seine Heimtücke zum Zuge kommen kann. Ich kann Euch sagen, *die* Sorte kenne ich!«

Dor schwieg. Die Königin kannte die Sorte, weil sie selbst dazugehörte. Das ließ sie in solchen Angelegenheiten zur guten Ratgeberin werden.

»Aber wie soll ich denn sonst meine Identität unter Beweis stellen?« fragte König Omen in einem etwas jammernden Tonfall.

»Die Burgbediensteten sollen herbeikommen, Euch anfassen und mit Euch reden«, schlug König Trent vor. »Viele von ihnen kennen Euch doch bestimmt sehr gut. Die können entscheiden, ob Ihr ein Betrüger seid oder nicht.«

Oary wollte protestieren, doch der Vorschlag erschien dem gesamten Personal viel zu einleuchtend, als daß der Usurpator sich hätte durchsetzen können. König Trents Taktik hatte die seine zunichte gemacht. Nun erschienen nichtavarische Wachen und griffen nach ihren Waffen. Sie waren den Avarern an Zahl überlegen. Anscheinend hatte sich die Nachricht von dieser Gegenüberstellung schnell herumgesprochen, und nun eilten die wirklichen Getreuen Onestis herbei.

Da er keine Möglichkeit mehr sah, die Sache zu verhindern, willigte Oary mißmutig ein. »Ich werde mich selbst in die Schlange einreihen«, verkündete er. »Schließlich sollte ich König Omen ja wohl als erster wieder willkommen heißen, wenn er tatsächlich zurückgekehrt sein sollte. Immerhin habe ich ja an seiner Stelle den Thron von Onesti bestiegen.«

Königin Iris zog eine finstere Grimasse, doch König Trent bedeutete ihr zu schweigen. Das Ganze wirkte langsam wie ein Spiel voller Züge, Gegenzüge und einengender Regeln. Oary hatte sich König Trents Zug nun angeschlossen und mußte von ihm geduldet werden, bis er selbst einen Durchbruch versuchte. Dor beobachtete den Vorgang genau; wenn er selbst einmal endgültig König sein sollte, könnte ihm diese Erfahrung zugute kommen.

»Kommt, König«, sagte König Trent und nahm Omen beim Arm. »Legen wir alle unsere Waffen beiseite, um eine Empfangsreihe zu bilden.« Sanft nahm er das magische Schwert entgegen, und reichte es an Königin Iris weiter, die es sorgfältig auf den Boden legte.

Nun mußte auch Oary mitspielen und alle Waffen ablegen. Seine Avarer grollten zwar, hielten sich aber zurück. Krach, der Oger, stellte sich in ihrer Nähe auf, seinen Holzpfahl kampfbereit in den Händen. Das ermunterte sie etwas, friedlich zu bleiben.

Eine Reihe wurde gebildet, und das Burgpersonal kam eifrig näher, um König Omen genauer zu betrachten. Als erster kam ein alter Mann, der sich nur langsam vorwärts bewegen konnte, von den anderen jedoch aus Ehrfurcht vor seinem Alter vorgelassen worden war.

»Hallo. Borywog!« sagte König Omen und ergriff den zerbrechlichen Arm des Alten. »Erinnert Ihr Euch noch, wie ich Euch als Kind gequält habe, Euch und meinen Lehrer? Ich war noch schlimmer als mein Vater! Ihr dachtet, ich würde es nie lernen, richtig zu schreiben! Wißt Ihr noch, wie ich den Namen unseres Königreichs HONESTY geschrieben habe?«

»Mein Gebieter, mein Gebieter!« rief der alte Mann und fiel auf die Knie. »Niemals habe ich diese furchtbare Sache auch nur einer Menschenseele erzählt! Das müßt Ihr sein, Majestät!«

Nun kamen die anderen an die Reihe. König Omen kannte sie alle, und die Beweise für seine Identität begannen sich zu häufen. König Trent stand hinter ihm und lächelte gütig.

Plötzlich zog einer der Männer in der Reihe einen Dolch und stürzte auf Omen zu. Doch bevor der Verräter sein Opfer erreicht hatte, verwandelte er sich plötzlich in eine große braune Ratte, die voller Entsetzen hastig davonhuschte. Eine Burgkatze sprang ihr freudig nach. »Ich habe versprochen, den Leibwächter zu spielen«, sagte König Trent milde. »In derlei Dingen besitze ich eine gewisse Erfahrung.«

Dann stand Oary vor ihnen. »Aber das ist ja tatsächlich Omen!« rief er in geheucheltem Erstaunen. »Avarer, steckt die Waffen weg! Unser rechtmäßiger König ist von den Toten wiederauferstanden. Welch ein Wunder!«

König Omen, der mit einem neuen Verrat rechnete, starrte ihn mit aufgesperrtem Mund an. Wieder schaltete König Trent sich ein. »Wirklich nett, es auch von Euch bestätigt zu bekommen, König Oary. Wir wußten ja immer, daß es Euch stets nur um das Wohl des Königreichs Onesti zu tun war. Es ist wohl besser, wenn wir die Sache nach Möglichkeit unter Wahrung des freundschaftlichen Scheins regeln. Dor, warum begleitet Ihr König Oary nicht an einen abgeschiedenen Ort und besprecht mit ihm die Einzelheiten?«

Jetzt war Dor an der Reihe zu staunen. Stumm stand er da und rührte sich nicht von der Stelle. Da erschien Grundy und zupfte ihn am Bein. »Führ ihn in ein Vorzimmer«, flüsterte der Golem. »Ich hole die anderen.«

Dor nahm sich zusammen. »Aber selbstverständlich!« sagte er mit gespielter Gelassenheit. »König Oary, sollen wir uns in eines der Vorzimmer zurückziehen, um ein Gespräch unter vier Augen zu führen?«

»Mit dem größten Vergnügen«, sagte Oary, die Seele des Wohlwollens in Person. Anscheinend waren ihm die Regeln dieses Spiels vertrauter als Dor.

Gefaßt schritten sie in das Vorzimmer, während König Omen fortfuhr, alte Bekannte zu begrüßen und die Avarer, inmitten der Menge völlig isoliert, unruhig zappelten.

Ohne Oarys Kommando waren sie völlig hilflos; sie beherrschten ja nicht einmal die Landessprache.

Dors Verstand arbeitete fieberhaft. Warum hatte Oary Omen willkommen geheißen, nachdem er ihn doch zuerst hatte beseitigen lassen wollen? Warum gab er vor, nicht gewußt zu haben, wo sich Omen befunden hatte? Und warum spielte König Trent, der ja selbst unter Oarys Verrat und Grausamkeit gelitten hatte, das Spiel mit? Und warum hatte König Trent schließlich die Angelegenheit Dor übertragen, obwohl der die Situation überhaupt nicht durchschaute und schon gar nicht fähig war, sie zu meistern?

Irene, Krach und Arnolde folgten ihnen in das Vorzimmer. Oary wirkte sehr gefaßt. »Können wir offen reden?« fragte der Mundanier.

»Aber immer!« erwiderte Irene und zog ihre Jacke enger. »Ich finde, daß du stinkst!«

»Versteht Ihr, was hier los ist?« fragte Oary unbeeindruckt.

»Nein«, sagte Dor. »Ich weiß nicht, warum König Trent Euch nicht in einen Wurm verwandelt und zertreten hat.«

»König Trent ist ein erfahrener Monarch«, sagte Oary. »Er befaßt sich mit Realitäten und nicht mit Emotionen. Ihm ist die gewinnversprechendste Verbindung lieber als eine primitive Rache. Das hier ist die Wirklichkeit: Ich habe einen Trupp Avarer dabei, der eine Menge Ärger machen könnte. In meiner Burg befinden sich noch weitaus mehr. Es würde eines kleinen Bürgerkriegs bedürfen, um die Söldner auszuschalten; denn ihre Hauptleute sind mir ergeben – und das würde das Königreich Onesti ausgerechnet zu einer Zeit schwächen, da die khazarische Bedrohung ständig wächst. Es wäre weitaus wünschenswerter, diesen Ärger zu vermeiden und das Königreich stark zu belassen. Deshalb muß König Omen danach streben, sich mit mir zu arrangieren – zum Wohle Onestis.«

»Warum kann er Euch denn nicht einfach ...«, fing Irene an, brach jedoch wieder ab.

»Ihr seid unfähig, es auszusprechen«, sagte Oary. »Das ist ein Symptom Eurer Schwäche, das Ihr beseitigen müßt, wenn Ihr eine ebenso kompetente Königin abgeben wollte wie es Eure Mutter ist. Warum er mich nicht einfach umbringen und die Sache auf sich beruhen lassen kann? Weil es jemand wie Euch an den Nerven fehlt, das zu tun, was notwendig ist.«

»Ach ja?« fragte Grundy. »Und warum habt Ihr dann König Omen nicht umgebracht?«

Oary seufzte. »Das hätte ich wohl tun sollen, nehme ich an. Ja, das hätte ich wirklich. Aber ich mochte den jungen Narren. Niemand ist vollkommen.«

»Aber gerade eben habt Ihr doch versucht, ihn umbringen zu lassen«, wandte Dor ein.

»Das war eine Verzweiflungstat«, gab Oary zurück. »Ich kann nicht einmal behaupten, daß es mir wirklich leid täte, daß sie gescheitert ist. Es war schon zu spät, es hätte gleich zu Anfang geschehen müssen, bevor Omen Gelegenheit hatte, seine Identität unter Beweis zu stellen. Dann hätte ich das Spiel gewonnen. Aber das ist nun einmal auch ein Zeichen meiner eigenen Schwäche. Ich wollte einfach nicht entschieden genug die Krone behalten.«

Dor betrachtete die Sache mit gemischten Gefühlen. Er wußte, daß Oary ein skrupelloser Schuft war, doch die Offenheit und Klugheit des Mannes und die Ehrlichkeit, mit der er seine zivilisierte Schwäche eingestand, machten es schwer, ihn völlig zu verabscheuen. »Und nun müssen wir sehen, was wir mit Euch machen sollen«, sagte Dor. »Allerdings sehe ich nicht, wie wir Euch vertrauen könnten.«

»Natürlich könnt Ihr mir nicht trauen«, meinte Oary. »Wenn es nach mir ging, wärt Ihr schon längst wieder in Eurem Kerker, und Euer Pferdemensch würde als Zirkusattraktion durch das avarische Reich tingeln.«

»He!« sagte Arnolde.

»Wenn wir ihn nicht umbringen, ihm aber auch nicht trauen können, was sollen wir dann mit ihm anfangen?« fragte Dor die anderen.

»Ihn in dieselbe Zelle werfen, in der er König Omen gefangengehalten hat«, meinte Irene. »Damit er sich von einem sadistischen Eunuchen Speisen bringen lassen kann.«

»Krach hat die Zellen zerstört«, erinnerte Grundy sie. »Außerdem sind die sowieso nicht sicher. Einer seiner heimlichen Gefolgsleute könnte ihn befreien.«

»Aber wir müssen König Omen doch eine Lösung präsentieren!« sagte Dor. »Ich weiß zwar nicht, warum diese Aufgabe ausgerechnet mir angetragen wurde ...«

»Weil Ihr einmal König von Xanth sein werdet«, erklärte Oary. »Ihr müßt lernen, harte Entscheidungen zu fällen, ob sie nun richtig oder falsch sein mögen. Wenn ich vor meiner Machtergreifung mehr Erfahrung besessen hätte, wäre mir das hier erspart geblieben. Hätte Omen sie besessen, hätte er nie seinen Thron verloren. Man muß eben durch die Tat lernen. Euer König Trent ist wirklich eine kompetente Persönlichkeit. Es war mein Pech, daß ich ihn unterschätzt habe, weil mir sein Gerede über Magie als Produkt eines kranken Hirns erschien. In der Regel glauben lediglich ungebildete Bauern an Zauberei. Bis Ihr König werdet, werdet Ihr gelernt haben, wie Ihr dieses Amt auszuüben habt.«

Das klang auf brutale Weise einleuchtend. »Ich wünschte, ich könnte Euch *doch* trauen«, sagte Dor. »Ihr würdet einen ausgezeichneten Lehrer in Staatsangelegenheiten abgeben.«

»Das hier ist bereits Euer praktischer Unterricht«, konterte Oary.

»Historisch betrachtet kommen zwei Lösungsmöglichkeiten in Betracht«, meinte Arnolde. »Die eine ist die Verstümmelung, bei der man den Verbrecher entweder seines Augenlichts beraubt oder ihm seine Extremitäten abschneidet, damit er keinen weiteren Schaden ...«

»Nein!« sagte Dor, und Irene stimmte ihm zu. »Wir sind schließlich keine Barbaren.«

»Profis seid Ihr aber auch nicht«, warf Oary ein. »Noch immer schreckt Ihr vor brauchbaren Methoden zurück.«

»Die zweite ist die Verbannung«, fuhr der Zentaur fort. »Früher wurden Leute Eurer Art, die kein magisches Talent besaßen, aus Xanth verbannt, so wie Leute *meiner* Art mit magischen Talenten ebenfalls verbannt werden. Das ist recht wirkungsvoll.«

»Aber dann könnte er eine Armee aufstellen und zurückkehren«, protestierte Dor. »König Trent hat dasselbe getan, damals, als er noch im Exil leben mußte ...«

»Ja, aber er hat Xanth nicht erobert. Die Lage änderte sich, und er wurde zurückgebeten. Vielleicht hat sich in Onesti in zwanzig Jahren die Lage ja ebenfalls so weit geändert, daß man Oarys wieder bedarf. Außerdem gibt es da durchaus Vorsichtsmaßnahmen. Eine ausgesuchte, streng begrenzte Verbannung müßte die Möglichkeit des Verrats ausschließen und ihn gleichzeitig von örtlichen Querelen fernhalten. Es wäre natürlich ratsam, es nicht als Verbannung zu bezeichnen. Das würde nämlich den Eindruck vermitteln, daß an der Machtübertragung irgend etwas nicht ganz rechtens ist, anstatt den Eindruck zu verstärken, daß ein vorübergehend verschollener König mit offenen Armen wieder aufgenommen wurde. Man könnte ihn als Botschafter oder Gesandten in ein strategisch wichtiges Gebiet schicken ...«

»Zu den Khazaren!« rief Grundy.

»He, da will ich aber nicht hin!« protestierte Oary. »Das sind ziemlich grobe Leute! Da muß ich ja ständig alle Register ziehen, nur um am Leben zu bleiben.«

»Ganz genau«, meinte der Zentaur. »In deren Gesellschaft wäre Oary so etwas wie eine Zirkusattraktion, man würde ihn zwar dulden, aber kaum ernst nehmen. Seine schwierige Aufgabe würde darin bestehen, den Kontakt zu diesem Reich aufrechtzuhalten und die Beziehungen zu verbessern, und natürlich Onesti rechtzeitig zu warnen, falls eine Invasion drohen sollte. Wenn er das eine Zeitlang, die lang genug sein müßte, zur allseitigen Zufriedenheit bewältigt, könnte man ihn schließlich wieder begnadigen und ihm gestatten, sich in Onesti zur Ruhe zu setzen. Wenn nicht ...«

»Aber die Khazaren werden Onesti sowieso eines Tages

erobern«, sagte Oary. »Wie soll ich es da verhindern, daß ...«

»Ich meine mich zu erinnern, daß die nordischen Magyaren in dieser Epoche nominell zum khazarischen Reich gehören«, sagte Arnolde. »Trotzdem haben sie sich eine eigenstädige Kultur bewahrt. Man könnte Oary an den Hof der Magyaren entsenden ...«

»Wo er wahrscheinlich einen Aufstand gegen die Khazaren anzetteln wird!« sagte Dor. »Nur damit sich das Augenmerk nicht auf Onesti konzentriert. Dazu würden beständige Schläue und Wachsamkeit gehören ...«

»Was für eine abscheuliche Tat!« rief Irene schadenfroh.

Überrascht blickten sie sich an. »Eine abscheuliche Tat ...«, wiederholte Dor.

»Dazu waren wir verflucht«, sagte Irene. »Bevor der Mond voll ist – und das ist er schon fast. Gehen wir und erzählen wir den anderen, wie Botschafter Oary zu den Magyaren reisen wird.«

»Aber nur, weil es den Interessen des Königreichs, das ich so sehr liebe, dient, und um die meines guten Freundes und wiedergewonnen Lehnsherrn König Omen zu fördern«, sagte Oary philosophisch. »Es hätte schlimmer kommen können. Ich hatte erwartet, daß Ihr mich durchpeischen und danach nackt als Bettler durch die Dörfer ziehen lassen würdet.«

»Oder daß wir Euch an den Oger verfüttert hätten«, meinte Grundy. »Aber wir sind nun einmal etwas dümmlich, und Ihr seid zu intelligent, als daß wir es uns leisten könnten, Eure Gaben zu vergeuden.«

Sie marschierten wieder aus dem Zimmer. »Oary hat großmütig eingewilligt, als Euer Gesandter an den Hof der Magyaren im khazarischen Reich zu gehen«, berichtete Dor König Omen, der inzwischen die letzten seiner Freunde empfangen hatte. »Er will nur das Beste für das Königreich Onesti.«

»Ausgezeichnet«, erwiderte König Omen, der in der Zwischenzeit offenbar eingeweiht worden war. »Und wer wird Xanth als Gesandter in Onesti vertreten?«

»Arnolde Zentaur«, entschied König Trent, ohne zu zögern. »Wir erkennen zwar sehr wohl, daß seine erzwungene Abwesenheit von seinem Zuhause auf der Zentaureninsel für ihn ein großes persönliches Opfer darstellt, aber es ist nicht zu übersehen, daß wir hier ein gewisses Quantum an Magie benötigen, und er ist auch außerordentlich gut für diese Aufgabe qualifiziert. Er kann besonders begabte Bürger Xanths begleiten, wie etwa meine Tochter, wenn Handelsmissionen erforderlich werden.«

Arnolde nickte, und Dor erkannte, wie sehr König Trent dem Zentauren das Leben damit erleichtert hatte. Für Arnolde gab es auf der Zentaureninsel ohnehin keine große Zukunft mehr; so bekam die Angelegenheit einen ganz anderen und wesentlich günstigeren Anstrich. Außerdem würde Arnolde nicht seine ganze Zeit hier verbringen müssen; er würde auch seinen Freund Ichabod in der anderen Epoche Mundanias besuchen und sogar nach Herzenslust forschen können. Das Regieren war wirklich eine große Kunst, und König Trent stellte sie voll und ganz unter Beweis.

»Ach ja, Eure Tochter«, sagte König Omen. »Ihr habt mir ja während der langen Tage unserer Gefangenschaft von ihr erzählt, doch das hielt ich für die liebevollen Übertreibungen eines Vaters. Jetzt meine ich, daß es angemessen wäre, wenn das Bündnis zwischen unseren beiden Königreichen auch durch eine symbolische Verbindung bekräftigt würde.«

Dors Herz setzte einen Schlag aus. König Omen war aber alles andere als zurückhaltend! Er schritt kühn auf alles zu, was er haben wollte – wie es einem König auch zukam. Dor bezweifelte, daß er selbst jemals so werden würde. Die Ironie an der Sache war vor allem, daß er König Omen hier nicht entgegentreten konnte; er mochte den Mann und verdankte ihm sein Leben, und Irene mochte ihn auch und war von der ganzen Vorstellung vermutlich entzückt. Außerdem leuchtete eine solche Verbindung durchaus ein, sowohl politisch als auch perönlich. Wenn es auch seine Vorteile haben mochte, Thronanwärter zu sein, so gab es dabei aber auch erhebliche Nachteile. Dor mußte sich allem fügen, was das Beste war. Aber es ging ihm gehörig gegen den Strich.

König Trent wandte sich an Irene. »Wie siehst du das? Du verstehst doch wohl, was das bedeutet?«

»O ja, das verstehe ich«, sagte Irene und errötete verlokkend. »Es leuchtet durchaus ein. Und ich fühle mich auch sehr geschmeichelt. Aber es gibt da noch zwei oder drei kleine Haken. Ich bin noch sehr jung ...«

»Das wird die Zeit schon beheben«, meinte König Omen. Es war offensichtlich, daß ihn ihre Jungend nicht eben abstieß, genausowenig wie die Jugend der Hure König Oary abgestoßen hatte. »Tatsächlich ist, daß die Frauen hier in Onesti so schnell altern, daß es das Beste ist, sie so früh wie möglich zu packen, während sie noch anziehend sind.«

Irene hielt inne, als denke sie diesen Gedanken zu Ende. In Xanth blieben die Frauen mit Hilfe kleinerer magischer Tricks sehr lange anziehend. »Und dann würde es mir auch sehr schwerfallen, mich an ein Leben ohne Magie zu gewöhnen ...«, fuhr sie nach einer kurzen Pause fort.

»Eine Königin bedarf keiner Magie!« sagte König Omen eindringlich. »Sie hat schließlich Macht. Sie herrscht über das gesamte Küchenpersonal.«

Wieder machte Irene eine Pause. »So viel Macht!« murmelte sie. Es war offensichtlich, daß die Gesellschaft Onestis von Männern beherrscht wurde, während die Geschlechter in Xanth einigermaßen gleichberechtigt waren, wenn man von der einzigen Regel absah, daß eine Frau nicht König werden konnte.

Dor stellte sich vor, wie er den Rest seines Lebens in Mundania leben müßte, ohne seine eigene Magie einsetzen oder an der Magie anderer teilhaben zu können. Die Vorstellung stieß ihn ab. Er bezweifelte aber auch, daß Irene das allzulange würde aushalten können.

»Und schließlich liebe ich einen anderen«, schloß Irene.

»Aber die Liebe des Mädchens hat doch überhaupt nichts damit zu tun!« protestierte König Omen. »Das hier ist schließlich eine Staatsangelegenheit.« Und er ließ seinen Blick über ihre Beine schweifen.

König Trent überlegte. »In Xanth werden derlei Dinge zwar etwas anders gehandhabt, aber internationale Beziehungen verlangen natürlich nach Kompromissen. Wenn Ihr meine Tochter wirklich haben wollt ...«

»Vater!« sagte Irene warnend.

»Nun bring deinen Vater nicht in Verlegenheit!« sagte Königin Iris. Irene reagierte mit einem rebellischen Stirnrunzeln, das sie jedoch schnell wieder verbarg. Es war das alte Syndrom: Wenn ihre Mutter sie zu etwas zwingen wollte, tat Irene unter Garantie das genaue Gegenteil davon. Dors heimliche Verbündete hatte wieder zugeschlagen! Gesegnet sei die Königin!

König Trent ließ seinen Blick über alle Beteiligten schweifen, als letztes zur Königin, die unmerklich nickte. »Allerdings ist es ja wohl so, daß in manchen Kulturen der, wie soll ich es ausdrücken, unschuldige Zustand ...«

»Jungfräulichkeit«, sagte Irene deutlich.

»Aber wir haben doch gar nicht ...«, fing Dor an, bis sie ihm schließlich auf die Zehen stampfte.

König Omen bemerkte die Bewegung. »Ach so, ich wußte ja nicht, daß Ihr es seid, den sie liebt, Blutsbruder! Ihr seid unter größten Risiken hierhergekommen, um mir dabei zu helfen, meinen Thron wiederzuerlangen. Da kann ich natürlich nicht ...«

»Und doch wäre eine Verbindung höchst angebracht«, meinte König Trent nachdenklich.

»Vater!« wiederholte Irene in scharfem Ton. Königin Iris lächelte ihre Tochter etwas gehässig an. Es war seltsam, dachte Dor, wie ihm genau jene Verhaltensweise der Königin, die ihn in der Vergangenheit immer gestört hatten, plötzlich Freude bereiteten. Jetzt würde Irene niemals bei König Omen bleiben.

»Allerdings gibt es da diesen Punkt der Unschuld«, sagte König Omen. »Eine Königin muß über alle Zweifel erhaben sein ...«

»Besitzt Ihr zufällig eine Schwester, König Omen?« fragte

König Trent. Dor erkannte den Tonfall: Trent wußte die Antwort auf diese Frage bereits. »Vielleicht könnte Dor ja …«

»*Was?*« kreischte Irene.

»Nein, keine Schwester«, sagte Omen, der offensichtlich etwas vergrätzt war.

»Schade. Vielleicht eine symbolische Geste«, sagte König Trent. »Wenn Prinz Dor vielleicht König Omen etwas von Wert gibt oder ihm solches bereits gegeben haben sollte …«

»Ja«, meinte Irene.

»Eine Schande!« sagte Königin Iris und blitzte Dor an, wobei ein leises, kaum merkliches Zucken ihre Lippen umspielte.

»Aber …«, fing Dor an, der kein falsches Geständnis ablegen mochte.

»Dann könnte irgendeine Art von Gegenleistung genügen«, entschied König Trent. »Wir könnten es ja ein Geschenk nennen, um den Schein zu wahren …«

»Der Mitternachtssonnenstein!« rief Dor. Schließlich war es jetzt ja auch ungefähr Mitternacht. Ohne abzuwarten, bis König Trent die Angelegenheit noch weiterführte, holte Dor ihn aus der Tasche. »König Omen, als Zeichen der Freundschaft zwischen dem Königreich Xanth und dem Königreich Onesti und als Anerkennung der kühnen Tat, mit der Ihr mein Leben gerettet habt, möchte ich mir die Freiheit herausnehmen, Euch diesen seltensten aller Edelsteine zu überreichen. Bedenkt bitte, daß er in Gegenwart von Magie aufleuchtet – jedoch seinen Glanz verliert, sobald es an Magie fehlt. Auf diese Weise werdet Ihr es immer wissen, wenn es in Eurer Umgebung Magie gibt.« Er reichte König Omen den Stein, der damit aus dem magischen Feld trat und dann wieder zu ihnen hereinkam, fasziniert vom Aufleuchten und Verblassen des Steins.

»O ja«, sagte König Omen. »Diesen Stein werde ich in meine Krone fassen lassen, als kostbarsten aller meiner Schätze.«

Doch jetzt war Irene wütend. »Ich lasse mich nicht für einen Stein kaufen!« rief sie.

»Aber …« Hilflos trat Dor auf sie zu. Jetzt, da er glaubte, alles sei wieder zurechtgerückt, fielen die Teile schon wieder auseinander.

»Rühr mich nicht an, du Sklavenhändler!« fauchte sie und wich zurück.

»Ich glaube, ich kann zufrieden sein«, murmelte König Omen lächelnd.

Dor wollte nicht hinter ihr herjagen. Das wäre höchst unwürdig und der Situation alles andere als angemessen gewesen. Außerdem konnte er nicht schnell gehen, denn seine frische Wunde behinderte ihn. Und doch befand er sich in gewissem Sinne auf einer Bühne: Er konnte es nicht zulassen, daß sie ihn jetzt verließ.

Da fiel ihm der Zehner ein. Jetzt hatte er doch eine Verwendung dafür! Er fummelte ihn mühsam aus der Tasche und warf ihn ihr vor die Füße.

Irene blieb abrupt stehen und wirbelte ihre Arme wie Windmühlenflügel umher. »Was …«, fragte sie.

Da fing Dor sie auf und nahm sie in seine Arme.

»Der Zehner!« rief sie. »Du hast mich mit einem Zehner zum Stehen gebracht! Das ist geschummelt!«

Dor küßte sie – und stellte fest, daß sie erstaunlich entgegenkommend war.

Doch noch während er sie küßte fiel ihm auf, daß Arnolde in die entgegengesetzte Richtung blickte. Irene hatte sich außerhalb des magischen Durchgangs befunden, als der Zehner sie gebremst hatte. »Aber …«, begann er, und seine Knie wurden weich.

Sie biß ihn sanft ins Ohr. »Hat die Gorgone den Magier Humfrey etwa aufgegeben?«

Dor lachte, ein wenig nervös. »Nie.«

»Und wieder wurde im Licht des Mitternachtssonnensteins eine abscheuliche Tat vollbracht«, kommentierte Grundy. Dor mußte Irene entzückend festhalten, damit sie dem Golem keinen Tritt verpassen konnte.

Ende

Über den Autor

Piers Anthony ist der Name einer hoffnungslos mundanischen Figur, die Schwierigkeiten damit hat, Anmerkungen über Autoren ernst zu nehmen. Er wurde in England geboren, zog dann nach Spanien, feierte seinen sechsten Geburtstag an Bord des Schiffs, das ihn und den ehemaligen König Edward VIII. von England in die Neue Welt brachte und brauchte drei volle Jahre, um die erste Klasse zu absolvieren, weil er das Lesen nicht lernte. Natürlich wurde er dadurch zu einem Schriftsteller, der sich für Inseln, Könige und Analphabetentum interessierte. Seine früheren Schwierigkeiten mit der Mathematik zeigen sich noch heute in seiner Neigung, fünf oder sechs Romane in eine einzige Trilogie zu quetschen. Heute lebt er in den Hinterwäldern von Florida mit seiner braunäugigen Frau, seinen blauäugigen Töchtern und mit braunäugigen Pferden und Hunden. Die alten Eisenbahnschienen, die den Hügel vor ihrem Haus in Sichtweite durchtrennen, weisen eine verdächtige Ähnlichkeit mit der Großen Spalte auf; die gebeugten lebenden Eichen mit ihren Tilandsien erinnern an Gewirrbäume, und wenn der Zuckersand in dieser Gegend auch nicht sonderlich süß ist, eignet er sich doch immerhin hervorragend dafür, Fahrzeuge versacken zu lassen. Für jene, die es verstehen, ist das Land Xanth durchaus wirklich. Wer das nicht glaubt, wird nach Mundania verbannt – und das geschieht ihm dann auch recht.

Piers Anthony hat die Zahl seiner Romane vergessen, als sie anfing, sich der Zahl seiner Jahre anzunähern. Seinen ersten Roman schrieb er im Jahre 1956; er wurde nie veröffentlicht. Sein zweiter, *Chthon,* wurde 1967 veröffentlicht. Inzwischen produziert er etwa drei Stück pro Jahr. Die erste Xanth-Offenbarung, *Chamäleon-Zauber,* gewann den August Derleth Fantasy Award als bester Roman des Jahres 1977. Doch der eigentliche Erfolg Xanths zeigt sich in der Tatsache, daß es mehr Fanpost eingebracht hat als jede andere Serie dieses Autors, und zwar von Leuten im Alter von neun bis ********* (zensiert). Xanth breitet sich stetig aus; vor kurzem wurde ein Gewirrbaum in Colorado entdeckt, und Nachtmähren sind sogar noch weiter vorgestoßen.

FANTASY

Eine außergewöhnliche Reihe für die Freunde heroischer Epen. Fantasy-Romane entführen Sie in mythische Welten. Niveauvolle, pralle Erzählungen aus dem Reich phantastischer Sagengestalten.

Band 20 053
Piers Anthony
Chamäleon-Zauber
Deutsche Erstveröffentlichung

In einer fernen Dimension, jenseits von Zeit und Raum, liegt das magische Land Xanth mit seinen Zauberern, Elfen, Kobolden, Greifen, Basilisken, Drachen und Zentauren. Dort besitzt jedes Wesen seinen eigenen Zauberspruch, und das Leben ist ebenso zauberhaft wie aufregend.
In dieser von Magie erfüllten Welt scheint der junge Bink das einzige Geschöpf ohne jede Zauberkraft zu sein, was ihm das Leben unter den merkwürdigen Kreaturen von Xanth nicht gerade leichter macht. Doch der gute Magier Humfrey nimmt sich des Jungen an, der über ein einzigartiges Talent verfügt – er ist immun gegen Zauberei. Kein Wunder, daß sich auch bald der böse Magier Trent für ihn interessiert, denn Bink könnte zum Schicksal von ganz Xanth werden.

BASTEI LÜBBE

Sie erhalten diesen Band im Buchhandel, bei Ihrem Zeitschriftenhändler sowie im Bahnhofsbuchhandel.

FANTASY

Eine außergewöhnliche Reihe für die Freunde heroischer Epen. Fantasy-Romane entführen Sie in mythische Welten. Niveauvolle, pralle Erzählungen aus dem Reich phantastischer Sagengestalten.

Band 20 059

Piers Anthony

Zauber-Suche

Deutsche Erstveröffentlichung

Der junge Bink, der in Xanth als einziger gegen Magie immun zu sein scheint, erhält vom neuen König Trent einen schwierigen Auftrag. Er soll nach der Quelle der Magie in Xanth suchen. Denn dem Land droht eine unheimliche Gefahr. Der Zauber beginnt sich zu verlieren. Keiner könnte eifriger auf die Suche gehen als Bink, denn keiner liebt Xanths Zauber so sehr wie er, der selbst keinen Zauber besitzt . . .

BASTEI LÜBBE

Sie erhalten diesen Band im Buchhandel, bei Ihrem Zeitschriftenhändler sowie im Bahnhofsbuchhandel.

FANTASY

Eine außergewöhnliche Reihe für die Freunde heroischer Epen. Fantasy-Romane entführen Sie in mythische Welten. Niveauvolle, pralle Erzählungen aus dem Reich phantastischer Sagengestalten.

Band 20 061

Piers Anthony

Zauber-Schloß

Deutsche Erstveröffentlichung

Weil sein Vater Bink ständig mit königlichen Aufträgen unterwegs ist, läßt der kleine Dor sich von dem achthundert Jahre alten Geist Millie zu einem Ausflug in die Vergangenheit des Zauberschlosses Roogna überreden. Millie sucht ihren alten Geliebten Jonathan den Zombie, um ihn zu neuem Leben zu erwecken.
Dor landet bei der Reise in die Zeit der Schloßgründung im Körper eines Barbarenkriegers, der wesentlich älter als zwölf ist, weshalb er Millie sofort mit ganz anderen Augen sieht. Zum Glück lenken ihn angreifende Koboldhorden von unzüchtigen Gedanken. Doch wer weiß, was passierte, wenn den beiden nicht Jumper zu Hilfe gekommen wäre, eine zwei Meter große, sehr umgängliche Monsterspinne.

BASTEI LÜBBE

Sie erhalten diesen Band im Buchhandel, bei Ihrem Zeitschriftenhändler sowie im Bahnhofsbuchhandel.

NEU
DIE GEFÄHRLICHEN
ABENTEUER DES JUNGEN
ELFENHÄUPTLINGS SCHNITTER
UND SEINES KLEINEN STAMMES
ZIEHEN JEDEN LESER IN EINEN
GEHEIMNISVOLLEN BANN.
Nr.1 · DM 3,80
Abenteuer in der
Elfenwelt
BASTEI ALBUM
AB SOFORT ÜBERALL DA, WO ES ZEITSCHRIFTEN GIBT!
WENDY & RICHARD PINI
SCHRIEBEN UND
ZEICHNETEN DIESE
SPANNENDE GESCHICHTE
AUS DER ELFENWELT.

FANTASY

Eine außergewöhnliche Reihe für die Freunde heroischer Epen. Fantasy-Romane entführen Sie in mythische Welten. Niveauvolle, pralle Erzählungen aus dem Reich phantastischer Sagengestalten.

Band 20 066

Robert E. Howard

König der Pikten
Deutsche Erstveröffentlichung

Fast scheint die römische Eroberung Britanniens abgeschlossen, da stellt sich den Legionen ein seltsames Volk entgegen. Aus den Nebeln des schottischen Hochlandes brechen die kleinwüchsigen Pikten hervor. Ihr König gebietet über Mächte, die älter sind als Rom und alle Reiche der Menschheit.

BASTEI LÜBBE

Sie erhalten diesen Band im Buchhandel, bei Ihrem Zeitschriftenhändler sowie im Bahnhofsbuchhandel.

Phantastische Literatur

Eine Sammlung phantastischer Romane und Erzählungen der Weltliteratur und vergessener Meisterwerke der Phantastik – unheimliche Begebenheiten, geheimnisvolle Abenteuer und seltsame Reisen.

Band 72 502

Grabgeflüster

Original-Anthologie

Unheimliche Geschichten von

K. H. Strobl
Edgar Allan Poe
Guy de Maupassant
Fritz Leiber
M. R. James
Dino Buzzatti
Robert Bloch
und anderen

BASTEI LÜBBE

Sie erhalten diesen Band im Buchhandel, bei Ihrem Zeitschriftenhändler sowie im Bahnhofsbuchhandel.

Phantastische Literatur

Eine Sammlung phantastischer Romane und Erzählungen der Weltliteratur und vergessener Meisterwerke der Phantastik – unheimliche Begebenheiten, geheimnisvolle Abenteuer und seltsame Reisen.

Band 72 503

Schattenhochzeit

Original-Anthologie

Unheimliche Geschichten von

Stephen King
Tanith Lee
Richard Matheson
Arthur Conan Doyle
Sheridan Le Fanu
Leo Perutz
Angela Carter
und anderen

BASTEI LÜBBE

Sie erhalten diesen Band im Buchhandel, bei Ihrem Zeitschriftenhändler sowie im Bahnhofsbuchhandel.

Die Programm-Alternative: Bastei-Lübbe-Paperback

Band 28 123
Peter Straub
Der Hauch des Drachen
Deutsche Erstveröffentlichung

Hampstead, Connecticut, ist ein idyllisch gelegenes verträumtes Städtchen. Bis in der nahe gelegenen chemischen Fabrik der Katastrophenfall eintritt. Durch ein defektes Ventil tritt ein chemischer Kampfstoff aus und treibt als todbringende Wolke auf Hampstead zu. Der Hauch des Drachen senkt sich auf die Menschen und weckt die Mächte des Bösen.

BASTEI LÜBBE

Sie erhalten diesen Band im Buchhandel, bei Ihrem Zeitschriftenhändler sowie im Bahnhofsbuchhandel.